Teuflische Leidenschaft

Jo Beverley

Teuflische Leidenschaft

Deutsch von Christa Hohendahl

Weltbild

Originaltitel: *Devilish*
Originalverlag: Signet / Penguin Putnam, New York

Besuchen Sie uns im Internet:
www.weltbild.de

Die Autorin

Jo Beverley ist in England aufgewachsen und hat dort englische Geschichte studiert. Mittlerweile lebt sie mit ihrer Familie in Kanada. 1988 wurde ihr erster Roman publiziert, die Zahl der bis heute erschienenen Titel Beverleys beläuft sich auf weit über zwanzig. Sie gehört zu den wichtigsten amerikanischen Autorinnen historischer Liebesromane und hat sämtliche Preise des Genres gewonnen. Einige ihrer Werke standen auf der Bestsellerliste der *New York Times*.

Weltbild Taschenbuch

Dank

Zunächst möchte ich meiner Agentin, Alice Orr, für all die Jahre danken, in denen sie mich unterstützt und mit viel Weisheit beraten hat. Sie beginnt gerade einen ruhigeren Lebensabschnitt, für den ich ihr viel Freude wünsche.

Sich mit anderen Autoren auszutauschen, ist sehr fruchtbar, und mein Kritikerteam war mir eine große Hilfe dabei, dieses komplizierte Schiff zu steuern: Jane Wallace, Solveig McLaren, Karel Loganhume, Marjorie Daniels und Anita Birt.

Der *Genie Romance Exchange* ist mein virtuelles Zuhause, wo ich ständige Unterstützung finde, und in einer zauberhaften Nacht während einer Online-Konferenz halfen mir meine befreundeten Autorinnen und Autoren, die wahre Seele dieses Buches zu finden.

Vielen Dank auch an Andrew Sigel vom *Genie*, dem es gelang, die Überbleibsel des Librettos von Bachs Oper *Orion* zu finden, sodass ich nachprüfen konnte, wovon sie wirklich handelt. (Natürlich von etwas anderem, als ich ursprünglich dachte.) Ich danke auch Bibiana Behrendt, die *alles* über Portwein weiß, und dem Team von lemot@onelist.com, das die fremdsprachlichen Begriffe überprüfte.

Vielen Dank natürlich auch an den Marquis von Rothgar, der vor acht Jahren in eine wilde Feier hineinschlenderte und die prophetischen Worte äußerte: »Dein Schicksal ist angekommen.«

Für Ken, Jonathan und Philip,
die drei wichtigen Männer in meinem Leben.
Euch verdanke ich die Möglichkeit
und das Vergnügen, Autorin zu sein.
Die Götter sind überaus gnädig.

1

London, Juni 1763

Als sich die Türen des *Savoir Faire* öffneten, fiel ein breiter Lichtstrahl auf die mitternächtliche Straße und versetzte die herumlungernden Dienstboten unmittelbar in Bewegung. Männer mit tropfenden Fackeln in den Händen eilten herbei, um den Gentlemen, die aus dem Club traten, Licht für den Heimweg anzubieten. Einer der wartenden Lakaien stieß nun einen schrillen Pfiff aus und erhielt Antwort von einer der Kutschen, die sich auf der Straße hintereinander aufreihten. Die Laternen der Kutsche leuchteten auf, und in ihrem Licht wurde ein Pferdeknecht erkennbar, der den beiden Pferden die Futterbeutel abnahm.

Der livrierte Lakai kehrte nun zur Tür zurück, um sicherzustellen, dass die aufdringlichen Fackelträger seinen Herrn, den berühmten Marquis von Rothgar, und Lord Bryght Malloren, seinen Halbbruder, nicht belästigten. Mit ein paar frechen Bemerkungen zogen sich die jungen Burschen zurück, um ihr unterbrochenes Würfelspiel irgendwo in der Dunkelheit fortzusetzen.

Der Marquis und sein Bruder trugen funkelnde Edelsteine, und an Hals und Handgelenken blitzte kostbare Spitze auf, doch sie waren nicht auf eine Leibwache angewiesen. Die kleinen Degen, die beide trugen, hatten zwar vergoldete Scheiden und kostbare Zierleisten, doch das ließ sie nicht minder gefährlich aussehen – schon gar nicht in den Händen dieser Männer.

Während sie darauf warteten, dass ihre Kutsche vorfuhr, plauderten sie ein wenig miteinander. Da öffneten sich die

Türen des beliebten Clubs erneut, und eine Gruppe von Personen kam lachend heraus, wobei einer der Männer völlig falsch vor sich hin grölte.

Auf einmal sang er ein ganz anderes Lied:

Denn Keuschheit ist 'ne feine Sache,
Doch kleiden kann sie leider nicht.
Die Lady spricht zu viel von Takt,
Ihr Gentleman war schließlich nackt!

Die beiden Brüder drehten sich blitzschnell um, zischend fuhren ihre Degen aus den Scheiden.

»Ich denke«, sagte der Marquis in sanftem Tonfall zu dem Sänger, »dieses Lied ist schon vor ungefähr zwei Jahren aus der Mode gekommen. Ihr werdet Euch natürlich für die Geschmacklosigkeit entschuldigen, nicht wahr, Sir?«

Das Lied gehörte zu den Zoten, die sich in der Stadt verbreitet hatten, als Lady Chastity Ware mit einem nackten Mann im Bett erwischt worden war. Die junge Dame hatte ihre Unschuld beteuert, aber nur der Einfluss der Mallorens hatte es möglich gemacht, dies auch zu beweisen und den guten Ruf der jungen Adeligen in der Gesellschaft wiederherzustellen. Chastity war jetzt die Frau des jüngsten Halbbruders des Marquis, Lord Cynric, der nun Lord Raymore hieß.

Der Sänger, ein blonder, vermutlich betrunkener Mann, grinste höhnisch beim Anblick der Männer mit ihren schmucken Degen. »Eher will ich verflucht sein. Es wird einem Mann doch wohl erlaubt sein, ein Lied zu singen.«

»Nicht dieses!«, fuhr Lord Bryght ihn an und richtete seine Degenspitze auf den Hals des Mannes. Der Sänger zuckte nicht mit der Wimper, doch seine Begleiter wichen erschrocken zurück.

Der Marquis schob die Klinge seines Bruders mit der Spitze seines eigenen Degens beiseite. »Wir werden hier auf der Straße keine Raufereien und kein Gemetzel veranstalten,

Bryght.« Er musterte den unverschämten Sänger. »Euer Name, Sir?«

Die meisten Männer in London hätten bei dem eisigen Tonfall des Mannes, den viele den »Finsteren Marquis« nannten, vor Angst gezittert, aber dieser hier grinste einfach weiter. »Curry, Mylord. Sir Andrew Curry.«

»Dann, Sir Andrew, werdet Ihr Euch dafür entschuldigen, dass Ihr so falsch gesungen habt.«

Die Nasenflügel des Sängers bebten leicht, aber das Grinsen verschwand nicht aus seinem Gesicht. »Versucht Ihr immer noch, Parfüm über den Misthaufen zu kippen, mein lieber Herr Marquis? Mit Reichtum und Macht kann man nicht alles erreichen, und Gestank vergeht nicht.«

»Schon gar nicht bei einer Leiche«, bemerkte der Marquis. »Ich fürchte, wir müssen uns verabreden. Euer Sekundant?«

Anstatt beunruhigt zu sein, lächelte Curry. »Giller?«

Einer seiner Anhänger, der viel zu vornehm angezogen war und ein Mopsgesicht hatte, schien zu schlucken, sagte aber: »Natürlich, Curry. Stets zu Diensten.«

»Mich wird Lord Bryght vertreten«, sagte der Marquis, »aber die Details können wir sicher noch klären. Welche Waffen?«

»Degen.«

»Mit Degen also, um neun am Teich im St. James's Park. Sehr beliebt bei Selbstmördern.« Er schob seinen Degen zurück in die Scheide und bestieg seine wappenverzierte Karosse.

Lord Bryght steckte seinen Degen ebenfalls in die Scheide zurück. Currys gute Laune gefiel ihm nicht. »Giller? Tretet mit mir zur Seite, wenn es Euch beliebt.«

»Warum?«, fragte der untersetzte Mann ängstlich.

»Weil du mein Sekundant bist, du Trottel«, sagte Curry. »Lord Bryght ist in solchen Dingen offenbar peinlich genau. Geh und versichere ihm, dass ich mich nicht entschuldigen werde.«

Giller, der aussah, als befürchtete er, aufgespießt zu werden, stolperte auf seinen hohen Absätzen hinüber.

Bryght sagte: »Es ist unsere Pflicht, Mr. Giller …«

»Sir Parkwood Giller, Mylord.«

»Ich bitte um Verzeihung, Sir Parkwood. Es ist unsere Pflicht zu versuchen, eine Versöhnung herbeizuführen. Sprecht mit Sir Andrew, und wenn er seine Meinung ändert, kontaktiert mich im Malloren House, Marlborough Square.«

»Seine Meinung ändert!«, rief Giller. »Curry! Das kann ich mir nicht vorstellen. Versucht stattdessen lieber, den Marquis vom Selbstmord abzubringen.« Erhobenen Hauptes drehte er sich um und stolperte zu seinen Freunden zurück.

Es war also genau so, wie Bryght vermutet hatte. Curry war ein professioneller Duellant.

Bryght stieg in die Kutsche, die sofort abfuhr. Hinter ihnen setzte der Gesang gleich wieder ein. Bryght fluchte, aber sein Bruder legte ihm die Hand auf den Arm. »Morgen wird die Sache angemessen geregelt, Bryght.«

»Angemessen? Warum zum Teufel kämpfst du mit einem solchen Mann? Du hättest ihm die Peitsche dafür geben können, dass er dieses Lied gesungen hat, und keiner hätte Einspruch erhoben.«

»Meinst du? Wir sind hier nicht im autokratischen Frankreich, und außerdem schien er es auf ein Duell abgesehen zu haben.«

»Normalerweise bist du Leuten gegenüber, die es auf etwas abgesehen haben, nicht so entgegenkommend«, gab Bryght barsch zurück, denn das erinnerte ihn an das Anliegen, weswegen er nach London gekommen war. Doch jetzt war sicher nicht der richtige Zeitpunkt, das Thema anzusprechen. Wenn das hier schief ging, hatte sich der Grund seines Anliegens ohnehin erledigt.

Im flackernden Licht der Kutschenlampe war Rothgars Lächeln zu sehen. »Es wäre schwierig gewesen, das Duell zu verhindern, Bryght, und ich wollte gerne wissen, wer es auf meinen Tod abgesehen hat.«

Bryght sah seinen Bruder an. »Du weißt also, welchen Ruf dieser Mann hat?«

»Ein Maulheld und ein Betrüger, der ungestraft davonkommt, weil die Leute seine Degenkünste fürchten. Ihm muss eine Lektion erteilt werden.«

»Aber warum ausgerechnet von dir?« Rothgar war ein guter Fechter, ein verdammt guter, aber es gab immer jemanden, der noch besser war. Das war genau das, was Rothgar seinen jüngeren Halbbrüdern eingepaukt hatte, als er sie aufs Leben vorbereitete.

Rothgar gab keine Antwort. Bryght fiel nun wieder ein, was sein Bruder soeben gesagt hatte. »Du glaubst, er ist ein bezahlter Mörder? Zum Teufel, Bey, wer sollte deinen Tod wollen?«

Rothgar warf ihm einen seiner typisch sanften Blicke zu. »Du glaubst, ich bin Hass und Furcht nicht wert?«

Bryght lachte – Rothgar brachte ihn oft zum Lachen –, sagte dann aber: »Er wird dich nicht umbringen. Heutzutage kann ein Mann für ein Duell mit tödlichem Ausgang ins Gefängnis geworfen werden.«

»Was sollte er sonst vorhaben? Er ist doch gerade so ein typischer heimatloser Schurke, der unbekümmert nach Frankreich flieht, besonders wenn er einen großen Beutel Blutgeld als Belohnung bekommt.«

»Wessen Geld?«

»Das ist eben die Frage. Mir fallen keine Feinde ein, die so weit gehen würden. Wirklich ziemlich beunruhigend. Der Hass deiner Feinde bemisst sich wohl an der Größe deiner Erfolge.«

»Wahrscheinlich hast du Feinde, von denen du nicht einmal weißt.« Rothgars beinah fröhliche Stimmung machte Bryght wütend. »Weil du der ›Finstere Marquis‹ und die ›Schwarze Eminenz‹ von England bist, meint jeder, er könne dir ganz einfach sein persönliches Unglück in die Schuhe schieben.«

Die beiden Beinamen trug der Marquis nicht ohne Grund: Strenge, Arroganz, aber auch Düsterkeit umgaben ihn; und die undurchsichtige Rolle des dunkelhaarigen Aristokraten in der Regierung, wo er als einflussreicher Berater des Königs und graue Eminenz im Hintergrund die Fäden in der Hand hielt, hatte ihm in Kombination mit seinem dunklen Erscheinungsbild die leicht abgewandelte Bezeichnung ›Schwarze Eminenz‹ eingebracht.

Rothgar lachte aber bloß. »Meinst du, wie bei einem warzigen alten Dorfweib? So eine, der die einfachen Leute die Schuld für ein missgebildetes Kind oder plötzlich verendete Schafe geben?«

Bryght musste nun auch lachen, denn ein unpassenderes Bild für seinen eleganten, kultivierten Bruder konnte man sich kaum denken. Als die Kutsche im Vorhof von Malloren House hielt, verflog seine gute Laune jedoch schnell. Wünschte jemand seinem Bruder den Tod?

Diese Frage hielt ihn die Nacht über wach. Und er grübelte immer noch darüber, als ihre Kutsche am nächsten Morgen am St. James's Park in der Nähe des trüben Teiches anlangte. »Zur Hölle! Warum sind hier so viele Leute? Das ist ein Duell und keine Theateraufführung.«

»Gibt es da einen Unterschied?«, fragte Rothgar trocken, als er aus der Kutsche kletterte. Bryght wusste nicht, ob sein Bruder gut geschlafen hatte, aber er wirkte so gelassen wie immer.

Bryght stieg aus und ließ seinen Blick über die Menge schweifen. Ein Großteil der Londoner Gesellschaft schien anwesend zu sein – zumindest der männliche Teil. Hinter dem vornehmen Adel in Spitzen und Borten drängelten sich die Menschen aus den unteren Bevölkerungsschichten, die sich reckten und auf und ab hüpften, um etwas sehen zu können. Verflucht, einige trugen sogar Kinder auf den Schultern, und auch auf den umliegenden Bäumen hockten Männer, Frauen und Kinder. Weiter hinten hingen ganze Menschentrauben aus den Fenstern der umliegenden Häuser, von denen aus man den Ort des Geschehens einsehen konnte. Aufblitzende Lichtreflexe verrieten ihm, dass einige Leute Fernrohre dabeihatten.

Alles, was sein Bruder tat, erregte öffentliche Aufmerksamkeit, aber dieser Auflauf hier war für eine ehrenhafte Verabredung verdammt unpassend. Wer zum Teufel hatte die Welt alarmiert? Das machte das Duell beinahe zur Posse.

Da entdeckte Bryght vorne in der Menge Lord Selwyn. Selwyn hatte eine morbide Vorliebe für öffentliche Hinrichtungen und reiste durch ganz Europa, um den grausamsten von ihnen beizuwohnen. Für eine Posse wäre er nicht so früh aufgestanden.

Zumindest Selwyn ging davon aus, heute einen Toten zu sehen.

Bryght bemerkte, dass er viel zu auffällig in die Runde schaute. Um ruhiger zu werden, zog er eine silberne Dose hervor und nahm eine Prise Schnupftabak. Wenngleich er aufgrund seiner Heirat die Vergnügungen Londons dem Leben auf dem Lande geopfert hatte, kannte er die Regeln noch gut. Man zeigte keine Furcht oder gar Sorge um die Unversehrtheit der eigenen Person. Im Privatleben nur selten. In der Öffentlichkeit nie. Andernfalls würde man wie im Tierreich in Stücke gerissen.

Er verlegte seine Aufmerksamkeit nun auf Rothgars Gegner. Curry stand schon in Hemd und Kniehosen da, wobei ein Körper zum Vorschein kam, der so dünn und stark wirkte wie eine Peitschenschnur. Größe und Reichweite Currys waren offenbar ähnlich wie bei seinem Bruder.

Bryght wünschte sich inbrünstig, Cyn wäre da. Cyn war zwar etwas kleiner, aber er hatte das gewisse Etwas, eine Begabung und eine Reaktionsfähigkeit, die einen echten Fechter ausmachten. Vielleicht war er einfach besser als Rothgar. Im Grunde war es ohnehin Cyns Kampf, denn die Beleidigung hatte seiner Frau gegolten.

Ein Bediensteter reichte Curry das Rapier, und Curry übte ein paar Stöße und Ausfälle.

»Die Pest soll ihn holen«, murmelte Bryght. »Er ist Linkshänder.«

»Ein übler Vorteil«, bemerkte Rothgar, als ihm sein Diener aus dem Rock half. »Ich weiß.«

Das war wieder ein typisches Lehrstück seines Bruders. Natürlich wusste Rothgar Bescheid. Er ließ sich nicht einmal auf flüchtige Begegnungen ein, ohne Erkundigungen einzuholen. Zweifellos hatte er zwischen gestern Abend und jetzt herausgefunden, wie viele Wanzen Curry im Bett hatte.

»Wie ich mir schon dachte, er ist gut«, sagte Rothgar, als ihm sein Diener die lange Weste abnahm. »Er hat sich in England schon dreimal duelliert und jedes Mal gewonnen. Seine Gegner ließ er mit üblen Verletzungen zurück, die aber nicht tödlich waren. Gerüchte besagen, er habe in Frankreich zwei Männer umgebracht.«

Bryght versuchte, Haltung zu bewahren, um so unbeteiligt wie sein Bruder zu wirken, doch er machte sich ernsthafte Sorgen. Rothgar übte regelmäßig mit einem Lehrer und hatte darauf bestanden, dass alle seine Brüder dasselbe taten, um bei einem solchen Ereignis – ein provozierter Anlass für ein Duell – gewappnet zu sein.

Aber war Rothgar gut genug?

Fettler, der Kammerdiener seines Bruders, faltete gelassen den abgelegten Rock und die Weste zusammen. Selbst der livrierte Lakai, der den vergoldeten und mit Einlegearbeiten versehenen Degen seines Herrn hielt, wirkte nicht beunruhigt. Gewiss sahen Rothgars Dienstboten ihren Herrn bereits in der Rolle des Siegers. Bryght wünschte, er könnte diese einfältige Gewissheit teilen. Der Ausgang eines Kampfes zwischen zwei geschickten Fechtern war nie vorhersehbar.

Rothgar drehte sich zu ihm um. »Los. Tu deine Pflichten als Sekundant.«

»Und was genau soll ich als erstes tun?«

Sein Bruder zog den roten Siegelring vom Finger und reichte ihn herüber. »Übernimm meine Bürde, wenn es schief geht.« Mit einem leichten Lächeln fügte er hinzu: »Bete, dass ich gewinne, mein Lieber.«

»Sei nicht so verdammt töricht.«

»Dürstest Du nach der Marquis-Würde?«

»Du weißt, dass das nicht so ist. Ich meinte, natürlich bete ich, dass du gewinnst.«

»Ich bezweifle allerdings, dass die Engel unsere Worte hören werden. Geh also und mach einen letzten Friedensversuch.«

»Gibt es irgendeine Bedingung, die du akzeptieren würdest?«

Rothgar steckte sich die Spitzenrüschen in den Ärmelaufschlag. »Selbstverständlich! Bin ich ein Tier? Wenn er auf Knien zu mir herüberkriecht und um Vergebung bittet, darf er unversehrt ins Exil fliehen.«

Obschon er genau die gleichen Worte gewählt hätte, hätte Bryght am liebsten die Augen verdreht, als er auf die Mitte der beiden Gruppen zuging und wartete. Es gab keine Aussicht auf eine Entschuldigung, aber man musste immer den korrekten Weg einschlagen.

Sir Parkwood Giller tänzelte auf ihn zu und genoss sichtlich die wichtige Rolle, die er in diesem öffentlichen Drama spielte. Er zog sogar ein auffällig buntes, spitzenumsäumtes Taschentuch hervor und wedelte damit, während er sich viel zu tief verbeugte und eine ekelerregende Wolke billigen Parfüms verbreitete. »Mylord!«

Bryght schluckte seinen Abscheu hinunter und deutete eine Verbeugung an. »Ich komme, um zu fragen, ob Euer Duellant seinen Fehler erkannt hat.«

»Fehler!« Wieder wehte das Taschentuch. Es könnte als

Geheimwaffe fungieren. »O Gott, nein, Mylord. Aber wenn der Marquis einsieht, dass seine Beleidigung fehl am Platz war …«

»Ihr scherzt.«

»Keinesfalls. Jeder weiß …«

»Giller, die Zeiten, als Sekundanten sich in den Kampf einmischten, sind vorüber, aber ich werde Euch zwingen, wenn Ihr darauf besteht.«

Zwanzigmaliges Schwenken des Taschentuchs. Oder eher dreißigmaliges.

Das Weiße in Gillers Augen trat hervor – oder, genauer gesagt, wurde blutrot. »Nein … auf keinen Fall, Mylord. Da könnt Ihr sicher sein!«

»Wie klug.« Dann verkündete Bryght die Bedingungen seines Bruders, woraufhin Giller die Stupsnase rümpfte und beleidigt sagte: »Dann findet das Duell statt, Mylord!«

»Es ist Eure Pflicht, Eurem Duellanten die Bedingungen mitzuteilen, genauso wie ich dem meinigen Currys mitteilen werde.« Nach einer knappen Verbeugung kehrte Bryght zu seinem Bruder zurück.

»Das bedingungslose Eingeständnis, dass Chastity eine Schlampe ist, das verlangt er natürlich.«

Rothgar, der seine Muskeln aufwärmte und lockerte, antwortete nicht. Bryght sagte nichts weiter, denn er wusste, dass sein Bruder sich vor einem Fechtkampf immer sammelte und konzentrierte. Ihm selbst war das nie besonders gut gelungen. Wahrscheinlich war das der Grund, weshalb Rothgar und Cyn ihn letztlich immer besiegten.

Wenn er genauer darüber nachdachte, schien sich der aggressive Cyn vor einem Wettkampf auch nicht lange zu konzentrieren. Er war einfach blitzschnell und brillant. Bryght wünschte sich erneut, Cyn wäre da. Er würde Curry in Stücke schneiden und jede Minute genießen. Sechs Jahre als Soldat hatten ihn auf bemerkenswerte Weise gegen den Umgang mit dem Tod abgehärtet.

Nun warteten alle darauf, dass Rothgar verkündete, er sei bereit. Bryght mochte ihn gewiss nicht drängen, aber er hoffte, sie würden bald anfangen und es hinter sich bringen. Diese Verzögerung sollte Curry vermutlich aus dem Gleichgewicht bringen. Der Mann hatte bereits seine Übungen eingestellt und war dazu übergegangen, sichtlich ungeduldig auf und ab zu marschieren und mit den Leuten herumzualbern.

Die Menge war unruhig, wirkte aber nicht, als sei sie auf Currys Seite. Wenn der Tod in der Luft lag, war es taktlos, ungeduldig zu sein.

Als wollte er den richtigen Moment abpassen, hielt Rothgar nun inne, streckte sich und schenkte Bryght eines seiner seltenen Lächeln. Dann betrat er die Mitte des Platzes.

Bei Gott, er war einfach großartig!

Seine Bewegungen waren stets geschmeidig und anmutig. Doch vor Fechtkämpfen erhielten sie eine neue Qualität – so als ob das Gleichgewicht seiner Körperkräfte nun eine Art Killerinstinkt hinzugewonnen habe. Natürlich hatte er die Schuhe mit den Absätzen ausgezogen, doch er hatte ebenso die einstudierte Eleganz des Höflings abgelegt, sodass die Schönheit des wilden Tieres, das darunter schlummerte, zum Vorschein kam.

Er war groß, breitschultrig, schlank und muskulös – die Wahrheit wurde nicht länger von der Eleganz und der Künstlichkeit des vornehmen Edelmannes verschleiert. In der Menge wurde es still, und Bryght wusste, dass das mehr als nur Vorfreude auf das Duell war. Es war Respekt.

Jeder kannte den Aristokraten, der in England großen Einfluss ausübte, ohne ein politisches Amt innezuhaben. Aber nur wenige hatten je gesehen, was unter dem würdevollen Auftreten, der Intelligenz und der Seide verborgen lag.

Bryght fragte sich, ob Rothgar nur deshalb nicht gern an Duellen teilnahm, weil er Besseres zu tun hatte. Möglicherweise wollte er auch dieses versteckte Machtelement nicht preisgeben. Jetzt zeigte es sich in seinem kräftigen Körper und den hageren Gesichtszügen – alles konzentrierte sich auf seinen tödlichen Gegner.

Curry schien die Veränderung nicht zu spüren. Mit einem deutlich hörbaren Schnauben stolzierte er zuversichtlich auf seinen Gegner zu, nahm dann erst die Fechthaltung ein und wirkte dabei recht steif.

Bryght entspannte sich ein wenig. Vielleicht war die Fechtkunst der beiden doch von verschiedener Klasse.

Nicht verschieden genug. Vom ersten Degenklicken an veränderte sich auch Curry, und es war offensichtlich, dass er seinen Ruf verdiente. Er hatte mehr von einem Feuerspucker als von einem guter Techniker, dennoch war er kräftig, schnell und geschickt und hatte den Vorteil, Linkshänder zu sein. Er besaß sogar etwas von dem zauberhaften Funken, der den Fechtkampf über Schnelligkeit und Technik hinauswachsen lässt, eine zusätzliche Begabung, mit der er dem Unausweichlichen ausweichen und den kleinsten Fehler für sich nutzen konnte.

Die leichten, aber todbringenden Klingen schlugen gegeneinander und glitten ab, die nur mit Strümpfen bekleideten Füße bewegten sich auf dem federnden Rasen vor und zurück, flinke Körper beugten und drehten sich, fingen sich, streckten sich, sprangen zurück, schnellten nach vorn …

Angreifende Klingen wurden abgewehrt, allerdings nicht immer ohne Körperkontakt. Trotz der kühlen Morgenluft waren beide Männer bald schweißgebadet. Ihre Haarbänder hatten sich gelöst, und beide Hemden waren mit Blutflecken übersät. Bis jetzt gab es nur Schrammen, doch Bryghts Herz klopfte heftig, genauso, wie das seines Bruders klopfen musste. Es war verdammt knapp. Ein einziger Fehler konnte die Entscheidung bringen, aber möglicherweise war es auch eine Frage der Ausdauer.

Schweigend kämpften die beiden Männer zu den klirrenden Geräuschen der Klingen, vollkommen konzentriert auf ihre Augen und Hände und auf ihre Degen – die biegsame Verlängerung von Hand, Arm und Körper. Flinke Füße und kräftige Beine bewegten sich mit tödlicher Geschwindigkeit vor und zurück. Beide merkten offenbar, dass der Kampf ausgeglichen war, denn jetzt kamen sie zunehmend aus ihrer Deckung, um den Gegner zu Fall zu bringen.

Curry zielte auf den Oberkörper und nötigte Rothgar zu einer schwierigen Parade, die jedoch nicht verhindern konnte, dass Rothgars Schulter aufgeschlitzt wurde. Sogleich schickte Curry einen erneuten Stoß auf das Herz hinterher, aber wie durch ein Wunder behielt Rothgar das Gleichgewicht und schlug das Rapier weit nach hinten.

Keuchend und triefend traten beide Männer zurück, nur um sofort wieder nach vorn zu springen. Es konnte nicht mehr lange dauern. Dann wehrte Rothgar einen weiteren geschickten Stoß ab, streckte sich weit nach vorn, so weit, wie Kraft und Gleichgewicht es zuließen, und seine Degenspitze drang genau unter dem Brustbein in Currys Oberkörper ein. Nicht tief genug, um zu töten. Nicht einmal tief genug, um ernsthaft zu verletzen. Doch der Mann taumelte instinktiv zurück. Benommen legte er die Hand auf die Verletzung, und die Menge hielt den Atem an.

Vielleicht dachten sie, er würde sterben. Vielleicht dachte er dasselbe.

Blitzschnell stach Rothgar ihm in den Oberschenkel, sodass Blut herauslief. Curry versuchte sich zu sammeln, Gleichgewicht und Kontrolle wiederzuerlangen, doch Rothgars Degen nutzte Currys hektische Parade aus, mit der dieser sein Herz schützen wollte, und bohrte sich tief in die linke Schulter.

Diese Verletzung würde ihn zum Krüppel machen. Curry würde überleben, aber mit seinem linken Arm nie wieder einen Degen benutzen können, es sei denn, er hatte viel Glück.

Bryght bemerkte, dass er den Atem angehalten hatte, und holte nun tief Luft. Beifallsrufe und Applaus von allen Seiten ließen das Ganze absurderweise wie eine beliebte Opernszene erscheinen.

Äußerst kühn hob Curry seinen heruntergefallenen Degen mit der rechten Hand auf und versuchte fortzufahren, aber Rothgar entwaffnete ihn mit wenigen Bewegungen. Sein Degen ruhte auf der bebenden Brust des Mannes, lag absichtlich auf dessen Verletzung. Immer noch schwer atmend sagte er: »Ich nehme an, jetzt seid Ihr bereit ... Lieder zu singen, die auf dem neuesten Stand sind und weniger schräg klingen?«

In Currys Augen flackerte Wut auf. Die Wut eines Mannes, der noch nie besiegt worden war, sich für unverwundbar gehalten hatte und dies auf gewisse Weise immer noch tat. »Verdammte Singerei. Lady Chastity Ware war und bleibt eine Hure ...«

Er starb mit durchbohrtem Herzen, bevor er noch mehr Schmutz ausspucken konnte.

2

Rothgar zog seinen Degen zurück, und der Arzt kam ohne große Eile herbei, um Currys Tod zu bestätigen. Keiner von Currys verblüfften Freunden schien den Wunsch zu verspüren, sich am Leichnam zu versammeln und zu trauern, und plötzlich, wie bei einer Vogelschar, die aus Käfigen befreit wird, erhob sich ringsherum lautes Stimmengewirr.

Rothgar sah sich im Publikum um: »Meine Herren«, sagte er, augenblicklich für Stille und Aufmerksamkeit sorgend. »Ihr habt gehört, dass Sir Andrew Curry versucht hat, den Namen einer Dame in den Schmutz zu ziehen, und dabei nicht nur die Ehre meiner Familie, sondern auch diejenige unseres gütigen Königs und seiner Gemahlin verletzt hat. Der König und die Königin haben Lady Raymore am Hofe als tugendhafte Frau akzeptiert. Weisheit und Urteilsvermögen der königlichen Hoheiten sollten nicht in Frage gestellt werden.«

Nach einem überraschten Zögern kam zustimmendes Gemurmel auf, unterbrochen von Rufen wie »Jawohl!«, »Gott schütze den König!« und »Der Teufel soll ihn holen!« Currys Kumpane wechselten erschrockene Blicke und schlichen sich hastig davon.

Während Rothgar von Männern umringt wurde, die ihm gratulieren und den Kampf noch einmal durchgehen wollten, bemerkte Bright, dass niemand dageblieben war, der sich um das Fortschaffen der Leiche kümmerte. So ging er mit dem Diener der Mallorens zum Arzt hinüber und veranlasste das Nötige. Wenn sie Glück hatten, brauchte Dr. Gibson oder einer seiner Kollegen eine Leiche, die sie zu anatomischen Zwecken zerstückeln konnten. Als Bryght alles geregelt hatte, half Fettler seinem Bruder gerade in den Mantel.

»Warst du so in Bedrängnis, wie es ausgesehen hat?«, fragte Bryght.

Rothgar nahm einen kräftigen Schluck aus einer Reiseflasche. Sicher war darin das saubere Wasser, das er täglich von einer Quelle in den Kreidehügeln mitbrachte. »Er war gut. Aber er ist nie richtig an mich rangekommen.«

Sie kletterten in die Kutsche, der Diener setzte sich ihnen gegenüber, und die Kutsche fuhr los und brachte sie zurück zum Malloren House.

»Hast du irgendwelche ernsthaften Verletzungen?«

»Nur Kratzer.«

»Ich glaube nicht, dass er bedacht hat, seinen Degen zu vergiften.«

Rothgars Mundwinkel zuckten. »Werde nicht theatralisch.«

»Es würde zu diesem Abschaum passen.«

Sein Bruder hatte jedoch bereits den Kopf zurückgelegt und die Augen geschlossen, sodass Bryght sich weitere Bemerkungen verkniff. Selbst an Rothgar konnte die Gefahr, die Anstrengung und das Töten nicht spurlos vorübergehen. Bryght dachte über seine eigene nervöse Reaktion nach und merkte, dass er jeglichen Geschmack an solchen Dingen verloren hatte. Er fragte sich, ob es seinem Bruder genauso ging.

Als sie bei Malloren House ankamen, konnte er nicht umhin, Rothgar in dessen stattliche Gemächer zu folgen. Er wusste, dass das Haus und seine vielen ausgezeichneten Bediensteten gut für Rothgar sorgen würden, aber er musste einfach mitgehen. Rothgar zog die Augenbrauen hoch, warf ihn jedoch nicht hinaus, als er sein ruiniertes Hemd abstreifte. In der Tat waren nur kleine Schnitte und Kratzer zu sehen. Am schlimmsten war die Wunde quer über der Schulter, aber auch sie war nicht tief.

Bryght konnte allmählich wieder klarer denken. »Was meinst du«, fragte er, »war das nur ein unbesonnener Mann oder ein Komplott?«

Sein Bruder hatte sich bis auf die Unterhosen ausgezogen und wusch sich. »Wenn es ein Komplott war, versuchen sie es bestimmt noch einmal. Die Art und Weise wird aufschlussreich sein.«

»Noch einmal? Zur Hölle, du kannst doch nicht einfach auf die nächste Attacke warten.«

»Was schlägst du vor, wie ich sie verhindern soll? Aber das würde ich auch gar nicht wollen. Ich ziehe es vor, jedweden mordgierigen Feind zu enttarnen und ihn mir vorzuknöpfen.« Rothgar trocknete sich ab und erteilte knappe Anweisungen zu Verbänden und Kleidung. »Du interessierst dich doch für Mathematik. Ein einziger Anschlag ist wenig aufschlussreich. Drei sollten die Urheber allerdings zu erkennen geben.«

»Das nächste Mal könnte es Gift sein oder eine Pistole im Dunkeln.«

Sein Bruder setzte sich, damit der Barbier die Wunde an der Schulter behandeln konnte. »Ich gebe mein Bestes, um gegen solche Dinge gewappnet zu sein.«

»Und dennoch ...«

»Der Himmel bewahre mich vor Männern, die gerade eine Familie gegründet haben!« Rothgar drehte sich energisch um. »Das ist die einzige Erklärung für diesen ganzen Wirbel. Nichts hat sich wesentlich verändert, Bryght. Außer dir.«

Geduldig glich der Barbier seine Arbeit der neuen Position an.

Verdammt, dachte Bryght. Jetzt war er bei dem Thema angelangt, das er ansprechen wollte. »Meine Umstände haben sich sehr wohl geändert«, sagte er und gab seinem Bruder den roten Siegelring zurück. »Ich führe zu Hause ein sorgenfreies Leben und erbebe bei der Vorstellung, deine Verpflichtungen übernehmen zu müssen.«

»Ich setze alles daran, dir dieses Schicksal zu ersparen, bis du zu alt für solche Sorgen bist.«

»Kannst du es Francis auch ersparen?«

Er meinte seinen Sohn. Es entstand eine vielsagende Pause, in der Rothgar sich darauf konzentrierte, den Ring wieder an die rechte Hand zu stecken und seine bandagierte Schulter zu dehnen. Dann nickte er zufrieden. Der Barbier murmelte etwas, woraufhin er sich wieder umdrehte und rasieren ließ.

Bryghts Gesicht verspannte sich. Hier ging es um Heirat – Rothgars Heirat und die Zeugung eines Sohnes, eines Erben; doch sein Bruder wies dies zurück. Da Rothgars Mutter verrückt geworden war, hatte er beschlossen, das unreine Blut dieser Linie nicht weiterzugeben. Es war immer klar gewesen, dass Bryght oder einer seiner Brüder, Söhne einer anderen Mutter, die zukünftigen Malloren-Generationen hervorbringen würden.

Das Thema war tabu, aber dieses Mal konnte Bryght ein Ausweichen nicht hinnehmen. Sobald der Barbier das Rasiermesser abgelegt hatte und begann, die Seifenspuren wegzuwischen, fragte er: »Nun?«

Rothgar stand auf, um das Hemd und die Kniehosen anzuziehen, die ein paar junge Kammerdiener ihm reichten. »Vielleicht findet dein Sohn eines Tages Vergnügen an hohem Stand und Macht.«

»Und wenn nicht?«

»Ich vermute, dass er ohnehin dazu erzogen wird, seine Pflicht zu tun.« Als Nächstes kam die fein bestickte graue Seidenweste dran. Ein Diener machte sich daran, sie mit einer langen Reihe von ziselierten Silberknöpfen zu schließen.

Bryght schwitzte, als befände nun er sich in einem Duell.

Schon lange hatte er seine Rolle als Rothgars Erbe akzeptiert. Da er als Sohn eines Marquis aufgewachsen war, hatte er wohl oder übel eine Menge über die Aufgaben und Pflichten gelernt, und Rothgar hatte darauf bestanden, dass er noch mehr lernte. Auch wenn er nicht wollte, war er in der Lage, die Bürde auf sich zu nehmen, wenn es nötig war.

Als er letztes Jahr geheiratet hatte, hatte er akzeptiert, dass sein ältester Sohn eines Tages das Marquisat, die Marquis-

Würde, erben würde. Jetzt allerdings war dieser theoretische Erbe ein neun Monate altes Kind mit kupferfarbenen Locken und einem bezaubernden Lächeln. Sein Sohn Francis, den Bryght und Portia frei aufwachsen lassen wollten, damit er die aufregende moderne Welt kennen lernen konnte. Wie sollte Francis sein eigenes Leben gestalten und gleichzeitig bereit sein, morgen, nächstes Jahr oder in vierzig Jahren schwer lastende Verpflichtungen zu übernehmen?

Oder nie. Unerträglich.

Doch wie sollte er argumentieren ...?

Ihm wurde nun klar, dass er schon wieder nachgegeben hatte. Er hatte das Thema fallen gelassen. Vielleicht hatten ihn seine Nerven im Stich gelassen, weil er wusste, dass sein Bruder das Thema Heirat, sobald die Sprache darauf kam, vehement und unbarmherzig bekämpfen würde, wie er Curry bekämpft hatte.

Der Friseur brachte eine graue Perücke, deren hintere Haare in einer grauen Seidentasche verborgen waren und von einer schwarzen Schleife zusammengehalten wurden. Die Pracht, mit der sein Bruder zurechtgemacht wurde, erregte schließlich Bryghts Aufmerksamkeit.

»Wo zum Teufel gehst du hin?«

»Hast du vergessen, dass heute Freitag ist?«

Das hatte er tatsächlich. Jeden Mittwoch und jeden Freitag gab der König einen Empfang. Die Anwesenheit war nicht direkt verpflichtend, doch man erwartete von jedem wichtigen Mann des Hofes oder der Regierung, dass er teilnahm, wenn er sich in London aufhielt. Tat er dies nicht, gab das dem König Anlass zu vermuten, dass er mit einer der Splittergruppen sympathisierte, die gegen die königliche Politik waren.

»Du willst trotzdem hingehen?«, fragte Bryght. »Der König weiß bestimmt, dass du gerade ein Duell hattest.«

»Er wird sich von meinem Wohlbefinden überzeugen wollen.«

»Ein Dutzend Männer werden da sein, die ihm davon ...«

Sein Bruder hob die linke Hand, die jetzt mit zwei funkelnden Edelsteinen geschmückt war, und brachte ihn zum Schweigen. »Das Landleben trübt deinen Verstand, Bryght. Der König wird mich sehen wollen, und es ist wichtig, dass die Welt sieht, dass ich vollkommen unversehrt und unerschütterlich bin. Abgesehen davon«, fügte er hinzu, während er flüchtig auf ein Tablett mit Halstuchnadeln blickte, das ihm hingehalten wurde, »dass die Uftons in der Stadt sind und ich sie vorstellen soll.«

»Wer zum Teufel sind die Uftons?«

»Sie haben ein kleines Anwesen bei Crowthorne.« Er nahm eine schwarze, prachtvolle Perle in die Hand. »Zuverlässige Leute. Sir George zeigt seinem Sohn und Erben all die wunderbaren Dinge in London, zweifellos genauso, wie er ihm Huffäule, Räude und saueren Boden gezeigt hat. Carruthers kümmert sich um sie.«

Bryght gab es auf, Einwände zu erheben. Wenn ihm danach war, würde Rothgar vielleicht den König enttäuschen. Aber die Uftons würde er nicht enttäuschen.

Heute würde er überhaupt niemanden enttäuschen. Er bereitete sich auf einen großen Auftritt vor. Die eben erst beobachtete Rasur war sicher schon die zweite an diesem Tag, um alle Spuren dunkler Stoppeln zu entfernen – als Vorbereitung für Puder und Schminke. Das war natürlich wichtig, um erlaucht und zart zu wirken. Wenngleich die übertriebene Pflege am Hof normal war, sollten Rothgars Bemühungen zweifellos seine Maske wiederherstellen – nach der Enthüllung todbringender Kraft beim Duell.

Bryght dachte an Shakespeare. »Die ganze Welt ist eine Bühne ...« Zuerst die Gewalttätigkeiten während des Duells und dann die eingeübten Kniffe am Hof. Später vielleicht der Esprit eines Salons, die verführerische Magie eines Balles oder die Gefahr der Spieltische. Vor seiner Heirat war er selbst auf diesen Bühnen aufgetreten und hatte es durchaus genossen, aber die vollendete Kunst seines Bruders hatte ihm immer gefehlt.

»Hast du bedacht, dass der König Currys Tod missbilligen könnte?«, fragte er.

»Wenn er mich tadeln möchte, muss er die Gelegenheit dazu erhalten.«

»Und wenn er dich in den Tower werfen will? Dafür sorgt, dass du dich vor Gericht verantworten musst?«

»Dafür gilt das Gleiche. Es war allerdings eine saubere Angelegenheit, vor vielen Zeugen.«

»Dein Todesstoß könnte für unüblich erachtet werden.«

Rothgar drehte sich zu Bryght um. »Willst du, dass ich hier herumschleiche, bis ich die Meinung des Königs weiß? Vielleicht denkst du auch, ich sollte nach Holland fliehen oder mich in die Neue Welt einschiffen?«

So betrachtet gab es keine andere Möglichkeit, als an dem Empfang teilzunehmen, und zwar in voller Pracht. Er hätte es wissen sollen. Hatte Rothgar jemals die falsche Karte ausgespielt?

Sein Bruder war faszinierend und bewundernswert, doch manchmal wirkte er wenig menschlich. Die Beachtung eines jeden Details, selbst der Kleidung für diesen Auftritt, die Tatsache, dass er fast immer auf der Bühne stand und vielschichtige Rollen spielte, konnte nicht spurlos an ihm vorübergehen. Es war nicht der Lebensstil für einen lachenden Engel. Rothgar war immerhin durch schreckliche Verluste und Belastungen geprägt worden.

Vielleicht hatte er schon immer ein stählernes Wesen gehabt, doch vier tragische Tode hatten ihn zu dem Mann gemacht, der er heute war – ein Mann, der mit neunzehn zu Macht und Verantwortung gezwungen worden war. Ein Mann, der ein kleines Reich aufgebaut hatte, das er nun verwaltete, und der dieses Reich und die Kontrolle darüber vielleicht brauchte, als Schutz vor seinen Verlustängsten.

Oder als Schutz vor der Angst, verrückt zu werden.

Seine Mutter war wahnsinnig geworden und hatte ihr neugeborenes Kind umgebracht. Rothgar, selbst noch ein kleines Kind, war ein machtloser Zeuge gewesen. Manchmal dachte Bryght, dass das Bedürfnis seines Bruders nach Kontrolle auch eine Art von Wahnsinn war. Er versuchte, die Welt zu einer Theaterbühne zu machen, mit ihm selbst als Direktor. Oder vielleicht zu einem der komplizierten Automaten, die er so mochte. Eine Maschine, die von ihm kontrolliert wurde; die ihm ganz allein gehörte und von ihm am Laufen gehalten werden musste; eine Welt, in der er Katastrophen verhindern konnte.

Es war eine eindrucksvolle Leistung, und Rothgar tat wirklich bemerkenswerte Dinge für seine Familie und für England, aber Bryght wollte nicht, dass irgendwelche Leidensprüfungen seinen Sohn so werden ließen wie seinen Bruder. Und doch hatte er zugelassen, dass ihm das Thema entglitten war.

Bevor er den Mut aufbringen konnte, es noch einmal zu versuchen, zog Rothgar vorsichtig seine maßgeschneiderte Jacke an. Die matte stahlgraue Seide warf keinerlei Falten und war auf der gesamten Vorderseite aufwändig mit schwarzen und silbernen, sechs Zoll breiten Stichen bestickt. Fettler glättete die Seide über den Schultern und am Rücken, auf der Suche nach nicht vorhandenen Mängeln. Obwohl Rothgar einen kleinen, reich verzierten Degen trug, wusste Bryght, dass er in einer so engen Kleidung niemals würde fechten können. Zweifellos bedingt durch die Kleidung, sah er jedoch selbst wie eine verzierte Stahlklinge aus.

Seine Kniehosen und seine Strümpfe waren aus demselben Grau. Er schlüpfte in schwarze Schuhe mit silbernen Absätzen und Schnallen und wählte ein schneeweißes Seidentaschentuch, das mit einer raffinierten Seidenspitze umsäumt war. Zum Schluss befestigte Fettler den silbernen Stern des Bath-Ordens an seiner linken Brust, dessen goldenes Kreuz in der Mitte die einzige farbige Stelle an ihm war.

Dann drehte er sich um und verneigte sich mit perfekter Anmut, während er elegant das Taschentuch schwenkte.

Schönheit und Bedrohung, präzise vermischt.

Bryght klatschte, und sein Bruder verzog die Mundwinkel. Obwohl Rothgar seine Rolle auf dieser Bühne voll ausspielte, verirrte er sich nicht in der Künstlichkeit, wie viele andere. Ihre Welt, das hatte er gegenüber seiner Familie häufig betont, war zwar ein Kostümball, aber ein Ball, bei dem bedeutende Dinge entschieden wurden.

Als sie das Zimmer verließen, umgab sie ein feiner Parfümduft. Rothgar hatte ein wenig auf sein Taschentuch geträufelt, und der Kontrast zu dem billigen Zeug dieses Gecken war schon fast ein paar Tränen wert.

Ebenso wie die Tatsache, dass Bryght sich eine einzigartige Gelegenheit hatte entgehen lassen. »Was Francis betrifft«, sagte er, und er wusste, dass es kein guter Zeitpunkt war.

»Ja?«

Das einzelne Wort klang so kalt wie Stahl, aber Bryght blieb hartnäckig. »Du wirst ihn bei der Reise zu Brands Hochzeit besser kennen lernen.«

»Ich zittere schon vor Freude.« Aber Rothgar warf ihm einen Blick zu und lächelte. »Er ist ein reizendes Kind, Bryght. Glaubst du, dass Brands Pläne, im Norden zu leben, gelingen werden?«

»Vermutlich schon. Er hat nie Geschmack am eleganten Leben gefunden.« Doch Bryght war sich darüber im Klaren, dass er abgelenkt worden war. Diesmal etwas freundlicher, aber genauso entschlossen.

»Er wird es nicht vollkommen vermeiden können«, bemerkte Rothgar, als sie den oberen Absatz der geschwungenen Haupttreppe erreichten. »Die Cousine seiner Braut unterhält dort ein großes Anwesen. Ihr Wohnsitz konkurriert mit Rothgar Abbey.«

»Die Peeress von Arradale? Bey –«

»Eine furchteinflößende nordische Kriegerin, mit Waffen

in Form von Locken, leuchtenden Augen, Seide und Pistolen. Und sie weiß sie alle geschickt einzusetzen.«

»Bey –«

»Hat Brand dir erzählt, dass sie ihn beinahe umgebracht hat? Und meine Männer und mich hat sie mit ihrer eigenen kleinen Armee natürlich auch in die Flucht geschlagen.«

Belangloses Geschwätz als Verteidigungswaffe, geschwungen wie ein Degen, sodass Bryght kaum eine Möglichkeit fand zu sagen, was er zu sagen hatte.

»Eine Peeress aus eigenem Recht«, fügte sein Bruder hinzu, als sie die Treppe hinuntergingen. »Sie hat beträchtliche Macht und nicht vor, sie zu verlieren.«

Aha! »Nicht jeder mag Macht«, warf Bryght nun entschlossen ein. »Bey, ich will nicht, dass Francis damit belastet wird, dein Erbe zu sein.«

Eisiger Nebel schien sich auf sie niederzusenken. »Dann versichere ihm, wenn er alt genug ist, dass ich mein Möglichstes tun werde, um ihn zu überleben.«

»Ich wünschte, du würdest heiraten, Bey.«

»Nein, Bryght, auch nicht deinetwegen.«

»In der Familie deiner Mutter ist niemand sonst wahnsinnig geworden. Vielleicht war es nur eine vorübergehende Krankheit oder eine Art Ausrasten!«

»Alles muss irgendwann einmal anfangen. Ich will es nicht riskieren.«

»Haben meine Sorgen denn gar keine Bedeutung?«

Sie hatten das Ende der Treppe erreicht, und Rothgar drehte sich zu ihm um. »Ich kümmere mich um die Sorgen meiner ganzen Familie. Eine Möglichkeit wäre, mir das Kind zu überlassen, damit ich es als meinen Erben großziehe.« Bryght suchte noch nach den passenden Worten, als Rothgar fortfuhr: »Die andere ist, dass ich bald sterbe. Dann wärst du Marquis, und Francis könnte sicher in seine zukünftige Rolle hineinwachsen. Soll ich die Mörder ihre Arbeit machen lassen?«

Die Pest sollte diesen herzlosen Teufel holen. Neben Zuneigung und Freundschaft gab es zwischen ihnen immer auch Rivalität und Gegensätze, die sich aus ihren Rollen ergaben, aus ihrem Wesen und ihrer Geschichte.

Bryght befürchtete, dass es zwecklos war, doch er blieb hartnäckig. »Du könntest heiraten. Riskiere es.«

Rothgar hob die Augenbrauen. »Risikobehaftete Generationen, nur um dir ein paar Sorgen zu ersparen und deinem Sohn eine gewisse Unsicherheit? Ich bin anderer Meinung. Erziehe Francis dazu, jede Bürde zu akzeptieren, die sich auf seine Schultern legen könnte. Es ist die einzige Möglichkeit. Du kannst ihn noch so sehr verhätscheln, die Bürden werden kommen. Das sagt mir zumindest die Erfahrung.«

Er wandte sich ab, ließ sich von einem wartenden Diener Umhang und Hut reichen und trat durch die hohen Flügeltüren hinaus. Für die kurze Reise zum St. James's Palace nahm er in seiner lackierten und mit Gold verzierten Sänfte Platz. Diesmal ignorierte er die wartenden Bittsteller, die darauf hofften, dass sich der Marquis ein wenig Zeit für sie nahm und etwas von seiner Macht und seinem Einfluss für ihre Belange einsetzte.

Die livrierten Träger hoben die Stangen an und machten sich auf den Weg, auf jeder Seite von bewaffneten Dienern begleitet.

Der Marquis von Rothgar war wieder auf der Bühne.

Zitternd vor Wut und nervöser Anspannung wandte Bryght sich ab. Es gab Zeiten, in denen er seinen Bruder gern selbst aufgespießt hätte, wenn er gekonnt hätte.

Harrogate, Yorkshire

»Passt doch auf!« Die Gräfin von Arradale wich vor der Florettspitze zurück, die ihr Herz bedroht hätte, wäre die Spitze nicht mit einem Knauf versehen gewesen und hätte sie keinen gepolsterten Brustschutz getragen.

Ihr Fechtlehrer zog die Maske von seinem zerfurchten Gesicht. »Ihr übt nicht genug, Mylady.«

Diana zog ebenfalls die Gesichtsmaske ab und reichte sie ihrer wartenden Zofe. »Wie sollte ich auch, Carr, wenn Ihr nicht nach Arradale kommt, um mit mir zu üben?« Clara hängte die Maske auf und eilte zurück, um die Bänder zu lösen, die den Brustschutz zusammenhielten.

William Carr legte hastig seine eigene Schutzkleidung ab. »Ihr wisst, dass ich Euch verehre, Mylady, aber ich werde nicht zulassen, dass Ihr mich ganz für Euch vereinnahmt.«

Diana warf einen Blick auf den gut aussehenden Iren mit den dunklen, lockigen Haaren und den leuchtenden blauen Augen. Sie hatte ein paar Mal daran gedacht, auf seine Flirtversuche einzugehen, aber sie wusste instinktiv, dass er als Spielzeug zu gefährlich war. Wie die meisten Männer würde er sie nur zu gern besitzen, ihre Macht und ihren Reichtum, und aus ihr eine bloße Ehefrau machen.

»Zumindest mit meinen Schießkünsten werdet Ihr zufrieden sein«, sagte sie, während sie auf einen Spiegel zuging und ihr kastanienbraunes Haar in Ordnung brachte.

»Doch leider wird es Eure Wangen nicht so reizend zum Erröten bringen.«

»Nein? Aber mein Herz wird schneller schlagen.«

»Das ist die Macht, Mylady«, sagte er mit einem matten Lächeln. »Es ist ein Jammer, dass Ihr für die Macht geschaffen seid, und ja, genau dadurch wirkt Ihr noch schöner. Aber auch gefährlich. Sehr gefährlich.«

Sie warf ihm einen beschwichtigenden Blick zu, wenngleich er immer das Richtige zu sagen wusste. Gefährlich. Der Gedanke, dass sie gefährlich war, gefiel ihr.

Der Spiegel sagte ihr, dass Carr die Wahrheit über ihr Aussehen sagte; von der Anstrengung waren ihre Wangen gerötet, und ihre Augen funkelten. Ein Jammer, dass das alles umsonst war. Ja, sie gehörte zu den Frauen, die auf Männer anziehend wirkten, auch ohne Rang, Reichtum und Macht.

Es war ihr Unglück, dass Rang, Reichtum und Macht ihr nicht erlaubten, die Männer zu ermutigen.

Sie drehte sich wieder um. »Kommt, ich zeige Euch, wie gefährlich ich geworden bin. Mit einer Pistole brauche ich keinen Partner, deshalb übe ich allein. Täglich.«

»Ich glaube Euch«, sagte er und hielt ihr die Tür auf, die auf einen sonnenbeschienenen Hof führte. »Ihr liebt es zu gewinnen.«

»Ja.«

»Und Ihr seid immer noch wütend auf Euch, dass Ihr letztes Jahr daneben geschossen habt, obwohl Ihr auf einen Mann feuertet, den Ihr nicht töten wolltet.«

»Natürlich bin ich froh, dass ich Lord Brand nicht getötet habe, Carr, aber ich hätte nicht so wild drauflosschießen dürfen. Das war eine Schwäche.« Sie drehte sich zu ihm um. »Ihr müsst mir beibringen, wie man das vermeidet. Wie man in einer Notlage einen sauberen Schuss abgibt.«

Als sie an der Tür zu seiner Pistolengalerie angekommen waren, blieb er stehen. »Sicher, aber wie sollte eine große Lady wie Ihr in eine Notlage geraten?«

»Es ist schon einmal passiert«, erwiderte sie. »Wenn es wieder passiert, muss ich vorbereitet sein. Wären die Umstände so gewesen, wie ich dachte, hätte ich mein Leben verlieren können, und Rosa ebenfalls! Warum sonst arbeite ich so hart daran?«

»Allein der großen Herausforderung wegen, Lady Arradale.«

Bei dieser trockenen Bemerkung lachte sie laut auf. »Das stimmt. Ihr kennt mich zu gut, Carr. Aber auch, weil ich bereit sein werde, mich und die Meinen zu verteidigen, wenn es jemals dazu kommen sollte. Seid mein Lehrer. Seid mein Lehrer und behandelt mich, als wäre ich ein Mann.«

Er schloss die Tür auf und fragte: »Wer bedroht Euch, Mylady? Es wäre eine Ehre für mich, ihn für Euch zu töten.«

»Keiner«, antwortete sie und betrat den langen Raum, wo

ihr der abgestandene Geruch von Schießpulver und Rauch in die Nase stieg. Es stimmte, dass sie die Macht von Pistolen liebte.

Dass sie nicht bedroht wurde, stimmte ebenfalls – zumindest nicht körperlich. Ihr Leben floss ruhig und sanft dahin, abgesehen davon, dass sie sich der Existenz eines gewissen Marquis bewusst war.

Sie nahm die speziell für sie angefertigten Waffen aus dem Kasten, um sie zu laden – etwas, das sie immer selbst machte. Während sie Schießpulver in den Lauf der ersten schüttete, musste sie sich eingestehen, dass sie heute wegen des Marquis hierher gekommen war. Sie hatte Carr seit Monaten nicht besucht, aber die Nachricht, dass der Finstere Marquis bald nach Norden kommen würde, hatte sie hierher getrieben, um ihre Fertigkeiten zu trainieren.

Während sie die Kugel mit Stoff umwickelte und in den Lauf stopfte, dachte sie an ihre letzte Begegnung. Sie hatte ihn mit der Pistole bedroht und schließlich verjagt. Und er war kein Mann, der eine Niederlage vergaß.

Sie legte die Pistole zur Seite und nahm sich die andere vor. Jene gewaltsame Begegnung war nicht der einzige Grund für das nervöse Prickeln, das sie empfand.

O nein – sie stopfte die nächste Kugel nach unten – es war die Erinnerung an ihn, an die Wirkung, die er auf sie hatte. Als er letztes Jahr im Norden gewesen war und sie zu Hause besucht hatte, hatten sie sich ständig gegenseitig herausgefordert, meistens mit Worten. Die verbalen Fechtkämpfe waren jedoch in einen Flirtwettkampf übergegangen.

Sie öffnete die Pfanne, um das feine Pulver hineinzugeben, hielt jedoch gedankenverloren inne.

In einer unvergesslichen Nacht hatte er versucht, sie zu verführen. Er hatte es nicht ernsthaft gewollt – es war Teil ihres ständiges Wettkampfes gewesen, und er hatte sie testen wollen –, doch die Erinnerung daran hatte seitdem dauernd an ihrer Vernunft und ihrem Verstand genagt.

Nach ihrer Weigerung hatte er gesagt: »*Solltet Ihr jemals Eure Meinung ändern, Lady Arradale …*«

Jene Worte waren es, die sie Tag und Nacht verfolgten, und es hatte viele verrückte Momente gegeben, in denen sie sich gewünscht hatte, sie hätte dieses zynische Angebot angenommen.

Sie schüttelte den Kopf und ließ das Pulver vorsichtig in die Zündpfanne rieseln. Der Marquis stellte keine körperliche Bedrohung dar, das nicht; trotzdem hatte sie im letzten Jahr intensiver als je zuvor schießen geübt.

Im Moment übte sie täglich und hatte sich trotz ihres ausgefüllten Tagesablaufs Zeit genommen, hierher zu kommen, vor allem um Carr zu sehen. Denn der Marquis kam wieder nach Norden, kehrte zurück, um Unruhe in ihr Land und ihren Seelenfrieden zu bringen.

Sie schloss den Pfannendeckel und füllte danach die Pfanne der anderen Waffe. Dann entsicherte sie die erste Pistole, sodass der Hahn gespannt und die Pistole schussbereit war. »Wenn mich jemand bedroht, Carr, komme ich selbst mit ihm klar.«

Als sie jedoch ihre Position vor den Zielscheiben einnahm – grob stilisierte Figuren mit roten Herzen als Ziel –, war ihr bewusst, dass auch ein Herzschuss keine Verteidigung gegen die Bedrohung war, der sie entgegensah.

3

Es wurde Mittag, und die Menschen strömten durch das Pförtnerhaus an der Pall Mall in das Labyrinth aus alten Gebäuden, das als St. James's Palace bekannt war. Kabinettsminister waren darunter, Offiziere, erschöpfte Höflinge, und auch Landedelmänner, die einmal im Leben eine Audienz beim König haben wollten. Sie alle trugen das komplette Hofkostüm – elegante Kleidung, kleiner Degen, gepudertes Haar –, da sie ansonsten nicht empfangen worden wären.

Diejenigen, die daran gewöhnt waren, dies zwei- oder dreimal pro Woche mitzumachen, schlenderten über den Hof und unterhielten sich oder hatten andere Dinge im Kopf. Die Gentlemen vom Land allerdings blickten mit großen, erwartungsvoll leuchtenden Augen umher. Den König so nah vor sich zu sehen. Empfangen zu werden. Ein oder zwei Worte mit ihm zu wechseln!

Die Träger des Marquis brachten ihn durch das Pförtnerhaus in den großen Innenhof, wo er ausstieg und sich die üppige Spitze an den Handgelenken zurechtrückte. Er nahm von verschiedenen Seiten Grüße entgegen und schätzte die Stimmung ein. Neugier und eine gewisse erregte Erwartung, dass er im Tower enden könnte. Das war nicht unwahrscheinlich. Der junge König war schwer einzuschätzen, auf ihm lastete die Gewissheit, moralischer Führer seines Reiches zu sein.

Rothgar entdeckte seinen Sekretär bei zwei staunenden Landherren und schlenderte zu ihnen hinüber. Bevor Carruthers sie vorstellen konnte, trat der ältere Mann vor und verneigte sich. Er war groß und kräftig, fühlte sich jedoch offensichtlich unwohl in seiner prächtigen Kleidung. »Verehrter Herr Marquis! Wir sind Euch sehr zu Dank verpflichtet.«

Rothgar verneigte sich ebenfalls. »Durchaus nicht, Sir George. Ich bin erfreut, Euch in London zu sehen. Dies ist gewiss Euer Sohn ...« Während er sprach, blinzelte er seinem Sekretär zu, der »George« mit den Lippen formte. Er unterdrückte ein Lächeln und fügte »George« hinzu.

Der hübsche, ein wenig benommen wirkende junge Mann verneigte sich ebenfalls und hielt dabei vorsichtshalber seinen kleinen Degen fest. Diese Dinger waren bekanntermaßen tückisch und hatten schon viele Damen zu Fall gebracht oder gelegentlich gar an unglücklichen Stellen getroffen. Der junge George wurde offenbar zu einem ebenso tadellosen Mann erzogen, wie sein Vater einer war.

Der Marquis schlug vor, ins Gebäude hineinzugehen. »Ich hoffe, meine Leute haben dafür gesorgt, dass Eure Reise nach London ganz nach Euren Wünschen war, Sir George.«

»Das haben sie gewiss, Mylord!«, beteuerte Sir George und berichtete von all den wunderbaren Dingen, während sie in Richtung Empfangssaal gingen. Als sie sich dem Saal näherten, fing er jedoch nervös und aufgeregt an zu stammeln. »Glaubt mir, Mylord, ich weiß gar nicht, was ich sagen soll.«

»Lasst Euch von Seiner Majestät leiten, Sir George, aber sprecht zu ihm. Er beschwert sich bei solchen Anlässen vor allem darüber, dass die Leute ihn nur anstarren und ›Ja, Sir‹, ›Nein, Sir‹ sagen.«

»Sehr wohl, Mylord!« Sir George sah aus, als müsste er kräftig schlucken. »Nun, die Sterne mögen mir beistehen, ich werde mein Bestes geben. Aber du, Georgie«, sagte er zu seinem Sohn, der ihnen folgte und dabei die Waffensammlung an den getäfelten Wänden anstarrte, »du bleibst besser bei ›Ja, Sir‹ und ›Nein, Sir‹. Hast du gehört?«

»Ja, Vater!«

Rothgar verbarg ein Lächeln. Empfänge waren eine langweilige Verpflichtung, und er genoss es, seine Nachbarn vom Land vorzustellen. Mit ihren Augen betrachtet gewannen die Empfänge an Frische und Würze und erinnerten ihn daran, dass es ein Hauptmerkmal des englischen Staates war, dass anständige Männer Zutritt zum König erhielten. Er bedauerte, das Duell nicht um einen Tag verschoben zu haben. Er würde dafür sorgen, dass die Uftons in keine Unannehmlichkeiten gerieten, aber wenn der König beschloss, Duelle und den Tod zum großen Thema zu machen, würde es ihre Begeisterung beeinträchtigen.

Sie betraten den Empfangssaal, der reich mit Wandteppichen und Gemälden geschmückt war, jedoch keine Möbel enthielt, und stellten sich in den Kreis, der sich an der Wand formierte. Rothgar wählte einen Platz neben anderen Leuten vom Land, und schon bald unterhielten sich die Uftons angeregt mit ihresgleichen. Unterdessen kamen mehrere Männer zu Rothgar und sprachen mit ihm. Keiner von ihnen missbilligte das Duell, aber was die Folgen betraf, waren einige offensichtlich unsicher. Diejenigen, die ihn plötzlich ignorierten, entgingen ihm ebenfalls nicht.

Als der König schließlich eintraf, war ihm seine Stimmung nicht anzusehen. George III. war erst fünfundzwanzig, groß und ansehnlich, hatte eine frische Gesichtsfarbe und große, blaue Augen. Da er seine Aufgabe ernst nahm, ging er langsam im Raum umher und blieb bei jedem Mann stehen, um mit ihm zu sprechen. Selbst wenn er über Rothgar nachdachte, so ließ er es sich nicht anmerken. Während er sich durch den Raum bewegte, bildete er den Mittelpunkt der allgemeinen Aufmerksamkeit.

Der König sprach kurz mit dem Earl of Marlbury, der neben Rothgar stand, dann schweifte sein Blick ernst und nachdenklich weiter. Rothgar spürte, wie der ganze Raum den Atem anhielt und sich fragte, ob man einem Ereignis beiwohnen würde, das es wert war, an die Nachkommen überliefert zu werden.

Dann senkte der König den Kopf. »Verehrter Herr Marquis, wir sind erfreut, Euch gesund hier zu sehen. Sehr erfreut.«

Ein Raunen ging durch den Saal, und Rothgar verneigte sich. »Euer Majestät ist gütig wie immer. Darf ich Euch Sir George Ufton von Ufton Green in Berkshire und seinen Sohn George vorstellen?«

Von da an ging alles glatt. Sir George erzählte kurz und überlegt von den Umständen bei ihm zu Hause. Dann fragte der König den jungen George, ob er seinen Aufenthalt in London genieße und bekam ein nervöses »Ja, Sir« zur Antwort.

Danach ging er weiter.

Sir George stieß einen tiefen Seufzer aus. Rothgar unterdrückte jegliches Zeichen von Erleichterung. Er erlaubte sich keinerlei Siegeszeichen, als er die Verbeugungen der vorbeigehenden Kabinettsminister erwiderte, auch wenn einige ihn immer noch als Rivalen ansahen.

Wenngleich es durchaus gestattet war, den Saal zu verlassen, sobald der König vorbeigegangen war, ließ Rothgar den Uftons einen Moment Zeit, sich von ihrem Erlebnis zu erholen, bevor er sie nach draußen an die frische Luft geleitete. Carruthers erwartete sie und übergab sie einem livrierten Diener, der ihnen noch mehr Attraktionen zeigen würde. Danach nahm er Rothgar beiseite und teilte ihm mit, der König hätte ihn zu einer privaten Audienz bestellt.

»Aha, ich bin also noch nicht komplett entkommen«, murmelte Rothgar, und selbst sein diskreter Sekretär blickte ihn gequält an.

Er machte sich zum Schlafgemach des Königs auf, das nur noch für Audienzen genutzt wurde. Er wusste, dass man ihn keinesfalls schelten, sondern umgarnen würde, und danach würde der König ihn um seinen Rat in anstehenden komplexen Angelegenheiten bitten.

Manchmal ermüdete ihn diese Rolle. Manchmal wünschte er sich sogar, wie Sir George zu sein, nur verantwortlich für ein kleines Anwesen und seine Familie. Er war jedoch in diese Pflichten hineingeboren, und Gott hatte ihm das Talent gegeben, seinem Land von Nutzen zu sein. Er konnte sich nicht heraushalten, ohne dabei seine Ehre zu verlieren.

Nach seiner Rückkehr nach Hause zog Rothgar erleichtert sein steifes Hofkostüm aus und veranlasste einige Dinge, die aus dem Gespräch mit dem König resultierten.

Obwohl der Friedensvertrag mit Frankreich unterzeichnet worden war, gab es in Paris immer noch Leute, die wieder den Krieg herbeisehnten und die Niederlage ungeschehen machen wollten. Es war notwendig, ihre Pläne zu kennen und auf ihre Spione in England Acht zu geben. Rothgar konnte häufig Informationen beschaffen, die offizielle Ermittler nicht herausfanden, vor allem, weil er ein eigenes Netz von Spionen unterhielt.

Als Nächstes kümmerte er sich um einen Stapel von Dokumenten, die er mit einem Siegel versehen und unterschreiben musste. Dann wandte er sich belanglosen Dingen zu – Briefen und Listen von Leuten, die auf seine Dienstleistungen oder seine Gönnerschaft hofften. Er blätterte sie beiläufig durch, weil er nicht in der Stimmung für solche Dinge war, bis er bei einem Päckchen angelangt war, das ihm ein Verleger geschickt hatte.

Es enthielt eine Auswahl von Gedichten. Er überflog sie und legte einige beiseite, weil sie interessant schienen. Dann stieß er auf ein paar Seiten, die den Titel *Diana, eine Kantate* trugen. Sie wurde Monsieur Rousseau zugeschrieben, war jedoch ins Englische übersetzt. Ein leichtes Stück, aber da ihm sofort eine andere Diana in den Sinn kam, auch ein interessantes.

Die Sonne schon fast am Horizont verschwand,
Als die keusche Diana und ihre Jungfernschar …

Lady Arradale. Sie hatte einen festen Charakter, einen offenen Blick und einen Körper, der für die Liebe geschaffen war.

Wahrscheinlich war sie jedoch eine keusche Jungfrau und darüber nicht gerade glücklich.

Eine Abschrift davon könnte ein amüsantes Geschenk sein.

Er verstand ihren Beschluss, nicht zu heiraten, aber eine solche Entscheidung forderte ihren Preis, besonders für eine Frau. Sicher fiel es ihr nicht leicht, ihre weiblichen Bedürfnisse zu befriedigen. Außerdem war eine unverheiratete Frau für viele Menschen eine Beleidigung des Himmels; als alte Jungfer dazu bestimmt – in den Worten Shakespeares –, Affen in die Hölle zu geleiten.

Aus irgendeinem Grund hatte der König heute nach ihr gefragt, und sicher gehörte er ebenfalls zu denen, die beleidigt waren. Wenig angetan war George vor allem von der Vorstellung, dass sich eine junge alleinstehende Frau in der besonderen Position befand, die Peerswürde mit ererbtem Besitz im Oberhaus innezuhaben.

In der Hoffnung, dass der konventionelle König ihre Existenz komplett vergaß, hatte Rothgar gleichgültige Antworten gegeben. Die Könige von England waren durch viele Regeln eingeschränkt, aber sie hatten immer noch Biss.

Rasch las er den Text der Kantate durch. Sie beschrieb einen Angriff der Göttin Diana auf Amor, also auf die Liebe. Das würde der Gräfin gefallen, dachte er. Würde es auch als Warnung dienen? Am Ende ging ein Pfeil daneben, und Diana unterlag der Liebe.

Vielleicht, dachte er, als er die Seiten zu den interessanten Gedichten legte, sollte er auch eine Abschrift davon bei sich haben.

Er war sich darüber im Klaren – über solche Dinge war er sich immer im Klaren –, dass Lady Arradale einen lauernden Pfeil darstellte. Sie war hübsch und lebhaft, doch das waren nur ihre unbedeutendsten Reize. Wegen ihrer ungewöhnlichen Stellung war sie zu einer außergewöhnlichen Frau geworden, klug, kühn und tapfer.

Sie war außerdem eigensinnig, impulsiv und vielleicht sogar verwöhnt. Normalerweise würden solche Eigenschaften jegliches Interesse seinerseits zum Erlöschen bringen, aber in ihrem Fall riefen sie seinen Beschützerinstinkt hervor. Als Cousine von Brands Braut gehörte sie fast zu seinem Heiligtum, seiner Familie.

Ein weiser Mann vermied die Gefahr. Während er seinen Siegelring am Finger auf und ab schob, zog er in Betracht, überhaupt nicht an Brands Hochzeit in Yorkshire teilzunehmen. Dann würde er gar nicht erst in die Reichweite des Pfeiles gelangen.

Die übrige Familie plante jedoch hinzufahren, und er wollte das glückliche Ende von Brands Abenteuer miterleben.

Er prüfte, ob er noch irgendwelche Papiere übersehen hatte, und stand vom Schreibtisch auf. Er konnte ruhig hinfahren. Die Komplikationen, die sich aus dem Ende des Krieges mit Frankreich ergaben, boten Grund genug, rasch nach London zurückzukehren. Zusätzlich würde er veranlassen, dass Carruthers ihm per Eilboten Unterlagen zuschickte, um ihm die aktuelle Lage zu verdeutlichen.

Ein Abwehrmanöver, aber ein kluges. Man überlebte am ehesten, wenn man der Gefahr aus dem Weg ging. Er würde einen Tag vor der Hochzeit ankommen und am Tag danach abreisen. Drei Tage. Es würde ihm leicht fallen, drei Tage lang Verwicklungen mit der Gräfin zu verhindern.

Als er das Zimmer verließ, um sich auf seine abendlichen Verpflichtungen vorzubereiten, war ihm jedoch bewusst, dass es viele historische Dramen gab, ja sogar Tragödien, die das Gegenteil bewiesen.

Drei Tage waren Zeit genug für eine komplette Katastrophe.

Drei Tage, sagte sich Diana, als sie auf das Signalhorn des Pförtners wartete, der die Ankunft der Malloren-Kutschen ankündigte. Er würde nur drei Tage bleiben. Sie konnte diese drei Tage überstehen, ohne in irgendeine Katastrophe zu geraten.

Trotz dieser Vorsätze spannte sich jedoch jeder einzelne Nerv an, als das Horn in der Ferne ertönte. In früheren Tagen hatte jenes Horn zum Beobachtungsstand des Schlosses gehört und vor Feinden gewarnt. Vielleicht hatte sie die Erinnerung daran noch im Blut, denn ihr Herz begann zu rasen und ihr Mund wurde trocken.

Sie zwang sich zur Vernunft. Dies war kein Überfall. Es war eine Feier des Hauses und eine Hochzeit. Sie würde die perfekte Lady sein, der Marquis der perfekte Gentleman, und in drei Tagen würden sie sich wieder trennen.

Mit etwas Glück diesmal für immer.

»Diana?«

Sie fuhr herum und erblickte ihre Mutter. Die verwitwete Gräfin komplizierte alles, indem sie nicht nur eine, sondern zwei Hochzeitsglocken läuten hörte. Sie hatte sich in den Kopf gesetzt, dass Dianas Nervosität aus ihrer Zuneigung für den Marquis resultierte.

»Das sind die Mallorens, vermute ich«, sagte ihre Mutter beiläufig. »Gehst du nicht hinunter, um sie zu begrüßen?«

»Ja, natürlich, Mutter.«

Die Lippen ihrer Mutter verzogen sich zu einem fast schelmischen Lächeln. »Du hast Arradale von innen nach außen gekehrt, um alles herzurichten, meine Liebe, und du gehst schon eine Stunde lang hier im Raum auf und ab, und jetzt zögerst du. Was ist mit dir los?«

Keine mädchenhafte Aufregung, Mutter.

»Nichts«, sagte Diana mit gezwungenem Lächeln und eilte vor diesem wissenden Blick davon.

Dianas Mutter hatte die Motive, aus denen ihre Tochter unverheiratet geblieben war, nie verstehen können. Sie betrachtete die Verpflichtungen einer Grafschaft als eine schreckliche Last und nicht als aufregende Herausforderung. Sie war hartnäckig davon überzeugt, dass ihre Tochter nur den richtigen Mann suchte, und hoffte, dass sie ihn in dem Marquis gefunden hatte.

Den *Letzten*, der dafür geeignet war.

Diana rauschte die breite Treppe hinunter in die getäfelte Eingangshalle und hoffte, dass ihre Mutter in den nächsten Tagen keine peinlichen Bemerkungen von sich geben würde. Eines beruhigte sie. Der Marquis war ebenso entschlossen wie sie, eine Heirat zu vermeiden.

Die Kutschen fuhren gewiss noch die Auffahrt hinauf, sodass Diana stehen blieb, um sich in dem prächtigen vergoldeten Spiegel zu betrachten. Ihrem Äußeren hatte sie sich mit großer Sorgfalt gewidmet.

Als sie und der Marquis das letzte Mal aufeinandergetroffen waren, hatte er gerade versucht, ihre Cousine Rosa zu entführen. Sie hatte ihn mit ihrer eigenen Pistole und einer kleinen Armee von Männern des Landsitzes davon abgehalten. Sie bereute es nicht. Möglicherweise war es der ruhmreichste Moment ihres Lebens gewesen. Dennoch hatte sie sich heute auf eine Art und Weise gekleidet, die ihn daran erinnern sollte, dass sie vor allem eine Dame war.

Sie trug ein blassgelbes Kleid, das mit cremefarbenen Blumen besetzt war, und als Ohrschmuck und auf einem cremefarbenen Halsband einfache Perlen. Ihre Locken kräuselten sich frivol und beinahe ein bisschen albern aus einer Haube aus Musselin und Bändern hervor. Sie trug sogar eine der modernen, nur dem Schmuck dienenden Schürzen aus Seidengaze und Spitze. Ihr gerötetes Gesicht war leicht gepudert.

Sie hob die Hände, die Handflächen ihrem Gesicht zugewandt, sodass ihre acht Ringe im Spiegel aufblitzten. So sanft und süß sie auch wirken wollte, sie konnte es nicht ertragen, ohne ihre Ringe zu sein, auch wenn sie sie dem Marquis gegenüber schon einmal verraten hatten. Tatsächlich trug sie genau die gleichen verräterischen Spielereien wie beim letzten Mal, als sie ihn auf Arradale willkommen geheißen hatte.

Man sagte ihm eine hervorragende Beobachtungsgabe und

Allwissenheit nach, sodass er sich an alles erinnern dürfte. Er würde die Herausforderung erkennen. Sie war eine Dame, aber sie war auch die Gräfin von Arradale.

Außerdem befand er sich auf ihrem Land.

Sie wartete noch einen Moment und ging dann auf die prächtigen Türen zu. Als ihre Diener die Türflügel öffneten, flutete das Sonnenlicht herein, und sie sah vier große Reisekutschen, die vor den doppelten Treppenbögen zum Stehen kamen. Drei andere, die vermutlich Gepäck und Bedienstete enthielten, waren abgebogen und fuhren zum Hintereingang des Hauses.

Sieben! Und sie entdeckte Vorreiter. Sie selbst reiste auch mit viel Aufwand, aber dies war übertrieben, selbst für eine ganze Familie. Sie brachten auch Kinder mit, was eine Überholung der schon lange nicht mehr benutzten Kinderzimmer erforderlich gemacht hatte. So etwas übertrieben Lächerliches machten nur die Mallorens.

Nur drei Tage, sagte sie sich, als sie langsam durch die offenen Türen schritt, um ihren schnellen Herzschlag zu verbergen. Mit einem freundlichen Lächeln hob sie ihre weiten Röcke etwas an und ging die Treppen hinunter, um die aus den Kutschen kletternden Gäste zu begrüßen. In Gedanken probte sie kühle, höfliche Begrüßungsworte, doch dann erblickte sie eine Dame, der aus der zweiten Kutsche geholfen wurde, und vergaß die Anstandsformen.

»Rosa!«, rief sie und lief auf ihre Cousine und teuerste Freundin zu, um sie kräftig zu umarmen. Sie hatten sich neun Monate nicht gesehen.

Nach einer Weile merkte sie, dass sie ihre Pflichten als Gastgeberin völlig vernachlässigt hatte. Sie errötete und wandte die Aufmerksamkeit von ihrer glücklichen und gesunden Freundin ab, um sich zu entschuldigen. Als sie ein paar Tränen wegwischte, fand sie sich einem amüsierten Lord Brand Malloren gegenüber.

Mit seinen rostbraunen Haaren, die schlicht nach hinten

gebunden waren, und seinem sonnengebräunten Gesicht voller Lachfalten passte er hervorragend zu Rosa. Er hatte Diana sogar verziehen, dass sie auf ihn geschossen hatte.

Während sie sich mit Lord Brand unterhielt, bemerkte Diana, dass sie Mühe hatte, zusammenhängend zu denken oder zu sprechen. *Er* war in der Nähe. Sie wusste es, obwohl sie ihn nicht sehen konnte. Es war lächerlich, aber an einem plötzlichen heißen Prickeln, das ihr den Rücken hinunterlief, spürte sie, dass er hinter ihr stand.

Irgendwie brachte sie das angefangene Gespräch zu einem sinnvollen Ende und drehte sich in der Hoffnung um, dass sie sich geirrt hatte, dass er ganz woanders und alles nur Einbildung oder die Sonne gewesen war.

4

Doch da stand der Marquis, nur ein paar Schritte entfernt, und wartete geduldig. Hatte er immer schon eine solche Wirkung auf sie gehabt, oder war dies irgendeine neue Foltermethode?

»Lord Rothgar!«, rief sie und betete, dass ihr rasendes Herz nicht auffiel, während sie verzweifelt ihrem Drehbuch folgte. »Welch ein Glück, dass wir Euch wieder hier in Arradale begrüßen dürfen.«

Er küsste ihre Hand. Sie spürte nur einen ganz leichten, schicklichen Luftzug auf den Fingerknöcheln, doch die Berührung ihrer Finger löste erneut ein erschreckendes Gefühl aus.

Zur Hölle. Das kam dabei heraus, wenn man ein Jahr lang so viel an einen Mann dachte!

»Das Glück ist ganz auf unserer Seite, Lady Arradale. Besonders da Ihr gewillt seid, eine ganze Horde von Mallorens bei Euch aufzunehmen.«

Kein Anzeichen, dass er ebenfalls erregt war. Sie zog ihre Hand weg. »Für Rosas Hochzeit?«, fragte sie gelassen. »Dafür würde ich eine ganze Horde von Monstern willkommen heißen, Mylord.«

»Dann sollte es Euch gelingen, uns zu überleben. Erlaubt mir, dass ich Euch vorstelle.«

Mit einer leichten Berührung ihres Ellbogens führte er sie zu einer Familie, die aus einer der hinteren Kutschen ausstieg, doch selbst diese formelle Berührung schien Funken zu erzeugen. Hilfesuchend schaute sie sich nach Rosa um, aber ihre Cousine lächelte gerade Lord Brand an und nahm ihre Umgebung nicht wahr.

»In der Tat«, murmelte der Marquis, als hätte sie etwas gesagt. »So benehmen sie sich ständig. Welch ein Glück, dass wir auf eine solche schwächende Torheit verzichtet haben.«

Falls er geplant hatte, sie wieder zu beruhigen, hätte er keine besseren Worte finden können. Sie versuchte, würdevoll und ruhig zu wirken, und ging auf die Familie zu.

Sie bestand aus dem Ehepaar und ihren vier Kindern im Alter von ungefähr eins bis acht Jahren.

»Lord und Lady Steen«, sagte er, »und die Lady ist meine Schwester Hilda. Die Kinderschar ist unendlich verwirrend, also überlasse ich es ihnen, sie vorzustellen.«

Dessen ungeachtet trottete das kleinste Kind, das braune glatte Haare auf dem Kopf trug, fröhlich lächelnd und mit geöffneten Armen auf sie zu und gab etwas von sich, das klang wie: »Onkebay! Onkebay!«

Diana war überrascht, dass der Marquis es hochhob, wenn auch mit einem hörbaren Seufzen. »Dies ist Arthur Groves, Lady Arradale, ein Bursche ohne jede Vorurteile, wie Ihr seht. Er würde auch bei einem Tiger Annäherungsversuche machen.« Der Junge hatte seinen Arm vertrauensvoll um den Hals seines Onkels gelegt und schien keine Angst vor irgendwelchen Zähnen zu haben.

Diana fühlte sich beinahe, als wäre sie selbst gebissen worden. Sie hatte sich darauf vorbereitet, den Finsteren Marquis zu treffen, aber was sollte sie mit diesem Mann anfangen? Ein Finsterer Marquis trug gewiss keine Kinder herum!

»Mein Bruder ist mit seiner Weisheit am Ende.«

Diana drehte sich verwirrt zu Lady Steen um. So stellte sie sich eine »rote Malloren« vor, obschon ihr mittelbraunes Haar nur durch ein paar rötliche Strähnen aufgehellt wurde. Sie hatte jedoch das gleiche natürliche Lächeln wie Lord Brand.

»Es ist schwer, die Schwarze Eminenz von England zu sein«, fuhr die Lady fort, »wenn einem ein schmuddeliges Kind überallhin folgt.«

Ein kurzer Seitenblick zeigte Diana, dass die Schwarze Eminenz mit ihrer Weisheit durchaus nicht am Ende, sondern vollkommen entspannt und damit beschäftigt war, mit dem Kind eine Art Unterhaltung über die Pferde zu führen. Was den kleinen Arthur betraf, so bestand diese aus einer Menge Geplapper und Zeigen, aber nach der Aufmerksamkeit und den vernünftigen Antworten des Marquis zu urteilen, konnte man meinen, das Kind gäbe durchaus weise Dinge von sich.

Sie durfte es nicht beachten, beschloss sie einige Sekunden zu spät. Sie durfte nicht hinsehen, hinhören oder solchen Dingen irgendeine Art von Aufmerksamkeit schenken. Er war der Finstere Marquis, und sie würde ihn in den nächsten drei Tagen so oft wie möglich ignorieren.

Lady Steen zog zwei Mädchen nach vorn, die versuchten, sich hinter ihren Röcken zu verstecken. »Darf ich meine Töchter vorstellen, Lady Arradale? Sarah und Eleanor.« Die beiden Mädchen machten schüchtern einen kleinen Knicks. »Und dies«, fügte sie hinzu, während sie auf einen wohl erzogen wirkenden Jungen zeigte, der neben seinem Vater stand, »ist Charles, Lord Harber.« Eine korrekte Verbeugung und aufrichtige, kluge Augen.

»Ich kann nicht versprechen, dass sie sich alle perfekt benehmen werden«, bemerkte Lady Steen mit einem Seitenblick auf ihre kichernde Tochter, »aber ich hoffe, sie werden Euren Haushalt nicht zu sehr durcheinander bringen. Wir haben sie mitgebracht, weil wir von hier aus alle nach Schottland weiterreisen.«

Während sie Belanglosigkeiten über Reisen austauschten, bemerkte Diana, dass sie sich entspannte. Erstaunlich, dass diese freundliche, natürliche Frau und ihr liebenswürdiger, treuer Mann zu den Mallorens gehörten.

Einen Augenblick später merkte sie, dass es gefährlich war. Es könnte ihre Vorsicht untergraben. Sie war äußerst froh, auf die Passagiere der nächsten Kutsche zugehen zu können.

Der Marquis, der immer noch geduldig das plappernde

Kind auf dem Arm trug, stellte sie einem Mann vor, der ebenso dunkel und dramatisch wie er selbst wirkte. Diana begrüßte Lord Bryght Malloren und dachte, genau so hatte sie sich alle Mallorens vorgestellt.

Er war möglicherweise der ansehnlichste Mann, den sie je zu Gesicht bekommen hatte. Mit seinem geheimnisvollen und hageren Gesicht, den schönen Augen und der etwas zynischen Art war er sicher in der Lage, jede Frau auf der Stelle dahinschmelzen zu lassen. Einem solchen Mann konnte sie widerstehen.

Seine Frau war schockierend. Sie war klein, schmächtig und mit ihren roten Haaren und den zahlreichen Sommersprossen fast hässlich. Als Diana sie begrüßte, fing sie zu allem Übel noch einen kurzen innigen Blick der beiden auf, der ihre Liebe, Leidenschaft und Treue gleichsam in die Welt hinausschrie.

»Ja«, murmelte der Marquis, als sie weitergingen. »Noch mehr von diesen Betörten. Ich warne Euch, es scheint ansteckend zu sein. Meine ganze Familie wurde in kurzer Zeit davon befallen. Ich bin natürlich immun, aber für Euch ist es riskant.«

»Ich bin ebenfalls immun, Mylord, das versichere ich Euch.«

»Ihr könnt Euch nicht vorstellen, wie erleichtert ich bin, denn ich bin die einzige ledige männliche Person, die hier ist. Wir können uns heute Abend auf einer Insel der Nichtansteckung zusammensetzen.«

Sie lachte, fragte sich aber, ob man ihr die Panik anmerkte. Er hatte Recht. Sie waren das sonderbare Paar in dieser Gesellschaft! Was hatte sie hier nur zusammengeführt? Es konnte einfach nicht sein. Ein paar Minuten in seiner Gesellschaft hatten ihr klar gemacht, dass sie die Wirkung, die er auf sie haben konnte, falsch eingeschätzt hatte.

Ganz abgesehen von der Verteilung der Schlafzimmer – du lieber Himmel!

Selbst in einem Haus, das so groß war wie Arradale, wurden bei einer solchen Anzahl von Gästen alle guten Schlafzimmer gebraucht. Sie selbst schlief in den Gemächern des Earls, doch ihre Mutter war schon vor langer Zeit aus den Räumen der Gräfin ausgezogen, um woanders zu schlafen. Jemand musste also den Gemächern der Gräfin zugewiesen werden, weshalb sie beschlossen hatte, dass der Marquis dort schlafen konnte – nicht ohne eine gewisse Häme. Die Zimmer waren in einem besonders weiblichen Stil eingerichtet.

Sie hatte weder daran gedacht, dass sie genau nebeneinander lagen, noch, wie es auf andere wirken könnte.

O Herr! Gab es noch irgendeine Möglichkeit, die Dinge zu diesem späten Zeitpunkt zu ändern?

Der kleine Arthur wollte plötzlich wieder herunter und rannte auf einen rothaarigen Burschen zu, der sich gerade eben auf seinen Beinen halten konnte und sich an die Hand eines Dienstmädchens klammerte.

»Unser Sohn Francis«, sagte Lord Bryght und ging auf den Jungen zu, um ihn selbst an die Hand zu nehmen. Dann hob er ihn schwungvoll hoch, woraufhin der Kleine fröhlich krähte. »Wir erwarten nicht, dass Ihr Euch merken könnt, wer wer ist oder wer zu wem gehört, Lady Arradale«, fügte er hinzu und schwenkte das Kind hin und her, sodass es vor Freude gluckste. »Es gibt immer die Hoffnung, dass sie außer Sicht- und Hörweite bleiben.«

Seine Frau prustete vor Lachen. Diana versuchte einfach nur, sie nicht fassungslos anzustarren. Geheimnisvolle, aufregende und verwegene Männer waren doch keine liebevollen Väter!

Lord Rothgar führte sie zur letzten Kutsche. »Ich fürchte, Portia hat Recht, obwohl Euer Haus immerhin größer als die Gasthäuser ist, von denen einige uns wahrscheinlich nie wieder sehen möchten.«

Jetzt auch noch Humor und Toleranz. Diana war vollkommen hilflos. Sie wusste nicht mehr, was als Nächstes kommen würde oder wie sie sich verhalten oder schützen sollte. Oder besser, wovor genau sie sich schützen sollte.

»Ich glaube, meine Schwester Elf kennt Ihr«, sagte der Marquis und riss sie aus ihren verwirrten Gedanken, während er auf ein anderes Paar zeigte. Bei einer ihrer zwei Reisen nach London hatte Diana Lady Elfled Malloren in der Tat kennen gelernt und sympathisch gefunden.

»Ich darf auch Lord Walgrave, ihren Mann, vorstellen.«

Lady Elf war eine andere rote Malloren – etwas heller und unbekümmerter. Ihr Mann hatte braune Haare und war recht stattlich, doch nicht so eindrucksvoll wie Lord Bryght. Etwas kräftiger. In dieser Gesellschaft fast schon durchschnittlich.

Fast eine verwandte Seele! Vielleicht konnte sie ihre Zeit mit Lord Walgrave verbringen und über die Mallorens sprechen, statt ein auffälliges Paar mit Lord Rothgar zu bilden. Schließlich pflegten verheiratete Paare in der Öffentlichkeit nicht die Nähe des anderen zu suchen.

Sie erkannte jedoch allmählich, dass die Mallorens sich wenig um übliche Verhaltensweisen kümmerten und nur das taten, was ihnen gefiel. Wie sollte sie damit umgehen?

Wenigstens hatten die beiden keine Kinder, und die Walgraves waren die Letzten. Sie wusste, dass es noch einen anderen Bruder gab. Lord Cynric. Er und seine Frau waren in Canada, Gott sei Dank.

Genug war genug.

Drei Tage, wiederholte sie im Stillen wie eine schützende Zauberformel, während sie sich umdrehte und die Walgraves zum Haus geleitete.

»Ihr könnt Euch nicht vorstellen, wie erleichtert ich bin, dass wir diese Reise hinter uns haben«, sagte Lady Elf. »Mein Umfang vergrößert sich, und das erweist sich als unglaublich ermüdend.«

Diana hätte es wissen müssen.

Töricht und fruchtbar, alle zusammen.

Vielleicht hatten sie vor, England allein dadurch zu beherrschen, dass sie in der Überzahl waren!

Außer dem Marquis, der deutlich gemacht hatte, dass er nicht beabsichtigte, zu heiraten oder Kinder zu zeugen. Sie war also vor der schlimmsten aller Torheiten geschützt, doch aus irgendeinem Grund war sie nicht vollkommen überzeugt …

Sie schob alle Gedanken an ihn zur Seite. »Übelkeit?«, fragte sie.

»In unvorhersehbaren Momenten. Wenn ich mich manchmal zurückziehe, seid einfach dankbar, dass ich rechtzeitig geflüchtet bin.«

»Wie nett von Euch, dass Ihr die Mühen in Kauf nehmt, um bei der Hochzeit dabei zu sein.«

»Oh, wir konnten doch keine Familienhochzeit verpassen, nicht wahr?«, fragte sie und warf ihrem Mann ein Lächeln zu.

»Natürlich nicht«, antwortete er, obwohl Diana das Gefühl hatte, dass er nicht ganz ihrer Meinung war. Der Gatte einer Malloren zu sein, war zweifellos eine anstrengende Rolle.

»Wir hatten schon so oft das Vergnügen«, sagte Lady Elf, und Diana erinnerte sich, dass sie gern erzählte. »Hochzeiten, meine ich. Und diese hier ist wenigstens ganz gemütlich geplant, ohne Mitglieder des Königshauses.«

Diana widerstand dem Bedürfnis, Fragen zu stellen. Den Familienklatsch würde sie von Rosa erfahren. Sie war jedoch neugierig, ob Lady Elf wegen ihres zunehmenden Umfangs zum Altar hatte eilen müssen.

»Und ich freue mich, in den Norden zu kommen«, fügte Lady Elf hinzu.

Nein. Diana durfte nicht vergessen, dass sie jetzt Lady Walgrave war. »Es ist so herrlich hier. All die wilden Blumen auf den Wiesen. Die Hügel. Die Aussicht! Wenn ich malen könnte, würde ich versuchen, es festzuhalten. Wie die Dinge liegen, würde ich mir während unseres Aufenthaltes gern ein wenig Industrie ansehen.«

»Industrie?« Diana fürchtete, sie sei nicht ganz bei der Sache gewesen und hätte sich verhört.

»Tuchfabriken. Baumwollmanufakturen. Solche Dinge.«

Diana sah sie verständnislos an. Eine Reise durch Schottland war nicht ungewöhnlich, aber eine Reise durch Fabriken?

»Ich interessiere mich dafür«, sagte Lady Elf mit einem schelmisch wirkenden Lächeln. »Wir werden mit Bryght und Portia weiterreisen, weil sie den Aquädukt des Herzogs von Bridgewater sehen möchten. Außerdem interessieren wir uns alle für den Hafen von Liverpool.«

Diana gab ein paar geistesabwesende Antworten, begann sich jedoch zu fragen, ob dies alles ein Traum war. Sie hatte ohnehin Albträume von diesem Treffen gehabt.

Es war nicht überraschend, dass Besucher aus dem Süden den berühmten Aquädukt sehen wollten – sie selbst war vor vier Jahren bei seiner Eröffnung dabei gewesen. Aber den Hafen von Liverpool? Und Fabriken?

Sie hatte ein Fest für gelangweilte Leute aus dem Süden geplant, die angesichts des wenig luxuriösen Nordens verdrießliche Gesichter machten. Nun wusste sie nicht, worauf sie sich einstellen sollte. Wollte der Marquis vielleicht in eine Bleimine hinuntersteigen oder einen Ausflug zum Torfstechen vorschlagen?

Sie sah sich um.

Dies war jedoch real, und am liebsten wäre sie weggelaufen, um sich die nächsten drei Tage im Moor zu verstecken. Stattdessen besann sie sich auf ihr lebenslanges Training und verbarg ihr Unbehagen, während sie all die vielen Mallorens ihren Dienern übergab. Wenigstens bot ihr das ein wenig Aufschub.

Sie ging die Pläne für den restlichen Tag noch einmal durch.

Alle würden nun ein wenig Zeit in ihren Räumen verbringen und sich von der Reise erholen. Als Nächstes das Abendessen, aber sie hatte schon dafür gesorgt, dass sie und der Marquis an den gegenüberliegenden Enden des Tisches saßen. Danach Musik und Kartenspiele, um alle zu beschäftigen, was es ihr ermöglichen würde, ihm aus dem Weg zu gehen.

Morgen war die Hochzeit. Alles würde gut gehen ...

Ein plötzliches Kreischen ertönte. Es wurde von der hohen Decke zurückgeworfen, prallte dann von den Marmorwänden und Säulen ab, um sich mit erneutem Gebrüll zu vermischen.

Der kleine Arthur hatte einen Wutanfall, jene Sorte von unkontrollierbaren Wutanfällen aus Übermüdung, die nicht zum Schweigen gebracht werden konnten.

Das Baby Francis, auf dem Arm seines Vaters, hatte beschlossen, mit rotem Gesicht in das Kreischen mit einzustimmen. Während Lord Bryght seinen Sohn hastig bei einem der Kindermädchen ablud und ein anderes den sich windenden, brüllenden Arthur entgegennahm und davoneilte, widerstand Diana dem Bedürfnis, sich die Ohren zuzuhalten.

Die Kindermädchen waren mit bemerkenswerter Geschwindigkeit verschwunden. Die besorgten und vielleicht auch verlegenen Eltern eilten hinterher. Das Echo erstarb, und der Frieden kehrte zurück. Die Walgraves liefen mit angespannten Gesichtern die Treppe hinauf.

Wie er vorhergesagt hatte, blieben nur der Marquis und sie übrig.

Diana wollte etwas Unbedeutendes zu ihm sagen, bevor sie entkam, hielt jedoch inne, als sie seinen Gesichtsausdruck sah. »Geht es Euch gut, Mylord?«

Seine anspannte Miene glättete sich, wenngleich er immer noch recht blass wirkte. »Nur ein wenig Kopfschmerzen, das ist alles«, sagte er und fügte mit einem leicht gequälten Lächeln hinzu: »Die Akustik dieses Raumes ist allerdings erstaunlich.«

Diana ertappte sich dabei, wie sie sein Lächeln erwiderte, ein Lächeln, das zu erkennen gab, sie beide seien die einzigen normalen Menschen in einer verrückten Welt.

Oh doch, dies war gefährlich. Hastig ergriff sie die Flucht und rannte zum Arbeitszimmer des Anwesens, wohin ihr kein Gast folgen konnte.

Es schien nicht zu helfen.

Jenes Lächeln hatte offenbar einen gefährlichen, seidenen Faden zwischen ihnen gesponnen, einen Faden, der nicht riss, selbst wenn sie in Sicherheit war und die Tür fest hinter sich geschlossen hatte.

5

An diesem Abend saßen sie mit vierzehn Personen am Tisch – die erwachsenen Mallorens, Rosa, Diana, ihre Mutter und ein paar Bedienstete des Hauses. Und der Marquis befand sich dort, wo Diana ihn haben wollte – am gegenüberliegenden Ende des Tisches, rechts von ihrer Mutter.

Dennoch war jener seidene Faden nicht gerissen.

Sie nahm sich immer wieder vor, den Marquis nicht einmal anzusehen, und konzentrierte sich auf die Männer, die neben ihr saßen – Lord Steen und Lord Brand.

Die Mallorens waren eine angenehme Gesellschaft, und sie schienen sich gut zu verstehen. Ihre Ehefrauen unterhielten sich ebenfalls miteinander. Die Gespräche verliefen recht lebhaft. Sie wurden quer über den Tisch und sogar von einem Ende zum anderen geführt, und nicht nur höflich mit dem Nachbarn.

Der Marquis war vielleicht der ruhigste, doch seine gelegentlichen Bemerkungen waren geistreich. Trotz ihrer Vorsätze ertappte sich Diana dabei, dass sie ihm verstohlene Blicke zuwarf, selbst während sie an den lockeren Gesprächen um sie herum teilnahm.

Er gehörte zu dieser Familie, aber eben nur teilweise. Als die Nacht hereinbrach, hatte sie den merkwürdigen Gedanken, dass er eher ein Vater als ein Bruder für seine Geschwister war, obwohl er nicht viel älter als Lord Bryght sein konnte.

Sie wusste, dass die Mutter des Marquis gestorben war, als er noch ein Kind war – die berüchtigte Verrückte, die ihr Neugeborenes umgebracht hatte. Und dass sein Vater wieder geheiratet hatte. Bis Rosa es ihr vor dem Abendessen erzählt hatte, hatte sie allerdings nicht gewusst, dass sein Vater und seine Stiefmutter innerhalb von wenigen Tagen nacheinander an einer Krankheit gestorben waren, als der Marquis erst neunzehn gewesen war. Und dass der Marquis sich die Schuld dafür gab, das Fieber nach Hause gebracht zu haben.

Nach Rosas Worten glaubte Brand, dass sein Bruder sich an den Mord an seiner kleinen Schwester erinnern könnte, da er damals dabei gewesen sei, und sich auch deshalb schuldig fühlte. Ganz abgesehen davon war man mit neunzehn eigentlich noch zu jung, um eine so große Verantwortung zu übernehmen. Ihr eigener Vater war plötzlich gestorben, als sie zweiundzwanzig war, was sie jung genug fand, und sie trug weder die Last einer Schuld noch musste sie sich um Geschwister Sorgen machen.

Liebevolle Familienmitglieder und Freunde hatten versucht, Lord Rothgar die Verantwortung für die fünf jüngeren Geschwister abzunehmen. Er war jedoch hartnäckig geblieben und hatte sie alle unter einem Dach gehalten. Zweifellos hatte er danach die Vaterrolle übernommen. Wie hätte er es sonst schaffen sollen?

Kein Wunder, dass Lord Bryghts Bemerkungen ab und zu ein wenig herausfordernd klangen. Er musste ungefähr sechzehn gewesen sein – in einem Alter also, in dem man schwer mit Trauer umgehen kann.

Kein Wunder auch, dass Lord Rothgar Lord Brand im letzten Jahr beschützen wollte. Nachdenklich betrachtete sie ihr Stück Artischockenpastete und verlor allmählich den Appetit. Rosa und sie hatten Lord Brand betäubt und in einer Scheune zurückgelassen, obwohl sie gewusst hatten, dass es ihm danach äußerst schlecht gehen würde. Außerdem war es hauptsächlich ihre Schuld gewesen, da Rosa geblieben wäre, um ihm zu helfen, wenn sie selbst sich nicht unwohl gefühlt hätte, weil sie ebenfalls von dem Betäubungsmittel getrunken hatte.

Lord Brand hatte ihnen beiden verziehen, doch wie sah es

mit Lord Rothgar aus? Sie wollte nicht seine Aufmerksamkeit, aber auch nicht seine Feindschaft.

»Geht es Euch gut, Lady Arradale?«, fragte Lord Steen.

Diana brachte ein Lächeln zustande und schnitt ein Stück Pastete ab. »Ja, natürlich, Mylord. Ich war lediglich ein wenig in Gedanken.« Sie riskierte eine Frage. »Ihr findet es gewiss interessant, zur Malloren-Familie zu gehören?«

Seine Mundwinkel zuckten. »Interessant genug, um sein Leben in einem abgelegenen Teil von Devon zu verbringen.«

Sie lachte leise und ging zu anderen Themen über, musste ihre Augen und Gedanken jedoch immer wieder dem Marquis zuwenden, weil sie von dem geheimnisvollen Rätsel angezogen wurde, das er verkörperte.

Er war elegant, auf natürliche Weise höflich und, so dachte sie, sehr beliebt. Und doch stimmte etwas nicht mit ihm.

Schließlich merkte sie, was es war.

Er gehörte nicht dazu.

Als die Damen die Herren ihren Drinks überließen, hatte sie das beunruhigende Gefühl, dass der Marquis von Rothgar in vielerlei Hinsicht vielleicht genauso isoliert und einsam wie sie selbst war. Vielleicht war dies der Faden, der sie verband, der gleichzeitig anzog und abschreckte.

Während sie Tee tranken, unterhielt sich Diana mit Elf und Rosa, und nachdem sie eine halbe Stunde lang angeregt und fröhlich über London geplaudert hatten, schlug Elf vor, sich beim Vornamen zu nennen. Diana gewann allmählich den Eindruck, eine neue Freundin gefunden zu haben, und bedauerte, dass sie nur drei Tage bleiben würden. Sie wäre froh gewesen, wenn die Männer bei Cognac und Schnupftabak geblieben wären, doch sie gesellten sich recht bald zu den Damen. Diana ließ Kartentische aufstellen, und Lady Steen spielte auf der Harfe.

Nach einer Weile übernahm Rosa die musikalischen Pflichten am Cembalo, und Lord Brand schloss sich an und spielte ein Duett mit ihr. Er spielte nicht so gut wie Rosa, doch Diana betrachtete mit einem plötzlichen Gefühl des Neids die nebeneinander sitzenden Körper und die gelegentlichen Blicke, die sie austauschten, während sie ihrer gemeinsamen Musik zuhörte.

Ihr war nie bewusst gewesen, wie viel Blicke ausdrücken konnten. Sie schluckte und wandte sich ab.

Hatten ihre Gäste alles, was sie brauchten?

Saß der Marquis immer noch abseits?

Beobachtete er sie finster und entwarf einen Racheplan?

Natürlich nicht.

Er spielte Whist mit Lord Bryght, Elf und Lord Walgrave. Interessanterweise spielte Lord Walgrave mit dem Marquis zusammen und nicht mit seiner Frau.

Diana ging hinüber, um zuzusehen, und da sie selbst gut Karten spielen konnte, bemerkte sie bald, dass Lord Bryght und der Marquis außerordentlich geschickte Spieler waren. Ohne Zweifel wusste die Familie, dass man sie nicht zusammen spielen lassen sollte.

Sobald das Spiel zu Ende war, blickte der Marquis auf. »Möchtet Ihr gern spielen, Lady Arradale?«

Als er sich erheben wollte, sie jedoch zögerte, stand Lord Walgrave auf. »Bitte, Mylady, rettet mich. Man fühlt sich, als versuchte man, zwischen drei Tigern ein Hühnchen zu essen.«

Seine Frau gluckste und drehte sich zu Diana um. »Ihr würdet uns wirklich einen Gefallen tun. Ihm fehlt der tödliche Instinkt.«

Da sich Lord Walgrave bereits entfernt hatte, um mit Lord Steen zu sprechen, wäre es unangemessen gewesen, sich zu weigern. Diana setzte sich auf seinen Platz, dem Marquis gegenüber.

Schon wieder eine merkwürdige Verbindung, oder war hier eine Verschwörung am Werk? Sie verwarf diesen Gedanken. Die nebeneinander liegenden Schlafräume hatte sie selbst arrangiert, und niemand war dafür verantwortlich, dass sie beide ledig und einsam waren oder jetzt als Partner Karten spielten.

»Ich wusste nicht, dass Whist so gefährlich ist«, bemerkte sie beiläufig, als Elf die Karten verteilte.

»Ihr habt gar nicht gefragt, um welchen Einsatz wir spielen«, stellte der Marquis fest, wobei sein Blick beinahe forschend auf ihr ruhte.

Sie zuckte mit den Achseln und richtete sich auf, um entschlossener zu wirken. Wie sie dort so nah beieinander saßen, unvermeidlich die Gesichter einander zugewandt, kam ihr der Gedanke, dass sie noch nie zuvor in einer so vertraulichen Situation gewesen waren.

»Und um welchen Einsatz spielen wir, Mylord?«, fragte sie, während sie ihre Karten fächerförmig in der Hand verteilte und begutachtete.

»Wir spielen um nichts. Was zählt, ist nur die Lust am Spiel.«

Sie richtete ihren Blick auf ihn.

»Wir spielen nur um Punkte«, ergänzte Elf. »Mein Bruder duldet keine Glücksspiele in der Familie.«

Diana sah nur ihn an, der Faden spannte sich. »Ist sie nicht gefährlich, Mylord, die Lust am Spiel, auch innerhalb der Familie?«

»Es ist der sicherste Ort dafür«, sagte er und legte eine Karte ab. »Ich spiele Herzass.«

Diana sah nicht ihn, sondern ihre Karten an, und jeder warf etwas Niedriges ab. »Nicht den Herzkönig?«, fragte sie leichthin und sammelte den gemeinsamen Stich ein.

»Vielleicht auch ihn«, antwortete er und legte den Herzkönig auf den Tisch.

Nachdem sie auch diese Karten eingesammelt hatte, sah sie ihm direkt in die Augen. »Nun sagt nicht, Ihr habt auch noch den Buben, Mylord.«

Seine Mundwinkel zuckten. »Was immer ich habe, ich halte mich bedeckt.«

Nun musste sie Farbe bekennen. Er konnte nicht wissen, dass sie die Königin hatte, doch als sie die Karte spielte – die einzige Herzkarte, die sie noch besaß –, hatte sie das Gefühl, dass er ihren Zug erzwungen hatte. Was sie außerdem bemerkte, waren die neugierigen Blicke, die ihr sein Bruder und seine Schwester im Verlauf des restlichen Spiels zuwarfen.

Zum Teufel mit ihm, er flirtete mit ihr! Warum? Welche Gründe er auch hatte, sie verfluchte ihre eigene absurde Reaktion. Sie nahm den letzten Stich und lächelte ihn gelassen an. »Das Spiel geht an uns, auch wenn es um nichts geht.«

Er sammelte die Karten ein und mischte trotz der üppigen Spitze an seinen Manschetten mit geschickten langen Fingern, wobei ein großer Rubin im Kerzenlicht aufleuchtete. Sie merkte, dass sie die Schönheit der Finger bewunderte und plötzlich neugierig wurde, wie sie sich auf ihrer Haut anfühlen würden. Und sie sah auf ihre eigenen Hände hinab, die an jedem Finger einen glitzernden Ring trugen.

Er begann zu handeln. »In Eurem Haus bestehe ich nicht auf meinen Regeln, Lady Arradale. Wenn Ihr lieber um einen Einsatz spielen möchtet ...«

Ihre Blicken trafen sich, und sie lächelte gelassen. »Keinesfalls, Mylord. Der Reiz des Spiels besteht doch darin, gut zu spielen.«

»Ich bin ganz Eurer Meinung, Mylady«, sagte er, als er seine Karten aufnahm. »Und Ihr spielt wirklich ausgezeichnet.«

Auf einmal begann ihr Herz zu pochen. Diana schluckte und konzentrierte sich ganz auf ihre Karten. Ob sie nun gut spielte oder nicht, es entsprach nicht ihrem Wesen, kokette Spiele mit ihm zu spielen.

Noch drei Tage.

Trotz ihrer neuen Freundschaft mit Elf wünschte Diana, die drei Tage wären schon vorüber.

Sie und der Marquis gewannen deutlich. Sie hatten Glück mit ihren Karten, aber es lag auch daran, dass ihre Fähigkeiten sich ausgezeichnet ergänzten, dass jeder beinahe die Gedanken des anderen lesen konnte. Sie hatte gesehen, dass Elf und ihr Bruder weitere Blicke austauschten, und wollte protestieren. *Es bedeutet nichts. Wir spielen einfach nur gut Karten.*

Sie war allerdings nicht sicher, ob das stimmte, und als sie schlafen ging, war ihre Nervosität wegen der Lage seines Schlafzimmers auf dem Höhepunkt angelangt. Es war nur ein Zimmer, und irgendjemand musste darin schlafen. Und doch blickte sie auf die Verbindungstür und wünschte, sie könnte hindurchsehen, während die Kammerzofe darauf wartete, sie zu entkleiden.

Auf dieser Seite war die Tür aus glänzendem Mahagoni mit Einlegearbeiten aus Zierhölzern. Sie wusste, dass die Verkleidung auf der anderen Seite leuchtend weiß gestrichen und mit Blumen verziert war. Einzelne Motive waren mit Gold abgesetzt.

Hinter der Tür lag ein Damenschlafgemach in äußerst blumigem Stil. Es war ganz in Weiß, Rosa und Gold gehalten, und die muschelrosa Bettvorhänge wurden von Gipsengeln zusammengerafft. Man hatte es für ihre Mutter eingerichtet und seit all den Jahren nicht verändert, vielleicht in Erinnerung an wunderbare Zeiten.

Wie würde er reagieren?

Ihre Neugier kämpfte mit der Vorsicht, doch die Neugier gewann. Der Marquis war schließlich kurz nach ihr hinaufgekommen. Er konnte sich eigentlich noch nicht entkleidet haben.

Sie drehte den Schlüssel um und klopfte.

Kurz danach öffnete sich die Tür, und da stand er, ohne Mantel. Sein Halstuch war immer noch umgebunden, seine Weste immer noch zugeknöpft, und doch wirkte er mit den vollständig entblößten Hemdsärmeln erschreckend leicht bekleidet.

Und ein wenig, aber sichtlich überrascht.

Diana schluckte und lächelte wie eine Gastgeberin. »Ich störe Euch nur ungern, Mylord, aber ich wollte sichergehen, dass Ihr alles habt, was Ihr wünscht.«

Sein Blick ruhte eine Weile auf ihr, wanderte dann weiter nach hinten, wo er, wie sie wusste, ihr dunkles, stabiles und männliches Bett sehen konnte. Er dagegen war von Weiß, Rosa und Gold umgeben. Wegen der dunkelgrauen Weste und Kniehose und seiner auch ansonsten dunklen Ausstrahlung wirkte er in der Tat wie die Nacht in weißen Spitzen.

»Die Gastfreundschaft von Arradale ist so perfekt wie immer, Mylady.«

Zur Hölle. Es war eine Torheit gewesen, und jetzt war es ihr peinlich, aber wegzurennen und die Tür zuzuknallen, wäre noch peinlicher. »Wir mussten jedes Zimmer nutzen, Mylord. Ich hoffe, Ihr fühlt Euch in einem so weiblich eingerichteten Zimmer nicht unwohl.«

Er hob eine Augenbraue. »Ich glaube, ich habe schon öfter in einer solchen Umgebung geschlafen.«

Verflucht! Diana wurde rot und plapperte los. »Vor dem Tod meines Vaters gehörte das Zimmer natürlich meiner Mutter. Ich hätte es zweifellos etwas neutraler gestalten lassen sollen.«

»Warum wartet Ihr nicht und lasst Euren Ehegatten seine Einrichtung auswählen?«

Diana schob das Kinn vor. »Ihr wisst, dass ich ebenso wenig wie Ihr die Absicht habe zu heiraten.«

»Ach ja.« Er sah sie durchdringend an. »In diesem Fall solltet Ihr das Zimmer in der Tat verändern, und Euer eigenes ebenfalls.«

»Mein eigenes?« Sie sah sich um, als sei plötzlich etwas nicht in Ordnung mit dem Zimmer.

»Ergreift Besitz davon. Ihr seid schließlich nicht Euer Vater. Bleibt dort stehen.«

Sie drehte sich wieder um und sah, dass er seinen Diener beauftragte, den hohen Drehspiegel vor sie hinzustellen.

Plötzlich sah sich Diana in dem mit Blumen verzierten weißen Türrahmen stehen. Es war ihr vorher gar nicht aufgefallen, doch sie selbst – erneut in dem Versuch, extrem weiblich zu wirken – war in Cremeweiß gekleidet, mit rosa Stickereien, und trug Gold und Perlen. Sie passte farblich genau zu seinem Zimmer und bildete einen ebenso starken Kontrast zu dem ihrigen wie er zu seinem.

»Ich will kein Schlafzimmer in Rosa und Weiß«, sagte sie zu sich selbst.

»Ihr seid reich und mächtig. Ihr könnt tun, was Ihr wollt.« Eine einfache Geste seiner wunderschönen Hand schien alle Türen für sie zu öffnen.

Sie stand immer noch da und betrachtete sich in ihrer unpassenden Umgebung – weiße Spitzen vor dunklem Hintergrund –, als er sagte: »Sind die Bedürfnisse der Gastgeberin befriedigt, Lady Arradale? Ich fürchte, man erwartet von uns, dass wir morgen früh aufstehen, um an den vorehelichen Festlichkeiten teilzunehmen.«

Sie nahm ihren ganzen Verstand zusammen. »Ja, natürlich. Gute Nacht, Mylord.«

Er verneigte sich. Sie war an Verbeugungen gewöhnt, hatte jedoch das beunruhigende Gefühl, dass bei dem Marquis von Rothgar jede einzelne Verbeugung vollkommen war. »Gute Nacht, Lady Arradale. Auch wenn Eure Umgebung dunkel ist, so mögen Eure Träume doch heiter und unbeschwert sein.«

Er schloss die Tür.

Sie drehte den Schlüssel um.

Und Eure mögen dunkel sein, verflucht! Dennoch war sie nicht böse, höchstens, weil er das letzte Wort gehabt hatte. Stattdessen meldete sich eine innere Stimme, die vorschlug, die Tür unverschlossen zu lassen.

Torheit. Äußerste Torheit! Hatte sie sich nicht vorgenommen, ihm aus dem Weg zu gehen?

Als Clara sie zu entkleiden begann, musste Diana sich jedoch eingestehen, dass ein Teil von ihr beim Öffnen der Tür gehofft hatte, er würde weiter mit ihr flirten.

Wie entsetzlich schwach. Sie hatte ihren Kurs festgelegt und musste ihn beibehalten!

Doch als ihr Kleid und danach das Korsett fielen, konnte Diana nicht anders, als mit tückischen Gedanken zu spielen.

Eine unverschlossene Tür.

Lord Rothgar, der nachts in ihr Zimmer eindrang.

Zu ihr ins Bett stieg und sie mit diesen langen, geschickten Händen berührte.

Sicher wäre er ruhig und beherrscht. Niemals würde er sie mit Inbrunst oder vorgetäuschter Leidenschaft belästigen, und beim Gedanken an diese ruhige Beherrschung lief ihr ein Schauder den Rücken hinunter, ein Schauder des Verlangens.

Vielleicht könnte sie sich bei ihm ganz gelassen hingeben. Sich der Verführung hingeben und schließlich all die körperlichen Geheimnisse erleben, die sie so gerne kennen lernen wollte, ohne ihre Würde und Kontrolle zu verlieren.

Sie zitterte und hüllte sich in den Umhang, den Clara ihr reichte. Solche Gedanken musste sie verdrängen. Sie waren tückisch, und, was noch gefährlicher war, konnten sie zu einer Torheit verleiten.

Und doch wurde sie die tückischen Gedanken nicht los. Wegen der besonderen Situation, so wusste sie, dass dort, wo sich ein Ehegatte befinden sollte, ein Mann war – und was für ein Mann.

Hätte er es als Einladung verstanden, wenn sie den Schlüssel nicht umgedreht hätte? Sie hatte keine Ahnung, wie man sich in solchen Situationen verhielt. Sie schüttelte den Kopf. Er hatte kein Interesse an ihr. Sie hätte die Tür weit offen lassen und ungestört schlafen können. Sie war lediglich an ihm interessiert, so sagte sie sich, weil er ein sehr attraktiver Mann war und sie die jungfräuliche Unwissenheit satt hatte.

Wenn sie die Vereinigung von Mann und Frau einmal erleben könnte, würde sie vielleicht nicht mehr in ihrem Kopf herumschwirren, und sie könnte sich auf andere Dinge konzentrieren. Wichtige Dinge, die mit der Grafschaft, ihren Aufgaben und dem Wohlergehen ihrer Untertanen zu tun hatten.

Mit ihrem Zimmer hatte er allerdings Recht gehabt. Sie hatte noch nie darüber nachgedacht, dass es eigentlich nicht ihr Zimmer war. Es sah immer noch so aus, wie ihr Vater es zurückgelassen hatte. Sie war eingezogen und hatte nichts verändert, damit sie leichter zu dem werden konnte, was ihr Vater gewesen war – ein Earl.

Als sie sich in dem nüchternen Zimmer umsah, kamen ihr die Tränen, und sie verfluchte den Mann, der ihr die Augen geöffnet hatte. Es war jedoch nicht rückgängig zu machen.

Sie erkannte, dass sie versuchte, zwei Menschen gleichzeitig zu sein – ein Earl und eine Frau. Um bei Verstand zu bleiben, musste sie die beiden irgendwie vermischen und ein weiblicher Earl werden. Sie hatte diese Rolle für den Rest ihres Lebens gewählt, und sie musste sie mit ganzem Herzen einnehmen.

Ein weiblicher, jungfräulicher Earl.

Lächerlich, dass sie Tränen bei diesem Gedanken vergoss.

6

Die Hochzeit verlief perfekt, selbst der Empfang danach im Haus von Rosas Eltern. Diana war etwas nervös gewesen, weil Coniston Hall ein Bauernhaus war. Ein großes Bauernhaus, das einem wohlhabenden Gutsbesitzer gehörte, aber trotzdem gab es keine geräumigen Zimmer, die für Gesellschaften geeignet waren, und insbesondere keine Zimmer, in denen man den Adelsstand bewirten konnte.

Natürlich hatte sie Arradale angeboten, aber alle hatten abgelehnt. In typisch nordischer Art war man allgemein der Ansicht, dass die vornehme Malloren-Familie sie so nehmen musste, wie sie waren.

Und das hatte die vornehme Malloren-Familie getan. Sie hielt die Hochzeitsfeier für sehr gelungen und fügte sich gut in alles ein. Sogar am ländlichen Tanz in der aufgeräumten und geschmückten Scheune nahmen sie teil und hießen jeglichen Partner willkommen. Diana hatte den Pfarrer, den Gutsherrn Hobwick, Rosas Schwager Harold Davenport und ihren eigenen Gutsverwalter zum Partner gehabt, auch wenn sie die ganze Zeit den Wunsch verspürt hatte, der Marquis möge auftauchen und um einen Tanz bitten.

Sie empfand ihn immer noch als dunkle Bedrohung, aber ebenso als reizvolle, hoffnungsvolle Verlockung.

»*Solltet Ihr jemals Eure Meinung ändern, Mylady …*«

Es war ein Segen, dass er nicht auftauchte, doch als sie auf der Suche nach einer Erfrischung in das belebte Haus zurückkehrte, sah sie ihn mit ein paar Herren aus der Umgebung in dem getäfelten Salon sitzen. Sie verspürte das alberne Bedürfnis, ihn zu retten, ihn zu den jugendlicheren Vergnügungen hinauszuziehen. Schließlich war er kein gesetzter alter Mann.

Sie verwarf den Gedanken – sie musste aufhören, ständig an ihn zu denken! – und gesellte sich zu den Damen auf der anderen Seite des Salons, wo eine Zofe Zitronenwasser mit Ingwer servierte. Das Getränk war mit Eis aus dem Eishaus von Arradale gekühlt und köstlich kalt. Diana nippte daran und versuchte, sich auf die Gespräche um sie herum zu konzentrieren, doch es ging hauptsächlich um Ehemänner und Kinder, und ihre Gedanken und Blicke schwenkten immer wieder zu Lord Rothgar hinüber.

Er versuchte erst gar nicht, einer der Einheimischen zu sein. Natürlich nicht. Niemals würde er etwas so Törichtes versuchen, ebenso wenig wie sie. Abgesehen von der distanzierten Aura, die ihn ständig umgab, kannte hier jeder seine Stellung und seine Fähigkeiten, auch wenn er sich nicht damit brüstete.

Er trug etwas hellere Kleidung – einen Anzug aus lederbraunem Stoff, der auf ansprechende Weise ländliche Tätigkeiten andeutete, während der Schnitt und die eleganten Borten das vornehme London anklingen ließen. Die Rüschen am Hals und an den Handgelenken waren bescheiden und aus feinem Leinen statt aus Spitze, aber allein das hob ihn von den anderen ab. Die einheimischen Männer, die ihre beste Kleidung trugen, waren protziger, aber keinesfalls eleganter gekleidet.

Fast alle Männer trugen gepuderte Perücken, denn in dieser Zeit hielten die meisten an der alten Mode von rasierten Köpfen und Perücken fest. Das war einfacher, als die eigenen Haare lang zu tragen, und verbarg auch das mit den Jahren dünner werdende Haupthaar. Lord Rothgar und in der Tat alle Malloren-Männer trugen ihre eigenen Haare, und alle hatten sich für diesen Anlass gegen eine Perücke oder Puder entschieden.

Es wirkte angenehm ungezwungen, und auch dies hob sie von den anderen ab. Natürlich hatten sie alle das Glück, schönes, volles Haar zu besitzen.

Kräftiges Haar, dachte sie, während sie die dunklen Haare des Marquis betrachtete, die sich von seiner hohen Stirn nach hinten wellten und im Nacken sorgfältig mit einer schwarzen Schleife zusammengebunden waren. Offen getragen würden die Haare zwischen den Fingern weich auseinanderfallen …

Sie wandte sich um, bat um ein weiteres Glas des eiskalten Getränks und drückte es kurz gegen ihre Wange, um den Marquis aus ihren Gedanken zu verdrängen. Nach ein paar Sekunden musste sie jedoch einfach wieder hinsehen. Den berühmten Marquis in allen Einzelheiten zu begutachten, machte einfach zu viel Spaß, um darauf zu verzichten.

Er hatte markante Gesichtszüge, aber seine Kopfform war so elegant, dass sie nicht herb wirkten. Eine lange, gerade Nase und eine leichte Wölbung über den Augen, die von dunklen, wohl geformten Brauen betont wurden.

Er hatte tief liegende Augen, was ihm möglicherweise diesen Ausdruck von Macht verlieh. Auch die Wimpern waren dunkel, was die Augen ebenfalls betonte. Ein Mund, der zuweilen kalt wirkte, aber von Lachfalten umrahmt wurde, wenn er sein seltenes, zurückhaltendes, aber merkwürdig verführerisches Lächeln zeigte.

Plötzlich kam es während des Gesprächs der Männer zu einem Streit zwischen zweien von ihnen, und Rothgar sah sich um. Diana wandte sich hastig wieder den Frauen zu und spürte, wie ihr Gesicht heiß wurde.

War sie schnell genug gewesen, oder wusste er, dass sie ihn angestarrt hatte? Jemand wusste es. Rosa, die sich zu der Gruppe gesellt hatte, ohne dass sie es gemerkt hatte, sah sie nachdenklich an.

Zur Hölle mit ihm. Und zur Hölle mit ihr, dass sie sich zu einer solchen Unvernunft hinreißen ließ. Es war eine Hochzeit. Hochzeiten waren nicht gut für die Nerven einer Frau, die zu lebenslanger Keuschheit entschlossen war.

Rosa kam mit einem perlenverzierten Glas in der Hand auf

sie zu. »Wenn du den Mann weiter so anstarrst«, sagte sie ruhig, »wirst du für Gerüchte sorgen.«

»Sei nicht albern.«

Rosa zog sie von den anderen Frauen fort. »Elf hat mir schon eine Reihe von unauffälligen Fragen gestellt.«

»Über mich und den Marquis? Wie seltsam.«

Doch Rosa kannte sie viel zu gut, um sich täuschen zu lassen. Diana führte sie zur Tür hinaus und über den Gang nach draußen.

»Er ist ein faszinierender Mann«, sagte Rosa, als sie an der frischen Luft waren. »Und er sieht gut aus – wenn man eine fein geschmiedete Klinge mag.«

Diana blieb stehen und sah sie an. »Das ist ungerecht. Er ist mehr als eine Waffe.« Als ihre Cousine die Augenbrauen hochzog, verwünschte sie ihre impulsive Zunge. »Zur Hölle, Rosa, er tut mir einfach leid.«

»*Leid* ...«, wiederholte Rosa. »Der Marquis von Rothgar?«

»Du bist genauso schlimm wie alle anderen! Du hast selbst gesagt, er sei derjenige, der deine Probleme löst und dies hier alles arrangiert hat. Du solltest dankbar sein.«

»Das bin ich, aber ...«

»Ja, er ist brillant, vornehm und kümmert sich rührend um England, aber ...« Wenngleich Diana wusste, dass sie ihre Worte bereuen würde, fuhr sie fort. »Er ist allein, Rosa. Siehst du das nicht? Er hat eine liebevolle Familie geschaffen, aber er gehört nicht dazu ...«

»Natürlich tut er das.«

»Nun ja. Aber nicht als *Bruder*. Nicht richtig. Und weil seine Mutter verrückt war, wird er keine eigene Familie gründen. Du musst doch sehen, wie das zu mir passt. Ich habe keine Geschwister, und ich werde nie eine Familie haben.«

»Was hält dich davon ab?«

Diana wischte diesen Einwurf beiseite. »Durch seine Talente und seine Fähigkeiten unterscheidet er sich von anderen Männern. Wie viele Männer in England fühlen sich in seiner Gesellschaft wohl? Und wie viele kann er an sich heranlassen?«

Rosa beobachtete sie stirnrunzelnd. »Aber der Marquis kennt jeden und ist überall bekannt. Er kann in London nicht über die Straße gehen, ohne erkannt zu werden.«

Diana wusste, wie »erfreulich« das war. Ohne Zweifel gab es auch Gasthausschilder mit seinem Gesicht, ebenso wie es solche mit ihrem gab. Zugegeben, das Bild von ihr, das außen am Gasthaus zur Gräfin von Arradale in Ripon hing, sah ihr nicht besonders ähnlich, aber ähnlich genug. Sie konnte sich nirgendwo im Norden aufhalten, ohne erkannt zu werden.

Es sei denn, sie verkleidete sich, dachte sie und erinnerte sich an die Zeit im letzten Jahr, als sie die Rolle von Rosas pickeliger Zofe gespielt hatte. Als sie den Marquis von Rothgar zum ersten Mal getroffen hatte ...

Sie riss sich aus diesen Gedanken. »Was ist mit seinen engeren Freunden?«

Und was ist mit meinen?, hallte es aus ihrem Inneren nach, während sie weiterging und zurück zur Scheune und den Tänzen schlenderte.

Ja, auch sie hatte einen großen Bekanntenkreis und war darüber hinaus anerkannt, aber wen konnte sie schon zu ihren echten Freunden zählen? Nur Rosa, die heute ein neues Leben begann, was sie sicher ganz in Anspruch nahm.

»Er hat eine bezaubernde Mätresse.«

Dianas Herz setzte kurz aus, aber sie fasste sich sofort wieder. »Macht er sich keine Sorgen, dass er seine verrückten Erbanlagen durch sie weitergeben könnte?«

»Nach den Gerüchten zu urteilen, ist sie unfruchtbar.«

»Wie passend.« Diana merkte, dass sie schon wieder mit dem Marquis und seinen Angelegenheiten beschäftigt war. Sie fühlte sich wie in einem Dornengestrüpp, das sie festhielt, wohin sie sich auch wandte.

»Zudem ist sie sehr beeindruckend«, sagte Rosa gerade. »Auf fremdartige Weise.«

Plötzlich drängte sich Diana eine Frage auf. »Willst du damit sagen, die Mallorens haben sie dir vorgestellt? Eine Person aus der Halbwelt?«

»Natürlich nicht. Ich hätte sie nicht als seine Mätresse bezeichnen sollen. Es wird immer nur angedeutet. Sie ist eine Gelehrte und eine Dichterin, die exklusive Salons unterhält. Ich war einmal mit Brand in einem von ihnen.«

Eine Gelehrte und eine Dichterin. Obwohl Diana eine gute Erziehung genossen hatte, war sie keines von beiden. Ein schmerzhafter kleiner Knoten bildete sich in ihrem Inneren, und sie hatte das schreckliche Gefühl, dass es Eifersucht sein könnte. Zwanghafte Neugier war schlimm genug. Eifersucht wäre lächerlich. Nun reichte es ihr aber!

»Ein kluger Kopf? Das ist es also, was der Marquis an einer Frau anziehend findet.«

Sie waren bei den großen offenen Scheunentoren angekommen, wo sie von fröhlicher Tanzmusik begrüßt wurden. »Die beiden scheinen wirklich eine Menge gemeinsam zu haben«, sagte Rosa. »Eleganz. Intellekt. Beide wirken so unabhängig wie seidige, aristokratische Katzen.«

»Katzen?«, fragte Diana überrascht. »Ich kann mir nur schwer vorstellen, dass Lord Rothgar entspannt bei jemandem auf dem Schoß liegt und schnurrt.«

Rosa unterdrückte einen Lachanfall. »Ach, ich weiß nicht. Ab und zu muss er doch auch ein Mensch sein.«

Diana lächelte gezwungen, wusste aber, dass sie rot geworden war. Solche Bemerkungen machten ihr immer erschreckend bewusst, wie wenig sie von intimen Dingen wusste.

Männer, die auf einem Schoß lagen? Und schnurrten?

Lord Rothgar?

Sie versuchte, es sich vorzustellen, doch obwohl sie äußerst freizügige Bücher gelesen hatte, gelang es ihr nicht. Trotzdem schwirrte der Gedanke daran in ihrem Kopf herum …

Flöte, Geige und Trommel waren zu hören, und in der Scheune hüpften fröhliche Paare auf und ab. Andere saßen herum und unterhielten sich, und in abgelegenen Ecken erspähte sie mehrere junge Paare, die sich davongestohlen hatten, um zu flirten oder gar Küsse auszutauschen. Ein Bauernjunge rieb seinen Kopf an dem seiner Begleiterin, mit einer Bewegung, die seltsam katzenähnlich wirkte ...

»Neugier befriedigt?«, fragte Rosa.

»Ich bin nicht neugierig«, protestierte Diana unwillkürlich, zog aber sofort eine Grimasse. Es war nicht zu verbergen. Beim Anblick einer Gruppe von kleinen Kindern erlaubte sie sich eine weitere verräterische Bemerkung. »Ich habe ihn mit seinem kleinen Neffen gesehen.«

»Bemerkenswert, nicht wahr? Und irgendwie auch schockierend. Als würde man ein Kind mit einem Tiger sehen. Aber er scheint richtig vernarrt in sie alle zu sein.«

Lord Steens Töchter nahmen mit roten Wangen und leuchtenden Augen an den Tänzen der Erwachsenen teil, doch Arthur sah sie mit den anderen kleinen Kindern zur Musik aufstampfen und sich hin und her wiegen.

Lord Bryghts Kind mit den kupferfarbenen Haaren lag friedlich schlafend in den Armen seiner Mutter, die mit zwei älteren einheimischen Frauen zusammensaß, als sei sie ebenfalls nur die Frau irgendeines Gentlemans.

Eine der anderen Damen, Mrs. Knowlsworth, brach mitten im Satz ab, um einem kleinen Mädchen zuzuhören, das mit irgendeiner Beschwerde zu ihr gekommen war.

Ein tanzendes Kind – das zweite ihrer Cousine Sukey, glaubte sie – stolperte, wurde aufgehoben und getröstet ...

Eine andere Welt.

Eine Welt von Müttern und Kindern.

Nichts für sie.

Niemals etwas für sie, da sie von Rang war und Privilegien besaß, die nur wenigen Frauen gewährt wurden.

»Du hast Recht«, sagte sie knapp. »Der Marquis sollte heiraten. Ich bin überrascht, dass ihn noch niemand überzeugt hat.«

»Davon, dass seine Mutter nicht verrückt war?«

»Dass es das Risiko wert ist.«

»Offenbar hat Lord Bryght es vor kurzem versucht. Ich vermute, es war keine schöne Szene.«

Diana wäre möglicherweise schwach geworden und hätte nach Einzelheiten geforscht, hätte Lord Brand nicht in diesem Augenblick die Scheune betreten. Als er seine Braut erblickte, verschlug der Ausdruck in seinen Augen ihr fast den Atem.

»Ich glaube, dein Mann wird ungeduldig, Rosa.«

Rosa wandte sich um, und eine leichte Röte stieg in ihr lächelndes Gesicht. Sie kicherte fröhlich und streckte ihrem lächelnden Mann beide Hände entgegen. »Nach fast einem Jahr? Wir üben uns schon lange in Geduld, nicht wahr, Mylord?«

Diana wusste, dass sie nach einem kurzen Auflodern verbotener Leidenschaft übereingekommen waren, zu warten, bis sie heiraten konnten. Sachlich und angespannt führte Lord Brand Rosas Hände an seine Lippen. »Nach fast einem Jahr, Mylady, ist meine Geduld bald am Ende.«

Beide verharrten einen Moment lang wie Statuen. Ein Moment tiefen Verlangens. War es nicht wert, alles zu verlieren, damit sie ein Mann so ansah?

Nur einmal.

»Es wird Zeit«, sagte Rosa, die jetzt hochrot war, sich in die Arme ihres Mannes schmiegte und es kaum zu merken schien. Sie reichte Diana die Hand. »Danke für alles, was du letztes Jahr getan hast. Und ...«, sie befreite sich und drückte Diana, »werde *glücklich*, Diana! Was auch immer du tust, werde glücklich. Sieh nur. Es ist echt. Du musst nur zupacken. Ich wünsche dir dasselbe, was ich für mich gefunden habe.«

Diana erwiderte die heftige Umarmung und blinzelte ein

paar Tränen fort. »Natürlich werde ich glücklich!«, versicherte sie. »Ich *bin* glücklich. Du weißt, dass unser Geschmack oft verschieden ist. Ich liebe die Politik, die Gutsverwaltung und vornehme Gesellschaften. Ich liebe sogar Rechnungsbücher und juristische Angelegenheiten.« Sie wich zurück und brachte ein strahlendes Lächeln zustande. »Es wird mich wunderbar glücklich machen, die große Feudalherrin des Nordens zu sein und die schwerfällige Welt von besorgten Männern zu lenken.«

Rosa wirkte, als wollte sie protestieren, schüttelte jedoch nur den Kopf, küsste Diana auf die Wange und ließ sich von ihrem ungeduldigen Mann zurück zum Haus führen. Wahrscheinlich warteten ihre Pferde schon am Eingang. Ihr neues Zuhause in Wenscote war ziemlich weit entfernt, und unterwegs gab es nur wenige Strecken, die man als Straße bezeichnen konnte.

Diana bat darum, mit der Musik aufzuhören, und forderte die Gäste auf, das Paar mit Ähren und Blumen zu verabschieden. Sie hob ihre hellen Röcke an und lief selbst zum Haus, um einen der vorbereiteten Körbe mit Blumen zu holen. Dann schlängelte sie sich durch die Menschenmenge, damit jeder eine Handvoll herausnehmen konnte. Sie würde ihre Cousine mit fröhlichen Gesichtern und Blumen in ihr neues Leben schicken.

Als sie bei dem Marquis ankam, hielt sie auch ihm den Korb hin, doch zu ihrer Überraschung hatte er bereits beide Hände voller Blumen. Dann ging er zu Brand und Rosa hinüber, die gerade Rosas Eltern Lebewohl sagten, und streute sie seinem Bruder auf den Kopf.

Brand drehte sich um, beschwerte sich lachend und versuchte, die bunten Blüten aus seinen Haaren zu entfernen. Er lächelte seinen Bruder einen Moment an und umarmte ihn dann ungehemmt. Zu Dianas Entsetzen erwiderte der Marquis die Umarmung und senkte sogar kurz den Kopf, um seinen Bruder an sich zu drücken.

Dieses glückliche Ende war vor allem Lord Rothgar zu verdanken, aber sie hatte geglaubt, die Ursache für sein Handeln seien Stolz, Pflichtbewusstsein und eine Vorliebe für Effizienz. Jetzt sah sie, dass sie Unrecht gehabt hatte. Auch von Schuld wurde er nicht angetrieben. Es war Liebe. Obgleich er seine Liebe normalerweise wie eine gefährliche Klinge in Stahl und Samt hüllte, liebte er seine Brüder und Schwestern auf bemerkenswerte Weise.

Sie musste schlucken und bot mit feuchten Augen weiter ihre Blumen an. Was bedeutete das schon? Es hatte nichts mit ihr zu tun.

Die letzte Handvoll Blumen behielt sie und warf sie Rosa zu, als das glückliche Paar davonritt. Sie stampfte auf bei dem Gedanken, dass sie gerade ihrer besten Freundin zum Abschied winkte, die ihr so nah wie eine Schwester gestanden hatte, wie eine Zwillingsschwester …

»Ist es wirklich so eine Tragödie zu heiraten, Lady Arradale?«

Diana schreckte hoch und sah den Marquis neben sich. »Auf keinen Fall, Mylord.«

»Freudentränen also, vermute ich.«

Das glaubte er keinen Moment lang. »Ich weine nicht«, erklärte sie, und das stimmte, obwohl es ihr den Hals zuschnürte.

»Tränen sind nicht immer sichtbar.«

Diana sah ihn bewusst mit weit geöffneten, trockenen Augen an. »Ihr werdet metaphysisch, Mylord.«

»Vielleicht ist alles Wichtige metaphysisch, Mylady.«

»Eine Glaubensfrage, aber wenn alles Wichtige jenseits unserer Sinne liegt, sind wir wie Federn im Wind.«

»Habt Ihr Euch noch nie so gefühlt?«

Sie hielt den Atem an, denn es beschrieb genau ihren heutigen Zustand. »Und Ihr?«

Es platzte aus reiner Neugier heraus. Auch wenn sie einen flüchtigen Eindruck von seiner Verwundbarkeit erhalten hatte, konnte sie sich den Marquis nicht wie eine Feder im Wind vorstellen. Nicht einmal bei einem Orkan.

»Die Kutschen warten«, sagte er, nahm ihren Korb und dirigierte sie mit einer sanften Berührung des Arms zur Straße hin. »Ich gebe mein Bestes und binde mich an einen Felsen an, Mylady, obwohl auch Felsen sich manchmal als unzuverlässig erweisen. Ich glaube, Ihr werdet Eure Cousine vermissen.«

Sie nahm unwillkürlich eine Abwehrhaltung ein und entgegnete: »Und Ihr werdet Euren Bruder vermissen.«

Ein scharfer Blick sagte ihr, dass sie gepunktet hatte. »Euer letzter Bruder«, fuhr sie mit plötzlicher Erkenntnis fort. »Eure ganze Familie außer Euch ist jetzt verheiratet, nicht wahr, Mylord?«

Falls sie ihn getroffen hatte, erholte er sich schnell wieder. »Die Aufgabe eines Herkules, aber sie ist vollendet, ja.«

»Was werdet Ihr also jetzt mit Eurer Begabung als Heiratsvermittler anfangen?«

»Ich werde meine ganze Fürsorge meinem Land zukommen lassen, verehrte Lady.«

»Und Britannien mit wem verkuppeln?«

»Nun, mit dem Frieden natürlich. Fändet Ihr eine lange Friedensperiode nicht auch wünschenswert?«

Er reichte den Korb einem Diener, nahm jedoch vorher etwas heraus. Sie sah, dass eine scharlachrote Mohnblume darin hängen geblieben war. Mohn, der zu friedlichem Schlaf verhelfen, aber auch zu einer gefährlichen Sucht werden konnte.

»Frieden ist ausgezeichnet«, sagte sie.

»Bereut Ihr nicht die verpasste Gelegenheit, alle Gebiete Frankreichs zu erobern?«

»Und Ihr?«

»Ich fand den Preis zu hoch.«

Mit einem leichten Lächeln steckte er ihr den Stiel ins Mieder, hinter das Korsettstäbchen, sodass er zwischen ihren

Brüsten kitzelte. Als er fertig war, sah man nur noch die bebende Blüte zwischen den weißen Rüschen.

Sie ließ ihn gewähren.

Sie hob den Kopf und blickte in seine dunklen, beunruhigenden Augen. Jetzt erst sah sie, dass sie nicht dunkelbraun, sondern dunkelgrau waren. »Was habt Ihr mit mir vor, Mylord?«

Er murmelte etwas auf Griechisch.

Sie sagte: »Aristoteles.«

Er sah sie mit großen Augen an, und sie erkannte mit großer Genugtuung, dass sie ihn überrascht hatte. »Es ist leichter, andere zu studieren als sich selbst«, übersetzte sie. »Angenehmer, fremde Handlungen zu beurteilen als unsere eigenen.«

Nach einer kurzen Pause sagte er: »Natürlich. Da Euer Vater nur eine Tochter hatte und eine, die alles erben würde, hat er Euch wie einen Mann erzogen.«

»Und das war manchmal verdammt langweilig. Aber«, fügte sie schadenfroh hinzu, »zuweilen wird man dafür belohnt.«

Ein echtes Lächeln war zu erahnen. »In der Tat. Ihr tut mir gut, Lady Arradale. Ihr erinnert mich unaufhörlich daran, Frauen nicht zu unterschätzen.«

Sie gingen weiter auf die Kutschen zu. »Ich dachte, die Dichterin Sappho erinnerte einen daran.« Augenblicklich bereute sie ihre Worte.

Er wirkte nicht beunruhigt. »Nichts von dem, was Sappho gemacht hat, überrascht jemanden. Vielleicht hätte ich sagen sollen, ›scheinbar konventionelle‹ Frauen.«

Sie drehte sich um und sah zu ihm auf, absichtlich erstaunt. »Ihr findet mich konventionell?«

Diesmal war sein Lächeln deutlicher zu erkennen und ließ seine Augen wärmer wirken. »Ein Irrtum. Ich bitte inbrünstig um Verzeihung. Was seid Ihr also für eine Frau, Lady Arradale?«

»Mein lieber Lord Rothgar, verwendet das Mikroskop doch bitte für Euch selbst.«

Dann fand sie die Kraft, sich zu entfernen. Sie ließ sich von einem Diener in die wartende Kutsche helfen und war dankbar, dass die Männer zu Pferde reisten.

Sie selbst wäre auch lieber geritten, da die Straße für Fahrzeuge eigentlich nicht eben genug war, aber sie hatte die Notwendigkeit akzeptiert, heute als Dame aufzutreten, und war nun dankbar.

Konventionell?, dachte sie und zwängte sich neben ihre Tante Mary. Er hatte sie hauptsächlich dabei gesehen, wie sie versuchte, ihre Rolle zu spielen, aber er konnte doch ihre Abenteuer im letzten Jahr nicht vergessen haben, besonders als sie ihn mit der Pistole bedroht hatte.

Zum Teufel mit diesem Mann. Sie musste damit aufhören!

Es wäre jedoch einfacher gewesen, nicht ständig an ihn zu denken, wenn sie nicht das zermürbende Gefühl gehabt hätte, dass er genauso auf sie reagierte, wie sie auf ihn. Sie sah auf die rote Mohnblume hinab, die an ihrem blassgelben und cremefarbenen Kleid besonders ins Auge fiel, und berührte eins der gekräuselten Blütenblätter.

Eine verwegene Geste. Sie musste eine Bedeutung haben.

Doch welche?

Er war ein Mann, der nichts ohne Absicht tat.

Lord Rothgar war wie eine Katze, ja. Aber nicht wie eine Hauskatze. Ganz und gar nicht wie eine Hauskatze. Und große Raubkatzen lagen nicht auf irgendeinem Schoß und schnurrten.

Sie verschlangen einen.

Rothgar schaute bewusst weg, als die Kutsche ihre schaukelnde Reise hinunter nach Arradale antrat. Es war wirklich höllisch dumm gewesen, dieses kleine Spiel mit der Blume zu spielen. Hochzeiten schienen das Gehirn aufzuweichen, besonders so fröhliche Landhochzeiten wie diese hier.

Er betrachtete eine Weile die lächelnden, unkomplizierten Gesichter um ihn herum, die alten Freunde, die vertrauten Familien und Nachbarn. Dies war eine ganz andere Welt als diejenige, die vor ihm lag, und er war von Geburt an nicht für sie geschaffen.

Lady Arradale ebenfalls nicht, und doch hatte sie wegen ihrer Mutter, die in diesem freundlichen Haus aufgewachsen war, einen Fuß in der Tür.

Er zuckte mit den Schultern und ging dorthin, wo die Pferde fertig gemacht wurden, aber mit einem Schulterzucken allein konnte er das Eindringen der Gräfin von Arradale in sein Bewusstsein nicht verhindern. Eine schöne, schlagfertige und, wie es schien, gebildete Frau. Den Gesprächen der Männer hatte er entnommen, dass sie bei den lokalen Angelegenheiten eine große Rolle spielte. Einigen Männern war es unangenehm, doch niemand hatte angedeutet, dass sie ihre Angelegenheiten schlecht regelte.

Und sie hatte letzte Nacht an seine Tür geklopft.

Als er sich auf sein Pferd schwang, musste er sich eingestehen, dass Lady Arradale noch gefährlicher war, als er gedacht hatte. Die eigentliche Gefahr ging jedoch davon aus, wie er selbst auf die Frau reagiert hatte.

7

Nach Arradale zurückgekehrt, beobachtete Diana, wie sich alle in ihre Zimmer zerstreuten, um sich für das späte Abendessen umzuziehen und auszuruhen. Sobald sie sich überzeugt hatte, dass alles in Ordnung war, zog sie sich in ihre eigenen Gemächer zurück.

Im düsteren Schlafgemach ihres Vaters dachte sie noch einmal über die Hochzeit und ihr Gespräch mit Lord Rothgar nach und legte sich eine Strategie für die nächsten Tage zurecht. Das Problem bestand darin, dass sie sich ihrer Absichten nicht länger sicher war. O ja, sie wusste, wie sie sein sollten, doch sie veränderten sich auf gefährliche Art und Weise, als würden sie in der Sommersonne dahinschmelzen.

Nach dem heutigen Abendessen würde es wieder Musik und Kartenspiele geben. Für morgen hatte sie eine Reihe von Aktivitäten im Freien geplant. Angeln am Fluss, Bootfahren auf dem See und für alle, die interessiert waren, einen Ausflug zu den nahen Wasserfällen. Übermorgen würden sie – würde er – abreisen.

Da er ohnehin abreiste, konnte sie es dann nicht wagen, sich dieser faszinierenden Studie hinzugeben? Konnte sie nicht flirten und vielleicht sogar einen Kuss erhaschen? Was für eine Verschwendung, Lord Rothgar übermorgen zu verabschieden, ohne auch nur einen Kuss zu bekommen.

Da sie sich warm und staubig fühlte, zog die Zofe ihr die Kleider aus, und Diana wusch sich von Kopf bis Fuß. Danach streifte sie ein lockeres Seidenkleid über, um sich ein oder zwei Stunden zu entspannen.

Nur ein Kuss ... Sie verwarf den Gedanken. Jedes Körnchen Verstand sagte ihr, dass sie mit dem Feuer spielen würde.

Andererseits würde er bald abfahren. Es war eine nicht wiederkehrende Gelegenheit …

Oh, genug davon! Sie brauchte eine vernünftige Beschäftigung und ging in ihr Boudoir, wo sie ein Stapel von Unterlagen erwartete. Sie setzte sich an den Schreibtisch und zwang sich, sich ganz auf ihre Arbeit zu konzentrieren.

Sie ging die Papiere durch und schrieb ihre Anweisungen darauf. Ein paar legte sie jedoch beiseite, um sich mit ihnen zu befassen, wenn sie mehr Zeit hätte. Die Arbeit beruhigte sie, bis sie auf einen persönlichen Brief einer weiteren Cousine stieß, die sie als Familienoberhaupt darüber informierte, dass sie sich verlobt hatte. Mein Gott, war denn die ganze Welt versessen auf die Ehe, während sie selbst nicht einmal geküsst wurde und schmachtete?

Sie ließ den Brief fallen.

Nur ein Kuss …?

Als sie jünger war, hatte sie den kühneren einheimischen Burschen ab und zu einen Kuss gewährt. Bei Maskenbällen hatte sie ihren Verehrern manchmal gewisse Freiheiten erlaubt. Sie war aber nie ein Risiko eingegangen.

Mit dem Marquis von Rothgar wäre es gefährlich, darüber war sie sich im Klaren, doch gerade dies war Teil seiner Anziehungskraft. Klüger war es natürlich, ihn zu meiden, und doch … von ihrer hohen gesellschaftlichen Stellung aus betrachtet, war er eine überaus verlockende Flamme. Und eigentlich ungefährlich.

Mit aufgestütztem Kopf gönnte sie es sich, darüber nachzudenken.

Trotz Hitze und Leidenschaft stellte er keine Gefahr dar, denn er hatte nicht die Absicht zu heiraten, noch weniger als sie. Ein ungefährliches Feuer, wie eines, das in einem stabilen Herd eingesperrt ist. Konnte sie es wagen?

Sie ordnete die Papierstapel, schlenderte dann, die welkende Mohnblume hin- und herdrehend, in ihr Schlafzimmer zurück, um sich auf ihrer Chaiselongue am offenen Fenster zu entspannen. Bei Vogelgezwitscher und einer sommerlichen Brise wanderten ihre Gedanken zu jenem Menuett vor einem Jahr.

»*Was wäre passiert, Mylord, wenn ich mich nicht geweigert hätte …*«

»*Als ich Euch die Hand küssen wollte? Nun, wir hätten uns einer Tändelei hingegeben, Mylady.*«

»*Einer Tändelei?*«

»*Etwas mehr als ein Flirt, aber weniger als eine Verführung.*«

»*Ich weiß nichts über Tändeleien.*«

»*Würdet Ihr gern mehr darüber erfahren?*«

Sie strich mit den weichen Blütenblättern über ihre Lippen, und die Erinnerungen ließen ihr Herz schneller schlagen.

»*Solltet Ihr jemals Eure Meinung ändern, Mylady …*«

Solltet Ihr jemals Eure Meinung ändern.

»Clara«, sagte sie zu ihrer Zofe, die emsig die Kleider für den Abend herauslegte.

»Ja, Mylady?«

»Sag Ecclesby, dass wir heute nach dem Abendessen Tanz anbieten.«

Rothgar, in Kniehosen und halb aufgeknöpftem Hemd, befand sich in dem blumigen Boudoir, das zu seiner Suite gehörte, und widmete sich der von Carruthers nachgeschickten Korrespondenz. Versteckt zwischen üblichen Vorgängen lag ein verschlüsselter Bericht über Ereignisse in Paris und die Aktionen des stellvertretenden französischen Botschafters in London. Er runzelte die Stirn angesichts der Tatsache, dass sich d'Eon allzu sehr bei der Königin einschmeichelte. Er musste zurückkehren und sich darum kümmern.

Als Nächstes öffnete er einen sorgfältig versiegelten Brief und sah, dass es eine handgeschriebene Nachricht des Königs war. Er stellte bald fest, dass er nichts Dringendes enthielt – doch dann kam er zu einer Passage über Lady Arradale.

Nach einer Weile lehnte er sich zurück, sah aus dem Fenster und betrachtete die prächtigen Ländereien der Lady.

König George sollte mehr auf seine Königin als auf die Gräfin Acht geben, aber aus irgendeinem Grund war er von ihr besessen. Diese Entwicklung wurde mit der Zeit etwas problematisch …

Jemand klopfte an die Tür.

Er faltete den Brief zusammen. »Herein.«

Fast schon erwartete er die temperamentvolle Gräfin, doch seine Schwester Elf schlüpfte mit einem Lächeln herein, das ihre Unsicherheit nicht ganz verbarg.

»Eine reizende Hochzeit, nicht wahr?«, plauderte sie los, hielt jedoch sofort inne und sah sich in dem rosafarbenen und weißen Zimmer um. »Du liebe Güte.« – »Die Gemächer der Gräfin«, sagte er gleichgültig. »Die Farbe Rosa heitert meine Gedanken auf. Falls du gekommen bist, um mir zu erzählen, dass du uns alle in die Armut getrieben hast, weil du massenweise Stoff gekauft hast, werde ich nur lächeln.«

Das brachte sie zum Lachen. »Ich vermute, sie hatten nicht genug große Zimmer, aber …« Wieder sah sie sich um. »Bey, darf ich bitte kurz ins Schlafzimmer gucken?«

Er stand auf und öffnete die Tür für sie. Verzückt musterte sie das verhüllte Bett, die rosa- und cremefarbenen Seidenvorhänge, die von Gipsengeln zusammengerafft wurden, die urtümlichen weißen, mit Blumen verzierten Pfosten, die Bettdecke aus schwerer weißer Spitze.

»Können wir nicht tauschen?«, fragte sie schließlich. »Ich werde von dem Bedürfnis überwältigt, auf diesem jungfräulichen Bett wild und leidenschaftlich geliebt zu werden.«

Er lachte. »Vielleicht ist das die Absicht. Ich muss allerdings sagen, dass es auf mich nicht dieselbe Wirkung hatte.« Dennoch ging ihm eine erotische Fantasie durch den Kopf, die mit der Gräfin zu tun hatte.

»Das wäre auch sehr merkwürdig«, sagte Elf, die jetzt auf einem weißen Stuhl mit äußerst zierlichen Beinen saß.

»Vielleicht bleibe ich auch wegen der kühlen Getränke bei Verstand«, antwortete er und goss sich aus einem silbernen Krug ein, der in einer Keramikschüssel mit Eis gestanden hatte. »Zitronenwasser?«, fragte er.

»Hm, wunderbar!« Sie nippte an dem köstlichen kalten Getränk. »Wie bist du denn daran gekommen?«

»Ich habe es bestellt. Schließlich habe ich dutzendweise Zitronen mit in den Norden gebracht.«

»In der Annahme, dass die Gräfin nicht genug Vorräte hat?«

»Ich dachte, es würde heiß werden, außerdem bin ich verrückt nach Zitronen. Nun, Elf, was führt dich in meine weiblichen Gemächer?«

Elf war seltsam nervös und nippte noch einmal. Ihr Bruder schüchterte sie nicht ein, aber andererseits hatte sie noch nie versucht, sich in seine intimen Angelegenheiten einzumischen. »Ich mag Lady Arradale sehr gern«, sagte sie schließlich. »Ich habe gesehen, dass du ihr diese Blume in den Ausschnitt gesteckt hast, Bey. Flirtest du etwa mit ihr?«

Er sah sie durchdringend an. »Und wenn ja?«

»Dann wäre ich dagegen.«

»Deine Meinung ist mir natürlich immer wichtig, aber warum? Du wirst wohl kaum annehmen, dass ich sie ins Verderben stürzen werde, und ich bezweifle auch, dass sie es sich zugestehen würde, verdorben zu werden.«

»Man kann auf verschiedene Weise ins Verderben gestürzt werden.«

»Und welche befürchtest du?«

Jetzt kam sie sich noch alberner vor, aber gleichzeitig war sie auch besorgter. »Du könntest ihr das Herz brechen.«

»Ich bin sicher, dass sie weiß, was ein bloßer Flirt ist, Elf.«

»Aber warum flirtest du mit ihr? Ich habe von den Ereignissen im letzten Sommer gehört. Sie hat dich mindestens einmal übervorteilt ...« Er zog die Augenbrauen hoch. »Du glaubst, ich sinne auf düstere Rache?«

Sie musterte ihn. »Nicht düster. Und vielleicht auch keine Rache. Aber möglicherweise ... Vergeltung.«

»Indem ich der armen Lady den Kopf verdrehe und dann mit einem grausamen Lachen verschwinde. Elf, wirklich!«

Sie lächelte und spürte, wie ihre Wangen heiß wurden. »Warum also? Wir reisen übermorgen ab.«

Er zuckte mit den Schultern. »Vielleicht gerade, weil wir übermorgen abreisen. Eine Hochzeit erzeugt eine Stimmung, die zum Flirten anregt, und Lady Arradale und ich sind außer der Witwe die einzigen ledigen Personen hier.«

»Dann verbringe mehr Zeit mit der Witwe.«

»Aber sie möchte mich leider mit ihrer Tochter verheiraten.«

Elf wirkte plötzlich matt. »Nichts wäre lächerlicher.«

»Lächerlich?«

Sie sah ihn stirnrunzelnd an. »Erzähle mir nicht, du bist endlich doch auf der Suche nach einer Braut, und dazu noch einer solchen.«

»Nein, niemals. Ich war nur neugierig, warum du es für lächerlich hältst.«

Sie machte eine abweisende Handbewegung. »Wenn Diana heiratet, und sie schwört, dass sie es nicht tun wird, braucht sie einen Mann, der sich ihren Ländereien und Verpflichtungen hier oben widmen kann. Du aber brauchst eine Frau, die im Süden die Gastgeberin für dich spielt.«

»Du musst also keine Heirat zwischen uns fürchten. Ich hege nur freundliche Absichten der Lady gegenüber.«

Seine Worte hätten sie beruhigen müssen, aber Elf konnte das nagende Unbehagen nicht vertreiben. »Dann lass sie in Ruhe, Bey. Sie hat einen harten Weg gewählt und könnte anfällig für Versuchungen sein. Von fast jeder Dame, die ich kenne, höre ich, dass du die Versuchung in Person bist.«

Lachend schüttelte er den Kopf.

Sie erhob sich. »Manchmal frage ich mich, ob du dir deiner Macht und Ausstrahlung bewusst bist.«

Er erhob sich höflich, um ihr die Tür zu öffnen. »Ich dachte, ich hätte sie mein Leben lang erforscht.«

»Nicht genug, wenn du nicht weißt, wie verheerend du auf den Verstand einer Frau wirken kannst.«

»Ich werde sorgfältig darüber nachdenken«, sagte er und schloss die Tür hinter ihr.

Elf blieb auf dem Gang stehen und betrachtete eine große griechische Urne, ohne sie richtig wahrzunehmen. Alles, was Bey gesagt hatte, war beruhigend, und doch schlug ihr Instinkt Alarm. Sie ging weiter und klopfte an eine andere Tür.

Eine mollige Zofe mit eckigem Gesicht öffnete. »Ja, Mylady?«

»Ich würde gern mit der Gräfin sprechen, wenn es möglich ist.«

»Elf?«, erklang Dianas Stimme. »Komm doch herein.«

Die Zofe machte die Tür weit auf, und Elf sah, wie sich Diana, mit einer weiten hellgrünen Robe bekleidet, von einer Chaiselongue erhob.

»Entschuldigung, du ruhst dich gerade aus.«

»Ein Ausruhen, zu dem ein wenig Unterhaltung sehr gut passt«, versicherte Diana und zeigte auf den gepolsterten Platz am Fenster. »Möchtest du etwas Limonade?«

Elf erblickte genau den gleichen Silberkrug in dem gleichen Eisbehälter aus Keramik. »Wie köstlich.«

Die Zofe goss die Limonade ein, und Diana sagte: »Du kannst gehen, Clara, bis ich mich umziehen muss.«

Elf nahm einen Schluck. »Zitrone ist an einem heißen Sommertag so erfrischend, nicht wahr?«

»Ja, herrlich. Dein Bruder war so freundlich, zusätzliche Vorräte in den Norden mitzubringen, sonst hätten wir jetzt sicher schon keine mehr.«

»Bey ist ein Organisationstalent.«

Diana lachte leise. »Eine Untertreibung. Er ist ein bemerkenswerter Mann.« Sie hatte es beiläufig gesagt, aber Elf ließ sich nicht täuschen.

Diana war im gleichen Alter wie sie selbst – sechsundzwanzig –, wirkte jedoch wegen ihrer Ausbildung und ihrer Verpflichtungen vielleicht etwas reifer. Seit Jahren schon war sie geeigneten und ungeeigneten Freiern aus dem Weg gegangen und sollte eigentlich nicht gefährdet sein, nicht einmal durch Bey. Doch obwohl das eckige Kinn und der feste Blick von Standhaftigkeit zeugten, sprachen die weichen Lippen und die gelegentliche Traurigkeit in diesen Augen eine andere Sprache.

Natürlich verstand sie es. Sie wusste nur zu gut, wie Enttäuschung, Ungeduld und heftiges Verlangen selbst eine vernünftige Frau völlig um den Verstand bringen konnten.

Diana hob herausfordernd den Kopf. »Einen Penny für deine Gedanken.«

Elf gab die Suche nach subtilen Worten auf und stieß eine offene Warnung aus: »Im letzten Jahr«, sagte sie, »habe ich mir vorgenommen, meine Jungfräulichkeit zu verlieren.«

Diana hielt den Atem an.

»Ich war es so leid, sie zu hüten! Und so leid, gut zu sein. Es war erstaunlich schwierig. Mit Fort, meine ich.«

»Er wollte bis zur Hochzeit warten?«

Elf prustete vor Lachen. »Fort? Nein. Er ... Ach, es ist kompliziert. Er hasste alles, was mit den Mallorens zu tun hatte. Ich war verrückt, mir gerade ihn als Mann auszusuchen.« Dianas Blick war zu entnehmen, dass sie verstand, worauf Elf hinauswollte. »Und trotzdem hast du schließlich geheiratet. Das ist doch ein glückliches Ende.«

»Wir haben vier Monate später geheiratet, nach vielen Prüfungen und Qualen«, sagte Elf offen. »Es hätte auch anders kommen können, und ich habe großes Glück gehabt, dass meine Schwangerschaft nicht am Ende ganz unpassend gewesen ist.«

Bei diesen Worten hatten sich Dianas Wangen leicht gerötet. »Dann hätte dein Bruder dafür gesorgt, dass er dich heiratet, und du wärst genauso glücklich dran.«

»Aus dem Grund hätte ich ihn nicht geheiratet, und Bey – alle meine Brüder, sogar Cyn – wollten mich davon abhalten, Fort vor den Altar zu zwingen.«

Diana sah sie ungläubig an. »Lord Rothgar wusste, was du getan hattest? Was hat er gesagt?«

»Er hat mir einen kurzen, heftigen Vortrag darüber gehalten, wie man mit Menschen umgeht.« Elf zog ein Taschentuch hervor und putzte sich die Nase. »Weißt du, ich hatte Angst davor, was er mit Fort machen würde, nicht um mich. Ich wusste, dass er mich nicht verstoßen oder bestrafen würde.« Verflucht, dies war nun auch nicht die richtige Botschaft!

Diana senkte den Kopf und fuhr mit ihrer beringten Hand über die grüne Seide. »Bin ich gerade vor jungfräulichem Ungestüm gewarnt worden?« Sie sah auf. »Deine Untat hat schließlich zu einem glücklichen Ende geführt.«

»Es hätte aber auch anders ablaufen können.« Elf beugte sich vor und hielt die unruhige Hand ihrer neuen Freundin fest. »Ich mache mir Sorgen, Diana. Es tut mir leid, wenn ich aufdringlich wirke, wo wir uns ja erst so kurz kennen. Aber ich verstehe wirklich gut, wie du dich fühlst, und ich kenne die Gefahren. Ich empfehle den konventionellen Weg und bürge für die Freuden des Ehestandes.«

Diana zog ihre Hand weg. »Ich bin sicher, dass es wunderbar sein kann«, sagte sie kühl. »Der Preis wird mir jedoch immer zu hoch sein.«

Mein Gott!, dachte Elf. Diana konnte einen genauso eiskalt abweisen wie Bey. Dennoch blieb sie beharrlich. »Du wärst immer noch Gräfin, wenn du verheiratet wärst.«

»Aber nicht die Herrin. Glaub mir, Elf, sobald irgendein Mann mich heiraten würde, wäre er in den Augen der Welt der Earl. Abgesehen davon hätte er alle Rechte eines Ehegatten. Die meisten Frauen haben keine Macht zu verlieren, aber ich schon, und ich werde sie nicht wegwerfen. Ich heirate nicht, egal wie vergnüglich es ist.«

Elf sah sie erstaunt an. Bislang hatte sie nur die gesellige Seite der Gräfin von Arradale kennen gelernt, doch nun sah sie einen eisernen Willen und eine Entschlossenheit, die eines Earls würdig waren. Sie sollte eigentlich nicht überrascht sein, doch sie war es.

Und sie war besorgt. Wenn eine Heirat unmöglich war, würde die verbotene Liebe locken. Sie wusste es. Vor nicht allzu langer Zeit hatte sie die gleiche hungrige Sehnsucht verspürt – nach Erfahrung und Erregung, aber auch nach jemandem, der die Lücke füllte, die ihr Zwillingsbruder nach seiner Heirat hinterlassen hatte.

Diana hatte gerade Rosa verloren.

Es kam ihr vor, als stünde sie auf einem Hügel und sähe zu, wie jemand auf einem Pferd auf einen versteckten Graben zuritt. Nichts, was sie zu sagen vermochte, schien den Sturz verhindern zu können, doch sie musste einfach eine Warnung aussprechen.

Sie erhob sich und sagte: »Wenn es so ist, musst du vorsichtig sein. Ich habe etwas, das dir helfen könnte. Ich werde ein Dienstmädchen damit vorbeischicken.«

Sie machte eine Pause, weil sie wusste, dass es klüger gewesen wäre, das Thema fallen zu lassen, drängte dann jedoch weiter. »Das Problem ist«, sagte sie, »es ist schwer für uns Frauen, intim zu werden, ohne die beteiligten Männer zu mögen, besonders wenn es unser erstes Mal ist. Und das, meine Liebe, ist eine heikle Sache.«

Auch Diana stand auf. »Rosa hat dasselbe gesagt. Sie glaubte, sie könnte es mit Brand tun und gefühlsmäßig unbeteiligt bleiben ...«

»Brand würde auch bei einer Statue aus Stein Gefühle erzeugen. In dieser Hinsicht sind alle meine Brüder ziemlich gefährlich.« Da nur noch ein Bruder unverheiratet war, ging Elf nicht weiter darauf ein, sondern verabschiedete sich.

Zurück in ihrem Schlafzimmer nahm sie eins der Merkblätter, die sie und Sappho anonym veröffentlichten und so weit wie möglich verbreiteten. Es war eine kurze Abhandlung darüber, was Frauen machen konnten, um die Wahrscheinlichkeit einer Schwangerschaft zu verringern. Sie wickelte es in unscheinbares Papier und ließ es Diana bringen.

Natürlich waren Bey all diese Dinge bekannt. Er war von Anfang an darauf bedacht gewesen, keine Frau zu schwängern. Doch selbst wenn Diana darum bitten würde, wäre Bey nicht der richtige Mann, um sie in die weibliche Befriedigung einzuführen. In anderthalb Tagen konnte man das nicht erwarten.

Elf fand, dass es ein Jammer war. Sie war überzeugt, dass er ein guter und großzügiger Liebhaber und von seinem Wesen und seinen Absichten her der letzte Mann war, der Diana zum Altar führen wollte.

Doch in Dianas Kopf würde es nicht bei neugierigem Forschen bleiben.

Im Kopf blieb es niemals dabei.

An diesem Abend zog sich Diana äußerst verärgert und enttäuscht in ihr Schlafzimmer zurück. Sie hatte nicht erwartet, dass der Marquis sein verführerisches Angebot vom letzten Jahr wiederholen oder wie nach der Hochzeit mit ihr flirten würde, aber irgendetwas hatte sie doch erwartet. Etwas, worauf sie versuchsweise eine Hoffnung aufbauen konnte, wenigstens einen interessanten Kuss.

Stattdessen hatte er sie wie eine seiner Schwestern behandelt. Er war zwar überaus höflich zu ihr gewesen, doch zu seinen Schwestern wesentlich herzlicher!

Die Tanzgesellschaft hatte aus vier Damen und vier Herren bestanden – eine angenehme Zahl, die Linien und Kreise ermöglichte. Nach jedem Tanz hatten die Damen die Partner gewechselt, aber weil es eine so kleine Gruppe gewesen war, hatten sie und der Marquis sich dauernd nur getroffen, umgedreht und wieder voneinander entfernt.

Und was war dabei herausgekommen?

Nicht einmal ein Blick, der irgendwie dem Moment gleichkam, als er ihr die Mohnblume in den Ausschnitt gesteckt hatte.

Einmal hatte sie es zwischen den Tänzen geschafft, neben ihm zu sitzen, und sie hatten sich über das Wetter unterhalten! Sie hatte mehr über die Ursachen von Klimaschwankungen in England und deren Einfluss auf den nationalen Wohlstand gelernt, als ihr lieb war. Sie wurde den entmutigenden Verdacht nicht los, dass der Marquis absichtlich versucht hatte, sie zu langweilen.

Als Clara ihr aus ihrem attraktiven Kleid half – aus dunkelblauer Seide, mit hellem Stoff abgesetzt und sehr tiefem Ausschnitt –, fand sich Diana damit ab, dass er vorher mit ihr geflirtet hatte, weil er wegen der ländlichen Hochzeit in ausgelassener Stimmung gewesen war. Das war alles. Sie hatte zu viel hineingedeutet. Der Marquis von Rothgar hielt nichts von ihr. Warum sollte er? Sie waren lediglich Bekannte.

Sie zog ihr seidenes Nachthemd an und setzte sich, damit Clara ihr die Haare kämmen konnte. Wie immer beruhigte es sie und stellte ihre Ausgeglichenheit und gute Laune wieder her.

Ihre Verlegenheit ließ sich damit jedoch nicht wegwischen. Elf hatte ihre Gefühle erraten. Sie betete zum Himmel, dass niemand sonst etwas gemerkt hatte, vor allem der Marquis nicht. Sie verdrängte, dass der Mann den Ruf hatte, verdammt scharfsichtig zu sein. Gott sei Dank reiste er bald ab.

Sie konnte die Enttäuschung jedoch nicht vollständig verwinden.

Nachdem sie Clara fortgeschickt hatte, trank sie ein Glas Wasser und ließ den Blick im Lichtschein des zunehmenden Dreiviertelmondes über ihre dunklen Ländereien schweifen. Sie war Herrin über alles, was sie überblickte, konnte jedoch keinen Mann ihr Eigen nennen. Sie hielt das kalte Glas an ihre Wange und versuchte, die heiß aufsteigende Unzufriedenheit abzukühlen, die durch die Hochzeit und die großen Veränderungen im letzten Jahr entstanden war. Übermorgen würden die Mallorens auf der Heimreise sein, und sie würde wieder zu ihrem friedlichen Alltag zurückkehren können.

Die Zukunft erschien ihr so trostlos wie ein Leben auf dem kalten Mond. Sagte man nicht, dort seien alle verlorenen oder vernachlässigten Schätze gelagert? Aufgegebene Träume, verlorene Hoffnungen, verpasste Gelegenheiten und tragische Lieben. Außerdem war der Vollmond ihr Zeichen, das Zeichen der Göttin Diana. Vielleicht war sie von Geburt an dafür bestimmt.

Ach, Unsinn. Bestimmt gab es auf der Welt eine Menge glücklich verheirateter Dianas.

Als sie sich ihrem Bett zuwandte, sah sie den Brief, den Elf ihr zuvor geschickt hatte. Sie hatte ihn zur Seite gelegt, als man sie gerufen hatte, um eine Frage zur Auswahl des Weins zu beantworten. Sie öffnete das Siegel und faltete das dünne Merkblatt auseinander, das darin lag. Ein Traktat? Eine Moralpredigt über Selbstkontrolle und Keuschheit?

Dann las sie den einfachen, direkten Text, der sogar ein paar Zeichnungen enthielt, als Hilfe für alle, die nicht gut lesen konnten. Schockiert legte sie das Blatt nieder. Doch dann nahm sie es wieder in die Hand und las es nochmals durch.

Faszinierend.

Beim Lesen lächelte sie jedoch gequält. Eins war sicher: Elf erwartete nicht, dass Lord Rothgar sie von ihrer Unwissenheit befreien würde. Bestimmt kannte er diese ganzen interessanten Techniken.

8

Es schien zu Dianas verzwickter Lage zu passen, dass sie am nächsten Morgen vom Regen aufgeweckt wurde, der gegen ihr Fenster klatschte. Ein kurzer Blick auf den trüben, grauen Himmel zeigte ihr, dass es keine Hoffnung gab für ihre sorgfältig geplanten Aktivitäten im Freien. Gerade jetzt, wo sie die Mallorens los sein wollte, würde sie sie den ganzen Tag um sich haben.

Seufzend klingelte sie nach Clara und überlegte, womit man sich drinnen beschäftigen könnte. Ein Billardtisch könnte den Herren gefallen, und vielleicht spielten auch ein paar Damen. Wären die Damen den ganzen Tag mit Gesprächen, Musik und Kartenspielen zufrieden? Was würden die Kinder machen? Sie hatte die Etage mit den Kinderzimmern renovieren und vorbereiten lassen, aber nicht erwartet, für Unterhaltung sorgen zu müssen. Sie fragte sich, was aus den Spielsachen aus ihrer Kindheit geworden war, und ließ den Hausmeister rufen.

Wegen ihrer Enttäuschung über den uninteressierten Marquis wählte sie ein einfaches braungrünes Kleid und bedeckte den tiefen Ausschnitt mit einem sittsamen Halstuch. So. Falls er irgendeinen Verdacht über ihre Sehnsüchte am gestrigen Abend hegen sollte, würde diese Aufmachung ihn sicher zerstreuen.

Während des Frühstücks befasste sie sich mit Papieren und Haushaltsangelegenheiten, und danach wagte sie sich mit einem Schlüssel des Hausmeisters nach oben zu den Kinderzimmern.

Die zwei kleineren Kinder waren fröhlich damit beschäftigt, in ihrem Frühstück herumzurühren. Aber die drei älteren Kinder der Steens – Eleanor, Sarah und Lord Harber – blickten gerade aus dem Fenster und betrachteten verzweifelt das grässliche Wetter. Sie hörte das ältere Mädchen sagen: »Ich hasse Yorkshire.« Dann erst bemerkten sie sie, knicksten nervös und verneigten sich.

Sie lächelte. »Schlechtes Wetter ist eine furchtbare Last, nicht wahr? Und dummerweise habe ich keine Vorkehrungen getroffen. Ich hatte jedoch auch einmal Spielsachen und hoffe, dass einige immer noch in den Kammern am Ende des Ganges sind. Hättet ihr Lust, mitzukommen und nachzusehen?«

Fröhlich lächelnd liefen die drei auf die Tür zu, und Diana folgte ihnen mit einem nicht weniger strahlenden Lächeln. Seit Jahren hatte sie nicht mehr an ihre Spielsachen gedacht, aber es waren ein paar großartige Dinge dabei gewesen. Diana führte die Kinder zu einer Tür am Ende des Korridors, steckte den Schlüssel ins Schloß und öffnete sie. Sie musste zugeben, dass sie etwas enttäuscht war.

Wenngleich sie gewusst hatte, dass der Raum regelmäßig gesäubert wurde, hatte ein Teil von ihr auf etwas Geheimnisvolles gehofft.

»Wie schade«, bemerkte sie, »keine dunklen Ecken oder modernden Leichen.«

Sie wurde mit einem Kichern belohnt und führte die Kinder zu einem großen Schrank. Sie zog eine Schublade auf. »Anziehsachen. Ihr könntet Verkleiden spielen.«

Die Kinder lächelten höflich, aber es war deutlich zu sehen, dass sie eine andere Vorstellung vom großen Abenteuer hatten. Diana ging zu den übereinander gestapelten, ordentlich beschrifteten Kisten, die daneben standen. »Handschuhe?«, fragte sie.

Die drei schüttelten den Kopf.

Sie schaute auf das nächste Schild. »Künstliche Blumen?«

Dreifaches, doch zunehmend gespanntes Kopfschütteln. Die Kinder hatten gemerkt, dass sie sie necken wollte.

Dann kam sie zu einer größeren Kiste. »Winterstrümpfe …«

»Lady Arradale!«, beschwerte sich Eleanor lachend.

»Oh, ihr glaubt, hier könnten irgendwo Spielsachen sein. Gut, kommt mal mit.«

Sie öffnete eine Tür zu einem zweiten hellen Raum mit vielen weiteren Kisten und einer Reihe von großen, verhüllten Gegenständen.

»Jeder darf einen Gegenstand aufdecken«, sagte sie. »Aber seid vorsichtig. Sie könnten zerbrechlich sein.«

Die drei gingen umher und überlegten offensichtlich, welcher wohl am aufregendsten sein könnte.

Sarah verkündete, dass sie als Älteste zuerst wählen dürfte, und lüpfte eine schwere Decke. »Ein Schaukelpferd!«, rief sie. »Ein wunderschönes!«

Die anderen beiden stellten sich um Bella herum, und Diana streichelte die echte weiße Mähne des gescheckten Pferdes, das sie als Kind so sehr geliebt hatte. Der scharlachrote Ledersattel und die Zügel waren in einem ausgezeichneten Zustand und immer noch mit Silberglöckchen behangen. Sie klingelten, als Sarah das Pferd ein wenig hin- und herschaukelte.

»Darf ich darauf reiten, Mylady?«

Diana vergewisserte sich, dass keine anderen Gegenstände auf den Kufen lagen, und sagte dann: »Gewiss. Ihr könnt alle einmal schaukeln.«

Sarah stieg geschickt auf, ordnete ihre weiten Röcke und setzte das Pferd bimmelnd in Bewegung.

»Was ist das?«, fragte Charlie.

Sie drehte sich um und sah, dass er und seine Schwester den von ihm gewählten Gegenstand auswickelten. Sarah rutschte von ihrem Pferd und ging hinüber, um sich das Holzkästchen auf Beinen anzusehen.

»Das ist eine magische Bilderkiste.« Diana öffnete die Türen, um ihnen das Sichtfenster zu zeigen. »Man muss hier hineinsehen.«

Charlie blickte zögernd hinein, sagte aber: »Ich sehe nichts.«

»Man braucht sowohl Licht als auch etwas zum Sehen.« Sie zog eine Schublade auf, nahm eine der Drehscheiben heraus und schob sie in eine Öffnung. Dann rollte sie das Kästchen ans Fenster. »Am besten geht es mit einer Kerze, aber wenn man durch das Fensterchen guckt und an der Kurbel dreht, sieht man Bilder von sich bewegenden Leuten.«

Der Junge blickte wieder durch das Sichtfenster und drehte langsam an der Kurbel. »Ja! Es funktioniert!« Er trat zurück. »Versuch du es mal, Nell.«

Gespannt drückte seine Schwester ihr Gesicht gegen das Guckloch und drehte an der Kurbel. »Die Leute sehen aus, als ob sie sich bewegen!«

Nach einer Weile sagte der Junge: »Wenn du mich nicht noch mal gucken lässt, Nell, suche ich etwas für dich aus.«

Das Mädchen sprang zurück. »Wehe dir!« Sie eilte zu ihrem Gegenstand – und begann an dem Tuch zu ziehen, das ihn verhüllte.

»Vorsichtig, Eleanor«, erinnerte Diana sie.

Das Mädchen gehorchte und zog das Tuch langsamer weg. »Es ist eine Puppe«, sagte sie. »Eine große Puppe.« Vor einem Stein stand ein lebensgroßer Junge von ungefähr fünf Jahren. Um seinen Hals hing eine Trommel, und in den erhobenen Händen hielt er Stöcke. »Er hat echte Haare, Charlie«, sagte Eleanor, während sie die blonden Locken vorsichtig berührte. »Und echte Anziehsachen.« Sie drehte sich zu Diana um. »Was ist das?«

Das Mädchen klang etwas unbehaglich, und Diana erging es genauso. Sie hatte angenommen, dieses Ding sei schon vor Jahrzehnten weggeschafft worden, weil ihre Mutter es nie gemocht hatte. Als für Diana der Reiz des Neuen verflogen war, war es verschwunden.

Sie lächelte die Kinder an. »Auf der Rückseite des Steins ist eine Kurbel. Wenn ihr sie vorsichtig etwa zwanzig Mal dreht, werdet ihr sehen.«

»Ich weiß, was es ist«, verkündete Charlie und griff als erster nach der Kurbel. »Es ist so ein Automat, wie Onkel Bey sie hat!«

Der Marquis hatte Automaten? Sie hätte nicht gedacht, dass er ein Mann war, der sich für Spielzeug interessierte, und die Geräte waren teuer und selten. Wenigstens bekämen die Kinder wahrscheinlich keine Angst vor den lebensechten Bewegungen der Figur. Sie erinnerte sich, dass sie sich sehr erschrocken hatte, als sie diese Puppe an ihrem sechsten Geburtstag zum ersten Mal in Aktion gesehen hatte.

Nachdem die Kinder zwanzig Mal gedreht hatten, bat sie sie, ein Stück zurückzugehen, und drückte den Starthebel nach unten.

Ein rasselndes, mechanisches Geräusch ertönte, und doch erschraken sie, als der Junge ihnen seinen Lockenkopf zuwandte, zwinkerte und sich grüßend verneigte.

Eins der Kinder flüsterte: »Oh.«

Dann drehte er sich um und sah einen Vogel an, der hinter ihm auf dem Stein saß. Der Vogel wurde lebendig, spreizte kurz seine Flügel, hob dann den Kopf und begann ein Lied zu trällern. Nun drehte sich der Junge wieder nach vorn und schlug auf seiner Trommel den Takt dazu. Dabei wippte er mit den Füßen und bewegte den Körper zur Musik hin und her. Ab und zu blickte er von seiner Trommel zu den Zuschauern auf, als wollte er ihre Aufmerksamkeit prüfen.

Plötzlich blieb eine Hand mit einem lauten *Zweng* stehen, während die andere weiterschlug.

»Oh!«, riefen alle drei Kinder gleichzeitig.

Diana sprang herbei und schaltete die Figur aus. Stille kehrte ein, und die Figur verharrte mit einem unheimlichen, vorwurfsvollen Blick auf Diana. »O je«, sagte sie.

»O je, allerdings«, sagte eine Stimme hinter ihnen, worauf sie sich umdrehte und den Marquis in der Tür stehen sah. »Unklug, mit einem solchen Gerät zu spielen, ohne es vorher sorgfältig zu überprüfen, Lady Arradale.«

Er kam zu ihnen herüber und berührte das lockige Haar. »*Pauvre enfant.*« Er nahm den stehen gebliebenen Arm, fuhr mit den Fingern über den blauen Stoffanzug und zog die Jacke hoch. »Wenn du erlaubst, *mon brave.*«

Eins der Kinder kicherte, aber alle drängten sich heran, um die komplizierten Stangen und Räder zu betrachten, die in dem Stein verschwanden, wo sich der Hauptmechanismus befand.

Eine Stange hing lose herab.

»Kein besonders ernstes Problem«, sagte er und sah auf – zu den Kindern, nicht zu ihr. »Aber man sollte ihn nicht mehr laufen lassen, bis er gründlich überprüft wurde.«

Schwungvoll erhob er sich und sagte zu Diana: »Ein sehr schönes Stück. Vielleicht von Vaucanson hergestellt?«

»Ich weiß es nicht. Mein Vater schenkte es mir zum sechsten Geburtstag. Ich wusste nicht, dass es noch hier ist.« Sie drehte sich zu Eleanor um. »Ich glaube, du suchst dir besser ein anderes Spielzeug aus, meine Liebe.«

Kurz darauf hatte Eleanor ein kleines Theater mit Marionetten enthüllt, und die drei Kinder waren damit beschäftigt, sich ein Stück auszudenken. Diana wandte sich wieder dem Marquis zu und bedauerte – wenn auch nur für einen kurzen Moment – ihr nüchternes Kleid. Was für eine Dummheit! »Wolltet Ihr mich sprechen, Mylord?«

»Ich bin nach oben gekommen, um die Kinder zu besuchen.«

Diana war für ihr unauffälliges Kleid dankbar.

Er wandte sich wieder dem Automaten zu. »Der interessiert mich. Ihr werdet sicher wissen, wie kostbar er ist. Warum steht er hier oben und wird nicht beachtet?«

»Ich habe keine Ahnung. Als Kind gefiel er mir, aber irgendetwas störte mich daran, sodass ich vermutlich nicht nachgefragt habe, als er verschwand. Aus heutiger Sicht«, fügte sie hinzu, »glaube ich, dass meine Mutter ihn nicht mochte.« – »Ich weiß, warum.«

Sie stellte sich neben ihn, um die Figur aus seinem Blickwinkel zu betrachten, fand jedoch nichts Ungewöhnliches daran.

»Und warum?«

Er sah auf sie herab. »Es ist ein Junge.«

Diana starrte das unschuldige Ding an. »Das hätte mein Vater nie damit ausdrücken wollen«, sagte sie, doch sie erkannte, wie es vielleicht auf ihre Mutter gewirkt hatte. Sie war die Gattin eines Mannes mit wichtigem Titel und langem Stammbaum gewesen – und sie selbst als Tochter eines ortsansässigen Edelmannes eine nicht ganz standesgemäße Gattin.

In ihrer langen Ehe hatte sie nur ein Kind bekommen, und das war auch noch ein Mädchen.

Hatte ihr Vater diesen subtilen Vorwurf im Sinn gehabt? Obwohl sie liebevolle Eltern gehabt hatte, war sich Diana der großen Hoffnung auf einen Sohn immer bewusst gewesen. Erst ab einem Alter von ungefähr zwölf Jahren hatte man sie auf ihre zukünftigen Verpflichtungen vorbereitet. Zu diesem Zeitpunkt hatten die Eltern ihre Hoffnung vermutlich aufgegeben.

Der Marquis zog vorsichtig das Kinn des kleinen Trommlers hoch. Wegen der Mechanik, so vermutete sie, bewegte sich der Kopf nur zögernd, wie bei einem schüchternen Kind. Am Ende blickten ihn die großen blauen Augen direkt an. »Ein hübsches Kind«, sagte er, »und es sieht dem Porträt von Euch als Kind, das im Schlafzimmer der Gräfin hängt, auffallend ähnlich.«

Diana atmete tief ein und kam näher. Tatsächlich, die Haare waren kürzer, aber er hatte Recht. »Er ließ es nach dem Bild anfertigen …?«

Das war noch schlimmer. Für ihre Mutter musste er genauso ausgesehen haben wie der Sohn, den sie nicht hervorgebracht hatte.

»Vermutlich hielt er es nur für einen lustigen Einfall«, sagte der Marquis. »Mit einem Teil seines Herzens.«

Seine dunklen Augen sahen auf sie herab und verstanden sie nur zu gut. »Tja, wir handeln manchmal aus geheimnisvollen Beweggründen, nicht wahr?« Wieder begutachtete er das Kind. »Ein hübsches Kind«, wiederholte er. »Eigensinn und Verstand sind bereits vorhanden, aber man sieht auch die Warmherzigkeit und den Charme. So habe ich auch das Porträt empfunden.«

Oh nein, bitte nicht jetzt. Ich bin zu sehr von dem Automaten erschüttert, um zu wissen, was ich tun oder sagen soll.

Vorsichtig ließ er das Kinn wieder sinken und drehte sich zu ihr um. »Falls Ihr niemanden kennt, der ihn reparieren und bedienen kann, könnte ich ihn mit nach London nehmen und einem Mr. Merlin übergeben. Ich interessiere mich dafür.«

»Das dachte ich mir schon«, sagte Diana und bemühte sich um einen kühlen Ton. »Ich gebe zu, ich bin überrascht. Spielzeuge, Mylord?«

»Apparate, Lady Arradale. Solche, die komplexe Dinge tun, wenn sie gut gemacht sind. Dinge, die man präzise abrufen kann. Ein angenehmer Gedanke, findet Ihr nicht?«

»Mit einem Hauch von Magie? Merlin?«

»So heißt er in der Tat. Der Herzog von Bridgewater baut Kanäle und Aquädukte, die über Flüsse führen.«

»Und Byrd schrieb Chormusik, um mit Vogelgesängen zu konkurrieren?«

Seine Mundwinkel verzogen sich zu einem amüsierten Lächeln. »Es ist verwunderlich, welchen Einfluss Namen haben, nicht wahr? »

»Arradale hat keine besondere Bedeutung, außer dass es das Tal der Arra ist. Rothgar jedoch deutet auf Zorn hin, Mylord. Und Bey, wie Eure Familie Euch nennt, auf einen Fürsten aus dem Osten.«

»Und Diana ist die Jägerin. Aber was, so frage ich mich, jagt Ihr?« Bevor sie über eine kluge Antwort nachdenken konnte, sagte er: »Ich hörte, dass Ihr hier einen Schießstand habt. Ich gebe zu, ich bin neugierig, was Eure Fähigkeiten mit der Pistole betrifft.«

Diana wurde verlegen, weil sie an die Ereignisse im letzten Jahr erinnert wurde, und benutzte die Kinder als Vorwand. »Kommt. Ihr müsst in die Kinderzimmer zurückgehen. Ich lasse diese Sachen und ein paar der Kisten für euch dorthin bringen.« Sie trieb sie hinaus und traf die notwendigen Vorkehrungen. Dann kehrte sie zu dem Marquis zurück, der immer noch höflich auf sie wartete.

»Wolltet Ihr soeben ein Wettschießen vorschlagen, Mylord?«

»Warum nicht? Die Männer finden sicher Gefallen daran, und Elf ist auch recht geschickt. Außerdem würde ich Euch gern schießen sehen.«

Als Gastgeberin konnte sie schlecht ablehnen, doch während sie nach unten gingen, sagte sie: »Woher rührt dieses Interesse an meinen Fähigkeiten, Mylord? Letztes Jahr habe ich Euch die Pistole in den Rücken gedrückt. Ich hätte Euch kaum verfehlen können.«

»Ihr habt Brand verfehlt.«

»Ich war nervös, und er hat sich zu schnell bewegt.«

»Ihr hättet ihn also lieber getroffen?«

»Natürlich nicht, aber es ärgert mich, dass ich daneben geschossen habe. Was wäre passiert, wenn er ein Schurke gewesen wäre, der mich erschießen wollte?«

»Ich fürchte, dann wärt Ihr jetzt tot.«

Sie warf ihm einen schnellen Blick zu. »In der Tat. Ich habe nicht die Absicht, das nächste Mal wieder nervös zu sein.«

Amüsiert beobachtete Rothgar, wie die Gräfin das Wettschießen organisierte. Sie stellte hohe Anforderungen an sich und war daran gewöhnt, sie auch zu erfüllen. Äußerst interessant. Leider war alles, was mit der Gräfin von Arradale zu tun hatte, interessant, und vieles davon auch gefährlich.

Er war überzeugt, dass sie im Verlauf des vergangenen Jahres nicht nur an ihren Absichten, sondern auch an ihren Ansichten gearbeitet hatte. Es gab einen Grund, wenn man einem Jungen Schießen und Griechisch beibrachte, und in dieser Welt auch einen Grund, es einem Mädchen nicht beizubringen. Hätte er Cyn und Elf nicht zusammen aufwachsen lassen, hätte Elf sich vielleicht nicht in so wilde Abenteuer gestürzt. Es war gut ausgegangen, hätte aber auch eine Tragödie werden können.

Die Gräfin trug die gleiche Mischung aus enttäuschter Sehnsucht und Kühnheit in sich. Auf manchen Gebieten hätte sie einen ausgezeichneten Mann abgegeben, doch sie war keiner. Und sie gehörte auch nicht zu den Frauen, die ihre Weiblichkeit verdrängen und wie ein Mann leben konnten. Dies machte sie zu einer gefährlichen, beunruhigenden Frau – für ihn, für andere und für sich selbst. Und nun hatte er auch noch die Anordnungen des Königs, was sie betraf.

Offensichtlich hatte Lady Arradale den König um Erlaubnis gebeten, im House of Lords ihren Sitz als Gräfin einzunehmen. Das kam natürlich gar nicht in Frage. Das Parlament war nur etwas für Männer. Rothgar verstand, warum sie die Tradition ändern wollte, aber er war sicher, dass der König es nicht verstand. George war in solchen Angelegenheiten sehr konventionell.

George war so konventionell, dass er schon bei dem Gedanken daran einen Wutanfall bekommen hatte. Die plötzliche Erkenntnis, dass eine junge, unverheiratete Frau in seinem Königreich ziemlich viel Einfluss ausübte, machte alles noch schlimmer. Auch das war nicht zu tolerieren. In seinem Brief befahl er Rothgar, diese ungeheuerliche Person im Auge zu behalten und ihn darüber zu informieren, was getan werden konnte, um ihr Einhalt zu gebieten.

Als er noch einmal darüber nachdachte, kam Rothgar zu dem Schluss, dass der Schießwettkampf kein weiser Vorschlag gewesen war. Der König erfuhr besser nicht, dass sie einen so männlichen Sport ausübte. Er folgte der aufrecht gehenden Gräfin über einen Korridor und war beunruhigt, dass er so gedankenlos gewesen war. Er war sich darüber im Klaren, dass es noch Schlimmeres bedeuten könnte.

Er musste die anderen warnen, nichts darüber zu erzählen.

Als sie in der langen, von hohen Fenstern beleuchteten Kammer ankamen, hatten die Dienstboten bereits vier Pistolenpaare herausgeholt und geladen. Er sah, dass Menschenfiguren als Ziele dienten – zwei Männer und zwei Frauen, an deren Oberkörpern herzförmige rote »Zielscheiben« befestigt waren.

»Ich fasse es nicht«, sagte Steen. »Wir sollen auf Frauen schießen?«

»Frauen«, erklärte Rothgar, »sind nicht immer harmlos.«

»Natürlich sind wir das nicht«, stimmte die Gräfin ohne jegliche Spur von weiblicher Bescheidenheit oder Vornehmheit zu. »Wenn eine Frau auf Euch schießen würde, Lord Steen, wäre es töricht, nicht zurückzuschießen.«

»Auf mich schießen würde?«, wiederholte Steen sichtlich verlegen.

»Portia hat auf mich geschossen«, sagte Bryght.

»Elf hat gerade erst ein Messer nach mir geworfen«, sagte Fort.

»Das habe ich nicht«, widersprach Elf. »Ich habe auf das Papier gezielt, dass du in der Hand hattest, und ich habe genau getroffen!«

»Trotzdem ein törichter Streich«, sagte Rothgar. Er wandte sich an die Gräfin. »Was sollen wir vereinbaren?«

»Wer der Mitte der Herzen am nächsten ist, gewinnt.«

Rothgar betrachtete die Pistolen. »Sind das Eure, Lady Aradale?«, fragte er, auf ein etwas kleineres Paar zeigend.

»Ja. Elf kann sie auch benutzen, wenn sie möchte.«

»In diesem Fall sollten die Herren ebenfalls ihre eigenen benutzen, meint Ihr nicht?«

»Ihr habt Duellpistolen dabei?«, fragte sie sichtlich bestürzt. Sie damit so zu überraschen, war für ihn merkwürdig vergnüglich.

»Man weiß nie ...«, murmelte er. Doch dann räumte er ein: »Keine Duellpistolen, aber ich habe eigene, speziell angefertigte Reisepistolen dabei.«

Er sah die anderen Männer an, und wie er erwartet hatte, gestand Bryght ebenfalls ein, seine eigenen dabei zu haben. Seine Brüder waren gut ausgebildet. Achselzuckend gab auch Elf zu, ein eigenes Paar mitgenommen zu haben, woraufhin Fort humorvoll die Augen verdrehte. Diese Ehe stellte sich als überraschend gut heraus, Elf brauchte nicht zu verbergen, was sie war. Eine Malloren, durch und durch.

Man schickte Dienstboten, um die Familienwaffen zu holen, und während sie warteten, fragte Rothgar: »Und der Preis, Gräfin?«

Sie wandte sich zu ihm um und antwortete vorsichtig: »Was würdet Ihr vorschlagen, Mylord? Ich glaube, niemand hier wäre an einem Beutel mit Geld interessiert.«

»Dann gibt es eben keinen Preis«, sagte er. »Schließlich sind wir alle eine Familie.«

»Außer mir.«

»Angeheiratet schon. Losen wir, wer zuerst schießt?«

Ihre Gesichtsfarbe erblühte auf interessante Weise. Sie drehte sich um und nahm einen Würfelbecher in die Hand. »Wir würfeln.«

Er nickte, und sie würfelte und erhielt eine Acht. Da er Einsen würfelte, durfte er anfangen, sobald man die Pistolen gebracht und er sie geladen hatte. Ohne zu zögern, versenkte er seine Pistolenkugeln mitten in zwei Herzen – ein männliches, ein weibliches.

Wenn es schon zu einem Wettkampf kam, sollte sie ruhig wissen, wem sie die Stirn bot.

Während alle gratulierten, warf er der Gräfin von Arradale einen Blick zu und entdeckte ein ehrgeiziges Funkeln in ihren Augen.

Oh, Mylady, es ist nicht klug, einem Spiel so viel Bedeutung beizumessen.

Elf, Fort und Bryght waren als Nächste an der Reihe. Elf fand ohne Scham Vergnügen daran, ein wenig besser als ihr Mann zu treffen, und Bryght schoss genau wie Rothgar zweimal ins Schwarze. Dann stellte sich Lady Arradale mit geradem Rücken und vorgeschobenem Kinn an die Markierung. Sie hätte ebenso gut laut verkünden können, dass sie gewinnen wollte. Nachdem jede Kugel genau ins Schwarze getroffen hatte, drehte sie sich um und sah ihm direkt in die Augen, als ob er sie persönlich herausgefordert hätte.

Er war nicht überrascht, aber möglicherweise ein wenig erschrocken, wie ungewöhnlich hoch ihr Können war. Geradezu erregt, auf höchst subtile Weise. Ihm gefielen erstklassige Leistungen.

Steen war kein guter Schütze und verzichtete freundlich.

»Was nun?«, fragte Rothgar. »Schießen wir noch einmal, um den Sieger zu ermitteln?«

»In dieselben Ziele«, sagte sie, »mit weißem Papier dahinter. Wir versuchen, genau ins selbe Loch zu treffen.«

»O Gott«, sagte Steen, und selbst Bryght wirkte erschrocken.

Rothgar jedoch nahm seine erste Pistole. »Ein äußerst faszinierender Test, Lady Arradale, obschon eine solche Genauigkeit in einer realen Situation wenig nützt. Eine Pistolenkugel im Herzen genügt. Genau genommen erfüllt eine Pistolenkugel im Rumpf normalerweise immer ihren Zweck, egal wohin sie trifft.«

»Aber hier geht es um Perfektion als Selbstzweck, nicht wahr, Mylord? So wie bei Automaten?«

»Also gut. Dann müssen wir unbedingt herausfinden, wer der perfekteste Automat ist.«

Sobald das weiße Papier hinter dem roten Herz befestigt worden war, zielte er. Eine interessante Herausforderung, die seinen Sinn für das Absolute, für die Präzision ansprach. Der erste Schuss ging seiner Ansicht nach leicht daneben, obwohl es aus der Entfernung schwer zu sagen war. Der zweite ebenfalls. Als man ihm die Zettel brachte, kamen alle zusammen, um sie zu begutachten.

»Exakt dieselbe Stelle!«, rief Steen. Rothgar mochte Steen sehr gern, aber der Mann dachte nicht im Sinne von absoluter Perfektion.

»Nein, ein wenig Weiß ist noch zu sehen«, sagte er. »Bryght, du bist an der Reihe.«

Bryght schüttelte den Kopf. »Ich sehe keinen Sinn darin. Wozu soll das gut sein?«

»Du enttäuschst mich. Du musst es mathematisch sehen. Es gibt richtig und nicht richtig.«

»Bei Zahlen gebe ich dir Recht, aber das hier ist etwas anderes. Ich steige aus.«

»Elf?«

Auch Elf schüttelte den Kopf. »Ich weiß, dass ich es nicht schaffe.«

Rothgar sah die Gräfin an. »Ich hoffe, dass Ihr mich nicht enttäuscht, Mylady.«

Sie hielt bereits die erste Pistole in der Hand. »Natürlich nicht. Ich habe es vorgeschlagen.«

Wieder nahm sie beim Zielen diese entschlossene Haltung ein. Er fragte sich, wer ihr Schießlehrer war, denn der Mann war gut. Gleichzeitig wünschte er, er selbst könnte ihr Trainer sein. Sie musste noch ein wenig mehr auf ihr Gemüt achten, auf ihre Seele, um das Niveau zu erreichen, das sie anstrebte.

Aber möglicherweise auch nicht. Er sah zu, wie beide Pistolenkugeln die leere Stelle trafen. Unter Beifallsrufen wurden die Zettel zurückgeholt und begutachtet.

»Ebenfalls ein wenig Weiß«, sagte sie verärgert.

»Aber weniger, glaube ich«, sagte Bryght. »Ich schlage vor, wir nehmen die Blätter mit ins Haus und suchen nach einer Möglichkeit, sie auszumessen. *Das* spricht meine mathematischen Neigungen an. Du liebe Güte, Bey, ich glaube, sie ist besser als du!«

»Was deinem verbitterten Herzen sicher Trost verschafft. Lady Arradale, fechtet Ihr?«

»Bey …«, protestierte Bryght, aber die Gräfin lächelte nur.

»Ja, aber nicht so gut, wie ich schieße. Mir fehlt ein täglicher Übungspartner.«

Er konnte sich gerade noch zurückhalten, trotzdem einen Kampf vorzuschlagen.

Wegen seiner Größe, seiner Reichweite und seiner Fähigkeiten wäre es kein fairer Wettkampf, und außerdem wäre es nicht klug von ihm.

Dennoch hätte er gerne geprüft, wie geschickt sie mit der Klinge umging.

Er war sicher, dass sie teuflisch gut war.

9

Als Diana die anderen zum Haus zurückführte, ging sie bewusst voraus, um eine Unterhaltung zu vermeiden. Einfache Themen wurden bei dem Marquis von Rothgar sofort kompliziert. Sie spürte eine Mischung aus Anerkennung und Ablehnung seinerseits und rügte sich dafür, dass sie überhaupt darüber nachdachte.

Aber sie dachte darüber nach. Sie wollte wissen, was er von ihr hielt, und außerdem wollte sie gewinnen.

Eine Stunde später, nach vielen Tassen Tee und dem Einsatz von Messstäben und eines Vergrößerungsglases wurde der Wettkampf für unentschieden erklärt.

»Hast du gemerkt«, fragte Lord Bryght seinen Bruder, und Diana meinte, ein amüsiertes Grübeln in seinen Augen aufblitzen zu sehen, »dass ihr beide eine Spur zu weit nach Nordosten geschossen habt?« Er legte die vier Herzen übereinander.

Diana nahm sie und begutachtete sie. Nicht genau gleich, nein. Das spräche gegen jede Vernunft. Aber er hatte Recht. Bei allen vieren war in der gleichen Richtung daneben geschossen worden. Sie nahm die zwei, auf die der Marquis geschossen hatte, und hielt sie ihm hin. »Ein Andenken?«

»Ein Schatz«, sagte er und steckte sie sanft lächelnd in seine Hosentasche. »Diesmal ist mir wenigstens ein Unentschieden gelungen.«

Elf sprang auf. »Diana, ich habe gehört, du kannst auch dieses entsetzliche Billardspiel. Ich möchte es unbedingt lernen, aber die Männer können es mir nicht beibringen. Sie wissen nicht, wie ...«

Diana ließ sich in eine Unterhaltung hineinziehen, bei der

Elf ihre Hand nahm und fest drückte. Sie widerstand dem Bedürfnis, sich umzusehen. An seinem Benehmen war nichts Vertrauliches. Nichts. Es war alles Einbildung, und sie musste Elf dankbar sein, dass sie sie gerettet hatte.

Sie half Elf, das Spiel zu lernen, und entkam danach einer weiteren Herausforderung. Wahrscheinlich konnte sie die meisten Männer auch beim Billard schlagen, doch allmählich wurden ihr diese ganzen ungewöhnlichen Fähigkeiten unangenehm. Was noch schlimmer war: Es bestand immer die Gefahr, dass der Marquis genauso gut wie sie wäre und diese seltsame Verbindung zwischen ihnen herstellen würde, gegen die sie ankämpfte.

Außerdem wäre es unerträglich, wenn er sie besiegte.

Wieder flüchtete sie in ihre Arbeit. Zwei friedliche Stunden mit ihrem Sekretär und Schreibarbeiten waren genau das, was sie brauchte. Die Arbeit beruhigte sie, schien jedoch auch die Tür zu klareren Gedanken zu öffnen. Als Turcott ging, um die Korrespondenz zu verschicken, blieb sie in dem nüchternen, männlichen Arbeitszimmer, um auch ihre persönlichen Angelegenheiten sachlich zu regeln.

Erstens. Der Marquis von Rothgar war ein faszinierender Mann. Es wäre töricht, dies abzustreiten. Wenn sie richtig verstand, war die halbe Welt vom ihm fasziniert.

Zweitens. Irgendetwas Ungewöhnliches spielte sich zwischen ihnen ab. Schließlich hatte sie schon andere attraktive Männer kennen gelernt. Brand Malloren besaß die Anziehungskraft eines warmen Feuers. Bryght Malloren war eher wie ein funkelnder Edelstein. Beide waren attraktiv, wenn auch auf verschiedene Weise, aber keiner von ihnen ließ ihre Haut zittern, ihr Herz schneller schlagen, ihren Magen verkrampfen, so wie Lord Rothgar es tat.

Löste er diese Reaktionen bei jeder Frau aus? Das glaubte sie nicht. Es musste eine besondere Bedeutung haben.

Sie erinnerte sich, dass Rosa im letzten Jahr versucht hatte, sich eine letzte Nacht mit Brand zu versagen. Sicher hatte sie es mit Herz und Seele versucht. Gewiss, Rosa hatte sich gerade in Brand verliebt, aber Diana glaubte nicht, dass dies die treibende Kraft gewesen war. Es war Lust gewesen, aber eine sehr spezielle Lust.

Wie ein Schlüssel und ein Schloss.

Für jedes Schloss ein bestimmter Schlüssel. Auch wenn sie bei dieser bildhaften Vorstellung innerlich zusammenzuckte, dachte sie darüber nach, dass Rosa und Brand ideal zusammenpassten, und sich trotzdem vielleicht niemals kennen gelernt hätten. Hatte jeder nur einen bestimmten Menschen, und lernte man ihn nicht immer kennen? Oder gab das Schicksal jedem Pärchen zumindest eine Chance?

Wie viele solcher Gelegenheiten wurden verpasst, auf dem kalten Mond gelagert?

Konnte es sein, dass der Marquis für sie dieser bestimmte Mensch war? Nervös zuckte sie mit den Schultern und entschied, dass sie ihn eher als Hauptschlüssel ansehen sollte, der zu zahlreichen Schlössern passte.

Sie lehnte sich in ihrem Ledersessel zurück und versuchte, die Gefühle zu beurteilen, die zwischen ihnen bestanden. Bestanden sie auf beiden Seiten? Sie hatte genug Fälle von unerwiderter Liebe gesehen, um zu wissen, dass es nicht immer so war. Sie erinnerte sich an einen jungen Mann, der so viel für eine Frau empfunden hatte, dass er einfach nicht glauben konnte, dass das Objekt seiner Verehrung nichts für ihn empfand. Er hatte sich vom Hardraw Force gestürzt und die arme Maddy Stawkes mitgenommen.

Eher wollte sie sterben als ein solches nicht auf Gegenseitigkeit beruhendes Verlangen offenbaren. Außerdem empfand sie es gar nicht. Sobald der Marquis morgen abgereist war, würde sie kaum noch an ihn denken. Im Moment spürte sie jedoch eine gewisse innere Wärme.

Drittens. Lord Rothgar war ein möglicher Liebhaber. Sie sah Männer häufig als potenzielle Liebhaber an. Tatsächlich lief es darauf hinaus, dass sie jeden Mann zwischen zwanzig und vierzig als potenziellen Liebhaber ansah! Doch keinen hatte sie so eindeutig als möglichen Liebhaber empfunden wie den Marquis.

Sie nahm seinen Körper wahr, wie sie es noch nie zuvor erlebt hatte. Natürlich hatte sie schon früher Männer bewundert – ihre breiten Schultern, ihre muskulösen Beine, ihre Eleganz, Kraft oder Beweglichkeit. Bei dem Marquis kam es ihr jedoch so vor, als könnte sie durch seine Kleidung hindurchsehen. Ständig nahm sie Haut, Muskeln und Körperformen wahr, die eigentlich nicht zu sehen waren.

Es war eine lästige Plage, doch auf diese Weise konnte sie sich schockierend leicht vorstellen, wie er nackt in einem Bett lag und sich über sie beugte.

Viertens. So lächerlich es auch schien, er war von allen möglichen Liebhabern in ganz England gewiss derjenige, von dem am wenigsten Gefahr für sie ausging. Er beabsichtigte nicht zu heiraten. Selbst wenn sie den Verstand und ihre Willenskraft verlor und ihn bat, sie zu heiraten, würde er sich weigern.

Fünftens. Sie brauchte ihn nie wiederzusehen. Morgen würde er abreisen.

Sechstens. Er reiste morgen ab. Wenn also etwas passieren sollte, müsste es heute Nacht geschehen.

Sie stand auf und wanderte unruhig im Zimmer umher, ließ ihre Hand über den Schreibtisch gleiten, das Regal entlang, über den Globus …

Heute Nacht.

Sie lachte kurz auf.

Nein, wirklich. Es war unmöglich.

Auf dem halben Weg zur Tür blieb sie erneut stehen. War es Weisheit oder Feigheit? Würde sich jemals wieder eine so perfekte Gelegenheit bieten? Ihr perfekter, möglicher Liebhaber im angrenzenden Schlafzimmer.

Perfekt außer …

Wie würde er reagieren?

Den ganzen Tag über gab sich Diana große Mühe, normal zu wirken, aber sie war nicht sicher, was normal noch bedeutete. Wenigstens trat der Marquis nur selten in Erscheinung. Aus London war noch mehr Korrespondenz eingetroffen.

»Wird dein Bruder immer so unbarmherzig von geschäftlichen Dingen verfolgt?«, fragte sie Elf, als sie vor dem Abendessen zusammenkamen.

»Nicht immer, nein. Ich vermute, zurzeit steht eine Menge an, was mit Frankreich und dem kürzlich vereinbarten Frieden zu tun hat.«

»Aber der Marquis ist nicht in der Regierung.«

»Nein.«

»Oder nicht direkt?«

Elfs Mundwinkel zuckten. »Ja, genau. Bey besitzt einen bemerkenswerten Informationsapparat und hat die Angewohnheit, alles mitzubekommen und in seinem Kopf abzuspeichern, um es auszuwerten. Der König findet das sehr nützlich.«

»Ich hörte, die Beziehung reicht noch etwas weiter.«

»Der König bewundert ihn, ja, und fragt ihn in vielen Angelegenheiten um Rat.« Doch dann lenkte Elf die Unterhaltung auf andere Themen, woraus Diana folgerte, dass sie bestimmte Dinge über ihren Bruder nicht preisgeben würde. Das war auch gut so, denn bald darauf betrat der Marquis das Zimmer, und sie wäre äußerst ungern bei einem Gespräch über ihn erwischt worden.

Nach dem Abendessen wurde das kleine Theater heruntergebracht, und die Kinder führten unter herzlichem Applaus ein kleines Stück vor. Sobald sie von den anderen Spielsachen erzählten, wurden auch die magische Bilderkiste und der kaputte Automat in den Salon gebracht. An der Bilderkiste hatten alle großen Spaß, aber der Automat konnte nur betrachtet werden.

Diana warf ihrer Mutter einen flüchtigen Blick zu. Die Witwe lächelte höflich, doch sie meinte einen Anflug von Anspannung in ihren Augen erkennen zu können. Diana hätte sie gern aufgemuntert, aber sie hatte keine Ahnung, was sie sagen sollte. Vermutlich war es eins dieser Themen, die man besser nicht ansprach.

Sie ging jedoch zu dem Marquis hinüber. »Wenn Ihr immer noch dazu bereit seid, Mylord, würde ich Euch bitten, den Automaten mit nach London zu nehmen und reparieren zu lassen. Genau genommen«, fügte sie spontan hinzu, »würde ich ihn Euch gern schenken.«

Wenngleich es ein außergewöhnliches Geschenk war, protestierte er nicht. »Ihr seid überaus großzügig, Mylady. Ich werde sicherstellen, dass er sorgfältig behandelt wird.«

Sie verbrachten den Abend mit Kartenspielen, während Dianas eigene Musiker für musikalische Unterhaltung sorgten. Diana achtete darauf, dass sie nicht am gleichen Tisch saß wie Lord Rothgar, aber trotzdem schwirrten ihre Gedanken immer wieder um ihre verzwickte Lage herum, wie eine in einem Einmachglas gefangene Biene. Die kreisenden Gedanken machten sie ganz krank, aber sie war machtlos dagegen.

Heute war der letzte Abend.

Sollte sie oder sollte sie nicht?

Würde er oder würde er nicht?

Als der Marquis sich umdrehte, um mit Lord Bryght zu sprechen, ertappte sie sich dabei, wie sie die Konturen seines Körpers bewunderte. Sein Augenzwinkern, als er Lady Steen neckte. Seine flinken, schlanken Hände, mit denen er die Karten hielt.

Sie konnte fast spüren, wie diese Finger nachts über ihre Haut fuhren ...

O Gott! Verpasste Gelegenheiten, weit weg auf dem Mond gelagert.

Als die Feier schließlich zu Ende war und sie Zuflucht in ihrem Zimmer suchen konnte, fühlte sie sich erschöpft.

Aber nicht körperlich.

Nein, ihr Körper vibrierte förmlich vor lauter Unruhe und Verlangen. Sobald sie bettfertig war, nur mit ihrem lockeren Seidennachthemd bekleidet, schickte sie Clara fort und starrte die Verbindungstür an. Sie hatte keine Geräusche aus dem anderen Zimmer vernommen, aber der Marquis war inzwischen bestimmt da.

Sie ging eine Weile auf und ab und griff dann nach dem Morgenmantel, der zu ihrem Nachthemd gehörte. Er war aus elfenbeinfarbenem Damast und bedeckte sie ebenso gut wie ein normales Kleid.

Leider konnte niemand leugnen, dass es Nachtwäsche war.

Dennoch ging sie auf die Tür zu und klopfte.

Nach einer Weile öffnete jemand – der Diener des Marquis, der im mittleren Alter war. »Mylady?«

Ihr Blick huschte im Zimmer umher, doch sie konnte niemanden hinter ihm sehen. Verflucht! Am liebsten hätte sie augenblicklich die Tür zugeschlagen und sich in ihr Bett verkrochen, aber sie musste eine Spur ihrer Würde retten. »Ich habe eine Frage zu Lord Rothgars Reiseplänen für morgen.«

Der Mann wirkte bemüht gelassen. »Soll ich etwas ausrichten, wenn er nach oben kommt, Mylady?«

Ihr Mut zerfiel zu Staub, und Diana sagte: »Nein, nein. Es hat Zeit.«

Sie schloss die Tür, wankte auf das Bett zu und warf sich hinein. Warum nur? Warum hatte sie dieser verrückten Idee nachgegeben? Sie hatte sich verraten!

Konnte sie darauf hoffen, dass der Diener ihren Besuch gar nicht erwähnte? Sie betete dafür und verfluchte ihren hungrigen Körper, der sie in eine so peinliche Situation gebracht hatte.

Sie drehte sich auf den Rücken und lag nun mit gespreizten Beinen auf ihrem Bett, den Blick auf die graue Unterseite des seidenen Baldachins gerichtet. Dunkelgrau, wie seine Augen ... Sie hatte es immer befürchtet – dass ihre leidenschaftliche Obsession sie in Verlegenheit bringen würde.

Sie musste ihre verruchten Triebe besiegen. Sie musste sich mit echter, ewiger Keuschheit abfinden. Wie eine Nonne.

Durchs Fenster konnte sie den zunehmenden Mond sehen.

Was für eine schreckliche, schreckliche Verschwendung es doch war.

Ein Klopfen ließ sie plötzlich hochschrecken. Sie starrte die Verbindungstür an, als sei sie das Tor zur Hölle geworden. Sie hatte es sich eingebildet. Es konnte nicht anders sein.

Erneut ein deutliches Klopfen.

Sie glitt vom Bett herunter und ging mit pochendem Herzen zur Tür. Was sollte sie tun, wenn er mit lüsternen Absichten zu ihr kam? Warum schien plötzlich alles so anders zu sein?

Sie schluckte und öffnete die Tür. Da er noch vollständig angekleidet war, zog sie hastig ihren Mantel fester zusammen. »Ja, Mylord?«

»Entschuldigt die Störung, Lady Arradale, vor allem zu dieser späten Stunde. Aber ich muss Euch um ein paar Minuten Eurer Zeit bitten.«

Wieder schluckte Diana – diesmal ihre Enttäuschung hinunter. Nein, er war nicht mit lüsternen Absichten gekommen, und er schien kaum zu bemerken, dass sie schon umgezogen war.

Sie trat einen Schritt zurück und winkte ihn herein, wie eine Gräfin einen Marquis hereinbittet. »Natürlich, Mylord. Kann ich Euch bei irgendetwas behilflich sein? Ich habe Portwein hier, wenn Ihr welchen möchtet.«

Er lehnte ab, was bedeutete, dass sie sich auch keinen Mut antrinken konnte. Kurz darauf zeigte sie auf die beiden Stühle, die den leeren Kamin einrahmten, und sie setzten sich.

Wie ein verheiratetes Paar.

Hör auf damit, Diana …

»Ich habe den Auftrag, Euch nach London zu bringen, Lady Arradale.«

Aus ihren törichten Fantasien hochschreckend setzte Diana sich aufrecht hin. »Was? Von wem?«

»Vom König, natürlich. Über die Königin.« Er reichte ihr einen gefalteten, versiegelten Brief.

Sie öffnete ihn und las die Einladung von Königin Charlotte, eine kurze Zeit als Hofdame bei ihnen zu verbringen.

»Warum?«, fragte sie, fügte dann hinzu: »Ich werde natürlich nicht fahren.«

»Es wäre unklug, sich dem König zu widersetzen.«

»Er hat kein Recht ...«

Sie hielt inne und ordnete ihre verwirrten und überraschten Sinne. Dies war ganz und gar nicht das, was sie von der Nacht erwartet hatte.

»Warum?«, fragte sie erneut. Große Angst keimte in ihr auf. Einige ihrer Vorfahren – Rebellen aus dem Norden – waren ebenfalls nach London bestellt worden und nie zurückgekehrt. Seit dieser Zeit war die Macht der Könige von England eingeschränkt worden, aber sie konnten sie immer noch gegen Feinde und Rebellen einsetzen.

»Ihr habt ihn auf Euch aufmerksam gemacht, Lady Arradale.« Die Verwirrung war ihr offenbar anzumerken, denn er fügte hinzu: »Ihr habt ihn darum gebeten, im Parlament Euren Platz als Gräfin einnehmen zu dürfen.«

»Was ist so schlimm daran?«, fragte sie, obwohl sie verlegen wurde. Sie hatte immer gewusst, dass es hoffnungslos war, aber sie hatte sich so geärgert, dass sie es einfach versuchen musste. »Meine Ländereien sind ungerechterweise nicht vertreten. Die Grafschaft hat ein Anrecht auf einen Platz im House of Lords, und ich habe das Recht, ihn zu fordern.«

»Recht und Forderungen sind die Denkkategorien von Kindern.«

»Wollt Ihr damit sagen, ich sei ein Kind, Mylord?«

»In dieser Hinsicht schon. Vielleicht auch nicht erfahren genug.«

Sie wurde wütend. »Ich habe eine umfangreiche und gründliche Ausbildung genossen.«

»Ihr seid zu lange im Norden geblieben.«

»Mir gefällt es im Norden.«

»Weil Ihr hier Eure kindischen Spiele treiben könnt, ohne Konsequenzen zu erfahren.«

Wütend starrte sie ihn an. Doch unter ihrer Wut schlummerte auch Angst, denn er wirkte sehr ernst. »Was hat der König im Sinn?« Sie stieß die schrecklichen Worte hervor. »Den Tower?«

»Das hoffe ich nicht. Ich müsste mich für Euch auf *Habeas Corpus* berufen.«

»Würde er das respektieren?«

»Im Fall von Mr. Wilkes war er vor kurzem auch dazu gezwungen. Anders als in Frankreich darf eine Person hier nicht auf Befehl des Königs eingesperrt werden, sondern muss vor Gericht gebracht werden. Die Probleme von Mr. Wilkes erinnern uns allerdings daran, dass der König scharfe Zähne hat und beißen kann.«

Wilkes hatte für den *North Briton* einen Artikel geschrieben, in dem der König kritisiert wurde. Er war dafür im Tower gelandet und bis jetzt nur durch seine Stellung als Parlamentsmitglied geschützt.

Diana wurde ruhiger. Ironhand kam ihr in den Sinn. Ihr großer Vorfahre hätte sich von einem Monarchen, der noch jünger war als sie, nicht einschüchtern lassen. »Das ist etwas ganz anderes, Mylord. Ich habe keine Artikel geschrieben, die den König kritisieren. Genau genommen habe ich nichts Verbotenes oder Beleidigendes getan.«

»Ich bin ganz Eurer Meinung, falls Ihr Euch erinnert. Dennoch seid Ihr in Gefahr.«

»Warum? Nur weil ich darum bitte, meinen Platz als Gräfin einnehmen zu dürfen? Hat nicht jeder das Recht …«

Sein Siegelring blitzte rot auf, als er abwinkte. »Wir haben doch schon über Rechte gesprochen. Eure Petition hat den

König beunruhigt, so wie sie jeden Mann beunruhigen würde. Ich glaube, er bezeichnete Euch in seinem Schreiben als *unnatürlich* und *rebellisch*. Und was noch gefährlicher ist, die Petition lenkte seine Aufmerksamkeit auf Eure Existenz und Euren Einfluss hier oben – Ihr, eine junge, unverheiratete Frau, in einem Teil des Landes, der immer noch zu Unruhen zu neigen scheint. Ein Teil von England in der Nähe von Schottland, das immer noch eine Bedrohung darstellt.«

»Ich bin doch keine Rebellin«, protestierte sie. »Ich bin so loyal und ehrlich wie jeder andere. Er kann mich nicht einfach beseitigen. Die Peers, die Nation würden das nie dulden!«

»Und was noch wichtiger ist, ich auch nicht.«

Sie wollte lachen, doch sie hatte unangenehmerweise das Gefühl, dass die Unterstützung des Marquis wirklich das meiste Gewicht haben könnte. »Welcher Gefahr sehe ich also ins Auge, Mylord? Diese Gefahr, vor der Ihr mich offensichtlich nicht schützen könnt?«

Er hatte die langen Finger entspannt zusammengefaltet und sagte: »Erstens, dass Ihr gezwungen werdet zu heiraten.« Bevor sie wütend Einspruch erheben konnte, fügte er hinzu: »Und zweitens, dass Ihr für verrückt erklärt werdet. Ich wäre zutiefst enttäuscht, wenn ich Euch nicht auch vor diesen Gefahren schützen könnte.«

»Nicht enttäuschter als ich«, murmelte sie. Plötzlich schnürte sich ihre Kehle zu, und ein Schauder durchfuhr sie.

Sie wünschte die Etikette zum Teufel, stand auf und goss sich ein Glas rubinroten Portwein ein. Nach dem zweiten wärmenden Schluck wurde sie ruhiger und wandte sich ihm wieder zu. »Das kann er doch nicht machen! Mich für verrückt erklären!«

Er hatte sich nicht bewegt oder die entspannten Hände auseinander genommen. »Nicht allein. Aber die Definition von Verrücktheit ist ein interessantes Thema. Habt Ihr den kürzlich erschienenen Bericht des Parlamentskomitees verfolgt?«

Sie nickte. »Viele ›Verrückte‹ in privaten Irrenhäusern sind einfach nur unbequem. Menschen, die weggeschlossen werden, solange ihre Feinde zahlen können. Eine skandalös hohe Anzahl sind Frauen, die von Vätern oder Ehemännern weggeschlossen werden. Ich habe Maßnahmen getroffen, damit das hier nicht passieren kann. Eine solche erfundene Verrücktheit könnte man mir nicht anhängen.«

»Das stimmt. Aber das Komitee hat nicht das Problem angesprochen, dass Leute auf Anordnung von Ärzten eingesperrt wurden. Es ist nicht schwer, einen Arzt zu finden, der Ausschweifungen, übermäßiges Glücksspiel oder häufige Theaterbesuche bei einer Frau für Formen von Verrücktheit hält. Oder der glaubt, der Wunsch eines Sohnes oder einer Tochter, eine törichte Ehe einzugehen, sei ein Anzeichen für eine Geisteskrankheit.«

»Oder der Wunsch einer Frau, im Parlament zu sprechen?« Sie war stolz auf ihren ruhigen Ton. »Ihre Absicht, keine Ehe einzugehen?«

»Genau.«

Sie lehnte sich gegen den Tisch und nippte an ihrem Wein. Vor ihm würde sie keine Angst zeigen. »Ich glaube trotzdem nicht, dass der König eine Peeress deshalb wegschließen lassen könnte – selbst nicht mit Hilfe von Ärzten.«

»Deshalb müsst Ihr in den Süden fahren. Wie oft wart Ihr schon in London?«

»Zweimal. Das erste Mal vor sechs Jahren, um eine Tante zu besuchen. Und dann noch einmal anlässlich der Krönung.«

Wo ich Euch von weitem gesehen habe, dachte sie. *Selbstbewusst, mächtig, eine Person, vor der man mich geheimnisvoll und flüsternd gewarnt hat. Ich war fasziniert, aber ich hätte nie gedacht, dass Ihr eines Tages eine so große Rolle in meinem Leben spielen würdet.*

»Ihr müsst Euch in der Gesellschaft zeigen, damit alle sehen, dass Ihr loyal und klar bei Verstand seid. Von der kurzen Zeit am Hof werdet Ihr profitieren. Ihr müsst diese Welt verstehen und lernen, wie sie funktioniert, ansonsten befürchte ich wirklich, dass sie Euch schaden wird.«

»Und genau in dieser Welt liegt die Gefahr.«

»Die Zeit, als Barone aus dem Norden den Süden ignorieren konnten, ist vorbei. Nur ein paar Tage trennen Euch von London, und wir werden es noch erleben, dass man auf gebührenpflichtigen Straßen und mit besseren Kutschen schneller hinkommt.«

Sie füllte ihr Glas auf und kehrte zu dem Stuhl zurück, der ihm gegenüberstand. »Warum sollte ich Eurem Rat vertrauen?«

»Ich weiß, wovon ich spreche. Warum sollte ich Euch irreführen?«

»Die Wege der Schwarzen Eminenz erschließen sich einem menschlichen Wesen vielleicht nicht.«

Seine Mundwinkel zuckten. »Das hoffe ich. In diesem Fall habe ich jedoch nur Gutes im Sinn. Rosa wird entsetzt sein, wenn Euch etwas zustößt, und das wird Brand mit Sorge erfüllen. Ihr müsst wissen, dass ich versuche, meine Familie vor jedem Schaden zu bewahren. Außerdem halte ich es nicht für wünschenswert, dass der König einen Peer wie eine Frau behandelt. Selbst wenn es eine Frau ist.«

»Aber Ihr findet es angemessen, dass eine Frau gezwungen ist, zwischen Heirat oder Irrenhaus zu wählen, wenn sie kein Peer ist?«

»Wäre eine normale Frau denn nicht verrückt, wenn sie eine gute Ehe ablehnte?«

»Nein, aber dies ist nicht der richtige Moment für Scherze, Mylord. Ich frage Euch ganz direkt: Haltet Ihr es für richtig, dass eine Frau von ihrem Vater, Bruder, Vormund oder König zur Heirat gezwungen wird?«

»Nein. Ich war ein entschlossener Befürworter des Hardwicke-Gesetzes, und ich bin auch an anderen Gesetzesplänen beteiligt, die Frauen vor Misshandlung schützen sollen. In der Praxis müssen wir jedoch mit der Welt, in der wir jetzt leben, zurechtkommen. Wenn der König einen geeigneten Gatten für Euch aussucht, wird es sehr schwierig für Euch werden, sich zu weigern, ohne Anstoß zu erregen und ohne die Gefahr einzugehen, für verrückt gehalten zu werden. Wir können uns allerdings davor schützen, wenn Ihr bereit seid, weise zu sein.«

Diana sah ihn misstrauisch an. Es ging gegen ihre Natur, das zu akzeptieren, oder es auch nur vorzugeben. »Weise?«

»Ihr habt Eure Fähigkeit unter Beweis gestellt, die Rolle einer Bediensteten zu spielen, Lady Arradale, und spielt auch die Rolle einer richtigen Lady sehr gut.«

»Ich *bin* eine richtige Lady, Lord Rothgar.«

»Lasst uns nicht um Worte streiten. Wenn Ihr nach London kommt und Euch klug verhaltet, werdet Ihr die Ängste des Königs zerstreuen. So einfach ist es.«

»Und wenn er mir einen Ehemann vorstellt?«

»Dann könnt Ihr als richtige Lady immer noch darum bitten, Eure eigene Wahl treffen zu dürfen. Der König liebt seine Königin und ist ein Verfechter des Ideals der Liebesheirat. Das könnte ihn vielleicht umstimmen.«

»Und wenn es das nicht tut?«

»Eure Zeit in London wird begrenzt sein, wie es in dem Brief heißt. Die Königin rechnet damit, im August niederzukommen, und ab dann werden sowohl der König als auch die Königin kein Interesse mehr an anderen Dingen haben. Sie lieben ihre Kinder abgöttisch. Wenn Ihr sie bis dahin beschwichtigt habt, werdet Ihr zweifellos hierher zurückkehren dürfen.«

»Aha.« Sie nahm noch einen Schluck von dem Trost spendenden Portwein, wenngleich vor allem sein ruhiges, praktisches Wesen und seine Sachkenntnis beruhigend auf sie wirkten. »Ich werde also die perfekte Lady spielen.«

»Ich sehe, Ihr versteht mich.«

Verbitterung machte sich breit. »Ich darf nach Hause zurückkehren, aber mit gestutzten Flügeln, und ich darf niemals mehr Fragen stellen.«

»Wenn Ihr die Anstandsregeln des Königs nicht in Frage stellt, könnt Ihr Euer Leben hier wie immer führen.«

»Ein Käfigvogel weiß, dass er von Gitterstäben umgeben ist.«

»Lady Arradale, ich biete Euch die Rückkehr zu dem Leben an, das Ihr jetzt auch führt.«

»Aber keine Rückkehr zu dem Leben, das ich vor einer Stunde führte.«

Er musterte sie und nickte dann. »Das stimmt. Vor einer Stunde habt Ihr allerdings wie ein Kind gedacht. Ihr dachtet, Ihr könntet ohne Einschränkungen leben.«

Das Ärgerliche war, dass er Recht hatte. Er hatte sogar Recht damit, so vermutete sie, dass sie diese Einengung im Süden brauchte, um die Welt, in der sie eine Rolle spielen wollte, vollständig zu verstehen.

Sie trank ihr Glas aus.

»Was geschieht«, fragte sie, »wenn es nicht so abläuft, wie Ihr erwartet? Wenn der König auf einer Heirat besteht – mit einem seiner Günstlinge wahrscheinlich? Wenn er versucht, mich für verrückt zu erklären, weil ich mich weigere, zu heiraten?«

»Dann«, sagte er, »werdet Ihr eben mich heiraten.«

Vor Schreck hätte sie ihm fast etwas Unverschämtes an den Kopf geworfen, aber sie zwang sich zum Nachdenken. »Raffiniert«, gab sie nach einer Weile zu.

Er senkte den Kopf. »Ich freue mich, dass Ihr den Verstand über Eure Gefühle siegen lasst.«

Sie versuchte zu verbergen, wie sehr sie der Gedanke aus dem Gleichgewicht brachte, und sagte: »Die absolute Sicherheit. Es rettet mich vor einer Zwangsheirat und davor, für verrückt erklärt zu werden, denn in diesem Fall würde der Ehemann das letzte Wort haben.«

»Wenn es so weit kommen sollte, wäre es natürlich nur

eine Ehe auf dem Papier. Ihr würdet die Kontrolle über Euer Eigentum behalten, über Eure Person und über Euer Leben.«

Sie stützte ihr Kinn auf und sah ihn an. »Wenn das so ist, Mylord …«

Er erhob sich. »Nein. Ich will Euch keinen Gefallen tun, Lady Arradale, sondern Euch vor einem harten Schicksal bewahren.«

Sie erhob sich ebenfalls und lächelte. Es war ein ehrliches Lächeln, weil er ein Opfer bringen wollte. »Ich danke Euch sehr, Mylord.«

»Wenn Ihr klug und einsichtig seid, wird es nicht notwendig sein.«

»Nun ja, ich fürchte, ich könnte in Versuchung kommen, unklug zu sein, nur damit sich Tausende von Damen die Haare ausreißen.«

Ein Anflug von Humor war nun auch bei ihm festzustellen. »Lieber nicht. Ich verspreche, dass ich Euch täglich schlagen würde.«

»Das werdet Ihr nicht. Ich würde es Elf erzählen.«

Er lachte tatsächlich. »›Ein monströses Weiberregiment‹, oder wie hieß doch gleich das Pamphlet gegen Königin Elisabeth? Lady Arradale, denkt daran, dass Ihr am Hof die perfekte langweilige Lady spielen müsst.«

»Sonst …?«

»Sonst werde ich Euch Eurem Schicksal überlassen.«

Er wollte gehen, doch sie legte eine Hand auf seinen Arm und überraschte ihn vielleicht ebenso, wie sie sich selbst überraschte. »Wir könnten diesen Pakt mit einem Kuss besiegeln, Mylord.«

Seine Augen ruhten einen Moment auf ihr, doch dann schob er ihre Hand weg. »Da bin ich anderer Meinung, Lady Arradale. Könnt Ihr morgen abreisebereit sein? Wenn es erforderlich ist, kann ich ein paar Tage warten.«

Die Zurückweisung schmerzte ein wenig, aber sein Gesichtsausdruck ließ sie vermuten, dass es wohl eher Selbstschutz als eine Zurückweisung gewesen war. Er hatte mit ihr geflirtet, und es gab eine Verbindung zwischen ihnen. Sie glaubte sogar, dass er Recht hatte. Wenn sie mit ihm nach London reisen sollte, wäre es gefährlich, ihre Beziehung in vertraulichere Gefilde zu verlagern.

Sie dachte über sein Angebot nach und schüttelte den Kopf. »Bringen wir es lieber schnell hinter uns, wie einen Besuch beim Zahnarzt. Wenn wir etwas später abreisen, als Ihr geplant hattet, kann ich meine Termine noch absagen, mit meinen Angestellten sprechen und bin dann bereit.«

»Sehr gut. Ich bedauere diese Entwicklung, Lady Arradale, aber es wird viele Vorteile haben.«

»Genau wie ein Besuch beim Zahnarzt. Unangenehm, aber letztlich von Vorteil.«

»Ihr sagt es. Wir müssen nur noch die Einzelheiten der Reise besprechen. Möchtet Ihr Eure eigene Kutsche?«

Das weckte sogleich verblüffende Gedanken in ihr. Tagelang neben ihm in einer verschlossenen Kutsche? Aber die Great North Road in getrennten Wagen hinunterzufahren, wäre lächerlich. »Ich würde mit großem Vergnügen mit Euch reisen, Mylord. Natürlich würde meine Zofe die Kutsche mit uns teilen.«

»Und mein Diener ebenfalls.« Eine geschickte Parade. Fast so, als fürchtete er, sie könnte über ihn herfallen.

»Außerdem bräuchte ich meine eigenen Dienstboten und Gepäck, also mindestens eine weitere Kutsche und eine Gepäckkarre.«

»Aber natürlich.«

Sie nickte. »Wir sollten also gegen Mittag abfahren können.«

Er sah sie an. Diese dunklen Augen konnten wahrlich eine schwer zu beschreibende, aber angenehme Wärme ausdrücken. Er nahm ihre Hand und führte sie zu seinen Lippen. »Ich werde Euer Freund bleiben, Lady Arradale, ich gebe Euch mein Wort darauf. Ich werde Euch unversehrt nach

Hause zurückschicken, und Ihr werdet immer noch fliegen können.«

Sie ließ ihre Hand noch eine Weile in der seinen ruhen, genoss die Wärme und bedauerte zutiefst, dass er ihr den Kuss nicht erlaubt hatte. »Wisst Ihr, ich ärgere mich darüber, dass ich Euren Schutz benötige.«

Seine Mundwinkel zuckten. »Ein sehr verbreitetes Empfinden«, bemerkte er. Er ließ ihre Hand los und kehrte in sein Zimmer zurück.

Diana blieb noch einen Augenblick stehen und starrte die Tür an, strich jedoch über die Hand, die er geküsst hatte. Dies war also keineswegs die letzte Nacht, und bald wären sie tagelang zusammen, so wie nie zuvor. Sie war nicht sicher, was dabei herauskommen würde oder was sie eigentlich wollte.

Seufzend zog sie ihren Morgenmantel aus, löschte die Kerzen und kletterte in das große Bett, wo sie plötzlich ein Frösteln befiel. Für verrückt erklärt werden! Sie lebte in einem modernen Zeitalter und in einer Nation, in der die Macht des Königs von seinen Lords und seinen Unterhausabgeordneten eingeschränkt werden sollte, und doch war sie in Gefahr. Ohne den Marquis von Rothgar könnte sie ernsthaft in Bedrängnis geraten.

Sie dankte dem Himmel dafür, dass es ihn gab, und für die Ereignisse, die seine Familie mit der ihren verstrickt hatten, doch gleichzeitig – wie sie auch gesagt hatte – ärgerte sie sich darüber. Es war so ungerecht, dass allein die Tatsache, dass sie eine Frau war, solche Probleme verursachte. Möglicherweise ärgerte und ängstigte sie vor allem die Tatsache, dass sie nicht aus Lust oder gar Neugier um den Kuss gebeten hatte. Es war etwas Tieferes gewesen, ein Gefühl von Gemeinsamkeit und Verständnis. Jener seidene Faden war kräftig und gefährlich geworden.

Sie war von dem Marquis von Rothgar fasziniert, und er

sah in ihr nur eine weitere Abhängige, die seinen Schutz benötigte.

Eines war sicher. Trotz ihrer neckischen Worte würde sie nichts tun, was ihn dazu zwingen könnte, das äußerste Opfer zu bringen und sie zu heiraten. Als jungfräuliche Gräfin und mit der Freiheit, den Norden wieder zu beherrschen, nach Hause zurückzukehren, war eine Sache. Aber als Lord Rothgars jungfräuliche Braut zurückzukehren, war mehr, als ihr erschöpftes und frustriertes Gemüt ertragen konnte.

Rothgar hatte Fettler ins Bett geschickt, bevor er die Gräfin besucht hatte. Sein Diener war äußerst diskret, aber es gab keinen Grund, den armen Mann mehr als nötig zu prüfen.

Er entkleidete sich ohne Hilfe. Wie absurd, Bedienstete für solche Dinge zu haben, abgesehen davon, dass es erwartet wurde und gut bezahlte Arbeitsplätze schaffte. Es ging immer um das Image. Manchmal hatte er das Bedürfnis, sich dagegen zu wehren, aber eine solche Art von Rebellion hatte er schon vor langer Zeit hinter sich gelassen.

Am Grab seines Vaters, genau genommen.

Während er sein Halstuch und das Band abnahm, mit dem seine Haare zusammengehalten wurden, erblickte er das kleine Kinderporträt, das über dem weißen Marmorkamin hing, und schlenderte hinüber. Widerwillig. Er hatte ohnehin schon zu viel Zeit damit verbracht, das Bild zu betrachten.

Auch wenn es keinen Hinweis auf den Künstler gab, war es hervorragend gemalt. Das Bild zeigte ein kleines Mädchen in einer natürlichen Haltung. Es saß an einem grasbedeckten Hang und hielt zwei unruhige Kätzchen in den rundlichen Armen. Die dunkelblonden Locken waren offenbar seidenweich, denn das blaue Band, das sie im Nacken zusammenhalten sollte, war zur Seite gerutscht. Das einfache weiße Kleid war hochgerutscht und zeigte ein bestrumpftes Bein vom Knie abwärts. Der Strumpf warf an den Knöcheln Falten.

Das Kind war sich des unordentlichen Zustandes seiner Kleidung offenbar nicht bewusst. Mit funkelnden blauen Augen und rosigen Wangen blickte es fröhlich lachend in die Welt hinein, der weiche Mund war leicht geöffnet. Ein Kind, das jeder hochheben und an sich drücken wollen würde.

Erst jetzt bemerkte er, dass er nicht näher herantreten konnte, weil ein stoffbehangener Gegenstand davor stand. Er hatte ihn vergessen – allein das war schon Besorgnis erregend. Nach der Vorführung des Automaten hatte er ihn hierher bringen lassen, damit er dabei sein konnte, wenn er eingepackt wurde.

Vorsichtig entfernte er den Stoff und verglich die beiden Kinder.

Vollkommen identisch, obwohl der Junge ernster aussah. Es gab sogar ein Detail, das er vorher nicht bemerkt hatte. Neben der Schulter des Mädchens saß eine Drossel auf einem Zweig.

Der Sohn, der niemals existieren sollte. Die Tochter, die niemals der Sohn sein würde, den man sich so verzweifelt wünschte, auch wenn sie an sich perfekt war.

Wäre die Gräfin glücklicher geworden, wenn es den Bruder gegeben hätte? Sehr wahrscheinlich. In konventionellen Situationen waren die Menschen meist glücklicher. Mit etwas Glück hätte sie einen Mann geheiratet, der ihren Charakter und ihre Intelligenz schätzte, und wäre inzwischen eine innig geliebte Ehefrau und Mutter. Vielleicht die Mutter eines glücklichen kleinen Mädchens und eines ernsten, aber spitzbübischen kleinen Jungen.

Kinder, die nie existieren würden, weil sie eine so harte Entscheidung getroffen hatte.

Eine verständliche Entscheidung.

Eine Ehe bedeutete eine enorme Gefahr für sie. Nur wenige Männer konnten akzeptieren, dass sie vom Status her ihren Frauen unterlegen waren, und selbst wenn sie es wollten, würde die Gesellschaft es nicht zulassen. Wenn sie heiratete, würden die Männer um sie herum erleichtert aufatmen und sich mit ihrem Ehemann auseinandersetzen, der vom Gesetz her ihr Vertreter wäre, sobald das Treueversprechen erklärt worden war. Im Grunde wären alle Entscheidungen oder Handlungen, mit denen er nicht einverstanden wäre, auf der Stelle nichtig.

»Ein Ehemann und seine Frau sind eine Person«, lautete das Gesetz, »und diese Person ist der Ehemann.«

Die Männer würden sie ignorieren, und die Frauen würden erwarten, dass sie ihre männlichen Interessen aufgab und eine von ihnen würde.

Obwohl eheliche Vereinbarungen getroffen werden konnten, die ihr das Eigentum sicherten, hätte ihr Ehemann viele Möglichkeiten, darüber zu verfügen. Wenn sie protestierte und er sie schlüge, könnte sie keine Hilfe erwarten, es sei denn, sie könnte grobe Misshandlungen nachweisen.

Diese Dinge hielten die meisten Frauen nicht davon ab zu heiraten. Sie hatten weniger zu verlieren, und ihr Einkommen und ihre Mitgift konnten durch solide Ehevereinbarungen gut geschützt werden. Für eine Frau, die in einer so ungewöhnlichen Lage wie die Gräfin war, stellten sie jedoch ein enormes Hindernis dar.

Falls sie einen Bruder hervorzaubern könnte und nicht länger die geplagte Gräfin von Arradale sein müsste, würde sie es tun?

Unwahrscheinlich. Es ging gegen ihre Natur, auf hart erkämpfte Errungenschaften zu verzichten, selbst wenn sie eine Last darstellten. Dann wäre der ganze schmerzvolle Weg sinnlos gewesen.

Über die Haare des Jungen streichend erlaubte er es sich für einen Moment, an die Kinder zu denken, die er nie haben würde. Erst seit kurzem, seitdem winzige Mallorens um ihn herumhüpften, hatte er das Opfer erkannt, das er brachte. Auch Bryghts Standpunkt konnte er gut nachempfinden. In seiner Lage hätte er ebenfalls das Gefühl, sein Kind beschützen zu müssen, und wäre genauso wütend, wenn andere nicht nachgäben.

Doch er konnte seinen eingeschlagenen Weg genauso wenig ändern wie die Gräfin. Seine Entscheidung war logisch, und jedes Zaudern war nur eine Folge der Flut an Hochzeiten und Geburten. Gott sei Dank war dies die letzte Hochzeit.

Er musste zugeben, dass er vielleicht auch wegen der Gräfin von Arradale ins Wanken geriet. Man konnte sie wohl als einzigartig bezeichnen, und ihr einzigartiges Wesen wirkte anziehend auf ihn. Mutig, klug, direkt, unerschrocken. Und unglaublich verletzlich.

Ihm fiel wieder ein, was Fettler erzählt hatte – dass sie vorhin an die Tür geklopft hatte. Er glaubte zu wissen, was sie im Sinn gehabt hatte, und es ließ vermuten, dass eine Ehe nur auf dem Papier für sie beide nicht leicht wäre.

Nun gut. Er warf den Stoff wieder über den Automaten und zog rasch seine restlichen Kleider aus. Eine solche Ehe musste um jeden Preis verhindert werden. Er musste dafür sorgen, dass Diana auch ohne dieses letzte Mittel unversehrt aus London zurückkehrte.

10

Es fiel Diana nicht schwer, früh aufzustehen, denn sie hatte kaum geschlafen und immer nur an Irrenhäuser gedacht, an den Marquis, an unerledigte Aufgaben, wieder an den Marquis, an Küsse, den Marquis, Kutschfahrten, den Marquis ...

Bevor es zwei Uhr schlug, wusste sie, dass sie besser in ihrer eigenen Kutsche gereist wäre, aber jetzt war es zu spät. Im Grunde wollte sie auch gar nicht allein reisen. Der Gedanke, dass sie tagelang an seiner Seite sein würde, ließ sie erschauern, sowohl vor Wonne als auch vor Entsetzen.

Und dazu noch die Nächte in Gasthäusern – mindestens zwei. Sie würden zusammen zu Abend essen, nur sie beide. Wie bei dem Kartenspiel würden sie sich vertraulich über den Tisch hinweg unterhalten. Bestimmt würde sie mehr über ihn erfahren. Vielleicht könnte sie auch ihre quälende Neugier bezüglich seines Wesens, seiner Gedanken und seiner Sicht der Welt stillen.

Um drei Uhr stand sie auf, zündete ihre Kerzen an und brachte ganze Listen mit Anordnungen, die ihr im Kopf herumschwirrten, zu Papier. Danach gelang es ihr endlich einzuschlafen, aber beim ersten Morgengrauen erwachte sie schon wieder und gab nun auf. Sie rief Clara zu sich und besprach mit ihr, wie ihre umfangreichen und komplizierten Verfügungen für ihre Reise und die Zeit ihrer Abwesenheit in die Tat umgesetzt werden sollten.

Sie schickte auch eine Nachricht nach Wenscote, um Rosa und Brand kommen zu lassen. So kurz nach der Hochzeit belästigte sie die beiden nur ungern, aber sie wusste, dass Rosa ihr niemals verzeihen würde, wenn sie abreiste, ohne richtig Lebewohl zu sagen.

Während in ihren Gemächern schon eifrig gepackt wurde und Mr. Turcott begonnen hatte, die Durchführung ihrer Anweisungen und Vorkehrungen für ungefähr einen Monat zu überwachen, ließ sie anfragen, ob ihre Mutter bereits wach sei. Als die Zofe zurückkehrte und ihr dies bestätigte, eilte Diana zu der Witwe, um sie über die Reise nach London zu unterrichten. Sie fragte sich, wie sie es ihr erklären sollte, ohne sie zu beunruhigen.

Ihre Mutter jedoch, die aufrecht im Bett sitzend frühstückte, während Mrs. Turcott ihr aus irgendwelchen Memoiren vorlas, schien eine Reise zum Hof entzückend zu finden.

»Wie liebenswürdig von der Königin. Und wie liebenswürdig vom Marquis, dass er dich begleitet. Es ist so unerfreulich, ohne Gentleman zu reisen.« Sie zwinkerte bedeutungsvoll.

»Ich hatte bei meinen Reisen bisher noch nie irgendwelche Probleme, Mutter. Und ich gehe davon aus, dass es am Hof tödlich langweilig sein wird.«

»Natürlich«, stimmte ihre Mutter zu ihrer Überraschung zu. »Aber es gibt dir sicher Gelegenheit zu aufregenderen Vergnügungen. London wird dir gefallen.«

»Im Sommer werden viele der Stadt den Rücken kehren.«

Das entmutigte ihre Mutter ein wenig, doch dann lächelte sie. »Du wirst dich bestimmt amüsieren, meine Liebe. Das gelingt dir doch immer. Und der Marquis wird Sorge treffen, dass es dir an nichts fehlt. Schließlich gehörst du jetzt fast zu seiner Familie, nicht wahr?«

Ihre Mutter hatte den Nagel auf den Kopf getroffen. In der Nacht war Diana klar geworden, dass es wegen Rosa immer eine Verbindung zwischen ihr und Rothgar geben würde, egal was passierte. Ihr würde es nie gelingen, den Marquis ganz aus ihrem Leben zu streichen.

Diana beendete ihre Erklärungsversuche bei ihrer Mutter und eilte zurück, um sich weiter um ihre Vorbereitungen zu kümmern. Ein Diener überbrachte die Neuigkeit, dass Rosa angekommen sei. Deshalb ging sie nach einem Abstecher ins Büro ihres Verwalters, mit dem sie kurz noch ein paar geschäftliche Fragen besprach, in den Salon. Hier hatten sich bereits all ihre Gäste versammelt.

Sie bemerkte die neugierigen und forschenden Blicke, ging auf Brand und Rosa zu und ergriff Rosas Hände. »Du strahlst ja geradezu.«

»Ja, natürlich.« Rosa lächelte Brand an, der neben ihr stand, wandte sich dann aber wieder Diana zu. »Was hat es mit dem Gerede über London auf sich? Ich dachte, du wolltest nie wieder dorthin.«

»Ich habe kaum eine Wahl. Die Königin ...«

»Diana!« Elf umarmte sie stürmisch. »Ach, du armes Ding!«

Was hatte der Marquis ihr erzählt? Diana wollte keinem von der Drohung mit dem Irrenhaus erzählen.

»An den Hof!«, rief Elf. »Du wirst vor Langeweile sterben! Besonders jetzt, wo die Königin bald niederkommt.«

»Wenigstens wird es dann nur für ein paar Wochen sein«, sagte Diana.

»Es wird dir wie eine Ewigkeit vorkommen, das verspreche ich dir. Ich habe Bey gesagt, dass wir mit ihm nach London zurückfahren, aber das wollte er nicht.«

Diana sah kurz in die Ecke hinüber, wo dieser mit Lord Bryght und Lord Steen plauderte, und fragte sich, ob es dafür irgendeinen versteckten Beweggrund gab. Zu Elf sagte sie: »Natürlich nicht. Ihr wolltet hier oben doch noch ein paar Dinge unternehmen.«

»Aber wir sind schnell damit fertig. Fort ist auch dieser Meinung.« Mit einem Grinsen fügte sie hinzu: »Die Besichtigung einer Stoffmanufaktur abzukürzen, stellt für ihn kein großes Opfer dar.«

Diana spürte, wie die Anspannung nachließ. »Ich gebe zu, es wäre eine Erleichterung, wenn du in der Nähe wärst.«

Elf lächelte, aber ihre Augen blinzelten zu dem Marquis hinüber. »Macht es dir etwas aus, mit meinem Bruder in den Süden zu reisen?«

»Nicht mehr, als es ihm ausmachen wird, mit mir in den Süden zu reisen«, antwortete Diana und gab sich Mühe, gelangweilt zu wirken. »Ich habe vor, ein paar Bücher mitzunehmen, die ich schon lange lesen möchte.«

»Seine Kutsche ist jedenfalls sehr bequem. Und denk daran, dass du mit ihm beim Kartenspiel nicht um Geld spielst! Und mach dir nichts draus, wenn er gewinnt; du weißt doch: Pech im Spiel, Glück in der Liebe!« Dann schien sie ihre Worte noch einmal zu überdenken und errötete. Doch die Steens unterbrachen an der Stelle das Gespräch mit der Erklärung, sie seien abreisebereit.

Ihre Kinder hüpften schon unruhig herum und konnten ihre Abreise kaum erwarten, sodass Diana gleich hinüberging, um Lebewohl zu sagen. Lady Steen lächelte. »Ich beneide Euch nicht um Eure Wochen am Hof, Lady Arradale, aber mein Bruder wird auf Euch Acht geben.«

Lord Steen küsste ihr die Hand und dankte ihr für die Gastfreundschaft. »Sollte Rothgar versuchen, Euch herumzukommandieren, sagt ihm, er soll sich zum Teufel scheren.«

Alle gingen hinaus, um ihnen zum Abschied zu winken. Bald darauf kletterten auch Lord und Lady Bryght mit ihrem Sprössling sowie Elf und ihr Mann in eine Kutsche, um nach Lancashire zu reisen. Bei ihrer Ankunft vor ein paar Tagen hatte Diana sich überfallen gefühlt, aber jetzt fühlte sie sich wie beraubt, als wäre es ihre eigene Familie, die abreiste.

Nun waren nur noch Rosa, Brand und der Marquis da. Im Hof vor den Stallungen wurden Dianas Habseligkeiten für die Reise nach Süden in Kutschen und Karren verladen.

»Ich will gar nicht fahren«, sagte sie, schüttelte dann jedoch den Kopf. »Es ist töricht.«

»Natürlich willst du nicht«, sagte Rosa. »Ich wollte damals auch nicht. Doch auch bei dir wird es nur für kurze Zeit sein. Du bist wieder zu Hause, bevor die Blätter bunt werden. Komm, ich helfe dir bei den letzten Vorbereitungen.«

Rothgar beobachtete, wie die beiden Frauen Arm in Arm davoneilten, und wandte sich, auf Fragen vorbereitet, seinem Bruder zu.

»Ist das wirklich notwendig, Bey?«, fragte Brand, als sie zurück ins Haus schlenderten.

»Der Befehl des Königs?«

»Normalerweise handelt der König doch nach deinen Wünschen.«

»Du überschätzt meine Macht. Weißt du von Lady Arradales fixer Idee, den Sitz der Grafschaft im House of Lords einnehmen zu wollen?«

Brand zog eine Grimasse. »Rosa hat es erwähnt. Für eine kluge Frau kann sie ganz schön töricht sein – die Gräfin, meine ich.«

»Wenn nicht einmal du Gerechtigkeit darin siehst ...«

Brand sah ihn an. »Willst du damit sagen, dass du ihr Anliegen unterstützt?«

»Ich unterstütze die Logik, die darin liegt.«

»Dann meinst du wohl auch, die älteste Tochter sollte den Titel erben, obwohl es Söhne gibt.«

»Warum nicht?« Rothgar konnte sich diese Frage nicht verkneifen. Er hatte den vernünftigen Brand selten so erregt gesehen.

»Du lieber Himmel! Aber dann würde alles über ihren Mann auf eine andere Familie übertragen.«

»Der Besitz würde in ihrer eigenen Familie bleiben. Und das wäre verlässlicher als bei einem Mann.«

Brand runzelte die Stirn. »Das ist nicht dein Ernst.«

»Stell dir eine Welt vor, in der nach Alter geerbt wird, und wenn die Erbin eine Frau ist, übernimmt der Ehemann ihren Namen. Warum nicht?«

Brand schüttelte den Kopf. »Bey, wenn du mit dieser Idee hausieren gehst, wirst du im Irrenhaus enden.«

Rothgar lachte. »Ich bin ganz deiner Meinung, mein Lieber. Dennoch hat es nichts mit der Frage zu tun, ob das Anliegen der Gräfin gerechtfertigt ist. Und nun«, sagte er, als sie sich im Salon niederließen, um darauf zu warten, dass die Gräfin abreisebereit war, »möchte ich dich bitten, vor den widerspenstigen Franzosen in dieser Gegend auf der Hut zu sein.«

»Hier?«, fragte Brand.

»Überall im Norden. Ich weiß, du willst ein ruhiges Leben führen, aber es verbreiten sich Gerüchte, vor allem solche über Ausländer. Manche Franzosen kommen mit friedlichen Absichten nach England, andere sind leider Spione. Es besteht immer noch die Gefahr einer Invasion über Irland, und vielleicht hörst du an der Küste von Lancashire davon. Wenn du etwas Verdächtiges hörst, schicke mir eine Nachricht.«

»Hört es denn niemals auf? Ich nehme an, Bryght und Elf haben für ihre Reise nach Liverpool ebenfalls Anweisungen.«

»Natürlich, obwohl ich dort meine eigenen Leute habe. König Louis hat den brennenden Wunsch, sich für die Niederlage im letzten Krieg zu rächen.«

Brand setzte sich aufrecht hin. »Was zum Teufel erzählst du da! Er wäre doch verrückt, wieder mit Feindseligkeiten anzufangen.«

»Nicht, wenn er den richtigen Zeitpunkt abwartet. Es gehört zu den Pflichten seines aktuellen Botschafters, diesen Zeitpunkt herauszufinden, vielleicht sogar ihn herbeizuführen. Der Chevalier d'Eon ist nicht zu unterschätzen.«

»Nach Bryghts Aussage ist er außerdem ein hervorragender Fechter. Ein Mann, der zweifellos auch noch andere von dieser Sorte kennt. Hatte er bei dem Duell mit Curry seine Hände im Spiel?«

Rothgar wollte darauf nicht näher eingehen, vor allem nicht Brand gegenüber, der seine Ehe genießen sollte, ohne sich Sorgen machen zu müssen. Es war ein Fehler, ihn um

Hilfe gebeten zu haben. Zu viele Fehler in den letzten Tagen. Man könnte annehmen, er sei zerstreut.

»Der Chevalier und ich haben ein äußerst herzliches Verhältnis«, sagte er.

Brand ließ sich nicht beirren und runzelte die Stirn. »Sei vorsichtig, Bey. Nach allem, was ich gehört habe, war dieses Duell ganz schön gefährlich.«

Geräusche in der Eingangshalle deuteten darauf hin, dass es Zeit war abzureisen. Rothgar erhob sich. »Alles, was interessant und abenteuerlich ist im Leben, ist gefährlich.« Er umarmte Brand. »Vergiss die französischen Spione. Züchte Rüben und Babys und sei glücklich.«

»Ich wünschte, ich könnte das Gleiche zu dir sagen. Aber ich habe einen anderen Wunsch. Geh sorgsam mit der Gräfin um. Sie ist verletzlicher, als es den Anschein hat.«

»Wenn sie das gehört hätte, würde sie dich auf der Stelle totschießen. Ich will ihr nichts Böses, Brand. Nur Gutes.«

Brand sah ihn an. »Gerade das macht mir Sorgen.«

Rothgar lachte und wandte sich seiner heiklen Aufgabe zu: der Reise gen Süden.

* * *

Bei ihrem Halt in Ferry Bridge, einer Ortschaft mit Poststation, wo sie im Gasthaus *Swan* die Nacht verbringen wollten, war Diana völlig erschöpft. Sie wurden bereits erwartet, und eine ganze Etage war für sie reserviert und hergerichtet worden, aber Diana fand das alles eher anstrengend als angenehm. Sie war daran gewöhnt, standesgemäß zu reisen, aber nicht mit einem so großen Aufwand wie diesem.

Doch die lange Tagesreise hatte sie ermüdet – ebenso wie die Tatsache, dass der Marquis keinerlei Interesse an ihr gezeigt hatte. Wie geplant, hatte sie ein paar interessante Bücher mitgenommen, aber sie hatte trotzdem gehofft, mit ihm sprechen zu können. Wegen der anwesenden Dienstboten wäre es absolut unverfänglich gewesen, und sie sehnte sich danach, mehr über ihn zu erfahren.

Er hatte jedoch die ganze Zeit damit verbracht, scheinbar wichtige Unterlagen durchzuarbeiten. Am Nachmittag waren sogar noch mehr hinzugekommen, nachdem ein Bote sie abgefangen und ein dickes versiegeltes Päckchen übergeben hatte.

In den Pausen, wenn die Pferde gewechselt wurden, war er höflich mit ihr umherflaniert und hatte belanglose Gespräche über die Landschaft oder über Fragen des Königreichs mit ihr geführt. Das gleiche Spiel, wenn sie angehalten hatten, um etwas zu essen.

Sie erkannte, dass es sich um geschickte Abwehrmanöver handelte, und fühlte sich gedemütigt. Offensichtlich hatte Fettler seinem Herrn von ihrem Besuch in seinen Gemächern erzählt, und er hatte ihre Beweggründe erraten.

Zum Teufel mit ihm!

Noch zwei weitere Tage, dachte sie seufzend, als Clara sie für ein Abendessen zurechtmachte, das zweifellos wieder von taktischem Geplänkel begleitet sein würde. Sie wollte erst auf ihrem Zimmer essen, aber dann entschied sie sich, hinunterzugehen und ihm irgendwie klar zu machen, dass sie es keineswegs auf die Befriedigung körperlicher Bedürfnisse abgesehen hatte!

Als sie jedoch das Speisezimmer betrat, war sie überrascht, den Marquis mit zwei Fremden vorzufinden.

Er drehte sich zu ihr um. »Ah, Lady Arradale, darf ich Euch Monsieur de Couriac und seine Frau vorstellen?«

Das junge Paar verneigte sich und knickste. Ihr Erstaunen verbergend neigte Diana den Kopf. Franzosen? Hier? Doch dann erinnerte sie sich, dass jetzt Frieden zwischen ihnen herrschte. Offiziell zumindest.

Auf einmal begannen ihre Wangen zu glühen. Nun war er nicht mehr auf belangloses Geplauder angewiesen. Er hatte Ablenkung und Anstandspersonen organisiert! Diana lächelte die verwünschten Leute freundlichst an und verkündete, sie sei entzückt.

Madame de Couriac war mit ihrem spitzen Kinn und den lebhaften dunklen Augen eher interessant als hübsch. »Lady Arradale«, erklärte sie mit auffälligem Akzent, »Euer wunderbares Land gefällt uns sehr!«

Ihr großer Mann, der ein breites und kantiges Gesicht besaß, fügte hinzu: »Wir waren sehr traurig, England so lange nicht besuchen zu können.«

Sein Englisch war äußerst gut, aber er klang nicht, als meinte er, was er sagte. Diana war nicht überrascht. Die Franzosen sehnten sich nur selten nach englischem Essen und englischen Landschaften.

Sie wechselte zu ihrem ausgezeichneten Französisch. »Ein Krieg ist immer traurig, nicht wahr? Ihr esst mit uns, Madame, Monsieur? Wie erfreulich. Ihr müsst mir die neuesten Nachrichten aus Paris erzählen.«

Die Suppe wurde hereingebracht, und sie nahmen ihre Plätze ein. Monsieur de Couriac sagte: »Wir leben leider in der ruhigen Normandie, Mylady, und waren in letzter Zeit nicht in Paris.«

Nach der Suppe sprachen sie über Reisen, doch als der Fisch serviert wurde, bemerkte Diana, dass der Franzose seine Frau aufmerksam beobachtete. Diana hatte fast ausschließlich mit de Couriac gesprochen, folgte nun aber seinem Blick. Madame de Couriac hatte ihre Hand auf den Arm des Marquis gelegt und beugte sich wie gebannt zu ihm hinüber.

Das ließ einen noch unangenehmeren Grund erahnen, warum das französische Paar bei dem Essen dabei war. Versuchte Lord Rothgar, die hübsche junge Frau zu verführen? Obwohl es ihr einen Stich versetzte, wandte sich Diana wieder lächelnd dem Mann zu und fragte ihn, wie er London fände.

Du lieber Himmel, der Marquis musste verrückt sein. Sie liefen Gefahr, in ein Duell verwickelt zu werden!

Konnte ein intelligenter Mann wirklich so töricht sein? Sie nahm sich vor, ihn zu beobachten, während sie versuchte, die Aufmerksamkeit des Franzosen auf sich zu lenken. Bald wusste sie, dass es keine Einbildung war.

Sie hatte noch nie jemanden mit einer so offenkundigen Sinnlichkeit eine Mahlzeit einnehmen sehen, wie Madame de Couriac es gerade tat. Die Frau aß nur wenig, aber vor allem, weil sie ein solches Schauspiel daraus machte. Sie führte betont langsam die Gabel zum Mund, kaute langsam und leckte sich oft über die roten Lippen. Ein- oder zweimal leckte sie sogar ihre Finger ab und starrte dabei in die Augen des Marquis.

Während ihr Ehemann dabeisaß!

Trotz Dianas Bemühungen merkte de Couriac ganz offensichtlich, was vor sich ging. Warum unternahm er also nichts dagegen? Möglicherweise dachte er, ein Franzose sei hier einem Engländer gegenüber machtlos, besonders wenn dieser ein Marquis war. Der französische Adel besaß weitaus mehr Macht und Befugnisse als der englische.

Was auch immer seine Gründe waren, früher oder später würde er sicher handeln. Da es ihr nicht gelungen war, ihn abzulenken, wandte Diana ihre Aufmerksamkeit Madame de Couriac zu und verwickelte sie in ein Gespräch über Mode.

Die Dame war offensichtlich wenig begeistert, musste sich aber fügen. Für den Rest der Mahlzeit nahm Diana sie schonungslos mit Gesprächen über Frisuren, Hausschuhe, Gesichtslotionen und Möglichkeiten der Nagelverschönerung in Anspruch. Noch nie in ihrem Leben hatte sie über solche Dinge so lange gesprochen.

Bis zum Ende des Abendessens war es Madame de Couriac – trotz ihrer Bemühungen – nur selten gelungen, ihr Wort an Lord Rothgar zu richten. Diana konnte nicht einschätzen, was der Marquis von all dem hielt. Wenn er überhaupt eine Regung zu erkennen gab, dann wirkte er eher amüsiert. Nur mit Mühe widerstand sie dem Bedürfnis, ihn finster anzusehen. Spürte er die hitzige Anspannung nicht, die Monsieur de Couriac ausstrahlte?

Vollkommen angewidert blitzte sie ihn schließlich wütend an. Er war völlig undurchschaubar. Er schien überhaupt nicht beeindruckt zu sein. Natürlich nicht. Ihre ganzen Anstrengungen hatten das Unvermeidliche nur hinausgezögert. Dass sie darüber fast in Tränen ausgebrochen wäre, war ganz und gar ihr eigenes Problem. Auch wenn er ein verwegener Schürzenjäger war, würde sie ihr Bestes geben, um ihn vor sich selbst zu schützen.

Sie erhob sich vom Tisch und lächelte das französische Paar an. »Sicher möchtet Ihr Euch früh zurückziehen, um morgen Eure Reise ausgeruht fortsetzen zu können.«

»Ganz im Gegenteil«, sagte Madame de Couriac mit einem selbstgefälligen Lächeln. »Wir bleiben für ein paar Tage hier.«

»Nun, *wir* müssen morgen weiterreisen«, sagte Diana.

»Und deshalb müssen *wir* uns zurückziehen, liebe Lady?«, fragte der Marquis in einem bewusst verwegenen Tonfall.

Sie starrte ihn wütend an, konnte das Streitgespräch mit ihm jedoch keinesfalls fortsetzen. Wenn er zu einer Torheit entschlossen war, konnte sie ihn nicht davon abhalten. »*Ich* jedenfalls muss«, erwiderte sie eisig und nickte allen zu. »Gute Nacht.«

Alle drei erhoben sich, doch als sie das Zimmer verließ, war sie überzeugt, dass sie sich sofort wieder hinsetzen würden – wenngleich sie sich nicht vorstellen konnte, warum Monsieur de Couriac den Vorwand nicht nutzen sollte, um seine Frau wegzuzerren. Vielleicht, so dachte sie plötzlich, planten sie eins dieser Ménage à trois genannten Abenteuer, von denen sie gelesen hatte. Absonderlich, doch was wusste sie schon von solchen Dingen?

Als sie die Tür zu ihrem Zimmer mit einem lauten Knall zufallen ließ, musste sie zugeben, dass ihre Empörung vor allem auf ihre Eifersucht zurückzuführen war. Sie war eifersüchtig auf Madame de Couriac wegen der Freuden der folgenden Nacht, aber auch, weil sie sich einfach die Freiheit herausnahm, einen Mann zu verführen, an dem sie Gefallen fand.

Was für eine Torheit, dachte sie, als sie ihre Haube abnahm und die Haarnadeln herauszog, die ihre Locken festhielten. Die Dame hatte einen Mann und sollte sich so etwas ganz und gar nicht herausnehmen dürfen.

Völlig verärgert ging sie zum Fenster, um auf die Straße hinunterzusehen. Jetzt in der Abenddämmerung war es ruhig, bis auf das gelegentliche Rattern einer späten Kutsche, die vor der Weiterfahrt nach York oder Doncaster noch eine Möglichkeit suchte, die Pferde zu wechseln. Sie war versucht hinauszugehen, um etwas frische Luft zu schnappen und sich ein wenig zu bewegen, aber sie würde nur ein Objekt der Neugierde sein. Jeder hier wusste doch, dass die Gräfin von Arradale im *Swan* übernachtete, und dazu noch mit dem berühmten Marquis von Rothgar!

Sie erinnerte sich an die wenigen Stunden der Freiheit im letzten Jahr, als sie die Rolle von Rosas pickeliger Zofe gespielt hatte. Es war ein bezauberndes Vergnügen gewesen, unerkannt zu bleiben und unbedeutend zu sein. Womöglich war ihre Zofe ja jetzt dort draußen, plauderte mit anderen Dienstboten, aß mit klebrigen Fingern ein süßes Brötchen, flirtete vielleicht sogar ein wenig …

Sie entdeckte Clara, die ungefähr ihre Größe hatte, verwarf den Gedanken jedoch wieder. Es würde nicht klappen. Ohne Schminke war auch die Dienstbotenkleidung nutzlos.

Der Marquis konnte natürlich hinausgehen. Er würde erkannt werden, aber es würde ihm nichts ausmachen. Sie konnte nicht erklären, warum es bei einer Frau etwas anderes war, aber sie wusste, dass es so war.

Zum Beispiel bestand die Gefahr einer Entführung. Die neuen Gesetze machten eine Entführung mit anschließender

Zwangsheirat zwar unwahrscheinlich, aber die Gesetze, die einem Ehemann die Kontrolle über den Besitz seiner Frau zusprachen, stellten immer noch ein Risiko dar. Natürlich würde es jeder Mann, der das mit ihr versuchte, bereuen. Aber wie sollte sie das deutlich machen, damit ein Mitgiftjäger es noch nicht einmal in Betracht ziehen würde?

Sie war eine Frau und daher – so vermutete die Welt – schwach und verletzlich. Mit einem gequälten Lächeln dachte sie daran, mit einer Pistole an der Taille herumzulaufen. Und mit ein oder zwei Messern ...

Sie hätte es vielleicht sogar getan, aber sie konnte sich im Moment keinen schlechten Ruf erlauben. Sie musste die Rolle der perfekten, schwachen Lady einnehmen, ansonsten riskierte sie, in ein Irrenhaus eingesperrt zu werden.

O Gott. Sie schlug die Hände vor das Gesicht. Bei ihren Erkundungsgängen kürzlich hatte sie die Irrenanstalt in York besucht. Es war eine gut geführte Anstalt, aber die Hölle auf Erden, voller Geschrei und Gejammer. Die Insassen hatten ausdruckslose Gesichter oder ein manisches Lachen, andere erschienen zunächst normal, bis sie anfingen zu sprechen.

Und wenn die Frau, die mit vollem Ernst geflüstert hatte, sie sei eine ausländische Prinzessin ...

Nein, nein. Natürlich war sie das nicht. Sie hatte einen breiten Yorkshire-Dialekt gesprochen.

Dennoch konnte Diana sich vorstellen, wie sie selbst, heruntergekommen durch den bloßen Aufenthalt in einer solchen Anstalt, versuchte, eine Fremde davon zu überzeugen, dass sie eine vornehme Lady sei, die ungerechtfertigt eingesperrt worden war.

Sie richtete sich auf und kämpfte gegen die aufkommende Panik an. Eines wusste sie: Das würde der Marquis niemals erlauben. Sie hatte es ernst gemeint, als sie gesagt hatte, sie ärgerte sich darüber, seinen Schutz zu benötigen, aber sie war auch dankbar dafür. Vor allem für sein Versprechen, sie zu heiraten – als letzten Ausweg.

Sie kniff die Augen zusammen bei der Vorstellung, eine höfliche Ehefrau sein zu müssen, wenn er die Betten von Frauen wie Madame de Couriac aufsuchte. Oder die exotische Sappho. Verflucht, das war mit Sicherheit ein weiterer Grund, diesen Extremfall zu verhindern. Am Ende würde sie noch jemanden erschießen!

Die Ellbogen auf der Fensterbank aufgestützt, lehnte sie am offenen Fenster und fragte sich, ob er und diese verdammte Französin sich bereits in seinen Laken räkelten. Plötzlich hörte sie schnelles französisches Geplapper unter dem Fenster.

Nun, dachte sie, und ihre Stimmung besserte sich ein wenig, zumindest waren sie noch nicht in seinem Bett gelandet. Unten auf der Straße standen Madame de Couriac und ihr Mann und flüsterten hastig miteinander.

Stritten sie? Vielleicht hatte er schließlich doch ein Machtwort gesprochen.

»Ich habe es versucht!«, sagte die Französin erregt.

»Nicht genug. Ich habe gesehen, dass er interessiert war.«

»Was soll ich deiner Meinung nach tun? Nackt in sein Zimmer gehen?«

»Wenn es dem König nützt, ja.«

Die Frau machte ein zischendes Geräusch. »So ein Mann ist er nicht, Jean-Louis. *Er* muss darum bitten.«

»Dann bring ihn dazu.«

Da sie plötzlich einen drohenden Tonfall in seiner Stimme vernahm, lehnte sich Diana weiter hinaus, um etwas zu sehen. Er hatte seine Frau brutal am Arm gepackt, und sie blickte wütend, aber ängstlich zu ihm auf. »Ich weiß nicht ...« Sie unterdrückte einen Schrei. Offenbar hatte er noch fester zugepackt. »Ich versuche es!«

Er ließ sie los und sah sich hastig nach allen Seiten um. Er blickte nicht nach oben, aber Diana wich trotzdem zurück.

Was hatten sie vor? Warum bemühte sich der Mann so verzweifelt, dass seine Frau die Mätresse von Lord Rothgar wurde? Des Geldes willen? Wollten sie damit drohen, es überall zu erzählen, wenn der Lord nicht zahlte? Sie schüttelte den Kopf. Sie konnte sich nicht vorstellen, dass der Marquis etwas darum geben würde.

Doch dann holte sie tief Luft. Ging es um Blut? Wenn Monsieur de Couriac seine Frau mit dem Marquis im Bett erwischte, konnte er ihn zu einem Duell zwingen. Sie wusste, dass Lord Rothgar ein hervorragender Degenfechter war, aber es gab sicher noch bessere auf der Welt. Elf hatte ihre Sorge erwähnt, das letzte Duell könnte ein Versuch gewesen sein, ihren Bruder umzubringen.

War dies hier ein weiterer Versuch?

Mit einem besseren Fechter?

Mit klopfendem Herzen spähte sie wieder nach unten, aber das französische Paar war verschwunden.

11

»Clara«, sagte Diana. »Geh zu Lord Rothgars Zimmer und sage ihm, dass ich ihn sprechen möchte.«

Während sie wartete, versuchte sie darüber nachzudenken, wie sie ihre delikate Warnung in Worte fassen sollte, aber Clara kehrte schon nach wenigen Augenblicken zurück. »Er ist im Moment nicht in seinem Zimmer, Mylady.«

War er bereits bei einem heimlichen Treffen? Nein, dafür war keine Zeit gewesen. Aber wie rücksichtslos von ihm, das Gasthaus zu verlassen. »Geh noch einmal zurück und sage, dass ich ihn sprechen muss, sobald er wiederkommt.«

Clara eilte hinaus, und Diana ließ sich das Gespräch noch einmal durch den Kopf gehen. Hatte de Couriac etwas von einem Nutzen für den König gesagt? Verflixt. Sie konnte sich nicht genau erinnern. Aber sie meinte schon.

Vielleicht war es kein Attentatversuch, sondern Spionage. Diese ganzen Unterlagen. Einige waren zweifellos heikel, möglicherweise sogar geheim. Vielleicht sollte Madame de Couriac sie stehlen.

Ein ungefährlicherer Plan als ein Mord, aber dennoch musste der Marquis gewarnt werden. Und er war fort, zum Teufel mit ihm.

Dieses edle und komfortable Zimmer im besten Gasthaus hatte allmählich die Wirkung eines Gefängnisses auf sie. Als Clara zurückkehrte, bat Diana um einen leichten Mantel und darum, dass ihr Diener sie begleitete, und flüchtete nach draußen, um den Abend zu genießen. Die Leute erkannten sie, aber das war zu ertragen.

Sie hielt nach dem französischen Paar und dem Marquis Ausschau und entdeckte letzteren zuerst. Er verabschiedete sich gerade von einem Mann, der wie ein Anwalt vom Land aussah. Sie lief hinüber, sagte wegen der Gasthausfenster über ihren Köpfen jedoch nur: »Ich bitte um ein paar Minuten Eurer Zeit, Mylord.«

»Ich stelle Euch hundert, ja tausend davon zur Verfügung, liebe Lady.«

Sie verdrehte die Augen bei diesen schmeichlerischen Worten und schlenderte mit ihm die Straße entlang, bis sie weit genug vom Gasthaus entfernt waren. »Ich habe ein Gespräch der de Couriacs mit angehört, Mylord.«

»Und?«

Sie blickte kurz nach oben, weil sie die eigentliche Bedeutung dessen, was sie sagen wollte, etwas verlegen machte. »Er schien sie dazu zu drängen, Euch ... Euch Avancen zu machen.«

»Die Dame wirkte in der Tat etwas verwegen.«

»Möglicherweise auch gefährlich?«, fragte sie, denn sie wollte sich über ihn lustig machen. Waren alle Männer so blind, wenn eine hübsche Frau ihnen schmachtende Blicke zuwarf?

»Alle Frauen sind gefährlich, Lady Arradale, wie wir bereits festgestellt haben.«

»*Ich* werde Euch wahrscheinlich nicht umbringen lassen.«

»Ich wünschte, dessen könnte ich mir sicher sein. Aber warum glaubt Ihr«, fuhr er fort, »Madame de Couriacs Reize seien so verhängnisvoll?«

Ihre Befürchtungen kamen ihr auf einmal übertrieben vor. »Nur weil sie Euch so gedrängt hat. Ich glaube, er erwähnte etwas von einem Nutzen für den König. Könnten sie Spione sein? Die es vielleicht auf Eure Papiere abgesehen haben? Oder ist es töricht von mir zu glauben, dass sie nichts Gutes im Sinn haben?«

»Töricht nicht, nein.« Er führte sie wieder zum Gasthaus zurück. »Ich danke Euch für die Warnung. Ich werde vorsichtig sein.«

Dennoch schien er die größere Gefahr zu ignorieren. »Und wenn sie planen, ein Duell zu erzwingen, Mylord? Um Euch zu ermorden?«

Ihre Blicke trafen sich. »Es ist schwer, mich zu töten.«

»Aber nicht unmöglich! Ich habe von dem Duell gehört, das Ihr in London ausgetragen habt. Wenn jemand etwas Böses im Schilde führt, hat er jetzt eine Vorstellung von Euren Fähigkeiten.«

»Glaubt Ihr etwa, Monsieur de Couriac wurde hierher geschickt, um mich zu ermorden?«

»Ich glaube, ein kluger Mann würde ihm keinen Anlass für eine Herausforderung geben.«

Er zwinkerte ihr zu. »Aha, aber sie ist reizend, findet Ihr nicht?«

Bevor Diana etwas erwidern konnte, stürzte Madame de Couriac aus der Tür des *Swan*. »Ah, Lord Rothgar. Dem Himmel sei Dank, dass Ihr hier seid!«, rief sie in schnellem Französisch. »Jean-Louis hat fürchterliche Schmerzen. Wir haben den Arzt rufen lassen, aber unser Englisch ist nicht besonders gut und in solchen Momenten noch schlechter. Ich dränge mich nur ungern auf, aber bitte ...«

Sie hatte die Hände auf seinen Arm gelegt und sah mitleiderregend zu ihm auf.

»Vielleicht könnte ich helfen, Madame«, sagte Diana süßlich. »Mein Französisch ist ganz akzeptabel.«

Mit einem falschen, fast verzweifelten Lächeln drehte sich die Französin um. »Mein armer Mann ist leider nur noch halb bekleidet, Lady Arradale ...«

»Ich verstehe. Ich hoffe, es ist nichts Ernstes, Madame. Bitte ruft mich, wenn Ihr irgendetwas braucht. Weibliche Fürsorge vielleicht.«

Diana widerstand dem Bedürfnis, dem Marquis einen warnenden Blick zuzuwerfen, als sie hinausging. Sicher war es gar nicht nötig. Er galt als teuflisch klug. Einen Trick wie diesen musste er doch durchschauen.

Rothgar ging mit Madame de Couriac nach oben. Er war auf der Hut, aber auch neugierig zu erfahren, was sie und ihr Ehemann vorhatten. Die Gräfin konnte Recht damit haben, dass sie hinter seinen Dokumenten her waren, doch es konnte genauso gut sein, dass sie ihm nach dem Leben trachteten.

Wenn Letzteres stimmte, würde es in das Gesamtbild passen. Er verdächtigte d'Eon, in das Duell mit Curry involviert zu sein. Wenn die de Couriacs etwas Böses im Schilde führten, hatte es vermutlich mit dem Franzosen zu tun.

Er lächelte beim Gedanken an Lady Arradales scharfen Verstand und ihr schnelles Handeln. Bewundernswert, aber für sie nicht gerade angenehm, die Rolle einer perfekten Lady zu spielen – einer Lady also, die Verschwörungen und politischen Machenschaften gegenüber blind war. Einer Lady, die beim Anblick einer Maus kreischen, bei einem Schreck in Ohnmacht fallen und sich bei Gefahr in die Arme des nächstbesten Mannes werfen würde.

Die nicht im Gegensatz dazu versuchen würde, ihm zu helfen.

Die nächsten Wochen würden wahrscheinlich noch schwieriger werden, als er vermutet hatte.

Aber interessant.

Monsieur de Couriac lag auf der Bettdecke und stöhnte. Sein unvollständiges Bekleidetsein bestand aus einem offenen Hosenbund und einem herausgezogenen Hemd.

»Ihr sagtet, Ihr habt den Arzt rufen lassen?«, fragte Rothgar.

»Ja.« Madame de Couriac fasste sich an den Kopf. »Zumindest glaube ich das ... Ich habe solche Angst ...« Sie stellte sich neben ihn, und er tat ihr den Gefallen und legte den Arm um sie. Sie wandte ihm das Gesicht zu und drückte es gegen seine Brust. Nicht einmal das Klopfen an der Tür ließ sie zusammenzucken.

Also doch. Er schob sie beiseite und öffnete die Tür.

»Doktor Ribble«, sagte der junge Mann. Er war schlank und wirkte seriös. Wenigstens er schien seine Rolle gut zu spielen.

»Kommt herein, Doktor. Da ist Euer Patient. Ich bin Lord Rothgar und werde übersetzen, wenn es erforderlich ist.«

Der durchdringende Blick des Arztes ließ vermuten, dass er den Namen kannte, aber angenehmerweise war es seinem Verhalten nicht anzumerken. Er ging zum Bett hinüber und stellte Fragen, die Rothgar übersetzte. Dann untersuchte er den Patienten.

Schließlich sagte der Arzt: »Ich kann keine Ursache für den Schmerz feststellen, Monsieur, auch wenn Ihr etwas spürt. Ich schlage Euch ein wenig Ruhe vor. So etwas geht oft von selbst vorüber, und Medizin kann es noch verschlimmern.«

Rothgar stimmte zu, doch Madame de Couriac erstarrte. »Und Ihr glaubt, dass wir dafür zahlen?«, fuhr sie ihn in ihrem fehlerhaften Englisch an. »Ihr müsst etwas tun!«

»Madame, es gibt nichts, was ...«

»Ihr seid ein ... ein *charlatan!*« Sie wandte sich an Rothgar. »Wie sagt Ihr dazu?«

»Genau das Gleiche, Madame. Scharlatan. Aber der gute Doktor hat vermutlich Recht. Euer Mann hat zweifellos etwas Falsches gegessen.«

»Aber Ihr, aber ich, wir haben doch alle das Gleiche gegessen! Ich bestehe auf einer Behandlung, sonst zahle ich nicht.«

Mit zusammengepressten Lippen öffnete Doktor Ribble seine Tasche, nahm eine Flasche heraus und goss etwas von einer dunklen Flüssigkeit in ein Glas. »Hier, Madame. Wenn Ihr ihm stündlich einen Teelöffel davon mit Wasser gebt, hilft es vielleicht, und schaden wird es nicht.«

»Aha«, stellte die Dame fest, wobei ihre prachtvollen dunklen Augen blitzten. »Zuerst ist es nichts. Dann findet Ihr doch etwas. Ich persönlich glaube, Ihr hasst die Franzosen! Ihr wollt, dass wir alle sterben!«

»Keinesfalls, Madame. Das macht fünf Shilling für den Besuch und nochmal zwei für die Arznei. Wenn Ihr noch mehr benötigt, könnt Ihr einen Dienstboten in mein Haus schicken. Zögert jedoch nicht, mich zu rufen, wenn sich der Zustand Eures Mannes verschlechtert.«

Madame de Couriac zog eine seidene Geldbörse aus ihrer Tasche und reichte sie Rothgar mit zitternder Hand. »Bitte, Mylord. Ich bin zu erschöpft ... Bitte sucht die Münzen für ihn heraus.«

Da sie zurücktaumelte und sich über das Bett beugte, tat Rothgar ihr den Gefallen. Er widerstand dem Bedürfnis, ein Lächeln mit dem Doktor auszutauschen. Er würde Doktor Ribble darauf ansprechen, wenn er jemals einen Arzt in diesem Ort brauchen sollte. Er war sicher, dass die Medizin ein harmloser Sirup war, versetzt mit einer paar Kräutern, damit er unangenehm schmeckte. Wer würde schon einer gut schmeckenden Arznei vertrauen? Vielleicht war auch etwas Opium darin, um den Patienten zum Schlafen zu bringen.

Als der Doktor gegangen war, drehte Rothgar sich um und sah, wie Madame de Couriac ihrem widerstrebenden Mann liebevoll etwas von der Medizin eintrichterte. Der Mann merkte, dass Rothgar sie beobachtete, und sagte auf Französisch: »Es schmeckt widerlich, Mylord.«

»So etwas schmeckt fast immer widerlich, Monsieur. Ich rate Euch trotzdem, sie einzunehmen. Der Doktor schien sich auszukennen.«

De Couriac trank das Glas aus und schüttelte sich.

»Und nun«, säuselte seine Frau, »leg dich unter die Decke, mein Schatz, und schlafe ein wenig. Ich bin sicher, dass es dir bald wieder gut geht.«

Obwohl er eigentlich keinen Grund hatte, blieb Rothgar noch im Zimmer, weil er neugierig war, was als Nächstes geschehen würde. Seine Reise war kein Geheimnis gewesen. Seine Übernachtung hier war schon im Voraus arrangiert worden. Der Gedanke, dass Madame de Couriac bis zum Äußersten ging, um in sein Bett zu gelangen, hätte ihm geschmeichelt. Viel wahrscheinlicher war jedoch, dass es sich um einen weiteren Mordversuch handelte.

Die interessante Frage war, warum? Warum waren die Franzosen so verzweifelt darauf bedacht, ihn loszuwerden? Er hatte Einfluss auf den König, und jeder wusste, dass er ihm dazu riet, ihnen entschlossen entgegenzutreten. Rothgar bestand auf Exportbeschränkungen für alle Waren, die sie für den Aufbau ihrer Flotte brauchten. Außerdem auf der schnellen Zerstörung der Befestigungsanlagen in Dünkirchen.

Nichts davon schien einen Mord zu rechtfertigen. Es gab immer noch die Möglichkeit, dass Madame de Couriac etwas Licht in die Angelegenheit bringen könnte.

Als die Französin ihren Mann ihrer Ansicht nach genug versorgt hatte, drehte sie sich – ganz die dankbare Frau – zu Rothgar um, lief auf ihn zu und fasste ihn an den Händen. »Wie kann ich Euch danken, Mylord? Ihr wart so liebenswürdig, so großzügig ...« Dann begann sie zu taumeln. »Oh, ich fühle mich ... Oh.«

Er fing sie mit seinem Körper auf, wie man es zweifellos von ihm erwartet hatte. Es war so verlockend, in solchen Momenten einen Schritt zur Seite zu gehen und die Dame auf den Boden fallen zu lassen. Ein- oder zweimal hatte er es schon gemacht.

Diesmal hielt er sie jedoch liebevoll fest. »Madame, bitte. Kommt und nehmt einen Cognac in meinem Speisezimmer. Wir müssen Euren Mann schlafen lassen.«

»Ihr seid so liebenswürdig«, flüsterte sie, immer noch an ihn gelehnt. Obschon seine Rolle jetzt darin bestanden hätte, sie in seine Arme gleiten zu lassen, stützte er sie nur, während sie zur Tür und die Treppe hinunter gingen. In der unteren Etage warf er einen flüchtigen Blick auf Lady Arradales Tür, weil er erwartete, sie herauslugen zu sehen. Er war sicher, dass sie es getan hätte, wenn sie gewusst hätte, wann er zurückkehren würde.

Er verstand ihre Neugier, hoffte aber, sie würde nicht eingreifen, bevor er genau herausgefunden hatte, was vor sich ging.

Er führte die Französin ins Speisezimmer und zu einer Chaiselongue, zog ihr die Schuhe aus und legte ihre Füße hoch, sodass sie sich bequem anlehnen konnte. Nachdem er auf diese Weise geschickt verhindert hatte, sich neben sie setzen zu müssen, schenkte er ihnen Cognac aus seinem eigenen Vorrat ein.

Sie nahm einen Schluck, seufzte und sagte: »Ihr seid außerordentlich liebenswürdig, Mylord. Ich bin so dankbar. Viele Eurer Landsmänner sind nicht so verständnisvoll, muss ich feststellen.«

»Unsere Länder haben kürzlich erst Krieg gegeneinander geführt, Madame.«

»Ja, leider. Aber Ihr?« Sie sah ihn an und trank mit übertrieben geschürzten Lippen. Während sie das Glas langsam wegzog, drückte sie damit gegen ihre Unterlippe. Ein Hurentrick. »Seid Ihr den Franzosen gegenüber immer noch feindlich eingestellt?«, säuselte sie.

»Ich versuche, meine Gefühle einzelnen Personen gegenüber nicht von meinen Gefühlen gegenüber einer Nation abhängig zu machen, Madame.«

»Aha«, sagte sie nach einem weiteren verführerischen Schluck, während sie zwischen ihren langen, getuschten Wimpern zu ihm aufblickte, »Ihr empfindet Euch also nicht als mein Feind?«

»Ganz gewiss nicht.«

»Das freut mich sehr«, murmelte sie und hielt ihm eine Hand hin. Als er sie nahm, schlug sie ihre Beine übereinander und zog ihn, wie vorherzusehen war, zu sich hinunter, bis er neben ihren Füßen auf der Chaiselongue saß. »Ich fühle mich auch nicht wie Eure Feindin, Lord Rothgar. Ganz und gar nicht ...«

»Warum solltet Ihr auch?«

Das schien sie für einen Moment durcheinander zu bringen, doch dann stellte sie ihr Glas ab, drückte ihre bestrumpften Füße gegen seinen Oberschenkel und bog ihre Zehen hinein. »Ganz im Gegenteil eigentlich …«

Sie streckte beide Hände vor und rückte näher. »Oh, Mylord, es ist verrückt … Aber ich … kann Euch nicht widerstehen. Den ganzen Abend schon wollte ich Euch!«

Geschmeidig wie eine Katze hatte sie sich an ihn geschmiegt und ihre Arme um seinen Hals geschlungen. »Nehmt mich!«

Er tat ihr den Gefallen und nahm zumindest ihren hungrigen, parfümierten Mund, obwohl er Patschuli ganz und gar nicht mochte. Sie begann hektisch an den Knöpfen seiner Weste herumzufingern.

Er hielt ihre Hände fest. »Langsam, Madame, langsam. Ich bin ein Mann, der gern schlückchenweise aus dem Kelch des Vergnügens trinkt …«

Diana saß kerzengerade in ihrem Schlafzimmer auf einem Stuhl und bebte vor lauter Unruhe. Was ging da vor? Was sollte sie tun?

Sie hatte ihre Dienstboten angewiesen, alles zu beobachten, und wusste, dass der Doktor da gewesen war, nichts Besonderes gefunden hatte und wieder gegangen war. Sie wusste ebenfalls, dass der Marquis die in Ohnmacht gefallene Französin in sein privates Speisezimmer mitgenommen hatte.

Warum? Sie ahnte es. An seiner Stelle würde sie ebenfalls genau herausfinden wollen, was die de Couriacs im Schilde führten. Ein kleiner Teil von ihr war allerdings auch besorgt, dass er dieser tückischen Französin ins Netz gegangen war. Der Drang, hinauszueilen und sie zu stören, war kaum zu beherrschen, aber sie riss sich schließlich zusammen.

Sie hatte einen Diener angewiesen, de Couriacs Zimmer zu beobachten. Er würde sie informieren, falls der Franzose sich rühren würde.

Gewiss war es töricht zu glauben, der Marquis könnte sich in Gefahr begeben, besonders nach ihrer Warnung, aber sie konnte das Ganze nicht einfach ignorieren und zu Bett gehen.

Sie war *nicht* beunruhigt bei dem Gedanken, so redete sie sich ein, was im Speisezimmer nebenan wohl vor sich gehen mochte.

Keinesfalls.

Sie gab zu, dass sie neugierig war – sie hätte viel um ein Loch in der Wand gegeben, aber das war auch alles.

Es war keine Eifersucht. Auf eine Person wie Madame de Couriac könnte sie niemals eifersüchtig sein.

In diesem Augenblick klopfte ihr Diener und kam herein. »Aus dem Zimmer des Franzosen kommen Geräusche, Mylady. Ich vermute, er zieht sich an.«

Endlich! Sie sprang auf. »Geh und stell dich unten an die Treppe. Hier.« Sie drückte ihm ein schweres Buch in die Hände. »Wenn er sich auf den Weg nach unten macht, lässt du es fallen. Los!«

Sie ließ die Tür offen und lauschte im Stehen gespannt auf das plumpsende Geräusch, obschon sie wusste, dass es laut genug wäre, um auch bei verschlossener Tür gehört zu werden.

Vielleicht hatte der Franzose gerade den Nachttopf gesucht. Wenn nicht, so bereitete er sich entweder darauf vor, die Papiere des Marquis zu durchsuchen, oder, was wahrscheinlicher war, hineinzuplatzen und ihn zum tödlichen Kampf herauszufordern.

Los, nun komm schon.

Wenn Monsieur de Couriac nicht herunterkommen würde, hätte sie keinen Vorwand, den Marquis und die Französin zu stören. Das wäre ein Jammer, sowohl für ihre Neugier als auch für ihre Eifersucht.

Nein. Sie würde *nicht* eifersüchtig werden, auch wenn es sie in den Wahnsinn treiben würde. In London wimmelte es zweifellos von Liebhaberinnen dieses Mannes, einschließlich der mysteriösen gelehrten Dichterin ...

Plumps.

Erschrocken zuckte Diana zusammen. Dann atmete sie tief durch und folgte ihrem Plan. Energisch lief sie den Korridor entlang und ohne anzuklopfen in das Speisezimmer, bereit, einen erschrockenen Schrei auszustoßen.

»Oh«, sagte sie, als sie den Marquis erblickte, der auf der Chaiselongue saß und einen von Madame de Couriacs bestrumpften Füßen in den Händen hielt. Offenbar war er gerade dabei gewesen, den Fuß zu massieren, während die Dame sich genüsslich zurückgelehnt hatte.

Madame stieß jedoch einen kleinen Schrei aus und fuhr hoch. Nun starrte sie Diana verwirrt an. Offenbar hatte sie jemand anderen erwartet. Doch sie zog ihren Fuß weg, drehte sich, um sich aufrecht hinsetzen zu können, und zog ihre Schuhe an. »Das war sehr angenehm, Mylord.«

»In der Tat.« Er erhob sich mit einem unergründlichen Gesichtsausdruck. »Braucht Ihr etwas, Mylady?«

Ihr könntet meine Füße massieren, dachte sie, sagte aber: »Cognac.« – »Sind die Dienstboten denn nicht verfügbar? Ich muss mit ihnen darüber sprechen.«

War er verärgert? Schwer zu sagen. Immerhin goss er etwas Cognac in ein Glas und reichte es ihr. Die Tür wurde aufgerissen, und ein zerzauster Monsieur de Couriac wankte herein.

Und blieb stehen.

»Monsieur«, sagte Lord Rothgar so freundlich wie möglich, »es geht Euch besser. Wie wunderbar. Cognac?«

Nach einem kurzen eisigen Blick sprang Madame de Couriac auf und lief auf ihren Mann zu. »Jean-Louis, *chéri*. Das freut mich! Aber geh lieber wieder ins Bett und ruh dich aus. Du kannst noch nicht wieder vollkommen gesund sein.«

Monsieur de Couriac warf ihnen einen zornigen, frustrierten Blick zu und ließ sich hinausführen.

Der Marquis schloss die Tür, sodass er und Diana alleine zurückblieben. Dianas Anspannung wuchs. War er wütend? Wie konnte er wütend sein? Vielleicht hatte sie ihm gerade das Leben gerettet!

Er drückte ihr das Glas Cognac in die Hand. »Möglicherweise gibt es hier ein Missverständnis, Lady Arradale, darüber, wer auf wen aufpassen soll.«

Er *war* wütend. Wie typisch für einen Mann. Den Cognac mit ihren Händen wärmend sagte sie: »Wollt Ihr damit sagen, Ihr wolltet erwischt werden, Mylord?«

»Beim Massieren der Füße? Ungewöhnlich, aber mehr auch nicht. Besonders, da sie doch so besorgt über ihren armen kranken Mann war.«

»*Ich* konnte ja nicht wissen, dass Ihr nur die Füße massiertet.«

Er nahm einen Schluck und schwieg.

Diana probierte den Cognac und wärmte ihn noch ein wenig. »Ihr habt also absichtlich eine Situation vermieden, die mehr Anstoß hätte erregen können?«

»Das erschien mir klug.«

Sollte sie sich entschuldigen? Auf gar keinen Fall. Und auf keinen Fall wollte sie fortgeschickt werden, ohne zu erfahren, was passiert war.

»Sehr gut«, sagte sie und setzte sich auf die Chaiselongue, die noch warm von Madame de Couriac war und sogar einen Hauch ihres betörenden Parfüms aufgenommen hatte. »Was haben sie vor?«

Er setzte sich ans andere Ende, genauso, wie er mit der Französin gesessen hatte, außer dass sich drei Fuß blauen Damastes zwischen ihnen befand. »Vielleicht ist es ja auch so, wie es scheint, Lady Arradale. Sie ist wollüstig, er ist krank.«

»Vielleicht.«

»Ihr zweifelt daran?« Er stellte sein Glas ab. »Legt Euren Fuß in meinen Schoß.«

Diana sah ihn entgeistert an. »Warum?«

»Ich bin gerade in der Stimmung, Füße zu massieren.« Er war in merkwürdiger und gefährlicher Stimmung, aber sie wollte gern wissen, wie es sich anfühlte. Sie streifte ihren linken Schuh ab und drehte sich, um den Fuß auf seinen Oberschenkel legen zu können. Schon allein das erforderte einen weiteren Schluck des stärkenden Getränks. Er legte beide Hände um ihren Fuß und begann, mit seinen Daumen ihren Spann zu massieren.

Sie unterdrückte ein begehrliches Stöhnen. »Sie ist vielleicht wollüstig«, sagte sie so ruhig wie möglich, »aber er ist nicht krank.«

»Nach dem Zaubertrank, den der Doktor dagelassen hat, wahrscheinlich schon ein wenig. Aber nein, Ihr habt vollkommen Recht.«

»Was haben sie also vor?«

Seine Daumen waren inzwischen an ihren Zehenansätzen angekommen. Sie gab dem Bedürfnis nach, sich entspannt nach hinten zu lehnen, und fürchtete, dass sie jetzt genauso träge und sehnsüchtig aussah wie die Französin.

»Sie könnten hinter meinen Unterlagen her gewesen sein«, sagte er. Obwohl er ihr in die Augen sah, vollbrachten seine Daumen zauberhafte Dinge. »Aber dann wäre de Couriac in mein Schlafzimmer gegangen und nicht hierher. Deshalb ...«

»Deshalb«, ergänzte sie, »hoffte er wohl, ein Duell zu erzwingen. Habt Ihr inzwischen etwas erfahren, was diese Annahme unterstützt?«

»Ja, vielleicht.«

»Er hätte ohnehin ein Duell fordern können. Ihr wart mit seiner Frau allein.«

»Sie hatte mich um Hilfe gebeten und machte sich offensichtlich Sorgen. Nein, er hätte nicht auf einem Duell bestehen können.«

Ihr wurde klar, dass er um diese geheimnisvollen männlichen Bräuche genau Bescheid wusste. »Was also nun?«

Seine Hände hielten inne. »Nun, Lady Arradale, sollte ich

Euren Fuß küssen.« Eine Hand, ein Fingernagel fuhr über ihren Spann Richtung Ferse und dann hinauf zu ihrem Knöchel. »Doch dafür müsste ich Euren Strumpf ausziehen. Und allein das ist schon ein kleines Intermezzo wert …«

Als seine Finger von den Knöcheln zu ihrer Wade hoch glitten, starrte sie verwirrt in seine dunklen Augen.

»Möchtet Ihr mit dem Spiel fortfahren?«, fragte er.

Ihr gestiegener Puls beruhigte sich ein wenig. Dies, so verstand sie, war wie ehedem sein Verführungsspiel beim Ball. Eher eine Herausforderung als eine erotische Bitte. Vielleicht sogar eine kleine Bestrafung, weil sie sich in seine Angelegenheiten eingemischt hatte.

Mit schmerzlichem Bedauern zog sie ihren Fuß aus seinen lockeren Händen und setzte sich aufrecht hin. »Ich glaube nicht.«

»Das dachte ich mir.«

Sie trank ihren Cognac aus und stand auf, musste aber fragen: »Warum habt Ihr das gemacht?«

Obwohl es gegen die Etikette war, blieb er sitzen. »Eure Neugier war nicht zu übersehen.«

Ja, eine Art Bestrafung. Sie weigerte sich, ihre Verlegenheit zu zeigen.

Vielleicht hätte sie auf sein Täuschungsmanöver eingehen sollen, aber sie wusste, dass er es durchgezogen hätte, selbst bis zum Äußersten. Was an sich ein interessanter Gedanke war. Er hielt es vielleicht für eine Bestrafung, doch sie konnte es in einem ganz anderen Licht sehen.

»Ich *bin* auch neugierig«, sagte sie, die Hitze in ihren Wangen ignorierend. »Auf eine ganze Menge Dinge.«

»Neugier ist allerdings eine der Plagen der Seele, und sich Klarheit zu verschaffen, kann auf die dunkelsten Pfade führen.«

»Es wäre doch langweilig, sich immer nur im Hellen zu bewegen.« Konnte sie? Hier? Mit ihm?

»Aber sicherer.« – »Wollen wir denn sicher sein?«

Nun stand er auf. »Manche Gefahren sind wirklich zu ernst, um damit zu spielen. Und Ihr, meine Liebe, spielt ein Spiel.« Er hob ihre Hand, um sie küssen – und nicht leidenschaftlicher, als es die Höflichkeit erforderte.

»Gute Nacht, Lady Arradale. Wir brechen morgen schon sehr früh auf.«

Auf diese Weise weggeschickt konnte Diana nichts anderes tun, als zu gehen, aber sie konnte nicht widerstehen, noch einmal zurückzublicken.

Stimmte es tatsächlich, was sie aus seinen Worten meinte heraushören zu können – dass ihr Intermezzo für *ihn* eine Gefahr darstellte?

Als Clara sie in ihrem Zimmer entkleidete und für die Nacht zurechtmachte, stand sie wie benommen da. Sie versuchte zu begreifen, was gerade passiert war.

Seine Hände auf ihren Füßen.

Eine schlichte Sache, keineswegs etwas besonders Verruchtes. Sie könnte auch Clara bitten, dasselbe bei ihr zu tun, wenn sie wollte.

Es wäre nicht dasselbe.

Seine Finger waren von ihren Knöcheln zur Wade hoch geglitten.

Doch auch daran war nichts Schockierendes, außer der Vorstellung, dass er ihr den Strumpf auszog. Wenn sie bisher sehnsuchtsvoll an Lust und Sünde gedacht hatte, hatte das Ausziehen ihrer Strümpfe jedenfalls keine besondere Rolle gespielt.

Ebenso wenig wie das Massieren ihrer Füße. Wie viel es noch zu lernen gab!

Ihr verwirrter Geisteszustand war jedoch nicht auf ihre Neugier zurückzuführen. Sie war überwältigt und verblüfft von der Vorstellung, dass der Marquis von Rothgar trotz seines abweisenden Verhaltens gegen den gleichen riskanten Drang einer gefährlichen Liebschaft ankämpfen mochte wie sie.

Während Clara neben ihr im Bett schlief, lag Diana im Dunkeln wach, und die Gedanken schwirrten in ihrem Kopf wie Motten um eine Laterne.

Und genau das war das Problem.

Zwischen ihr und dem verlockenden Feuer befand sich eine klare Barriere. Und selbst wenn sie sie niederriss, brannte das Feuer nicht für sie. Sie konnte sich eine Heirat schließlich nicht erlauben. Nun wusste sie auch, dass er nicht bereit war, die Rolle des gelegentlichen Liebhabers zu spielen.

Wie er schon angedeutet hatte, war die Glut, die in ihnen beiden glimmte, viel zu gefährlich, um einander näherzukommen.

12

Am nächsten Morgen fühlte Diana, als sie zum Frühstück hinunterging, eine kleine Unsicherheit, doch sollte der Marquis am Abend zuvor auch nur einen Moment lang die Kontrolle über sich verloren haben, so hatte er sich jetzt wieder vollständig im Griff. Bei Eiern und ausgezeichneten Würstchen behandelte er sie genau wie eine adelige Lady, die er nach London eskortierte. Mit seinem zwanglosen Geplauder errichtete er erneut ein sorgfältig geschmiedetes Eisengitter zwischen ihnen.

Diana war äußerst erleichtert, als sein Kammerdiener Fettler anklopfte und eintrat.

»Ja?«, fragte der Marquis.

»Wegen des französischen Paares, Mylord. Sie sind in der Nacht abgereist.«

Lord Rothgar zog die Augenbrauen hoch. »Ohne ihre Rechnung zu bezahlen? Wie tadelnswert.«

Diana wurde wachsam. Der Marquis klang keinesfalls überrascht. Zum ersten Mal fragte sie sich, ob er seine potenziellen Mörder wohl skrupellos beseitigt hatte.

»Was das betrifft, Mylord«, sagte der Diener, »haben sie genügend Münzen hinterlassen. Und Blutspuren auf dem Boden.«

Diana sah ihn ungläubig an. Ihre Vermutungen waren zunächst bloße Gedankenspiele gewesen, doch nun musste sie sie wohl ernst nehmen.

»Hinzu kommt«, sagte Fettler, »dass ein Diener, der in der Nähe war, zuerst ein Kreischen und dann einen Schrei gehört hat.«

»Das Kreischen einer Frau und dann den Schrei eines

Mannes?«, fragte Diana. Zuerst der eine Mord, dann der andere. Allmählich war sie doch schockiert.

Der Mann mittleren Alters wandte sich zu ihr. »Genau, Mylady.«

»Hat jemand sie tatsächlich abreisen sehen?«, fragte sie.

»O ja, Mylady. Sie haben einen Stallburschen geweckt, um ihre Pferde satteln zu lassen. Ihm haben sie auch das Geld gegeben. Sonst hätte er sie nicht abreisen lassen.«

»Waren sie verwundet?«, fragte sie, gleichzeitig enttäuscht und erleichtert, und warf dem Marquis einen flüchtigen Blick zu. Er amüsierte sich wieder über sie.

»Der Stallbursche war nicht sicher, Mylady, aber er hatte den Eindruck, dass Monsieur de Couriac seinen Arm schonte und die Dame eine rote Strieme im Gesicht hatte.«

»Noch etwas, Fettler?«, fragte der Marquis. Als der Diener verneinte, entließ er ihn. Hierauf wandte er sich an Diana und schob ihr den Teller mit den Würstchen zu. »Nehmt noch ein paar, Lady Arradale, während Ihr Eure Spekulationen anstellt.«

Diana spießte eins mit ihrer spitzen Gabel auf. »Behandelt mich nicht wie ein Kind, Mylord.« Außerdem ärgerte sie sich, weil er gemerkt hatte, dass sie schon zwei Würstchen gegessen hatte.

»Oh, ich bitte Euch um Verzeihung. Ich möchte mich mit Sicherheit nicht wie ein Vater verhalten. Welchen Schluss zieht Ihr aus der kleinen Geschichte?«

Diana ignorierte, dass sie bei dem Gedanken zusammenzuckte, welche Beziehung er sich sonst zwischen ihnen wünschen könnte, und sagte: »Dass er sie geschlagen hat, weil es ihr nicht gelang, Euch zu kompromittieren, und dass sie irgendwie darauf reagierte – vielleicht mit einem Messer.« Sie schnitt in das Würstchen. »Das hätte ich jedenfalls getan.«

»Ich werde es im Gedächtnis behalten.« Er goss sich noch etwas Kaffee ein. »Aber warum sind sie abgereist, vor allem da er verletzt war?«

Diana kaute und dachte nach. »Aus Angst vor Euch? Oder«, fügte sie hinzu, »aus Angst vor ihrem Auftraggeber.« Sie hielt inne und führte ein weiteres Stück Wurst zum Mund. »Um irgendeine neue Falle vorzubereiten?«

Natürlich wurde er nicht blass vor Angst, aber er sagte: »Ein Glück, dass wir mit bewaffneten Vorreitern reisen.«

Diana legte ihre Gabel nieder. »Lord Rothgar, warum sollten die Franzosen so entschlossen sein, Euch umzubringen? Da ich mit hineingezogen wurde, habe ich meiner Ansicht nach ein Recht, das zu erfahren.«

»Welche Gründe hat man schon, jemandem den Tod zu wünschen?«

»Die Angewohnheit, zu viele Fragen zu stellen?«, antwortete sie bissig. »Ihr seid nicht Sokrates, Mylord, und ich bin nicht Eure Schülerin.«

Ein Lächeln umspielte seine Lippen. »Dann werde ich Sokrates für mich selbst sein. Welche Gründe hat man, jemanden umzubringen?« Er zählte an seinen langen Fingern ab. »Erstens: Rache. Recht radikal, und ich glaube nicht, dass ich Frankreich so sehr geschadet habe. Zweitens: Geldgier. Der Einzige, der materiellen Nutzen aus meinem Tod ziehen würde, wäre Bryght, und er arbeitet nicht für die Franzosen.«

»Drittens«, bot Diana an, »Angst davor, was Ihr enthüllen könntet.«

»Ich habe keine Geheimnisse.« Während sie ungläubig die Luft einzog, sagte er: »Viertens: Angst davor, was das Opfer tun könnte.«

»Wenn Ihr keine Geheimnisse habt, Mylord, dann wirkt Ihr also nur zu Eurem Vergnügen so mysteriös.« Nachdenklich saß sie da und erwiderte seinen Blick. »Die Franzosen haben Angst davor, was Ihr tun könntet? Seid Ihr eine Ein-Mann-Armada?«

»Das würde mir gefallen.«

»Muss ich Euch daran erinnern, dass die Armada scheiterte und sank?«

»Sehr bedauerlich«, sagte er, und um seine Augen bildeten sich übermütige Lachfältchen. »Wir können nur hoffen, dass meine bewaffnete Flotte etwas besser abschneidet.«

»Was ein weiteres Problem aufwirft, Mylord«, sagte sie und bemühte sich, streng zu klingen. »Die Armada war unser Feind. Elisabeth, unsere große Königin, hat sich der spanischen Flotte entgegengestellt.«

»Also tiefste Verachtung, wenn irgendein europäischer Fürst es wagen sollte, in die Grenzen Eures Reiches einzudringen?«, fragte er und spielte damit auf die berühmte Rede der Königin bei Tilbury an, als sie ihre Flotte entsandte, um dem mächtigen Feind zu trotzen.

»Genau, Mylord. Wie ich im letzten Jahr deutlich gemacht habe.«

Wieder war dieses Lächeln zu sehen, aber er sagte: »Du liebe Güte. Muss ich Euch an Euren Vorsatz erinnern, die *konventionelle* Lady zu spielen?«

»Zum Teufel.« Ihre Wangen erröteten schuldbewusst. »Ich werde es tun, sobald es erforderlich ist.«

»Das sagt auch ein Trinker, dem geraten wird, mit dem Weinbrand aufzuhören.«

»Das ist ja mein Problem, Mylord, und ich werde mich damit befassen.«

»Immerhin habe ich mir auferlegt, dieses Problem mit Euch gemeinsam zu lösen.«

»Das war nicht meine Idee!«

»Nein, aber uns verbindet das Schicksal.«

Sie blickte ihn unbewegt an. »Bis dies hier vorbei ist.«

Er nahm einen weiteren Schluck Kaffee. »Und wann wird es vorbei sein?«

»Wenn ich wieder wohlbehalten in den Norden zurückgekehrt bin.« Sie war nicht mehr sicher, worüber sie überhaupt sprachen.

»Unser Bündnis wird dann vorbei sein, aber das Problem mit den Franzosen besteht weiter. Ständige Wachsamkeit ist notwendig. Diese Verbindung, Mylady, endet mit dem Tod. Oder mit Eurer Heirat.«

Sie sprachen nicht über ihr Verhalten.

»Oder Eurer«, schlug sie hastig vor.

»Ich werde nicht heiraten. Doch selbst wenn, würdet Ihr immer noch meinen Schutz brauchen. Wenn Ihr nicht verheiratet seid, seid Ihr verletzlich.«

Jetzt wusste sie nicht mehr, worüber sie sprachen.

»Ich kann Eure Situation nicht ignorieren«, sagte er. »Ich werde mich nicht einmischen, aber wenn in Zukunft Probleme auftauchen, stehe ich Euch zu Diensten.«

Sie war nicht so töricht, die Vorteile zu leugnen, doch sie schluckte ihre bittere Enttäuschung hinunter. Wieder Schutz. War das alles? »Ich glaube, wir sprachen gerade von *Euren* Problemen, Mylord, nicht von meinen. Was werdet Ihr tun, wenn die Franzosen Euch loswerden möchten?«

»Gegen einen entschlossenen Attentäter gibt es nur wenige Verteidigungsmöglichkeiten. In diesem Fall soll es allerdings wohl wie ein Akt der Leidenschaft aussehen, nicht wie kaltblütiger Mord.«

»Widersteht also der Leidenschaft, Mylord. Dann sind wir beide nicht in Gefahr.«

Er sah sie lange und ruhig an. »Ich bin ganz Eurer Meinung, liebe Lady.«

Sie hatten also nicht nur von den Franzosen gesprochen. Nach einem kurzen eisigen Schweigen sah Diana auf ihr halb aufgegessenes Würstchen hinab und stellte fest, dass ihr der Appetit vergangen war.

Sicherheit.

Sie hatte immer schon geglaubt, dass Sicherheit ein verdammt langweiliges Leben versprach.

Auch wenn sie es soeben kaum bemerkt hatte, hatte sie gerade einen reizvollen Austausch von witzigen und bissigen Bemerkungen der seltensten und kostbarsten Art genossen. Außerdem hatte sie fast so etwas wie Freundschaft empfunden, was sie bei diesem Mann bestimmt nicht erwartet hatte. Nicht die vertraute Freundschaft, die sie mit Rosa verband, aber dennoch Freundschaft.

Oder vielleicht noch mehr.

Sicherheit, das war es in der Tat.

Sie legte Messer und Gabel auf den Tisch, schob den Teller beiseite und hob ihre Tasse hoch. Nach einem Schluck wusste sie, dass der Kaffee kalt war. Sie stellte die Tasse wieder hin und sah, dass er sie immer noch beobachtete, als erwartete er irgendeine Antwort.

Sie atmete tief ein und gab ihm eine – die gleiche Antwort, die sie ihm am Abend zuvor gegeben hatte. »Und wenn ich nicht sicher sein möchte?«

»Ich bin verpflichtet, Euch vor Gefahren zu bewahren. Vor allen. Auch gegen Euren Willen.« Er erhob sich und zeigte zur Tür. »Wir sollten schon unterwegs sein, Lady Arradale, wenn wir bis heute Abend in Stamford sein möchten.«

Diana atmete erneut tief ein und ganz vorsichtig wieder aus. Diese Warnung und Absichtserklärung war deutlich genug, und er war zweifellos weise. Aber genau wie ein Trinker mit einer Vorliebe für Weinbrand wollte sie im Moment gar nicht weise sein.

Vor allem, weil sie das Gefühl hatte, dass sie gerade erst begann, die ganze Köstlichkeit eines guten Tropfens zu ahnen.

Als sie an diesem Abend über die Brücke in Stamford ratterten, hatte Diana Kopfschmerzen und den sehnlichen Wunsch, unklug zu sein, egal ob es gefährlich war oder nicht. Niemals, niemals hätte sie sich vorstellen können, dass allein die Tatsache, acht Stunden lang neben einem Mann zu sitzen, eine solche Verwirrung in ihr stiften konnte!

Die Tatsache, dass er zu distanzierter Höflichkeit zurückgekehrt war, hatte das Ganze so unerträglich gemacht.

Er hatte sich wieder mit Papieren beschäftigt, obwohl er

gelegentlich auch in irgendeinem dicken Buch mit kleiner Schrift gelesen hatte – zur Entspannung vielleicht. Aus Neugier hatte Diana versucht, den Titel zu erkennen. Aber da sie sich mehr darauf konzentrierte, nicht dabei erwischt zu werden, wie sie ihn beobachtete, war es ihr nicht gelungen.

Mit jeder weiteren Meile hatte sie sich schließlich gesagt, dass er Recht hatte. Wenn auch irgendeine Anziehungskraft zwischen ihnen entzündet worden war, versprach es eher eine Katastrophe als ein Vergnügen zu werden. Keiner von ihnen wollte es so weit kommen lassen.

Zumindest wäre es äußerst unklug von ihnen beiden, das zu wollen.

Obgleich sie ihn die ganze Zeit neben sich gespürt hatte, hatte sie versucht, ihre Bücher lesen. Selbst der geistreiche Pope hatte sie nicht fesseln können.

Die einzige richtige Ablenkung hatte darin bestanden, den Straßenrand und die vorbeireitenden Leute zu beobachten und nach den de Couriacs oder anderen möglichen Attentätern Ausschau zu halten. Gegen Mittag hatte sie jedoch beschlossen, dass ihre Angst ein Hirngespinst war. Das französische Paar hatte zweifellos bemerkt, dass sie sich einen wichtigen Mann zum Feind gemacht hatten, und war geflohen.

Beim Mittagessen hatten sie und der Marquis einen Tisch geteilt und sich unterhalten. Natürlich hatte sie nicht erwartet, dass es wieder zu einem so freien und spritzigen Gespräch kommen würde wie beim Frühstück, aber sie hatte gehofft, es würde wieder annähernd so freundschaftlich werden.

Er hatte sich vollkommen unter Kontrolle. Sie hätten ebenso gut Fremde sein können.

Manchmal dachte sie, dass sie es auch waren.

Genau genommen waren sie auch Fremde, sagte sie sich, als die Kutsche eine enge Straße in Stamford entlangratterte. Vom Leben oder von den Gedanken des anderen wussten sie wenig. Die Logik geriet jedoch unweigerlich durcheinander, wenn die Sehnsucht ins Spiel kam, und Diana musste sich eingestehen, dass sie ein irritierend starkes Verlangen nach dem Marquis von Rothgar verspürte.

Im Laufe des Tages hatte sie gemerkt, dass sein Körper neben ihr immer größeren Raum in der Kutsche einnahm. Da er nur ein paar Zoll entfernt war, hatte er gelegentlich sogar ihre Kleider berührt, wenn er sich bewegt hatte. Bei keinem anderen Mann hätte sie es wahrgenommen, aber bei diesem Mann spürte sie bei jeder Bewegung ein Knistern auf ihrer Haut, und jeder Atemzug kam ihr wie ihr eigener vor.

Einmal hatte sie sich schlafend gestellt und ihn durch die fast geschlossenen Augenlider beobachtet. Seine Hände. Sie hatte sich an ihnen geweidet.

Auch jetzt betrachtete Diana sie wieder. So wunderschön. Handflächen und Finger waren schlank, aber die eleganten Knochen, die Sehnen und die Muskeln wirkten kräftig, während sie flink mit Papieren und Büchern herumhantierten. Zuweilen fing der große, in Gold eingefasste Rubin das Licht der untergehenden Sonne ein und leuchtete karminrot auf. Die zarte, schöne Spitze an den Ärmelaufschlägen betonte die Kraft seiner Hände noch.

Die Nacht in Spitzen, erinnerte sie sich. Aber seine Hände waren weder dunkel noch bedrohlich. Auf keinen Fall bedrohlich. Sie stellte sich vor, wie sie kräftig den Griff eines Degens umfassten, erinnerte sich jedoch auch daran, wie sie geschickt ihren Knöchel gehalten hatten …

Stählerne Kraft umgeben von seidenweicher Zartheit.

Wie Mann und Frau.

Seine maskuline Stärke und ihre seidenweiche Zartheit. O ja, dachte sie, als die Kutsche rüttelnd im Hof des Gasthauses *George* stehen blieb, entgegen jeder Vernunft wäre sie in diesen männlichen Händen liebend gern zart und zerbrechlich.

Benommen lag sie in ihrem Schlafzimmer, das selbstverständlich perfekt und vollendet für sie hergerichtet war, einschließlich ihres eigenen Federkissens. Nun, da sie von seiner Anwesenheit befreit war, wurde ihr klar, dass sie sich am Rande einer Katastrophe bewegt hatte.

Und es immer noch tat.

Nach kurzem Ringen hatte sie genug Widerstandskraft und ließ ausrichten, dass sie Kopfschmerzen habe und auf ihrem Zimmer speisen würde. Möglicherweise würde sie sich nach der verlockenden Gesellschaft des Marquis und seiner Aufmerksamkeit sehnen, aber sie war vernünftig genug, so hoffte sie zumindest, diesem unnötigen Leiden aus dem Weg zu gehen.

Und wenn den Marquis hier eine weitere Ansammlung französischer Spione erwartete, die sein Ableben planten, konnte er verflixt noch mal allein damit klarkommen!

Nach einer Stunde Schlaf und einer leichten Mahlzeit gewann Diana ihre Vernunft und ihre Ausgeglichenheit zurück. Sie konnte sogar ein wenig über ihre übertriebenen Reaktionen lachen und wünschte sich, Rosa wäre da, um an ihrer Verrücktheit teilzuhaben. Sie beauftragte sogar ihren Diener herauszufinden, ob irgendwelche französischen Gäste im *George* waren, vor allem die de Couriacs. Der Marquis brauchte ihren Schutz nicht, wollte ihn auch nicht, aber beiden lag es in der Natur, dem anderen Schutz gewähren zu wollen.

Schließlich, so dachte sie, löste er durchaus einen gewissen Erschöpfungszustand bei ihr aus und hatte durchblicken lassen, dass er unter ähnlichen Folgen litt. Vielleicht konnte er nicht mehr klar denken.

Ihr Diener kehrte mit der Auskunft zurück, dass keine französischen Gäste anwesend seien.

»Und der Marquis?«, fragte sie ihn. »Wo hält er sich auf?«

»In seinem Speisezimmer, Mylady. Mit einem Gast.«

Sofort tauchte das Bild der de Couriacs in ihrem Kopf auf. »Was für ein Gast?«

»Eine Dame, die nach Nottinghamshire reist, Mylady.«

Schon wieder? War er verrückt geworden? »Wie heißt sie?«

»Nun, Mylady, das Merkwürdige ist, das sie nur unter einem Namen auftritt, und noch dazu einem sehr ungewöhnlichen.« Bevor er ihn nannte, wusste Diana Bescheid. »Sappho.«

Sie hielt den Atem an. Ein geplantes Treffen nach so vielen Tagen der Trennung? Selbst wenn es Zufall war, bot es dem Marquis zweifellos die Gelegenheit, sich von jeder unbedeutenden Wirkung abzulenken, die sie, Diana, auf ihn ausüben könnte.

Zum Teufel mit ihm. Zum Teufel mit ihnen beiden.

Sie hätte ihr elegantestes Kleid anziehen, hinuntergehen und jemanden suchen sollen, mit dem sie flirten konnte. Stattdessen wurde sie von einem unguten, dumpfen Gefühl auf ihrem Stuhl festgenagelt. Eines war sicher. Heute Abend würde sie nicht ins Speisezimmer platzen, und sie wünschte sich auch kein Loch in der Wand.

Sie wollte es gar nicht wissen.

Sie befahl Clara, Karten mit ihr zu spielen, und verlor. Daraufhin trank sie mehrere Gläser des im Gasthaus reichlich vorhandenen Portweins und ging früh zu Bett.

Rothgar schenkte Sappho Portwein ein. »Ich bedauere, dass Lady Arradale nicht zum Abendessen gekommen ist. Du würdest sie mögen.«

»Magst du sie?«, fragte Sappho.

»Ja, sehr.« Es war ein Jammer, dass Sappho auf dem Weg nach Norden war. Vermutlich würde er eine Freundin brauchen, mit der er sprechen konnte. Bis zu ihrer Ankunft hier war ihm nicht bewusst gewesen, in welcher Anspannung er sich den ganzen Tag über befunden hatte.

»Warum?«, fragte sie.

Ah, das Problem mit alten Freunden. Sie merkten zu viel. »Warum ich sie mag? Wegen der üblichen Dinge. Mut, Ehrgefühl, Elan, Intelligenz.«

»Bei den meisten Männern wären es Brüste, Hüften, Lippen und das nötige Entgegenkommen.«

Er lächelte. »Ich bin nicht wie die meisten Männer. Die wichtigen Körperteile sind bei ihr in sehr ansprechender Form vorhanden, aber sie sind nicht entscheidend.«

Sie lehnte sich zurück und nippte an ihrem Wein. Das Kerzenlicht umspielte ihr ungewöhnliches, hübsches Gesicht. Ihre Haut war leicht dunkel, wie ein sahniger Kaffee. Sie hatte hohe Wangenknochen, und ihre großen Augen waren dunkel und mandelförmig, so wie man sie in der byzantinischen Kunst findet. Auch alle anderen Körperteile waren prächtig geformt, aber das war es nicht, was zu einer bereits seit zehn Jahren andauernden Beziehung geführt hatte.

Es könnte sich als nützlich erweisen, sie ein wenig mehr wissen zu lassen. Sie kannte ihn so gut wie kein anderer und besaß ein gewisses Geschick als Seelenforscherin.

»Ist es eine geistige Anziehungskraft?«, fragte sie.

»Das habe ich nicht gesagt.«

Sie musterte ihn. »Wackelt dein Entschluss endlich, Bey?«

»Keinesfalls.«

»Schade.«

Natürlich hatten sie schon früher darüber gesprochen, und bei ihr reagierte er nicht aufgebracht.

»Sind Ausschweifungen etwa inzwischen zur Tugend geworden?«

»Nein, aber die Flexibilität. Manchmal ist es sogar klug, sich zurückzuziehen.«

»Nur, um an einem anderen Tag zu kämpfen.«

»Manchmal wird auch Frieden geschlossen.«

»Nach einem Rückzug? Ein Frieden mit großen Zugeständnissen und Verlusten.«

Sie trank ihr Glas aus. »Wer ist dein Feind?«

»In diesem Fall eine Geisteskrankheit.«

»Du kämpfst gegen ein Phantom.«

»Nein.«

Sie sah ihn durchdringend an. Auch wenn sie körperlich zusammenkamen, wenn ihnen danach war, waren sie vor allem im Geiste verbunden. Was sie betraf, weil nur wenige Männer ihre Sinnlichkeit und ihre Intelligenz gleichermaßen liebten. Was ihn betraf, weil er sich bei ihr nicht anzupassen, zu verstellen oder zu kämpfen brauchte. Und natürlich auch, weil man davon ausgehen konnte, dass sie unfruchtbar war, nach zwanzig Jahren eines aktiven Liebeslebens ohne Empfängnis.

Sie legte die Hände locker übereinander auf den Tisch. »Vor vielen Jahren hast du den Entschluss gefasst, dass dieser Feind schrecklich ist und es besser ist, gegen ihn zu kämpfen. Jetzt hat sich dieses Gleichgewicht verändert.«

Er spürte den Schnitt des Skalpells und wollte instinktiv zusammenzucken. Aber er sagte: »Warum glaubst du, dass sich irgendetwas geändert hat?«

»Nicht wegen dieser Lady Arradale, Bey. In den letzten Jahren hat sich die Welt um dich herum verändert.«

»Eine Flut von Hochzeiten und Geburten? Sie hat dasselbe gesagt.«

Ihre Augen verengten sich. »Aha, dann wünschte ich wirklich, ich hätte sie kennen gelernt. Was hat ihr denn heute Kopfschmerzen bereitet?«

»Die Reise«, sagte er, bemerkte jedoch, dass er den Blick gesenkt hatte. Er nahm sein vernachlässigtes Glas und trank daraus, um das Ganze zu überspielen, wusste aber, dass er sie nicht täuschen konnte.

»Warst du grausam zu ihr?«, fragte sie.

»Nur zu ihrem Besten.«

Sie machte ein missbilligendes Geräusch.

»Ja, da ist etwas«, sagte er schroff. »Aber mein Entschluss steht immer noch fest. Es wäre also besser, wenn es absterben würde.«

»Jung sterben. Wie deine Schwester.«

Er atmete zischend aus. »Das war grob.«

»Manchmal ist es notwendig, grob zu sein. Bei einer Amputation zum Beispiel.«

»Welchen Teil von mir sollte ich loswerden?«

»Deinen eisernen Willen.«

»Niemals.«

»Dann fürchte ich, dass du sterben wirst, Bey.«

»Wir sterben alle irgendwann.«

»Aber das Leben muss keine Tragödie sein.«

Nun stand er auf, entfernte sich vom Tisch und von ihr. »Mein Leben ist keine Tragödie.«

»Noch nicht.«

Er drehte sich um. »Genug, Sappho.« Es sollte wie eine Warnung klingen, aber er hörte selbst, dass es wie eine Bitte klang.

»Du bist ein wunderbarer Mann, Bey, aber du bist unvollkommen. Wenn du unvollkommen stirbst, ist es eine Tragödie.«

»Es gibt schlimmere Dinge als Tragödien. Erstens Schwäche. Zweitens Dummheit. Drittens Zügellosigkeit. Viertens«, sagte er und merkte, dass er die Geduld verlor, »Freunde, die nicht wissen, wann sie aufhören sollen.«

Sie stand auf, vermutlich als Reaktion auf den Angriff. »Ich will nicht, dass du stirbst.«

»Das hast du schon einmal gesagt. Du bist nicht Gott. Nicht einmal ich bin Gott.«

»Bey, ich habe Angst, dass du dich eines Tages umbringst, und zwar in naher Zukunft.«

Er sah sie erstaunt an. Vor lauter Überraschung war sein Zorn wie weggeblasen. »Das ist absurd. Habe ich jemals Anzeichen eines Willens zur Selbstzerstörung erkennen lassen?«

»Du hast gegen Curry gekämpft.«

»Aber aus komplett anderen Gründen. Ich habe nicht den Tod gesucht.« Als sie ihn immer noch ansah, sagte er: »Ich gebe dir mein Wort darauf, Sappho. Ich werde mir niemals eine Pistole an den Kopf setzen.«

»Natürlich nicht«, sagte sie und runzelte ungeduldig die Stirn. »Dann müsste ja jemand anderes die Schweinerei wegmachen.«

»Ich werde meinem Leben kein Ende setzen, auf welche Weise auch immer. Das verspreche ich dir.«

Sie ging um den Tisch herum und kam auf ihn zu. Dabei bewegte sie sich mit dieser besonderen Anmut, die weder einstudiert war, noch erotisch wirken sollte. Er liebte ihre Art, sich zu bewegen. Zum ersten Mal fragte er sich, ob sie heute Nacht vielleicht mit ihm schlafen wollte, und war überrascht, dass er dazu gar keine Neigung verspürte, was nichts mit dem Kampf zu tun hatte, den sie gerade ausfochten.

Falls sie jedoch darum bitten sollte, würde er ihr den Gefallen erweisen. Es gehörte zu ihrer Art von Freundschaft.

Stattdessen legte sie eine Hand auf seine Wange. »Ich mache mir Sorgen, Bey. Ich mache mir Sorgen, dass du eines Tages, wie bei einem Automaten, einfach aufhörst zu funktionieren.«

»Ich bin kein Automat.«

Er legte einen Arm um ihre Taille und zog sie an sich. Vielleicht war eine gemeinsame Nacht doch gar keine schlechte Idee. Es würde dem Ganzen ein Ende bereiten und ihn möglicherweise von den unangenehmen Reaktionen auf Lady Aradale befreien.

»Nein, aber du hast ein paar Eigenschaften, die ein Automat auch hat.« Sie ermutigte ihn nicht, aber sie wehrte sich auch nicht gegen seinen Griff. »Du musst zuerst aufgezogen werden, bevor du funktionieren kannst.«

Jetzt musste er lachen. »Das kannst du Gott sei Dank ganz gut.«

Sie lächelte, fuhr aber fort. »Wer zieht denn jetzt die Feder auf, damit der Automat Tag für Tag in diesem Tempo weiterlaufen kann, jetzt wo deine ganze Familie verheiratet ist?«

Er schob sie weg. »Familienprobleme hören nie auf. Es wird sie immer geben.«

»Aber jetzt haben alle jemand anderen, der auf sie aufpasst.«

»Ich kann nicht gerade behaupten, dass ich Langeweile habe.«

Wieder kam sie auf ihn zu, und er musste feststellen, dass er sich in eine Ecke hatte treiben lassen. Da ihm keine Fluchtmöglichkeit blieb, konnte er nicht entkommen.

»Du brauchst Leidenschaft, Bey«, sagte Sappho. »Weißt du nicht, dass du ein Mann bist, der ohne Leidenschaft nicht leben kann? Nein«, sagte sie, als er sie wieder an sich zog, in der Hoffnung, sie zum Schweigen bringen zu können. »Ich meine nicht allein die körperliche Liebe. Leidenschaft. Seit du neunzehn Jahre alt bist, ist deine Familie deine Leidenschaft gewesen. Alles, was du seit dieser Zeit gemacht hast, hast du direkt oder indirekt ihretwegen gemacht.«

»Selbst das mit dir?« Er nutzte es als Angriff.

»Natürlich auch das. Ich stelle keine Gefahr dar. Mein Leben ist ausgefüllt, und ich habe andere Liebhaber. Ich stelle zum Glück wenig Ansprüche. Unsere körperliche Beziehung ist wunderbar, aber uns verbindet vor allem das Geistige. Du hast mich gebraucht, denn selbst ohne deine Sorgen wegen der Krankheit deiner Mutter hättest du bis jetzt nicht heiraten können. Du hättest die vollständige Hingabe an deine Geschwister nicht aufgeben können.«

Er packte sie bei den Armen und schob sie weg. »In welchem Buch steht denn dieser ganze Unsinn?«

Sie lächelte. Mitleidig?

»Jetzt beruhige dich«, sagte er und ging zur Seite. »Wenigstens für ein paar Wochen kann ich mich um die Gräfin von Arradale kümmern.«

»Mit Leidenschaft?«, fragte sie, immer noch ruhig.

»Nicht, wenn ich es verhindern kann.«

Er hörte den verzweifelten Unterton in seiner Stimme und sah, wie ihr Lächeln breiter wurde. Zum Teufel mit ihr.

Sie hielt ihm ihre Hand hin. »Komm, Bey, gib mir einen Kuss.«

Zum ersten Mal in seinem Leben weigerte er sich. »Die Stimmung gefällt mir nicht.«

»Nur ein Kuss.« Sie kam auf ihn zu und nahm seine Hände. »Ich habe das Gefühl, es könnte der letzte sein.«

Kopfschüttelnd führte er ihre Hände an seine Lippen. »Ich habe nicht vor zu heiraten, Sappho. Nichts hat sich geändert. Und Lady Arradale hat ebenfalls ausgezeichnete Gründe, ledig zu bleiben.«

»Ich weiß«, sagte sie, ohne jedoch ihr Lächeln zu verlieren.

»Dies wird also nicht das letzte Mal sein, es sei denn, du möchtest es so.«

Sie kam näher und zog seinen Kopf mit einer Hand zu sich hinunter. »Ich werde dich nicht abweisen, wenn du zu mir kommst, um mich zu lieben, Bey. Niemals.« Dann drückte sie ihre Lippen auf die seinen und bat um den ihnen vertrauten Kuss. Sie verstand die Kunst, ebenso wie er. Es war ein langer Kuss, und er stellte so vollendet zufrieden wie eine Lieblingsspeise.

Doch als er zu Ende war, wich sie zurück. »Wenn du aber noch mal zu mir kommst, um mich zu lieben, werde ich sehr enttäuscht sein. Gute Nacht, mein Lieber.«

Er starrte auf die Tür, als sie hinter ihr zufiel, und war versucht, ein Glas in die Hand zu nehmen und an die Wand zu schleudern.

13

Am nächsten Morgen wagte sich Diana vorsichtig in das private Speisezimmer, um dort zu frühstücken. Sie war allerdings trotzdem unangenehm überrascht, dort eine große, hübsche Frau vorzufinden. Die Fremde trug ein konventionelles, schlichtes Reisekleid aus rostfarbenem Stoff, ihr Haar war unter einer Haube und einem Hut verborgen, und doch hätte niemand sie als konventionell bezeichnet.

Ihre glatte Haut war dunkel, und auch die hohen Wangenknochen und die dunklen Augen ließen auf eine orientalische Herkunft schließen.

»Lady Arradale«, sagte der Marquis, offensichtlich nicht davon aus der Fassung gebracht, dass er mit seiner Mätresse erwischt wurde. »Darf ich Euch die Dichterin Sappho vorstellen?«

Diana hätte nicht gegen die Konventionen verstoßen, wenn sie sich geweigert hätte, mit solch einem ungewöhnlichen Geschöpf in Kontakt zu treten. Aber das wäre womöglich das falsche Signal gewesen. Sie fragte sich, wie man eine Fremde ansprach, die nur einen einzigen Namen hatte. »Guten Morgen, Madam. Ihr reist nach London?«

»Ich komme aus London, Lady Arradale.« Die Frau wirkte glücklich. Zufrieden? Befriedigt? Zum Teufel mit ihnen beiden! »Ich bin zu einem literarischen Salon in Nottinghamshire eingeladen und muss weiterreisen. Solltet Ihr bei meiner Rückkehr noch in London sein, so werdet Ihr hoffentlich meinen Salon bei Gelegenheit mit Eurer Anwesenheit beehren.«

Diana machte höfliche Geräusche – wenngleich sie innerlich murmelte: »Da könnt Ihr lange warten, Madam.«

Sappho verabschiedete sich von Rothgar ohne jegliche intime Gesten. Trotz ihres konventionellen Verhaltens war jedoch eine Verbindung zwischen ihnen zu spüren, und zum Abschied versetzte sie ihm noch einen Hieb: »Sehr enttäuscht.«

Diana starrte die Tür an. Sie musste einfach fragen: »Ihr habt Mrs. Sappho auf irgendeine Weise enttäuscht?«

Er kam auf sie zu und bot ihr einen Stuhl an. »Noch nicht. Sie sprach von zukünftigen Angelegenheiten.«

Seine Zukunft mit der Dichterin. Vielleicht würden die beiden ja heiraten. Wenn die Frau unfruchtbar war, warum nicht?

Da Diana wusste, dass sie wahrscheinlich etwas Gehässiges und Verräterisches sagen würde, steckte sie sich ein großes Stück Schinken in den Mund und zwang sich dazu, es mit vermeintlichem Appetit zu essen.

Als sie den Schinken und ihre schlechte Laune hinuntergeschluckt hatte, fragte sie: »Werden wir heute in London ankommen?«

»Wenn der Tag reibungslos verläuft. Dann habt Ihr vor dem Empfang der Königin morgen noch eine wohltuende Nacht.«

Morgen. Morgen begann ihre Prüfung. Das ließ sie über wichtigere Dinge nachdenken. Sie aß rasch auf und erhob sich dann. »Wir sollten uns auf den Weg machen.«

Auf dem Weg zum Abstellplatz der Kutschen dankte sie dafür, dass diese schwierige Reise bald vorbei sein würde. Wenn sie noch länger andauerte, würde sie irgendwann die Beherrschung verlieren. Plötzlich sah sie, dass Clara in die zweite Kutsche stieg, und blieb überrascht stehen.

»Clara, was ist los?«

Die Zofe drehte sich um. »Mr. Fettler und ich sollen heute in der Gepäckkutsche fahren, Mylady. Auf Anordnung des Marquis.«

Diana meinte, ein nachdenkliches Leuchten in den Augen

ihrer Zofe sehen zu können, und auch in ihrem Kopf schwirrten die Gedanken umher. Als sie sich der Hauptkutsche zuwandte, spürte sie vor lauter Aufregung ein Kribbeln im Bauch.

Nicht dass sie ihm erlauben wollte, sie zu verführen – erst recht nicht, da er gerade aus den Armen einer anderen Frau kam!

Natürlich nicht, aber dennoch ...

Vielleicht wollte er noch einmal über dieses Feuer sprechen, das zwischen ihnen brannte.

Vielleicht würde er noch einmal ihre Füße massieren.

Vielleicht ...

Erst als sie in die luxuriöse Kutsche einstieg, merkte sie, dass die gegenüberliegenden Sitze verschwunden waren. Sie brauchte nicht lange zu forschen, um festzustellen, dass die Sitze in die vordere Wand der Kutsche eingeklappt worden waren. Eine geniale Konstruktion, vor allem für einen Besitzer mit langen Beinen.

Hatte er die Dienstboten bloß in die andere Kutsche geschickt, um seine Beine ausstrecken zu können? Er kletterte hinein und streckte tatsächlich seine Beine aus. »So ist es bequemer, Mylady, meint Ihr nicht auch?«

Sie hätte schreien können. »Ich war nicht besonders eingeengt, Mylord, aber für eine Kutsche ist es dennoch eine nützliche Einrichtung.«

»Meine eigene Konstruktion. Noch wichtiger ist, dass man die Sitze so umbauen kann, dass der ganze Innenraum zum Bett wird.«

Sie sah ihn erstaunt an, doch es gelang ihr, sich jeder weiteren Reaktion zu enthalten. Als die Kutsche aus dem Hof des Gasthauses rollte, sagte sie: »Das ist also Euer alleiniger Grund für die Änderung, Mylord? Dass Ihr Eure Beine ausstrecken könnt?«

»Durchaus nicht. Wir müssen die Rolle einstudieren, die Ihr in London spielen werdet.«

Gott sei Dank hatte sie nichts gesagt oder getan, was ihre Gedanken verraten hätte! Sie versuchte, die Fassung zu bewahren. »Ich glaube, ich weiß auch ohne zu üben, wie man sich als Lady verhält, Mylord.«

»Aber haltet Ihr es auch durch, wenn Ihr unter Beschuss geratet? Was macht Ihr zum Beispiel, wenn der König Euch erzählt, dass Frauen auf die Welt kommen, um den Männern zu dienen und ihnen Kinder zu gebären, und aus keinem anderen Grund?«

Diana spürte, wie sich ihr Kiefer verspannte, aber sie neigte ihren Kopf. »Majestät, ich halte Frauen, die in eine so glückliche Lage gelangen, für gesegnet.«

»Ach«, sagte er, wobei seine Stimme einen etwas schärferen, höheren Ton annahm, vermutlich weil er König George nachahmte, »Ihr wünscht zu heiraten, Lady Arradale?«

Sie klimperte mit den Wimpern. »Welche Frau würde nicht heiraten wollen, Majestät, wenn sie einen Mann fände, der ihre Hochachtung verdient?«

»Und in welche Richtung gehen Eure Vorlieben, Mylady? Was? Was?«

Sie sah ihn erstaunt an. »Was? Was?«

Seine Mundwinkel zuckten. »Das ist eine seiner Eigenheiten. Was würdet Ihr antworten?«

Diana dachte nach. »Majestät«, sagte sie, erneut ihren Kopf neigend, »ich würde einen Mann wählen, der mutig, ehrenhaft und stark ist.«

»Also ein Soldat, was?«

»Nicht nur Soldaten sind tapfer, Majestät. Einen intelligenten Mann, der etwas von der Welt versteht. Jemand, der mich bei meinen vielen Verpflichtungen zu beraten vermag, aber auch nett, höflich und besonnen ist. Jemand, der nur mich allein liebt. Vor allem das«, sagte sie und sah zu ihm auf. »Ich brauche einen Mann, der mir gegenüber genauso treu ist ich wie ich ihm gegenüber.«

Mit seiner eigenen Stimme fragte der Marquis: »Glaubt

Ihr, Ihr stellt unmögliche Anforderungen? Brand wird so ein Mann für Rosa sein.«

»Ich war noch nicht fertig, Mylord.«

»Ah, fahrt fort.«

»Ich brauche einen Mann, Majestät, der es nicht nötig hat, dass ich die Rolle der Unterwürfigen spiele, der nicht gegen meine Zielstrebigkeit protestiert oder versucht, mich in meinen Handlungen einzuschränken.«

Seine Augenbrauen hoben sich. »Und genau deshalb werden wir den heutigen Tag mit Üben verbringen.«

Verärgert bemerkte sie, dass sie in der Tat aus ihrer Rolle gefallen war. »Das würde ich nicht zum König sagen.«

»Und ein Trinker hört morgen mit dem Weinbrand auf.«

»Ich bin *nicht* süchtig nach Unabhängigkeit und Macht.«

»Seid Ihr das nicht?«

»Nicht mehr als Ihr!«

»Aber mir, Lady Arradale, ist es erlaubt.«

Sie widerstand dem Bedürfnis, gegen diese Ungerechtigkeit zu protestieren. Wie er bereits gesagt hatte, wäre es kindisch.

»Was sagt Ihr denn«, fuhr er fort, »wenn der König sich nach dem Zustand Eurer Besitztümer und nach Euren Geschäften erkundigt?«

»Ich versichere Euch, dass ich es zu erklären vermag.«

Er schüttelte den Kopf. »Nein, Lady Arradale, Ihr beteuert Unwissenheit und Unordnung.«

»Doch dann wird er sich berechtigt fühlen, mir einen Mann aufzuzwingen, der alles regelt!«

»Dazu wird er sich ohnehin berechtigt fühlen. Jegliches Anzeichen von männlichem Können wird ihn nur noch mehr alarmieren.«

Sie wandte das Gesicht wieder in Fahrtrichtung. »Ihr habt Recht. So kann ich es nicht machen.«

Er legte die Finger an ihre Wange und drehte ihr Gesicht wieder zu sich hin. »Wir sind wieder da, wo wir angefangen haben, glaube ich. Nun versuchen wir es noch einmal ...«

Gegen Abend, als sie Ware verließen und den letzten Reiseabschnitt nach London in Angriff nahmen, war Diana völlig erschöpft. Sie war kurz davor, ihren Lehrmeister zu hassen, auch wenn sie feststellte, dass er die Lektionen und Übungen zuweilen mit Humor erhellte. Wegen eines lockeren Radbolzens, der einen Halt bei einem Dorfstellmacher erforderlich gemacht hatte, war der anstrengende Tag noch länger gewesen als erwartet.

Sie war jedoch nicht nur verärgert und erschöpft, sondern hatte auch Angst. Wenn der Marquis geplant hatte, ihr klar zu machen, dass eine zermürbende Zeit vor ihr lag, dass sie scheitern und in eine Katastrophe stürzen konnte, so war ihm das gelungen.

Im rötlichen Licht der untergehenden Sonne fasste sie sich an ihren müden Kopf. »Mylord, ich glaube, Ihr seid ganz versessen darauf, mich zu heiraten.«

Er hatte sich zurückgelehnt, aber sie fand, dass er beinahe genauso müde aussah wie sie. »Wie kommt Ihr denn darauf, Lady Arradale?«

»Ihr seid drauf und dran, mich davon zu überzeugen, dass ich es nicht schaffe. Wenn das stimmt, könnte ich jetzt auch die Mühen aufgeben und mich in Eure gnädigen Arme werfen.«

»Dazu besitzt Ihr viel zu viel Kampfgeist.«

Sie wandte sich ab und sah aus dem Fenster in das Dunkelrosa des Himmels. »Aber es ist Euch gelungen, mir klar zu machen, dass ich nicht kämpfen darf.«

»Es gibt viele Arten von Schlachten und unterschiedliche Strategien. Und auch Waffen, die sich gewöhnliche Gemüter nicht vorstellen können.«

Sie drehte ihren Kopf zurück. »Haltet Ihr mich für außergewöhnlich?«

»Bittet mich nicht um Komplimente.« Aber seine müden Augen wirkten freundlich.

»Ich habe sie jetzt aber dringend nötig.«

Ihr wurde bewusst, dass sie im Laufe dieses aufreibenden Tages ein anderes Stadium erreicht hatten. Nicht direkt Freundschaft. Vielleicht Kameradschaft? In jedem Fall waren sämtliche Barrieren der Formalität verschwunden.

Das konnte gefährlich sein, aber sie war zu erschöpft, um sich darum zu kümmern.

»Ihr seid ohne Zweifel außergewöhnlich«, sagte er. »Das ist schließlich unser Problem.«

Sie lachte. »Könntet Ihr mir nicht für einen Moment zugestehen, auf *erwünschte* Weise außergewöhnlich zu sein?«

»Genau das meinte ich.«

Sie starrte ihn an, und ihre Kehle schnürte sich zu.

Er streckte die Hand aus und fuhr mit einem Fingerknöchel an ihrer Kinnlinie entlang. »Es hat keinen Zweck, es zu ignorieren. Besser der Schlacht ins Auge sehen. Ja, ich begehre Euch – Eure Stärke, Euer Ehrgefühl, Euren Mut und alles andere. Doch ich habe gelernt«, – er zog seine Hand wieder zurück – »Versuchungen zu widerstehen.«

Sie hielt seine Hand fest. »Das habe ich auch, und deshalb müssen wir nicht allem widerstehen. Küsst mich.«

Seine Hand lag entspannt in ihrem Griff. »Ihr wisst, dass es äußerst unklug wäre.«

»Weiß ich das? Erklärt es mir.«

»Habt Ihr noch nie einen Kuss erlebt, der nach mehr verlangt, nach viel mehr?«

Sie zitterte. »Vielleicht ...«

»Ich glaube nicht.«

»Warum?«

»Wenn es so wäre, würdet Ihr das Risiko jetzt nicht eingehen.«

»Und Ihr?«

»Glaubt Ihr, ich bin aus Eis?«

Natürlich hatte er es erlebt, und sich zweifellos auch hingegeben. Einem Mann wäre es gestattet. »Ich kann diesen ... unerfüllten Zustand nicht aushalten«, flüsterte sie.

»Die Tortur ist fast vorbei. Nach dem morgigen Tag werden wir uns nur noch gelegentlich sehen. Wir werden abgelenkt sein. Von anderen.«

Sappho, dachte sie in einem bösartigen Anfall von Groll. War die Frau wirklich auf dem Weg nach Norden gewesen?

»Wo schlafe ich heute Nacht?«

»In Malloren House. Aber«, fügte er hinzu, »nicht in einem Schlafzimmer mit Durchlass.«

Er sagte es neckend und gleichzeitig auch warnend. »Dann wäre es kaum gefährlich, oder? Sich jetzt zu küssen?«

»Meine liebe Lady Arradale, wir sind allein in einer verschlossenen Kutsche. Es wäre sehr gefährlich.«

»Dann habe ich mich wohl besser unter Kontrolle als Ihr. Mir erscheint es nicht so riskant.« Seine Hand lag immer noch in der ihren. Sie verlagerte ihr Gewicht, lehnte sich an ihn und hob den Kopf. »Ich verspreche es bei meiner Ehre. Ich werde nicht zulassen, dass Ihr mich vergewaltigt, Mylord.«

Während ihre Hände immer noch ineinander lagen, fuhr er mit dem Finger über ihre Lippen. »Ihr seid erschreckend naiv.«

Tändelei. Etwas mehr als ein Flirt, aber weniger als eine Verführung.

»Dann unterrichtet mich«, sagte sie.

Seine Augen wirkten überraschend dunkel. Vielleicht war es der verdunkelnde Effekt der untergehenden Sonne, aber sie glaubte nicht daran.

»Ihr müsst doch das Feuer erkennen, mit dem Ihr so töricht spielt ...« Er befreite seine Hand, umfasste zärtlich ihren Kopf und kam mit seinen Lippen näher.

Sie war schon auf viele Weisen geküsst worden – mit leidenschaftlichem Druck und zaghaftem Saugen, mit der Absicht zu beeindrucken und der verzweifelten Hoffnung, die Prüfung zu bestehen. Doch plötzlich spürte sie, dass sie noch nie einen echten Kuss erlebt hatte. Einen einfachen Kuss, so direkt und ehrlich wie das Ineinanderlegen von liebenden Händen.

Es raubte ihr den Atem, verwirrte ihren Verstand, erschütterte ihr Inneres durch seine Schlichtheit, seine Kraft und die Verbundenheit, die er erzeugte.

Zitternd öffneten sich ihre Augenlider, und sie sah ihn erstaunt an. »Was war das?«

Eine dumme Frage.

Die Antwort lautete: ein Kuss.

Aber er sagte nicht *ein* Kuss. Er sagte: »Das war unser Kuss. Begreifst du jetzt?«

Sie fürchtete, dass ihr durch die Wucht der Veränderungen, die ihr Inneres zum Beben brachten, übel werden könnte.

Er hatte sie geküsst, und er hatte ›du‹ zu ihr gesagt. »Ich spüre, dass ich mehr will.«

»Dieser Punkt geht an mich, glaube ich.« Sanft schob er sie von sich weg, zurück in ihre Ecke der Kutsche.

Sie öffnete den Mund, um zu protestieren, schloss ihn dann jedoch wieder. Sie konnte ihre Gedanken jetzt nicht ordnen; ja, endlich verstand sie die Kräfte, mit denen sie beide rangen.

»Wie lange weißt du es schon?«, fragte sie.

»Seitdem ich deine Füße massiert habe.«

»Wir könnten füreinander wie Geliebte sein.« Trotz aller Versuche, es für sich zu behalten, platzte es aus ihr heraus.

Er schüttelte den Kopf. »Dieses Feuer kann niemals harmlos brennen. Es wird uns aufzehren. Wir müssen beide auf unsere Flammen achten und sie niemals zusammenkommen lassen.«

Sie schlug die Hände vors Gesicht. Zwei Flammen in getrennten Glaslaternen. Für die Ewigkeit.

Sie würde nicht protestieren.

Nicht jetzt.

Vielleicht würde sie einen Ausweg finden, wenn sie darüber nachdachte. Oder einen Weg zurück zu dem sicheren Ufer finden, das sie so stürmisch verlassen hatte. Einen Ort, wo sie für den Rest ihres Lebens einigermaßen friedlich ohne ihn leben konnte.

Ohne ihn.

Sie senkte ihre Hände, um etwas zu sagen, um zu protestieren, stellte aber fest, dass er wegsah. Nach draußen.

Dass die Kutsche angehalten hatte.

Einen Moment lang hielt sie es für eine Illusion ihres verwirrten Kopfes. Dann merkte sie, dass er die Kutsche angehalten hatte, um auszusteigen. Um sie zu verlassen.

Aber sie hörte einen der Vorreiter sagen: »Irgendetwas stimmt mit den Pferden nicht, Mylord.«

14

Der Marquis öffnete den Schlag und stieg aus. Diana folgte ihm.

Die sechs Pferde, die die Kutsche gezogen hatten, standen mit hängenden Köpfen da und wirkten fast, als schliefen sie. Der Kutscher und der Pferdeknecht waren abgestiegen, um sie zu untersuchen.

»Was ist mit ihnen?«, fragte der Marquis, aber Diana bemerkte, dass er sich hastig umsah.

Die Franzosen? Mit all ihren Sinnen in Alarmbereitschaft suchte auch sie die Landschaft ab. Zur Rechten ein brachliegendes Feld mit einem Kirchturm in der Ferne. Zu ihrer Linken ein Gehölz, das zahllose Feinde verbergen konnte. Vor ihnen erstreckte sich die breite, leere Straße. Doch hinter ihnen lag eine Kurve, sodass sie nicht sehr weit sehen konnte. Abgesehen von singenden Vögeln, krächzenden Krähen und dem gelegentlichen Muhen von Kühen war kein Geräusch zu vernehmen.

Wegen der Verzögerung mussten sie sich beeilen, um noch nach London zu kommen, und waren spät abends noch unterwegs. Viel vorbeifahrender Verkehr war nicht zu erwarten. Allerdings müsste die Gepäckkutsche direkt hinter ihnen sein.

Erneut drehte sie sich um.

Wo war sie?

Sie wollte auf einen der Reiter zugehen, um ihn zu fragen, besann sich jedoch und beugte sich in die Kutsche, um den Pistolenkasten aus ihrer Reisetasche zu holen. Sie hatte es merkwürdig gefunden, die geladenen Pistolen mit auf diese wohl behütete Reise zu nehmen, doch nun war sie dankbar dafür. Sie steckte sie in ihre beiden Rocktaschen, nahm dann die größeren aus den Halftern neben dem Schlag. Die maßgefertigten, die der Marquis bei ihrem Wettkampf benutzt hatte. Als sie sich versichert hatte, dass sie geladen und schussfertig waren, näherte sie sich dem Vorreiter.

Auch er hatte seine Pistolen herausgeholt.

»Was ist mit der Dienstbotenkutsche passiert?«, fragte sie.

»Weiß nicht, Mylady«, antwortete er und warf ihr nur einen kurzen Blick zu, bevor er wieder aufmerksam die Gegend musterte. »Auf der letzten Meile sind sie ein wenig zurückgefallen.«

Dasselbe Problem mit den Pferden? Sie ging auf den Marquis zu, der mit dem Kutscher sprach. »Eibenzweige?«, fragte sie.

Er wandte sich zu ihr um und nahm die Pistolen, die sie ihm kommentarlos hinhielt. »Sehr wahrscheinlich. Die Symptome passen.«

Es schmeichelte ihr, dass er nur einen kurzen Blick auf die Waffen geworfen hatte, dass er darauf vertraute, dass sie sie überprüft hatte, aber die Situation ließ sie frösteln.

Eibenzweige schmeckten Pferden sehr gut, aber es versetzte sie in einen tödlichen Lähmungszustand. In keinem Gasthaus würde man Eiben neben den Stallungen finden.

»Den Pferden der Vorreiter scheint es gut zu gehen«, sagte sie und nahm eine Pistole aus ihrer Tasche, um sie bereitzuhalten.

»Sie haben in Ware nicht gewechselt.« Er sah sie an. »Denkst du, wir sollten reiten?«

»Keine schlechte Idee. Aber dann sind wir allein.«

»Mir steht allerdings nicht der Sinn danach, hier zu sitzen und darauf zu warten, dass die Dunkelheit hereinbricht.«

Tatsächlich war die Sonne in den letzten Minuten tiefer gesunken. Sie verwandelte den gesamten Himmel in ein glühendes Rot und verlängerte die Schatten der nahen Bäume. Der Pferdeknecht und der Kutscher befreiten die taumelnden

Pferde hastig von ihren Geschirren, doch eines war bereits auf die Knie gesunken.

»Arme Geschöpfe«, sagte Diana.

»Im Grunde ist es ein friedlicher Tod. Warner«, sagte er zu dem nächsten Reiter, »reite zum nächsten Gasthaus und hole Hilfe. So schnell du kannst.«

Der Mann eilte galoppierend davon, und der Marquis drehte sich zu ihr um. »Steig in die Kutsche, Diana.«

Sie sah zu ihm auf. »Das ist das erste Mal, dass du mich beim Vornamen nennst.«

Er ließ seinen Blick über die Landschaft schweifen. »Es schien mir höchste Zeit zu sein.«

»Ich steige nur in die Kutsche, wenn du mitkommst.«

Er sah nach unten. »Du willst nur wieder deine tückischen Methoden anwenden.«

»Richtig, aber im Moment will ich, dass du in Sicherheit bist.«

»Ich bin lieber hier draußen.«

Sie trat auf ihn zu und lehnte sich an ihn. »Dann bin ich ab sofort eine Klette.«

»Sei nicht albern. Meinst du, sie würden zögern, dich zu töten, wenn du ihnen keine Wahl lässt?«

Da er Gefahren so gelassen hinnahm, ahmte sie seinen Tonfall nach. »Es könnte sie dazu bewegen innezuhalten.«

Als er die Stirn runzelte und eine Hand auf ihren Arm legte, sagte sie: »Du wirst sehen, dass es schwierig ist, mich mit Gewalt loszuwerden, und noch schwieriger, mich fernzuhalten. Wie soll ich dich eigentlich nennen?«

»Herr?«, fragte er schroff, fügte dann aber hinzu: »Wenn du möchtest, kannst du mich Bey nennen.«

»Das möchte ich.«

Mit einem Lächeln, das in dieser Situation albern schien, betrachtete sie wieder die auf unheimliche Weise friedliche Abendlandschaft. Das einzig Unheimliche war, dass sie vollkommen unbedrohlich wirkte. Am Straßenrand summten Insekten im hohen Gras und zwischen den Wildblumen, und überall zwitscherten und sangen Vögel.

In der Ferne hörte sie eine Kuhglocke und das warnende Gebell eines Hundes. Lärmende Krähen stürzten auf ihre Nester im Unterholz herab, und irgendwo in der Nähe sang eine Feldlerche mit verblüffender Reinheit.

Sie dachte an das nicht sichtbare Dorf, das um diesen Kirchturm herum angeordnet sein musste. Die Menschen dort gingen wahrscheinlich ihrem normalen Leben nach und ahnten nichts von dem Drama ganz in der Nähe. Ihr wachsames Auge fing eine Bewegung ein, aber es war nur ein Kaninchen, das vor ihnen auf die Straße hoppelte und sich dann davonmachte.

Alles war ruhig, selbst die sterbenden Pferde. Aber die Pferde konnten nicht zufällig Eibenzweige gefressen haben.

Langsam drehte sie sich um, bis sie Rücken an Rücken zu Rothgar stand; sie sah nach vorn, er nach hinten. Der Pferdeknecht und der Kutscher kümmerten sich immer noch um die armen Pferde, aber der verbleibende Vorreiter saß still und wachsam mit Pistolen in den Händen auf seinem Pferd.

Während sie sich gegen seinen Rücken drückte – Beys Rücken –, bedauerte sie die Tage des Zweifels und der Zurückhaltung. Und wenn sie hier starben? Was für eine Verschwendung es wäre.

Dann hörte sie es. Hufgetrappel.

Räder.

Aus der Richtung, aus der sie gekommen waren.

Da sie in die falsche Richtung blickte, drehte sie sich, um etwas sehen zu können. Ihre Finger krallten sich um die Pistole.

Es könnten auch ihre Dienstboten sein.

»Das ist sie, oder?«, flüsterte sie und entspannte sich ein wenig, als die Kutsche in der Biegung erschien und im üblichen flotten Trab auf sie zukam.

»Es scheint so. Sie ist verspätet, leidet aber nicht an unserem Problem.« Er behielt seine Pistole in der Hand, richtete sie allerdings nach unten und hielt sie neben seinem Körper. Diana wurde wieder nervös und versteckte ihre in den weiten Röcken.

»Miller«, sagte der Marquis zu dem Reiter, »wer ist es?«

Mit klopfendem Herzen und trockenem Mund beobachtete Diana das langsamer werdende Gefährt. Sie konnte weder sehen, wer darin saß, noch erkennen, wer die beiden Männer auf dem Kutschbock waren. Der Vorreiter schon.

»Die zweite Kutsche, Mylord.« Dann hob er seine Pistole. »Aber ...«

Zwei Flammen, dann Explosionsgeräusche.

Der Vorreiter schrie auf, fiel nach hinten, stürzte vom Pferd ...

Während Diana von der Hand des Marquis gezogen auf die Straße fiel, hörte sie, wie etwas krachend in die Kutsche hinter ihnen einschlug. Ein weiterer Knall ertönte, eine dritte Pistolenkugel prallte vor ihnen vom Boden ab, und Dreck spritzte hoch, sodass sie beide zusammenfuhren.

Unterdessen hatte Diana ihre Pistole nach vorn gerichtet und den Hahn gespannt. Sie zielte ohne Eleganz und feuerte auf das offene Kutschenfenster. Fast gleichzeitig tat der Marquis dasselbe.

Jemand schrie auf.

Ein kurzer Moment, um Atem zu schöpfen, die andere Pistole hervorzuziehen, sich umzusehen. Ihr Kutscher und der Pferdeknecht versteckten sich hinter den Pferden. Der Vorreiter lag auf dem Boden. War er tot?

Der Marquis feuerte in die Kutsche, und ein erneuter Aufschrei verriet, dass jemand getroffen worden war. Wie viele waren es? Und wie viele Waffen? Er hatte seine beiden Schüsse bereits abgefeuert. Ihr blieb noch ein Schuss übrig.

Sie starrte auf das Fenster der Kutsche, bereit zu töten.

Dann wurde ihre Aufmerksamkeit von einer Bewegung seitlich davon abgelenkt.

Die Kutschpferde waren in Panik geraten, und der Kutscher hatte alle Hände voll zu tun, sie im Zaum zu halten, damit die Kutsche stehen blieb. Halb verborgen hinter dem massigen Kutscher war der Pferdeknecht allerdings gerade dabei, mit einer langen Muskete sorgfältig auf den Marquis zu zielen.

Auf Bey.

Jetzt versperrte der Kutscher ihr fast vollständig die Sicht auf den Mann mit der Muskete. Die Ellbogen auf den Boden gestützt, zielte Diana trotzdem und zwang sich dazu, sich eine kostbare Sekunde Zeit zu nehmen, um ruhig zu werden und um jene Position zu finden, in die Carr sie immer dirigiert hatte. Zwischen diesem Moment und einem schrecklichen Verlust stand nur dieser eine Schuss.

Abgesehen von dem hin und her schlagenden Geschirr der panischen Pferde war es ein schaurig stiller Moment. Die Angreifer in der Kutsche waren entweder tot oder hatten sich versteckt, doch sie konnte im Moment nicht darüber nachdenken. Sie nahm die Mündung der Muskete ins Visier, dies war ihr Hauptziel. Natürlich würde sie auch den Schützen irgendwo treffen müssen.

Keine Zeit mehr. Sie drückte auf den Abzug, spürte den Rückstoß …

Die Explosion war ohrenbetäubend. Nie zuvor hatte ihre Pistole einen derartigen Krach verursacht. Dann hörte sie Schreie.

Sie blickte nach oben auf die sich windenden, blutenden Männer auf dem Kutschbock. Der Kutscher fiel zur Seite, sein Kopf war eine blutige Masse …

Nun stoben die führerlosen Pferde davon. Die Kutsche ratterte die Straße entlang und zog eine Blutspur hinter sich her.

In Dianas Ohren dröhnte es immer noch.

Als es mit einem Mal wieder ganz still wurde, rollte sich der Marquis auf die Seite und stützte seinen Kopf auf die Hand. »Du bist ein so wunderbar blutdürstiges Mädchen«, sagte er. Doch dann änderte sich sein Gesichtsausdruck, und er nahm sie in seine Arme – da wo sie waren, im Schmutz der Straße. »Komm, Diana, weine ein bisschen. Es tut weh zu töten.«

Sie schauderte, aber Tränen mochten nicht fließen. »Ich habe nicht damit gerechnet ... Ich wollte ihn nur aufhalten. Ich wollte ihn nicht ...«

Er wiegte sie in seinen Armen. »Offenbar hast du mit deiner Kugel genau in die Mündung getroffen. Und er hat nur den Bruchteil einer Sekunde nach dir abgedrückt.«

»Sie ist explodiert.«

»Genau.«

Obwohl es in ihren Ohren nicht mehr klingelte, glaubte Diana, sie würde diese Explosion bis an ihr Lebensende hören.

Waren sie inzwischen tot, jene beiden zerschmetterten Männer? Es wurde dunkel um sie herum ...

Oh nein. Als sie das letzte Mal getötet hatte, war sie ohnmächtig geworden. Nicht schon wieder. Sie riss sich los, rappelte sich auf und begann trotz ihres Schwindelgefühls an ihrem verdreckten Kleid herumzuwischen. »Clara. Und dein Kammerdiener. Wir müssen sie finden.«

»Einen Moment noch.« Er beugte sich in die Kutsche und holte die Cognacflasche und ein kleines Glas daraus hervor. Er füllte das Glas und reichte es ihr. »Trink.«

Das scharfe Feuer des Alkohols ließ sie erneut schaudern, schien allerdings ihren Kopf wieder klar zu machen. »Ich bedauere nichts«, sagte sie grimmig.

»Ich auch nicht.« Er reichte seinem Kutscher den Cognac, gab ihm und dem Pferdeknecht davon und kniete sich dann neben den auf dem Boden liegenden Reiter.

Sie folgte ihm. Der arme Mann war am Brustkorb schwer verletzt, aber nicht tot. »Hast du Verbände in der Kutsche?«, fragte sie.

»Ich glaube nicht. Sehr nachlässig.« Er ließ es zu, dass der

Verwundete, der schmerzvoll das Gesicht verzog, sich an seine Hand klammerte. Rothgar strich ihm über die verschwitzte, blasse Stirn. »Du bist jetzt in meiner Obhut, Miller. Sorge dich nicht. Du hast deine Sache gut gemacht. Alle sind in Sicherheit, und die Schurken sind verschwunden. Höchstwahrscheinlich sind sie alle tot …«

Diana kniete sich auf die andere Seite neben den Mann und betete, aber hier konnte nur noch ein Wunder helfen. Miller musste schreckliche Schmerzen haben, unter ihm sammelte sich eine Blutlache. Seine Augen wurden glasig, aber die ruhige Stimme seines Herrn schien ihm Trost zu spenden. Dann erschlaffte er mit einem erstickten, röchelnden Schrei.

Diana schlug die Hand vor den Mund. Sie hatte nicht damit gerechnet, dass er mit einer derartigen Brustverletzung überleben könnte, aber aufgrund von Beys Ruhe hatte sie einen Moment lang Hoffnung geschöpft.

Fast wie eine Liebkosung ließ er seine Hand noch einen Moment lang auf dem Gesicht des Mannes liegen, erhob sich dann aber und wischte sich scheinbar unbewegt mit seinem Taschentuch das Blut von den Händen.

Auch sie stand auf, nicht wissend, was sie tun oder sagen sollte.

Schließlich fasste sie den Entschluss, etwas Praktisches zu tun und sammelte die beiden heruntergefallenen Pistolen des Reiters ein. Mit der einen hatte er geschossen, aber die andere war wie durch ein Wunder nicht losgegangen, als er sie fallen gelassen hatte. »Ich hoffe wirklich, dass sie alle tot sind«, sagte sie verbittert.

»Das hoffe ich auch. Und dass es schmerzhaft war.« Er nahm die benutzte Pistole, das Schießpulver und die Munition des Mannes und machte sich daran, alle drei Waffen wieder zu laden.

Diana stand da und war in den Gedanken vertieft, dass der Angriff nur Sekunden gedauert hatte, und der ganze Vorfall, einschließlich des Todes des Reiters, nur ein oder zwei Minuten. Dem Plan nach hätte das Ganze wohl noch weniger Zeit in Anspruch nehmen sollen.

Eine Kugel für den Reiter, eine für den Marquis, und dann auf und davon. Millers rasches Handeln hatte die Situation verändert, oder vielleicht hatten die Angreifer auch deshalb kurz gezögert, weil sie so dicht neben ihm gestanden hatte. So hoffte sie zumindest.

Doch nun begann sie zu zittern.

Sein Arm legte sich um sie und drückte sie an seine Brust.

»Ich werde nicht ohnmächtig«, beteuerte sie.

»Natürlich nicht.«

»Sei nicht so übertrieben rücksichtsvoll!«

»Natürlich nicht.«

»Ich bin ohnmächtig geworden, nachdem ich Edward Overton erschossen habe. Es war entsetzlich.«

»Das glaube ich.«

»Er hat ebenfalls geschrien.«

»Das machen die Leute meistens. An dem Gedanken, dass jemand mich zu erschießen versucht, quält mich vor allem, dass ich am Ende schreien und mich winden könnte.«

Sie sah auf. »Mach keine Scherze damit!«

»Ich habe eigentlich keinen Scherz gemacht.« Doch seine Augen waren freundlich, und plötzlich wurde ihr klar, was geschehen war.

Die Situation hatte sich erneut verändert.

Jetzt waren sie Bey und Diana. Kampfgefährten.

Was wesentlich gefährlicher war.

Aber ausgesprochen wunderbar.

Er trat zur Seite und löste ihre Umarmung. »Möchtest du, dass ich deine Pistolen nachlade?«

»Natürlich nicht.«

Ohne Einwände machte er mit den größeren weiter. Sie nahm die Kugeln, das Stopfmaterial und das Pulverfläschchen aus ihrem Pistolenkasten. Als sie jedoch versuchte, die richtige Menge Schießpulver in den Lauf zu schütten, begannen ihre Hände zu zittern. So sehr sie sich auch bemühte, sie mochten ihr nicht gehorchen.

»Verflucht noch mal«, murmelte sie, und er drehte sich um.

Er nahm ihr die Pistolen und das Pulver ab. »Übe noch ein wenig, die konventionelle Lady zu spielen. Setz dich in die Kutsche und falle in Ohnmacht. Ich werde mir Mühe geben, schutzlos am Leben zu bleiben. In der Tat ...«

Er hantierte in der Kutsche herum. Als er Diana die Treppen hinaufhalf, sah sie, dass er ein Bett gebaut und sogar eine weiche Decke von irgendwoher geholt hatte. Von den Sitzen bis zur hinteren Wand erstreckte sich ein Brett, das mit den Kissen der gegenüberliegenden Sitze ausgepolstert war. Sie kletterte hinauf und legte sich hin. Er breitete die Decke über sie aus und beugte sich vor, um ihre Schläfe zu küssen.

»Finde ein wenig Frieden.«

Diana wollte ihn bitten, sich neben sie zu legen.

Sie wollte noch mehr. Inbrünstiger denn je.

»Ich weiß«, sagte er und strich mit einem Finger über ihre Lippen. »Das kann nach einer Gewalttat passieren.«

Nachdem er ausgestiegen war, hörte sie, wie er mit den zwei verbleibenden Dienstboten sprach. Sie wurde sich langsam bewusst, dass sie sich tatsächlich mit ihm hier vergessen hätte, trotz der Anwesenheit der Dienstboten, und dass Sittsamkeit, Würde und Ruf ihr vollkommen egal gewesen wären.

Sie versuchte, wachsam zu bleiben und auf weitere Gefahren zu horchen, fürchtete aber, dass sie für heute genug geleistet hatte. Carr hatte ihr gesagt, dass sie lernen müsse, ihre Fähigkeiten auch unter Stress einzusetzen, und er hatte Recht. Wenn ein erneuter Angriff erfolgte, war sie womöglich nicht in der Lage, darauf zu reagieren, und das konnte sie nicht dulden.

Als sie im Gasthaus *White Goose* in Bay Green ankamen, war es vollkommen dunkel. Der erste Vorreiter war mit zwei

Stallknechten und vier Pferden zurückgekehrt, um ihre Kutsche die eine Meile zum Gasthaus zu ziehen. Das Chaos, in dem sie sich befunden hatte, hatte den Mann nicht übermäßig schockiert, da sie zuvor bereits auf die andere, umgestürzte Kutsche gestoßen waren. Die führerlosen Pferde hatten sich in den Zugriemen verheddert, und es gab drei Leichen – zwei hingen vom Kutschbock herab, und eine lag im Inneren.

»Musste zwei der Pferde erschießen, Mylord«, hatte der Mann mit solcher Gleichgültigkeit berichtet, dass Diana sich fragte, wie viele solcher Abenteuer Beys Männer wohl schon erlebt haben mochten.

Gleichwohl hatte sich inzwischen eine kleinere Schar von Zuschauern auf der Straße versammelt, denn drei Männer waren von einem nahe gelegenen Bauernhaus herübergekommen, um die Ursache des Lärms herauszufinden. Zudem hatte die *York Fly*, eine Reisekutsche, angehalten, um zu helfen. Sicherlich hatten sie den erschöpften Passagieren eine ungewöhnliche Unterhaltung geliefert.

»Entsetzlich!«

»Was soll nur aus der Welt werden?«

»Ist das wirklich der Marquis von Rothgar?«

»So heißt es. Auf der Kutschentür ist sicher ein Wappen ...«

In der Hoffnung, dass sie nicht gesehen wurde, blieb Diana liegen.

In der *Fly* war kein Platz mehr frei gewesen, außerdem musste sie sich an einen Fahrplan halten, weshalb sie mit dem Versprechen, die Behörden zu alarmieren, davongerattert war. Diana hegte den Verdacht, dass Bey letzteres lieber vermieden hätte, aber es war unmöglich.

Die Männer des Bauernhofes waren losgegangen, um Seile für die verendeten und inzwischen erstarrten Pferde zu holen und sie damit wegzuziehen. Der tote Vorreiter – Thomas Miller – wurde in Laken und Decken gewickelt und für das kurze

Stück neben Diana in die Kutsche gelegt. Es störte sie nicht. Auf Nachfrage hatte sie herausgefunden, dass er eine Frau und kleine Kinder hatte und als Sohn eines Pächters auf Beys Landsitz aufgewachsen war.

Einer seiner Leute. Ihr war klar, wie sehr das schmerzen musste.

Sie wusste nicht, wie Bey den kurzen Weg zum Gasthaus zurücklegte, jedenfalls war er nicht mit ihr in der Kutsche.

Das *White Goose* war zu klein und lag zu nah bei Ware, um ein bedeutendes Gasthaus zu sein, aber wegen des hohen Ranges der neuen Gäste und der Aufsehen erregenden Ereignisse wurde ihrer beschmutzten Truppe die beste Fürsorge zuteil. Man hatte bereits den örtlichen Richter gerufen – einen Sir Eresby Motte.

»Ich glaube, es wird Zeit, dass ich meine Rolle als äußerst konventionelle Lady einübe«, sagte Diana in dem niedrigen Salon des Gasthauses zu Bey.

»Und du weißt selbstverständlich nicht, wie man mit einer Pistole umgeht. Ganz alleine ein solches Blutbad angerichtet zu haben, kann meinen Ruf nur verbessern.«

Bei dieser Bemerkung wäre sie beinahe in lautes Gelächter ausgebrochen. Sie ließ sich jedoch von der aufgeregten Frau des Gastwirtes in ein kleines, aber gemütliches Schlafzimmer führen und zu süßem Tee nötigen. Als Clara hereintaumelte, mit zerzaustem Haar, aber unverletzt, drückte Diana sie an sich und brach in Tränen aus.

Ihre Geschichte war einfach. Keine Eibenzweige für die Pferde, aber ein durchgescheuertes Geschirrteil, was ein Anhalten erforderlich gemacht hatte, um es zu reparieren. Während der Pferdeknecht sich darum gekümmert hatte, waren sie von vier maskierten Männern umzingelt und von der Kutsche weg hinter ein Gebüsch gedrängt worden. Dort hatte man sie festgebunden, und die Schurken hatten sich mit der Kutsche davongemacht, um ihren mörderischen Angriff auszuführen.

Vier. Das hatte sie schon vermutet, und doch waren es nur drei Leichen gewesen. War der vierte Mörder entkommen?

Diana schauderte. Das Ganze war mit einer so kaltblütigen Effizienz geplant worden. Keiner konnte Tag für Tag überall, wo er sich aufhielt, auf der Hut sein. Sie sehnte sich danach, zu Bey zu gehen, bei ihm zu sein, ihn zu beschützen, aber sie wusste, dass sie das verzehrende Feuer nur anfachen würde, wenn sie diesem Wunsch nachkäme. Egal was geschah, bald mussten sie sich trennen – er musste in sein Leben zurückkehren, sie in das ihre.

Er würde ohne sie leben oder sterben müssen.

Sie war nicht sicher, ob sie das würde ertragen können, aber sie musste einfach.

Sobald Clara sich beruhigt hatte, bedeutete Diana ihr, nach einem ihrer sauberen Gewänder zu suchen. Kurze Zeit später kehrte die Zofe zurück. »Es tut mir leid, Mylady, aber all Eure Kisten waren in der zweiten Kutsche. Niemand scheint zu wissen, wo sie sind und in welchem Zustand sie sich befinden.«

Diana sah auf ihr schmutziges Kleid hinab, empfand jedoch nichts dabei. »Warum wurde denn nichts in den Gepäckkasten der Hauptkutsche gepackt?«

»Tja, Mylady, offenbar reist dort eine Maschine, die in Decken und Tücher eingewickelt ist.«

Diana lachte. Natürlich reiste der Automat im vornehmen Stil. Sie öffnete die kleine Reisetasche, die sie bei sich trug, aber Wechselkleider waren nicht wie von Zauberhand hineingekommen. Nur ein paar Bücher, ihre Schreibmappe, Salben und Öle, um sich frisch zu machen, und ihre Pistolen. Wahrscheinlich würde dies ihr ganzes Hab und Gut sein, bis sie in London auf den Rest ihrer Habseligkeiten stieß.

Nun gut, Eitelkeit war hier nicht erforderlich, und sie war viel zu müde, um sich etwas daraus zu machen. Sie und Clara aßen die herzhafte Suppe, die heraufgebracht wurde, und kletterten dann ins Bett. Clara hatte nur dieses eine Nachthemd bei sich, sodass Diana mit ihrem Unterhemd vorlieb nahm.

Trotz ihrer Erschöpfung fand sie keinen Schlaf.

Bald schon schnarchte Clara leise neben ihr, aber Diana lag wach. Ihre Gedanken wanderten zwischen Angst und Gefahr hin und her, und sie dachte auch an eine andere Art von Gefahr. An diesen Kuss. Dann dachte sie wieder an die ausgestandenen Ängste und Gefahren und an den blutigen Tod mit allen Veränderungen, die er mit sich gebracht hatte.

An Bey.

Den Marquis von Rothgar.

Die Schwarze Eminenz von England.

Ihren Waffenbruder, der sie nach der Begegnung mit dem Tod im Straßendreck in die Arme genommen hatte.

Der einem sterbenden Mann die Hand gehalten und ihm den Tod mit seiner sanften Stimme und seinen ruhigen Augen so erträglich wie möglich gemacht hatte.

Später, als sie auf Hilfe warteten, hatte sie in einem kurzen, unkontrollierten Moment kurz sein Gesicht gesehen. Es war völlig erstarrt gewesen, weil einer der Seinen gestorben war.

Wer tröstete jetzt den Tröster?

Dies war schließlich ihre Ausrede, um aus dem Bett zu schlüpfen, sich in die rosafarbene Tagesdecke zu wickeln und sich in der nächtlichen Stille auf den Korridor des Gasthauses zu wagen. Da die Frau des Gastwirtes gesagt hatte, es gäbe hier nur vier gute Zimmer und keine anderen Gäste, dürfte es nichts ausmachen, wenn sie das falsche erwischte.

Sie zögerte einen Moment und fragte sich, wie er reagieren würde, ließ sich allerdings davon nicht aufhalten. Leise öffnete sie die benachbarte Tür und sah, dass das Zimmer unbenutzt war. Sie horchte an den beiden gegenüberliegenden Türen.

Nichts.

Schlief sein Kammerdiener bei ihm? Das wäre peinlich.

Lord Rothgar schien jedoch ein zurückgezogener Mensch zu sein. Wenn es genug Zimmer gab, würde er sicherlich allein schlafen. Vorsichtig öffnete sie eine der Türen und spähte hinein.

Regelmäßiges leises Schnarchen.

Sie unterdrückte ein Lachen und beschloss, dass es Fettler sein musste. Der Rachen der Schwarzen Eminenz würde gewiss nicht wagen zu schnarchen!

Nachdem sie die Tür mit einem möglichst leisen Klicken wieder geschlossen hatte, ging sie zur nächsten Tür …

Und fand den Marquis in halb geöffnetem Hemd und Kniehosen. Er sah sie an. Seine dunklen Augen waren vollkommen unergründlich.

Sie zog die Decke fester und flüsterte: »Ich habe mich gefragt, ob es dir gut geht.«

Einen Moment lang blieb er regungslos stehen, doch dann trat er von der Tür weg und winkte sie herein.

Mit klopfendem Herzen betrat sie sein Schlafzimmer.

15

Das Zimmer war dem ihren sehr ähnlich. Es war nicht groß, bot lediglich Platz für das Bett, zwei Stühle, die einen kleinen Tisch einrahmten, und einen Waschtisch. Für Menschen ihres Standes eine einfache Unterkunft, aber nicht unbehaglich. Es war sauber und ordentlich, und auf dem Tisch vor dem dunklen Giebelfenster stand eine Vase mit frischen Blumen. Die pastellfarbenen Blütenblätter schimmerten zart im Licht einer flackernden Kerze. Gartenwicken. Als sie sich auf einen der Holzstühle setzte, wurde sie von dem betörenden Duft umnebelt.

»Geht es dir gut?«, fragte sie.

Er blieb stehen. »Die meisten Leute glauben, ich sei aus kaltem Stahl.«

»Vielleicht ermutigst du sie dazu.«

»Würde es etwas nützen, dich dazu zu ermutigen?«

»Ich glaube nicht. Ich konnte nicht schlafen.«

»Kaum überraschend.« Nach einer Weile zeigte er auf ein Glas und eine halb volle Karaffe auf dem Tisch. »Portwein. Leider von minderer Qualität. Mein eigener liegt wahrscheinlich irgendwo verschüttet auf der Straße. Möchtest du welchen?«

Sie nickte, und er füllte das Glas wieder auf und reichte es ihr. Dann nahm er auf dem Stuhl gegenüber Platz. »Wir sind hier sicher. Es gibt nicht den geringsten Grund, Angst zu haben.«

Sie nahm einen Schluck Portwein, der, wie er gesagt hatte, nicht von bester Qualität war, aber gut tat. »Ich habe keine Angst. Unsere Angreifer sind tot. Es wird gewiss länger als ein paar Stunden dauern, um sich neu zu formieren.«

Sein Blick ruhte auf ihr. »Hast du einen der Männer in der Kutsche erkannt?«

»Dazu war keine Zeit ...« Sie sah ihn erstaunt an. »Du hast es gemerkt.«

»Bin ich nicht allwissend? Vier Männer mit einer Kutsche ...«

»Und drei Leichen. Aber der Überlebende ist sicher auf der Flucht.«

»Mir ist es lieber, ihn zu fangen. Lady Arradale«, fügte er hinzu, »seid Ihr wieder dabei, mich vor eventuell beunruhigenden Tatsachen zu schützen?«

Sie lächelte reumütig. »Dieser Schutzinstinkt liegt in meiner Natur.«

»Dann stolpern wir wahrscheinlich bald übereinander. Hast du denn jemanden in der Kutsche erkannt?«

»Dazu war wirklich keine Zeit – zumindest nicht für einen gewöhnlichen Sterblichen.« Aber dann begriff sie. »De Couriac?«

»Also doch keine gewöhnliche Sterbliche.«

»Eine ganz einfache Schlussfolgerung. Wer könnte es denn sonst gewesen sein? Und wenn er dich bis hierher verfolgt?«

»Ich bin wach.« Als sie einen kurzen Blick auf die Karaffe warf, fügte er hinzu: »Und nicht länger auf der Hut. Ich habe umgehend einen Boten nach London geschickt und um Verstärkung gebeten, und sie ist vor kurzem eingetroffen. Dieser Ort wird jetzt von meinen Männern bewacht. Er ist wirklich sicher.«

Der Knoten ihrer kaum bemerkten Angst löste sich, und sie nahm einen großen Schluck von dem Portwein. »Warum tun sie das? Womit könntest du den Franzosen schon schaden?«

»Ich kann mich ihren wichtigsten Zielen entgegenstellen. Sie möchten ihre Flotte wieder aufbauen und ihre Befestigungsanlagen in Dünkirchen behalten, weil es ihre Ausgangsbasis für eine Invasion wäre. Ich will, dass sie unverzüglich abgerissen werden.«

»Invasion! Seit der Eroberung durch die Normannen ist keine fremde Macht mehr in England eingefallen.«

»Aber häufig fielen Mitstreiter um den Thron in England ein. Gewiss werden die Stuarts wieder dabei sein.«

Wein und Müdigkeit schienen das Nachdenken zu erschweren. Sie stellte das Glas ab. »Warum wurde Dünkirchen dann nicht schon längst zerstört? Das war doch ein Teil des Friedensvertrages.«

»Es war ein Teil von drei früheren Friedensverträgen, und Dünkirchen steht immer noch.« Er nahm das halb volle Glas aus ihrem lockeren Griff und trank daraus. »Die Franzosen sind ganz versessen auf Dünkirchen, und der stellvertretende französische Botschafter bemüht sich sehr, es zu erhalten. Er hat gerade den reizenden Vorschlag gemacht, dass der künstliche Kanal dort nicht gesprengt, sondern zu Ehren der Engländer in *Canal Saint-George* umbenannt werden sollte.«

»Das ist nicht dein Ernst!«

»Leider doch.« Er leerte das Glas, füllte es mit ruhiger Hand neu auf und stellte es zwischen sie. »Der König ist von der Idee ganz angetan, besonders da zuerst vorgeschlagen wurde, ihn *Canal Saint-Louis* zu nennen.«

Diana hatte ihn beim Trinken beobachtet, und der Anblick seiner Lippen lenkte sie jetzt von fast allem anderen ab.

Unser Kuss.

Während sie versuchte, nicht zu heftig zu atmen, nahm sie das Glas und setzte es bewusst an der Stelle an, die noch feucht von seinem Mund war. »Ist der König so leicht zu täuschen?«

»So etwas solltest du nicht denken. Und das meine ich ernst«, erwiderte er, allerdings verblüffend ausdruckslos. Sie sah selbst ein, dass ihre Worte töricht, beinahe verräterisch gewesen waren, doch mehr sagte er nicht. Seine Augen verdunkelten sich, und da erst merkte sie, dass sie sich soeben ein wenig Portwein von den Lippen geleckt hatte.

Er wandte den Blick ab und strich über die Blütenblätter der Blumen. »Der stellvertretende französische Botschafter – ein Monsieur d'Eon – ist ein sehr kluger und charmanter Mann.«

»Und gefährlich?«

Er zog eine rosarote Blüte aus der Vase und sah wieder zu ihr hinüber. »Möglicherweise.«

Auch wenn es eine wesentlich feinere Blüte als die rote Feldmohnblume war, rief sie sich wieder jenen Flirt ins Gedächtnis. Heute Abend trug sie kein steifes Mieder, in das man einen Blütenstiel stecken konnte. Tatsächlich war sie entsetzlich unangemessen gekleidet. Obwohl sie sich kaum noch auf das Gespräch konzentrieren konnte, war ihr bewusst, dass er sie wie einen ebenbürtigen Gesprächspartner behandelte und ihr sogar Dinge anvertraute, die er bestimmt nur mit wenigen Männern besprach.

Er hielt die Blüte an seine Lippen und lehnte sich zurück. Sie meinte zu sehen, dass er tief einatmete. Sie nahm einen großen Schluck Portwein und ließ ihn langsam die Kehle hinunterfließen.

»D'Eon hat im Krieg als Dragonerhauptmann gute Dienste geleistet«, sagte er, während er sie ansah, »und auch andere, geheimnisvollere Rollen gespielt. Einmal ist er tagelang mit einem gebrochenen Bein geritten, um eine Sendung zu überbringen. Er ist kein Mann, den man unterschätzen sollte. Zudem ist er stolz und ehrgeizig.«

Er beugte sich vor und nahm ihr das Glas aus der Hand. Ihre Finger berührten sich. Dann drehte er es um und setzte es an derselben Stelle an wie vorher.

Diana unterdrückte ein Schaudern, das zwei Ursachen hatte, und fragte: »Welche Ambitionen hat er?«

»Die Stellung als Botschafter.«

»Ist nicht schon ein Botschafter unterwegs?«

»Manche geben die Hoffnung nie auf.«

Er hielt ihr die Blüte hin.

Diana nahm sie und hielt sie sich unter die Nase, um den süßen, würzigen Duft einzuatmen.

»Ich habe Grund zu der Annahme«, sagte er, »dass Monsieur d'Eon glaubt, wenn er in seiner aktuellen Rolle erfolgreich ist, würde man dem Comte de Guerchy befehlen, zu Hause zu bleiben, und ihm selbst das volle Amt und die Macht übertragen. Und auch das Einkommen. Was besonders angenehm wäre, da er die Geldmittel des Botschafters schon teilweise ausgegeben hat.«

Sie sah das leichte Zwinkern in seinen Augen. »Hast du ihn eventuell dazu ermutigt?«

»Würde er denn irgendetwas von dem glauben, was ich sage? Er hat die Erlaubnis direkt von seinem König erhalten.«

Sie legte die Blume hin. »Urkundenfälschung! Mylord ...«

»Enttäusche mich nicht, Diana.« Er hatte immer noch das Lächeln in den Augen. »Solche Angelegenheiten sind selten ganz ohne Fehl und Tadel. Ich tue, was ich tun muss, um Frankreichs Bewegungsfreiheit einzuschränken und eine Invasion zu verhindern. Die Franzosen haben in diesem Jahrhundert schon zweimal versucht, über Schottland in England einzufallen. Seit die Highland-Clans zerschlagen oder gezähmt sind, ist ihnen dieser Weg versperrt, aber Irland steht bereit, und die Südküste ist verlockend nah. Ich bezweifle, dass die Franzosen ihre Gier, England zu erobern, jemals aufgeben. Wir werden es aber nicht zulassen«, fügte er hinzu, und sie bemerkte seine Entschlossenheit.

Kein Wunder, dass die Franzosen ihm den Tod wünschten. Er stand ihnen mit aller Entschiedenheit im Weg und war kein Mann, der leicht zu überwinden war. Rothgar ließ sich nicht von persönlichen Ambitionen ablenken oder durch Schmeicheleien von seinem Ziel abbringen. Sicher konnte man ihn auch nicht bestechen.

»Grüble nicht so viel«, sagte er, nahm die Blume wieder in die Hand und strich ihr damit leicht über die Lippen.

Der Duft kam ihr plötzlich intensiver vor, und ihre Lippen zitterten unter der schmetterlingsgleichen Attacke.

»Aber sie versuchen, dich umzubringen!«

»Ich glaube, ich bin jetzt sicherer«, sagte er, neckte mit den Blütenblättern immer noch ihre Lippen, ihr Kinn, ihre Wangen. »In Ferry Bridge hätte es ein verhängnisvolles Duell sein sollen. Heute eine mysteriöse Schießerei. Jetzt ist daraus bereits ein Skandal und ein Blutbad mit vier Leichen geworden, von denen drei wahrscheinlich Franzosen sind. Sollte ich in naher Zukunft auf verdächtige Weise sterben, würde es insgesamt zu viele Fragen aufwerfen.«

Sie ergriff sein Handgelenk, um die Blume zum Stillstand zu bringen. »Und wenn du auf unverdächtige Weise stirbst?«

»Wie sollte das schon passieren?« Ohne Widerstand zu leisten, fuhr er fort: »Ich bin ein gesunder Mann, und ich habe die Absicht, in nächster Zeit alle Aktivitäten zu vermeiden, die riskant sein könnten.«

Doch er konnte sich nicht vor jedem möglichen »Unfall« schützen. Mit beiden Händen nahm sie seine Hand und führte sie zu ihrer Wange. »Heute«, sagte sie, »mitten im Chaos dachte ich ...«

Sie wollte einen Rückzieher machen, aber sie war bereits zu weit gegangen. Sie sah auf ihre Hände hinunter, auf die Blume und beendete ihren Satz. »Ich dachte, unsere Zurückhaltung sei vielleicht eine unnötige Vergeudung gewesen.«

Er befreite seine Hand nicht. Stattdessen zog er kurz darauf ihre Hände, die einander festhielten, zu sich hin. Als seine Lippen über ihre Handknöchel strichen, sah sie auf.

»Und doch«, sagte er, »sind die Gefahren geblieben.«

»Gibt es nicht auch eine Zeit für Gefahren?«, flüsterte sie. »Für das Risiko? Eine Zeit, um die Vorsicht fallen zu lassen, sie in den Flammen zu verbrennen?«

Während sein Mund immer noch über ihre Finger strich, ließ er die Blume fallen. »Die Vorsicht in die Flammen der Leidenschaft werfen? Eine verbreitete Dummheit. Verbrennungen sind außerordentlich schmerzhaft, wie du sicher weißt.« Doch seine Lippen waren immer noch wie Feuer auf ihrer Haut. »Du sprichst unter dem Einfluss von Gefahr und Tod, Diana.«

»Und du nicht, ... Bey?« Es fühlte sich so merkwürdig, so wunderbar merkwürdig an, ihn beim Vornamen zu nennen.

»Warum bist du immer noch hier? Warum berühre ich dich?«

»Berühre mich weiter.«

Er presste ihren Handrücken an seinen offenen Mund, sodass ihre Haut die warme Feuchtigkeit spürte. Dasselbe hatte er letztes Jahr auf dem Ball gemacht, so kurz und so dreist.

Solltet Ihr jemals Eure Meinung ändern ...

»Mehr«, flüsterte sie.

Mit dem Mund an ihrer Haut fragte er: »Wie viel mehr?«

Sie sehnte sich danach, »Alles!« zu rufen. Aber der Preis, der Preis war immer noch zu hoch. »Ich möchte ... ich möchte dich berühren, dich küssen. Ist das möglich?«

»Natürlich.« Er bewegte die ineinander gelegten Hände auf Dianas Lippen zu, und sie küsste seine Hand. Das erste Mal, dass ihre Lippen seine Haut schmeckten.

Es war nicht genug.

»Ich möchte neben dir liegen«, sie atmete tief ein, wagte kaum, die Worte auszusprechen, »Haut an Haut.«

Ruhig sah er sie an. »Auch das kannst du haben.«

»Ich meine ..., ich meine ... nicht mehr.«

Er lächelte, und seine Lachfalten wurden zunehmend tiefer. »Du kannst alles haben, was du willst, und zwar so, wie du es willst, meine Liebe. Ich bin kein unerfahrener Junge.«

»Und was ist mit dir?«

»Ich werde mich an deiner Haut, deiner Berührung, deinem Kuss ergötzen.«

Mit ihren ineinander verflochtenen Fingern hielt sie die seinen noch fester und legte ihren Kopf darauf. »Warum fühlt es sich an, als würde ich verhungern?«

Sanft zog er ihre Hände wieder an seinen Mund. »Vielleicht können wir ja ein Festmahl veranstalten. Wann hast du zuletzt deine Regel gehabt?«

Lächerlicherweise errötete sie bei diesem Thema. »Vor mehreren Wochen. Sie müsste bald wieder einsetzen. Warum? Oh.« Sie sah ihn erstaunt an und erinnerte sich an Elfs Merkblatt. »Es gibt immer ein Risiko.«

»Wolltest du die Vorsicht nicht in die Flammen werfen?«

Sie rang nach Luft. Sie war liebeshungrig hierher gekommen, hatte sich jedoch sicher gefühlt, weil es unmöglich schien. Weil es ein zu großes Risiko für ihr sorgfältig geplantes Leben bedeutete, und auch für seins.

»Wir müssen es nicht tun«, sagte er, immer noch mit den Lippen an ihren Fingerknöcheln. »Du kannst das haben, was du möchtest. Ich glaube, du wolltest mich sehen?«

Er ließ ihre Hand los, stand auf und begann, seine Ärmel aufzuknöpfen.

Diana sah ihn mit offenem Mund an. Wollte er im wahrsten Sinn des Wortes mit ihr schlafen und sich ausziehen? Das hatte sie nicht gemeint. Sie hatte wirklich nicht darüber nachgedacht, wie sie vom jetzigen Zustand zur Nacktheit gelangen würden. Als er das Hemd aus seiner Hose zog, brachte sie es jedoch nicht über sich, ihn aufzuhalten.

Aber es war der erste Schritt.

Wohin? Wozu?

Konnte sie endlich ihre ganze brennende Neugier befriedigen?

An Ort und Stelle.

Mit ihm?

Wenn es allerdings nur Neugier wäre, würde sie nicht dieses atemberaubende Gefühl des Risikos verspüren. Sie sollten es wirklich nicht tun. Sie spielten mit überaus gefährlichen Flammen.

Ihr Herz raste so unruhig, dass sie befürchtete, ohnmächtig zu werden. Deshalb nahm sie ihr Glas und trank einen großen Schluck. So groß, dass sie sich verschluckte. Als sie sich wieder beruhigt hatte, lachte er. Ein herzliches, nettes Lachen, das Freunde verbindet. Sie schmolz dahin und wurde weich, genauso wie die dicken Wachstränen, die seitlich an der schiefen Kerze herunterliefen.

Ehrlichkeit und Freundschaft. Ehrliche Verlegenheit. Freundlicher Humor. Bei diesem Mann konnte sie sich erlauben, genau so zu sein, wie sie war. Sogar unsicher.

Vertrauen. Erstaunliches Vertrauen. Noch nie war ihr aufgefallen, wie selten sie es sich erlaubte zu vertrauen.

Und er, der in vielerlei Hinsicht genauso behütet lebte wie sie, vertraute wiederum ihr.

Er zog das Hemd über den Kopf und ließ es fallen. Dann löste er das Band aus seinen Haaren, sodass sie ihm locker ins Gesicht und auf seine nackten Schultern fielen.

Seine breiten Schultern.

Diana fragte sich, ob alle Männer kräftiger aussahen, wenn sie ihre Kleider abgelegt hatten. Sie musterte ihn, und er hielt inne, um ihr genau das zu gestatten. Vielleicht hielt er auch inne, damit sie sich zurückziehen, zurück in ihr Zimmer laufen konnte.

Oh nein. Sie hieß dieses Feuer willkommen, obwohl es sie zu Asche verbrennen konnte.

Schon bekleidet zeugten seine Bewegungen von Kraft, aber hier offenbarte sie sich in langen, eleganten Muskeln, die sich bis hoch zu diesen breiten Schultern zogen, und in einer feinen Muskelreihe unter der schmalen Linie aus dunklen Haaren, die längs über seinen Brustkorb verlief.

Sie blickte in seine wachsamen Augen. »Du bist schön.«

Vielleicht war ein Hauch von Röte zu erkennen, als er lächelte. »Ein Irrglauben, aber ich bin dafür dankbar. Sollen wir fortfahren?«

Sie hob die vernachlässigte Blüte auf und schöpfte Kraft aus ihrem Duft. »Ja, bitte.«

Er setzte sich aufs Bett, um seine Schuhe und Strümpfe auszuziehen. Dann knöpfte er die Kniehosen an den Beinen auf. Er stellte sich hin, öffnete langsam die Verschlüsse am Hosenbund und musterte sie dabei. Als sie keine Einwände erhob – tatsächlich war ihr Mund so trocken, dass sie nicht sicher war, ob sie überhaupt sprechen könnte! –, streifte er die beiden unteren Kleidungsstücke auf einmal ab.

Sie wusste, wie Männer beschaffen waren. Sie wusste von weichen und harten Gliedern. In einigen ihrer Bücher waren sogar farbige Abbildungen. Es war nichts Überraschendes daran, und doch wurde ihr beim Anblick der schlichten Schönheit eines leibhaftigen nackten Mannes schwindlig. Er war so wirklich. So nah. Fast meinte sie, die Hitze seines Körpers zu spüren, den Geruch seiner Haut einzuatmen.

Ein perfekter, nackter Mann, der stellenweise durchaus erregt war und wartete. Zu ihrem Vergnügen. »Es ist nicht ganz fair«, sagte sie so gefasst wie möglich. »Dich als Maß aller Männer zu sehen, im Vergleich zu anderen, meine ich.«

»Ich versichere dir, dass viele besser gebaut sind als ich.«

»Ich bin nicht sicher, ob ich das verkraften könnte.«

Als er leise lachte, steckte sie die Blume vorsichtig in die Vase zurück und erhob sich. »Jetzt bin ich an der Reihe, nehme ich an.«

»Ich kann dir alles geben, was du möchtest, und noch mehr. Auch so, wie du jetzt bist, Diana.«

»Haut an Haut«, erinnerte sie ihn. »Außerdem möchte ich es. Es ist eine Herausforderung, und ich wachse mit meinen Herausforderungen. Das weißt du doch. Ich wünschte nur, ich hätte mehr Schichten an, mit denen ich spielen könnte.«

Während er in unbekümmerter Nacktheit dastand, lud er sie mit einer seiner wunderbaren Handbewegungen ein, sich mit ihm zu messen. Dabei flammte sein Rubinring im Kerzenlicht auf.

Mit einem tiefen Atemzug ließ sie die Decke so langsam wie möglich an ihren Armen entlang auf den Boden fallen. Unglücklicherweise blieb ihr nun nur noch ein Kleidungsstück, ihr seidenes Hemd. Es war ein hübsches Hemd aus dünnem Gewebe, das sie bis zu den Ellbogen und den Waden bedeckte und mit feinen Stickereien verziert war, aber sie hatte keine Idee, wie sie das Ausziehen hinauszögern sollte.

»Wenn du ein wenig nach links gehst«, schlug er vor, »ist die Kerze hinter dir.«

Nach einem kurzen Blick über die Schulter wusste Diana, was er meinte. Sie ging ein Stück nach links und spreizte ihre Arme. »So?«

Jetzt wirkte sein Blick bedeutend intensiver. »Ja.«

Daher drehte sie sich langsam um und hob die Hände über den Kopf. Als sie ihm wieder gegenüberstand, war sein Glied faszinierend steif geworden.

»Wie leicht durchschaubar Männer doch sind«, neckte sie ihn. Doch als ihr einfiel, dass sie ihn vielleicht nicht bis zum Letzten gehen lassen würde, kam es ihr grausam vor.

»Es gäbe Möglichkeiten, damit klarzukommen, ohne ...« Sie konnte es nicht aussprechen, verflixt. »Ich meine, ich könnte ...« Verdammt! Was für eine Idiotin sie doch war. Er kannte sich aus. Natürlich kannte er sich aus.

Als er die Augenbrauen hochzog, murmelte sie: »Ich habe eine ganze Menge Bücher.«

»Das hätte ich mir denken können. Werde dieses Hemd los, du Biest, und komm ins Bett.« Er schlüpfte unter die Bettdecke und stützte sich auf einen Ellbogen, sodass die verräterischen Dinge verborgen blieben.

Komm ins Bett. Aus irgendeinem Grund hatte sie sich nicht vorgestellt, wie ... wie ein Ehepaar mit ihm im Bett zu liegen. Ihr wurde klar, dass ihre Bücher keine Paare im Bett zeigten. Manchmal saßen sie darauf oder wurden in einem Sessel gezeigt, auf dem Boden, auf Kissen, einer Schaukel, einem Baum, sogar auf einem Schaukelpferd. Aber nicht unter der Bettdecke eines ganz normalen Bettes.

Unter der Decke eines normalen Bettes wäre nicht viel zu sehen, was zweifellos der Grund war. Aber diese unerwartete

Wendung nahm ihr fast den Mut. Es gab noch so viel zu lernen ...

Los, mach weiter.

Sie packte den Saum ihres Hemdes, um es über den Kopf zu ziehen.

»Zieh es nach unten aus«, sagte er sanft. »Zeig mir zuerst deine Brüste.«

Sie richtete sich auf und neigte den Kopf. An dem tiefen Halsausschnitt befand sich ein Zugband. Sie begann es aufzuziehen, nahm mit einem schelmischen Lächeln drei Blumen aus der Vase und steckte sie in ihren Ausschnitt, zwischen die Brüste.

Kaltes Wasser rann ihren Bauch hinab, als sie sich wieder zu ihm umdrehte und behutsam das Band weiter löste. Sie schob die Seide etwas nach unten, ließ die Blüten ein Stück hinunterrutschen, bis sie es sich zwischen ihren nackten Brüsten bequem machten, die vom darunter befindlichen Ausschnittsaum hochgeschoben wurden. Die Dunkelheit seiner Augen und sein warmer Duft ließen sie taumeln.

»Es gefällt mir«, sagte sie und meinte den Ausdruck in seinen Augen.

»Mir auch. Komm hierher. So wie du bist.«

16

Sie wusste, dass sie sich nackt weniger übermütig fühlen würde, doch sie kam seinem Wunsch nach und genoss es, sich bei ihm übermütig zu fühlen. Als sie nah genug war, griff er nach dem üppigen Inhalt ihres Hemdes und zog sie an sich. Sein Blick ruhte auf den Blumen zwischen ihren Brüsten.

Das lautlose Begehren in seinem Gesicht, das kräftige Ziehen seiner Hand ließen ein Prickeln in ihrem Inneren aufkommen. Sie wusste, dies war sinnliches Begehren, ein Begehren, das sie heute Nacht endlich würde stillen können.

Wenn sie den Mut dazu fand.

Laut Elfs Merkblatt war es so kurz vor der Regel unwahrscheinlich, schwanger zu werden. Doch es war riskant. Zwar war nichts ohne Risiko, aber für ihn und für sie wäre es ein äußerst großes, unnötiges Risiko.

Seine Lippen strichen über Brüste und Blüten, und sie hörte, dass er tief atmete. Wie von selbst hoben sich ihre Hände, um seinen Kopf zu wiegen, wobei ihre Ringe zwischen seinen dunklen Haaren funkelten. Als sich seine Zunge auf ihre rechte Brustspitze zubewegte, holte sie tief Luft. Ihre Blicke trafen sich, und es schien, als ahnte er ihr Staunen. Er lächelte, dann leckte er und saugte vorsichtig.

Sie hielt den Atem an, und er warf sie auf das Bett. Wieder spielte sein Mund mit ihren Brüsten, er neckte und saugte, zuerst an der einen, dann an der anderen, bis sie ganz benommen im Kopf war und ihre Muskeln erschlafften.

»Das ist nicht fair«, keuchte sie.

Sein Mund hielt auf ihrer Haut inne. »Möchtest du, dass ich aufhöre?«

»Nein, nie. Deshalb ist es ja nicht fair.«

»Eine mächtige Waffe im männlichen Arsenal. Etwas, was eine Frau nicht bei sich selbst machen kann.«

Sie merkte, dass sie wieder rot geworden war, doch sie wollte nicht leugnen, dass sie sich selbst Freude bereitete. »Es gibt auch Dinge, die Männer nicht bei sich selbst tun können«, betonte sie.

Er lächelte. »Ich liebe belesene Frauen. Aber nicht heute Nacht. Die heutige Nacht gehört dir, Diana.« Er nahm eine der verstreuten Blumen und streichelte sie damit. Um ihre Brüste herum, ihren Hals hinauf – der Duft machte sie ganz benommen – dann wieder zurück nach unten, um ihre Brustspitzen zu necken …

Doch plötzlich hielt er inne.

Als sie ihn ansah, sagte er: »Jetzt musst du mir sagen, ob du ein Risiko eingehen möchtest oder nicht.«

»Bist du sonst nicht mehr in der Lage aufzuhören?«

»Ich werde aufhören. Aber eine solche Entscheidung kann man nicht inmitten der Leidenschaft treffen, wenn man den Verstand verliert.«

»Ich verliere bereits den Verstand«, flüsterte sie. Sie spürte das sehnsüchtige Bedürfnis ihres Körpers und ein brennendes Verlangen allein nach ihm. Sie wollte ihm so nah sein wie nur irgend möglich. Sie schloss die Augen und genoss die Wärme und Festigkeit seines Körpers, genoss seinen besonderen Duft, ihren eigenen und den der Blüten. »So etwas habe ich noch nie empfunden. Noch nie.«

»Das freut mich. Aber jetzt musst du dich entscheiden.«

Sie öffnete die Augen, um ihn anzusehen. »Ich kann nicht.«

»Dann wählen wir den sicheren Weg.«

Innerlich wimmerte ihr Körper, doch sie stimmte zu. »Das Risiko ist zu hoch.«

»Ja, das ist es.«

Ihre unausgesprochenen Einwände brachte er mit seinen Lippen zum Schweigen. Diesmal kein Kuss, der wie ein Händedruck wirkte. Ein brennender, sich tief einprägender Kuss, der sie wie einen Bogen überspannte und die ganze Welt in Brand steckte. Sie legte ein Bein über ihn und spürte zwischen ihren Schenkeln seine Erregung.

Oh, wie sehr sie sich danach sehnte, sich hinzugeben. Aber sie konnte nicht. Sie konnten beide nicht. Egal, wie stark es in ihr brannte.

Sie fuhr mit den Händen durch seine Haare und protestierte, als er aufhörte, sie zu küssen. Allerdings nicht, als er sich nach unten schob, um seinen Mund wieder an ihre Brust zu legen. Seide und Blumen glitten in seiner Hand nach oben und strichen über ihre andere Brustspitze. Sie gab ein unterdrücktes, wollüstiges Stöhnen des Verlangens von sich.

Sie hatte sich geirrt. Das Risiko war nur gering ...

Nein!

Er hatte soeben Recht gehabt.

Sie hatte soeben Recht gehabt.

Vor lauter Angst und Verlangen völlig verwirrt, spürte sie seine Bewegung und zunehmende Festigkeit zwischen ihren Schenkeln. Mit einem Mal lösten sich die Fragen, die in ihr so lange gebrannt hatten, auf.

Er hob den Kopf, um sie anzusehen. Der Umriss seines hübschen Gesichts und die Wellen seiner losen, dunklen Haare wurden vom Licht der tropfenden Kerze vergoldet. Luzifer. Aber Luzifer vor dem Sündenfall.

»Vertrau mir«, bat er. »Lege die Bürden deiner Macht für diesen kurzen Moment beiseite, meine tapfere Kriegerin, schicke deine Wachen fort, vertrau mir und gib dich hin.«

Ihre instinktmäßige und tief verwurzelte Vorsicht wollte sich Gehör verschaffen, doch sie erstickte sie. Dies war nicht irgendein Mann. »Ich gehöre dir«, sagte sie und schloss die Augen.

Sie hielt sie geschlossen und nutzte ihre anderen Sinne. Sie spürte die Berührungen, vor allem die Berührungen. Ruhig und sanft bewegten sich seine Hände auf ihr, genau wie sie es sich erträumt hatte. Seine empfindsamen Finger schienen zu wissen, was ihr am besten gefallen würde. Sein Mund war weich, hart, trocken, feucht, heiß – und plötzlich wieder kalt, wenn er sanft über ihre Haut blies.

Sie hörte. Das Rascheln der Laken, als sie sich gemeinsam bewegten, seinen Atem an ihrem Ohr, das dumpfe, tiefe Pochen ihres Blutes. Seine Stimme, mal beruhigend, mal neckend, mal einfach nur vor Vergnügen summend, wenn sie ebenfalls summte.

Sie roch. Frisch gewaschene Laken, zerdrückte Blumen und ihn. Seinen Geruch unter einem leichten Duft von Seife, mit der er sich gewaschen hatte. Ihr eigenes zartes Parfüm, dessen Duft sich veränderte. Ein stärker werdender, würziger Geruch, der von ihnen beiden ausging.

Sie tastete. Seine Haut an ihren suchenden Lippen, an ihrer Zunge, ihrem offenen Mund, der sich nach ihm zu sehnen schien. Sein Mund, der sich kraftvoll gegen den ihren drückte ...

Sie schauderte, klammerte sich an ihn. Sie kannte es. Sie hatte sich oft selbst dem befreienden Gefühl hingegeben, aber dies hier war anders. Wegen ihrer umschlungenen Körper war es anders. Jeder Teil von ihr war in Anspruch genommen, sodass sie sich fühlte, als würde sie in einem Feuer herumgewirbelt, sich dabei nach oben schrauben und dann hinausfliegen ...

Rothgar beobachtete im Kerzenlicht, wie sie dahinschmolz. Ihr wundervoller Körper glühte auf und geriet mit neu entdeckter Lust in Wallungen. Es ging beinahe über seine Kräfte. Er war hingerissen von ihrer glatten, seidigen Haut, von ihren sanften, murmelnden Geräuschen, dem Duft der Blumen und dem Duft, den Diana verströmte.

Alle Instinkte unter Kontrolle, so perfekt er irgend konnte, gab er ihr, wonach sie sich sehnte. Und nur das, was sie vereinbart hatten.

Sie könnte ihm gehören. Er wusste, dass sie sich jetzt nicht wehren würde, auch später wahrscheinlich keine Einwände hätte, und dass es so sicher wäre, wie ein Mann es nur machen konnte …

Er schob die Gedanken beiseite und ließ seine Finger wieder zwischen ihre Beine gleiten, in heiße, feuchte Bereitwilligkeit hinein …

All das könnte ihm gehören …

Nein.

Er wechselte die Lage und schob seine Finger tief hinein, verwarf den Gedanken, wie es sich anfühlen würde, wenn er tief in sie eindränge. Erhitzt erschauderte er bei diesem Bedürfnis, weidete sich jedoch an ihren Reaktionen.

Jetzt gab sie sich ganz ihren Sinnen hin. Als sie sich aufbäumte, saugte er ihren leisen Schrei mit einem Kuss auf, bewegte seine Finger in ihr und drückte sich an sie. Er widmete sich wieder ihren wunderbaren Brüsten und wurde selbst fast verrückt vor Lust, während er sie in den Wahnsinn trieb.

Als ihr Körper sich anspannte, drückte sie ihn mit ihren Armen fest an sich. Er ertrank in den Geräuschen dieser rasenden, weiblichen Lust und murmelte ihr etwas ins Ohr, während sie sich krümmte – ermutigende Worte, wohl tuende Worte, liebevolle Worte.

Liebevolle Worte, von denen er hoffte, dass sie sich nie an sie erinnern würde.

Liebevolle Worte, von denen er hoffte, dass er sie vergessen könnte.

Er schenkte ihr seine Lippen, als sie danach suchte, und gab sich einen kurzen Moment lang einem tiefen qualvollen Begehren hin.

Diana kam während des Kusses wieder zu sich und befreite sich, um zu ihm aufzusehen. »Ich habe mich geirrt. Ich will alles. Jetzt.«

Er schüttelte den Kopf und rückte ein Stück zur Seite, doch sie schlang Arme und Beine um ihn, um ihn festzuhalten. »Ich habe meine Sinne noch unter Kontrolle. Wir haben doch nur diese eine Nacht, oder? Es gibt kein Morgen. So ist es nun mal. Dies hier. Es gehört uns. Wie unser Kuss.«

Sie spürte das Zittern, das wie leise Musik durch seinen Körper wehte, und sah im Licht der tropfenden Kerze den glänzenden Schweiß auf seiner Haut. »Kein Morgen«, stimmte er zu. »Die Ewigkeit ist äußerst kurz für uns.«

»Wir haben gar keine Ewigkeit.« Sie wollte weinen, kämpfen, aber sie war nicht sicher, ob er sich irrte. Nur über das Jetzt konnten sie sich sicher sein.

»Schlafe mit mir, Bey«, sagte sie und bemühte sich, ihn zurückzuziehen, damit sie wieder Haut an Haut lägen. »Richtig. Jetzt. Ich könnte das Bedauern später nicht ertragen. Jetzt. *Bitte.*«

Als ob irgendetwas gerissen wäre, so wie beim Arm des kleinen Trommlers, gab er unverhofft nach. Er schob sich zwischen ihre Beine und stützte sich mit einem Arm auf, während er vorsichtig in sie eindrang.

Sie schloss ihre Augen, um zu fühlen, nur zu fühlen, als seine glühende Härte sie ausfüllte.

Ja, oh ja.

Die Vollkommenheit umspülte sie wie eine warme Welle. Die Vollkommenheit des Augenblicks, die ihr sagte, dass es so sein sollte. Zwei Hälften, die zusammengekommen waren. Der perfekte Schlüssel in einem perfekten Schloss.

Sie bog ihre Hüften, um die Vereinigung vollkommen zu machen, machte sich auf den Schmerz gefasst, bereit, ihn ohne Klagen hinzunehmen, doch plötzlich war er tief in ihr und erfüllte sie mit Zufriedenheit. Sie riss die Augen auf, um in die seinen zu sehen. Sie waren dunkel, mit einem Lächeln darin.

»Du möchtest, dass ich mich bewege, vermute ich«, sagte er.

»Wenn es dir nichts ausmacht.« Sie war selbst leicht entsetzt.

»Würde ich dich in einem solchen Moment quälen wollen?

Enttäusche mich nicht, Diana, sei jetzt nicht konventionell. Komm, lass uns zusammen sterben.« Er hob sich fast ganz aus ihr heraus, drängte sich dann wieder hinein.

La petite mort.

Oh ja. Sie, die noch nie romantisch gewesen war, wollte mit ihm sterben, wahrhaftig mit ihm sterben, wenn sie schon nicht zusammen sein konnten.

Sie schloss die Augen und fing seinen Rhythmus ein, fragte sich kurz, ob das Bett gegen die Wand krachte und die ganze Welt wissen ließ, was sie taten. Es war ihr egal. Vollkommen egal. Sie scherte sich den Teufel um die Welt. Die Glut in ihrem Inneren ging wieder in Flammen auf, und als sie vor Lust erstarb, spürte sie, dass auch er sich hingab.

Sie betete, dass es für ihn genauso wunderbar wäre.

Oder noch besser. Bei solch einem herrlichen Gefühl war es leicht, großzügig zu sein. Ihre Lust war diesmal weniger intensiv, aber sie drang tiefer ein und brannte die köstlichen Augenblicke in ihr Gedächtnis ein. Sie war sprachlos, erschöpft und unendlich zufrieden.

Als er sich von ihr löste, murmelte sie leise vor sich hin. Sie hoffte, es würde so dankbar klingen, wie sie sich fühlte. Dann öffnete sie die Augen und sah, dass er auf sein Kissen zurückgesunken war. Ihr Lächeln wurde breiter. »Du siehst wunderbar verschwitzt und zerzaust aus.«

Leise, aber herzlich lachte er. »Selbst ich kann nicht mit kühler Arroganz lieben.«

»Ist bei einem Malloren nicht alles möglich?« Sie hatte gelernt, dass dies das inoffizielle Motto der Familie war. Sein inoffizielles Motto.

Wieder lachte er und wandte den Kopf, um sie anzusehen. Noch vor ein paar Tagen hätte sie ihn sich niemals so entspannt vorstellen können. »Ich vermute, ich könnte das auch mit kühler Arroganz tun, wenn ich es müsste«, sagte er, »aber es wäre keine Liebe.« Er zog sie an sich und küsste sie. »Und daher könnte ich es nie mit dir tun.«

Liebe? Diana fing dieses Wort wie einen kostbaren Schatz auf, aber sie mochte nicht fragen, ob er es wirklich so meinte. Sie wusste nicht, ob es ein Segen oder ein Fluch wäre.

Sie wusste jedoch, dass sie es nie vergessen würde, egal was es war. Sie liebte ihn, wegen seiner Tugenden und der Gespräche, die sie geführt hatten, aber auch wegen der Leidenschaft. Diese Leidenschaft hatte den magischen Kreis geschlossen.

Sie wich zurück, um seine dunkle Schönheit zu mustern, und strich ihm das feuchte Haar aus der hohen Stirn. *Ich liebe dich, Bey Malloren.* Unmögliche Worte, denn sie wären gegen die Vereinbarung, die sie heute Nacht getroffen hatten.

Kein Morgen.

Aber sie hatten sich geliebt. Wahrhaftig, das hatten sie. Ausgiebig und völlig hingegeben. Die Liebe, die sie heute Nacht hier empfunden hatten, musste irgendwo auf der Welt weiterexistieren. Sie würde in ihr und in ihm fortbestehen und alles verändern.

Aber um Gottes willen nicht in Form eines Kindes.

Er tat es ihr gleich und strich ihr eine Haarsträhne aus dem Gesicht. Dann küsste er sie noch einmal sehnsuchtsvoll.

Spontan zog sie den großen Ring von ihrem Zeigefinger – es war zufällig ein wertvoller Saphir, doch das war nicht das Entscheidende. Sie nahm seine linke Hand und schob ihn über seinen Ringfinger.

Mit diesem Ring, dachte sie, sprach es aber nicht aus.

Er blickte auf den blauen Stein hinab, küsste ihren nackten Finger und sah sie beunruhigt an. In gewissem Sinne, so wusste sie, hätte sie das nicht tun sollen, aber in jedem anderen Sinn war es vollkommen richtig.

Dann rollte er sich aus dem Bett heraus, befeuchtete ein Tuch auf dem Waschtisch und kehrte zurück, um ihr den Bauch abzuwaschen. Sie sah an sich herunter und verstand plötzlich.

»Ich wünschte, du hättest das nicht getan.«

»Es ist wesentlich sicherer.«

Er hatte Recht, aber sie wünschte, er hätte es nicht getan.

»Nicht mit kühler Arroganz«, sagte sie, »aber die Sinne unter Kontrolle.«

Er kehrte zum Bett zurück und nahm sie in die Arme. »Hör auf, dich zu beschweren. Ich hätte es auch lieber nicht getan.«

Sie schmiegte sich an ihn. »Wenn ich jetzt nicht so … glücklich wäre, könnte ich das Schicksal anschreien.«

Seine Hand spielte mit den Haaren in ihrem Nacken. »Gib dich dem Augenblick hin, meine Geliebte. Morgen ist Zeit genug, um zu schreien.«

Jetzt nannte er sie »meine Geliebte«, aber trotzdem war er fest entschlossen. Dass mehr nicht sein würde. Sie konnte sich nicht beschweren, denn es war von Anfang an klar gewesen, doch sie hatte gehofft. Nur ein kleines bisschen.

Sie konnten nicht heiraten, aber sie konnten Liebende sein, wenn sie sehr vorsichtig waren. Nein. Sie wusste, dass es unmöglich sein würde, für immer ein Kind zu vermeiden …

Rothgar hielt sie fest und beobachtete, wie sie vom Schlaf übermannt wurde. Sie sah wie ein müdes Kind aus. Ihre Locken waren zerzaust, ihre Lippen leicht geöffnet, ihre Wimpern lagen sanft auf den runden Wangen. Es war ein langer, anstrengender Tag voller Anspannung und Gefahren gewesen, und nun konnte sie sich endlich ausruhen.

Dafür hatte er gesorgt.

Bei Gott, hoffentlich hatte er nicht für noch mehr gesorgt.

Doch sie müssten außer Gefahr sein.

Sobald er sicher war, dass sie fest schlief, legte er sie vorsichtig auf ihr Kissen und fuhr fort, sie zu betrachten. Aus dem anderen Blickwinkel sah sie immer noch jung aus, doch jetzt konnte er ihr entschlossenes Kinn sehen. Der Körper, mit dem er sich verbunden hatte, war alles andere als kindlich, sondern gehörte einer aktiven, starken Frau.

Einer wirklich bemerkenswerten Frau.

Er schätzte sie nun schon seit einem Jahr, aber sie hatte ein verwöhntes Leben geführt und einen Anflug von kindischem, starrköpfigem Eigensinn beibehalten. Er hatte sich gefragt, wie sie sich verhalten würde, wenn man sie ernsthaft auf die Probe stellen würde.

Heute hatte er es herausgefunden.

Auf großartige Weise.

An seiner Seite hatte sie der Gefahr kühl ins Auge geblickt. Sie hatte für ihn getötet. Und sie hatte keinen unnötigen Wirbel darum gemacht.

Im letzten Jahr hatte sie sein Interesse geweckt, weil sie ihn so kühn herausgefordert hatte, und besonders, weil sie gesiegt hatte, aber er war kein Mann, der sich von einer faszinierenden jungen Frau zu einer Dummheit hinreißen ließ. In den letzten Tagen hatte sie jedoch gezeigt, dass sie ihm in jeder Hinsicht gewachsen war. Sie hatte ihn mit ihrem aufgeweckten Humor und ihrer Intelligenz amüsiert und gleichzeitig beunruhigt – mit ihrer Kühnheit und ihrem Mut, mit ihren Problemen und ihren Bedürfnissen.

Dann hatte sie ihn zu diesem gefährlichen Kuss verleitet. Ihrer beider Kuss. Dennoch war er Herr der Lage geblieben. Nicht ernsthaft bedroht. Bis heute Nacht.

Es war einzigartig gewesen.

Umwerfend.

Verboten.

Er betrachtete den facettenreichen blauen Stein an seinem Finger. Ein Teil ihrer auffälligen Panzerung gegen die Welt. Er wusste, dass dieser Ring nicht nur Zuneigung, sondern auch Schutz versprechen sollte. Einen Bund der gegenseitigen Loyalität und des Vertrauens.

Er führte den Ring zum Mund, sah sie an und erkannte, dass hier, unerwartet und ungewollt, die richtige Frau für ihn lag.

Nein, nicht ungewollt, sondern unmöglich.

Sappho hatte gesagt, dass er unvollkommen sei, dass es nun eine Lücke gäbe, nun, da seine Familie versorgt war.

Nein. Sie hatte gesagt, dass die Lücke schon immer da gewesen sei, aber von anderen Anforderungen überdeckt worden sei. Von anderen Leidenschaften.

Es war ihm unsinnig vorgekommen, aber jetzt erkannte er, dass sie wie üblich Recht hatte. Unvermutet sehnte er sich nach Nähe, Liebe und Intimität. Seine Geschwister waren für ihn keine lästige Pflicht, sondern eine Notwendigkeit, und ihre Bedürfnisse hatten ihm erlaubt, einer Heirat zu widerstehen.

Aber nun stand er der Versuchung ungeschützt gegenüber.

Er hatte sie seine »Geliebte« genannt. Er hoffte, dass sie es nicht gemerkt hatte.

Zu spät erkannte er, wie viel weiser es gewesen wäre, wenn er das Ganze verhindert hätte. Er hätte sie zurück in ihr Zimmer schicken sollen. Er hätte sie sogar hineinbitten, zu einem Portwein nötigen, ihre aufgewühlten Nerven beruhigen und sie dann zurück ins Bett schicken können.

Stattdessen hatte er dem Verlangen nachgegeben, das in ihm brannte, einem Verlangen, mit dem er nun schon seit Tagen lebte, in dem Glauben, dass es ungefährlich sei. Dass er wie immer die Kontrolle darüber hatte.

Eine Selbstüberschätzung mit vorhersehbaren Folgen.

Ein Bedürfnis, das so roh, so schmerzhaft war wie nacktes Fleisch.

Um sich zu schützen, verließ er das Bett und zog seine Kleider wieder an, versuchte erneut, Barrieren zu schaffen, den Schmerz zu verhüllen. Gleichzeitig bemühte er sich, den Schutzwall um seine Gedanken wieder aufzubauen.

All dies war das Ergebnis der Gefahr und der Nähe. Es würde verschwinden, wenn er wieder zum Alltag zurückkehrte. Morgen würden sie in London eintreffen, und Diana würde am Empfang der Königin teilnehmen. Von dort aus würde sie in Queen's House einziehen. Er würde sie nur noch kurz und in Gesellschaft sehen.

Allerdings würden sie spät in der Stadt ankommen. Eine

Entschuldigung, um ihr Erscheinen ein paar Tage hinauszuschieben …

Wie töricht. Je eher sie in höfischen Kreisen weilte, desto besser. Wenn alles gut ging, würde sie innerhalb weniger Wochen in den Norden zurückkehren, und sie brauchten sich nie wieder zu treffen. Er würde es bedauern, Brand nicht in Wenscote besuchen zu können, aber es war notwendig.

Und wenn Diana eines Tages zum Vergnügen wieder nach London käme? Dann würde er woandershin reisen. Paris würde ihm bald wieder offen stehen. Er könnte auch in den Norden fahren, wenn sie in den Süden kam. Bei dem Gedanken an solch einen törichten Tanz lachte er in sich hinein, aber es wäre die einzige Möglichkeit.

Er schloss für einen Moment die Augen und versuchte nicht, den Schmerz zu leugnen. Für ihn und für sie. Doch Schmerzen waren ein Teil des Lebens. Ein ehrenhafter Mann fürchtete sich nicht vor ihnen.

Und mit der Zeit ließ selbst der schlimmste Schmerz nach und wurde erträglich.

In Hemd und Kniehosen kletterte er auf seine Bettseite. Er legte sich nur unter die Tagesdecke und war so durch Laken und Wolldecke von ihr getrennt, konnte jedoch nicht widerstehen, sich ihr zuzuwenden.

Als spürte sie ihn, drehte sie sich im Schlaf zu ihm um und streckte ihren Arm unter den Decken nach ihm aus. Da sie nichts fand, beruhigte sie sich und sank wieder in einen tiefen Schlaf.

Er widerstand dem Bedürfnis, ihre leicht geöffneten Lippen zu küssen, aber er blieb liegen und schaute sie an, bis die Kerze schließlich im Wachs ertrank und die Dunkelheit ihm Schlaf brachte.

17

Diana erwachte in friedvoller und vergnügter Stimmung, die sich jedoch augenblicklich in Verwirrung verwandelte. Weil sie gerade jemand geküsst hatte.

Sie blinzelte.

Der Marquis.

Bey.

Sie lächelte und versuchte, ihre Arme zu befreien, um sie ihm entgegenzustrecken, aber er wich zurück. »Es dämmert schon fast. Wir müssen dich in dein Zimmer zurückbekommen.«

Sofort fiel ihr ein, dass die Wachen alle an Ort und Stelle waren. Es war klug von ihm, im Augenblick aber grausam.

Sie tastete nach ihrem Hemd und bemühte sich, es unter den Decken gerade zu ziehen, obschon er sich umgedreht hatte und aus dem kleinen Fenster blickte. Am perlgrauen Himmel wurde gerade ein heller Schimmer aus Gelb-, Orange- und Rosatönen sichtbar.

Er war komplett angezogen, trug sogar sein Halstuch und den Rock, und sie kam sich schlampig vor, als sie in ihrem zerknitterten, fleckigen Kleidungsstück aus dem Bett schlüpfte. Sie wickelte die rosafarbene, karierte Decke fest um sich, bevor sie sagte: »Fertig.«

Er drehte sich um und kam auf sie zu, als wären sie eine tugendhafte Lady und ein Gentleman, die spazieren gehen wollten. Da bemerkte sie, dass er den Saphirring nicht an seiner Hand trug. Natürlich nicht. Kein Morgen. Aber sie wusste, dass er ihn sicher aufbewahren würde.

Es gab tausend Dinge und gleichzeitig nichts zu sagen. Sie hatte diese gefährliche Reise mit dem unausgesprochenen

Versprechen angetreten, dass sie heute wieder ans sichere Ufer zurückkehren würden, dass sie keine dauerhaften, verhängnisvollen Bündnisse eingehen würden.

Dieses Versprechen würde sie halten, selbst wenn es sie umbringen würde.

Er öffnete die Tür, blickte kurz hinaus und drehte sich wieder um. »Die Luft ist rein.«

Sie ging auf ihn zu, an ihm vorbei, konnte jedoch nicht widerstehen, innezuhalten und ihn anzusehen. Anzuflehen.

Seine ganze Unbeschwertheit war dahin. Er legte seine Hände auf ihre Wangen und strich mit den Lippen über ihren Mund. »Wir haben den sicheren Weg verlassen. Wenn trotz allem ein Kind entstanden ist, musst du es mir sagen.«

Sie schüttelte den Kopf. »Du weißt, dass du nicht heiraten kannst, und wir können uns nicht offen zu einem unehelichen Kind bekennen. Wenn ich schwanger werde, ist es allein mein Problem.«

»Das ist nicht wahr.«

»Aber wir müssen so damit umgehen. Streite nicht mit mir darüber, Bey.«

»Sag mir nicht, was ich tun soll, Diana.« Aber er sagte es ohne Groll, nahm sie in die Arme, was ihr beinahe den Atem raubte, drückte sie an sich und lehnte seinen Kopf einen Moment lang gegen den ihren.

Als er sich aufrichtete, war keine Spur von Schwäche in seinem Gesicht zu erkennen. »Adieu, Diana.«

»Adieu, Bey.«

Sie blickte nicht zurück, als sie über den Korridor und in ihr Zimmer eilte. Da Clara noch schlief, öffnete Diana leise ihre Schmuckschachtel und nahm willkürlich irgendeinen Ring heraus, um denjenigen zu ersetzen, den sie ihm gegeben hatte. Dann legte sie sich neben die Zofe und starrte auf die dunkle, mit einem Balken versehene Decke, lebte noch einmal alles durch, erinnerte sich ...

Ließ jede Hoffnung fahren.

Diana trug ihr schmutziges Kleid, als sie Bey beim Frühstück wieder traf. Gott sei Dank mussten sie keine belanglosen Gespräche führen, da Sir Eresby wieder mit Berichten und Fragen auftauchte. Offensichtlich hatte er jemanden beauftragt, in Ware Nachforschungen anzustellen, und herausgefunden, dass man die Angreifer, die Franzosen waren, dort gesehen hatte. Hinzu kam, dass sie mit einem Franzosen zusammen gewesen waren, der de Couriac hieß.

Bey erzählte Sir Eresby ohne Umschweife, dass sie mit Monsieur de Couriac und seiner Frau in Ferry Bridge zu Abend gegessen hatten, dass Monsieur de Couriac krank geworden und das Paar in der Nacht abgereist war.

Der untersetzte, ernste Beamte schien nichts davon zu glauben. »Könnte er einen Groll gegen Euch gehegt haben, Lord Rothgar?«

Bey war vollständig zu seiner aristokratischen Arroganz zurückgekehrt und zog die Augenbrauen hoch. »Wegen seiner Krankheit? Das Essen wurde vom Gasthaus bereitgestellt, nicht von mir. Und wer würde wegen so etwas einen Mord planen?«

»Welchen Grund könnte es sonst für einen so kaltblütigen Plan geben, Mylord?«

»Ich habe keine Ahnung, Sir Eresby.« Er stand auf und streckte die Hand nach Diana aus. »Aber wir müssen uns auf den Weg machen. Lady Arradale wird heute beim Empfang der Königin erwartet.«

Diana reichte ihm die Hand. Sie widerstand dem Bedürfnis, ihre Finger um die seinen zu winden, und bedauerte den armen Baronet, der so demonstrativ in seine Schranken verwiesen worden war.

Sir Eresby stand auf und verneigte sich. »Natürlich, Mylord. Mylady.« Aber er ließ sich nur teilweise einschüchtern. »Ich werde eine Nachricht nach London schicken, wenn sich weitere Fragen ergeben.«

Das solltet Ihr tun, dachte Diana, als sie sich aus dem Speisezimmer und zur Kutsche führen ließ. Beim Anblick der durchlöcherten Kutschenverkleidung dachte sie entsetzt an den gestrigen Tag zurück.

»Geht es dir gut?«, fragte Bey ruhig.

»Ja, natürlich, ich hatte es nur vergessen.«

Sie tauschten einen flüchtigen Blick und dachten beide daran, was ihnen die schrecklichen Erlebnisse aus dem Gedächtnis gelöscht hatte.

Dann sah sie weg. »Ich bin froh, wenn unser Gepäck uns einholt. Clara hat sich die größte Mühe mit diesem Kleid gegeben, aber der Schmutz will einfach nicht herausgehen.«

Eine Metapher für ihr Leben, dachte sie, als sie in die beschädigte Kutsche stieg. Kein Schmutz, aber Veränderungen, die nicht rückgängig gemacht werden konnten. Was sie auch nicht wollte – trotz des Risikos, das sie mit sich brachten.

Clara und Fettler saßen bereits auf der gegenüberliegenden Seite. Bey nahm seinen Platz ein, und kurze Zeit später waren sie unterwegs nach London.

Sie unterhielten sich nicht, gaben nicht einmal vor zu lesen. Sahen einander nicht an. Oder besser gesagt, er konnte sie die ganze Zeit über unverwandt anstarren, da sie sich weigerte, ihn anzusehen. Sie war nicht nur wegen des nächtlichen Vergnügens so abwesend, sondern wegen einer Nähe, einer Intimität, die sie noch nie in dieser Art erlebt hatte.

Rosa hatte sie gewarnt, dass Frauen dazu neigten, sich in die Männer zu verlieben, mit denen sie schliefen, aber das war nicht alles. Im Grunde hatten Rosa und Brand sich durch Zufall gefunden, wie zwei Teile eines zerbrochenen Ganzen. Sie passten so perfekt zusammen, dass alle anderen Paare sofort unglaublich entstellt wirkten.

Du und kein anderer.

War Bey ihre verlorene Hälfte?

Er und keiner anderer?

Sie erkannte, dass es so war. Er war der verlorene Teil ihrer selbst, unverhofft gefunden, für kurze Augenblicke hastig an scharfe Kanten angepasst, die jetzt von neuem bluteten.

Warum nicht?, fragte sich der rebellische Teil in ihr plötzlich. Warum konnten sie nicht die Vollendung finden, die Vollständigkeit, die jedem Menschen zustand?

War es nicht wert, danach zu streben?

Entschlossen analysierte sie die praktischen Probleme.

Ihre Unabhängigkeit. Das war kein Problem. Sie wusste, dass er sie respektieren würde.

Aber was war mit ihrem Auftreten als unabhängige Autorität? Du lieber Himmel, der Marquis von Rothgar konnte jeden in den Schatten stellen, und auf eine Weise, die ihr zum Vorteil gereichen würde. Sie würde Gewinn daraus ziehen, ihn als Gefährten zu haben, als gleichberechtigte Hälfte. Er würde gewiss nicht das Bedürfnis verspüren, sich aufzublasen und sie herumzukommandieren.

Wie verhielt es sich mit der geografischen Situation?

Sie brachte sowohl Vorteile als auch Nachteile. Sie würden Wege finden müssen, um ihre Zeit zwischen dem Norden und dem Süden aufzuteilen, zwischen seinen und ihren Verpflichtungen. Es würde Zeiten der Trennung geben, aber allein auf ihrem Grund und Boden zu sein, würde ihr helfen, ihre Autorität zu bewahren. Ein unbedeutender, aber stets anwesender Ehemann wäre eine wesentlich größere Bedrohung.

Ein adeliger Mann würde ihr wahrhaftig mehr nützen als einer von niederem Stand, auch wenn sie bisher noch gar nicht über diese Frage nachgedacht hatte.

Vielleicht war es am Ende *doch* möglich.

Von neuer Hoffnung beflügelt, spähte sie zur Seite. Und prallte auf Verzweiflung.

Mochten *ihre* Probleme auch dahingeschmolzen sein, *seine* waren es nicht. Seine Gründe, nicht zu heiraten, waren so mächtig wie zuvor.

Sie sah wieder aus dem Fenster. Die belebter werdende

Straße und die sich häufenden Dörfer und Gasthäuser verrieten ihr, dass sie bald in London sein würden.

Sich bald trennen würden.

Er war entschlossen, kein verschmutztes Blut in sein altes Geschlecht hineinzubringen. Er hatte ihr nicht widersprochen, als sie gesagt hatte, dass er sie nicht heiraten könnte, wenn sie ein Kind erwartete, und sie wusste, wie furchtbar schwer ihm das fallen würde.

Er akzeptierte all seine Verpflichtungen – selbst eine rebellische Gräfin, die nur eine entfernte, angeheiratete Verwandte war. Seine Liebe für seine Familie saß tief, und er ging wunderbar mit Kindern um. Die Vorstellung, das eigene Kind zu verschmähen, musste unsäglich schmerzhaft für ihn sein, und doch war er dazu bereit, um bei seinem festen Entschluss zu bleiben.

Sie betete inbrünstig, dass sie nicht schwanger sein würde. Für sie wäre es schrecklich, für ihn jedoch vollkommen unerträglich. Kein Wunder, dass er so nachdrücklich betont hatte, sie könnten nicht noch einmal miteinander schlafen.

In diesem Moment fasste sie den Entschluss, dass er es nie erfahren würde, wenn sie schwanger werden sollte. Sie würde einen Weg finden, die Schwangerschaft zu verbergen, und das Kind bei jemandem, der auf ihrem Besitz wohnte, aufwachsen lassen. Sie würde es im Auge behalten können, obwohl es ihr das Herz brechen würde, es nicht bei sich behalten und als ihr eigenes Kind lieben zu können. Doch Bey zuliebe würde sie es tun.

Sie kämpfte gegen ihre Tränen an, doch sie wollten nicht versiegen. Beide besaßen sie Reichtum, Macht, Liebe und einen starken Willen, doch was brachte es ihnen? Sie mussten ihr Leben getrennt führen, als kahle Landschaften, auch wenn ein Garten voller Sonnenschein und Lachen in Sichtweite, ja fast in Reichweite lag.

Sie dachte an den Automaten, der eingewickelt wie ein Baby nur ein paar Zoll hinter ihr reiste. Einen verrückten

Moment lang schien ihr ungeborener Sohn – der bei Gott hoffentlich nie geboren wurde – im Gepäckkasten der Kutsche zu liegen und weinend um seine Befreiung zu bitten.

Ihr Kampfgeist rebellierte. Es musste doch einen Weg geben!

Doch welchen? Eine Ehe ohne Kinder? Wenngleich die Vorstellung schmerzte, wäre sie dazu bereit. Doch Elfs hilfreiches Merkblatt über Schwangerschaftsverhütung machte deutlich, dass es keine Möglichkeit gab, vollkommen sicher zu sein, selbst wenn sie immer so vorsichtig sein würden wie im *White Goose*. Das war lediglich ein Mittel, um nicht zu schnell hintereinander Kinder zu bekommen, um einer Frau und ihrer Familie das Leben zu erleichtern.

O Gott, wenn die Medizin eine Möglichkeit böte, sie unfruchtbar zu machen, würde sie sich unters Messer legen, auch wenn sie um die Kinder weinen würde, die nie geboren würden – ihre gemeinsamen Kinder.

Sie riskierte einen weiteren raschen Blick auf seine dunklen, klassischen Gesichtszüge. Von all den kostbaren Anlagen, die er an ein Kind weitergeben könnte, war nur ein winziger Teil fragwürdig.

Als hätte er es wahrgenommen, drehte er sich mit fragendem Blick zu ihr um. *Was bedrückt dich? Kann ich helfen?*

Wegen der Dienstboten zum Schweigen gezwungen, antwortete sie mit einem leichten Kopfschütteln und wandte sich wieder dem sicheren Fenster zu. Jetzt waren Gemüsegärtnereien zu sehen, in denen Menschen wie Arbeiterbienen umherwuselten und Gemüse für die übervölkerte Stadt ernteten. Wegen des dichten Verkehrs, der nach London unterwegs war – Kutschen, Karren und Fußgänger –, war ihre Kutsche langsamer geworden.

Könnten sie hier doch nur anhalten und zu Eis erstarren, dann wären sie wenigstens beisammen.

In London mussten sie sich trennen, und ein König wartete darauf, besänftigt zu werden, damit sie ihm unverheiratet entkommen konnte. Denn sie wusste jetzt, dass sie niemand anderen heiraten könnte, selbst nicht, um der Irrenanstalt zu entgehen.

Du oder keiner.

Die geschäftige Straße hielt sie auf, auch wenn andere Fahrzeuge der wappengeschmückten Kutsche Platz machten. Die Menschen auf der Straße wandten die Köpfe, um die prächtige Kutsche mit den Vorreitern vorbeiziehen zu sehen. Ein Paar lenkte Dianas Aufmerksamkeit auf sich.

Zwischen ihnen stand ein kleines Kind. Sie fassten sich an den Händen wie Glieder einer Kette. Das kleine Mädchen ließ seine Eltern los und bat offensichtlich darum, auf den Arm genommen zu werden. Lächelnd hob der Vater es hoch. Das Mädchen legte ihm vertraulich den Arm um den Hals, während es schwatzend auf die Kutsche zeigte.

Jetzt waren sie ganz nah, und Diana konnte nicht anders, als zu lächeln und dem kleinen Mädchen zuzuwinken. All ihre Ringe blitzten in der Sonne auf, und sie sah, dass die Augen des Kindes sich vor Freude weiteten und dass sein Lachen breiter wurde, als sie zurückwinkte.

Die Kutsche fuhr weiter und ließ die Familie hinter sich. Zweifellos glaubten sie, soeben ein höchst glückliches Paar gesehen zu haben, das ein gesegnetes und goldenes Leben führte. Stattdessen fühlte sie sich wie ein Bettler an ihrem Tisch.

Es fiel ihr schwer, sich vorzustellen, dass sie und Bey wie gewöhnliche Leute als Familie eine Straße entlangspazierten. Doch es war leicht, sich vorzustellen, wie er ein zärtlich geliebtes Kind auf dem Arm hatte. Genauso liebevoll wie mit dem kleinen Arthur würde er auch mit seinen eigenen Kindern umgehen. Genau wie bei seinen Brüdern und Schwestern wäre er ein Felsen, auf dem sie ihr Leben aufbauen könnten.

Ein Felsen zu sein, musste so kalt und hart sein.

Die plötzliche Wendung war wie das Einstürzen einer

dunklen Wand, sodass Licht hereinfiel. Es war falsch. Alles war falsch, und es musste einen Weg geben, den Irrtum richtig zu stellen, nicht nur um ihrer selbst willen, sondern ihm zuliebe. Vor allem ihm zuliebe. Dieser wunderbar großzügige Mann verdiente mehr vom Leben als das kalte Exil, in das er sich zurückgezogen hatte.

Er musste in der Tat gerettet werden.

Als die einfachen Straßen zunehmend vornehmer wurden, suchte sie immer noch verzweifelt nach einem möglichen Weg. Wenngleich ihr nichts einfiel, gab sie nicht auf. Sie waren zwei wohlhabende, intelligente und mächtige Personen. Es musste einen Weg geben.

Doch die vornehmen Straßen und Menschen lenkten sie ab, und sie musste das Schweigen brechen. »Mylord, so kann ich nicht am Hof ankommen.« Sie zeigte auf ihr schmutziges Kleid.

»Natürlich nicht«, sagte er, als hätte er bis jetzt tatsächlich noch nicht darüber nachgedacht. Es war wie ein Sieg, diesen kontrollierten und logisch denkenden Mann verwirrt zu haben.

»Die Gepäckkarren müssten schon angekommen sein«, bemerkte er. »Wenn nicht ... Elf hat ein paar Kleider in Malloren House gelassen.«

Diana versuchte, ein Kichern zu unterdrücken. Sie und Elf waren von verschiedener Körperform und Größe.

Ein wehmütiger Widerhall ihrer guten Laune wärmte seinen Blick, doch er wurde unverzüglich wieder kühl. »Wenn dein Gepäck noch nicht da ist, lassen wir dich bei der Königin entschuldigen.«

Eine Entschuldigung bedeutete mehr Zeit. Mehr Zeit mit ihm. Mehr Zeit, um einen Weg zu finden. Trotz Versprechungen und Willenskraft vielleicht eine weitere Nacht.

»Wir sind am Marlborough Square«, stellte er fest, als die Kutsche zwischen modernen Häuserzeilen abbog und auf einen offenen Platz zufuhr.

Sie erblickte hohe Backsteinhäuser mit dunklen Gittern an der Vorderseite und lange Baumreihen. In der Mitte gab es sogar einen hübschen Garten mit einem Ententeich. »Wie reizend. Ich habe nicht so viel Grün erwartet.«

»In London gibt es auch viele Parks.«

Welch eine banale Konversation, aber es war das Beste, wozu sie in der Lage waren.

»Dies ist Malloren House«, sagte er, als die Kutsche auf einen Hof vor einem Wohnhaus abbog, das sich von den Häuserreihen auf beiden Seiten deutlich unterschied.

Sie flüchtete sich in Neckereien. »Es war zu erwarten, dass Ihr das größte Haus am Platz haben würdet, Mylord.«

»Aber natürlich. Der ganze Platz gehört mir. Das ist allerdings nicht mein Verdienst. Mein Großvater wollte nur ungern in den überfüllten älteren Teilen der Stadt leben und kaufte dieses Land. Als er seinen Landsitz plante, kamen solche Plätze in Mode, und er beschloss, ihn auf diese Art bauen zu lassen. Mein Vater vollendete das Werk.«

Sobald die Kutsche vor dem stattlichen Säulengang stehen blieb, strömten Dienstboten heraus, um ihnen behilflich zu sein.

»Warum dann nicht Malloren Square?«, fragte sie.

»Mein Großvater war ein Freund und Bewunderer des Herzogs von Marlborough.« Er stieg aus der Kutsche aus und wandte sich ihr zu, um ihr zu helfen.

Die Reise war vorbei. Und was für eine Reise es gewesen war.

Als sie das Haus betraten, wurde ihr klar, dass eine Nachricht vorausgeschickt worden war, um über ihre Verspätung und deren Grund zu informieren. Natürlich. Man hatte sie schon am gestrigen Abend erwartet. Trotz des Überfalls und des Todes seines Bediensteten hatte Bey offensichtlich eine ganze Menge Angelegenheiten geregelt, bevor er es sich mit dieser Portwein-Karaffe gemütlich gemacht hatte.

Da sie ihn immer noch nicht ganz einschätzen konnte, sah

sie sich in seinem Londoner Zuhause um und fragte sich, was es über ihn enthüllen könnte.

Die Eingangshalle war eichengetäfelt und passte vom Stil her eher zu dem Landhaus, das sein Großvater ursprünglich geplant hatte, als zu dem modernen Stadthaus, das es geworden war. Das Eichenholz war noch nicht auf moderne Art gestrichen, aber der Raum wurde von vier hohen Fenstern über der geschwungenen Treppe erhellt.

Im Raum verteilt gab es Bilder, Möbel und Schmuckgegenstände. Sie waren alle von feinster Qualität, aber anders als in den meisten vornehmen Häusern hatte man nicht den Eindruck, sie seien sorgfältig angeordnet, sondern im Laufe der Jahre einfach nur angesammelt worden. Dieses erhabene Haus brachte es fertig, dass man sich darin zu Hause fühlte, und sie kam nicht um den Gedanken herum, wie wunderbar es sein mochte, es als Beys Braut zu betreten.

Es musste doch möglich sein! Zwei Leben konnten doch nicht auf diese Weise vergeudet werden. Keine Familie war frei von körperlichen und geistigen Makeln, und auch Menschen, die makellos wirkten, konnten Problemkinder bekommen. Sie drehte sich um, um ihn anzusprechen, aber er war gerade dabei, einigen Dienstboten knappe Anweisungen zu erteilen, was den Automaten betraf.

Mit einem Seufzer ging sie auf ein großes Gemälde zu. Bey in Robe und Adelskrone, hochmütig auf niedriger gestellte Sterbliche herabblickend. Er sah bemerkenswert kühl und einschüchternd aus. Genauso, wie sie ihn sich einst vorgestellt hatte.

Sie merkte, wie er sich neben sie stellte, und warf ihm einen spöttischen Blick zu.

Seine Mundwinkel zuckten. »Ich habe bewusst einen Künstler ausgesucht, der Angst vor mir hatte. Meinst du, es gibt nicht den richtigen Gesichtsausdruck wieder?«

»Wenn du möchtest, dass jeder sofort anfängt zu zittern.«

»Aber natürlich.«

Sie war erfreut, dass eine Spur von Leichtigkeit zwischen ihnen blieb. »Du musst mir den Namen den Künstlers geben. Ich benötige ein ähnliches Porträt für die Eingangshalle.«

»Du würdest ihm keine Angst einjagen. Was bedeutet, dass er ein Narr ist.« Er wandte sich um, um eine Anweisung zu erteilen, und sagte dann: »Die Gepäckkarren sind gestern Abend wohlbehalten angekommen, und deine Kisten warten oben auf dich.«

Er wirkte ungerührt angesichts dieser Nachricht, doch Diana hätte am liebsten angefangen zu schreien. Sie verbarg ihre Enttäuschung so gut sie konnte und ließ sich wegführen, um sich für den Hof zurechtzumachen.

Als sie die Treppe hinaufstieg, bemerkte sie über dem oberen Absatz ein weiteres Gemälde. Es zeigte ein Paar in Kleidern, die eine Generation zuvor modern waren. Beys Eltern, vermutete sie. Die Ähnlichkeit zwischen ihm und dem Mann war offensichtlich. Auch wenn die gemalten Gesichtszüge ein wenig weicher wirkten, waren die dunklen Haare und die dunklen Augen dieselben. Er sah jedoch wie ein wesentlich freundlicherer Mann aus als sein ältester Sohn, wenn auch ein wenig traurig.

Dann erkannte sie, dass die rothaarige Frau seine zweite Frau sein musste – die Ähnlichkeit mit den »roten Mallorens« war offensichtlich. Aha, dachte sie, als sie unter dem Porträt stehen blieb, diese Tragödie erklärte die ihn umgebende Traurigkeit.

Der Marquis auf dem Gemälde war recht jung. Man neigte dazu, sich Eltern als mittelalt oder älter vorzustellen, doch ein solches Porträt erinnerte daran, dass Eltern auch einmal in den Zwanzigern und womöglich genauso verwirrt und unsicher wie man selbst gewesen waren.

Trotz der wartenden Dienstboten musterte sie die zweite Frau. Rotgoldenes Haar und ein großzügiger Mund, der freundlich lächelte. Zudem war sie schön, was sie insbesondere ihrem ältesten Sohn, Bryght, vererbt hatte, verbunden mit der dunklen Haarfarbe seines Vaters. Am meisten schienen jedoch Wärme und Freundlichkeit durch.

Eine Frau, die von allen schmerzlich vermisst wurde. Vielleicht hatte ihr Mann keinen großen Überlebenswillen mehr gehabt, nachdem er sie verloren hatte.

Du und keine andere. Auch hier spürte sie es.

Zwei Hälften, deren Trennung blutende Wunden oder bestenfalls schreckliche Narben hinterließ.

Es musste einen Weg geben!

Sie ließ sich weiterführen zu einer Suite, in der die Holzvertäfelungen weiß gestrichen und mit chinesischen Tapeten abgesetzt waren. Auch die Möbel waren im neuesten Stil, fein gearbeitet und mit Einlegearbeiten aus Zierhölzern versehen.

»Lady Elfs Gemächer, Mylady«, sagte die Haushälterin. »Jetzt Lady Walgrave natürlich. Sie lebt im Haus ihres Ehegatten.«

Lange Vorhänge an hohen Fenstern. Vogelgezwitscher aus den Bäumen vor dem Fenster und spielende Kinder ganz in der Nähe. Eine bittere Erinnerung an das Leben, das so viele Leute für selbstverständlich erachteten.

Wärme, Liebe, Ehe und Kinder.

»Wir haben Eure Kisten noch nicht ausgepackt, Mylady«, fuhr die Haushälterin fort, »weil Ihr ins Queen's House ziehen sollt. Aber wenn Ihr so freundlich wärt, mir zu sagen, was Ihr für den Empfang benötigt, werde ich es vorbereiten lassen.«

Diana vergaß für einen Moment ihre Sehnsüchte und konzentrierte sich auf die bevorstehende Herausforderung. Wenn sie beim König versagte, würde Bey sich verpflichtet fühlen, sein Versprechen zu halten und sie zu heiraten. Sie wünschte es sich inbrünstig, aber nur eine echte Heirat. Eine Scheinehe wäre schlimmer als überhaupt keine.

Daher musste sie einen korrekten ersten Eindruck beim König und bei der Königin hinterlassen und ihre Rolle der konventionellen Frau bis zur Perfektion spielen. Während ihrer Proben hatte er ihr unter anderem erzählt, dass der König und die Königin den englischen Handel unterstützen wollten. Zum Glück war ihr Hofkleid aus Spitalfields-Seide.

Sie wandte sich an die Haushälterin. »Clara weiß, wo mein Kleid für den Hof hingepackt wurde. In der Zwischenzeit würde ich gern ein Bad nehmen.«

»Gewiss, Mylady. Und Tee, während Ihr darauf wartet?«

»Sehr gern.«

Als sie für einen kurzen Moment allein war, nahm Diana ihren kleinen Hut ab und strich sich über den schmerzenden Kopf. In Wahrheit schmerzte er nicht. Er war verspannt. Selbst die Knochen fühlten sich verspannt an.

Wo war er jetzt? Zweifellos machte er sich ebenfalls für den Hof zurecht. War er unter Fettlers ungerührtem Blick bereits nackt …?

Nachdem Rothgar sich davon überzeugt hatte, dass alles geregelt war, begann er die Treppe hinaufzusteigen. Als er Diana sah, die gerade das Porträt seines Vaters und seiner Stiefmutter betrachtete, blieb er stehen.

Was sah sie?

Nichts, was er ihr anbieten konnte.

Um sie nicht überholen zu müssen, drehte er sich um und ging über einen Korridor in einen Raum auf der Rückseite des Hauses. Dort überwachte er das Auswickeln des kleinen Trommlers und überprüfte ihn auf neu hinzugekommene Schäden. Dem Himmel sei Dank, dass er angeordnet hatte, ihn im Gepäckfach der Hauptkutsche zu transportieren. Der Automat schien die abenteuerliche Reise unbeschadet überstanden zu haben. Rothgar schickte eine Nachricht an John Joseph Merlin und bat darum, den Automaten so bald wie möglich zu untersuchen und einen Termin zu vereinbaren, damit sie über die Reparaturen sprechen könnten.

Die Dienstboten zogen sich unter Verbeugungen zurück,

und er stand allein mit der reglosen und stummen Figur da. Er war versucht, sie aufzuziehen und einzuschalten. Den Jungen zum Leben zu erwecken. Er hockte sich hin, damit er ihm in die Augen sehen konnte.

»Wahrscheinlich wirst du mich quälen, mein Kleiner. Mich daran erinnern, was hätte sein können. Mich warnen, was geschehen könnte, wenn die Götter mir nicht wohl gesonnen sind. »

Die unheimlichen, realistischen Glasaugen, mit langen Wimpern umsäumt, starrten zurück. Sie schienen zu sagen: »*Möchtest du wirklich nicht, dass ich real bin?*«

Hastig stand er auf, verließ den Raum und schloss die Tür hinter sich zu.

Nichts hatte sich geändert. Die Logik, auf die er sein Leben aufgebaut hatte, war immer noch vernünftig. Diese Unstetigkeit, an der er jetzt litt, war Schwäche, nichts anderes.

Er hatte jahrelange Übung darin, Schwächen zu widerstehen.

18

Diana lenkte sich ab, indem sie das bezaubernde Boudoir erforschte, doch sie fand wenig Interessantes. Die Gemälde waren bedeutungslos, und die wenigen Bücher in den verglasten Bücherschränken waren vermutlich nicht von Elf ausgesucht worden. Elf war in das Haus ihres Ehemannes gezogen, und in diesen Zimmern befand sich nur noch ein geisterhaftes Flüstern von ihr.

Eine Seitentür führte in ein Schlafzimmer, und dahinter fand Diana das Ankleidezimmer. Clara und eine andere Zofe zogen gerade vorsichtig ihr steifes Hofkleid mit den sperrigen Reifröcken hervor, während andere eine große Wanne füllten, die mit dicken Leinentüchern ausgekleidet war. Im Kamin brannte bereits ein Feuer, um den Raum für das Bad aufzuwärmen.

Das Feuer brannte schon länger. Offensichtlich war auch hieran frühzeitig gedacht worden, und dieser Beweis der Vorausplanung ließ ihre Hoffnung dahinschwinden. Bey regelte seine Angelegenheiten fast immer mit effizienter Perfektion. Nichts wurde außer Acht gelassen oder spontan gemacht.

Mit der Präzision eines Räderwerkes, nicht leicht zu ändern.

Das erinnerte sie an den Automaten. Vermutlich war er inzwischen ausgeladen und behutsam irgendwo in diesem Haus abgestellt worden. Der Trommlerjunge sah aus, wie sie selbst als Kind ausgesehen hatte. Wie Bey wohl mit fünf oder sechs ausgesehen hatte? Ob es ein Bild von ihm gab, auf dem er sogar noch jünger war, aus der Zeit vor der grausamen Tat seiner Mutter? Zeigten spätere Bilder die Veränderung, selbst in den kindlichen Zügen?

Als die Haushälterin zurückkehrte, gefolgt von einem Lakai, der das Teetablett trug, fragte Diana: »Gibt es hier eine Ahnengalerie?«

»Eine kleine auf dem Korridor vor dem Ballsaal, Mylady. Die meisten Familienporträts sind natürlich in der Abbey.«

»Ich würde die Porträts gern sehen, die hier hängen.«

Die Frau war sichtlich überrascht, da der Tee wartete und das Bad bald fertig sein würde, doch sie knickste. »Gewiss, Mylady. Seid so freundlich, mir zu folgen.«

Sie wurde an der Treppe vorbei zur anderen Hälfte des Hauses geführt, wo in einem breiteren Korridor tatsächlich eine Reihe von Porträts hing. Diana dankte der Haushälterin und entließ sie. Dann schlenderte sie an den Bildern vorbei.

Zuerst kamen alte Gemälde, eine kleine Miniatur stammte vermutlich aus der frühen Tudorzeit. Weiter hinten sah sie zwei große Porträts von einem Mann und einer Frau in der opulenten Kleidung der Restaurationszeit. Wahrscheinlich Beys Großeltern, und erneut sah sie eine Ähnlichkeit in den ausgeprägten Lidern der Frau und den klassischen Wangenknochen des Mannes.

Doch seine Eltern waren nicht hier. Sie fragte sich, ob es noch irgendwelche Porträts seiner Mutter gab, und wenn ja, in welcher entgelegenen Ecke sie hingen.

Am Ende des Korridors befand sich ein mittelgroßes Porträt, das von Miniaturen umgeben war – wie die Sonne und ihre Planeten. Lächelnd fragte sie sich, ob auch er so über diese Anordnung dachte.

Das mittlere Porträt stellte offenbar Bey als jungen Mann, fast noch als Jugendlichen, dar. Wahrscheinlich war es dasjenige, was man üblicherweise malen ließ, wenn man die Bildungsreise durch Italien machte, denn er lehnte mit einem Buch in der Hand an einer Steinsäule, und im Hintergrund war eine italienische Stadt zu erkennen. Sie hatte gehört, dass viele italienische Künstler einen Vorrat an Leinwänden besaßen, die schon mit Hintergrund und Säule bemalt waren. Der englische Herr brauchte also nur noch dasjenige auszuwählen, das seinem Geschmack entsprach, und konnte seine Person hineinmalen lassen. Dieses hier sah genauso aus, doch der Künstler war gut darin gewesen, sein Motiv wie mitten aus dem Leben einzufangen.

Bey war vermutlich um die siebzehn gewesen, und die Schatten der Kindheit waren ihm nicht anzusehen. Dies hatte er seinem Vater und seiner Stiefmutter zu verdanken. Er sah aus wie das, was er damals gewesen war – ein junger Mann, der die Welt in den Händen hielt und das Leben in vollen Zügen genoss. Sie war davon überzeugt, dass er mit seinem brillanten Verstand die Rundreise genossen hatte, wie man sie genießen sollte – um etwas zu lernen und die Welt der Klassik zu erforschen. Sein Lächeln und die schelmischen Augen verrieten ihr, dass er auch bereits andere Aspekte von Auslandsreisen genossen hatte.

Du liebe Güte, die italienischen Damen mussten ganz verrückt nach ihm gewesen sein. Er sah umwerfend gut aus. Seine wohl geformten Gesichtszüge waren schon deutlich erkennbar, wirkten allerdings wegen seines jugendlichen Alters noch weicher. Die rätselhaften, wachsamen Augen waren größer, heller und voller Lebensfreude.

Auch heute sah er gut aus, war ein perfekter Mann geworden, doch in einer solch jugendlichen Schönheit, begleitet von vornehmem Selbstvertrauen, lag ein besonderer Reiz.

Sie wandte ihren Blick ab, um sich die kleineren Gemälde anzusehen, doch auf allen waren seine Halbbrüder und Halbschwestern zu sehen, die ebenfalls noch Jugendliche waren. Nirgendwo Bilder von Kleinkindern, was nicht überraschend war.

Üblicherweise wurden sie in privaterer Umgebung aufgehängt und zeigten die Kinder häufig zusammen mit ihrer Mutter. Die Gemälde von Bey mit seiner Mutter waren wahrscheinlich versteckt oder sogar zerstört worden.

Wie war es wohl, ein Elternteil zu haben, das jeder vergessen wollte? Kein Wunder, dass es wie ein Schatten über ihm schwebte. Sie blickte wieder auf das Porträt in der Mitte, doch sie fand keine Antwort, außer dass die Schatten, mit denen er lebte, keinesfalls nur von der schrecklichen Tat seiner Mutter herrührten. Der Tod seines Vaters und seiner Stiefmutter hatte ebenfalls eine Rolle gespielt. Rosa hatte gesagt, sie seien an einem Fieber gestorben, das er von einer Reise mit nach Hause gebracht hatte.

Sie wusste, die beiden würden nicht wollen, dass er deshalb litt, doch das wusste er sicher auch selbst. Im Grunde war es seine Mutter, die ihn an die Kette legte. Diana kehrte um und ging eilends zurück zu ihrem Zimmer. Sie war entschlossen, einen Weg zu finden, um diese Ketten aufzubrechen.

An der Treppe hielt sie inne und warf erneut einen Blick auf den früheren Marquis und die Marquise, die sicherlich gewollt hatten, dass ihre ganze Familie glücklich würde. Alle hatten ihr Glück gefunden, vor allem durch Beys liebevolle Fürsorge. Nur er war allein.

Helft mir, formte sie unhörbar mit den Lippen. Dann eilte sie weiter.

Zwei Stunden später betrachtete Diana sich im Spiegel und war ausgesprochen zufrieden. Feierliche Veranstaltungen bei Hofe erforderten weite Reifröcke statt der schmaleren, die man normalerweise trug. Die Reifröcke dienten dazu, den Stoff der Röcke auszubreiten und die kostbaren Materialien zu betonen. Sie unterstützten das offenkundige Zurschaustellen von Wohlstand.

Ihre cremefarbene Seide tat dies bis zur Vollendung, indem sie in aufgestickten Frühlingsblumen und Blättern schwelgte. Aus dem gleichen Material war der mit Rüschen besetzte Saum, der um den Rock herum und die geteilte Vorderseite hinauf bis zu ihrer Taille verlief und in der Mitte mit einer glitzernden Goldborte verziert war. Das Unterkleid war ebenfalls aus cremefarbener Seide, und dazu trug sie passende Schuhe. Das reich verzierte Mieder war aus Seidenstreifen und Goldspitze gearbeitet, und in der Spitze an ihren Brüsten steckte ein kleiner Strauß Seidenblumen.

Sie rang nach Luft, als sie an die letzte Nacht dachte.

Würden die Blumen ihn daran erinnern?

Sie hoffte es.

Sie wusste, dass er sich jetzt große Mühe geben würde, ihr aus dem Weg zu gehen, sie abzuwehren, wieder Verteidigungsanlagen zu errichten, doch sie würde alles tun, was sie konnte, um sie einzureißen.

Dann fiel ihr wieder ein, dass ihre Absicht im Moment nicht darin bestand, Beys Willen zu brechen, sondern den König davon zu überzeugen, dass sie eine ungefährliche, konventionelle Lady war.

Sie sah ihrer Rolle entsprechend aus. Man erwartete von ihr, dass sie passend zu ihrem Rang vornehm aussah, und die Mode am Hof erforderte Gesichtsschminke, mit der sie eine zarte Blässe vortäuschen konnte. Sie schminkte ihr Gesicht, bis es äußerst blass wirkte, doch jetzt war auch das gesunde Glühen in ihren Wangen verborgen. Brauen und Wimpern hatte sie nicht getuscht, was sie ebenfalls bleicher und schwächer aussehen ließ, besonders mit dem gepuderten Haar.

Sie sah wieder auf die Blumen und stellte fest, dass ihr Mieder sehr tief ausgeschnitten war. Für den Hof nicht unangemessen, doch hier sah sie eine Möglichkeit, besonders zurückhaltend zu wirken.

»Mein Halstuch«, befahl sie. »Das bestickte aus Musselin.«

Nach aufgeregtem Suchen in den Kisten fanden die Zofen es und drapierten es um ihren Hals. Die Enden wurden zwischen ihre Brüste, hinter die Blumen gesteckt.

Besser. Entsetzlich sittsam.

In diesem Sinne wählte sie schlichten Schmuck. Ihre Ringe

hatte sie nach dem Bad nicht wieder angezogen, auch wenn sie ihre Rüstung darstellten. Für diesen Auftritt waren sie einfach zu eigentümlich. Sie wählte einen kleinen Rubin und eine bescheidene Perle. Um den Hals und in den Ohren trug sie eine Kombination aus winzigen Perlen und Rubinen, die sie als Sechzehnjährige bekommen hatte. Armseliges Zeug.

Sie warf einen letzten Blick in den Spiegel und nickte. Wohlhabend, doch ein wenig unscheinbar. Keine Herausforderung für irgendjemanden.

Ob Bey einverstanden wäre? Sie nahm ihren elfenbeinfarbenen Fächer und verließ das Zimmer, um es herauszufinden. Bei dem Gedanken, ihn wiederzusehen, bebte ihr albernes Herz bereits.

Nach *so* einer langen Trennungszeit.

Im Korridor stand ein Dienstbote, der sie begleiten sollte. Zur ihrer Überraschung führte er sie die Treppe hinunter und in den hinteren Teil des Hauses, wo sich normalerweise die Wirtschaftsräume befinden würden. Er klopfte an die Tür, öffnete sie und kündigte Diana an.

Diana ging hinein und befand sich in einem sehr nüchtern wirkenden Arbeitszimmer. An fast allen Wänden standen Bücherregale und Kommoden. In einer herausgezogenen Kartenschublade war eine Landkarte zu sehen. Der riesige Schreibtisch in der Mitte des Zimmers war ein Meisterwerk an Intarsien und Vergoldungen, aber es war dennoch ein Schreibtisch, und Bey hatte an ihm gesessen und sich mit großen Papierbergen beschäftigt, bevor er wegen ihres Eintretens aufgestanden war.

Er arbeitete zu viel, weil er versuchte, die Welt zusammenzuhalten.

Trotzdem lächelte sie diesen schönen Mann mit der prächtigen roten Seide und dem eleganten Puder an.

Dann sah sie das Bild an der Wand neben ihm.

Sichtlich unbefangen saß dort eine junge Frau mit dunklem, lockigem Haar in einem weiten, feuerroten Kleid, doch mit einer arroganten oder vielleicht auch herausfordernden Körperhaltung. Auf den ersten Blick wirkte sie entschlossen, ihr Lächeln zuversichtlich und selbstsicher, ihre Augen direkt, doch beinahe sofort empfand Diana auch Angst.

Hätte sie dasselbe empfunden, wenn sie nicht gewusst hätte, was geschehen war? Denn dies war sicher Beys Mutter. Die dunklen Haare und Augen seines Vaters legten eine Ähnlichkeit nahe, die gar nicht vorhanden war. Bey besaß genau dieselben Gesichtszüge wie seine Mutter, nur in etwas männlicherer Form – die hohe Stirn, die klassische Gesichtsform, das eckige Kinn, die gerade, ausgeprägte Nase mit weiten Nasenlöchern.

Fühlte er sich deshalb so von ihrer geistigen Instabilität bedroht?

Bewahrte er deshalb dieses Bild hier auf, damit es ihn daran erinnerte?

Diana wusste, dass er sie hierher gebracht hatte, damit sie es sah. Er hatte sich sogar rot angezogen, um die Ähnlichkeit deutlich zu machen.

Ohne Kriegserklärung war der Krieg ausgebrochen, und dies war sein Verteidigungsstoß. Das Bild sollte sie an die Tatsachen erinnern und sie überzeugen, dass er vernünftige Gründe hatte, dem zu entfliehen, was sie besitzen und sein könnten.

Diana gebot ihrem rasenden Herzen, sich zu beruhigen, und trat näher an das Bild heran. In dem stillen Zimmer knisterten ihre steifen Seidenstoffe. »Sie sieht ängstlich aus. Wollte sie deinen Vater nicht heiraten?«

Er sah sie mit großen Augen an, als wäre er überrascht. »Soweit ich weiß, hat sie keine Einwände gehabt, doch es war eine Art arrangierter Beziehung, ja. Auf beiden Seiten von liebevollen Eltern arrangiert. Ihre Mutter – meine Großmutter – lebt noch und ist immer noch davon überzeugt, dass mein Vater ihre Tochter in den Wahnsinn getrieben hat.«

Dies war das Gesprächsthema, das sie sich gewünscht

hatte, doch nicht jetzt, wo sie so wenig Zeit hatten. Ihr wurde schmerzhaft bewusst, dass die Uhren die halbe Stunde geschlagen hatten, als sie nach unten gekommen war. Es war Absicht. Sie wusste, dass es Absicht war, damit sie über dieses Thema sprechen konnten, doch eben nur kurz.

Zur Hölle mit ihm.

Sie führte Krieg gegen einen erfahrenen, unbarmherzigen Strategen und durfte diese Tatsache nicht vergessen.

»Du warst ein kleines Kind, als sie starb«, sagte sie und sah ihm in die Augen. »Vielleicht hat deine Großmutter Recht, und dein Vater hat sie nicht gut behandelt.«

»Mein Vater war genau wie Brand. Kannst du dir vorstellen, dass Brand irgendeine Frau in den Wahnsinn treibt? Und davon abgesehen, welche Lieblosigkeit, welche Grausamkeit gar könnte eine geistig gesunde Frau dazu bringen, ihr neugeborenes Kind zu erwürgen?«

Diana hielt den Atem an. »*Erwürgen.*«

»Wäre eine andere Tötungsart mehr nach deinem Geschmack?«

Jetzt sprach der Finstere Marquis, derjenige, vor dem sie sich gefürchtet hatte, als sie sich zum ersten Mal getroffen hatten. Doch sie erkannte, dass auch dies wieder eine Abwehrreaktion war – dem geneigten Kopf und dem grimmigen Lächeln seiner Mutter erschreckend ähnlich.

»Das war ein dummer Gedanke«, stimmte sie ruhig zu. »Nein, kein äußerer Einfluss kann ihr Handeln erklären. Doch Wahnsinn kann viele Ursachen haben, und manche von ihnen sterben mit dem Betroffenen.« Sie sah wieder auf das Bild. »Wurde es vor oder nach der Heirat gemalt?«

»Kurz vorher.«

»Dann hat ihre Mutter zweifellos eine Erklärung gesucht, die nach ihrem Geschmack war, denn die Ansätze waren schon da.«

»Im Blut.«

Sie zuckte zusammen und merkte, dass ihre Worte seine

Denkweise nur verstärkt hatten, statt sie zu bekämpfen. Doch wie sollte sie gegen die Offenkundigkeit dieses Bildes ankämpfen? Seine Mutter war nicht vollkommen normal gewesen.

»Es war schon in jungen Jahren in ihr«, argumentierte sie. »Es gab Warnungen. Es tauchte nicht wie eine Sternschnuppe am Himmel auf.« Wieder sah sie ihn an, sah ihm in die Augen. »Hast du jemals einen Ansatz davon bei dir selbst entdeckt?«

»Vielleicht nicht«, erwiderte er ruhig, »doch ihr Blut fließt auch in meinen Adern. Ein Kind von mir könnte ebenfalls so aussehen.«

Sie spürte ein Frösteln. Wie sollte sie dagegen ankämpfen?

Die Uhr schlug die Viertelstunde, und er musterte sie. »Ah, wie ich sehe, ist deine Blässe nicht die Folge meiner schmutzigen Familienangelegenheiten. Du wirst deine Sache gut machen. Du wirkst angemessen angegriffen von den überstandenen Erlebnissen. Wir müssen uns auf den Weg machen.«

Mit einem letzten, entmutigten Blick auf das Porträt klappte sie ihren Fächer auf und machte einen tiefen Hofknicks. »Ganz wie Ihr meint, Mylord.«

Er reichte ihr die Hand, um ihr hochzuhelfen, doch sie erhob sich elegant ohne seine Hilfe.

Statt zu applaudieren, sagte er: »Am Hof solltest du das nicht tun. Lass dir von mir helfen.«

»Zum Teufel damit.« Dann zog sie eine Grimasse. »Ich weiß. Fluchen sollte ich auch nicht.«

»Exakt.« Er nahm ihre Hand, küsste sie und sah Diana mit dunklen Augen an. »Um unser beider willen, Diana, mach keine Fehler.«

Er sagte ihr, was sie bereits wusste – dass eine Heirat zu ihrer Rettung schlimmer wäre als gar keine Heirat.

Sie warf einen letzten Blick auf das furchtbare Porträt und ließ sich dann von ihm zur wartenden Kutsche hinausführen.

Ein leichtes Stadtgefährt, lackiert, mit Gold geschmückt und livrierten Dienstboten hinten drauf.

Eine kleine Menschenmenge war zusammengekommen, und einige Leute drängten sich nach vorn. Sofort verspannte sie sich, weil ihr einfiel, dass de Couriac noch frei herumlief, und sie sehnte sich nach ihren Pistolen.

Sie beruhigte sich. Man zeigte in der Öffentlichkeit keine Furcht oder gar Sorge. Dies waren die Bittsteller, die man in London vor der Tür eines wichtigen Mannes erwartete. Solche Leute wussten, wann er herauskäme, um an einem Empfang oder einer Audienz teilzunehmen.

Dennoch wäre es nur zu leicht für einen Attentäter, sich zwischen ihnen zu verstecken, und sie suchte die Menge nach de Couriac ab. Sie entdeckte ihn nicht, doch er konnte später noch auftauchen, morgen, übermorgen, und sie wäre nicht immer hier, um aufzupassen.

O ja, Bey hatte seine bewaffneten Dienstboten um sich, doch sie wollte ebenfalls da sein, ein zusätzliches Augenpaar und ein zusätzliches Pistolenpaar.

Zur Hölle mit dem König. Zur Hölle mit dem Hof.

Er nahm Petitionen entgegen und zeigte dabei keine Spur von Vorsicht, weshalb sie nicht umhin konnte, ihn zu warnen. »Ich hoffe wirklich, alle diese Leute haben gute Absichten, Mylord. Ich werde äußerst ärgerlich, wenn ich in diesem Aufzug im Dreck lande.«

Ein Lächeln umspielte seine Lippen, doch er sagte: »Keiner von uns kann wie Wachsblumen unter Glas leben, Mylady.«

Er reichte einem Bedienstetem, der hinter ihm stand, eine Handvoll Petitionen und ging auf eine Frau zu, die vor ihm auf die Knie fiel und um Hilfe flehte. Diana hätte gern ihre Geschichte gehört und geholfen. Doch sie hatten keine Zeit, und Bey half der Frau nur wieder auf die Beine, nahm ihren Brief und reichte ihn mit dem Versprechen weiter, ihn so bald wie möglich zu lesen.

Selbst dadurch wirkte die Frau ein wenig erleichtert und tupfte sich die Tränen ab. Vielleicht waren ihr Mann oder ihr Kind im Gefängnis? Jetzt vertraute die Frau darauf, dass der berühmte Marquis ihr helfen würde, doch er trug eine andere Last auf seinen Schultern, musste seine knappe Zeit anderen Verpflichtungen widmen.

Sie empfing selbst Petitionen, doch selten persönlich und niemals auf solche Weise. Und dies hier, so vermutete sie, geschah jedesmal, wenn er sein Haus für einen feierlichen Anlass verließ.

Plötzlich hätte sie am liebsten alle fortgescheucht, um ihn zu beschützen, doch sie wusste, dass allein der Gedanke ihn beleidigt hätte. Dies gehörte zu den Pflichten seines Standes, und die Pflicht kam immer zuerst.

Genau wie die Pflicht, seine Adelslinie sauber zu halten.

Sie zählte zwölf entgegengenommene Petitionen, bevor sie ungehindert auf die Kutsche zugehen konnten. Zwölf Seelen, die von ihm abhängig waren – wegen etwas, was ihnen lieb und teuer war.

Dies war gewiss nicht als Teil ihres Krieges geplant gewesen, doch es erinnerte sie daran, wer er war. Allein wegen seines Ranges war er einer der Großen, eine Quelle der Hoffnung für die Verzweifelten. Als Schwarze Eminenz war er dafür bekannt, das Vertrauen des Königs zu besitzen.

Fast ganz England hatte gewaltigen Respekt vor ihm.

Konnte sie den Willen dieses Mannes wirklich brechen?

Erneut warf sie ihm einen kurzen Blick zu, und erneut trafen sich ihre Augen. Sie wusste, dass sie ihm zuliebe und besonders wegen der kühlen Arroganz, die er ausstrahlte, den Versuch unternehmen musste.

Mehr als nur einen Versuch. Es musste ihr gelingen.

Dann richteten beide ihren Blick nach vorn und gingen auf die Kutsche zu – Gräfin von Arradale und Marquis von Rothgar traten auf die Bühne.

19

Als sie sich St. James's Palace näherten, ließ das Gedränge der Fahrzeuge und die Begeisterung der wartenden Menschenmassen Diana in Schweiß ausbrechen. Dieses Zurschaustellen von Eleganz und der ganz und gar nicht elegante, mit den Fingern auf sie zeigende Pöbel bereiteten ihr kein Problem. Nur der König. Gleichwohl musste sie sich große Mühe geben, nicht vor diesen Tausenden von Augen zurückzuschrecken.

Und sie hatte gedacht, ihr Leben in Yorkshire sei beengt und prüfenden Blicken ausgesetzt!

»Empfänge sind beim Volk beliebt«, bemerkte Rothgar in gelangweiltem Tonfall, der sie beruhigen sollte, wie sie wusste.

»Ja, das sehe ich. Versammelt es sich auch bei der Nachmittagsaudienz?«

»Nicht in so großer Zahl. Damen sind im Allgemeinen interessanter und dekorativer als Gentlemen.«

Sie warf einen Blick auf seine schmucke Kleidung. »Davon ist aber nichts zu bemerken. In der Tierwelt besitzen jedenfalls die Männchen das prächtige Gefieder.«

»Wenn wir uns an Monsieur Rousseau halten, müssen wir vor allem natürlich sein.« Als die Kutsche zum Stehen kam, sagte er: »Ich werde vorschlagen, dass der König allen Damen befiehlt, in Sackleinen und dicken Wollstoffen zu erscheinen.«

Ein Dienstbote klappte den Schlag auf.

Bey kletterte hinab, wandte sich um und bot ihr eine wunderschöne, juwelenbesetzte Hand in einem Gefieder aus Spitze und Brokat an.

»Du liebst es wohl, deine Feinde zu erregen«, bemerkte sie, während sie hinabstieg und ihre prachtvollen Röcke glatt strich.

»Tja, ohne Feinde könnte das Leben langweilig werden. Da wir gerade davon sprechen, werde ich dir den Chevalier d'Eon vorstellen.«

In Alarmbereitschaft versetzt, ging Diana mit ihm auf einen schmächtigen Mann zu. Er war in kräftiges Braun gekleidet und trug ein auffallendes rotes Ordensband quer über der Brust, dessen Medaillon funkelte. Auch Bey trug den Bath-Orden an einer roten Schärpe, und ein fantasievoller Mensch hätte die beiden roten Schärpen für eine blutdürstige Kampfansage halten können.

Der Franzose erblickte sie und kam trotz seiner hohen Absätze mit der flinken Eleganz eines guten Fechters auf sie zu. »*Monsieur le marquis*«, sagte er in schnellem Französisch. »Ich bin besorgt, empört ...« Dann schien er sich zu fangen, verneigte sich und sprach Diana auf Englisch an. »Mylady, verzeiht, dass ich Französisch spreche. Und verzeiht auch«, fügte er mit einem recht spitzbübischen Anflug von Verlegenheit hinzu, »dass ich zu Euch spreche, ohne vorgestellt worden zu sein ...«

»Lady Arradale«, sagte Bey und klang amüsiert, »darf ich Euch Chevalier d'Eon vorstellen, den überaus ehrenwerten *Ministre Plénipotentiare de France*.«

Diana streckte die Hand aus und begrüßte den Franzosen auf Englisch. Beys vielsagender Blick war nicht notwendig gewesen. Sie verstand, dass es eines Tages von Vorteil sein könnte, wenn man glaubte, sie verstehe kein Französisch.

Natürlich wusste de Couriac es besser ...

Monsieur d'Eon beugte sich mit vollendeter Anmut über ihre Hand und schürzte die Lippen kurz über ihrer Haut. »London wird durch Eure Schönheit zur Pracht, Lady Arradale«, sagte er, doch gleich darauf wurde sein Gesichtsausdruck tragisch. »Ich bin bestürzt, dass Ihr auf Eurer Reise offenbar von irgendwelchen niederträchtigen französischen Landsleuten gepeinigt wurdet.«

»Gewiss war es entsetzlich, Monsieur. Doch jedes Land kann Schurken hervorbringen«, fügte sie hinzu und löste ihre Hand aus seinem leidenschaftlichen Griff. »Wir sind mit unserem Hab und Gut und unserem Leben davongekommen.« Sie drehte sich bewundernd zu Bey um. »Alles wegen Lord Rothgars eindrucksvoller Kühnheit und seinem Geschick.«

Rothgars Augen blitzten eine amüsierte Warnung, bevor er zu d'Eon sagte: »Es geschah zu schnell, um Geschick einzusetzen. Allerdings bedauere ich den Tod Eurer Landsleute.«

»Das tue ich ebenfalls, Mylord. Ich würde sie gern befragen können.«

»Tatsächlich.«

Es klang, als wetzten sie bereits ihre Klingen.

»Offensichtlich waren sie Komplizen eines Monsieur de Couriac«, bemerkte Bey, »den wir in Ferry Bridge trafen. Kennt Ihr ihn, Chevalier?«

»De Couriac?«, fragte d'Eon ausdruckslos, als sie sich gemeinsam den Menschen anschlossen, die in den Palast strömten. »Er hat mir bei seiner Ankunft vor ein paar Wochen Papiere überreicht. Mehr weiß ich nicht. *Petite noblesse* aus der Normandie, wenn ich mich recht erinnere.«

»Ah, dann kennt der Comte de Broglie vielleicht die Familie. Er lebt in der Normandie, nicht wahr?«

Ein scharfer Blick d'Eons verriet Diana, dass Bey ins Schwarze getroffen hatte.

»Das bezweifle ich, Mylord«, sagte d'Eon. »Monsieur de Broglie lebt sehr zurückgezogen, jetzt wo er keine Macht mehr besitzt.« Er wandte sich an Diana. »Seid versichert, Mylady, dass ich versuchen werde, dieser schrecklichen Angelegenheit auf den Grund zu gehen.«

Er verneigte sich und verließ sie, um jemand anderen zu begrüßen. Entfloh ihnen, könnte man sagen.

»Wer ist de Broglie?«, murmelte Diana, als sie sich in die Schlange einreihten und die Treppe hinaufgingen.

»D'Eons geheimer Auftraggeber«, sagte Bey mit so leiser Stimme, dass sie ihn kaum verstand, und mit einem Blick, der sie aufforderte, jetzt nicht weiter nachzufragen.

Zum Teufel! Auf welche Verwicklung wurde hier angespielt? D'Eons einziger Auftraggeber sollte der König von Frankreich sein. Ist es klug, wollte sie fragen, ihm zu sagen, dass du Bescheid weißt?

Leicht verärgert erkannte sie, dass Bey dem Franzosen soeben eine Kampfansage entgegengeworfen hatte. Sie konnte verstehen, dass es die Geduld einer Marmorstatue auf die Probe gestellt hätte, fortwährend auf diese hinterhältigen Attacken zu warten, doch es wäre ihr lieber gewesen, er hätte es nicht getan. Besonders jetzt, da sie ihn unbeschützt zurücklassen musste.

Besonders weil er es vermutlich getan hatte, um dafür zu sorgen, dass sie nicht in weitere Angriffe verwickelt wurde.

Oh, wie sie es hassen würde, in diesen goldenen Käfig gesteckt zu werden.

Als sie ihren Weg durch die überfüllten Korridore fortsetzten, war Diana zumindest dankbar, dass der König sich weigerte, hier im St. James's Palace zu wohnen. Diese dunklen und uralten Gänge hatten jede Menge armer Teufel gesehen, die ins Verderben liefen, auf eine Folter oder Exekution zu, und die Erinnerung daran schien immer noch in den Wänden zu hängen. Einige der Opfer waren Vorfahren Seiner Majestät gewesen. Einige auch ihre eigenen.

Als sie sich dem Empfang näherte, begann ihr Puls erneut nervös zu schlagen – als könnte ein Henker mit der Axt in der Hand erscheinen.

Jetzt konnte sie vorn den König und die Königin in prachtvollen Kleidern und Juwelen sitzen sehen. Hinter ihnen standen Hofdamen und Kammerherren. Die meisten, die zum

Empfang kamen, näherten sich bloß, um einen Knicks oder eine Verbeugung zu machen und ein paar Worte zu wechseln, doch denjenigen, die bei Hof eingeführt wurden, wurde etwas mehr Zeit gewährt.

Nachdem die Leute den König und die Königin begrüßt hatten, gingen sie im Zimmer umher und plauderten. Dabei achteten sie darauf, dem königlichen Paar niemals den Rücken zuzukehren, wenngleich einige recht schnell den Raum zu verlassen schienen. Sie hätte ebenfalls gern diese Option gehabt.

Als sie an der Reihe waren, führte Bey sie nach vorn, und sie machte mit gesenktem Kopf einen tiefen Knicks. Die Königin gestikulierte, dass sie sich erheben sollte, und Diana erinnerte sich daran, Bey zu erlauben, ihr behilflich zu sein. Damit hatte sie mit Sicherheit einen Punkt erzielt. Das Königspaar wirkte, als suchte es nach unnatürlichen Anzeichen.

»Wir heißen Euch in London willkommen, Lady Arradale«, sagte die hochschwangere Königin mit einem starken deutschen Akzent. Sie war genauso hässlich, wie man es ihr nachsagte – sie hatte ein affenartiges Gesicht und Glubschaugen.

»Es war überaus freundlich von Euch, mich einzuladen, Majestät.«

Diana hatte vergessen, wie jung die Königin war. Erst neunzehn. Nicht dass das Alter eine Rolle spielte. Der König war ein Jahr jünger als sie selbst, doch das verringerte die Gefahren nicht.

Die Königin runzelte die Stirn. »Wie ich hörte, habt Ihr den Besitz und den Titel Eures Vaters geerbt, Lady Arradale. Ich halte das für sehr merkwürdig.«

»Es ist in England auch unüblich, Majestät.«

»Eine grausame Last, die einer Frau aufgebürdet wird.«

Diana senkte den Blick. »In der Tat, Majestät.«

»Um so seltsamer, dass Ihr nicht geheiratet habt.«

Sie war sofort zum Angriff übergegangen! Diana hoffte, den richtigen Gesichtsausdruck aufgesetzt zu haben, als sie den Blick der Königin traf. »Ja leider, Majestät. Ich habe es hinausgezögert, weil ich einen Mann suche, den ich aufrichtig lieben kann.«

Königin Charlotte sah sie etwas freundlicher an. »Das ist gut. Doch Ihr dürft es nicht zu lange hinausschieben, sonst verliert Ihr Eure strahlende Jugend. Wir sprechen später noch darüber. Ihr werdet noch eine Weile als eine meiner Hofdamen bei mir bleiben.«

So war es vereinbart worden, doch jetzt wurde es königlich bestätigt.

»Ihr erweist mir eine große Ehre, Majestät.« Erneut knickste Diana vor dem König und der Königin. Dann konnte sie zur Seite treten. Die erste Verpflichtung war vorüber.

Der König erhob sich jedoch und trat mit ihnen zur Seite. »Was muss ich hören, Lord Rothgar? Banditen auf unserer Hauptstraße? Was? Am helllichten Tag? Französische Banditen? Was?«

»Ein bedauerlicher Vorfall, Majestät.«

»Bedauerlich!« Das junge Gesicht des Königs färbte sich rot. »Nicht zu tolerieren. Ich habe Colonel Allenby geschickt, die Sache zu überprüfen. Solche Dinge dulde ich nicht, vor allem nicht zehn Meilen von London entfernt! Seid Ihr unverletzt?«

»Vollkommen, Majestät.«

»Und Lady Arradale?« Der König sah sie an, doch Diana vermutete, dass man nicht von ihr erwartete, selbst zu sprechen.

»Ebenfalls unverletzt, Majestät, wenngleich natürlich beunruhigt.«

Diana war für ihr blasses Puder dankbar und bemühte sich, beunruhigt auszusehen.

»Es wäre für eine Frau ganz unüblich, nicht beunruhigt zu

sein«, stellte der König fest. »Aber drei tote Banditen, Mylord? Was? Ich weiß, Ihr seid ein gefährlicher Mann, doch wie konnte das geschehen?« Dann schüttelte er verärgert den Kopf. »Nicht jetzt. Ihr müsst zum Queen's House kommen und die ganze Geschichte erzählen.«

Bey verneigte sich. »Mit Vergnügen, Majestät. Wenn Ihr es wünscht, könnte ich Lady Arradale in meiner Kutsche mitbringen.«

Der König nickte und kehrte zu seinen Pflichten zurück.

Diana sah zu Bey auf. Mehr Zeit zusammen? Unwiderstehlich, doch es verlängerte den Schmerz nur. Hatte er womöglich soeben einem Moment der Versuchung nachgegeben?

Aus seinem Verhalten konnte man keine Schlüsse ziehen. Er führte sie im Zimmer umher und stellte sie einigen Damen und Herren vor, die dankbar schienen, ein neues Gesicht zu sehen. Vor allem, so wurde ihr bald klar, ein Gesicht, das zu so einem ungewöhnlichen Wesen wie einer Peeress aus eigenem Recht gehörte – noch dazu einer sehr wohlhabenden Frau. Jeder schien plötzlich einen absolut fantastischen Sohn, Bruder oder Neffen zu besitzen.

Diese Jagd auf eine Erbin war jedoch das geringste ihrer Probleme. Der Plan der Königin, einen Mann für sie zu suchen, gefiel ihr nicht, doch ansonsten war das Ganze ihrer Ansicht nach gut verlaufen.

Vielleicht hatte das Königspaar erwartet, dass sie in Kniehosen hier hereinstapfte und eine Waffe schwang. Das war ein weiterer ungerechter Aspekt dessen, was die Welt über Frauen dachte. Man nahm an, dass sie nicht mächtig sein konnten, ohne zu versuchen, sich wie ein Mann zu kleiden und zu verhalten. Dass eine Frau, die schöne Kleider und Schmuck mochte und auf ihr Äußeres achtete, ein albern lächelndes Dummchen war.

Solche Dinge hätte sie liebend gern mit Bey besprochen, doch gewiss nicht hier. Wann hätten sie wieder die Möglichkeit zu einem vertraulichen Gespräch? Bisher hatten sie an diesem kostbaren Kelch – ihren Gesprächen – nur genippt, und sie dürstete nach mehr.

Die Gesellschaft lichtete sich, doch Bey und Diana blieben gezwungenermaßen noch da. In Warteposition sozusagen. Diana seufzte. So würde ihr Leben vermutlich in den nächsten Wochen aussehen.

»Müde?«, fragte er.

Natürlich gab es keine Stühle. Darauf war sie ebenfalls vorbereitet worden – so lange wie nötig reglos und gelassen dazustehen und sogar ein Niesen zu unterdrücken, wenn es sich ankündigte –, doch es waren keine Fähigkeiten, die sie häufig übte. Bey hatte es zweifellos perfektioniert, denn er wirkte vollkommen entspannt und unermüdlich.

»Ungeduldig«, gab sie zu.

»Und doch ist die Geduld das beste Heilmittel gegen jegliche Schwierigkeiten.«

»Plautus.« Sie verdrehte die Augen. »Einmal musste ich es hundert Mal in Latein schreiben.«

Seine Mundwinkel zuckten. »Und ich falle wieder in die Rolle eines Lehrers. Offenbar ist das sicherer. Du bist jung.«

Sie sah ihm in die Augen. »Ich bin nicht *zu* jung. Das zumindest steht nicht zwischen uns.«

Er nickte. »Nein, das tut es nicht.«

Sie hatte tatsächlich versucht, dieses Thema hier weiterzuverfolgen, was nur bewies, wie töricht sie in dieser Umgebung wurde.

Stattdessen blickte sie sich nun träge um und fächelte sich Luft zu. »Dieses Leben wird mir schwer fallen.«

»Ich fürchte, darauf kann ich nichts antworten, was nicht wie eine Belehrung klingt.«

Sie warf ihm einen flüchtigen Blick zu und entdeckte ein Lächeln in seinen Augen. »Dann werde ich mich selbst belehren. Marc Aurel: Dies ist nicht nur kein Unglück, sondern es mit Anstand zu ertragen, ist ein Glück.«

Seine Mundwinkel zuckten. »Wieder etwas, was dein Erzieher dir als Strafarbeit aufgab?«

»Richtig. In Englisch und in der Originalsprache Griechisch. Als Reaktion auf meine Wut, wenn ich mich recht erinnere, weil ich im Sommer eine Woche lang Hausarrest bekommen hatte. Irgendetwas wegen der Hühner von Mrs. Hucken ... Doch ich hatte Glück. Er hatte keine Ahnung, wie viel mehr ich es gehasst hätte, Worte auf Tücher sticken zu müssen.«

»Leider liebt es die Königin, wenn die Hände ihrer Hofdamen mit nützlicher Arbeit beschäftigt sind. Insbesondere mit Handarbeiten.«

Diana stöhnte auf. Dann bemerkte sie, dass sie einander anlächelten. Zweifellos auf recht enthüllende Weise.

Mit einem flüchtigen Blick überzeugte sie sich, dass niemand sie zu beobachten schien, ging dann jedoch eilig auf eine Wand zu, um ein Bild zu betrachten. Es war ein überaus ungefährliches Bild von einem Landhaus in einem schmucken, geometrischen Garten. Es bot nicht viel Anlass für ein Gespräch, doch es gelang ihnen, damit die Zeit zu überbrücken, bis der König und die Königin schließlich bereit waren, sich zu verabschieden.

Jetzt gleich, gleich käme die Trennung.

Sie hatte vergessen, dass sie mit ihm fahren sollte. Ein Aufschub, doch nur von ungefähr einer Viertelstunde. Aber sie würde die Zeit nicht vergeuden, dachte sie, als sie sich in der Kutsche niederließen.

Nicht genug Zeit, um die schwierigen Themen zu besprechen, die sie trennten, doch genug Zeit, um ihre Neugier zu befriedigen.

»Und jetzt«, sagte sie, als sie davonrollten, »erzählst du mir mehr von dem Comte de Broglie.«

»Ah. Ich hoffte, du hättest es vergessen.« Er wandte sich ihr zu. »Ich bezweifle, dass die Information dir von Nutzen wäre.«

»Warum nicht? Die nächsten Wochen werden für mich sehr langweilig sein. Wenn ich ein wenig die Augen und Ohren offen halte, müsste die Zeit schneller vorbeigehen. Ich habe bemerkt, dass du Monsieur d'Eon nicht wissen lassen wolltest, dass ich ausgezeichnet Französisch spreche. Ich könnte doch etwas hören, was nützlich für dich wäre?«

»Diana, im königlichen Haushalt den Spion zu spielen, ist eine gefährliche Sache.«

Sie zwinkerte ihn an. »So würde ich es allerdings nicht ausdrücken.« Nach einer Weile grinste sie. »Ich würde mich eher als Klatschweib betrachten. Von konventionellen Ladys erwartet man sicher, dass sie ein wenig klatschen.«

Er barg das Gesicht in seiner Hand und spielte den Verzweifelten.

»Und«, fügte sie fröhlich hinzu und genoss den Funken sprühenden Moment, »es wäre wesentlich sinnvoller, eine gut informierte Klatschtante zu sein, als eine, die keine Ahnung hat, was vor sich geht.«

»Ihr seid unbezähmbar, Lady Arradale.«

»Das hoffe ich doch, Lord Rothgar.«

Sein Lächeln verwandelte sich in etwas wesentlich Gefährlicheres. Seine Hand senkte sich und bewegte sich auf sie zu, als wollte er sie berühren, doch er hatte alles unter Kontrolle.

»Nun gut«, sagte er, jetzt wieder kühl. »Doch vergiss nicht, dass das, was ich dir erzählen werde, nur wenigen bekannt ist. Und die Franzosen haben keine Ahnung, dass wir Bescheid wissen. Das muss auch so bleiben.«

Sie verließen bereits die engen Straßen, die sich um den St. James's Palace herum befanden, und fuhren auf die Grünflächen des ihn umgebenden Parks zu. Es blieben vielleicht noch zehn Minuten.

»Ich kann schweigen.«

»Wenn ich davon nicht überzeugt wäre, würde ich dir gar nichts erzählen. König Louis von Frankreich hat in Wirklichkeit zwei getrennte Regierungen, besonders im Hinblick auf die Außenpolitik. Die allgemein bekannte, offizielle und eine geheime, die nur wenige kennen.«

Dies war verblüffend genug, um sie von anderen Themen abzulenken. »Warum?«

»Weil Könige überraschend eingeengt sind. Von Traditionen, von Günstlingen, von Formalitäten. König George benutzt mich häufig als seine persönliche Intelligenz. König Louis wird von der wesentlich strengeren Welt von Versailles eingeschränkt. Besonders schwierig ist es für ihn, seinen Ministern oder Madame Pompadour zu entkommen.«

»Ich dachte, sie sei alt und habe sich zur Ruhe gesetzt.«

»Sie hat jedoch immer noch Einfluss, abgesehen davon geht all dies auf die Jahre ihrer Blütezeit zurück. Unterbrich mich nicht. Wir haben nicht viel Zeit.«

Tatsächlich waren sie jetzt ringsherum von einer Parklandschaft umgeben.

»Vor Jahren baute Louis parallel zu seiner offiziellen Regierung eine geheime Befehlskette auf. Sie sollte seine Ziele und Strategien verfolgen, wenn sie im Konflikt zu den offiziellen standen. Zudem versorgt sie ihn mit unabhängigen Informationen, etwas, das alle Monarchen benötigen. Offiziell ist der Comte de Broglie in Ungnade gefallen, doch er ist der Kopf dieser Alternativregierung, und Chevalier d'Eon ist eine Schlüsselfigur. Er hat direkten Kontakt zum König.«

»Und der neue Botschafter, der erwartet wird?«, fragte Diana.

»Guerchy. Er wurde von offiziellen Kreisen ausgesucht.«

Sie runzelte die Stirn. »Wenn d'Eon König Louis' Mann ist, warum ist er dann nicht Botschafter? Der König könnte doch gewiss jeden ernennen, den er haben möchte.«

»D'Eon ist weit gekommen, doch er ist ein Abenteurer. Er hat nicht den Rang oder das Vermögen für eine solche Position. Noch wichtiger ist, dass der Hinweis auf eine derart ungewöhnliche königliche Gunst Verdacht erregen würde. Ein Geheimagent muss im Hintergrund bleiben.«

»Das tust du doch auch nicht.« – »Ich bin auch kein Geheimagent. Doch ich beschäftige ein paar. Sie halten sich fraglos im Hintergrund.«

Diana atmete hörbar aus. »Wie außergewöhnlich. Und aufregend. Ich beginne die Anziehungskraft eines Lebens in der Nähe des Zentrums der Welt zu verstehen. Wenn König Louis' geheimes Kabinett also ein anderes ist als sein offizielles, was planen sie dann?«

»Das, worüber wir gestern Abend sprachen. Rache. Die französische Regierung möchte ihre Wunden lecken, doch Louis würde gern wieder in den Krieg ziehen, sobald er glaubt, dass er gewinnen kann. Vor allen anderen Dingen möchte er uns erobern.«

Einen Augenblick lang war sie versucht, das Gespräch wieder auf den gestrigen Abend zu lenken, doch sie wusste, dass es im Moment nichts weiter dazu zu sagen gab. Außerdem benötigte sie diese Informationen, um ihm von Nutzen zu sein. »Weiß der König nichts von Monsieur d'Eon? Ich meine König George?«

»Er weiß gar nichts davon.«

»Kannst du ihn nicht aufklären?«

»Noch nicht. Der König verlor in jungen Jahren seinen Vater und neigt dazu, einen anderen zu suchen. Er wird es mit der Zeit ablegen, doch im Moment würde er den ›lieben Cousin Louis‹ gern als ehrenwerten Ratgeber sehen.«

»Den König einer feindlichen Nation?«

»Wir haben Frieden, und Louis ist schon seit vielen Jahren König. Er hat Erfahrung. Mit d'Eon als devotem Handlanger gibt sich Louis große Mühe, all das zu sein, was George sich wünschen könnte.«

»Ich meine dennoch, dass du ihn informieren solltest. Du hast doch sicher Beweise.«

»Schattenhafte Beweise. Zweideutige Phrasen und verschlüsselte Nachrichten. Wenn ich überhaupt etwas erreiche, dann höchstens, dass er d'Eon damit konfrontiert. Das würde enthüllen, dass wir Bescheid wissen. Eine der Gefahren«, sagte er mit vielsagendem Blick, »wenn man sich mit der Jugend abgibt.«

»So etwas Törichtes würde ich niemals tun.«

Sein Blick ruhte auf ihr. »Das nehme ich auch nicht an. Junge Frauen sind oft wesentlich klüger als junge Männer. Warum glaubst du, heiraten kluge Männer jüngere Frauen? Sie haben die schwache Hoffnung, dass es ein ausgeglichenes Spiel wird.«

»Aha!«, sagte sie, schluckte jedoch den Rest ihres Gedankens hinunter.

»Wie ich sagte«, murmelte er, »sehr klug.«

Klug? Das Geschenk abzuweisen, das ihnen angeboten wurde? Sie hatte geglaubt, den Schatz zu kennen, der in Reichweite lag, doch in diesen wenigen Minuten in der Kutsche, in denen sie als Gleichberechtigte, zum ersten Mal als Freunde miteinander gesprochen hatten, war er auf das Zehnfache angewachsen. Sie wollte ihn, wie sie das Sonnenlicht und die Luft wollte.

Sie blickte kurz zur Seite, um Kraft zu sammeln. Die Kraft, ihn nicht anzuflehen. Ein Flehen würde ihm nur wehtun. Er wusste ebenso gut wie sie, wie kostbar der Schatz war, und hatte hervorragende Gründe für sein Opfer. Vor ihren feucht werdenden Augen zogen Gitterstäbe vorüber. Sie mussten schon am Queen's House sein!

Nur wenige Minuten noch.

»Gib auf dich Acht, Diana«, sagte er, als ahnte er ihre Gefühle nicht.

Sie blinzelte, damit ihre Augen klarer wurden, und drehte sich um.

»Der Beweis von Louis' geheimer Regierung ist unzureichend«, sagte er und wandte den Blick ab, als wollte er die verbleibende Zeit einschätzen, bis sie an dem Ziegelhaus ankamen. Sie wusste, dass er ihr absichtlich nicht in die tränennassen Augen sah.

»Alles, was ich habe ...«, fuhr er fort, »wirkt harmlos, es sei denn, man glaubt an den Code, und ich kann nicht riskieren, dem König den Code zu verraten. Wenn die Franzosen ihn herausfinden, wird es nicht länger von Nutzen sein, ihn zu besitzen.«

»Du liebe Güte«, sagte Diana und legte soviel Ruhe und Kontrolle in ihre Stimme, wie sie aufbringen konnte, »ein kompliziertes Räderwerk. Handelst du denn allein?«

»Es gibt Leute in der Regierung, die von meiner Arbeit wissen.«

»Trotzdem ziemlich schattenhaft.«

»Nur aus gewissen Blickwinkeln.« Er wandte sich ihr zu, um sie anzusehen – er wirkte tatsächlich schattenhaft und düster, doch aus anderen Gründen, wie sie wusste.

»Was kann ich also tun?«, fragte sie.

»Beobachten und lauschen, besonders wenn d'Eon bei der Königin ist, und es mir später weitererzählen. Doch sei äußerst, äußerst vorsichtig.«

»Ich werde dich also sehen?«

Er wurde vollkommen ruhig. »Hast du geglaubt, ich würde dich im Stich lassen?«

»Nein, aber ... jeden Tag?«

»Fast jeden Tag. Ich habe hier freien Zutritt. Ein wenig Interesse an deinen Fortschritten wird nicht unziemlich sein.«

Die Kutsche wendete vor dem Haus. Gleich war es vorüber! »Werden wir ungestört miteinander sprechen können?«

»Wahrscheinlich nicht.«

Sie blieben stehen. Diana merkte jedoch, dass sie noch nicht am Eingang waren, denn die Kutsche des Königs hielt vor ihnen. »Wie soll ich dir dann Bericht erstatten?«

Er dachte einen Moment nach und sagte: »Ein Code. Die Königin kann Rosa sein, und der König Brand.«

»Raffiniert. Und was ist mit d'Eon? Ich weiß«, sagte sie mit einem Lächeln. »Er kann Samuel sein, Rosas preisgekrönter Schafbock.«

Er lachte. Aus vollem Herzen, und sah dabei um Jahre jünger aus. »Du freches Frauenzimmer, und im Falle von d'Eon ist es wahrscheinlich unpassend.«

»Warum?«, fragte sie mit einem ausgesprochen breiten Lächeln.

»Das ist eine andere lange Geschichte«, erwiderte er. Sein Lachen wurde zu einem Lächeln, doch immerhin war es ein Lächeln. »Wer ist der französische König?«

Als die Kutsche weiterholperte, sagte sie: »Dirk, ihr flämischer Hengst. Glaub mir, Rosa bei einem leidenschaftlichen Gespräch über Pferde- und Schafzucht zu beschreiben, ist durchaus nicht erfunden.«

Seine Mundwinkel zuckten, doch er gewann wieder seine Kontrolle zurück. »Sehr gut. Doch sei vorsichtig.«

Als die Kutsche vor dem Eingang hielt, war Diana von ihrem gemeinsamen Plan überzeugt. Es war ein Faden, der sie verband, und vielleicht hatte er deshalb den Plan vorgeschlagen.

Und er hatte gelacht.

»Ist das alles, was ich tun kann?«, fragte sie. »Kein Entwenden von Briefen? Kein Knacken von Codes?«

Er griff ihre Hand – unten auf dem Sitz, wo der sich nähernde Dienstbote es nicht sehen würde. »Dies ist kein Spiel, Diana. Sei klug.«

Sie blickte nach vorn und versuchte, unbeteiligt zu wirken, zitterte jedoch bei seiner Berührung. »Es ist nicht leicht, klug zu sein.«

Seine Hand gab sich der Zärtlichkeit hin. »Nein, doch es ist möglich.«

Rebellisch sah sie ihm in die Augen. »Bei einem Malloren ist alles möglich?«, fragte sie.

»Genau.«

Ein Dienstbote öffnete den Schlag.

Ihre Hände glitten auseinander. Bey stieg aus und wandte sich um, um ihr behilflich zu sein.

Als sie die Stufen hinunterstieg, sagte sie sanft: »Dann beweise es mir, Bey.«

Er umklammerte fest ihre Hand und sah beinahe entsetzt aus.

Sie war selbst entsetzt.

Sie hatte nie vorgehabt, ihn derart direkt herauszufordern, aber dies war sein Motto, beim Jupiter, und ein gemeinsames Leben musste doch möglich sein.

Der Mond würde über die Vergeudung von Lebensglück weinen, wenn sie getrennt lebten.

»Trotz dieses Mottos«, sagte er, als sie neben ihm stand, »bin ich nicht Gott. Einige Dinge gehen über meine Macht hinaus.«

»Welche Dinge?«

»Ich kann zum Beispiel nicht fliegen«, sagte er knapp.

Sie wollte nicht, dass sie sich auf diese Weise trennten, doch sie musste hartnäckig bleiben. Er hatte gelacht. Genau das konnte sie ihm geben. Sie konnte ihm das Lachen und das Leben schenken.

Es musste möglich sein.

Sie hantierte mit ihren Röcken herum, um einen weiteren Augenblick herauszuschlagen. »Vielleicht akzeptierst du falsche Grenzen. Dädalus flog mit Wachsflügeln, und ich hörte, wie man dich als Dädalus bezeichnete.«

»Im Zusammenhang mit seinen Fähigkeiten, raffinierte Labyrinthe zu bauen, aber keine künstlichen Flügel.« Er kürzte den Augenblick ab, indem er ihre Hand nahm und sie zur Tür führte, durch welche der König und die Königin bereits verschwanden. »Offenbar habe ich ein abscheuliches Labyrinth für uns gebaut.«

»Dies ist nicht alles dein Werk«, stellte sie mit nach vorn gerichtetem Blick fest. »Und Dädalus ist geflogen.«

»Und hat seinen geliebten Sohn überredet mitzufliegen. Dann flog Ikarus zu nah an die Sonne heran, woraufhin seine Flügel schmolzen und er in den Tod fiel.«

Sie blieb stehen, zwang ihn, anzuhalten und sie anzusehen. »Sie sind geflogen, um einem unerträglichen Gefängnis zu entfliehen. Vielleicht fand Ikarus, dass es die Sache wert war, selbst als er herabstürzte.«

Plötzlich schien er wieder der Mann zu sein, den sie vor einem Jahr kennen gelernt hatte, der Finstere Marquis. »Willst du, dass wir die Sache ausfechten?«

Sie hob ihr Kinn und erwiderte seinen Blick. »War es nicht immer schon klar, dass es einen Zweikampf zwischen uns geben würde?«

Nach kurzem Schweigen wandte er sich wieder der Tür zu. »Bitte nicht um den Tod.«

Sie ließ sich von ihm in ihren goldenen Käfig führen. Sie zitterte – allerdings nicht, weil sie sich vor der Gefangenschaft fürchtete. Was hatte sie getan? Welchen gefährlichen Flug hatte sie angetreten, noch dazu mit zerbrechlichen Wachsflügeln? Doch sie wollte Dädalus sein, wenn er Ikarus wäre, und sie würde auf irgendeine Weise Flügel bauen, mit denen sie entkommen konnten. Nicht ihrer Gefangenschaft am Hof, sondern dem dunklen Turm, in den er sich lebenslang eingemauert hatte.

Doch nicht jetzt. Jetzt musste sie ihre Rolle spielen, inmitten dieser eleganten, konventionellen Wände.

Das Queen's House war vom Herzog von Buckingham errichtet und erst kürzlich an den König verkauft worden – für seine neue Königin. Es war imposant, hatte jedoch mehr von einem Adelshaus als von einem Königspalast. Sie vermutete, dass dieses Haus dem jungen Paar wegen seiner Schlichtheit gefiel. Und wegen der Tatsache, dass es modern und von einer Parklandschaft umgeben war.

Es war weniger einschüchternd, als sie befürchtet hatte, und weniger mit düsterer Geschichte erfüllt als St. James's Palace. Dennoch stand nicht zu erwarten, dass sie das Leben hier genießen würde, besonders da ihre Zeit mit Bey wahrscheinlich streng beaufsichtigt und sehr knapp sein würde.

Das Königspaar wartete am Treppenaufgang. Der König sagte: »Begleitet mich, Mylord«, und stolzierte auf eine verheißungsvoll geöffnete Tür zu.

Nach einem kurzen Abschiedsgruß folgte Bey ihm.

So abrupt war er also verschwunden. Wenngleich es ihr fast körperlichen Schmerz bereitete, zwang Diana sich, ihm nicht nachzustarren. Stattdessen blickte sie so gelassen wie möglich die Königin und ihre Bediensteten an.

»Kommt«, befahl die Königin und wandte sich der Treppe zu. »Leistet mir Gesellschaft, während ich mich umziehe, Lady Arradale.«

20

Diana hätte ebenfalls gern ihr sperriges Kostüm abgelegt, doch sie war jetzt praktisch eine Bedienstete und folgte der Königin unterwürfig nach oben in ihre Gemächer. Die zwei deutschen Kammerfrauen halfen Charlotte schwatzend und gackernd aus ihren steifen Kleidungsstücken. Die Königin sah wirklich müde aus.

»Ich bin erfreut, dass Ihr einem Ehegatten nicht abgeneigt seid, Lady Arradale«, sagte sie. »Das wird Seine Majestät erfreuen. Es ist vernünftig, dass Ihr einen Mann ehelichen möchtet, mit dem Ihr harmonisch leben könnt. Eine schlechte Ehe kann eine elende Angelegenheit sein. Glaubt Ihr, dass es schwer ist, einen geeigneten Mann zu finden?«

»Yorkshire bietet keine große Auswahl an Männern meines Alters und Standes, Majestät.«

Die Königin nickte. »In London gibt es viele solcher Männer. Der König und ich leben zurückgezogen, doch ab und zu geben wir kleine Gesellschaften. Wir werden geeignete Männer einladen, und Ihr werdet bald einen finden, der nach Eurem Geschmack ist.«

Es klang drohend, wie ein Befehl, doch Diana sank in einen Knicks. »Es wäre ein Segen, Majestät.« Das war die Wahrheit, denn es gab nur einen Mann, der nach ihrem Geschmack war.

»Und wenn nicht«, sagte die Königin, während sie ihre Arme in die Ärmel eines leichten Kleides gleiten ließ, »werden wir einen für Euch auswählen. Seine Majestät und ich haben uns vor unserer Heirat nie gesehen, doch die Wahl wurde von anderen sorgfältig getroffen und gereicht uns zur Freude.«

Diana schluckte ihre Besorgnis hinunter, griff jedoch auf Beys zermürbendes Training zurück und sagte nur: »Ihr seid sehr freundlich, Majestät.«

Die Königin nickte zustimmend und ging in ein anderes Zimmer, das wegen seiner karminroten Vorhänge, der Gemälde und den Vasen mit Blumen sehr erfrischend wirkte. Sie setzte sich mit einem erschöpften Seufzen und legte ihre geschwollenen Füße auf einen samtbezogenen Fußhocker.

Diana folgte ihr.

Sie versuchte, dieses anmaßende Vorhaben, was ihre Heirat betraf, einzuschätzen und eine Entscheidung zu treffen, wie sie damit umgehen sollte. Doch dann wurde sie von dem schweren Duft eines großen Blumenstraußes aus Gartenwicken erfasst.

»Mögt Ihr Blumen, Lady Arradale?«, fragte die Königin.

»Ja, sehr, Ma'am«, sagte Diana und fragte sich, ob sie wohl rot wurde. Gestern Nacht. Erst gestern Nacht …

»Gut, gut. Wir haben hübsche Gärten hier, und Ihr könnt sie jederzeit aufsuchen. Ich glaube, Ihr werdet Eure Pflichten nicht schwierig finden. Ihr werdet mir gelegentlich etwas vorlesen und Englisch mit mir üben. Spielt Ihr ein Instrument?«

»Cembalo, Ma'am, und Flöte.«

»Im Zimmer nebenan ist ein Cembalo. Spielt doch ein wenig für uns.«

Als die Königin begann, Deutsch mit ihren Bediensteten zu sprechen, befolgte Diana den Befehl. Ihr gelang sogar die knifflige Aufgabe, sich rückwärts von der Königin zu entfernen, ohne auf ihre Röcke zu treten.

Sie empfand tiefen Groll wegen der Anordnung, zur Unterhaltung beizutragen, doch sie ermahnte sich, dass sie die perfekte, konventionelle Lady spielen musste. Dies war im Grunde keine Last, die sie ihrem Geschlecht zu verdanken hatte. Wäre sie der Earl of Arradale und hätte den Befehl erhalten, die Königin zu amüsieren, wäre es ebenfalls ihre

Pflicht gewesen zu gehorchen – genau wie der Marquis von Rothgar den Befehlen des Königs gehorchte.

Wo war er jetzt?

Wann würde sie ihn wiedersehen?

Sie schob die Gedanken beiseite. Sie würde auch noch verrückt werden, wenn sie sich solchen Grübeleien hingab.

Sie war dankbar, wenigstens außer Sichtweite zu sein, und setzte sich, um ein Stück aus dem Gedächtnis zu spielen. Dies war eine ausgezeichnete Gelegenheit, die neuen Wendungen ihrer Situation zu überdenken.

Die Königin klang bedeutend entschiedener, was ihre Heirat betraf, als sie erwartet hatte, und war offensichtlich die Sprecherin des Königs. Am Ende würde Diana mit zwei Problemen zu kämpfen haben statt mit einem. Eine Schlacht mit dem König und der Königin, um sie von der Wahl eines Mannes abzuhalten, und eine Schlacht mit Bey, um ihn davon zu überzeugen, dass eine Ehe trotz einer gewissen Unsicherheit das Risiko wert war.

Gütiger Himmel! Sie konnte immer noch nicht glauben, dass sie ihm den Fehdehandschuh hingeworfen hatte. Doch sie meinte es ernst. Ihr ganzes Leben war betroffen, und seins ebenfalls. Sie würde die Gelegenheit beim Schopf packen. Das Leben war nun mal unsicher. Wenn man das nicht akzeptierte, konnte man ebenso gut zur Steinsäule erstarren.

Während ihre Finger wie von selbst durch das einfache Stück wanderten, fragte sie sich abermals, wann sie sich das nächste Mal sehen würden. Schließlich war es für ihr Vorhaben von großer Bedeutung. Sie konnte kaum seine Meinung ändern, wenn er ihr die ganze Zeit aus dem Weg ging.

Allerdings hatte er versprochen, sie häufig zu besuchen, und sie wusste, dass er sich an dieses Versprechen halten würde, und sei es nur aus Pflichtgefühl.

Noch heute?

Oder würde sie bis morgen warten müssen?

Und wann morgen?

Sie unterdrückte ein wehmütiges Lachen. Es war Wahnsinn, doch der übliche Wahnsinn, der sich Liebe nannte. Ihr war es egal, ob sie kämpften oder sich küssten, Hauptsache, sie sahen sich.

Nun, eigentlich war es ihr nicht egal, doch sie würde irgendein Treffen gar keinem Treffen vorziehen.

Schon in demselben Zimmer mit ihm zu sein, wäre eine Art Trost.

Sie merkte, dass ihre Finger innegehalten hatten. Sie riss sich aus ihren sehnsüchtigen Gedanken und wechselte zu einer lebendigen und anspruchsvollen Melodie. Sie würde schon einen Weg finden, um Beys Meinung zu ändern. In der Zwischenzeit musste sie außerdem die Königin bezaubern und sie daran hindern, sie zu einer Heirat zu zwingen. Sie hatte gehört, dass die Königin ganz verrückt nach Musik war und selbst sehr gut musizierte. Vielleicht war das eine Möglichkeit, sie zu besänftigen.

Nach einer Weile erschien eine deutsche Zofe, um sie zu informieren, dass sie sich jetzt zurückziehen und ihre Hofkleidung ablegen durfte. Diana fand ihr Zimmer klein, aber angemessen, und wenigstens hatte sie es für sich allein. Clara war gerade damit fertig, Dinge einzuräumen, und plapperte aufgeregt vor sich hin, weil sie in einem königlichen Haushalt und überaus beeindruckt von den Dienstboten war, die sie bereits getroffen hatte.

Diana war erfreut, dass wenigstens einer hier glücklich war. Sie streifte das Hofkleid ab und zog ein bequemeres Kleid an. Als sie ihr Aussehen im Spiegel überprüfte, merkte sie, dass es das blassgelbe und cremefarbene Kleid war, das sie getragen hatte, um den Finsteren Marquis in Arradale willkommen zu heißen.

Eine andere Welt. Eine Welt, in der sie, wie er betont hatte, ihre Spiele gespielt hatte.

Wie konnte sich die Welt in wenigen Tagen so komplett ändern?

Seufzend setzte sie sich an den eleganten Schreibtisch, um ihrer Mutter und Rosa zu schreiben. Sie musste von dem Überfall auf der Straße berichten, bevor sie es anderswoher erfuhren, und ihnen versichern, dass es ihr gut ging.

Der Brief an ihre Mutter fiel ihr leicht, doch der zweite bereitete ihr Probleme. Rosa war fast ihr ganzes Leben ihre Vertraute gewesen, ihre liebste Freundin, ihre Leidensgenossin und Hüterin ihrer Geheimnisse. Zudem hatte Rosa ein anderes Wesen, und ihre praktischen Ansichten waren häufig nützlich gewesen. Sie sehnte sich danach, alles zu erzählen und gute Ratschläge zu erhalten, aber dem König und der Königin war zuzutrauen, dass sie ihre Briefe lasen.

Sie stellte sich vor, was sie sagen würde, wenn Rosa hier wäre. »Ich bin entschlossen, Bey zu heiraten und es ihm zu ermöglichen, dass er mich heiraten kann.«

»Und wie?«

Typisch für Rosa, sofort zur Sache zu kommen. »Ich weiß es nicht. Das entscheide ich später. Im Moment muss ich den König und die Königin davon abhalten, für mich eine Heirat zu arrangieren. Was soll ich nur tun, wenn sie einen Mann für mich aussuchen?«

»Dich weigern?«

»So einfach ist es nicht, Rosa. Das wäre eine schwere Beleidigung. Außerdem besteht die Gefahr, ins Irrenhaus zu kommen. Dann müsste ich Beys Rettungsvorschlag annehmen.«

»Ihn zu heiraten? Nur zum Schein? Ich glaube nicht, dass du das tun kannst, Diana.«

»Ich weiß, ich weiß. Doch was könnte ich sonst tun, wenn es so weit kommen sollte? Irgendeinen Esel heiraten, den der König ausgesucht hat? Wohl nicht, außerdem würde Bey das niemals zulassen. Davon abgesehen, wäre es denn so schrecklich? Zumindest wären wir dann zusammen.«

»Du würdest dich dein Leben lang wie eine verhungernde Frau bei einem verbotenen Festessen fühlen!«

»Es gäbe viele Gerichte, die ich probieren könnte. Seine Gesellschaft, seine Gespräche, unsere gemeinsamen Interessen. Oh, Rosa, ich weiß jetzt, was du meintest, als du von Brand erzählt hast. Ich dachte, du seist verrückt, als du soviel Wert darauf legtest, dass du mit ihm über die Viehzucht reden könntest, aber es ist wunderbar, gemeinsame Interessen zu haben. Sich richtig zu unterhalten. Die Zeit in der Kutsche war zauberhaft, obwohl wir uns kaum berührt haben.«

»Aber das Verbotene wäre immer zugegen, unglaublich verlockend, dürfte jedoch niemals angetastet werden. Es würde dich wahnsinnig machen.«

»Das sagst du, weil du das ganze Festessen haben darfst. Ohne ihn werde ich verhungern. Vor Hunger sterben.«

»Du übertreibst, Diana.«

»So fühle ich mich aber. Ich bin wütend auf die Barrieren, die zwischen uns stehen!«

»Und welches sind diese Barrieren?«

Diana seufzte. »Seine Willenskraft. Seine Zielstrebigkeit«, gab sie zu.

»Du willst seinen Willen brechen? Ihn von seinen wohl überlegten Zielen abbringen?«

Ja, dachte Diana, nicht fähig, dieses Bekenntnis in imaginäre Worte zu fassen. Es war furchtbar, darüber nachzusinnen.

Sie sprach wieder zu der imaginären Rosa: »Es ist die einzige Möglichkeit.«

»Es könnte euch beide zerstören.«

Diana senkte den Blick und merkte, dass sie während dieses imaginären Gesprächs ihre Schreibfeder eingetunkt und ein halbes Dutzend Mal »Bey« geschrieben hatte. Dann hatte sie die Ansammlung von Worten mit rankenden Gartenwicken verziert.

Liebe. Sie hatte sich die Liebe immer als Herzen und Blüten vorgestellt, als Frühlingsblumen und errötendes Lächeln. Und nicht als dieses nagende, hungrige Verlangen, als dieses

Gefühl, mit Lumpen bekleidet in einer rauen, dunklen Ödnis gelandet zu sein – bereit, alles zu tun, *alles*, um zur Sonne zurückzukehren.

Sie tunkte die Feder ein und kritzelte ihre ganzen verräterischen Worte und Zeichnungen fort. Nun war sie sich zumindest über ihre Absicht im Klaren – den eisernen Willen des Mannes, den sie liebte, zu zerschmettern.

Mochte Gott Erbarmen mit ihnen haben.

Rothgar begleitete den König in seine Gemächer. Er war wie gelähmt von Dianas letzten Worten. In seiner Vergangenheit hatte er sich scheinbar unlösbaren Aufgaben gestellt und die Richtigkeit seines Mottos bewiesen. Selbst der berüchtigten Chastity Ware hatte er sich angenommen und ihren guten Ruf wiederhergestellt, damit sie am Hof empfangen werden und Cyn ohne Probleme heiraten konnte. Es gab immer einen Weg.

Doch hier gab es kein äußeres Hindernis, nur seinen eigenen Entschluss. Diesen ehrenhaft zu ändern, war ebenso unmöglich wie zu fliegen – zur Hölle mit dem alten Dädalus. Ein solcher Flug war ohnehin illusorisch. Er hatte dem Versuch beigewohnt, Dädalus' Werk nachzuahmen. Doch es hatte sich herausgestellt, dass kein Mann genug Kraft hatte, um mit Flügeln zu schlagen, die groß genug waren, ihn zu tragen. Manche Dinge waren trotz aller menschlichen Bemühungen unmöglich.

Während der König von seinen Bediensteten entkleidet wurde, versuchte Rothgar, seinen gewohnt kühlen Kopf wiederzugewinnen, doch das Wissen um Dianas Bedürfnisse und Schmerzen erschütterte ihn. Er selbst konnte hungern, aber er war nicht auf die Pein vorbereitet, sie verhungern zu lassen …

»Mylord.«

Rothgar merkte, dass der König ihn überrascht ansah. »So in Gedanken versunken, Mylord?«, fragte George, als ihm ein Kammerdiener in ein lockeres Gewand half. »Gedanken über die Sterblichkeit, was?«

»Verzeihung, Majestät?«

»Die blutrünstige Attacke.«

Rothgar unterdrückte ein *Ach das*, denn es hätte gewirkt, als sei er reif für Bedlam. War es wirklich kaum einen Tag her?

Der König zeigte auf einen Stuhl, und sie setzten sich beide.

»Nun erzählt die ganze Geschichte«, forderte der König ihn auf.

Er gehorchte und spielte jegliche Tapferkeit herunter, außer der seines toten Vorreiters.

»Tapferer Mann, tapferer Mann«, sagte der König. Sein jugendliches Gesicht wirkte ernst. »Hinterlässt er etwa eine Familie?«

»Eine Frau und drei kleine Kinder, Majestät. Natürlich wird gut für sie gesorgt.«

Der König nickte, sagte jedoch: »Ich werde ihnen einen Dankesbrief zukommen lassen.«

»Ihr seid höchst großherzig, Majestät.« Er wusste, dass Ella Millers Verlust im Moment durch nichts geschmälert werden konnte, aber vielleicht würden sie und ihre Kinder später einmal die besondere Respektbezeugung des Königs schätzen.

Doch dann begann der König, Vermutungen anzustellen. Sicher hatte er sich Sir Eresbys Bericht schicken lassen und ihn gelesen.

»Dieser de Couriac. Verdächtigt Ihr ihn, den Überfall ausgeheckt zu haben?«

»Ich bin nicht sicher, Majestät. Ich glaube, ich habe ihn erkannt.«

»Aber warum sollte er so etwas tun?«

Da es ihm nicht geeignet schien, auf eine offizielle Beteiligung der Franzosen hinzuweisen, erwähnte Rothgar die verhängnisvollen Ereignisse in Ferry Bridge.

Der König schüttelte den Kopf. »Wirklich verrückt! Und deshalb wurde ein unschuldiges Leben geopfert? Ich habe Monsieur d'Eon hierher bestellt, sobald ich davon hörte.«

»Der Chevalier wirkt recht bestürzt. Darf ich fragen, welche Erklärung er Euch gab, Majestät?«

»Er vermutet ebenfalls, dass es sich um ein Verbrechen aus Leidenschaft handeln könnte. Offensichtlich war die Frau von zweifelhaftem Charakter.« Er runzelte die Stirn. »Ein Fehler, dort herumzuschäkern, Mylord. Was?«

Rothgars ungestüme Gedanken versuchten sich ins Gedächtnis zu rufen, wie Diana erschienen war, um ihn zu retten. Wie er ihre Füße massiert hatte. Und mehr gewollt hatte ...

Nein.

»Ich habe keinesfalls geschäkert, Majestät. Ich habe der Dame lediglich beigestanden, als ihr Mann erkrankte. Lady Arradale war die meiste Zeit dabei.«

»Ach ja. Die Gräfin. Nicht, was wir erwartet hatten. Was denkt Ihr über sie?«

Rothgar fragte sich, ob er tatsächlich rot wurde. »Euer Majestät wird sie inzwischen selbst beurteilt haben.«

Der König nickte. »Eine hübsche Frau, und sie scheint so zu denken, wie es sich geziemt. Wird sie sich einer Hochzeit verweigern?«

»Ganz im Gegenteil, Majestät«, bemerkte Rothgar trocken. »Man könnte sagen, sie ist ganz erpicht darauf.«

»Großartig, großartig! Die Königin und ich sprachen bereits darüber. Lord Randolph Somerton. Er ist der zweite Sohn. Benötigt ein gutes Vermögen. Charmant. Gesund. Was meint Ihr?«

Rothgar war verblüfft über diese entschlossene Wahl, und was für eine Wahl! Ein überheblicher Fatzke mit verschwenderischer Lebensweise und einem anspruchsvollen Vater, dem Herzog von Carlyle. »Würde das nicht sehr viel nördliche Macht in einer Familie vereinigen?«, fragte er vorsichtig.

Der König runzelte die Stirn. »Doch sie muss im Norden heiraten, meint Ihr nicht? Damit ihre Ländereien nicht vernachlässigt werden.«

»Die Straßen sind bedeutend besser geworden, Majestät. Lady Arradale und ich hätten auf unserer Reise nur zweimal übernachtet, wenn dieser unglückselige Vorfall sich nicht ereignet hätte.«

Der König schürzte die Lippen. »Dann Sir Harry Crumleigh? Sein Besitz liegt in Derbyshire. Großartiger Bursche. Oder Lord Scrope, da sie eher ruhig ist. Aus Shropshire, und er sucht nach einer zweiten Frau.«

Der Gedanke, dass Diana »eher ruhig« sein sollte, brachte ihn beinahe zum Lachen, doch die Liste der Kandidaten war durchaus nicht amüsant. Sir Harry war ein Liebling des Königs, weil er ein ausdauernder Reiter war, doch wenn er jemals ein Buch gelesen hatte, dann hatte er es im Verborgenen getan. Lord Scrope war so liebenswürdig und friedfertig, dass er Diana innerhalb von wenigen Tagen zu Tode langweilen würde. Zudem betrauerte er immer noch seine erste Frau. Wo zum Teufel rührte diese ganze entschlossene Planerei her?

»Wenn ich ein wenig Geduld vorschlagen dürfte, Majestät? Die Gräfin ist gerade erst in London eingetroffen und hat unterwegs einen schrecklichen Vorfall erlebt. Es wäre freundlich, ihr die Gelegenheit zu geben, sich auszuruhen und einzuleben, bevor man ihr Heiratskandidaten vorstellt.«

Nach einem kurzen Stirnrunzeln nickte der König. »Sehr gut, aber ich möchte sie verheiratet sehen, bevor sie in den Norden zurückkehrt, Mylord. Doch nun«, fügte er mit verändertem Tonfall hinzu, »das wird Euch interessieren! Der König von Frankreich hat mir einen Automaten als Friedensgeschenk übersandt.«

»Tatsächlich, Majestät?«, bemerkte Rothgar. In Gedanken war er jedoch immer noch mit dem unerwarteten Entschluss des Königs beschäftigt.

»Chevalier d'Eon soll ihn uns morgen Abend bringen und vorführen. Werdet Ihr dabei sein?«

D'Eon? »Mit Vergnügen, Majestät.«

»Wir werden natürlich auch denjenigen vorführen, den Ihr uns im letzten Jahr geschenkt habt.«

»Ich fühle mich geehrt, dass er immer noch Euer Gefallen findet.«

»Gewiss«, sagte der König und erhob sich. »Ihr seid uns sehr zu Diensten, Lord Rothgar, in jeder Hinsicht, und wir danken Euch dafür. Im Gegenzug wünschen wir Euch ebenfalls nur Gutes.«

»Euer Majestät ist großzügig wie immer«, erwiderte Rothgar und verabschiedete sich.

Er ging den Korridor entlang und widerstand der Versuchung, Diana ausfindig zu machen und sich zu vergewissern, dass sie in Sicherheit war. Er wusste, dass ihr kein Schaden zugefügt worden sein konnte, doch angesichts der zahlreichen Freier, die sich versammelten, verspürte er das absurde romantische Bedürfnis, zu ihrer Rettung zu eilen – wie ein fahrender Ritter, der seine Dame vor einem Drachen beschützt.

Es durfte nicht sein. Dieses Zwischenspiel in der Kutsche war äußerst unklug gewesen und hatte Diana zu einer Kampfansage veranlasst. Davon abgesehen hatte er andere Verpflichtungen. Ella Miller sollte von ihm selbst erfahren, dass ihr Mann gestorben war. Deshalb musste er heute noch zur Abbey reiten, bevor die Nachricht sie auf anderen Wegen erreichte.

Dort, wo der Korridor auf die Treppe stieß, zwang er sich, die Treppe zu nehmen. Die Treppe würde ihn aus dem Haus und von ihr fort führen.

Doch ihre Trennung war so abrupt gewesen, und Diana stand unter seiner Fürsorge und seinem Schutz. Einer unbesiegbaren Eingebung folgend betrat er ein Empfangszimmer und schrieb eine kurze Nachricht.

Meine liebe Lady Arradale,

ich hoffe, dass Ihr Euch in der Obhut der Königin wohl fühlt und all Eure Habseligkeiten unversehrt angekommen sind. Wenn ich Euch in irgendeiner Angelegenheit behilflich sein kann, werde ich alles tun, was möglich ist.

Betrachtet mich stets als Euren ergebenen Diener,
Rothgar

Eine angemessene Nachricht in korrekten Worten, doch mit versteckten Hinweisen. Er hoffte, sie würde die Anspielung auf das, was möglich war, verstehen. Er faltete das Papier und versiegelte es mit seinem roten Siegelring. Dann übergab er es einem Dienstboten. Als er in seine Kutsche stieg und den schnellsten Weg nach Hause anordnete, zwang er sich, seine Gedanken vom Unmöglichen abzulenken und über Angelegenheiten nachzusinnen, die einfacher geregelt werden konnten.

Dass der französische König einen Automaten als Geschenk wählte, war nicht ungewöhnlich, besonders da einige der Meister des Handwerks Franzosen waren und König George dafür bekannt war, dass er Freude an solchen Dingen hatte. Ebenfalls bekannt war jedoch, dass er sich selbst für Automaten interessierte. Er hatte dem König den ersten geschenkt – die chinesische Pagode, die unglücklicherweise zu einem Mordversuch verwendet worden war.

Rothgar war froh, dass der Schurke, der die Zerstörung des Automaten verursacht hatte, getötet worden war, denn der Automat war ein exquisites Kunstwerk gewesen. Letztes Jahr an Weihnachten hatte er ihn durch ein schlichteres Stück ersetzt, das der König und die Königin liebten – ein Schäfer und eine Schäferin.

Nun war ein ähnliches Geschenk vom französischen König eingetroffen. Berücksichtigte man das Duell mit Curry und die merkwürdigen Machenschaften von Monsieur de

Couriac, so schien es, als attackierte d'Eon ihn heimtückisch von vielen Seiten. Warum?

Plötzlich fragte er sich, ob d'Eon auch verantwortlich für die Entschlossenheit des Königs war, Diana zu verheiraten? Jemand musste das Feuer unter diesem Topf geschürt haben, damit es dermaßen darin kochte, und der König und die Königin hörten auf d'Eon.

Doch welches Interesse konnten die Franzosen an Dianas Heirat haben?

Keins.

Und d'Eon persönlich?

Zweifellos würde er sehr gern eine gute Partie machen, doch er wusste gewiss, dass der König ihrer Heirat mit einem Franzosen niemals zustimmen würde. Davon abgesehen – wie er es Diana gegenüber bereits angedeutet hatte – gab d'Eons Liebesleben Anlass zu Vermutungen. Er flirtete, doch man hatte noch nie davon gehört, dass er sich eine Geliebte genommen hatte.

Darüber hinaus war er bei seinen Abenteuern eine Zeit lang am russischen Hof gewesen, wo er sich als Frau ausgab und als Hofdame der letzten Zarin lebte. Viele bezweifelten die Geschichte, doch Rothgar wusste, dass sie stimmte. D'Eon hatte für seinen König spioniert, war aber in jeder Hinsicht äußerst überzeugend gewesen.

Egal ob männlich, weiblich oder ein Zwitter, d'Eon war ehrgeizig. Doch sicherlich nicht erpicht auf eine Heirat mit einer bedeutenden englischen Erbin. Allerdings ...

Als Rothgar die Kutsche verließ und sein Haus betrat, glaubte er, die Lösung gefunden zu haben. Er hätte sie schon vor Tagen herausbekommen, wenn sein Gehirn nicht von einer beängstigend attraktiven Frau durcheinander gebracht worden wäre.

Wie er Diana erzählt hatte, benötigte d'Eon einen Coup, um zum Botschafter ernannt zu werden. Dieser bestand offensichtlich darin, König George davon zu überzeugen, den

Befehl, Dünkirchen zu zerstören, zurückzunehmen, denn d'Eon hatte sich offenkundig sehr darum bemüht.

Warum hatte er nicht erkannt, dass d'Eon gerade ihn als größtes Hindernis ansehen würde? Der König suchte seinen Rat, und er selbst war entschlossen dafür eingetreten, Frankreich zu schwächen und einen weiteren Krieg zu verhindern. Vor allem hatte er sich für die Zerstörung der militärischen Anlagen in Dünkirchen ausgesprochen.

Vielleicht hatte d'Eon keinen anderen Ausweg gesehen und beschlossen, das Hindernis, das ihm im Weg stand, zu beseitigen, dachte Rothgar, als er sein Arbeitszimmer betrat.

Zuerst das Duell mit Curry. Als das gescheitert war, ein weiterer Versuch, zweifellos mit einem geschickteren Degenkämpfer – de Couriac.

Doch der Überfall auf der Straße? Für d'Eon erschien er ihm zu plump, zu übereilt geplant. Möglicherweise hatte de Couriac den Kopf verloren und ohne Anweisungen gehandelt. Vielleicht war die in Aussicht gestellte Belohnung zu hoch gewesen, um ihren Verlust zu riskieren, oder vielleicht befürchtete er Konsequenzen, wenn er scheiterte.

Und de Couriac war immer noch auf freiem Fuß. Diana hatte Recht gehabt mit ihrer Warnung vor der Gefahr von Menschenmengen, doch wie er gesagt hatte, konnte er nicht wie eine Wachsblume unter Glas leben.

Es war jedoch ein interessantes Gesamtbild und musste in Betracht gezogen werden. Wenn d'Eon sich in Dianas Angelegenheiten einmischte, bloß um ihn abzulenken – weil er erkannt hatte, dass sie unter seinem Schutz stand –, was würde er dann als Nächstes versuchen? Es war nicht zu tolerieren, dass Unschuldige hier hineingezogen wurden.

Im Moment war sie jedoch außer Gefahr, weshalb er den Gedanken beiseite schob und die Petitionen zur Hand nahm. Seine übrige Arbeit konnte warten, doch diese Dinge waren zuweilen dringend.

Als er den Brief der besorgten Frau auseinander faltete,

musste er unwillkürlich über d'Eons ungekünstelten Zorn angesichts de Couriacs Angriff auf der Straße lächeln.

Sein Tod bei einem Duell mit einem Engländer stellte kein Risiko für die Franzosen dar. Selbst ein Duell mit einem Franzosen wegen einer untreuen Ehefrau konnte noch unverdächtig sein. Ein offener Überfall auf einer Hauptstraße des Königs durch vier Franzosen war jedoch eine deutlich andere Angelegenheit. Jetzt war d'Eon gezwungen, vorsichtig zu sein, und das war ihm sicher bewusst. Er durfte sich keine weiteren Angriffe leisten, die auf die Franzosen zurückgeführt werden konnten.

Es würde mindestens ein paar Tage dauern, bis d'Eon mit irgendeinem neuen Trick ankam.

Er las den hingekritzelten und tränenbefleckten Brief.

Mrs. Tullivers einziger Sohn und wichtigster Unterstützer war gewiss unklug gewesen und nun zur Deportation verurteilt worden, doch sein Vergehen bestand lediglich darin, die Kleider irgendeines Gentlemans gestohlen zu haben. Er hatte versucht, einen vornehmen Mann zu spielen. Sie behauptete, dass es sein erstes Verbrechen wäre. Wenigstens dieser Sache konnte er sich annehmen und möglicherweise einen Weg finden, Gnade für ihn zu erbitten.

Er machte sich Notizen und sah die anderen Petitionen durch. Einige baten um kleinere Geldbeträge, und mit Ausnahme von einer kam er allen Bitten nach. Die anderen erforderten intensiveres Nachdenken, sodass er sie beiseite legte. Es war bereits drei Uhr, und er hatte noch einen langen Ritt vor sich.

Gleichwohl konnte er nicht losreiten, ohne ein paar Maßnahmen zu ergreifen, um d'Eon unter Kontrolle zu halten. Der Mann konnte ihn nicht direkt angreifen, doch das könnte ihn dazu veranlassen, sich noch mehr in Dianas Angelegenheiten einzumischen. Als offizieller Vertreter Frankreichs war er unantastbar, aber es gab andere Möglichkeiten.

Er schickte nach Joseph Grainger.

Grainger, ein junger und seriöser Mann, war sowohl sein Anwalt als auch der Verwalter seiner geschäftlichen Angelegenheiten. Darüber hinaus leitete er seine geheimeren Aktivitäten. Er gab dem Mann eine Reihe von Anordnungen.

»... und besorgt eine Aufstellung mit d'Eons Schulden und Gläubigern«, sagte er abschließend.

»Ja, Mylord.«

Rothgar hatte Mitleid mit dem teilnahmslos wirkenden, doch gewiss neugierigen Mann. »Seine finanzielle Situation muss ein einziges Chaos sein. Er lebt so aufwändig wie ein richtiger Botschafter, ohne die Einkünfte eines Botschafters oder irgendwelche privaten Einnahmen zu haben. Es gibt Hinweise darauf, dass er bereits das Geld angerührt hat, das auf Guerchy wartet, doch mit Sicherheit muss er auch schon Geld leihen.«

»Wollt Ihr seine Schulden aufkaufen, Mylord?«

»Genau.« Rothgar erhob sich. »Verbreitet das Gerücht, dass er nicht kreditwürdig ist.«

Grainger klappte sein Notizbuch zu und runzelte die Stirn. »Ist er denn nicht kreditwürdig?«

»Ganz und gar nicht. Ja, wahrscheinlich werde ich mit einem ganzen Bündel unbezahlter Schuldscheine enden, und das verletzt Eure gewissenhafte Seele. Betrachtet es als außergewöhnliche Ausgabe.«

»Ja, Mylord«, antwortete Grainger, immer noch mit einem etwas missbilligenden Unterton. Rothgar kümmerte es nicht. Es war Graingers Aufgabe, Verluste zu missbilligen.

»Und lasst ihn doppelt so gut beobachten. Ich will alles wissen, was er macht, von jedem erfahren, mit dem er spricht, innerhalb und außerhalb der Botschaft. Im Moment ist das alles, doch lasst Rowcup ausrichten, er soll hier auf mich warten.«

Zwanzig Minuten später kehrte er in schlichter Reitkleidung in sein Arbeitszimmer zurück und fand seinen im Haus wohnenden Urkundenfälscher vor, der auf ihn wartete.

Rowcup war ein dicker, kleiner Mann, dessen Leidenschaft und Geschick in seinem illegalen Beruf auf angenehme Weise mit absoluter Loyalität einhergingen. Rothgar hatte ihn davor bewahrt, wegen seiner Verbrechen gehängt zu werden, weil es klar war, dass die Fälscherei für Rowcup kein Mittel war, um seinen Lebensunterhalt zu verdienen, sondern eine Gabe, die er nicht an den Nagel hängen konnte.

Offiziell beschäftigte er ihn, um genaue Kopien von Manuskripten und Berichten anzufertigen, die zu verfallen drohten, doch ab und an benutzte er ihn auch für gefährlichere Dinge.

Heute fertigten sie einen Brief im Stil der geheimen Briefe an, die d'Eon vom französischen König erhielt. Darin rühmte Louis d'Eon für seine Arbeit und bestärkte ihn in seiner Illusion, unantastbar zu sein. Schließlich gab der König indirekt zu verstehen, dass er die Notwendigkeit verstand, sein prächtiges Auftreten in London fortzuführen, und dass sämtliche Ausgaben d'Eons übernommen würden, selbst wenn er gezwungen wäre, Guerchy den Posten als Botschafter zu überlassen.

Als Rowcup seine Arbeit mit einem perfekten Siegel vollendete, strahlte er vor lauter Stolz wie ein Engel. Der Brief wurde verschickt, um in den geheimen Kommunikationsfluss zwischen Frankreich und England eingeflochten zu werden, und Rothgar wiederholte rasch noch einmal die Schritte, die unternommen werden sollten.

Das war vorerst genug. Wenn es schwieriger wurde, sich Geld zu leihen, hatte d'Eon sicherlich weniger Zeit, um anderen Probleme zu bereiten. Mit etwas Glück würde d'Eon dem Botschafter noch tiefer in die Tasche greifen, was seinen Kopf wirklich auf den Hackblock bringen könnte.

Als Carruthers mit einem zusammengefalteten Papier erschien, war er abreisebereit. »Mr. Merlins Bericht über den Automaten, Mylord.«

Eilig überflog Rothgar den Bericht und sah sofort, dass die

Figur bis morgen nicht vollständig repariert werden konnte, weshalb er den Gedanken verwarf, den französischen Automaten mit diesem hier in den Schatten zu stellen. Dennoch gab er den Auftrag, unverzüglich mit der Reparatur zu beginnen. Sollte es einen Krieg der Automaten geben, könnte er seinen kleinen Trommlerjungen vielleicht gut gebrauchen.

Er ging auf die Tür zu, wandte sich jedoch in letzter Minute um und betrachtete das Porträt seiner Mutter. Was hatte Diana gesehen? Verrücktheit offensichtlich – in dem eindringlichen Blick und dem angespannten Körper, aber eine Verrücktheit schon vor der Geburt der Kinder.

Er hatte keine andere Erinnerung an seine Mutter als diese eine schreckliche und hatte auch nie danach gefragt. Doch er hatte oft darüber nachgedacht. Hatte sie ihn jemals zärtlich auf den Arm genommen? Ihm Lieder vorgesungen, Spiele gespielt, um ihn zum Lachen zu bringen? All die Dinge, die er seine Stiefmutter mit seinen Halbgeschwistern hatte tun sehen.

Hatte sie ihn geliebt? Oder hatte sie für ihn den gleichen Hass empfunden, den sie für die kleine Edith empfunden hatte?

Die wichtigste Frage war jedoch immer gewesen, wie sehr er ihr ähnelte. Er verließ das Zimmer und schloss die Tür, doch die Gedanken wollten sich nicht wegschließen lassen.

Jahrelang hatte er sich eingeredet, dass er gefühllos wäre, genauso gefühllos vielleicht, wie auch sie gewesen war. Er hatte geglaubt, ihm fehle die Fähigkeit, sich eng und leidenschaftlich zu binden, und dass er kein Bedürfnis danach hätte. Heute kam es ihm merkwürdig vor, doch er hatte es immer nur als seine Pflicht angesehen und als vollkommen logisch empfunden, auf seine Familie Acht zu geben.

Cyns Krankheit hatte diese Illusion zerstört.

Während er eilends zur Vorderseite des Hauses ging, spürte er erneut diesen entsetzlichen Schmerz und erinnerte sich an seine zornige Rebellion gegen das Schicksal. Er hatte den Tod bekämpft – bei einem Malloren war alles möglich – und allen Widrigkeiten zum Trotz gewonnen. Er selbst, Ärzte, Krankenschwestern und Cyns robuste Konstitution hatten den Tod besiegt.

Danach wusste er jedoch, dass er kein gefühlloses, liebloses Wesen besaß.

Im letzten Jahr hatte er ähnliche Gefühle von Zorn verspürt, als er Brand bewusstlos aufgefunden und eine Hirnhautentzündung oder irgendeine andere fatale Krankheit befürchtet hatte. Als ihm die Wahrheit klar geworden war, hatte sich dieser Zorn auf die Menschen gerichtet, die Brand das Betäubungsmittel gegeben hatten.

Rosa und Diana.

Jetzt war er auf keine von beiden mehr zornig, doch sein Verlangen nach Diana brannte genauso glühend. Der Tod war allerdings ein leichterer Gegner als die Ehre. Diana hatte trotz ihrer Kampfansage die Schlacht bereits verloren. Sie war durch den Wahnsinn in den wütenden Augen seiner Mutter besiegt worden. Nicht Gemeinheit oder das Schicksal hatten seine Mutter verrückt werden lassen. Sie war damit geboren worden. Die Ehre gebot ihm, dass er trotz Dianas Kummer keine Nachkommen haben durfte.

Fettler, der an der Tür wartete, reichte ihm seinen Hut, seine Handschuhe und die Peitsche. Er durfte sie nicht als Diana im Kopf behalten. Gegner eines Duells sollten sich niemals beim Vornamen nennen.

Lady Arradale. Die er beschützen, jedoch niemals lieben durfte.

Energisch ging er zur Tür hinaus, bestieg sein Pferd und verließ London, begleitet von zwei bewaffneten Stallknechten.

21

Diana saß da und betrachtete nachdenklich Beys schlichten Brief. Es war lächerlich, beinahe zu Tränen gerührt zu sein, doch es war der erste persönliche Brief zwischen ihnen und außerdem etwas Greifbares von ihm. Erst jetzt wurde ihr klar, dass er ihr kein Andenken, kein Symbol der Verbindung geschenkt hatte, obwohl sie ihm einen Ring gegeben hatte.

Das war zweifellos Absicht. Im Grunde ein Symbol seines Vorsatzes, ihr nicht näher zu kommen. Daher lächelte sie über den Brief, der ein Zeichen dafür sein musste, dass er schließlich doch verwundbar war.

Zudem hatte er in der Kutsche gelacht, ungezwungen und fröhlich, was er sich wahrscheinlich nur selten erlaubte.

Sie war versucht, den Brief als geheimen Schatz zu verstecken, doch da er auf sorgsame Weise unverdächtig war, legte sie ihn zusammengefaltet auf das kleine Schreibpult in ihrem Zimmer. Dort konnte sie ihn mit einem Blick entdecken, wann immer es ihr gefiel.

Der Brief war herzlich, enthielt jedoch auch diese vorsichtige Bemerkung über das Mögliche. Bey hatte sie warnen wollen, dass Heirat zwischen ihnen nicht möglich war, doch der Brief war gleichzeitig eine nützliche Erinnerung an ihre eigenen Absichten. Auch bei ihr, so beschloss sie, war alles möglich. Sie musste nur einen Weg finden.

Sie musste unbedingt dieses Thema der Geisteskrankheit in seiner Familie erforschen. Wenn es in der Familie seiner Mutter viele Seltsame und Geistesgestörte gegeben hatte, musste sie ihre Absichten möglicherweise aufgeben. Schließlich war sie ihrer eigenen Linie verpflichtet, und es wäre unverzeihlich, den Wahnsinn hineinzubringen. Zur Zeit waren ihre Möglichkeiten für Nachforschungen begrenzt, doch es musste hier eine Bibliothek geben. Wenn sie das Leben am Hof durchschaut hatte, würde sie einen Weg finden, sich eine Weile darin aufzuhalten.

Im Moment musste sie jedoch vollkommen konventionell sein und durfte auf keinen Fall intelligent wirken, weshalb sie eins ihrer unterhaltsamen Bücher herausnahm. Eins derjenigen, in die sie während der Reise kaum einen Blick geworfen hatte, weil Bey neben ihr gesessen hatte.

Sie seufzte bei dem Gedanken an ihre seelische Verfassung zu Beginn der Reise, als sie sich einfach nur zu ihm hingezogen gefühlt hatte und neugierig gewesen war. Wie seltsam, dass sie blind für das mächtige Feuer gewesen war, das zwischen ihnen brannte.

Offenbar hatte er es eher bemerkt …

Oh, genug! Sie durfte nicht zulassen, dass sie Tag und Nacht an ihn dachte. Sie lehnte sich zurück, las Pope und versuchte, ihre Augen und Gedanken nicht ständig zu dem gefalteten Brief hinüberwandern zu lassen und zu allem, was er repräsentierte.

Der Lockenraub war interessant und lenkte sie ab mit seinen bissigen Kommentaren über London und die höfischen Sitten. Bei einer Passage über das Leben am Hof lächelte sie, denn obwohl es sich um eine Beschreibung des Hofes von Königin Anne vor fünfzig Jahren handelte, vermutete sie, dass es heute immer noch so war.

Heroen und Nymphen siehst du hier vereint,
Solang des Hofes Sonne ihnen scheint.
Man gibt einander nützlichen Bericht,
Wer den und den besuchte und wer nicht.
Einer spricht zum Ruhm von Englands Königin,
Ein andrer schwatzt belanglos vor sich hin.
Der dritte tratscht von Nachbars Wohl und Weh
– Bei jedem Worte stirbt ein Renommee.

Sie hielt inne und legte einen Finger zwischen die Seiten. Dies konnte ihr eine Warnung sein, falls notwendig, dass alles, was sie tat, von hundert Augenpaaren verfolgt wurde und viele ihr – und Bey – schaden wollten, bloß zum eigenen Amüsement.

Plötzlich sehnte sie sich inbrünstig in den Norden zurück. Die Menschen dort waren nicht immer freundlich und manchmal auch feindselig, doch wenigstens waren sie auf ihre raue Weise ehrlich.

Und sie saß hier und hatte sich in einen Mann aus dem Süden verliebt. Selbst wenn es ihr gelang, seinen Willen zu brechen, wie sollten sie ihren unendlichen Verpflichtungen nachkommen? Was würde mit dem Erbe geschehen? Sie wollte nicht, dass ihr Titel von seinem geschluckt wurde.

Ohne Ergebnis wanderten ihre Gedanken um ihre Probleme herum, sodass sie einigermaßen erleichtert war, als ein Page erschien und berichtete, sie würde im Salon der Königin erwartet. Er erwähnte nicht den Grund, doch sie spürte, dass ihr irgendein Gefecht bevorstand.

Sie erneuerte ihre Blässe mit zusätzlichem Puder und rief sich ihr wichtigstes Ziel ins Gedächtnis. Sie musste den König und die Königin von ihrem ungefährlichen, konventionellen Wesen überzeugen und jeglichen Versuch verhindern, sie zu einer Heirat zu nötigen.

Als sie den Salon betrat, sah sie, dass der König neben der Königin saß. Sie hatte richtig vermutet. Jetzt sollte ihre Befragung beginnen. Sie atmete tief durch, um sich zu beruhigen, ging weiter und knickste.

»Fühlt Ihr Euch wohl hier, Lady Arradale?«, fragte der König.

»Ja, sehr, Majestät«, log Diana.

»Gut, gut. Ihr genießt ein ungewöhnliches Privileg«, stellte er fest, »doch es ändert nichts an der Tatsache, dass Ihr eine Frau seid und es immer bleiben werdet. Nicht wahr?«

»Ja, Majestät«, sagte Diana und geriet auf gefährliche

Weise in Versuchung, »nein« zu sagen, um zu sehen, wie er reagieren würde.

»Frauen haben einen anderen Verstand«, fuhr er fort. »Sie können die Themen und Scharfsinnigkeiten, die die Seele eines Mannes beschäftigen, nicht verstehen.«

Diana war völlig verblüfft, sagte dann jedoch hastig: »In der Tat, Majestät.«

Sie sollte nicht befragt, sondern *belehrt* werden. Dann nahm er ein paar Zettel aus seiner Tasche und blätterte darin. Du liebe Zeit, er hatte Notizen mitgebracht!

Sein ernstes, junges Gesicht blickte zu ihr auf. »Es ist allgemein bekannt, dass Frauen kein Latein oder Griechisch lernen können, Lady Arradale, und wenn sie es versuchen, fügt es ihrem Gehirn Schaden zu. Solche Fächer formen jedoch den logischen Verstand. Frauen können also keine wichtigen Entscheidungen treffen, weil sie nach ihrem Gefühl und nicht aus der Logik heraus handeln würden. Deshalb ist es gegen das Gesetz Gottes, wenn Frauen über Dinge sprechen, die von Bedeutung sind. Man beachte die Korintherbriefe: ›Es steht der Frau übel an, in der Gemeinde zu reden.‹ Nicht wahr?«

Diana kämpfte gegen die Versuchung an, ihr ausgezeichnetes Griechisch vorzutragen, und bemühte sich, brav auszusehen. »Ich verstehe, Majestät.«

Er nickte. »Dann versteht Ihr sicher ebenfalls, dass Eure Idee, wie ein Mann im Parlament zu sitzen, töricht war.«

»Ja, Majestät«, sagte sie, denn das war es in der Tat gewesen. Bey hatte Recht damit gehabt, es als kindisch zu betrachten. Dennoch konnte sie nicht umhin zu denken, dass sie ohne diese Idee nicht in den Süden gekommen wäre, nicht diese Reise mit ihm gemacht hätte, nicht da gewesen wäre, um ihn zu beschützen, nicht …

Hastig zwang sie sich wieder zur Aufmerksamkeit, denn der König fuhr fort. *Vergiss nicht, warum du hier bist, Diana.*

»… Frauen sind naturgemäß mit der Liebenswürdigkeit

und Güte gesegnet, die zu ihrer Rolle als Frau und Mutter passt«, sagte er. »Deswegen fehlt ihnen die Härte, Entschlossenheit und körperliche Stärke, die für ihre Sicherheit notwendig ist, was bedeutet, dass sie von Männern beschützt werden müssen. Schrieb der berühmte Arzt Hippokrates nicht: ›Frauen sind von Natur aus schwächer und nicht so mutig wie Männer‹?«

Diana wäre beinahe in die gewiss unbeabsichtigte Falle getappt und hätte dem König zugestimmt – und damit gezeigt, dass sie die klassische Literatur kannte. Spontan beschloss sie, dass ein kleiner Einwand ihre Unterwürfigkeit möglicherweise noch glaubhafter machen würde. »Wenn Ihr erlaubt, Majestät«, sagte sie sittsam, »Frauen sind im Allgemeinen körperlich schwach, doch ich würde behaupten, sie können mutig sein, wenn sie ihre Kinder verteidigen.«

Es funktionierte. Er nickte heftig und zustimmend. »Ihr zeigt eine Klugheit, die einer Frau gebührt, Gräfin. Die Sorge um ihre Nachkommen muss einer Frau am wichtigsten sein. Doch das ist ein Teil des Ganzen, nicht wahr? Wenn eine Frau körperlich zu aktiv ist, wenn sie danach trachtet, männliche Kraft zu entwickeln, wird sie im Kindbett sterben oder Monster gebären. Was? Was?«

Diana hätte sehr gern gefragt: *Wie kommt es dann, dass Bäuerinnen auf den Feldern arbeiten, schwere Lasten tragen, von morgens bis abends arbeiten und trotzdem genauso gut oder vielleicht sogar besser Kinder gebären als Damen, die sich schonen?*

Sie ließ den Blick gesenkt und behielt die Worte für sich.

Wenigstens zeigte ihre Unterwürfigkeit die gewünschte Wirkung. Der anfangs schroffe Tonfall des Königs wurde ausgesprochen sanft, als er fortfuhr: »Wenn sich eine Frau um Dinge außerhalb des Hauses kümmert, muss sie zwangsläufig ihre eigentlichen Pflichten der Familie gegenüber vernachlässigen. Xenophon schrieb: ›Die Götter schufen die Frau für die häuslichen Aufgaben, den Mann für alle anderen.‹ Ihr seht, Lady Arradale«, sagte er und sah sie mit wohlwollendem Ernst an, »diese Fakten waren sogar schon in der Antike bekannt, und man sollte nicht an ihnen rütteln.«

Plötzlich brannte sie darauf, eine leidenschaftliche Erklärung über die Rechte und Fähigkeiten von Frauen abzugeben – in vier Sprachen, neben dem Englischen! Oder eine Pistole zu verlangen und zu zeigen, wie hilflos sie wirklich war. Sie hätte sogar darauf hinweisen können, dass dies heidnische und keine christlichen Ansichten waren, doch sie erinnerte sich an ihre Lektionen und sagte: »Es scheint so, Majestät.«

Er strahlte. »Gut, gut. Frauen sind in ihrer natürlichen Umgebung am glücklichsten – wenn sie die vornehmen und häuslichen Künste genießen, ihren Ehegatten dienlich sind und sich um ihre Kinder kümmern. Wie es meine liebe Königin tut.« Er tätschelte der strahlenden Königin die Hand. »Wir möchten Euch gern damit gesegnet sehen, Lady Arradale.«

»Ich danke Euch, Majestät.«

Und dem Himmel dankte sie für das strenge Training, das Bey ihr in der Kutsche verordnet hatte. Dies hier hatte es nicht ganz abgedeckt, denn auch er hatte wohl eher eine Befragung als eine Belehrung erwartet, doch es ermöglichte ihr, die richtigen Albernheiten von sich zu geben.

Und es hatte mit jenem Kuss geendet.

Mit jener Nacht …

»… werdet Ihr bald eine Ehefrau und glücklicher damit sein, Lady Arradale, nicht wahr?«

Ruckartig versuchte Diana zu erfassen, was sie versäumt hatte. Immer noch in Gedanken an jene Nacht im *White Goose* sagte sie: »Ich bete aufrichtig darum, Majestät.«

Er war ein wenig überrascht von ihrer Inbrunst, nickte dann jedoch. »Ausgezeichnet, ausgezeichnet! Wir sind sehr erfreut, dass Ihr Euch unserer Wahl unterwerft.«

Ihr Herz pochte und raste davon. *Dem* hatte sie gerade zugestimmt?

»Nun«, fuhr er zufrieden lächelnd fort, »ich hörte, Ihr musiziert gut. Eine Dame, die sich durch solch ein angemessenes Talent auszeichnet, ist sicher nicht das unnatürliche Wesen, das wir erwartet hatten. Wollt Ihr uns noch mit etwas Musik erfreuen?«

Diana flüchtete zum Klavier, nicht weit davon entfernt, vor Schreck in Ohnmacht zu fallen. Wie dumm, sich dermaßen ablenken zu lassen! Sentimentale Gefühlsduselei – wo sie doch ihren kühlen Verstand benötigte.

Und nun die Katastrophe! Sie hatte auf der ganzen Linie versagt.

Sie war versucht, ihren Zorn über sich selbst auf das arme Klavier loszulassen, doch stattdessen spielte sie ein äußerst ruhiges, konventionelles Stück, mit dem sie Ruhe und klare Gedanken wiederfinden wollte.

Wie sollte sie dem Ganzen entkommen?

Da sie sich einverstanden erklärt hatte, die Wahl des Königs zu akzeptieren, würde es noch schwieriger sein zu entkommen, ohne ihn ernsthaft zu beleidigen.

Vielleicht konnte sie behaupten, dass sie ihre Meinung geändert hatte.

Nein, das würde nie funktionieren.

Vielleicht konnte sie vorgeben, wirklich einen Mann zu suchen, den sie liebte. Das wäre zumindest ein Aufschub.

Sie verzog das Gesicht, während sie spielte. Sie würde Bey davon erzählen müssen, und er wäre berechtigterweise enttäuscht von ihr.

Zum Teufel. Sie würde von nun an einen klaren Kopf behalten, doch sie fürchtete, einen schweren Fehler gemacht zu haben – und das gleich bei der ersten Prüfung. Er hatte Recht gehabt zu glauben, dass sie nicht in der Lage war, dieser Welt die Stirn zu bieten – auch wenn sie wusste, dass es bedeutend leichter gewesen wäre, wenn er ihr so gleichgültig wäre, wie sie es zunächst vorgetäuscht hatte.

Wann würde sie es ihm sagen müssen?

Wenngleich sie diesen Gedanken hasste, sehnte sie sich danach, ihn wiederzusehen.

Wo war er? Dachte er genauso viel an sie wie sie an ihn? Oder war sein Abwehrmechanismus so stark, dass er verdrängen konnte, was sie beide verband?

Schnelles Reiten war gut für die Konzentration und lenkte von unerreichbaren Schätzen ab. Nach drei Stunden und drei Pferdewechseln kam Rothgar an seinem Landsitz an. Zuerst überbrachte er Ella Millers Mutter und Schwester die traurige Nachricht, dann nahm er die beiden mit zu Ella, um ihr vom Tod ihres Mannes zu berichten. Danach informierte er Millers Eltern und kehrte mit ihnen zu der Witwe zurück.

Schließlich konnte er die trauernde Familie ein wenig damit trösten, dass Thomas tapfer und schnell gestorben war. Sie erfuhren ebenfalls, dass Ella und ihre Kinder für immer in ihrem Haus bleiben konnten und ein ausreichendes Einkommen hätten. Kein Ersatz für einen Mann, doch es war alles, was ein Sterblicher ihnen geben konnte.

Der Tod Millers war für Rothgar der Beweis, falls er ihn überhaupt nötig hatte, dass er nicht Gott war und nicht alles unter Kontrolle hatte. Auch bei einem Malloren war eben nicht alles möglich, sonst wäre Miller jetzt bei seiner Frau und seiner Familie.

Er ritt um das Haus herum zu den Stallungen, ließ dort sein Pferd zurück und ging dann an den Küchengärten vorbei auf die sorgfältig angelegten Flächen zu. Plötzlich wurde er sich der Leere in dem riesigen, prächtigen Gebäude vor ihm bewusst.

Was sollte er für den Rest seines Lebens mit sich anfangen? Angelsächsische Fundstücke sammeln und Petitionen durchblättern? Die meiste Zeit in London leben und versuchen, die chaotische politische Maschinerie zu verbessern und zu korrigieren, und all seine Bemühungen den Launen eines jungen Königs unterwerfen?

Als er die Fensterreihen betrachtete, die golden und leer in der Sonne glänzten, wurde ihm klar, was er wollte. Er wollte die meiste Zeit über hier sein und dieses Haus wieder mit einer Familie füllen, einer glücklichen Familie.

Nein.

Diese Sehnsucht würde vorübergehen, und die chaotische politische Maschinerie würde ihn weiter beschäftigen.

Seine unerwartete Ankunft in der Abbey versetzte alle in Aufregung, und wie immer gab es Dinge, um die er sich kümmern musste.

Doktor Marshall, Verwalter der angelsächsischen Artefakte, wollte neue Anschaffungen erörtern. Sein Landverwalter wollte Angelegenheiten mit ihm durchgehen, die vorher schon in Briefen angesprochen worden waren. Sein Hausverwalter versuchte, Entwürfe für eine leicht veränderte Inneneinrichtung vorzustellen. Letzteren schickte Rothgar mit einer barschen Bemerkung fort und bedauerte es, allerdings nur kurz. Es war unbedeutend und Zeitverschwendung. Früher hatte Elf solche Dinge geregelt, und er vermisste sie mehr und mehr.

In Wahrheit, dachte er bitter, brauchte er eine Frau. Da er nicht heiraten würde, benötigte er jemanden, der ihm als Hausherrin und Empfangsdame diente. Einer plötzlichen Eingebung folgend erstellte er eine kurze Liste der ledigen Frauen und Witwen unter seinen Verwandten – Frauen, die sich möglicherweise freuten, eine solche Position einzunehmen. Es war eine praktische Lösung und bestätigte seinen bisher eingeschlagenen Weg.

Gegen seinen Willen erinnerte ihn das wieder an Lady Arradale und die Entschlossenheit des Königs, sie zu verheiraten. Sein Verstand sagte ihm zwar, dass sie nicht in diesem Moment zum Altar gezerrt werden würde, doch plötzlich erschien es ihm unerträglich, nicht in ihrer Nähe zu sein.

Eigentlich hatte er geplant, die Nacht hier zu verbringen. Er blickte aus dem Fenster. Die Sonne küsste bereits die

Baumspitzen, und die Vorstellung von weiteren Stunden im Sattel ließ ihn aufstöhnen, doch es war möglich.

Er verlangte nach frischen Pferden und einer leichten, schnell zubereiteten Mahlzeit, merkte jedoch, dass er seinen Willen nicht unter Kontrolle hatte. Sie war nicht in Gefahr. Er wollte einfach nur die gleiche Luft wie sie atmen ...

Ruckartig erhob er sich und ging nach oben. Er ging nicht in seine Gemächer, sondern eine andere Treppe hinauf in den Trakt mit den Kinderzimmern. Diese Zimmer waren vor zehn Jahren aufgegeben worden, als Cyn und Elf in den unteren Stock gezogen waren, um ihre Plätze in der Erwachsenenwelt einzunehmen.

Er betrat das Babyzimmer, das noch länger ungenutzt war und wie eine ruhende Pflanze auf die nächste Generation von Babys wartete. Eine Generation, die nicht kommen würde. Bryghts Kinder würden in Candleford geboren werden und aufwachsen und erst als Erwachsene herkommen – es sei denn, er selbst war so unvorsichtig, vorzeitig zu sterben.

Als er eine reich verzierte Wiege anstieß, klang das Knirschen der Kufen unheimlich durch das verlassene Zimmer. Noch vor ungefähr einem Monat hatte Brands Jenny darin geschlafen. Bryghts Sohn Francis und Hildas Kinder hatten die Etage seinerzeit kurzfristig zum Leben erweckt.

Er brachte die andere Wiege zum Schaukeln – bei der Geburt der Zwillinge war eine zusätzliche angefertigt worden – und erinnerte sich daran, wie viel größer alles gewirkt hatte, als er ein Dreijähriger gewesen war und sich fasziniert über seine neugeborene Schwester gebeugt hatte. Sie war winzig und wundersam gewesen, mit ihren zarten Fingern und ihren riesigen aufmerksamen Augen, die ihn scheinbar angesehen und erkannt hatten.

Bruder.

Mein Bruder.

Die Leute hatten immer gesagt, er könnte sich nicht erinnern, doch er erinnerte sich genau.

Er erinnerte sich an seine Mutter, die an diesem Tag aus ihrem Bett aufgestanden und nach oben gekommen war, anstatt sich das Baby bringen zu lassen. Sie hatte noch ihr scharlachrotes Nachtgewand angehabt, die dunklen Haare offen über ihrem Rücken.

Sie hatte die Dienstboten fortgeschickt, ihn selbst jedoch dableiben lassen.

Er hatte sich stets gefragt warum. Doch eigentlich glaubte er nicht, dass sie geplant hatte, was sie danach tat. Er hätte viel darum gegeben zu erfahren, was sie vorgehabt hatte, als sie nach oben gekommen war.

Sie hatte die kleine Edith hochgehoben und war mit ihr herumgegangen. Dabei hatte sie Worte vor sich hin gemurmelt, die er nicht verstanden hatte. Sie hatten nicht tröstend geklungen. Nicht wie das wohltuende, liebevolle Murmeln der Kinderfrau.

Er erinnerte sich, dass er besorgt gewesen war.

Vielleicht hatte seine Schwester dasselbe empfunden, oder vielleicht hatte seine Mutter sie zu fest gehalten. Edith hatte zu weinen begonnen, und es war rasch zu jenem wütenden, angstvollen Geschrei von Neugeborenen angeschwollen. Seit jeher hatte dieser beispiellos verzweifelte Ton ihn in Panik versetzt – ein drängendes Bedürfnis zu handeln, etwas zu tun, in ihm ausgelöst.

Seine Mutter hatte mit dem kreischenden, rot angelaufenen Baby dagesessen und relativ ruhig – ihre Ruhe würde er niemals vergessen – ihre Hand um Ediths Hals gelegt. Die Stille war entsetzlich gewesen.

Er war zu ihr hingelaufen und hatte »Nein!« geschrien. Er hatte versucht, die Hand seiner Mutter fortzuziehen. Sie hatte ihn ausdruckslos angesehen und ihn – so fest sie mit ihrer freien Hand konnte – geohrfeigt, sodass er quer durch den Raum geflogen war.

Zu Tode erschrocken war er leise zur Tür gekrabbelt und dann schreiend an den verblüfften Dienstboten vorbeigerannt. Mit nur einem Gedanken: Er wollte zu seinem Vater, der das Ganze sicher wieder in Ordnung bringen konnte.

Wenn er stehen geblieben wäre, wenn er sich unter Kontrolle gehabt und den Dienstboten, die in der Nähe waren, erklärt hätte, was gerade geschah, hätten sie dann schneller gehandelt? Wären sie rechtzeitig da gewesen …?

Schaudernd kehrte er wieder in die Gegenwart zurück, kalter Schweiß lief ihm den Rücken hinunter. Die Wiege, die er angestoßen hatte, schaukelte immer noch vor sich hin.

Wenn er das Richtige getan hätte, wäre Edith jetzt eine erwachsene Frau mit einem Mann und eigenen Kindern. Vielleicht mit einem besonderen Lächeln für ihren Bruder. Und er selbst wäre möglicherweise ein anderer Mensch. Einer, der in der Lage wäre …

Genug.

Ein letztes Mal blickte er sich im Zimmer um, ging dann hinaus und schloss die Tür. Es war so etwas wie eine Pilgerreise gewesen, und sie hatte ihren Zweck erfüllt. Für ihn gab es keine Möglichkeit zu heiraten. Er musste die Gräfin von Arradale aus ihrer misslichen Lage befreien und sie trotz ihrer Kampfansage sicher nach Hause schicken.

Schon jetzt spürte er den Schmerz. Und was noch schlimmer war, er wusste, dass ihr Schmerz genauso groß sein würde.

Es ging fast über das hinaus, was er ertragen konnte, doch nur fast.

Er durfte es nicht riskieren, Kinder in diese leeren Wiegen zu legen.

»Es ist etwas Wunderbares, ein Kind zu haben, Lady Arradale«, sagte die Königin. »Man möchte es nicht mehr missen.«

Sie befanden sich in den Gartenanlagen der Königin, und der kleine einjährige Prinz zog die Aufmerksamkeit aller Damen auf sich. Hier in der Sonne, während sie dem Prinzen dabei half, eine Kette aus Gänseblümchen anzufertigen – im Grunde machte sie sie allein –, fühlte Diana sich beinahe wohl.

»Ich hätte gern Kinder, Majestät«, sagte sie und fügte in Gedanken hinzu: aber nur Beys Kinder.

»Lord Rothgar betrübt meinen Mann mit seiner Weigerung, zu heiraten und Kinder zu zeugen.«

Diana blickte ruckartig auf und fragte sich, ob sie laut gedacht hatte, doch dann wurde ihr klar, dass dem nicht so gewesen war. Die Verbindung war nur im Kopf der Königin entstanden. War es möglich, dass der König und die Königin *Bey* für sie auswählten?

Wenngleich ihr nichts lieber gewesen wäre, durfte das nicht passieren. Eine Zwangsheirat wäre eine Tortur.

»Ich hörte, seine Mutter war ... nicht ganz gesund, Majestät.«

»Sie hat ihr zweites Kind umgebracht«, sagte die Königin unverblümt. »Eine schreckliche Sache, die sie bestimmt in die Hölle gebracht hat. Aber das muss ihm doch keine Sorgen bereiten.«

Jeder wäre vermutlich besorgt, wenn ein Elternteil in die Hölle käme, dachte Diana, sagte jedoch: »Vielleicht fürchtet er, das Problem in seinem Blut zu haben, Ma'am.«

»Hat er Euch nicht davon erzählt?«

Unter den forschenden Blicken der Königin bemühte sich Diana, gelassen und eher gelangweilt von dem Thema zu wirken. »Wir kennen uns nicht sehr gut, Ma'am. Ein paar Tage im letzten Jahr, ein paar Tage dieses Jahr und die Reise.«

»Oh.« Die Königin drehte den Kopf und lächelte ihrem Sohn entgegen. »Komm, zeig mir deine hübsche Gänseblümchenkette, mein Schatz.«

Diana reichte ihm eine Hand, damit er auf wackeligen Beinen zu seiner Mutter trotten und die Blumen zeigen konnte. Sie war erleichtert, dass die Aufmerksamkeit der Königin abgelenkt worden war.

Als die Königin die Blumen gelobt und ihn auf den Arm genommen hatte, sagte sie jedoch: »Viele Frauen würden Euch um diese Reise beneiden, Lady Arradale. Möglicherweise würden sie glauben, Ihr hättet eine einmalige Gelegenheit verpasst.«

»Mit dem Marquis zu flirten, Ma'am?«, fragte Diana, als ob ihr der Gedanke nie gekommen wäre.

Die Königin kniff die Lippen zusammen und wandte sich wieder ihrem plappernden Sohn zu. Diana atmete erleichtert auf und wollte sich unauffällig zurückziehen, doch die Augen der Königin fixierten sie erneut. »Nun, liebe Gräfin, die Vorstellung, den Marquis zum Gemahl zu haben, wäre also eine ebenso große Überraschung?«

»Ja, durchaus, Ma'am«, sagte Diana. Sie war sicher, dass sie angemessen entsetzt wirkte, doch sie war vor allem entsetzt, dass es so offen ausgesprochen wurde. Was sollte sie jetzt tun?

»Denkt ein wenig darüber nach, vielleicht ist es dann nicht mehr so überraschend. Mein Mann, der König, glaubt, dass es eine ausgezeichnete Idee ist.«

»Aber der Wahnsinn, Ma'am!«

»Zweifellos eine Hirnhautentzündung oder etwas Ähnliches. In jeder anderen Hinsicht ist er ein begehrenswerter Ehemann, meint Ihr nicht? Ihr könnt nicht behaupten, dass er Frauen gegenüber unangenehm ist, oder dass es ihm an männlichen Eigenschaften mangelt.«

»Nein, aber ...«

Die Königin schnitt ihr mit einer Handbewegung das Wort ab und gab ihr zu verstehen, dass sie sich entfernen sollte. Diana verschwand, bevor sie am Ende etwas Verhängnisvolles sagte. Als sie sich jedoch in den angrenzenden Teil des Gartens zurückzog, wäre sie vor lauter Panik am liebsten über die eisernen Gitterstäbe geklettert und geflohen.

Sie war hierher gekommen, um den König davon zu überzeugen, dass sie keine Gefahr für sein Land bedeutete. Dann hatte sie geglaubt, zahlreichen namenlosen Freiern entkommen zu müssen. Sie hatte allerdings nicht erwartet, dass sie gegen entschlossene Bemühungen ankämpfen musste, sie in die Arme eines Mannes zu drängen, den sie liebte.

Wenngleich sie die Vorstellung hasste, Bey davon berichten zu müssen, was sie angerichtet hatte, sehnte sie sich verzweifelt danach, ihn zu sehen und seinen Rat zu hören. Außerdem musste sie ihn warnen.

Sie dachte kurz daran, ihm eine Nachricht zu schicken, doch selbst mit einem Code war es unmöglich, irgendetwas Sinnvolles zu schreiben, ohne eine Verbindung zwischen ihnen herzustellen. Und das musste vermieden werden.

Auch wenn er an den Hof käme, dachte sie und zischte verärgert, könnten sie nicht unter vier Augen miteinander sprechen. Sie würde den Code verwenden müssen. Vorgeben, dass sie einen Brief von Rosa erhalten hätte ...

Während sie über möglichst harmlose Sätze nachdachte, strich sie über eine wundervolle, aufgeblühte Rose.

Bei ihrer Berührung fiel sie auseinander.

Bestürzt starrte sie auf den blassrosa Blütenteppich, auf die Überbleibsel der Schönheit, die sie mit ihrer Berührung zerstört hatte.

Nichts – nicht einmal ein Malloren – konnte diese Rose wieder zusammensetzen. Nachdem sie ein paar heruntergefallene Blütenblätter aufgesammelt hatte, als wäre es möglich, sie wieder an den Stängel zu kleben, hielt sie sie an die Nase und atmete den süßen Duft ein. Erwärmt von der Sonne, fühlten sie sich wie weiche Haut an.

Wie seine Haut, die an manchen Stellen weich und glatt war.

Und an manchen Stellen fest.

Sie dachte wieder an das *White Goose*, und ihr wurde klar, dass ihre körperliche Vereinigung ebenso leichtsinnig wie wundervoll gewesen war. Trotz ihrer Vorkehrungen würde sie so lange besorgt sein, bis ihre Regel endlich einsetzen würde. Selbst wenn sie dieser Katastrophe entkam, würde sie ihr ganzes Leben lang eine schmerzliche Sehnsucht empfinden, es sei denn, es gelang ihr, seine Meinung zu ändern.

Einen noblen Entschluss zu ändern, den er vor Jahren und aus gutem Grund getroffen hatte.

Sie ließ die Blütenblätter zurück auf den Boden fallen. Ihr Vorhaben war *nicht* zerstörerisch. Das wollte sie einfach nicht glauben. Es bot die Hoffnung auf echtes Glück.

Was der Plan des Königs und der Königin nicht tat, auch wenn Diana wusste, das er guten Absichten entsprang. Man konnte Bey nicht zwingen.

Sie suchte weiter nach den richtigen Worten, um ihn zu warnen.

22

Rothgar beendete gerade die hastige Mahlzeit und war so gütig, sich Ingrams Entwürfe für neue Livrees anzusehen – die ihm kaum anders erschienen als diejenigen, die noch im Gebrauch waren –, als Sir George Ufton angekündigt wurde. Der stämmige Mann eilte herein und sah merkwürdig blass aus. »Mylord, dem Himmel sei Dank, dass Ihr hier seid!«

»Sir George. Was ist geschehen?«

»Georgie! Mein Sohn Georgie. Er wurde wegen Pferdediebstahls verhaftet!«

Rothgar führte den Mann zu einem Stuhl und schenkte ihm Cognac ein. »Nun, Sir George, berichtet mir genau, was passiert ist.«

Auch wenn die Geschichte ungewöhnlich verwirrend wiedergegeben wurde, war sie recht einfach. Der junge George hatte an einem Markttag in Dingham seine Zeit damit verbracht, in einem Gasthaus zu spielen – etwas, weswegen sein Vater ihn noch zur Rede stellen würde. Er hatte gegen einen Pferdehändler verloren und sich einverstanden erklärt, einen Teil seiner Schuld damit zu begleichen, dass er ein Pferd ins nächste Dorf brachte.

Der Pferdehändler hatte ihn dann als Dieb bezeichnet, und der ortsansässige Richter, Sir Hadley Commons – nicht gerade ein Freund der Uftons – wollte den Fall bereits in einer Stunde zur Verhandlung bringen.

Während Sir George sich die Stirn abwischte und seinen Cognac trank, dachte Rothgar über die seltsame Situation nach.

Er war überzeugt, dass der junge Mann unschuldig war, also musste es sich um eine Intrige handeln. Doch mit welchem Ziel? Er konnte sich nicht vorstellen, dass Sir George irgendwelche Feinde besaß, die ihm übel wollten ...

Doch er selbst hatte Feinde.

Die Uftons waren neulich in London gewesen, waren von ihm vorgestellt worden. Das stellte eine Beziehung her ...

Schon wieder d'Eon. So musste es sein. Ein weiterer Versuch, ihn vom Hof fortzuzerren. Ein weiteres unerträgliches Hineinziehen unschuldiger Menschen, die mit ihm zu tun hatten. Doch diesmal, dachte er mit plötzlichem Interesse, war er zur Stelle und möglicherweise in der Lage, d'Eons Handlanger auf frischer Tat zu ertappen. Es wäre sehr nützlich, jemanden im feindlichen Lager zu kennen.

Er erhob sich. »Ich werde mit Euch kommen, Sir George, und Euch helfen, das zu regeln. Die Anklage kann nicht stichhaltig sein.«

Sir George erhob sich ebenfalls und drückte ihm kräftig die Hand. Tränen glänzten in seinen Augen. »Vielen Dank, vielen Dank, Mylord. Dem Himmel sei Dank, dass Ihr heute hier seid!«

»Ein Segen, in der Tat«, sagte Rothgar und führte den besorgten Mann nach draußen zu den Pferden.

Sein Pferd und seine beiden bewaffneten Stallburschen standen bereit, um ihn auf der ersten Etappe nach London zu begleiten. Er zögerte einen Augenblick. Diese Mission vereitelte jegliche Chance, heute noch nach London zu kommen, wenn er nicht im Dunkeln durch Hownslow reiten wollte, was unklug gewesen wäre.

Es wäre ohnehin unklug gewesen, heute noch nach London zurückzukehren, und wenn die Dinge so lagen, wie er vermutete, konnte er Lady Arradale auf diese Weise am besten dienen.

Als sie in Dingham eintrafen, kam ihnen ein Strom von Menschen, Karren und Tieren entgegen. Der Markttag ging zu Ende, und die Menschen machten sich auf den Heimweg.

In der kleinen Stadt herrschte immer noch geschäftiges Treiben, denn zahlreiche Menschen krönten den Tag mit einem Besuch der Gasthäuser und Schänken. Ein Markttag endete immer auf diese Weise und damit, dass der Richter die Streitfälle des Tages im *Anchor* klärte.

Nachdem sie ihre Pferde bei den Stallburschen zurückgelassen hatten, betraten sie das Gasthaus. Sie gingen an einer Frau vorbei, die unter Beifallsrufen der Menge für einen Diebstahl ausgepeitscht wurde. Daneben stand ein niedergeschlagen wirkender Mann, der bewacht wurde und darauf wartete, dass er an die Reihe kam. Sir Hadley liebte es, entschlossen für Ordnung zu sorgen.

Sofort machten die Leute dem Marquis von Rothgar Platz, und ein Raunen ging durch den überfüllten Raum. Sir Hadley, der in der Mitte der Richterbank saß, sah Rothgar und Ufton durchdringend an und runzelte die Stirn. Dann ignorierte er sie jedoch und fuhr mit der Befragung eines älteren Mannes fort. Nachdem die drei Richter sich beraten hatten, klopfte Commons mit seinem Hammer auf den Tisch. »Schuldig, zu wenig abgemessen zu haben. Eine Geldstrafe von drei Shilling oder zwanzig Peitschenhiebe.«

Murrend zog der alte Mann ein paar Münzen aus einem Geldbeutel, zahlte seine Strafe und eilte davon.

Als nächster wurde George Ufton aufgerufen. »Ihr seht, Sir George«, sagte Sir Hadley, »ich habe den Fall Eures Sohnes bis zu Eurer Rückkehr aufgeschoben, wie Ihr es wünschtet.«

Obwohl es nicht freundlich klang, nickte Sir George. »Sehr verbunden, Commons.«

Der Richter sah Rothgar an und neigte den Kopf. »Mylord Marquis. Ihr seid an diesem Fall interessiert?«

»Ich bin stets an der Gerechtigkeit interessiert, Sir Hadley. Fahrt fort.«

Rothgar wusste, wie man einen Ort beherrschte, und jetzt nutzte er seine Erfahrung, wenngleich er sich an die Seite stellte und von dort aus das Geschehen verfolgte. Der Kläger, der Pferdehändler, war höchstwahrscheinlich ein Schurke, doch d'Eon war heimtückisch, und wer auch immer dies hier verursacht hatte, musste sich in der Nähe herumgetrieben und auf eine Gelegenheit gewartet haben. Es konnte ein Mann aus dem Ort sein. Egal, wer er war, Rothgar würde ihn bald haben.

Für meine Lady, dachte er, beinahe belustigt darüber, dass es ihm nicht gelang, seine Gedanken von ihr fernzuhalten. Heute war ihr erster Tag am Hof. Er fragte sich, wie sie es überstand und ob der König sie bereits ausgefragt hatte …

Er merkte, dass der junge George hereingebracht worden war, und schüttelte den Kopf. *Du wirst deiner Lady nichts nützen*, sagte er zu seiner unvernünftigen Hälfte, *wenn du nicht beobachten, planen und vernünftig sein kannst.*

Der junge Mann war zerzaust und ängstlich, wenngleich er sich auf bewundernswerte Weise bemühte, seine Würde zu behalten. Sein Haarband war verschwunden, sodass sein Haar lose herunterfiel. Zudem hatte er irgendwo gekämpft, denn seine Nase war blutig geschlagen und seine Lippe aufgesprungen. Als er seinen Vater erblickte, merkte man ihm eine rührende Mischung aus Scham und Erleichterung an.

Siebzehn, und trotz seiner misslichen Lage ein Sohn, auf den man stolz sein konnte.

Söhne. Söhne wie der Trommlerjunge, mit Dianas klaren Augen und dem eigenwilligen Kinn. Töchter mit verrutschten Haarbändern …

Er schob solche Gedanken beiseite und konzentrierte sich. Die Anklage war verlesen worden, und der Kläger erläuterte gerade seine Anschuldigung. Stringle, der Pferdehändler.

Rothgar musterte den Mann. Nicht aus der Gegend, doch auch nicht von vornherein verdächtig. Ein rechtschaffener, solider Engländer, doch d'Eon würde auch kaum einen Franzosen dafür benutzen.

Er war von mittlerer Größe, mittlerer Statur, hatte ein kantiges Gesicht und trug angemessene, aber abgetragene Kleidung. Ohne Umschweife und mit dem gebührenden Bedauern, in solch eine Angelegenheit verwickelt worden zu sein, erzählte er seine Geschichte.

Wenn er der Schurke war, war er gut. Sehr gut.

Drei andere Männer traten vor, um die Richtigkeit der Angaben zu dem Kartenspiel zu bezeugen – dass der junge Georgie Ufton gespielt und verloren hatte. Es waren ortsansässige Männer, die nicht begeistert waren, ihre belastende Geschichte erzählen zu müssen, wenngleich er zwei von ihnen für faule Unruhestifter hielt. War einer von ihnen möglicherweise ein bezahlter Lügner? Doch sie alle erzählten dieselbe Geschichte.

Georgie und sein Vater waren blass geworden, denn alles passte gut zusammen, und Pferdediebstahl war eine Angelegenheit, die einen an den Strick brachte. Rothgar hatte keinen Zweifel daran, dass er den jungen Mann am Ende vor seiner bisher schlimmsten Torheit retten konnte, und sei es nur mit Hilfe seiner gesellschaftlichen Stellung. Doch er wollte mehr. Er wollte, dass einer von d'Eons Männern am Haken zappelte.

Nachdem die Richter die Zeugen befragt hatten, erhielt Georgie die Gelegenheit, etwas zu sagen.

»Ich habe es nicht getan, verehrte Herren«, protestierte er. »Ich habe Geld verloren, ja, es war dumm, doch das Pferd habe ich nicht gestohlen. Dieser Stringle bat mich, als Anzahlung das Pferd nach Cobcott zu bringen.«

Sir Hadley wandte sich an die Leute im Raum. »Hat irgendjemand das gehört?«

Schweigen.

»Wir waren in den Stallungen, Sir«, sagte Georgie.

»In den Stallungen? Aber Mr. Grigson sagte, Ihr hättet um Zahlungsaufschub gebeten, und Mr. Stringle hätte abgelehnt, weil er in die nächste Stadt weiterreiten musste. Dann hättet Ihr Euch mit dem Versprechen entfernt, bald mit dem

Geld zurückzukehren. Mr. Stringle war nie in den Stallungen gewesen.«

»Doch, das war er«, protestierte Georgie.

Der Richter wandte sich an die Männer, die als Zeugen aufgetreten waren, doch alle stimmten überein, dass Stringle am Tisch geblieben war.

Rothgar beobachtete den Wortwechsel und fasste einen Entschluss. Es musste Stringle sein, und es war Zeit einzugreifen. »Mit Eurer Erlaubnis, Sir Hadley.«

»Es ist mir eine Ehre, Mylord!«, sagte der Richter und sah recht selbstsicher aus, was diesen Fall betraf.

Rothgar sah Stringle an und bemerkte den veränderten Gesichtsausdruck, als der Mann die mögliche Gefahr erkannte. Rothgar lächelte beinahe. Er freute sich, dass sich sein Verdacht bestätigte. Nun kam der Mann an den Haken.

Er wandte sich Georgie zu. »Mr. Ufton, war Euer Pferd schon fertig, als Ihr zu den Stallungen gingt?«

Georgie runzelte die Stirn. »Warum sollte es, Mylord? Ich hatte es nicht angeordnet.«

»Ihr habt es also selbst gesattelt?«

»Ja, Mylord. Zu dem Zeitpunkt war noch niemand da.«

»Doch es hätte nicht lange gedauert.«

»Nein, Mylord, obwohl jemand die Decke abgenommen und zu ein paar anderen gelegt hatte. Ich musste sie also suchen.«

»Und wie weit wart Ihr, als Mr. Stringle Euch fand?«

»Ich wollte gerade aufsteigen, Mylord.«

Rothgar nickte und wandte sich den ehrlichen Zeugen zu. »Gentlemen, wenn Ihr so freundlich wärt. Vielleicht können wir den letzten Teil des Vorfalls noch einmal durchgehen. Ihr habt alle Karten gespielt?«

Einer der jüngeren Männer sagte nervös: »Nat und ich, Mylord.« Er zeigte auf den Mann neben sich. »Die anderen sahen nur zu.«

»Und wie viel habt Ihr verloren?«

»Ein paar Shilling, Mylord. Das Spiel war recht ausgeglichen. Sonst wäre ich nicht dabeigeblieben. Ich kenne meine Grenzen.«

Rothgar fragte den anderen Mann und erhielt eine ähnliche Antwort. »Für den jungen Mr. Ufton war es offenbar nicht ausgeglichen, was?«, bemerkte er. »Hat er leichtsinnig gespielt?«

»Ein wenig, Mylord«, sagte der erste Mann. »Und dann hatte er großes Pech.«

Rothgar sah wieder zu Stringle hinüber: »Überaus hartnäckiges Pech.«

Bei der Andeutung, dass das Spiel nicht ganz fair gewesen war, ging ein Raunen durch den Raum. Er sah, dass Stringles Blick unruhig wurde. Er war der Fremde hier, und es würde nicht gut ausgehen, wenn man ihn für einen Betrüger hielt. Der Haken war nicht mehr weit.

Rothgar wandte sich den Zeugen zu. »Als Mr. Ufton den Tisch verließ, blieb Mr. Stringle also im Raum, richtig?«

Einstimmig pflichteten sie ihm bei.

»Wie lange?«

Das verwirrte sie, und die fünf Männer sahen einander an.

»Eine ganze Weile noch«, sagte einer.

»Als meine Tochter kam, um mich zu holen, war er immer noch da und wartete auf Mr. Ufton.«

»Hat sich nicht vom Fleck bewegt, Mylord.«

»Was hat er getrunken?«, fragte Rothgar.

»Bier, Mylord.«

»Was meint Ihr, wie viele Pints?«

Wieder sahen sie einander an, als sei geteilte Weisheit besser, doch dann sagte einer der Männer, die das Spiel beobachtet hatten: »Mindestens drei Pints, Mylord. Und ich verstehe, worauf Ihr hinaus wollt. Ihr könnt darauf wetten, dass er ab und zu austreten musste.«

»Tat er das, nachdem Mr. Ufton gegangen war?«

»Ich glaube schon, Mylord. Allerdings nur kurz.«

Allmählich nickten auch die anderen Männer und stimmten ihm zu.

»Und er war außer Sichtweite.«

»Natürlich, Mylord«, sagte einer der Kartenspieler. »Mrs. Wilkins erlaubt nicht, dass wir in die Schänke pinkeln.«

Rothgar wandte sich wieder an Stringle und unterdrückte ein zufriedenes Lächeln. »Streitet Ihr das ab, Sir?«

»Nein, Mylord«, sagte der Mann gelassen. Er war gut. »Ich ging ein- oder zweimal hinaus, um mich zu erleichtern, aber nicht zu den Stallungen.«

»Doch außer Sichtweite.«

»Ich bin ein anständiger Mann, Mylord«, sagte Stringle und sah ihm in die Augen.

Rothgar zog spöttisch eine Augenbraue hoch und wandte sich an die Richter. »Ich gebe zu Bedenken, meine Herren, dass es Mr. Stringle möglich war, mit Mr. Ufton in den Stallungen zu sprechen.«

»Aber Georgie Ufton machte sich mit dem Pferd davon, Mylord«, protestierte Sir Hadley.

»In dem Glauben, dass er Mr. Stringles Wunsch nachkam. Schließlich hatte er es noch nicht verkauft, als er aufgegriffen wurde.«

Sir Hadley lehnte sich zurück und wirkte verstimmt. »Wenn Georgie Ufton die Wahrheit sagt, hat Stringle einen Meineid geleistet, und dafür werde ich ihn hängen sehen!«

»Ich habe nichts als die Wahrheit gesagt«, behauptete Stringle, doch als Rothgar sich zu ihm umdrehte, sah er sowohl Zorn als auch Furcht. Er hing am Haken. Würde er jetzt reibungslos ins Netz gehen?

»Vielleicht«, bot er an, »war es ein einfaches Missverständnis. Vielleicht habt Ihr etwas gesagt, aus dem Mr. Ufton schloss, dass er das Pferd für Euch überbringen sollte?«

»Ich erinnere mich nicht, Mylord.« Doch dann fügte der Mann hinzu: »Ich nehme an, es ist möglich. Diese drei Pints Bier waren nicht die einzigen.«

Sir Hadley starrte ihn wütend an. »Dann werde ich Euch auspeitschen lassen, weil Ihr ein betrunkener Taugenichts seid!«

Rothgar legte seine gesamte Autorität in seine Worte. »Vielleicht ist es klüger, das Ganze fallen zu lassen, Sir Hadley, meint Ihr nicht auch?«

Sir Hadley war kurzfristig enttäuscht, schlug dann jedoch mit dem Hammer auf den Tisch. »Nicht schuldig. Der Nächste!«

Rothgar ließ sich von Sir George die Hand drücken und überließ ihn dann seinem Sohn. Als er sich umwandte, sah er, wie sich der Kläger durch die feindselige Menge kämpfte.

Er holte ihn ein. »Mr. Stringle.«

Der Mann drehte sich um. »Euren jungen Freund habt Ihr gerettet. Seid Ihr jetzt hinter mir her?«

Rothgar packte ihn am Arm. »Ich wollte mich nur überzeugen, dass Ihr sicher zu Euren Pferden kommt.« Die Menge wich zurück, auch wenn die meisten finster dreinblickten, und machte den Weg zur Tür frei.

Obgleich er Stringles Arm immer noch fest im Griff hatte, ging dieser auf die Tür zu und nach draußen. »Was nun, Mylord?«, fragte er und sah ihn böse an.

Rothgar ließ ihn los. »Ich habe gerade Euren Hals gerettet.« Der Mann schwieg.

»Ich kenne den Mann, für den Ihr arbeitet – ziemlich unpatriotisch, meint Ihr nicht? Und ich habe den Verdacht, dass diese Verschwörung vor allem mir galt.«

Stringle fuhr zusammen, bekannte sich jedoch nicht schuldig. Ja, er war gut. Rothgar hätte nichts dagegen, ihn für seine Zwecke einzuspannen, falls der Mann ihm gegenüber loyal sein konnte.

»Ihr könntet mir von Nutzen sein, Mr. Stringle. In London gibt es eine Dame, die am Hof der Königin lebt. Die Gräfin von Arradale. Ich bin besonders daran interessiert, dass nichts geschieht, was ihr Kummer oder Unannehmlichkeiten bereiten würde.«

Der Mann wirkte ehrlich überrascht. »Was habe ich mit einer Dame am Hof der Königin zu tun, Mylord?«

»Vielleicht nichts. Falls Ihr jedoch nach London kommen solltet und Euch dem Gentleman zur Verfügung stellt, der Euch angeheuert hat, könntet Ihr eine Überraschung erleben.«

»Ich bin ein Pferdehändler, der übers Land zieht, Mylord. Was soll ich in London?«

»Mir einen Gefallen tun.«

Bei seinem Tonfall erbleichte der Mann. »Ich könnte einfach verschwinden.«

»Es wäre sehr schwierig, meinem Einflussbereich zu entkommen.«

Der Mann sah ihn verärgert an. »Ich reite also nach London, treibe mich am Haus eines gewissen Mannes herum und lasse Euch wissen, wenn ich irgendetwas von einer Dame höre. Und dann? Wann bin ich frei? Mein Geschäft ist der Pferdehandel, Mylord, und dabei würde ich gerne bleiben.«

»Es wäre klüger gewesen, von Anfang an dabei zu bleiben, meint Ihr nicht? Sobald Lady Arradale in ihre Ländereien im Norden zurückkehrt, könnt Ihr London verlassen. Wenn Ihr in der Zwischenzeit irgendetwas über sie hört oder über irgendwelche Pläne, die sie betreffen, schickt mir eine Nachricht ins Malloren House. Darüber hinaus bin ich sehr an den Aktivitäten eines Franzosen namens de Couriac interessiert. Ihr werdet gut bezahlt, und ich füge Euch keinen Schaden zu, wenn Ihr mir gute Dienste leistet.« Die Alternative ließ er unausgesprochen, doch sie war klar.

Kurz darauf nickte der Mann. »Ich werde Eurem Wunsch nachkommen, Mylord.«

»Das dachte ich mir«, sagte Rothgar und sah ihm nach, als er davoneilte.

23

Am nächsten Tag traf Rothgar wieder in London ein und hatte gerade genug Zeit für die lästigen Vorbereitungen für den Königshof. Nach dem Empfang forderte der König ihn wie üblich auf, die jüngsten Ereignisse mit ihm zu besprechen und erneut das Schicksal von Dünkirchen zu erörtern. Es wurde entsetzlich schwierig, ihm gegenüber nicht barsch zu werden.

Um vier Uhr entkam er. Da der König zum Abendessen mit der Königin zurückkehren würde, kam es nicht in Frage, das Queen's House aufzusuchen. Davon abgesehen, sagte er sich entschlossen, als er nach Hause kam, würde er heute Abend Gelegenheit haben, sich davon zu überzeugen, dass es Lady Arradale gut ging und sie außer Gefahr war. Das wäre früh genug.

Sobald er die höfische Kleidung abgelegt hatte, ging er in sein Arbeitszimmer, um systematisch die Arbeitsstapel durchzugehen, die auf ihn warteten. Seine Gedanken wanderten umher, doch er konzentrierte sich auf die Aufgaben, die vor ihm lagen. All diese Dokumente repräsentierten Menschen und Probleme, die seine Aufmerksamkeit erforderten.

Das meiste waren Verwaltungsunterlagen, die seinen Landbesitz und seine geschäftlichen Angelegenheiten betrafen. Er wusste, dass Grainger, Carruthers und andere Angestellte sie sorgfältig durchgesehen hatten, doch wie gewöhnlich las er jedes Dokument noch einmal durch, bevor er es unterschrieb.

Es waren auch Briefe und Berichte dabei, die mit den vielen Wohltätigkeitsfragen zu tun hatten, die er unterstützte, außerdem die üblichen Bittschreiben von Künstlern und Verlegern. Einer seiner Agenten berichtete vom Fund einiger Schmuckstücke, die vermutlich König Alfred gehört hatten, ein anderer vom Porträt eines Ahnen, das er in die Familiensammlung aufnehmen wollte.

Er war versucht, einen erschreckend dicken Bericht über ein Stück Land, das er in den Kolonien erworben hatte, beiseite zu legen, aber da er wusste, wohin sein schwacher Geist abdriften wollte, zwang er sich dennoch dazu, ihn zu lesen.

Schließlich hatte er jedoch alles erledigt und sah ein wenig verdrießlich auf seinen leeren Schreibtisch. Die anstrengende Arbeit hatte ihm zum ersten Mal seit Tagen ein wenig Frieden bereitet. Mit ironischer Miene blickte er auf die Skizze, die an der Wand hing. Sie war zur Vorbereitung seines strengen Porträts angefertigt worden.

Wo war dieser zuversichtliche, unverwundbare Mann?

Ruckartig erhob er sich und suchte anderswo nach Ablenkung – in dem Zimmer, wo Jean Joseph Merlin und ein Assistent an dem Trommlerjungen arbeiteten.

»Wann wird er repariert sein?«, fragte er und zuckte zusammen, als er die entkleidete Figur sah und die vielen Einzelteile, die auf weißen Tüchern verteilt lagen.

Der junge Mann sah mit einem Anflug von Ungeduld auf. »In ein paar Tagen, Mylord«, sagte er mit Akzent. Er war gebürtiger Flame. »Wie Ihr schon sagtet, der Schaden ist nicht groß, doch der Automat hat so lange unbenutzt herumgestanden, dass ich alle Teile überprüfen möchte. An manchen Stellen rostet er«, fügte er hinzu und verzog leicht das Gesicht.

»Sonst keine Defekte?«

»Nein, Mylord.« Merlin wurde freundlicher und ging zum Hauptmechanismus hinüber. »Es ist ein Meisterwerk. Sicher von Vaucanson, und von einer Komplexität, wie ich sie selten gesehen habe. Die Raffinesse des Antriebs …«

»Du hast ihn in Gang gesetzt?«, fragte Rothgar barsch.

»Natürlich nicht, Mylord. Ich kann Zahnräder und Hebel lesen, wie Mr. Haydn Noten liest.«

»Verzeihung.« Rothgar musste einfach den lebensechten Kopf des Burschen berühren, die leicht getönte Haut streicheln.

»Wachs«, sagte Merlin. »Auch das ein Meisterwerk. Man könnte glauben, er atmet. In der Tat … das könnte man mit einem Blasebalg erreichen. Ich habe von einer Figur gehört, die sogar Flöte spielen kann.«

»Nein.« Die Vorstellung, dass dieses Kind seinen ersten Atemzug nahm, war erschreckend. »Überlasse so etwas lieber Gott.«

»Wie Ihr wünscht, Mylord.«

»Kann ich dir irgendwie helfen?«

»Wenn Ihr ein wenig reinigen und polieren möchtet, Mylord?«

Das war ihnen zur Gewohnheit geworden, wenn Merlin hier war und Rothgar sich die Zeit nehmen konnte. Es gab unzählige andere Dinge, die erledigt werden mussten, doch er setzte sich an einen Tisch und begann, die komplizierten Metallteile zu reinigen. Beinahe sofort legte sich seine Anspannung.

Vermutlich war es eine Schwäche, Mechanismen mit Räderwerken als so beruhigend zu empfinden, doch selbst wenn es so war, so erlaubte er sich diese Schwäche. Sollte er sich einmal nicht mehr um die Angelegenheiten des Hofs kümmern, könnte er sich weiter in diese Dinge vertiefen und wäre dann eines Tages vielleicht auch in der Lage, Zahnräder und Hebel wie Noten zu lesen.

Er lächelte bei der Vorstellung, wie ein Exzentriker in bequemer Kleidung durch Rothgar Abbey zu schlurfen und an Uhren herumzubasteln.

Allein.

Eigentlich war es nicht besonders amüsant.

»Jetzt wo der Krieg vorbei ist«, sagte er nach einer Weile, »möchtest du Monsieur Vaucanson vielleicht gern in Frankreich besuchen.«

Merlin sah mit leuchtenden Augen auf. »Das würde ich wirklich sehr gern, Mylord.«

»Ich werde es arrangieren. Er hat sich auch viel mit industriellen Maschinen beschäftigt.«

Merlin grinste. »Keine Sorge, Mylord. Jede Maschine fesselt mich, und ich werde über alles berichten.«

Rothgar lächelte und widmete sich wieder seiner Aufgabe.

Während er ein Metallstück mit feinem Sand polierte, warf er einen Blick auf den Kopf des Kindes. Er stand auf, drehte vorsichtig den Kopf, bis das Kind ihn direkt ansah, und setzte sich wieder an seine Arbeit. Merlin und sein Assistent sahen kurz zu ihm herüber, waren jedoch nicht besonders neugierig.

Der Kopf war erstaunlich realistisch, und über den Stangen des Räderwerks wirkte er auf beunruhigende Weise wie das Haupt eines Exekutionsopfers, das auf eine Speerspitze gesteckt worden war.

Ach armer Yorick, dachte Rothgar und hatte Hamlet mit dem Schädel vor Augen. Dies war jedoch kein Schädel und kein verrottender Kopf. Es war ein kluges Kind mit einem Hauch von Eigensinn und Übermut in den geschwungenen Lippen und den großen abenteuerlustigen Augen.

Es war die kleine Diana.

Gerettet und kurz davor, wieder instand gesetzt zu werden.

Das Leben war jedoch keine Maschine, die von Rost gesäubert und repariert werden musste, damit sie wieder richtig funktionierte.

Die erwachsene Diana konnte vor einer Zwangsheirat bewahrt werden, doch er bezweifelte, dass sie, wie eine Maschine, instand gesetzt werden konnte. Falls sie unverheiratet nach Hause zurückkehrte, würde sie davon eingeengt werden, dass der König sie misstrauisch beobachtete.

Dann war da noch die andere Sache. Ihre tollkühne Nacht im *White Goose*. Indem er sie in diesem Bett zum Leben erweckt hatte, war etwas in ihr zerrissen, und zwar nicht ihr nicht vorhandenes Jungfernhäutchen. Nach den üblichen Maßstäben war ein Gentleman moralisch verpflichtet, eine Dame zu heiraten, wenn er sie entjungfert hatte. Noch ungerechter war es jedoch, eine Jungfrau in die sinnliche Lust einzuführen und sie dann zu verlassen.

Würde Diana für den Rest ihres Lebens in Keuschheit leben? Oder würde sie vor lauter Verzweiflung heiraten? Oder noch schlimmer, würde sie wie die Frauen werden, die unbekümmert einen Liebhaber nahmen, wann immer sie das Bedürfnis danach hatten?

Natürlich hatte sie seinem Entschluss, nicht zu heiraten, den Kampf angesagt. Sie brauchte die Ehe, um vollkommen zu sein.

Es war so verlockend, sie zu retten. Dem Pfad der konventionellen Moral dorthin zu folgen, wohin ihn seine Sehnsucht trieb. Hatte dies im *White Goose* in seinem Kopf geschlummert und zu jener unvernünftigen Schwäche geführt?

Unerträglich, wenn es stimmte.

Er sammelte seine Willenskraft und schob die Versuchung erneut beiseite. Wonach sie sich sehnten, durfte und sollte nicht sein.

Die klaren Augen des Kindes forderten ihn heraus, wie die ihren ihn gestern herausgefordert hatten. *Ist bei einem Malloren nicht alles möglich?*

»Nein.«

Als die beiden Männer ihn ansahen, wurde ihm klar, dass er es laut gesagt hatte. Er sprach mit sich selbst? War das nicht ein typisches Zeichen von Verrücktheit?

Als die Männer sich wieder ihrer Arbeit zuwandten, sah Rothgar erneut das Kind an und zuckte kurz mit der Augenbraue, als teilten sie ein Geheimnis. Fast kam es ihm vor, als würde das Lächeln des Kindes breiter. Ach, hätte er doch einen Sohn wie diesen, mit dem man harmlose Geheimnisse teilen konnte.

Ich bin dein Sohn. Wenn du den Mut hast, mich zu finden.

Dann sah er weg, nach unten auf das komplizierte Metallteil in seinen ölverschmutzten Händen. Nicht Diana, sondern ihr gemeinsames Kind, das ihn mit seiner möglichen Existenz nun ebenfalls herausforderte.

War seine Verweigerung tapfer?

Oder eine verachtenswerte Schwäche?

Wieder diese Unvernunft, doch es schien ihm, als hätte sich der Junge verlaufen und wanderte dieselbe öde Straße entlang, die auch er gewählt hatte. Als weinte er nach jemandem, der sich um ihn kümmerte, nach jemandem, der ihn mit nach Hause nahm.

Er konnte es nicht ertragen, ein weinendes Kind zurückzulassen …

Ein Klopfen an der Tür riss ihn aus diesen schaurigen Gedanken. Carruthers trat ein. »Verzeihung, Mylord, doch es sind ein paar Nachrichten eingetroffen, die Ihr vielleicht für wichtig erachtet.«

Rothgar erhob sich. Widerwillig, weil er das Kind hier in den Händen von Fremden lassen musste. Doch er war auch erleichtert, fliehen zu können.

Plötzlich fasste er einen Entschluss und sagte sich im Stillen, während er dem Trommlerjungen in die Augen sah: *Ich verspreche dir wenigstens dies: Wenn Diana schwanger ist, werde ich sie heiraten. Niemals wird ein Kind von mir einsam weinen.*

Er hob ein Stofftuch auf und wickelte es wie eine Decke um die freiliegende Mechanik unter dem Kopf des Kindes.

»Wegen des Staubs«, sagte er gleichgültig zu Merlin und den anderen und verließ das Zimmer.

Die Nachrichten waren tatsächlich wichtig, besonders die Abschrift eines nach Paris geschickten Briefes von d'Eon, in dem er sich darüber beschwerte, dass de Couriac verrückt und unkontrollierbar sei. D'Eon bat dringend darum, der Mann möge nach Frankreich zurückgerufen werden, bevor er noch mehr Chaos verursachte.

Wie er vermutet hatte, war de Couriac d'Eons Mann, doch einer, von dem die offizielle Regierung in Paris wusste, und nicht die geheime, die von Broglie angeführt wurde. Zudem war nun klar, dass der Angriff auf der Straße nicht d'Eons Plan gewesen war.

Dies alles machte de Couriac gefährlich, doch auch nützlich, wenn er gefunden werden konnte.

Es war interessanterweise unklar, ob d'Eon wusste, wo der Mann sich jetzt aufhielt.

Wenn de Couriac der offiziellen französischen Regierung diente, hatte er möglicherweise Zuflucht in der Botschaft gesucht, und d'Eon sah sich vielleicht nicht in der Lage, ihn selbst zu beseitigen.

Stringle könnte sich in der Tat als nützlich herausstellen.

Er legte wieder elegante Kleidung an, denn heute Nachmittag fand sein eigener Empfang statt, bei dem alle Gentlemen, die es wünschten, in sein Haus kommen und mit ihm sprechen konnten. Er wählte Schwarz, weil es zu seiner Stimmung passte, doch der Stoff war reich mit glitzernden Blumen verziert. Mit gepuderter Perücke und funkelnden Orden betrat er sein Empfangszimmer und bedeutete den Dienstboten, die Haustüren zu öffnen.

Da er am letzten Freitag nicht in der Stadt gewesen war, war der Empfang reich besucht, auch wenn viele Männer, die durch sein Empfangszimmer schritten, ihm lediglich ihre Aufwartung machten. Einige hatten jedoch ernstere Dinge mit ihm zu besprechen. Wie immer wollten sie sich Gehör beim König verschaffen. Er nutze dieses Privileg nur selten, erklärte er ihnen. Außerdem gab es schriftliche Petitionen, die er an den aufmerksamen Carruthers weiterreichte.

Das Ganze ließ die Zeit verstreichen und lenkte ihn ab. Am Ende hatte er mehrere Männer zum Abendessen eingeladen. Später würden sie alle zum Queen's House gehen, um bei der Vorführung des französischen Automaten dabei zu sein.

Wo er endlich Lady Arradale sehen würde.

Erst jetzt fiel ihm auf, dass er die Kleider, die er trug, auch bei dem Ball in Arradale vor über einem Jahr getragen hatte. Sie hatte prachtvolle rote Seide getragen, und es war wie ein äußerst interessantes Kräftemessen gewesen.

Sobald eine solche Tür einmal leicht geöffnet war, konnte sie nicht mehr geschlossen werden. Er rief sich wieder ihren gemeinsamen Tanz ins Gedächtnis, als er testen wollte, ob sie zu den Frauen gehörte, die einen Mann betrunken machten, um ihn dann verführen zu können.

Er war bald zu dem Entschluss gekommen, dass dem nicht so war. Oh, sie spielte ihr Spiel gut, war jedoch viel zu scheu, um sich ernsthaft auf etwas einzulassen.

Er erinnerte sich an ihren Rückzug, doch auch an ihren Blick, als sie gefragt hatte: »*Was wäre passiert, Mylord, wenn ich mich nicht geweigert hätte ...*« Ah, dies war eine Warnung gewesen, vor all dem, was danach passiert war. Doch er hatte es nicht beachtet, weil er unbewusst bereits fasziniert gewesen war und sich von ihr angezogen gefühlt hatte.

»*Als ich Euch die Hand küssen wollte? Nun, wir hätten uns einer Tändelei hingegeben, Mylady.*«

»*Einer Tändelei?*«, hatte sie gefragt.

»*Etwas mehr als ein Flirt, aber weniger als eine Verführung.*«

»*Ich weiß nichts über Tändeleien.*«

»*Würdet Ihr gern mehr darüber erfahren?*«

Als er daran zurückdachte, war er nicht ganz sicher, was er damals beabsichtigt hatte und was er getan hätte, wenn sie sein zynisches Angebot angenommen hätte. Doch damals hatte es unbewusst angefangen, und er hatte ihr schließlich Unterricht gegeben. In Bay Green.

Er fing einen überraschten Blick von Walpole auf und wusste, dass er etwas überhört hatte.

»Ich habe lediglich über eins der Rätsel des Lebens nachgedacht«, bemerkte er. »Dass folgenschwere Entwicklungen zuweilen mit unüberlegten Spontanhandlungen beginnen.«

»Wie bei dem Krieg wegen Jenkins' Ohr, Mylord«, sagte Walpole.

»Genau.« Rothgar nahm diesen Gesprächsfaden zum Thema Krieg und internationale Beziehungen auf, worauf er jetzt ohnehin seine Aufmerksamkeit lenken sollte. Nun widmete er sich mit voller Konzentration dem Gespräch und ließ ein paar delikate Warnungen über Frankreich sowie die Finanzen und Motive des Chevalier d'Eon einfließen. Einige der anwesenden Männer waren Kabinettsminister, sodass sie auf fruchtbaren Boden fielen. Da alle Männer wohlhabend waren, regelte er auch ein paar persönliche Geschäftsangelegenheiten und empfing Zuwendungen für Elfs neueste Stiftung für Kriegswitwen und -waisen.

Dennoch, trotz Politik und Wohltätigkeit, war er sich darüber im Klaren, dass die vergangenen Stunden nur einem Zweck dienten – die Zeit verrinnen zu lassen, bis er am Abend zum Queen's House fahren konnte.

Fred Stringle ließ sein Pferd in dem Stall zurück, der zur französischen Botschaft gehörte, ging zur Hintertür und klopfte. Er nannte seinen Namen und bat darum, mit Monsieur d'Eon sprechen zu können.

»Warum sollte er mit jemandem wie Euch sprechen?«, fragte das müde Dienstmädchen. »Im Übrigen bricht er jeden Moment zum Hof auf.«

Stringle drängte sich an ihr vorbei. »Überbring ihm einfach die Botschaft, mein Schatz.«

Nach wenigen Minuten wurde er in ein Zimmer im Erdgeschoss geführt. Es war ein einfacher Empfangsraum, doch auf der richtigen Seite des Hauses, der Seite für die Gentlemen.

Der kleine Franzose kam mit forschen Schritten herein und runzelte die Stirn. Er glitzerte am ganzen Körper vor lauter Seide, kostbaren Spitzen, Edelsteinen und bunten Orden. »Was macht Ihr hier? Was ist passiert?«

»Es gab Ärger, Sir. Das ist passiert.«

»Ärger? Welchen Ärger? Du konntest den jungen Ufton also in nichts verwickeln?«

»Oh doch, ich habe ihn sehr wohl in etwas verwickelt. Pferdediebstahl. Dafür hängt man, wenn es richtig geklappt hätte.«

Der Franzose sah ihn durchdringend an. »Welchen Ärger also?«

»Alles wäre gut gegangen, wenn sich nicht irgendein verdammter Marquis wichtig gemacht hätte.«

Der kleine Mann holte tief Luft. »Rothgar? Aber der ist in London.«

»Gestern war er in Dingham und rettete den jungen Georgie Ufton vor seinem Schicksal.«

Die zornigen Augen wurden schmaler. »Und du bist hierher gekommen? Warum? Du hast nichts mit mir zu tun, nichts.«

»Mir ist niemand gefolgt, Sir, falls Ihr Euch deswegen sorgt.« Es amüsierte ihn hinzuzufügen: »Niemand weiß, dass ich hier bin, außer denen, die bereits Bescheid wissen. Doch die Sache in Dingham ist ein wenig heiß geworden, wisst Ihr. Meineid und dergleichen. Ich dachte, es wäre klug, eine Weile zu verschwinden, und wohin sonst, wenn nicht hierher?«

Dies war der heikle Teil der Aufgabe, denn er würde diesem Feuer speienden kleinen Franzmann nichts erzählen. Sonst würde er an Ort und Stelle niedergestochen.

D'Eon zischte jedoch nur zwischen seinen Zähnen hindurch: »Nun gut. Du könntest mir in der Tat von Nutzen sein. Die Entwicklungen erschweren es mir im Moment, meine Landsmänner einzusetzen.« Er sah Stringle an. »Der Marquis ist ein sehr schlauer Mann. Gewiss ist es ihm nicht entgangen, dass du für die Schwierigkeiten verantwortlich warst.«

Wieder ein heikler Punkt. »Ja, und er hat versucht herauszufinden, wer mich beauftragt hat, doch ich bin ihm entwischt.«

Der Franzose lächelte. »Er wird es sich bestimmt denken. Es ist nicht schlecht, wenn er weiß, dass wir mit ihm im Krieg liegen.«

Obwohl es Stringle lieber gewesen wäre, wenn der verfluchte Marquis überhaupt nichts von seiner Existenz gewusst hätte, riskierte er eine Frage. Er hielt sich nicht für einen Mann von Loyalität, doch die Bemerkung des Marquis über Patriotismus hatte ihn zum Nachdenken gebracht. Gegen Bezahlung würde er einen naiven Burschen in eine Sache verwickeln; der Gedanke, den Feinden des Königs zu dienen, gefiel ihm jedoch gar nicht. »Krieg worum, Sir?«, fragte er.

»Um Macht natürlich. Worum führt man sonst Krieg?« Der Franzose machte eine lässige Handbewegung und sagte: »Such dir ein Zimmer hier und halte dich von der Botschaft fern. Ich werde dich unterrichten, wenn ich glaube, dass du von Nutzen sein könntest.«

Stringle verschwand. Er war froh, jetzt für den Marquis zu arbeiten und dem Feind einen Strich durch die Rechnung zu machen.

* * *

Chevalier d'Eon verließ enttäuscht das Zimmer, allerdings nur leicht enttäuscht. Er hatte eine Reihe von Fallen aufgestellt, um dem Marquis von Rothgar ernsthafte Probleme zu bereiten, und nicht erwartet, dass alle erfolgreich waren. Dass Stringles Plan gescheitert war, ließ ihn jedoch aufseufzen. Ein junger Nachbar, der Gefahr lief, gehängt zu werden, hätte Rothgar tagelang von London fern gehalten, ganz abgesehen von der Lücke, die seine sentimentale Reise in den Norden hinterlassen hatte. Nur wegen einer Hochzeit das Zentrum der Macht zu verlassen! D'Eon fühlte sich seinem Ziel nah, ganz nah: den englischen König davon zu überzeugen, den Befehl zur Zerstörung Dünkirchens zurückzuziehen.

Der Plan mit de Couriac wäre sogar noch besser gewesen, wenn der Dummkopf nicht alles verpatzt hätte. Allein der Gedanke, dass der Marquis mit einer Verletzung ans Bett gefesselt gewesen wäre, möglicherweise wochenlang, weit weg im Norden, brachte ihn fast zum Weinen.

Dann wäre alles einfach gewesen, dachte er, als er zur Vorderseite des Hauses ging. Er wäre Botschafter geworden und hätte zweifellos auch einen Titel bekommen. Sein Leben wäre so ruhig und glorreich geworden wie die Spiegelteiche von Versailles ...

Das konnte es immer noch werden. Seit mehr als zehn Jahren hatte er seinem König gedient, immer wieder sein Leben aufs Spiel gesetzt und war zu allem bereit gewesen. Alles gehörte ihm, dieser Ort, diese Position und alles, was damit zusammenhing.

Er würde ...

Vor ihm tauchte ein Mann auf.

Er sprang zurück und wollte seinen Degen packen, hielt jedoch inne. »De Couriac?«

Der Mann, der einen blutverschmieren Verband um den Kopf trug, verneigte sich, allerdings ohne großen Respekt. »Monsieur d'Eon.«

D'Eon packte ihn am Arm und zerrte ihn in das nächste Zimmer, sein Arbeitszimmer. »Was machst du hier? Ganz England sucht dich!«

»Wohin sollte ich sonst fliehen?«

»Du könntest ein Schiff zurück nach Frankreich nehmen.«

»Meint Ihr nicht, dass die Häfen bewacht sind?«

Der Ton des Mannes war respektlos, vielleicht sogar feindselig. D'Eon dachte über seine nächsten Worte nach.

Nach dem Debakel mit Curry hatte er Paris um einen erfahrenen Degenfechter gebeten, der erledigen sollte, was Curry nicht gelungen war – den Marquis von Rothgar mit einer ernsthaften, aber nicht tödlichen Verletzung außer Gefecht zu setzen.

De Couriac schien perfekt für die Rolle geeignet, und es war scheinbar leicht gewesen, alles zu arrangieren.

Lord Rothgar sollte mit seiner Familie in den Norden fahren, doch allein in den Süden zurückkehren. In Ferry Bridge hatte er Zimmer reservieren lassen. Es war einfach gewesen, de Couriac dort warten zu lassen, um Rothgar abzufangen – zusammen mit einer Schauspielerin aus dem Königlichen Theater, die seine Frau und einen verlockenden Köder spielen sollte.

Warum es schief gegangen war, wusste er noch nicht, doch der nächste Schritt hatte ihm verraten, dass de Couriac andere Pläne gehabt hatte.

Der Angriff auf der Straße sollte nicht verletzen. Er sollte töten. Zweifellos auf einen Befehl aus Paris hin, den er nicht kannte. Gefährlich, sehr gefährlich.

»Warum ist die Sache in Ferry Bridge gescheitert?«, fragte er.

»Jemand hat sich eingemischt. Eine gewisse Gräfin von Arradale, das arrogante Miststück.«

Bei diesen groben Worten zuckte d'Eon zusammen, ging jedoch vorerst nicht darauf ein. »Aha. Und was ist mit dem Ereignis auf der Straße? Was hast du dir dabei gedacht?«

»Seinen Tod. Warum ist es wichtig, wie er stirbt, solange er stirbt?«

»Allerdings habe ich nicht seinen Tod angeordnet.«

»Aber der König.«

D'Eon schwieg. War es möglich, dass der König einen Befehl erteilt hatte, von dem er nichts wusste? Vertraute der König ihm nicht mehr? Unterstützte er ihn nicht mehr? Er war gewarnt worden, sogar von Freunden aus Paris und von de Broglie.

Aber er hatte doch diese vertraulichen Briefe erhalten …

Doch jetzt musste er de Couriac zeigen, wer hier der Herr war. »Wie kannst du es wagen, dermaßen über deine Befehle hinauszugehen? Wie kannst du es wagen, für dein lächerliches Vorhaben andere französische Agenten zu rekrutieren?«

De Couriac wurde rot vor Wut. »Ich habe die Befugnis dazu. Direkt aus Paris. Direkt aus Versailles.«

»Meinst Du, du stehst rangmäßig über mir?«, fragte d'Eon leise. »Vielleicht meinst du sogar, du könntest mich mit dem Degen besiegen?« Er ließ seine Hand auf dem mit Bändern verzierten Griff ruhen.

Der andere Mann erstarrte. Auch seine Hand griff nach dem Degen. D'Eon wusste, dass de Couriac sich für fast unbesiegbar hielt. Doch das »fast« war wichtig, und sein eigener Ruf als Fechter war gleichermaßen hervorragend.

Nach einer Weile ließ de Couriac den Degen los. »Natürlich nicht, Monsieur. Verzeiht, falls ich Euch beleidigt habe.«

Auch d'Eon ließ ein paar Sekunden verstreichen, bevor er nickte und ebenfalls seinen Degen losließ. »Nun«, sagte er, »welche Befehle hast du denn aus Paris?«

»Den Marquis zu beseitigen.«

»Aus dem Spiel, nicht aus dem Leben.«

»Das wurde nicht deutlich gesagt.«

»Deshalb sage ich es jetzt. Außerdem muss das Ganze geschickt eingefädelt werden. Verstehst du?«

Nach einer Weile nickte de Couriac.

»Sehr gut. Ich muss zum Hof und habe nicht viel Zeit. Ich hoffe, dir ist klar, dass wir uns keine weiteren Vorkommnisse, die mit dieser Botschaft in Verbindung gebracht werden, leisten können! Ich habe noch einen anderen Plan und zwei mögliche englische Handlanger. Du sagtest, dass du Lady Arradale getroffen hast?«

»Oh ja.« Der Mann schürzte verächtlich die Lippen. »Ich habe noch eine Rechnung mit ihr zu begleichen.« Er legte die Hand auf seinen blutigen Kopf. »Sie hat den Plan vereitelt und mir dann das hier verpasst.«

»Sie hat dich getroffen?« Die blasse und affektiert lächelnde Gräfin von Arradale? »Womit? Mit ihrem Fächer?«

»Mit einer Pistolenkugel, obwohl sie auf dem Boden lag. Die Dame hat eine sehr ruhige Hand. Wahrscheinlich feuerte sie auch den letzten Schuss ab, der Roger und Guy tötete.«

Obschon er jetzt viele Dinge neu überdenken musste, winkte d'Eon ab. »Lass deine persönlichen Angelegenheiten aus dem Spiel. Die Gräfin ist im Augenblick am Hof der Königin und ist dort gut abgeschirmt. Es gibt allerdings auch einen einfältigen Engländer, der sich Hoffnungen auf Lady Arradales Körper und ihr Vermögen macht. Ihn können wir nutzen. Ich werde mir einen Plan ausdenken. Stimmen wir soweit überein?«

»Solange ich mich an Lord Rothgar und der Gräfin rächen kann. Sie sind für den Tod von Susette verantwortlich.«

»Die Schauspielerin?«, fragte d'Eon. »Wie wurde sie denn in die Gewalttätigkeit hineingezogen?«

»Sie war eine gewalttätige Frau«, erwiderte de Couriac ziemlich ausdruckslos. »Sie hat mich mit einem Messer verletzt.«

Ein Lachen entfuhr d'Eon.

»Und natürlich musste ich sie umbringen«, fuhr de Couriac fort. »Sie wusste schon zu viel. Doch wir waren alte Freunde, und deshalb müssen die beiden dafür zahlen.«

D'Eon verging jegliches Lachen. Der Mann war geistesgestört. Er dachte kurz daran, ihn auf der Stelle zu töten, doch das würde nicht leicht sein. Zudem kam er bereits zu spät zu der Abendgesellschaft. Außerdem war König Louis möglicherweise nicht einverstanden.

Doch was würde der Verrückte als Nächstes tun? Man musste ihm eine Aufgabe geben.

»Du kannst hier bleiben«, sagte er. »Versuche dich zu verkleiden und Bekanntschaft mit einem jungen Mann namens Lord Randolph Somerton zu schließen. Er spielt gern um Geld und hält sich oft in einer Spielhölle namens *Lucifer's* auf. Doch unternimm nichts ohne meine Genehmigung. Nichts.«

»Ich bin ein wahrer Verkleidungskünstler. Gelegentlich habe ich sogar im Theater gearbeitet.«

»Ausgezeichnet. Wir sind uns also einig.«

»Vollkommen, Monsieur«, sagte de Couriac mit der Aufrichtigkeit einer Schlange.

D'Eon eilte davon, formulierte in Gedanken bereits einen weiteren Brief an Paris, in dem er um die Abberufung de Couriacs bitten würde, und dachte über andere Möglichkeiten nach, wie er den Mann unverdächtig loswerden konnte.

Allmählich befürchtete er jedoch, in mysteriöse Verwicklungen zu geraten. Seine Schulden waren alarmierend hoch, und er hatte das Gefühl, dass seine bevorzugten Geldverleiher sich aus irgendeinem Grund von ihm zurückzogen. Er hatte Zugriff auf die Geldmittel des Botschafters hier, doch das war riskant.

Er bestieg seine Kutsche und ordnete an, so schnell wie möglich zu fahren. Es konnte nicht sein, dass er die Gunst von König Louis verlor, aber die Vorstellung ließ ihn frösteln. Dann fiel ihm ein, dass er gerade erst einen weiteren beruhigenden Brief erhalten hatte, und lehnte sich gegen die Satinpolster.

Alles würde gut gehen. De Couriac war entweder verrückt, oder er bluffte, oder beides. Vielleicht war er auch ein Handlanger seiner Feinde in Frankreich. Das spielte jedoch keine Rolle, solange sein König ihm wohl gesinnt war.

Es war allerdings noch immer seine Aufgabe, den englischen König zu beeinflussen, was bedeutete, dass er den Marquis von Rothgar zumindest ablenken musste.

Dazu, so spürte er, war Lady Arradale der Schlüssel.

Lady Arradale, die ganz und gar nicht so war, wie sie zu sein schien.

24

Als Rothgar in Queen's House eintraf, fand er überraschend viele Menschen vor. Der König und die Königin hielten an dem Ort, den sie als ihr privates Zuhause betrachteten, selten große Gesellschaften. Ein Teil der Leute war ohne Zweifel zu Ehren des Geschenks gekommen, doch ihm fiel auf, dass die Einladungsliste erweitert worden war, um Lady Arradale mit Heiratskandidaten zu versorgen. Zwischen anderen in Frage kommenden Männern sah er Somerton, Crumleigh und Scrope.

Nur über meine Leiche. Er versuchte, so gelassen wie nur möglich zu wirken, und schritt weiter, um seine Rolle zu spielen.

Zuerst ging er in den prächtigen Salon, um dem König und der Königin seine Aufwartung zu machen. Auf einem Tisch in der Mitte stand eine verhüllte Figur. Auf einem Tisch daneben standen unverborgen der Schäfer und die Schäferin, die er dem Königspaar im letzten Jahr geschenkt hatte.

Da d'Eon die Figur sicherlich gesehen hatte, hatte Rothgar keinen Zweifel daran, dass das Geschenk des französischen Königs imposanter war. Er wünschte sich, die chinesische Pagode würde noch existieren, denn sie hätte die meisten anderen Automaten in den Schatten gestellt. Oder dass der Trommlerjunge fertig wäre und gezeigt werden könnte.

Lächerlich, einen Krieg der Automaten zu inszenieren, doch so schien es zu sein. Aus einer Laune heraus stellte er sich zwei Degenfechter vor, einen französischen, einen englischen, und ein echtes Duell.

Er riss sich zusammen und begrüßte das Königspaar. Die Königin zeigte dankbar auf Lady Arradale, die an der Seite stand und sich mit mehreren Personen unterhielt. Es war nicht notwendig. Er hatte sie erblickt, sobald er den Raum betreten hatte – oder genauer gesagt, gespürt.

Ohne noch einmal hinzusehen, wusste er, dass sie in Moosgrün und Gold gekleidet war. Dass sie gelächelt hatte, allerdings blass aussah. Doch das konnte auch nur ihre geschickte Schminke sein. Er musste es herausfinden, allerdings nicht jetzt.

»Lady Arradale gefällt uns sehr«, sagte der König. »Eine bezaubernde junge Frau. Ganz so, wie sie sein sollte. Sie wäre eine ausgezeichnete Ehefrau für einen Mann, nicht wahr?«

»Ja, Majestät«, sagte Rothgar und dachte, dass sie ihre Rolle offensichtlich äußerst gut spielte. In Wahrheit kam sie für die meisten Männer als Frau gar nicht in Frage.

»Ausgezeichnete Gesellschaft für die Königin«, fuhr der König fort. »Verrückt nach Kindern. Eine hübsche Frau, was? In ein paar Wochen werden wir auf ihrer Hochzeit tanzen.«

Rothgar verneigte sich und beteuerte, dass ihm der Gedanke Freude bereitete.

Als der König ihm einen kurzen Blick zuwarf, merkte er plötzlich, dass etwas anderes dahinter steckte.

Dann sagte der König: »Lady Arradale ist einverstanden, dass wir ihren Ehemann aussuchen, wenn sie sich nicht entscheiden kann.«

Er musste sein ganzes Geschick zusammennehmen, um nicht darauf zu reagieren. Was? War sie die Tortur etwa leid?

»Obwohl es besser für sie wäre, wenn sie ihre eigene Wahl träfe, nicht wahr?«, sagte der König gerade. »Nicht ganz einfach hier, da die Königin und ich so zurückgezogen leben. Die Dame müsste die Möglichkeit erhalten, viele Gentlemen zu treffen, was? Sie kennen zu lernen. Zu tanzen und solche Dinge.«

»Ich denke ja, Majestät.« Rothgar versuchte immer noch, das Ausmaß dieses Problems einzuschätzen.

»Ein prächtiges Fest vielleicht, was?«

Rothgar nahm seine Worte auf: »Was? Hier ein prächtiges Fest, Majestät?«

»Nein, nein. Nicht so kurz vor der Niederkunft der Königin. Könntet Ihr irgendetwas tun, Mylord?«

Plötzlich begriff er.

Einen Ball veranstalten, damit alle ihr den Hof machen konnten? Doch es war beinahe ein Befehl, und er war für ungewöhnliche und prachtvolle Bälle und Maskeraden bekannt. »Ein Maskenball vielleicht, Majestät? So etwas ist romantisch.«

Der König nickte. Seine Augen funkelten, und Rothgar wurde klar, dass er verkleidet daran teilnehmen würde. »Großartig, großartig! Wie bald könnt Ihr das arrangieren?«

»In zwei Wochen vielleicht, Majestät?« Wenn das Schicksal ihm wohl gesinnt war, würde die Königin schon früh das Bett hüten müssen, und dann könnte er Lady Arradale befreien.

Doch der König runzelte die Stirn. »Zwei Wochen, Mylord? Nein, nein. Schon eher. Davon abgesehen haben wir in zwei Wochen Neumond. Am Montag ist Vollmond. Warum nicht dann?«

Rothgar zog die Augenbrauen hoch. »Das ist sehr bald, Majestät.«

»So schnell könnt Ihr es nicht arrangieren? Früher habt Ihr solche Wunder auch schon vollbracht, Mylord.« Der listige Blick des Königs kündigte an, was kommen würde. »Sagt Ihr nicht immer: ›Bei einem Malloren ist alles möglich‹? Was?«

Es gab kein Entkommen. »Es ist möglich, Majestät, wenn Ihr den Einsatz von Attraktionen akzeptiert, die Ihr schon gesehen habt.«

»Natürlich, natürlich. Für die Dame wird alles neu sein. Und gebt einem ihrer Bewunderer die Möglichkeit, ihr Herz zu erobern.«

Da noch andere Gäste warteten, entfernte sich Rothgar vom Königspaar. Er hätte gern gewusst, was genau der König vorhatte. Am liebsten wäre er sofort zu Lady Arradale hinübergegangen, doch das schien ihm zu verdächtig. Stattdessen schlenderte er lässig in das Vorzimmer, wo die Musiker spielten.

Dort fand er Mr. Bach, den neusten Schützling der Königin. Rothgar hatte ein Musikstück bei ihm in Auftrag gegeben und auch die Abschrift seiner Sammlung von Klavierstücken vereinbart, die von Bachs Vater komponiert worden waren. Diese Stücke waren von großer Eleganz und Klarheit, und er bat Bach, ein Stück davon während des Abends zu spielen.

Er hatte großen Bedarf an Klarheit.

»Natürlich, Mylord«, sagte Bach und fuhr fort, das kleine Orchester zu leiten. »Die Königin findet gütigerweise ebenfalls großen Gefallen an der Musik meines Vaters.«

»Wie kommt Ihr mit dem Diana-Stück voran?«, fragte Rothgar, weil ihm eine Idee in den Sinn kam. Bevor er in den Norden gefahren war, hatte er Bach beauftragt, Musik für die Rousseau-Kantate zu schreiben. »Am Montag veranstalte ich eine Maskerade, und ich beabsichtige, eine echte Maskerade im alten Stil daraus zu machen.«

»Ihr wollt ein Maskenspiel auf die Bühne bringen, Mylord?«

»Genau.«

Die Augen des Mannes leuchteten interessiert auf. »Die Musik ist fertig, Mylord. Darsteller könnte man am Königlichen Theater finden.«

Rothgar klärte die Einzelheiten und ging dann weiter. Er fragte sich, ob er diesen spontanen Entschluss bereuen würde. Er hatte die Musik für die Diana-Kantate aus einer Laune heraus in Auftrag gegeben. Sie war als neckendes Geschenk für eine interessante Dame gedacht gewesen. Nun würde es Diana zum Mittelpunkt dieses Balls machen.

Sie würde ohnehin im Mittelpunkt stehen, da man am Hof wusste, dass sie für eine Heirat zur Verfügung stand. Eine Erinnerung an die Macht und die Torheit der Liebe erschien ihm angebracht. Sowohl für sie als auch für ihn.

Als er den Moment für geeignet hielt, gab er dem Bedürfnis nach, dem er bisher widerstanden hatte – der Anziehungskraft zu folgen, die von der Gräfin ausging. Ihr kastanienbraunes Haar glänzte im Kerzenlicht, und selbst unter ihrem Puder leuchtete ihre Haut wie eine Perle. Trotz des Korsetts und der Reifröcke konnte er die Rundungen ihres wunderschönen Körpers erkennen, und er sehnte sich schmerzlich danach, sie in die Arme zu schließen.

Nur das. Um sie festzuhalten.

Welch merkwürdigen Weg sie gegangen waren – so intim zu werden, ohne jemals schlichte Umarmungen zu genießen.

Er schob solche Gedanken beiseite und ging auf sie zu, obwohl er sah, dass Lord Randolph Somerton sich in ihrer Nähe aufhielt. Wie ein Geier, der über einer saftigen Mahlzeit kreist. Ein schlecht gekleideter Geier. Somerton sollte kein Violett tragen.

Zum Teufel. In niedere, boshafte Eifersucht zu verfallen, wäre die allerletzte Idiotie.

Somerton war blond und stattlich, hatte breite Schultern, einen kräftigen Körperbau und war bei Damen beliebt. Viele hoffnungsvolle junge Damen hatten schon versucht, seine Aufmerksamkeit auf sich zu lenken, doch es war allgemein bekannt, dass er eine reiche Erbin brauchte. Als Sohn eines Herzogs sollte er eine finden können, doch bis jetzt schien er sich nicht darum gekümmert zu haben.

Dianas Reichtum und Macht waren offenbar zu verlockend, um sich die Gelegenheit entgehen zu lassen, besonders da sein Vater, wie es hieß, die Spielschulden des Sohnes leid war. Im Moment würde jedoch niemand vermuten, dass er ein untätiger Verschwender war.

D'Eon stand ebenfalls bei der Gruppe, doch mit seinen lebhaften Gesten und dem breiten Lächeln wirkte er so harmlos wie ein Papagei.

Alles nur Maskerade, und jeder spielte seine Rolle. Die Gräfin gab nicht vor, ihn nicht zu bemerken – sie war eine weise Frau – und wandte sich mit einem sorgfältig gewählten, kühlen Lächeln um, als er näher trat. »Lord Rothgar, wie reizend, Euch so bald wiederzusehen.«

Er küsste ihr die Hand, musterte sie prüfend, fand jedoch kein Anzeichen von Verzweiflung. »London ist schließlich London, liebe Lady. Wahrscheinlich werden wir uns recht oft begegnen.« Nachdem er die anderen begrüßt hatte, erkundigte sich sogleich eine junge Dame nach dem Angriff auf der Straße.

»Befriedigt doch Miss Hestrops Neugier, Mylord«, sagte Diana und wedelte mit ihrem goldenen Spitzenfächer, als wäre sie nervös. »Ich habe mich bemüht, war jedoch leider zu durcheinander, um irgendetwas anderes als den entsetzlichen Lärm zu hören.«

»Bewundernswerterweise habt Ihr es unterlassen, zu schreien oder Euch an meinen Pistolenarm zu klammern, Lady Arradale. Ich bin überzeugt, dass ich Euch mein Leben verdanke.«

Halb verborgen von ihrem Fächer warf sie ihm einen kurzen, vernichtenden Blick zu, sodass er die unkluge Neckerei aufgab und die Geschichte noch einmal erzählte.

»Wie schrecklich, Lord Rothgar!«, rief die junge Dame. »Ich habe Angst, überhaupt noch auf Reisen zu gehen!«

»Ich bin sicher, dass es ein Einzelfall war, Miss Hestrop.«

»Und Ihr habt die Schurken allein abgewehrt? Wie tapfer.«

»Wohl kaum …«

»*Mon dieu*, Mylord!«, rief d'Eon. »Ihr seid zu bescheiden. Drei Gegner getötet, obwohl Ihr nur zwei Pistolen hattet. Kommt, Ihr müsst uns erzählen, wie Ihr dieses Wunder vollbracht habt.«

»Mit Glück«, sagte Rothgar, bemerkte jedoch den misstrauischen Klang in d'Eons Kommentaren. »Was im Grunde auf dasselbe hinausläuft wie ein Wunder.«

»Glück ist in allen Lebenslagen erfreulich, Mylord. Doch erklärt uns bitte dieses Glück.«

»Mein Vorreiter hat einmal geschossen, starb dann aber leider selbst. Mein erster Schuss traf den Angreifer in der Kutsche. Mein zweiter war auf außergewöhnliche Weise für die anderen beiden verantwortlich, doch auf viel zu grausame Art, um sie vor den Damen zu beschreiben.«

Sahen d'Eons wachsame Augen ungläubig aus?

Miss Hestrop jedoch verlangte die ganze Geschichte.

Die Gräfin hob ihre Hand – eine seltsam nackte Hand ohne ihre extravaganten Klunker. »Mylord, bitte sprecht nicht darüber!«, sagte sie in übertrieben dramatischem Tonfall. »In meinem Kopf dröhnt es immer noch von der Explosion. Und den Schreien …« Sie taumelte auf ihn zu. »O je.«

Er legte den Arm um sie und erlaubte es sich, sie kurz an sich zu drücken. Dann musste er sie jedoch zu einem Sofa führen.

Wenngleich sie nur einen Augenblick lang in seinen Armen war, hatte Diana das Gefühl, als vereinten sich jene scharfen Kanten und rissen sogleich wieder auseinander, sobald er sie auf das Sofa setzte und sich entfernte. Als sie sich mit geschlossenen Augen zurücklehnte, war sie für ihren vorgetäuschten Schwächeanfall dankbar, denn er erlaubte ihr, sich einen Moment von dem schrecklichen Schmerz zu erholen.

Warum war ihr nicht klar gewesen, wie unmittelbar und körperlich ihre Reaktion sein würde?

Und für ihn? Langsam öffnete sie die Augen und blickte in seine besorgten Augen.

»Meine liebe Gräfin, ich bitte tausendmal um Entschuldigung, dass ich Euch beunruhigt habe.«

Seine Worte konnten zahlreiche Bedeutungen haben, und sie sagte: »Es ist nicht Eure Schuld, Mylord. Bitte quält Euch nicht selbst.«

»Aber das muss ich.« Dann wandte er sich jedoch ab, um Wein für sie zu bestellen.

Sie wollte weiter mit ihm sprechen, doch sie waren nicht allein. Die Gruppe, bei der sie gestanden hatte, war ihr gefolgt und stand in der Nähe, hungrig nach weiteren Einzelheiten des blutigen und gewalttätigen Geschehens. Hungrig auch, davon war sie überzeugt, nach irgendeinem Leckerbissen oder Skandal.

Der dritte tratscht von Nachbars Wohl und Weh
– Bei jedem Worte stirbt ein Renommee.

Diana schauderte und hätte liebend gern alle fortgeschickt. Sie versuchte, Bey nicht wie einen Retter in der Not anzustarren, doch als er mit einem Glas in der Hand zurückkehrte, hatte sie das Gefühl, als könnte sie zum ersten Mal richtig durchatmen.

Nun erschien ein Diener im Auftrag des Königs und erkundigte sich nach dem Zwischenfall und Lady Arradales Wohlbefinden. Sie versuchte, die Kontrolle über sich zurückzugewinnen, nippte an dem Wein und erhob sich. Dann versicherte sie dem Mann, dass es ihr wieder sehr gut ginge.

Einige Personen, die um sie herumstanden, versuchten, das Thema des Überfalls noch einmal aufzugreifen, doch kurz darauf bat der König um Aufmerksamkeit für die Vorführung des neuen Automaten. Als d'Eon vortrat, um eine bezaubernde Rede über Frieden, Harmonie und ewige Freundschaft zu halten, atmete Diana erleichtert auf. Sie hatte keine Ahnung gehabt, wie es war, mit Bey zusammen zu sein und von hundert gierigen Augen beobachtet zu werden.

Da d'Eon offenbar sämtliche Aufmerksamkeit auf sich zog, riskierte sie einen Blick hinüber zu Bey. Als seine Augen zu ihr hinwanderten, sah sie seine große Besorgnis.

Sie lächelte ein wenig und beantwortete eine unausgesprochene Frage. *Mir geht es gut.* Mit geschicktem Einsatz der Fächersprache fügte sie eine Nachricht hinzu: *Ich liebe dich.*

Ruckartig wandte er sich ab und blickte auf die verhüllte

Figur und auf d'Eon, der noch seine Rede hielt. Diana wedelte mit dem Fächer. Sie würde ihn vor dem Komplott des Königs beschützen. Sie würde versuchen, ihn nicht mit ihrem eigenen Schmerz zu belasten. Doch das, was zwischen ihnen war, würde sie niemals leugnen.

D'Eon beendete seine Rede und legte mit einer schwungvollen Geste das Geschenk frei. »Die Friedenstaube!«

Das Kerzenlicht tanzte auf Federn aus Perlmutt, deren Ränder aus Silber und Markasit waren, und spiegelte sich in winzigen Diamanten, die an jeder Federspitze saßen. Ein Raunen der Bewunderung ging durch den Raum, doch Diana warf Bey einen spöttischen Blick zu, und er erwiderte ihn. Sie erkannten beide, dass der Mechanismus des Automaten recht einfach sein musste, wenn ein solches Ausmaß an glitzerndem Prunk erforderlich war.

Als d'Eon den Hebel betätigte, setzte das Surren des Räderwerks ein.

Rothgar konzentrierte sich auf den Automaten und bemühte sich, nicht wieder zur Gräfin zu blicken. Diese bedeutungsvollen Blicke verstärkten seinen Schmerz nur und konnten sie verraten.

Der glitzernde Vogel drehte seinen Kopf von einer Seite zur anderen, bog seinen Hals ein wenig – sehr schlicht, was die Mechanik betraf –, senkte schließlich den Kopf und hob einen Olivenzweig vom Boden auf. Mit einem deutlich hörbaren Klicken rastete der Zweig irgendwo ein, sodass er im Schnabel blieb, als der Vogel seinen Kopf wieder streckte. Nun spreizte der Vogel die Flügel und enthüllte in Gold abgesetzte Worte, die darunter verborgen lagen.

Frieden. *Paix*.

Abermals applaudierten alle und traten näher heran. Rothgar, der sich jetzt wieder unter Kontrolle hatte, reichte der Gräfin die Hand. »Würdet Ihr Euch das Spielzeug gern näher ansehen, Mylady?«

Bei dem Wort *Spielzeug* lächelte sie leicht und legte ihre

Hand in die seine – eine Berührung seiner sanften Finger, die von gänzlich anderen Dingen sprach.

»Ich würde jetzt lieber den anderen Automaten laufen sehen, Mylord. Wie ich hörte, gabt Ihr ihn für Ihre Majestäten in Auftrag.«

»Eine romantische Kleinigkeit.« Er horchte auf seine Stimme, um sicher zu sein, dass sie nur höfliches Interesse bekundete. »Doch wenn Ihr neugierig seid, Mylady, werde ich es gewiss vorführen.«

Er wandte sich zum König um, doch sie sagte: »Einen Moment noch, Mylord.«

Argwöhnisch fragte er: »Ja?«

Mit dem Fächer wedelnd sagte sie: »Ich dachte, Ihr würdet gern erfahren, dass ich Neuigkeiten von Brand und Rosa habe.«

Ihr Code. Er prüfte, wer ihnen zuhören konnte, und beschloss, dass es sicher war. Sie hätte jedoch daran denken sollen, dass einige Leute hier genau wissen würden, welche Briefe und Nachrichten sie empfing.

»Geht es ihnen gut?«, fragte er.

»Scheinbar ja, doch ich bin überrascht, wie viel Zeit Rosa mit Samuel, ihrem besten Schafbock, verbringt.« Sie lächelte und nickte einem vorbeigehenden Paar zu. »Sie scheint ihn faszinierend zu finden.«

Bei diesem Bild musste er sich große Mühe geben, nicht zu lachen, obwohl die echte Nachricht, dass d'Eon häufig bei der Königin war, nicht komisch war.

»Faszinierender als ihren Mann?«, fragte er.

»Brand ist so beschäftigt, wisst Ihr. Ich halte es nicht für klug, wenngleich Rosa ihm sicher alles erzählt, was mit den Schafen zu tun hat. Es erscheint mir alles etwas gefährlich.«

»Männliche Tiere können gefährlich sein«, antwortete er, denn er verstand die bewusste Zweideutigkeit ihres letzten Satzes. Davon fühlte sie sich bedroht? Vielleicht hatte sie deshalb diesen kleinen Schwächeanfall gehabt.

»Ihr seid nervös wegen Schafböcken, Lady Arradale?«, fragte er.

»Das ist es nicht ...«

Doch dann gesellte sich Somerton mit einem recht besitzergreifenden Gesichtsausdruck zu ihnen. Miss Hestrop, die an seinem Arm hing, ignorierte er.

Rothgar bemerkte, dass die Gräfin die Lippen zusammenpresste, aber sie lächelte sofort wieder und fuhr fort: »Rosa interessiert sich sehr für meine Heirat, Mylord.« An das andere Pärchen gewandt sagte sie: »Ich spreche von meiner lieben Cousine. Sie sorgt sich um mein Glück, sie und auch ihr Mann.«

»Es ist doch nur natürlich, dass sie an Eurer Wahl interessiert sind, Mylady«, sagte Somerton. »Sie wären zweifellos erfreut, wenn Ihr einen Mann aus dem Norden heiraten würdet.«

Sie starrte ihn an wie ein perfektes Dummchen. »Das könnte man glauben, Mylord, doch ihre Empfehlungen sind so seltsam. Der eine ist ein oberflächlicher Fatzke und der andere ein Fürst aus dem Osten. Ist das nicht absurd?«

»Lächerlich«, stellte Somerton fest und wirkte mit gutem Grund verwirrt. Er ahnte nicht, dass er soeben als Fatzke bezeichnet worden war. Gott behüte, dachte Rothgar, die Frau würde ihn gleich dazu bringen, herzlich zu lachen.

Doch auch diesmal war die Botschaft überraschend. Der König und die Königin drängten sie zu einer Heirat mit ihm selbst? Töricht, dass er das nicht vorausgeahnt hatte. Er war der Meinung gewesen, er hätte den König schon vor langer Zeit davon überzeugt, dass er niemals heiraten würde.

»Warum interessieren sich die beiden so für die Angelegenheit?«, fragte er, um ihr Gelegenheit zu mehr Informationen zu geben.

»Leider«, antwortete sie, »scheine ich bei Brand in einem unüberlegten Moment den Eindruck hinterlassen zu haben, dass ich ihnen die Wahl überlassen möchte.«

Das bestätigte die Worte des Königs. Er war enttäuscht, wenngleich ihn dieser geschickte Einsatz ihres Codes beinahe lächeln ließ.

»Dann müsst Ihr es richtig stellen, Lady Arradale«, sagte Somerton hitzig. »Es muss allein Eure Entscheidung sein.«

Sie lächelte ihn an. »Oh, danke, Mylord. Das meine ich ebenfalls.«

»Ich finde, ein Fürst aus dem Osten klingt aufregend«, sagte Miss Hestrop kichernd. »Seidenstoffe, Edelsteine und Elefanten.«

»In Yorkshire?«, fragte die Gräfin mit verständnislosem Gesichtsausdruck.

Da Miss Hestrop sie mitleidig ansah, griff Rothgar ein. »Seidenstoffe wären im nördlichen Winter gewiss zu kühl, und die Elefanten würden sich erkälten. Doch Edelsteine sind überall willkommen, besonders große funkelnde. Meint Ihr nicht auch, Gräfin?«

Mit großen und unschuldigen Augen sah sie ihn über ihren Fächer hinweg an. »Wie zum Beispiel Saphire, Mylord? Ein Fürst aus dem Osten, der große, funkelnde Edelsteine anböte, wäre sehr willkommen, ja. Wirklich sehr willkommen.«

»Mehr als ein ehrlicher Engländer mit gutem Herzen?«, fragte Somerton, dessen Gesicht sich vor Empörung rötete.

»Eine schwierige Wahl, Lord Randolph«, erwiderte sie. »Solche Entscheidungen sind wirklich schwierig ...« Sie legte die Hand auf Somertons Arm. »Doch nun lasst uns aufhören, darüber nachzugrübeln. Wir wollen den König bitten, Lord Rothgars Automaten vorzuführen.«

Rothgar bot der erwartungsvollen Miss Hestrop seinen Arm an. Er war voller Bewunderung für das schauspielerische Talent der Gräfin, wenngleich sie vielleicht Gefahr lief, ihre Rolle zu überreizen.

Sie spielte jedoch so gut, dass er sich fragte, was sie so abgelenkt hatte, dass sie dem König die endgültige Entscheidung überlassen hatte. Das war ein schwerer Fehler gewesen. Was auch immer es war, er konnte ihr nichts vorwerfen, da er selbst schon ungewöhnlich verwirrte Momente erlebt hatte.

Der König war wirklich gerissen. Die Liste von Heiratskandidaten war mit Absicht unbefriedigend. Er hatte sich gefragt warum, doch nun wusste er es. Sie sollte ihn dazu bringen, die Gräfin zu retten, indem er selbst eine Heirat anbot.

Zweifellos meinte der König es gut. Er glaubte ernsthaft, dass Ehe und Vaterschaft die glücklichsten Zustände waren, die man sich vorstellen konnte. Aber wie weit würde er gehen, um sein Ziel zu erreichen?

Als der König auf den anderen Automaten zuging, um ihn anzuschalten, sah Rothgar, dass er Lady Arradale, die an Somertons Arm hing, einen verärgerten Blick zuwarf, und ihm selbst einen noch verärgerteren Blick.

Gott bewahre mich vor Männern, die gerade eine Familie gegründet haben!

Diana merkte, dass sie äußerst günstig stand, um den Automaten in Augenschein zu nehmen. Sobald der König ihn angeschaltet hatte, stellte er sich neben sie, um seine zahlreichen schönen Eigenschaften bewundernd zu kommentieren. Leider stand Somerton auf ihrer anderen Seite, und dieser neigte dazu, ihr viel zu nah zu kommen und sie unnötigerweise zu berühren.

Leider kommentierte der König auch bewundernd die zahlreichen positiven Eigenschaften des Schenkers. Mit feinen Andeutungen war es nun wohl nicht mehr getan, und sie war äußerst besorgt, was der König als Nächstes tun würde. Was würde geschehen, wenn sie sich am Ende direkt weigern würde?

Es war in der Tat ein ausgezeichneter Automat. Er war reich verziert, hier allerdings äußerst geschmackvoll. An einem silbernen Baum mit leuchtenden, lackierten Blättern saßen Wange an Wange ein lebensechter Schäfer und eine Schäferin. Auf jedem Zweig saßen Vögel mit winzigen Federn, und manche streckten ihre Köpfe aus Nestern. Das leise Surren des Mechanismus wurde sogleich von Vogelgezwitscher übertönt, das aus den offenen Schnäbeln zu hören war. Die Vögel bewegten sich auch auf andere Weise. Manche drehten nur den Kopf oder öffneten den Schnabel, einige streckten sich jedoch und spreizten die Flügel, als würden sie gleich losfliegen.

Jetzt erwachten der Schäfer und die Schäferin zum Leben. Wie ihr Trommlerjunge trugen sie echte Kleider. Beide drehten den Kopf und blickten einander sehnsuchtsvoll an. Dann hob er seine Porzellanhand und legte sie auf ihre Schulter. Langsam bewegten sie sich aufeinander zu, bis sich ihre Lippen sanft berührten.

Nun lief das Ganze rückwärts. Mit starren Augen entfernten sie sich voneinander, bis sie schließlich jeder in eine andere Richtung blickten und ihre ursprüngliche Haltung einnahmen. Beinahe unbemerkt verebbte das Vogelgezwitscher, bis wieder Stille einkehrte und sich nichts mehr bewegte.

Diana applaudierte zusammen mit allen anderen, doch sie kämpfte mit den Tränen. Armer Schäfer. Arme Schäferin. Ein Kuss war alles, was ihnen erlaubt war.

Bis in alle Ewigkeit.

»Es ist nur eine Maschine, Lady Arradale«, sagte Bey leise und kam auf sie zu.

»Aber eine großartige, was?«, stellte der König fest.

Diana zwang sich, den König anzusehen und zu lächeln. »Sie ist wunderbar, Majestät.« Da sie d'Eon in der Nähe stehen sah, fügte sie diplomatisch hinzu: »Das sind sie beide.«

»Und doch, welche bevorzugt Ihr?«, fragte der König.

Es kam ihr vor, als würde sie mit kaltem Wasser übergossen. Offensichtlich war dies eine Art Wettbewerb gewesen, und noch dazu einer mit Folgen. Man erwartete von ihr, dass sie ein Urteil fällte?

Sie dankte dem Himmel für ihre angebliche Konventionalität und beschränkte Intelligenz, versteckte sich hinter ihrem wedelnden Fächer und sah sich hilfesuchend um. In Wahrheit dachte sie angestrengt nach.

Der Chevalier lächelte sie an.

Bey zog eine Augenbraue hoch.

»Majestät«, verkündete sie schließlich, »sie sind beide *perfekt!*« Sie ließ ihren Fächer und ihre Stimme ein wenig beben. »Ich weiß nicht viel über solche Maschinen, muss ich zugeben. Aber … ich bewundere die Taube aus emotionalen Gründen, Majestät, und den Schäfer und die Schäferin, weil sie so romantisch gestaltet sind.«

»Gut gesagt, gut gesagt!«, versicherte der König. »Beide Maschinen erfreuen uns gleichermaßen. Chevalier, vielen Dank an meinen französischen Cousin. Und Mylord Rothgar, vielen Dank noch einmal an Euch.«

Als die Maschinen erneut in Gang gesetzt wurden, diesmal gleichzeitig, kam Diana unwillkürlich der Gedanke, dass ihr eigener Automat beide in den Schatten stellte. Bei jedem Wettbewerb würde er siegen, weil er so unglaublich realistisch war.

Den ganzen Tag schon hatte sie über den Trommlerjungen nachgedacht. Sie hatte ihn Bey gegeben, weil sie ihn nicht länger in ihrem Haus haben wollte, wo er ihre Mutter ärgern würde, und weil Bey genügend Fachkenntnisse besaß, um ihn reparieren zu lassen. Nun wusste sie, dass es auch für ihn unangenehm sein könnte, ihn zu besitzen.

Auf gewisse Weise stellte der Trommlerjunge sie selbst als Kind dar. Manchmal sah sie in ihm eins der Kinder, die sie so gern mit Bey hätte. Möglicherweise würde er bei Bey nicht solche Gedanken hervorrufen, aber wenn doch, hatte sie ihm eine unerträgliche Last aufgebürdet.

»Ihr seht wieder blass aus, Lady Arradale.« Lord Randolph legte seinen Arm um sie und versuchte, sie zurück zum Sofa zu führen.

Sie sträubte sich kurz, hätte beinahe hilfesuchend zu Bey

hinübergesehen, doch dann erinnerte sie sich an ihre Absichten. Sie durfte die Hoffnungen des Königs und der Königin auf keinen Fall schüren. Das bedeutete, dass sie nicht zu viel Zeit mit ihm verbringen oder an ihm interessiert wirken durfte.

Wahrscheinlich hatte sie an diesem Abend bereits unklug gehandelt, doch mit etwas Glück hatte es niemand bemerkt. Sie fing einen kurzen besorgten Blick von ihm auf, bevor er sich wieder den Automaten und dem König zuwandte. Mit Absicht lehnte sie sich an Lord Randolph.

»Etwas Wein, Lady Arradale?«, schlug er mit zärtlicher Besorgnis vor.

»Wie freundlich.«

Wie grausam, dachte sie betrübt. Sie schürte die Hoffnungen dieses Idioten, nur um ihre Gefühle für Bey zu verbergen.

Schließlich hatte Lord Randolph gute Gründe, sich als Kandidaten zu betrachten. Er war adelig, stattlich und höflich, wenngleich er von seinen Qualitäten ein wenig zu sehr überzeugt schien. Er redete fast nur über sich selbst, doch das war bei Männern nur allzu üblich. Selbst wenn er perfekt wäre, würde sie ihn nicht heiraten wollen, und unter normalen Umständen würde sie ihn nicht ermutigen.

Jetzt musste sie eine Ablenkung erfinden, und Lord Randolph war ihr Opfer. Wenngleich sie es bedauerte, flirtete sie mit ihm – nur ein wenig, doch genug, um ihn zu ermutigen. Genug, um vom König und von der Königin bemerkt zu werden – davon war sie überzeugt.

Da sie vorhatten, ihren Ehemann auszuwählen, wenn es nötig sein sollte, war es natürlich gefährlich, irgendeinen Mann zu favorisieren. Vielleicht würde es die Entscheidung hinauszögern, wenn sie mit mehreren Männern zu flirten schien.

Als Lord Scrope auf sie zukam, um sich nach ihrem Wohlbefinden zu erkundigen, lächelte sie ihn daher freundlich an.

Der Viscount war ein natürlicher, netter Mann, der gern von seinen Kindern sprach. Außerdem erzählte er sehr viel von seiner toten Frau. Löblich, doch Diana hatte das Gefühl, dass seine neue Braut einen Geist im Bett haben würde.

Ebenso wie Beys Braut neben den Geistern seiner toten Mutter und Schwester liegen würde? Sie versuchte nicht länger, ihn irgendwo zu entdecken, und sagte sich, dass dem nicht so sein konnte, da er nicht heiraten würde, solange diese Geister da wären.

Es sei denn, er musste sie retten ...

Sie merkte, dass der König sie ansah und nicht erfreut wirkte. Gut. Sie lachte über Lord Randolphs letzten albernen Geistesblitz und tätschelte Lord Scrope verständnisvoll die Hand. Sir Harry Cramleigh kam zu ihnen herüber und begann, über Pferde zu sprechen. Dieses Interesse konnte sie wenigstens ehrlich teilen.

Alle drei gingen eifrig auf ihre Gunstgeschenke ein, und das schmerzte sie.

Sie wollte keine weiteren gebrochenen Herzen auf der Welt.

In einem schwachen Moment warf sie noch einmal einen Blick in die Richtung, in der Bey sich mit einer lebhaften Gruppe unterhielt. Offensichtlich hatte er gerade etwas Witziges gesagt, denn Cynthia Hestrop klammerte sich an seinen Arm und lachte ihn bewusst verführerisch an. Als er merkte, dass Diana ihn ansah, erwiderte er kühl ihren Blick und lächelte seine ausgelassene Bewunderin an.

Sie zwang sich wegzusehen – und merkte, dass der König sie beobachtete. Hatte er den Blickwechsel gesehen?

Die Pest sollte sie alle holen.

Sie fühlte sich wie ein Tier in einem Käfig – jede Bewegung wurde beobachtet und abgeschätzt. Daher wandte sie sich wieder ihren elenden Freiern zu, um sie zu bezaubern und zu ermutigen.

25

Am nächsten Tag erwachte Diana mit einer einzigen drängenden Frage – wann würde sie Bey wiedersehen? Lächerlich, dass sie ihn für die Antriebsfeder ihres Lebens hielt, doch ein Tag, an dem sie ihn nicht sah, nicht wenigstens kurz mit ihm sprach, erschien ihr wertlos.

Dann fiel ihr ein, dass sie weiterhin so tun musste, als wären andere Männer von größerem Interesse. Stöhnend ließ sie sich wieder in ihr Kissen fallen. Am gestrigen Abend war deutlich geworden, dass alle ihre Ermutigungen ernst nahmen und begannen, um sie zu kämpfen.

Außerdem beschäftigte sie der Maskenball, den Bey schon in drei Tagen veranstalten würde. Als sich die Nachricht verbreitet hatte, war der Hof vor Aufregung fast übergeschäumt, und Diana hatte erfahren, dass die eindrucksvollen Schauspiele, die Bey veranstaltete, mit Spannung erwartet wurden. Sie hatte von griechischen und chinesischen Themen gehört und von einem Fest in der Abbey mit einem mittelalterlichen Turnier.

Alles klang nach einem großen Vergnügen, abgesehen davon, dass der König ihr klar gemacht hatte, sie sollte die Gelegenheit nutzen, um ihre Freier besser kennen zu lernen und sich zu entscheiden.

Warum zum Teufel war er so in Eile!

Mit einem Seufzer rollte sie sich aus dem Bett und frühstückte, während Clara ein weiteres bescheidenes Kleid für den Tag vorbereitete. Vielleicht konnte sie alle abwimmeln, wenn sie kränklich wirkte. Sie schminkte ihr Gesicht noch blasser als bisher und fragte sich ernsthaft, ob sie ein paar dieser hässlichen, pustelartigen Pickel modellieren könnte, die sie im letzten Jahr gehabt hatte. Das war jedoch zu gefährlich, da sie bei Berührung verwischen könnten, und dies hier war schließlich kein Spiel.

Als sie darüber nachdachte, dass sie dem Marquis schon beim ersten Mal in dieser Verkleidung begegnet war, wurde ihr klar, dass es auch damals kein Spiel gewesen war, doch das war ihr nicht bewusst gewesen. Nein, auch wenn es von Seide und lächelnden Gesichtern verhüllt wurde, so war dies ein Duell zwischen ihr und der Welt, und möglicherweise mit fatalen Folgen. Sie überprüfte noch einmal ihre äußere Erscheinung und ging dann zur Königin in den Garten.

Da sie in den Kreis der Königin zusätzlich hineingekommen war, gab es wenig zu tun für sie und viele, die wegen ihrer eigenen Pflichten neidisch auf sie waren. Daher saß sie nur ruhig da und brachte sich gelegentlich in die Unterhaltung ein, doch meistens hatte sie genug Zeit, über Möglichkeiten nachzudenken, wie sie Beys Ansichten über eine Heirat ändern konnte.

Auf jeden Fall musste sie sich Zugang zur Bibliothek verschaffen, aber sie fürchtete, ihrem Ruf, dass sie eher eine dumme Frau war, zu schaden. Sie war allerdings nicht sicher, ob sie jemals einen endgültigen Beweis dafür finden würde, dass er niemals Vater eines geistesgestörten Kindes werden könnte. So etwas war sicherlich nicht beweisbar. Also musste sie ihn irgendwie davon überzeugen, dass das Risiko annehmbar war.

Sie unterdrückte ein Seufzen, denn sie war sicher, dass man seiner Ansicht nach kein noch so geringes Risiko eingehen sollte, wenn man durch Selbstaufgabe jegliches Risiko vermeiden konnte.

Sie könnte ihren eigenen Schmerz vorbringen. Erneut ein unterdrücktes Seufzen. Er wusste davon. Wenn sie sich bei ihm beklagte, würde sie nur die Klinge in der Wunde hin- und herdrehen.

Die Ankunft von Lady Durham mit ihrem zwei Wochen

alten Baby war eine willkommene Fluchtmöglichkeit aus diesen Gedanken. Offensichtlich hatte die Königin den Besuch angeordnet, denn sie liebte Babys, bestand sogleich darauf, das winzige Wesen zu halten, und säuselte es auf Deutsch an.

Diana hielt sich mit den übrigen Damen in der Nähe auf, genauso bezaubert und entzückt wie alle anderen. Solche kleinen Babys sah sie nur selten, und dieses hier war sehr winzig. Gut fünf Pfund, sagte die Mutter, aber gesund.

Bei der Ankunft schlief das kleine Mädchen. Gefälligerweise öffnete es jedoch bald die riesigen, dunkelblauen Augen und weinte nicht, wenn es ein fremdes Gesicht sah. Diana war überrascht, ein tiefes Bedürfnis zu empfinden, das Kind zu halten; doch keineswegs überrascht, dass sie sofort daran dachte, wie zauberhaft es wäre, Beys Kind zu halten, während er – ihr liebevoller Ehemann – ganz nah bei ihr wäre.

Ein Schatten fiel auf ihre Schulter.

»Lady Arradale«, sagte ein Mann hinter ihr.

Obgleich sie enttäuscht war, wandte sie sich um und begrüßte Lord Randolph. Sie wäre lieber geblieben, um das Baby zu betrachten, doch die Königin drängte sie, mit ihm beiseite zu treten.

Mit unangenehmer Inbrunst legte er ihre Hand auf seine Brust. »Lady Arradale. Eine perfekte Blüte in einem perfekten Garten. Ich schwöre, Mylady, Euer rosiger Glanz gleicht dem der Blüten!«

Diana lächelte tapfer weiter und betete zum Himmel, dass sie einen Mann bekäme, der niemals solchen Unsinn von sich geben würde. Sie hatte jedoch keine andere Wahl, als Lord Randolph zu erlauben, ihr in seiner lächerlichen Art den Hof zu machen. Deshalb versuchte sie einerseits, ihn sanft zu ermutigen, andererseits aber auch seine selbstgefällige Zuversicht zu bremsen.

Sie war fast erleichtert, als das Baby zu schreien begann, doch ganz und gar nicht erleichtert, dass es überhaupt nicht mehr aufhörte. Als Diana sich umwandte, sah sie, dass die

Königin versuchte, das Baby zu trösten, während Lady Durham und ihr Kindermädchen daneben standen. Offensichtlich hätten sie das Kind gern selbst genommen, mochten es den königlichen Armen jedoch nicht entreißen.

»Dem armen Ding ist kalt«, erklärte die Königin. »Bringt eine Decke!«

Inzwischen war das arme Ding ganz rot im Gesicht und schmetterte ihnen die typische Empörung eines Neugeborenen entgegen.

Unklugerweise hob eine junge Dame eine Decke auf, die dem Prinzen gehörte. Er kreischte und lief ebenfalls rot an, wobei er eine weitaus höhere Lautstärke erreichte als das winzige Baby.

»Nein, mein Herzelein!«, rief die Königin in deutscher Sprache und reichte das Baby endlich der besorgten Mutter. »Bringt mir meinen Liebling. Lord Randolph, lauft und holt sofort eine andere Decke!«

Einen Moment lang dachte Diana, Lord Randolph würde sich weigern, diese niedere Aufgabe zu erledigen, doch er verneigte sich und verschwand im Laufschritt. Das Kindermädchen brachte den Prinzen zur Königin, doch er wand sich und brüllte in einem perfekten Wutanfall, wahrscheinlich weil seine Mutter so lange ein anderes Kind auf dem Arm gehalten hatte.

»Lord Rothgar!« Plötzlich sprach die Königin in einem Tonfall, als hätte sie die Wiederkunft Christi gesehen. Diana wirbelte herum, und tatsächlich, dort stand er, am Ende des Gartens.

»Kommt her,« rief die Königin. »Ihr wisst sicher, was man für mein armes Kind tun kann!«

Aus irgendeinem Grund entschied sich der Prinz genau in diesem Augenblick, mit seinem Geschrei aufzuhören, und blickte den regungslosen Mann überrascht an. Daher war nur noch das verzweifelte Geschrei des Babys zu hören.

Bey wandte sich um und schritt davon.

Die Königin stand mit offenem Mund da, und einen Moment lang starrten alle dem Mann nach, der soeben gegen jegliche Etikette verstoßen hatte. Diana erholte sich von ihrem Schreck, schob Vernunft und Vorsicht beiseite, raffte ihre Röcke und eilte ihm nach.

Sie musste ihm um das Haus herum folgen und aus der Sonne in den Schatten laufen, bevor sie ihn fand. Völlig bewegungslos stand er da.

Ein wenig außer Atem blieb sie neben ihm stehen. »Was ist los?«, fragte sie, obschon sie es ahnte.

Er atmete tief ein, und wenn es nicht unmöglich gewesen wäre, hätte sie geglaubt, dass es der erste Atemzug war, den er seit Minuten gemacht hatte. Er sah immer noch nach vorn und sagte: »Ich kann schreiende Babys nicht ertragen. Eine Schwäche …«

Seine Schwester. Seine Mutter. »Es ist nur hungrig.«

Als er sich zu ihr umwandte, sah er fast wieder normal aus, wenn auch blass. »Ich weiß.«

»Du hast die Königin beleidigt.«

Seine Mundwinkel zuckten leicht. »Ich glaube, ich kenne die Sitten des Königshauses.«

Diana holte ebenfalls tief Luft. »Nun, wenigstens wird dich das beim Wettbewerb um meine Hand weit abschlagen.«

Sie wurde mit dem Anflug eines aufrichtigen Lächelns belohnt. »Ein unbeabsichtigter Vorteil. Geht es dir gut?«

»Gut genug.« Plötzlich wurde ihr klar, dass sie allein hier waren – so nah am Haus, dass sie noch nicht einmal von einem Fenster aus gesehen werden konnten. Konnte sie in seine Arme fallen, besonders wo er doch Trost brauchte?

Zu gefährlich. Bei weitem zu gefährlich.

»Was wirst du tun?«, fragte sie.

»Zur Königin zurückgehen und um Verzeihung bitten. Sobald das Geschrei aufhört.«

Sie merkte, dass er dort stehen geblieben war, wo er das

Geräusch noch schwach hören konnte, und dass es soeben aufgehört hatte. Sie merkte noch etwas anderes. Bey hatte das starke Bedürfnis, jemanden zu umsorgen und zu beschützen. Sich von einer Notlage zu entfernen, musste wie ein Stich mit einer Klinge für ihn sein, und ihr wurde klar, wie furchtbar so etwas für ihn war.

Alle Neugeborenen schrien.

Hatte er noch einen anderen Grund, warum er keine Kinder wollte, einen, der nicht einmal mit Liebe zu besiegen wäre?

Er reichte ihr eine Hand. »Es wird Zeit zurückzukehren, Mylady«, sagte er, äußerlich wieder der perfekte Höfling.

Sie legte ihre Hand in die seine, und er führte sie zum Garten der Königin zurück. »Wie ist deine Lage, da du mir so schnell hinterhergeeilt bist?«, fragte er.

»Ich werde sagen, ich hätte gedacht, die Königin hätte es mir befohlen.«

Dies war der erste ungestörte Augenblick, seitdem sie zusammen in der Kutsche gesessen hatten. Jetzt näherten sie sich der Ecke des Gebäudes. Sobald sie daran vorbei gingen, wären sie wieder in der Sonne und würden von allen gesehen.

Trotz ihrer Vorsätze blieb Diana stehen und drückte ihn an die Ziegelwand. Dort, eine Hand an seinem Hinterkopf, küsste sie ihn – nicht lang, aber innig – und lehnte sich danach noch einen Moment lang an seinen Körper.

Sie hatte die Initiative ergriffen und genoss die Berührung, er ließ es reglos geschehen. Doch er wehrte sich nicht, weshalb sie wusste, dass er es ebenfalls genoss, die Berührung und den Trost. Da er keine Anstalten machte, sich zu befreien, standen sie gefährliche Minuten lang eng beieinander, bis sie die Kraft fand, von ihm abzulassen, seine Hand zu nehmen und wieder dem Weg zu folgen, den sie soeben gegangen waren.

Plötzlich brachte er sie mit sanftem Händedruck dazu anzuhalten, und nun standen sie da und sahen einander in die Augen.

»Es tut mir leid«, sagte er.

»Dies ist keine neue Bürde für deine Seele«, stellte sie fest. »Ich weigere mich, diese Rolle zu akzeptieren, Bey. Wir sind so, wie wir sind. Ich werde es nicht leugnen. Wir werden überleben, egal was geschieht.«

Er hob ihre Hand und drückte einen Kuss darauf. »Dein Mut beschämt mich. Ich werde mir Mühe geben, mich zu bessern.«

»Du bist perfekt.«

»Mit Sicherheit nicht.«

Kurze Zeit später traten sie, ein Bild des Anstands, ins Sonnenlicht und unter die Augen der kleinen Gesellschaft. Beide Kinder waren verschwunden.

»Lord Rothgar!«, rief die Königin. »Kommt näher!«

Er ließ Dianas Hand los, trat vor und verneigte sich, doch die Königin sagte schroff: »Und Ihr auch, Lady Arradale!«

Diana sank in einen tiefen Knicks und ließ sich von ihm aufhelfen.

»Lady Arradale«, sagte die Königin gebieterisch, »wir haben Euch nicht gestattet, Euch zu entfernen. Zudem habt Ihr uns den Rücken zugekehrt!«

»Ich bitte um Verzeihung, Majestät. Ich dachte, Ihr hättet mir befohlen, Lord Rothgar zurückzuholen.«

»Würde ich Euch schicken und nicht meine Wachen?«

»Und doch war sie erfolgreich, Majestät«, sagte Rothgar und lenkte den Zorn der Königin auf sich, was er gewiss beabsichtigte.

Die Königin kniff die Augen zusammen. »Ich frage mich, mit welchen Mitteln.«

»Mit süßem Verstand, Ma'am.« Wieder verneigte er sich. »Verzeiht mir. Der Schmerz der Kinder hat mich durcheinander gebracht. Euer Majestät wird in ihrer Weisheit wissen warum.«

Der finstere Blick der Königin erhellte sich ein wenig, doch sie sagte: »Dann solltet Ihr vielleicht keine Kinder haben, Mylord.«

»Ganz meine Meinung, Ma'am.«

Diana hätte über den verärgerten Blick der Königin lachen können, wenn das Ganze nicht so herzzerreißend gewesen wäre.

»Warum seid Ihr dann hier, Mylord,« fuhr die Königin ihn an, »wo Ihr doch Kinder nicht leiden könnt?«

Er erhob keine Einwände gegen diese ungerechte Behauptung. »Ich bin auf einer Wohltätigkeitsmission, Ma'am. Lady Arradale ist sehr kurzfristig in den Süden aufgebrochen und muss vielleicht ein paar Geschäfte und Händler aufsuchen, um ihre Garderobe zu ergänzen. Wenn sie es wünscht, könnte ich meinen Sekretär anweisen, ein paar Aufträge für sie zu erledigen.«

»Lady Arradale?« Immer noch frostig wandte sich die Königin ihr zu.

»Ja, Majestät, es gibt ein paar Dinge.« Gegen jede Vernunft begann Dianas Herz vor Freude zu tanzen. Zur Hölle mit seinem Sekretär. Wenn sie einkaufen ging, konnte Bey sie gewiss begleiten.

»Warum mit einem Bediensteten?«, fragte die Königin, als würde sie ihren Gedanken aufgreifen.

In diesem Moment kam Lord Randolph mit einer weißen Decke herbeigeeilt und konnte seinen Ärger, dass die Kinder weggebracht worden waren, nur schlecht verbergen.

Dennoch lächelte die Königin ihn an. »Lord Randolph wird Euch begleiten, Lady Arradale, zusammen mit Mrs. Haggerdorn und einem Dienstboten.« Dann lächelte sie auch Bey an, diesmal beinahe triumphierend. »Vielen Dank für den Vorschlag, Mylord.«

Er wirkte vollkommen ungerührt, als er sich verneigte und verabschiedete, und vielleicht war er das auch. Diana hätte gern geglaubt, dass sein Plan, etwas Zeit mit ihr zu verbringen, durch die Beleidigung der Königin vereitelt worden war. Angesichts seiner Willensstärke war es jedoch wahrscheinlicher, dass er von Anfang an beabsichtigt hatte, ihr seinen Sekretär als Begleitung mitzugeben.

Noch waren seine Mauern intakt.

Oder vielleicht doch nicht? Immerhin war er gekommen, um sie zu sehen. Außerdem hatte sie diesen Kuss gestohlen – erobert! Hätte er wirklich jegliche Hoffnung aufgegeben, hätte er das niemals zugelassen.

Es gab also ein wenig Licht am Horizont, doch vorerst musste sie mit dem selbstgefälligen Lord Randolph losziehen. Nur Paris konnte es mit London aufnehmen, was seine Händler betraf, doch Diana war nicht in der Stimmung, Einkäufe zu erledigen.

Sie wollte ihren kleinen Sieg überdenken und neue Strategien entwerfen.

Vor allem wünschte sie sich, sie wäre bei Bey.

Als sie für die kurze Fahrt zur Bond Street in eine Kutsche stiegen, kam Diana nicht umhin, sich zu fragen, was für eine Art Einkaufsbegleiter Bey wohl wäre. Es war seltsam, sich ihn in dieser Rolle vorzustellen, doch es war ein beliebter Zeitvertreib für eine Dame – auch für eine verheiratete Dame –, männliche Bewunderer auf solche Ausflüge mitzunehmen. Sicher ließ er sich auch manchmal auf so etwas ein. Sein Geschmack war ausgezeichnet, und sie war überzeugt, dass er alle besonderen und außergewöhnlichen Geschäfte kannte.

Mit Lord Randolph spazierte sie leider die übliche Route entlang, zudem war die Bond Street fürchterlich überfüllt. Diana beschloss jedoch, das Beste daraus zu machen. Es gab ein paar Dinge, die sie brauchte, und vielleicht konnte sie die Gelegenheit nutzen, um Lord Randolphs Begeisterung, sie zu ehelichen, ein wenig zu hemmen.

Sie wurde eine sehr langsame und unentschlossene Käuferin. Als es ihr damit nicht gelang, seine gute Laune zu trüben, ging sie zu ausgelassener Extravaganz über. Erst allmählich begriff sie, dass es ein schrecklicher Fehler war. Im Grunde leckte er sich die Lippen, als der Beweis ihres Reichtums sichtbar wurde.

Oh, verflixt. Sie musste ihren Verstand zusammenhalten, statt sich fortwährend den Kopf darüber zu zerbrechen, ob dieses Material, jene Spitze oder dieser Haarschmuck Bey gefallen würde. Sie war ohnehin etwas durcheinander von dem Gedränge der Menschen, dem unaufhörlichen Rattern der Wagenräder und dem Geschrei der Straßenhändler. In York oder Harrogate war es niemals so wie hier.

Als sie angerempelt wurde und jemand ihr auf den Fuß trat, kam sie nicht umhin zu denken, dass Bey auf wunderbare Weise einen angenehmeren Einkaufsausflug zustande bringen würde! Sobald sie ein Messingschild neben einer Tür entdeckte, stürmte sie dankbar in einen verhältnismäßig stillen Laden, in dem Damenkleider angefertigt wurden. Der Laden war gut besucht, doch die Ruhe kam ihr himmlisch vor.

Sobald ihr Name genannt wurde, eilte die Eigentümerin selbst herbei. Sie führte Diana in ein separates Zimmer, überhäufte sie mit Wein und Kuchen und nahm ihre Bestellung entgegen. Nachdem Modemagazine und Puppen herbeigebracht worden waren, begann Mrs. Mannerly, schnelle und geschickte Skizzen anzufertigen. Da sowohl sie als auch Diana wussten, was gewünscht wurde, und beide gut harmonierten, waren die Entwürfe zügig ausgearbeitet. Lord Randolph schlenderte unterdessen herum, kippte den Wein hinunter und wirkte geistesabwesend.

Ein geistesabwesender Ehemann mochte besser erscheinen als ein kluger – mit Ausnahme von Bey –, doch Diana vermutete, dass es sie verrückt machen würde. Eine Stunde in Lord Randolphs Gesellschaft hatte gezeigt, dass er keinen einzigen Gedanken hatte, der nicht egozentrisch und selbstsüchtig war. Nicht, dass er dumm war, doch er war geistig träge. Niemand hatte ihm jemals Veranlassung dazu gegeben, seinen Grips anzustrengen, und es war ihm nie in den Sinn gekommen, es aus sich selbst heraus zu tun. Zweifellos verfolgte er ihr Vermögen so eifrig, weil er dann nie wieder an etwas anderes denken musste als daran, wofür er es ausgeben könnte.

Seufzend sah sie die Bestellungen noch einmal durch und erklärte sich einverstanden. Ein neues leichtes Reisekleid als Ersatz für dasjenige, das bei dem Überfall ruiniert worden war, und ein weiteres prächtiges Kleid für Abendveranstaltungen, wenngleich sie hoffte, schon abgereist zu sein, wenn es fertig wurde. Sie konnte nicht widerstehen, ein kostbares Nachtkleid zu bestellen, das aus feinen Lagen blassgrüner Seide bestand. Es war jedoch eindeutig nicht für ihre Rolle am Hof, sondern für die Zeit, wenn sie wieder frei war.

Plötzlich wurde ihr klar, dass sie vorhatte, es für Bey zu tragen, doch sie weigerte sich, die Bestellung rückgängig zu machen. Sie war immer noch entschlossen, seine Meinung zu ändern, und für eine Hochzeitsnacht wäre es wunderbar …

»Noch etwas, Mylady?«

Diana riss sich aus ihren Träumen und erinnerte sich an ein Bild in dem Modemagazin. Sie blätterte zurück.

»Das griechische Kostüm, Mylady?«, fragte Mrs. Mannerly, die einen neuen Auftrag witterte. »Klassische Gewänder sind bei Maskenbällen modern.«

Diana betrachtete das Bild der gertenschlanken Frau. Sie war in ein schlichtes Gewand gehüllt, das einem griechischen Peplos ähnelte. »Es könnte Diana darstellen, nicht wahr?«

»In der Tat, Mylady. Eine bezaubernde Idee.«

Sie hatte ihr übliches Kostüm für Maskenbälle mitgebracht, das die gute Königin Elisabeth darstellte, doch die Vorstellung, die jungfräuliche Königin zu sein, hatte jetzt ganz und gar ihren Reiz verloren, und nicht, weil sie keine Jungfrau mehr war. Inzwischen konnte sie sich die einsamen Jahre der großen Königin nur zu gut vorstellen, in deren Position es gefährlich gewesen wäre, einen Mann an ihrer Seite zu haben. Diana hatte immer gern daran geglaubt, dass Elisabeth zumindest einen Liebhaber genossen hatte – vielleicht Courtenay, oder auch Leicester –, doch jetzt erschien es ihr eher wie eine Tortur als ein Trost.

Falls sie zum Maskenball ging, wäre sie lieber jemand anderes, und warum nicht Diana, die Jägerin?

»Der Maskenball ist übermorgen Abend«, sagte sie zu der Schneiderin. »Kann es bis dahin fertig sein?«

»Natürlich, Mylady. Wenngleich es nicht so einfach ist, wie es scheint« – *erwartet nicht, dass es preiswert ist*, übersetzte Diana. »Weiße Seide, Mylady? Oder feines Leinen, damit es authentisch wirkt?«

»Es soll auf jeden Fall authentisch sein«, sagte Diana und erhob sich. »Auch die Accessoires. Maske, Schuhe, Schmuck – obwohl der auch künstlich sein kann. Pfeil und Bogen, silbern lackiert.«

Die Dame knickste. »Es wird genauso sein, wie Ihr es wünscht, Mylady.«

Diana verließ das Geschäft. Der Gedanke, als Diana an dem Maskenball teilzunehmen, hob ihre Stimmung, denn Bey würde sie bestimmt verstehen. Jetzt dachte sie optimistischer über den Maskenball. Der entscheidende Vorteil solcher Veranstaltungen war, dass ein wenig geheime Intimität gestattet war. Gewiss konnten sie und Bey etwas Zeit miteinander verbringen.

»Ihr seid hinreißend, wenn Ihr glücklich seid, Lady Arradale.«

Diana war in der Tat ein wenig glücklich geworden, weil sie ihren Begleiter vollkommen vergessen hatte.

»Oh«, sagte sie leichthin, immer noch in dem Bemühen, Desinteresse in ihm auszulösen, »Einkaufen ist meine größte Freude.«

»Dann seid versichert, liebe Lady, dass ich Euch als Euer Ehegatte nie von Einkaufsreisen abhalten und nie über die Rechnungen mäkeln würde.«

Diana konnte sich gerade noch zurückhalten, ihn anzufahren, dass ihre Rechnungen ohnehin keinen Ehemann etwas angehen würden. »Als Eure Frau«, konnte sie jedoch nicht widerstehen zu sagen, »würde ich mich auch nicht in Eure Einkäufe einmischen, Mylord.«

Er wirkte eher verwirrt als empört. »Wie könntet Ihr auch?«

Wie gern hätte sie ihm eine barsche Bemerkung an den Kopf geworfen, doch sie besann sich auf ihre Rolle und blinzelte ihn an. »Wollt Ihr damit sagen, dass meine Wünsche für Euch kein Gewicht hätten, Mylord?«

»Aha, ich verstehe.« Er führte ihre Hand an seine Lippen. »Was das betrifft, Mylady, hättet Ihr mich vollkommen in der Hand.«

Immer noch blinzelnd sagte sie: »Oh, das hoffe ich doch.«

Mitten auf der Straße, neben der wartenden Kutsche, hielt er ihre Hand fest. »Sind wir uns so schnell einig, Mylady?«

»Einig?«

»Dass wir uns vermählen. Der König und die Königin werden erfreut sein.«

»Nein«, sagte Diana und zog ihre Hand weg. »Wir sprachen von der Annahme, Lord Randolph.«

»Ach, kommt. Es geziemt sich nicht, ständig seine Meinung zu ändern, liebe Lady. Ihr wisst doch, dass Ihr Eure Wahl getroffen habt, also wollen wir es hinter uns bringen.«

Diana kletterte hastig in die Kutsche und fluchte erneut darüber, dass sie sich wieder ablenken hatte lassen. Sobald er ihr gegenüber saß, sagte sie: »Ihr habt mich missverstanden, Mylord. Ich brauche Zeit, um mich zu entscheiden.«

»Ihr spielt ein Spiel, Mylady. Ich werde den König informieren, sobald wir zurückkehren.«

»Dann werde ich es leugnen!«

Mit einem herablassenden Seufzer wandte er sich an Mrs. Haggerdorn, die neben Diana saß: »Findet Ihr nicht auch, dass Lady Arradale sich recht klar ausgedrückt hat?«

Die deutsche Frau sagte: »Nun, es klang so, Lady Arradale.«

»Es ist doch das Mindeste«, sagte Diana, »dass eine Dame das Recht hat, ihre Meinung zu ändern.«

»Aha, Ihr gebt also zu, dass Ihr kurzfristig die Absicht hegtet, mich zu heiraten, liebe Lady?«

Diana stöhnte innerlich und merkte, dass sie Recht mit der Annahme gehabt hatte, dass er nicht dumm war. Er war gerissen genug, sie beinahe in eine Falle zu locken.

Sie spielte wieder die Einfältige. »O Gott, Mylord, Ihr verwirrt mich so! Ja, es ist wahr. Ich ziehe Euch als Ehemann in Betracht. Ich mag Euch sehr gern. Doch wir kennen uns erst seit ein paar Tagen. Ich kann mich nicht so schnell entscheiden. Bitte sprecht noch nicht mit dem König darüber. In meinem Kopf dreht sich alles wegen der ganzen Aufregung.«

Er nahm ihre Hand und tätschelte sie. »Sobald Ihr Euch entschieden habt, dreht sich nichts mehr in Eurem Kopf. Lasst Euch von mir führen, Lady Arradale. Sagt einfach Ja, und Ihr braucht Euch um nichts mehr zu kümmern, nur noch darum, Eure Schönheit zur Geltung zu bringen.«

Es gelang ihr, ihn anzustarren, als sei diese Idee ein Segen. »Wenn ich nur könnte, Mylord. Doch mein lieber Vater gab mir den Rat, wichtige Entscheidungen niemals übereilt zu treffen. Ihm zuliebe muss ich mir mindestens eine Woche Zeit nehmen.«

Seinem Gesichtsausdruck war zu entnehmen, dass er schnell und scharf nachdachte, und ihr wurde klar, dass er ebenso wie sie eine Rolle gespielt hatte. Nicht weil er in Wirklichkeit weniger egozentrisch war, sondern eher im Gegenteil. Zusätzlich war er scharfsinnig und skrupellos.

Dann verschwand der Gesichtsausdruck, und er lächelte wieder. »Eine Woche also. Solltet Ihr Euch jedoch eher entscheiden, meine Liebste, so werde ich es voller Unruhe erwarten. Jeden Tag.«

Meine Liebste. Wie konnten zwei angenehme Worte so ekelhaft klingen?

Als Diana ins Queen's House zurückkehrte, kam es ihr eher wie eine Zufluchtstätte vor, nicht wie ein Gefängnis. Sie wusste, dass Lord Randolph sie nicht mit einem Trick oder mit Gewalt zu einer Heirat zwingen konnte, doch bei dem Gedanken, dass er sie wie ein grinsendes Raubtier verfolgte, bekam sie eine Gänsehaut. Noch schlimmer war, dass sie sich ihm gegenüber freundlich verhalten musste, bis sie Beys düstere Mauern eingerissen hatte.

Wenigstens musste sie an diesem Tag mit keinem ihrer Freier mehr sprechen. Die Königin forderte eine ausführliche Beschreibung ihrer Einkäufe und wollte sehen, was sie mitgebracht hatte. Später, nach dem Abendessen, kamen ein paar Mitglieder des Königlichen Theaters, um dem königlichen Haushalt eine Privatvorführung zu geben. Zu Ehren Dianas sollte die Vorführung ausgewählte Szenen aus Bachs berühmter Oper *Orion* enthalten, in der die Göttin Diana die Hauptrolle spielt.

Diana versuchte, die Zeit zu nutzen, um über Möglichkeiten nachzudenken, wie sie dem einen Mann entkommen und den anderen fangen konnte – noch dazu innerhalb von einer Woche. Doch die wundervolle Musik vertrieb jeden klaren Gedanken. Eigentlich hätte sie die Ablenkung von ihren Sorgen willkommen heißen können, doch die Musik ließ auch ihre Vorsicht dahinschwinden.

Da sie Italienisch sprach, konnte sie die Geschichte leicht verstehen. Orion wollte das süße Mädchen Candiope heiraten, doch die Göttin beanspruchte ihn für sich. Das Ganze basierte auf einer klassischen Sage, nach der die Göttin Diana schließlich den Mann tötete, den sie begehrte.

Zum ersten Mal fragte sie sich, ob der Willenskampf zwischen Bey und ihr zu einer solchen Katastrophe führen könnte. Während sie den Sängern zuhörte, sah sie sich und Bey allerdings eher als Orion und seine geliebte Candiope und den König und die Königin als die zürnenden Götter.

Andererseits *wollte* der König, dass sie Bey heiratete, und würde wahrscheinlich einen großen Aufstand machen, wenn sie es nicht tat! Lord Randolph war der eifersüchtige, habgierige Liebhaber, auch wenn er keine einzige göttliche Eigenschaft besaß.

Wie sie es in dieser verrückten Zeit am Londoner Hof erlebt hatte, spielte niemand seine richtige Rolle.

Dann sang Candiope: »*Wir müssen dem Willen der Götter gehorchen und dürfen uns nie wieder sehen. Doch, o weh! Ohne dich werden meine Tage voller Kummer sein.*«

Orion antwortete: »*Welch grausamer Abschied, der mir alles entreißt, was mir teuer ist, und meinem unglücklichen Leben doch kein Ende setzt!*«

Die Worte waren zu nah an der Realität, und in Verbindung mit der wundervollen Musik ließen sie Diana die Tränen in die Augen treten. Am Ende von Orions Arie über verlorene Liebe bemühte sie sich verzweifelt, ihre Tränen zu verbergen und schluckte kräftig.

»Nicht doch, Lady Arradale«, sagte der König, der anschließend auf sie zukam und ihr sogar sein eigenes Taschentuch anbot, »wir wollen doch nicht, dass Ihr unglücklich seid, was?«

Sie putzte sich die Nase. »Die Musik war einfach so wundervoll, Majestät.«

»Großartig, nicht wahr? Aber ich glaube, die Tränen kommen von Eurer ungewissen Situation. Wie alle Frauen findet Ihr es schwierig, Euch zu entscheiden, und Ihr macht Euch ganz unglücklich damit. Es wird Zeit, eine Wahl zu treffen, nicht wahr?«

Ihre Panik verbergend sah Diana zum König auf. »Es ist eine solch schwierige Entscheidung, Majestät. So viele nette Männer, jeder hat seine Vorzüge.«

»Also wäre jeder geeignet, was? Nun, wir können nicht zulassen, dass Ihr schwermütig werdet, außerdem ist die Unsicherheit für die Königin bedrückend. Ihr müsst Euch entscheiden.« – »In ein paar Wochen, Majestät ...«

»Nein, nein! Ihr seid ganz durcheinander. Ich könnte schwören, dass Ihr seit Eurer Ankunft blasser geworden seid. Durch so eine Unentschlossenheit kann man auch krank werden, ja sogar verrückt …«

Diana starrte ihn an. Sie war überzeugt, dass er nicht zufällig von Verrücktheit gesprochen hatte. »Aber Majestät«, sagte sie verzweifelt, »Ihr sagtet doch, der Maskenball sollte mir bei der Entscheidung helfen!«

»Nach dem Maskenball also«, sagte der König entschlossen und tätschelte dabei ihre Hand.

»Eure Freier sollen diese letzte Gelegenheit haben, Euer Herz zu gewinnen. Doch wenn Ihr Euch dann immer noch nicht entscheiden könnt, werden wir das für Euch übernehmen.«

Es gab nichts weiter zu sagen als: »Vielen Dank, Majestät.«

Danach zog er sich mit der Königin zurück, sodass Diana in ihr Zimmer fliehen konnte. Oh, sie musste mit Bey sprechen. Hätte es vielleicht irgendeine Möglichkeit gegeben, diese letzte überraschende Wendung zu vermeiden? Wenn ja, so sah sie sie nicht. Der König war entschlossen, und seine Wahl würde auf Bey fallen.

Nun blieben ihr allerdings nur noch zwei Tage. Zwei Tage, um Beys Meinung zu ändern, und einer davon war ein Sonntag, an dem es am Hofe ruhig war. Eine Katastrophe bahnte sich an.

Nein, bei einem Nachkommen von Ironhand war alles möglich. Sie würde einen Weg finden.

Lord Randolph war im *Lucifer's* und verlor gerade beim Glücksspiel, als der Franzose sich zu ihm an den Tisch setzte. Ein Monsieur Dionne mit einem altmodischen Bart und keinem besonderen Rang, soweit er erkennen konnte. Aber er war ein Gentleman, der Geld zu verlieren hatte.

Und doch war er selbst es, der immer wieder verlor. Die verdammten Würfel. Er hatte keine Ahnung, wie hoch seine

Rechnung schon war, aber sein Vater würde wieder sehr zornig sein. – Nein, das würde er nicht, dachte er und lächelte in sich hinein, denn schon bald würde die launische Lady Arradale ihre Entscheidung treffen, und sie hatte im Grunde schon gesagt, dass ihre Wahl auf ihn fallen würde.

Diese idiotische Frau mit ihrem Geschwätz von irgendwelchen Fürsten aus dem Osten. Das war jedoch kein Problem. Er würde sie zu Hause halten und schwängern, dann würde sie keinen Ärger machen. Falls doch, würde er ihr eine Lehre erteilen.

All das schöne Geld. Eine Schande, dass er nicht auch den Titel haben konnte …

»Mylord?« Der Franzose reichte ihm den Becher.

Er schüttelte und würfelte wieder zu niedrig, zum Teufel.

»Das Glück ist wie ein störrisches Weib, nicht wahr, Mylord?«, bemerkte Dionne und bot ihm seine Schnupftabakdose an.

Lord Randolph nahm eine Prise und stellte fest, dass sie von ausgezeichneter Qualität war. Vielleicht war Dionne entgegen allem Anschein in der Lage, ihm etwas Geld zu leihen.

Der Mann lächelte ihn an. »Nicht dass Ihr Euch um diese kleinen Verluste sorgen müsst. Ganz London spricht davon, dass Ihr wahrscheinlich die Hand einer wohlhabenden Dame gewinnt.«

»Es ist so gut wie abgemacht«, stimmte Lord Randolph selbstbewusst zu.

»Meinen Glückwunsch, Mylord.« Dionne wandte sich wieder dem Spiel zu. »Wenngleich ich Vermutungen gehört habe, dass die Dame an den berühmten Marquis geht.«

Lord Randolph lief es kalt den Rücken hinunter. »Rothgar? Unsinn. Jeder weiß, dass er nicht heiraten wird. Seine Mutter war eine rasende Irre.«

Der Franzose zuckte mit den Schultern. »Männer ändern zuweilen ihre Meinung. Ich hörte, Lady Arradale sei eine reiche Frau, und noch dazu eine Schönheit.«

»Verflucht ...« Lord Randolph fasste sich jedoch. »Bloßes Geschwätz«, bemerkte er gelassen, würfelte wieder und verlor erneut. »Und wenn er Hoffnungen hegt, wird er zwangsläufig enttäuscht werden. Erst heute hat mir die Dame ihre Hand so gut wie versprochen. Am Dienstag soll es verkündet werden.«

Dionne schien sich aufrichtig für ihn zu freuen. »Das sind ausgezeichnete Neuigkeiten, Mylord.« Er hob sein Weinglas. »Ich trinke auf Euer Glück.«

Lord Randolph erwiderte den Toast und bedankte sich für die Glückwünsche der Männer, die um den Tisch herum saßen, doch innerlich wurde er von Zweifeln gepackt.

Rothgar? Die Frau mochte ihn nicht einmal. Sie hatte angemerkt, wie kühl er während ihrer Reise in den Süden gewesen sei, dass er die ganze Zeit mit Papieren zugebracht und kaum mir ihr gesprochen hätte.

Gleichwohl war er ein mächtiger Mann. Was würde geschehen, wenn er beschloss, sie dennoch zu heiraten?

Eine Stunde später schlüpfte de Couriac wieder in die französische Botschaft zurück. Innerlich glühte er vor Freude über den perfekten Plan. D'Eon war ihm egal. Er würde auf der ganzen Linie erfolgreich sein.

Er war im Auftrag des Außenministers nach London gekommen, um zwei Dinge zu erledigen – den Tod des Marquis von Rothgar zu bewirken, und den Chevalier d'Eon in Ungnade fallen zu lassen. Mit seinem Plan würde er beides erreichen und auch seine arme Susette rächen.

Ja, Qualen für die Gräfin, und dann der Tod für den Marquis. Er würde Hilfe benötigen. Er begann zu überlegen, wer in der Botschaft am nützlichsten sein könnte, und am meisten gewillt, den Mund zu halten.

26

Wie Diana erwartet hatte, bot der Sonntag keine Gelegenheit für vertrauliche Gespräche. Sie ging mit den Mitgliedern des königlichen Hauses in die Kapelle und besuchte danach den weniger förmlichen Salon. Bey war ebenfalls da, doch es war unmöglich, mehr als ein paar belanglose Worte zu wechseln. Lord Randolph sah sich veranlasst, besitzergreifend in ihrer Nähe herumzustehen, aber sie verhielt sich ihm gegenüber absichtlich kühl.

Es gelang ihr, Bey gegenüber eine Bemerkung fallen zu lassen, dass Brand ungeduldig auf eine Entscheidung warte und dass am Morgen nach dem Maskenball alles anders sein würde. Daraufhin wollten die Umstehenden jedoch Einzelheiten zum Thema und zu den Dekorationen des Festes wissen. Er weigerte sich allerdings neckisch, Auskunft zu geben.

Ihr wurde klar, dass er an den Vorbereitungen beteiligt war, was sie überraschte. Doch andererseits war es vielleicht gar nicht so erstaunlich. Er war Dädalus und liebte Automaten und Maschinen. Ein aufwändiges Fest konnte wie eine Maschine sein, und diejenigen, die daran teilnahmen, mussten geschickt gesteuert werden.

Aber wie um Himmels willen fand er die Zeit dazu? Schlief er denn gar nicht?

Hatte er in jener Nacht in Bay Green überhaupt geschlafen?

Bildete sie sich nur ein, dass er müde wirkte?

Wenn sie sich um ihn kümmern könnte, würde er schlafen. Lange Stunden friedlich schlafen, behütet von ihrer Fürsorge.

Noch entschlossener als vorher, kehrte Diana ins Queen's

House zurück. Die Zeit drängte, und sie musste ihre rührseligen Gedanken beiseite schieben und den wichtigsten Feind attackieren – die Verrücktheit seiner Mutter. Deshalb benötigte sie die Bibliothek, egal wie schlecht es zu ihrer Rolle passte.

Sie bat offen um die Erlaubnis, sich etwas Neues zum Lesen zu suchen, und dies wurde ihr ohne Fragen gestattet.

Als sie den großen Raum betrat, entdeckte sie viele verlockende Bücher, doch sie suchte nur nach solchen, die ihr etwas über die Familie von Beys Mutter erzählen könnten. Bald hatte sie herausgefunden, dass die Familie offenbar normal war und keine ungewöhnlich große Zahl von vorzeitigen Todesfällen aufwies.

Um dies zu überprüfen, schlug sie in mehreren Büchern nach, weil sie Nachrufe von zwei Onkeln und einer Tante suchte, die nicht besonders alt geworden waren. Alle drei Nachrufe waren kurz. Sie fand keinen Hinweis auf die Brillanz, die in Bey funkelte, und die Nachrufe ließen auf ein normales Leben und einen gewöhnlichen Tod schließen. Seine Tante, Mutter von sechs Kindern, war an den Pocken gestorben; ein Onkel an irgendeiner inneren Verletzung und einer Infektion; und der andere, nachdem er verdorbene Schalentiere gegessen hatte.

Die Untersuchung der zwei vorhergehenden Generationen brachte den »Verrückten Randolph Prease« zutage. Weitere Nachforschungen bewiesen jedoch, dass er ein Held im Bürgerkrieg gewesen war, der auf der Seite des Königs gekämpft hatte und für seine todesmutigen und tapferen Taten bekannt war.

Sie stellte das letzte Buch zurück und war nun überzeugt, dass für Bey kein besonderes Risiko bestand, Kinder zu zeugen. Aber sie wusste auch, dass sich durch dieses Wissen noch nichts geändert hatte. Sicher kannte Bey die Geschichte seiner Familie. Gewiss hatte er diese Nachforschungen schon selbst angestellt, vielleicht mehr als einmal. Es war sein Wesen, sein Lebensweg, nach dem Absoluten zu streben. Nach der Perfektion. Warum sollte man Kinder riskieren, wenn es auch nur die geringste Möglichkeit gab, dass man eine Geistesgestörtheit weitervererbte?

Diana saß reglos an einem Tisch in der Bibliothek und fragte sich, was sie dagegen tun konnte. Sie musste ihn davon überzeugen, Fehlbarkeit zu akzeptieren, das Risiko einzugehen, nicht perfekt zu sein. Irgendwie musste man ihn von seiner Überzeugung abbringen, dass die Welt zusammenbrechen und untergehen würde, wenn er eine winzige Kleinigkeit übersah.

Konnte irgendein Mensch so viel bei ihm verändern?

Sie verzweifelte fast, doch dann erinnerte sie sich an den Kuss. Den Kuss, den sie sich gestern im Schatten von ihm gestohlen hatte. Vor einer Woche hätte Bey sie daran gehindert und wäre geflüchtet, doch gestern hatte er sich gefügt und es zugelassen.

Ihre Vereinigung im *White Goose* hatte er nicht beabsichtigt, und doch war es passiert – der erste Einbruch seiner Selbstkontrolle. Allerdings waren es extreme Umstände gewesen. Bei dem Kuss nicht. Wenngleich er beunruhigt gewesen war, hatte er einen klaren Kopf und seine Willenskraft besessen und es dennoch zugelassen. Am Ende war sie diejenige gewesen, die von ihm abgelassen hatte. Der Gedanke spendete wohltuende Hoffnung. Vielleicht konnte er sich das Geschenk menschlicher Fehlbarkeit ja doch erlauben.

Sie erhob sich und betrachtete die vollen Wände mit Büchern, die die Weisheit von Jahrhunderten enthielten. Ironischerweise kam es am Ende dann doch auf den Willen und das Handeln des Menschen an, so unvollkommen beides auch war.

Aber sie war fest entschlossen. Beim Maskenball würde sie Diana sein. Sie betete, dass ihre Jagd nicht in einer Tragödie endete.

Um Rechenschaft über ihren Aufenthalt in der Bibliothek

ablegen zu können, nahm sie zwei Bücher mit, eins mit Gedichten und eins mit Reisen durch Virginia. Sobald sie zur Königin zurückkehrte, wurde ihr aufgetragen, aus letzterem vorzulesen. Es erwies sich als unterhaltsam, sodass die Zeit schnell verging.

Als Diana sich am Abend schließlich zurückzog, wollte sie ihre Situation überdenken und eine Strategie für den Maskenball entwerfen. Sie stellte jedoch fest, dass das Diana-Kostüm eingetroffen war, und musste es anprobieren. Sie entkleidete sich bis auf das Unterhemd und zog das Kostüm darüber.

»Kein Korsett, Mylady?«, fragte Clara entrüstet.

»Es sähe lächerlich darunter aus.« Dennoch war Diana ein wenig überrascht von der offenherzigen Form des Gewandes.

Der dünne Leinenstoff war nicht durchscheinend, und die schlichten Falten waren an einem robusten Futter befestigt. Gleichwohl war eine Schulter unbedeckt, und das Kostüm schien sich an ihren Körper zu schmiegen. Ihre Hüften und ihr Gesäß, die normalerweise von Reifröcken und dem darüber liegenden Kleid verdeckt wurden, waren unter dem drapierten Stoff deutlich zu erkennen. Ihre Brüste, die normalerweise eingeengt und gestützt wurden, traten hervor und ... wippten! Diana machte ein paar Tanzschritte, und sie *wippten* ganz eindeutig. Noch schlimmer war, dass ihre Brustspitzen sich kurz darauf deutlich unter dem Stoff abzeichneten.

»Ein Korsett«, sagte Clara bestimmt. »Oder wenigstens eine Brustbinde, Mylady.«

Es war vielleicht vernünftiger, doch es würde den Effekt zerstören. Dieses Gewand sollte genau so getragen werden. Und außerdem rief sie sich Beys Reaktion auf ihre Brüste ins Gedächtnis, wie er sie angesehen, mit den Händen und mit der Zunge berührt hatte ...

Ihre Brustspitzen stachen schamlos hervor, und sie merkte, dass ihre Wangen rot wurden. Oh, das konnte sie nicht ...

Und wenn ihr ganzes Leben auf dem Spiel stand? Natürlich konnte sie. Sie würde Lord Rothgar auf dem Ball verführen, wenn sie den Eindruck hatte, dass sie damit ihr Ziel erreichen konnte.

»Unsinn«, erwiderte sie. Sie zuckte mit den Schultern, um die vorderen Falten neu zu richten. »Es ist ein Maskenball und kein förmlicher Ball. Reiche mir die Accessoires.«

Mit mürrischem Gesichtsausdruck half Clara ihr, einen silbernen Gürtel und eine Armbinde anzuziehen, danach ein Kopfband, das zur Maske gehörte. Die Maske selbst war ein Wunder aus Silber und Perlen, die beide Augen bedeckte. Über ihrer linken Gesichtshälfte verlief sie jedoch bogenförmig nach oben und nach unten und stellte einen sichelförmigen Mond dar. Das Symbol der Göttin Diana war eigentlich der Vollmond, aber die Ausführung war zu geschickt und zu schön, um daran herumzumäkeln.

Aufgeregt lächelnd schlüpfte Diana in silberne griechische Schuhe und hängte sich den Köcher mit den silbernen Pfeilen über den Rücken. Dann nahm sie den weißen Bogen.

»Du lieber Himmel!«, rief Diana. »Er ist echt!«

»Was ist, Mylady?«

»Der Bogen. Mrs. Mannerly hat es wörtlich genommen, als ich sagte, ich wollte, dass die Sachen authentisch sind.«

Diana hatte sich gelegentlich mit Bogenschießen amüsiert, weshalb sie wusste, wie sich ein guter Bogen anfühlte. Als sie vorsichtig an ihm zog, bog er sich auf perfekte Weise. Sie nahm einen Pfeil heraus und stellte fest, dass er ebenfalls echt war. Sie legte ihn an und zielte auf einen recht trübseligen Eremiten auf einem Gemälde an der Wand.

»Mylady!«, kreischte Clara.

»Pst! Du hetzt den ganzen Haushalt auf uns.«

»Ja, aber schießt das Ding bitte nicht ab ...«

Tweng! Diana ließ den Pfeil los, und er schlug genau an der Stelle ein, auf die sie gezielt hatte – ein Zweig neben dem Kopf des Eremiten. »Ein sehr guter Bogen, auch wenn zwölf

Fuß keine große Herausforderung darstellen.« Sie legte einen anderen Pfeil an und wandte sich dem offenen Fenster zu. »Vielleicht sollte ich in den Garten zielen, um herauszufinden, wie weit man mit ihm schießen kann.«

»Mylady!«, protestierte Clara.

Diana wollte sie necken, ging auf das Fenster zu und zielte auf das Gartengeländer, doch als Clara ihr folgte und Proteste hervorzischte, senkte sie ihre Waffe.

»Oh, das war nur ein Scherz«, sagte sie. »So als würde ich endlich wieder in bequemere Schuhe schlüpfen können. Ich kann dir sagen, Clara, die Schuhe drücken bereits unerträglich.«

»Welche Schuhe, Mylady?«, fragte das fantasielose Dienstmädchen und nahm ihr Pfeil und Bogen ab. »Die gelben?«

Diana lachte. »Keine echten Schuhe. Ich meinte es im übertragenen Sinn. Vergiss, was ich gesagt habe.«

Als Clara die Waffe in eine Schublade legte, zogen die Wolken am Himmel weiter, und der Vollmond kam zum Vorschein. Diana sah zu ihrem wahren Symbol auf, der über den dunklen Himmel regierte und die Welt in reines, blasses Licht tauchte. Der Mond, so hieß es, war der Ort, an dem alle Dinge lagerten, die auf der Erde vergeudet worden waren. Vertane Zeit und verschwendeter Reichtum. Gebrochene Schwüre und verpasste Gelegenheiten. Vor allem aber vergeudete, verlorene und verschwendete Liebe.

Kein Wunder, dass er heute Abend so hell leuchtete und so dick anschwoll.

Als die Uhr in der Eingangshalle von Malloren House Viertel vor zehn schlug, erschien Bryght Malloren und schickte seine Frau Portia mit dem schlafenden Francis auf dem Arm hinauf in das Zimmer, wo ein eilig vorbereitete Bett wartete. Er sah Rothgar an, der ihre unangekündigte Ankunft leicht überrascht, aber vollkommen gelassen aufgenommen hatte.

»Elf bestand darauf, den Norden nur kurz zu erforschen

und rasch hierher zurückzukehren«, sagte Bryght, während er den Dienstboten zeigte, welche Dinge sofort in ihre Zimmer gebracht werden sollten. Wieder sah er seinen Bruder an. »Geht es ihr gut? Ist alles in Ordnung?«

»Ja, alles bestens«, erwiderte Rothgar. »Morgen veranstalte ich allerdings einen Maskenball, sodass Eure Gegenwart sehr willkommen ist. Ich vermute, Elf und Fort sind weiter zum Walgrave House gefahren.«

»Fort konnte Elf davon überzeugen, zu dieser späten Stunde nicht mehr hierher zu kommen, aber morgen Früh wird sie als erstes herüberkommen, um dir deine Geheimnisse zu entlocken.«

»Ich habe keine Geheimnisse«, sagte Rothgar kühl.

Bryght warf ihm einen Blick zu. »Dann wird sie sich freuen, wieder ein Fest für dich zu organisieren.«

»Es ist schon organisiert, aber wenn es ihr Spaß macht …« Rothgar zeigte auf den Gang, der zu seinem Arbeitszimmer führte. »Hast du Lust auf einen Nachttrunk?«

Bryght kümmerte sich um die letzten Gepäckstücke und nahm das Angebot an. Sein Bruder wirkte ruhig, doch das bedeutete überhaupt nichts. Er würde sogar dann noch einen ruhigen Eindruck machen, wenn er gerade Gift getrunken hätte. Sobald die Tür geschlossen war und er den Wein in der Hand hielt, versuchte er es mit einer direkten Frage: »Wie kommt Lady Arradale am Hof zurecht?«

»Aha«, sagte Rothgar und wirkte amüsiert. »Ich dachte mir schon, dass Elfs Fragen darauf zielten. Ich glaube, der Hof wird die Erfahrung überleben.«

Bryght lachte, sagte jedoch: »Sie ist also um eine Heirat herumgekommen?«

»Bisher ja. Sie ist erst seit vier Tagen hier.«

Bryght nippte an seinem Glas und beschloss, offen zu sein. »Elf hat Recht. Mir sträuben sich die Nackenhaare. Was ist los, Bey?«

Sein Bruder zuckte nicht einmal mit der Wimper. »Im Moment scheint Lady Arradale Lord Randolph Somerton zu favorisieren, Carlyles zweiten Sohn.«

»Ich kenne ihn nicht. Passen sie zusammen?«

»Ein bezaubernder junger Mann, dessen Vater ihn liebend gern versorgt sehen würde.«

»Klingt wie ein ekelhafter Tunichtgut. Sie kann etwas Besseres finden.«

Rothgar hatte sich jedoch umgedreht, nippte an seinem Wein und sah aus dem Fenster.

Nach einer Weile sagte Bryght: »Bey?«

Sein Bruder wandte sich vom Fenster ab, durch das der Vollmond schien. »*Man glaubte erst, sie wäre auf dem Mond, wo alle Eitelkeit der Erde wohnt.* So heißt es bei Pope. Unsere Schwächen und Dummheiten lagern auf dem Mond, außer Reichweite der Sterblichen. Selbst für Dädalus und seine Wachsflügel unerreichbar.« Er lächelte Bryght an. »Doch was du auf der Erde verloren hast, ist wahrscheinlich die Strafe dafür, dass du an einem Sonntag gereist bist. Erwarte nicht, dass ich zum Mond fliege, um das Geld für dich zu suchen.« Er leerte sein Glas und stellte es ab. »Ich muss mich um andere Dinge kümmern. Gute Nacht.«

Bryght starrte auf die Tür, die laut hinter seinem Bruder ins Schloss fiel. Du lieber Himmel, Elf hatte Recht. Dies war alles verflucht merkwürdig, aber auch vielversprechend. Sie hatten Vermutungen angestellt, dass Lady Arradale Beys Entschluss ins Wanken bringen könnte, und hier war mit Sicherheit etwas ins Wanken gebracht worden!

Er ging zum Fenster und sandte einen Trinkspruch hinauf zu dem riesigen, perlfarbenen Mond. »Auf dich, Diana!«, sagte er leise. »Mögest du über die Kräfte der Dunkelheit triumphieren. Ich werde helfen, wo immer ich kann.«

Nachdem Diana das Kostüm ausgezogen hatte, legte Clara es in den Schrank und räumte die Schachtel und das Verpackungsmaterial weg. »Hier ist ein Schreiben, Mylady.«

Diana wandte sich um, während sie einen leichten Umhang anzog. »Die Rechnung?«

»Es ist versiegelt, Mylady.«

Diana nahm das Papier und untersuchte das Siegel. Es war nur ein Wachsklumpen ohne Abdruck, und sie brach es auf, um den Inhalt zu lesen.

Keine Rechnung, sondern eine Nachricht.

Lady Arradale, wir müssen über persönliche Dinge sprechen. Ihr werdet verstehen. Wenn Ihr könnt, richtet es ein, mich heute Abend um zehn am Pavillon im Garten der Königin zu treffen. Dort wo der Ostflügel beginnt, ist eine kleine Tür, durch die Ihr hinausgelangt. R

Sie starrte auf das Schreiben. Aufregung und Panik begannen sich zu regen. Ein heimliches Treffen! Ein entsetzliches Risiko für sie und besonders für ihn. Wenn sie erwischt wurden, würden der König und die Königin auf einer sofortigen Vermählung bestehen, und es gäbe keinen vernünftigen Einwand.

Sicherlich gab es einen triftigen Grund. So schwach war Bey nicht geworden, dass er um dieses Treffen bat, wenn es nicht dringend war.

Oder, dachte sie und wurde ruhiger, es war ein Trick.

Sie eilte zu ihrer Schreibmappe und nahm die Notiz heraus, die er ihr vor ein paar Tagen geschickt hatte. Immer wieder verglich sie die beiden Schreiben, doch es war definitiv seine Handschrift. Gütiger Himmel! Sie musste hingehen, doch plötzlich zitterte sie. Sie hielt sich nicht gern für einen Feigling, doch es war nicht besonders verlockend, nachts in einem verlassenen Garten herumzuschleichen. Sie blickte hinaus auf den Vollmond. Er würde ihr den Weg leuchten, doch der Garten wäre trotzdem ein unheimlicher Ort. Und wenn sie erwischt wurden?

Bestenfalls wäre es furchtbar peinlich.

Dennoch musste sie hingehen, und die Uhr zeigte die zehnte Stunde an. »Clara, keine Fragen. Suche mein dunkelbraunes Reisekleid.«

»Was …«

»Keine Fragen!«

»Ein Korsett, Mylady?«, wagte das Dienstmädchen zu fragen.

»Nein, nein. Das Kleid, und schnell.«

Mit großen Augen begann die Zofe, die unterste Schublade des Schrankes zu durchwühlen, und Diana setzte sich und lud eine ihrer Pistolen.

Nur eine.

Sie war nicht so panisch, um zwei, doch vorsichtig genug, um eine mitzunehmen.

27

Das Erdgeschoss des Ostflügels schien aus verlassenen Vorratsräumen zu bestehen, sodass Diana die unverschlossene Tür problemlos fand. Da die Tür gut geölt war und sich leicht öffnen ließ, vermutete Diana, dass die Dienstboten sie häufig benutzten, um abends hinauszuschlüpfen. An den offiziellen Toren gab es Wachen, aber es musste noch andere Wege geben, um aus dem Garten zu kommen. Notfalls konnte man über ein Gitter klettern.

In den hinteren Garten führte ein Weg. Sie folgte ihm und zwang sich, ruhig zu gehen und nicht wie ein Dieb zu schleichen. Falls sie jemandem begegnete, würde sie einfach sagen, dass sie ein wenig frische Sommerluft schnappen wollte. Nach einer Weile wurde ihr Vorwand zur Realität, und ihre Furcht legte sich. Hier draußen war niemand, der ihr etwas antun würde. Außerdem war es wirklich ein schöner Sommerabend, und von den Rosen, Sträuchern und Resedablumen ging ein feiner Duft aus. Als Sahnehäubchen hatte sie gleich ein heimliches Treffen mit Bey.

Was auch immer er vorhatte, dies war zweifellos ein glücklicher Moment für sie.

Als sie einen Bogen in der hohen Hecke erreichte, die um den Garten der Königin angelegt war, blieb sie stehen und lauschte. Sie fürchtete sich nicht mehr, doch sie wünschte, Bey würde sich zeigen. Die Stille war unheimlich. Sie sagte sich, dass sie früh dran war, und ging weiter über den Rasen und um Büsche herum auf den Pavillon zu, der neben der Mauer stand.

Als dieser in Sicht kam, leuchtete er blass im Mondschein auf, aber sie konnte niemanden darin entdecken.

»Hallo?«, rief sie leise, weil sie dennoch ein merkwürdiges Gefühl hatte. Als sie vorsichtig durch einen anderen Heckenbogen trat, ließ sie die Hand in ihre Rocktasche gleiten, um sich ihrer Pistole zu versichern.

Eine Hand packte sie am Arm. Bevor sie daran denken konnte zu schreien, hielt ihr eine andere den Mund zu. Sie versuchte, ihre Pistole herauszuziehen, doch ein zweiter Mann wickelte eine Art Band um sie, mit dem ihre Arme an den Körper gepresst wurden. Sie trat um sich und traf mit ihrem festen Schuh die Kniescheibe des Mannes.

»*Sapristi!*«, zischte er und gab ihr eine Ohrfeige, sodass sie Sterne sah.

»Nicht so«, sagte der Mann, der ihr immer noch den Mund zuhielt. »Fessele ihre Beine, dann kann sie nichts mehr machen.«

Immer noch fluchend wickelte der Franzose ihr etwas anderes um die Beine, stand dann auf und knurrte auf Französisch: »Nicht einen Mucks, Mylady, oder irgendwelche Tricks, sonst schlage ich Euch bewusstlos. Verstanden?«

De Couriac!

Trotz des kleinen Bartes hätte sie schwören können, dass er es war, und wer sonst wusste, dass sie Französisch sprach?

Närrin!, schalt sie sich selbst. *Närrin!* Sie hätte es wissen müssen. Wenn Bey überzeugende Fälschungen anfertigen konnte, konnte es auch jeder andere! Doch welchem Zweck diente das alles? Was hatten die Franzosen mit ihr vor?

De Couriac kam mit dem Gesicht ganz nah an sie heran. »*Comprenez vous?*«

Er war es, und sie bekam große Angst. Sie nickte und versuchte verzweifelt zu entscheiden, ob es sich dennoch lohnen würde zu schreien, sobald sie konnte.

Der Engländer nahm die Hand von ihrem Mund und sagte: »Macht keinen Ärger, Mylady, dann passiert Euch nichts.« Er klang, als wäre ihm das Ganze unangenehm, und sein Versprechen klang glaubwürdig.

Bevor sie einen Entschluss fassen konnte, was sie tun sollte, hob de Couriac sie hoch und eilte zur Mauer am hinteren Ende des Geländes. Der Engländer kletterte nach oben und setzte sich rittlings darauf. Dann wurde sie hochgehoben und hilflos in die Arme eines weiteren Mannes hinabgereicht.

Sie riss vor Erstaunen den Mund auf, als sie sah, wer es war. Lord Randolph Somerton!

»Was tut Ihr?«, fragte sie in wütendem Flüsterton. »Dafür wird der König Euch hängen sehen!«

»Keinesfalls, meine Liebe«, sagte er mit selbstgefälligem Lächeln. Wie gern hätte sie ihre Pistole hervorgezogen und auf ihn geschossen!

Er trug sie zu einer wartenden Kutsche und setzte sie recht behutsam auf den Sitz. Dann entließ er mit gebieterischer Miene die Männer, die sie gefangen hatten.

»Seid Ihr sicher, dass Ihr es schafft?«, fragte de Couriac. »Sie ist eine Furie.«

»Etwas mehr Respekt vor Leuten von höherem Rang!«, fuhr Lord Randolph ihn an. »Scher dich fort!«

»Franzmänner«, murmelte er. Dann verschwand er aus Dianas Blickfeld, um dem Mann auf dem Kutschbock ein paar Anweisungen zu geben. Sie fluchte, dass sie sie nicht verstehen konnte, auch wenn sie sich nicht vorstellen konnte, was es genützt hätte. Sie war eingewickelt wie ein Baby in Windeln und hatte keine Möglichkeit zu entkommen.

Sie stellte fest, dass die Bänder ihr wahrscheinlich nicht wehtun würden, und hoffte, dies bedeutete, dass Lord Randolph nur Dummheiten im Schilde führte, und keine Gemeinheiten.

Er stieg ein und setzte sich ihr gegenüber.

»Was hat das alles zu bedeuten?«, fragte sie so ruhig, wie sie konnte.

»Ist es nicht offensichtlich? Wir werden durchbrennen.«

»Ihr seid verrückt!«

»Glaubt Ihr immer noch, dass ich hängen werde, Mylady?« Er zog eine lackierte Schnupftabakdose hervor und nahm eine Prise. »Beruhigt Euch. Der König wird nicht beleidigt sein. Ganz im Gegenteil sogar. Er wird mich großzügig belohnen. Mit dem Titel eines Earls genau genommen.«

»Ja«, fügte er hinzu, als sie ihn verblüfft ansah. »Ich werde nicht nur Euer Ehegatte, sondern ein richtiger Earl sein, mit allen Privilegien, Besitztümern und der Macht, die damit zusammenhängt.«

»Der König würde niemals eine Entführung unterstützen!«

»Meint Ihr nicht?«

Seine große Zuversicht brachte sie ins Wanken. Würde der König so etwas billigen, vielleicht um ihren schädlichen Einfluss auf sein Königreich abzuwenden?

Aber der König wollte doch, dass sie *Bey* heiratete.

Oder, fragte sie sich plötzlich, war das Königspaar wegen seines Verhaltens im Garten der Königin nun vollkommen gegen ihn? Verzweifelt versuchte sie, sich an den morgendlichen Empfang und irgendwelche verstimmten Bemerkungen oder Mienen zu erinnern. Sie glaubte nicht, dass es welche gegeben hatte …

»Der König hat es Euch *befohlen?*«, fragte sie.

»Natürlich.«

»Persönlich?«

Er sah sie von oben herab an. »Die Zeit des Königs ist stark in Anspruch genommen, Lady Arradale. Ich habe seine Anweisungen schriftlich erhalten.«

O Gott! Sie war mit einer ausgezeichneten Fälschung überlistet worden, also konnte sie jetzt nicht auf ihn herabsehen, weil ihn das gleiche Schicksal ereilt hatte. Doch warum? Die Franzosen …

Dazu war später noch Zeit. Jetzt musste sie ihn erst einmal davon überzeugen, sie zurückzubringen, bevor dies alles ans Licht kam.

»Aber Lord Randolph«, sagte sie und versuchte, weiter die Dumme zu spielen, während sie ihr Argument vorbrachte,

»wie könnt Ihr sicher sein, dass der Brief, den Ihr vom König erhieltet, keine Fälschung war?«

»Eine Fälschung? Ihr seid eine kleine Närrin.« – Oh, wie sie dieses selbstgefällige, überhebliche Lächeln hasste. »Der Brief trug das Siegel des Königs.«

Sie öffnete den Mund, um darauf hinzuweisen, wie leicht es nachzuahmen war, schloss ihn dann aber entsetzt wieder. Fälschung des Königssiegels war *Hochverrat!*

»Ich sehe, Ihr versteht endlich«, sagte er. »Fürchtet Euch nicht. Es hängt ganz von Euch ab, wie gut ich als Ehemann bin. Macht keinen Ärger, dann werde ich nett sein.«

Diana unterdrückte ein Murren und bemühte sich, dumm zu wirken. »Und wenn Euer Brief doch eine Fälschung war? Ich möchte nicht mit einem Mann verheiratet sein, der wegen Hochverrats im Tower sitzt.«

Das unsichere Zucken in seinem Gesicht legte sich bald wieder. »Seid nicht töricht. Der König möchte Euch und Euren Besitz natürlich in den Händen eines Mannes sehen, und in welchen sonst, wenn nicht in meinen?« Er beugte sich vor und tippte ihr auf die Nase. »Ich muss Euch danken, mein Schätzchen. Ohne Eure Spielchen müsste ich damit vorlieb nehmen, der Gemahl einer Gräfin zu sein. Jetzt bekomme ich alles. Zudem werde ich, bis mein Vater stirbt, rangmäßig höher stehen als mein verdammter älterer Bruder.«

»Welche Spielchen?«, fragte sie und wünschte sich, sie hätte es gewagt, ihm in den Finger zu beißen.

»Nun, Euer Hin und Her in den Geschäften gestern und dass Ihr Lord Rothgar heute beim Empfang schmachtende Blicke zugeworfen habt, nur um mich eifersüchtig zu machen.«

»Das habe ich nicht!«, beteuerte sie, denn diese Beschreibung verletzte sie ernsthaft.

»›Die Dame, wie mich dünkt, gelobt zu viel‹«, sagte er glucksend. »Schließlich seid Ihr auf meinen Brief hin recht eifrig hinausgelaufen, nicht wahr?«

»R« für Randolph? Beinahe hätte sie verraten, dass sie gedacht hatte, das »R« stünde für Rothgar. In Wahrheit wanderten ihre Gedanken um die Tatsache herum, dass der Brief in Beys Handschrift geschrieben gewesen war. Urkundenfälschung, um sie beide zu täuschen! Offensichtlich war Lord Randolph auf jemanden hereingefallen.

Und de Couriac war daran beteiligt.

Dies war ein Angriff der Franzosen auf Bey.

O verflucht, sie war der Köder! Er sollte ihr folgen und irgendwo im Dunkeln umgebracht werden, wo es Wegelagerern in die Schuhe geschoben werden konnte.

»Das war es, was den König beunruhigte, wisst Ihr«, fuhr der Dummkopf fort und machte es sich auf dem Sitz bequem. »Dass Ihr Interesse an Rothgar gezeigt habt. Ihm im Garten hinterherzurennen war einfach zu viel, meine Liebe. Das Letzte, was der König will, ist, dass dieser Mann noch mehr Macht bekommt.«

Was sollte sie tun?

Was konnte sie tun?

Sie musste diesen Schwachkopf dazu bekommen, sie loszubinden.

»Der Marquis wird nicht heiraten«, sagte sie. »Das weiß doch jeder. Ich hatte nur ein wenig Spaß mit ihm.« Sie wand sich hin und her. »Bitte, Lord Randolph, wollt Ihr mich nicht losbinden? Mir schläft alles ein.«

Er blickte aus dem Fenster. »Es dauert nicht mehr lange. Dann werde ich Euch losbinden, meine Hübsche, habt keine Angst.«

Als sie seinen Blick sah, wurde sie frostig. »Ihr werdet nichts tun, bis wir nicht verheiratet sind!«

»Nein?« Seine gute Laune verließ ihn, und er packte sie am Kinn. »Eins wollen wir mal von Anfang an klarstellen, Diana. Ich sage Euch, was Ihr tut und nicht umgekehrt.«

Diana bemühte sich, ihre große Wut zu verbergen, und zwang sich zu einem schwachen Lächeln. »Verzeihung, Mylord. Aber bitte. Es wäre nicht recht. Warum können wir nicht richtig heiraten, mit einer großen Hochzeitsfeier? Ich wollte immer eine große Hochzeitsfeier.«

»Zu spät, meine Liebe. Doch wenn wir aus Schottland zurückkehren, könnt Ihr eine prächtige Hochzeit haben, wenn Ihr möchtet. Ich werde Euch alles erlauben, was vernünftig ist, solange Ihr eine gute, gehorsame Gattin seid.«

Er setzte sich wieder zurück, ganz der selbstbewusste Beherrscher der Situation.

Diana hatte noch nie erlebt, was es bedeutete, vor Wut beinahe zu platzen. Die Bänder um sie herum wurden enger, und in ihrem Kopf pochte es. In der Hoffnung, es verbergen zu können, schloss sie die Augen. Oh, sie würde ihn umbringen. Er konnte sie nicht für immer gefesselt lassen, und sobald sie frei war, würde sie ihn umbringen.

Auch wenn er ein dummer, arroganter Gimpel und der Chevalier d'Eon der wahre Schurke war.

Als die Kutsche langsamer wurde und abbog, riss sie die Augen auf.

Sie waren irgendwo angekommen, und Lord Randolph beabsichtigte, sie zu *vergewaltigen.* Wenn es überhaupt eine Hoffnung auf Rettung gab, würde sie von Bey kommen, und er würde reiten, bis er umfiel. Sie kämpfte gegen ihre Panik an.

Sobald Randolph sie losband, würde sie ihre Chance bekommen, und dann würde er seine Lektion über ungehorsame Ehefrauen lernen!

Im Mondlicht war zwischen Hecken ein Feldweg zu erkennen. Irgendjemand würde Bey informieren müssen, wohin er kommen sollte, denn dieser Ort würde nicht leicht zu finden sein. Wäre er auf der Hut?

Und Clara? Ob sie schon Alarm geschlagen hatte? Auch wenn alles furchtbar peinlich sein würde, wäre Clara doch jedes Mittel recht, um sie zu finden, selbst wenn der König seine ganze Armee in Bewegung setzte.

Nein, zum Teufel. Sie hatte ihre Zofe zu oft ermahnt, keinen unnötigen Wirbel wegen ihrer gelegentlichen Abenteuer zu machen, und nun erntete sie die bitteren Früchte. Es konnte bis zum Morgen dauern, bis irgendjemand in Queen's House sie vermissen würde.

Die Kutsche hielt vor einem einfachen Landhaus an. Hinter zwei Fenstern brannte schwaches Kerzenlicht. Es gab keine anderen Gebäude in der Nähe.

Ein idealer Ort für einen Mord.

Ein idealer Ort für eine Vergewaltigung.

Allmählich stieg Panik in ihr hoch. Erneut prüfte sie die Bänder. Sie ließen kein bisschen nach. Sie versuchte, sich damit zu beruhigen, dass sie nicht hilflos war. Sie konnte einfach nicht hilflos sein! Doch genau so fühlte sie sich.

Lord Randolph öffnete den Schlag, stieg aus und sprach kurz mit dem Mann auf dem Kutschbock. Dann griff er in die Kutsche, um sie hinauszuheben. Sie erstarrte, weil sie nicht von ihm berührt werden wollte, doch dann zwang sie sich dazu, sich zu entspannen.

Je unterwürfiger sie wirkte, desto eher hatte sie vielleicht eine Chance.

Tatsächlich entspannte sie sich. Er konnte sie nicht vergewaltigen, wenn sie so gefesselt war, also würde sich bald eine Möglichkeit bieten.

Bald.

Das Gefährt rollte davon, fuhr weiter den Weg entlang, und er trug sie durch die Tür in eine unbenutzte Küche. Offensichtlich war es ein Haus mit zwei Zimmern, und vielleicht gab es noch einen Dachboden. War sie hier allein mit ihm?

Sie zitterte, doch im Grunde hatte sie größere Chancen, wenn sie nur gegen ihn allein ankämpfen musste.

Er trat die Eingangstür zu und trug sie in das zweite Zimmer. Ein Schlafzimmer mit einem großen, einfachen Bett.

Es entging ihr nicht, dass ihm die Anstrengung nichts ausmachte, und sie kämpfte gegen ihre Angst an. Er war also kräftig. Doch sie hatte eine Pistole.

Bindet mich los, flehte sie innerlich.

Stattdessen legte er sie auf das Bett und trat ein wenig zurück, um sie mit selbstgefälliger, gieriger Zufriedenheit zu mustern.

»Ihr seid ein ansehnliches Portiönchen, Lady Arradale, da habe ich aber Glück.« Er setzte sich und legte eine Hand auf ihre linke Brust. Sie konnte nicht anders, als sich zu wehren, erreichte aber nicht mehr als ein kleines Zucken seiner Mundwinkel.

»Kein Korsett?«, fragte er und grinste. »Ihr wolltet es uns wohl gleich ein bisschen leichter machen, was?« Doch dann packten seine Finger fester zu. »Ich hoffe wirklich, dass Ihr nicht ständig diese Spielchen spielt …«

»Nein! Ihr tut mir weh! Ich hatte mein Korsett schon ausgezogen, als ich Euren Brief fand.«

Langsam wurde sein Griff sanfter, dann streichelte er sie, doch seine Augen blieben kalt. »Ich werde sehr ärgerlich sein, teuerste Gattin, wenn ich feststellen muss, dass Ihr schon angestochen seid. Ich liebe es, Jungfrauen die Unschuld zu nehmen. Warum kamt Ihr also zu solch einem anstößigen Treffen?«

Sie versuchte, schüchtern zu wirken. »Ich habe mich gelangweilt. Und Eure Nachricht versprach ein wenig Unterhaltung, Mylord.«

Er lachte in sich hinein. »Ich glaube gern, dass Ihr Euch gelangweilt habt. So fade wie Brunnenwasser, der Hof von König George III.« Er stand auf und streifte seinen Mantel ab. »Nun«, fuhr er fort, »ich nehme nicht an, dass Ihr Euch noch immer langweilt, und ich werde Euch gern unterhalten.«

Sie war immer noch gefesselt, und wenn er sie wieder anfasste, würde sie sich übergeben müssen. »Bitte jetzt noch nicht! Nicht hier!«

Er schüttelte den Kopf und zog seine Weste aus. »Du liebe Güte, diese Jungfrauen. Machen immer so ein Theater. Was zum Teufel macht es für einen Unterschied, wann oder wo es passiert?«

»Ich will verheiratet sein!«, jammerte sie und zerrte verzweifelt an ihren Fesseln.

»Ich will in einem besseren Bett sein als in diesem. In einem Bett mit Rosenblättern!«

Er brach in Gelächter aus, und sie erkannte, dass er unter anderen Umständen eine recht ansehnliche Erscheinung wäre, vielleicht sogar verführerisch. Der begriffsstutzige Idiot konnte nicht begreifen, dass er jeder Frau allein schon beim Gedanken, er könnte sie mit Gewalt nehmen, Übelkeit bereitete.

Nun verließ er das Zimmer, und sie atmete erleichtert auf, obwohl ihr Herz immer noch hämmerte. Hatte sie ihn von seinem Vorhaben abgebracht? Überdachte er das Ganze noch einmal? Sie prüfte noch einmal die Fesseln, doch die langen, gut verknoteten Stoffbänder würden so leicht nicht reißen.

Er kam wieder herein und warf eine Handvoll Rosenblätter über sie.

»Hier, meine Liebe. Sagt nicht, ich würde mich Euren Launen nicht anpassen.« Dann nahm er sein Halstuch ab und zog sein Hemd aus. Darunter kam eine breite, behaarte Brust zum Vorschein.

Die Blütenblätter stammten Gott sei Dank nicht von Gartenwicken, aber dennoch wanderten ihre Gedanken zum *White Goose*, wo Bey sich zu ihrem Vergnügen entkleidet hatte. Bei dieser so gänzlich anderen, gewalttätigen Wiederholung kamen ihr die Tränen, und Verzweiflung stieg in ihr auf.

Lieber Gott, lass Bey mich finden!

Doch dann fiel ihr ein, dass ihm das den Tod bringen konnte.

Nein! Halte ihn fern. Ich kann dies alles hier ertragen, selbst eine Vergewaltigung, aber nicht seinen Tod.

Lord Randolph setzte sich auf das Bett und zog die Reitstiefel und die Strümpfe aus. In wenigen Augenblicken stand er nur noch in seiner ausgebuchteten Kniehose da, sah sie an und schüttelte den Kopf, als wäre sie ein kleines Dummchen. »Fürchtet Euch nicht, meine Rose. Wir werden bald heiraten, also ist es keine Sünde. Es wird nur dieses eine Mal wehtun. Ich bin ein geschickter Liebhaber. Bald werdet Ihr es ebenfalls mögen.«

Wenn er sie angeschrien oder furchtbare Dinge gesagt hätte, wäre Diana besser damit zurechtgekommen. Doch seine Dreistigkeit, seine selbstgefällige Überzeugung, dass dies völlig normal war, machte sie wahnsinnig. Genauso wie die Tatsache, dass sie immer noch vollkommen hilflos war. Bis jetzt hatte sie wirklich nicht geglaubt, dass ihr dies je würde passieren können, dass es keinen Ausweg gäbe, keine wundersame Rettung.

Sie begann zu zittern und hasste ihre Schwäche.

Er beugte sich herab und strich ihr über die Stirn. »Nun beruhigt Euch doch. Regt Euch nicht auf. Ich werde Euch losbinden.«

Diana wurde ruhiger.

Endlich. Endlich. Gleich hätte sie ihre Pistole. Nur einen Moment noch. Sie starrte ihn an. »Oh, ich danke Euch, Lord Randolph.«

Er zog ein Messer hervor und legte es an den Knoten, der ihre Beine zusammenhielt. »Nennt mich Euren Gatten, meine Liebe.«

Diana wandte ihren Blick ab, als wäre sie schüchtern. »Mein Gatte.«

Das Messer schnitt durch den Stoff, und sie hätte beinahe versucht, sich freizutreten.

Nein. Geduld, ermahnte sie sich.

Warte, bis er die Arme befreit hat.

Doch dann spreizte er eins ihrer Beine zur Seite und knotete die Bänder um ihren anderen Knöchel.

»Warum tut Ihr das?«, schrie sie und versuchte zu spät, ihn zu treten.

Nachdem er das Band ein paar Mal um den groben Bettpfosten am Fußende gewickelt hatte, knotete er es fest. »Es tut mir leid, meine Liebe, aber Ihr könntet versuchen, Euch zu wehren. Ihr würdet Euch wahrscheinlich verletzen, und das wollen wir lieber nicht riskieren.«

Als sie die Gefahr erkannte, versuchte sie tatsächlich, sich zu wehren, aber es gelang ihr nicht, ihn daran zu hindern, ihren zweiten Fuß an den anderen Bettpfosten zu binden.

28

Er stellte sich aufrecht hin und sah sie an. »Für eine Dame seid Ihr verdammt stark, meine Liebe. Doch ich bin stärker. Vergesst das nie. Jetzt kümmere ich mich um Eure Hände. Wenn Eure Beine festgebunden sind, könnt Ihr nicht entkommen, und Ihr wollt mich doch nicht wütend machen, oder?«

Da sie ohnehin keine Chance mehr hatte, ihn davon zu überzeugen, dass sie schwach und willens war, sagte sie: »Auch wenn Ihr mich jeden Tag zehnmal vergewaltigt, Lord Randolph, werde ich Euch nicht heiraten. Aber ich werde dafür sorgen, dass Ihr am Strick endet.«

Er lachte nur. »Ihr werdet schon noch einen anderen Ton anschlagen.«

Als er die Bänder an ihren Armen durchschnitten hatte, wollte sie nach ihrer Pistole greifen. Er schnappte sich jedoch beide Handgelenke und band sie an den Balken, der quer über dem Kopfende verlief.

So ausgestreckt daliegend wusste Diana zum ersten Mal in ihrem Leben, was es bedeutete, völlig hilflos zu sein. Sie wurde von lähmender Angst überwältigt, kämpfte jedoch dagegen an.

Ironhand, rief sie innerlich.

Sie stammte von einem Geschlecht von Kriegern aus dem Norden ab, die im Kampf, in Kerkern und unter Folter gestorben waren.

Sie würde ihnen jetzt keine Schande bereiten.

Zudem meinte sie es genau so, wie sie es gesagt hatte. Er würde sie niemals dazu bringen, ihm gegenüber ein Eheversprechen abzulegen, und früher oder später würde sie für seinen Tod sorgen.

Wenn er sie vergewaltigte, dann war es eben so. Es wäre nichts im Vergleich dazu, gefoltert, gehängt oder auseinandergezogen und gevierteilt zu werden.

Während er sie musterte, kam ihr wieder in den Sinn, dass er wohl nicht so dumm war, wie er wirkte. »Ihr seid eine ziemliche Überraschung, Lady Arradale, aber werdet jetzt nicht zu selbstbewusst. Wie Ihr seht, könnt Ihr Euch gegen einen entschlossenen Mann nicht wehren, und wenn Ihr Euch nicht benehmt, werde ich Wege finden, Euch dazu zu bringen.«

»Jetzt also die Peitsche. Was für ein brutaler Kerl Ihr doch seid.«

Zorn flackerte in seinen Augen auf, doch er nahm ein Rosenblatt und strich ihr damit über den Hals. Ihr wäre lieber gewesen, er hätte sie geschlagen. »Wenn es nötig ist. Doch es gibt noch andere Möglichkeiten. Jeder besitzt irgendetwas, das ihm lieb und teuer ist, und das werdet Ihr verlieren, es sei denn, Ihr seid eine absolut gehorsame Ehefrau. Worte sind doch nur die Waffen von schwachen Frauen. Ihr könnt mich beschimpfen, wenn Ihr darauf besteht.«

»Sehr gern. Ihr erinnert mich an den schleimigen Scheißhaufen eines kranken Tieres.«

Er starrte sie schockiert an, dann gab er ihr eine Ohrfeige. Keine feste. Ein kurzer Schmerz, mehr nicht. Unweigerlich bewunderte sie seine Zurückhaltung, denn er war mit Sicherheit äußerst wütend.

»Noch mehr solcher Worte, und Ihr seid schwarz und blau. Offensichtlich seid Ihr nicht die Dame, die Ihr zu sein scheint, doch bei Gott, als meine Frau werdet Ihr Euch benehmen.«

Er nahm sein Messer und schnitt ihr Oberteil auf. Ruhig und vorsichtig streifte er den Stoff beiseite, bis ihre Brüste komplett entblößt waren. Sie versuchte verzweifelt, ihre Hände aus den Fesseln zu drehen, doch sie konnte nichts tun, nichts!

»Sehr hübsch«, murmelte er, warf das Messer beiseite und nahm beide Brüste in die Hände. »Reichtum, Macht und ein üppiger Körper. Ich weiß mein Glück wirklich zu schätzen, liebe Gattin. Zweifelt niemals daran. Nun lasst mich Euch zeigen, wie nett das alles sein kann.«

Ganz sanft begann er, eine Brustspitze zwischen seinen Fingern hin- und herzudrehen.

Irgendein Teil ihres schockierten und entsetzten Verstandes bemerkte, dass ihr Körper gegen ihren Willen darauf reagierte.

Sie schloss die Augen und konzentrierte sich darauf, seine aufdringlichen Hände und die beunruhigende Tatsache zu verdrängen, dass ihr Körper wie ein seelenloses Wesen reagierte. Stattdessen stellte sie sich vor, wie sie ihn mit tiefster Befriedigung bei der erstbesten Gelegenheit umbringen würde.

Sie würde ihre Pistole ziehen und ihn erschießen. Sie stellte sich vor, wie ungläubig und schockiert er sie ansehen würde, kurz bevor er starb …

Er saugte an ihr, und ihr verfluchter Körper zuckte.

Ihn zu erschießen wäre zu schnell. Zu mild.

Sie würde sein Messer nehmen und zustoßen, ganz tief, und immer wieder …

Erneut ein stechender Schmerz auf ihrer Wange.

Sie riss die Augen auf.

»Nein, lasst das«, sagte er, immer noch lächelnd. »Lasst Eure Augen offen. Es ist nicht falsch von mir, Euch auf diese Weise zu berühren. Nicht als Euer Gemahl.«

»Ihr seid nicht mein Gemahl.«

»Noch nicht. Ich würde Euch küssen, aber ich fürchte, Ihr würdet versuchen zu beißen. Bedenkt nur, was Euch entgeht.«

Dann bewegte er sich zum Fußende des Bettes und schob ihre Röcke mit beiden Händen bis zur Taille hoch. Sie erstarrte, weil sie glaubte, er müsse die Pistole spüren, doch ihre Taschen waren gepolstert, und er war weitaus mehr an ihr selbst interessiert.

»Sehr hübsch«, sagte er und schob ihre Knie auseinander, um sie weiter zu entblößen. »Bleibt so.« Er trat zurück, um seine Hose zu öffnen.

Nein. Wenngleich sie machtlos war, würde sie sich nicht fügen. Sie schloss ihre Beine so weit sie konnte, holte tief Luft und schrie. Da es so gut tat, schrie sie erneut und lauter. Und noch einmal und noch einmal!

»Verdammt noch mal, seid still!« Mit einer Hand hielt er ihr den Mund zu. Sie war froh, sich endlich wehren zu können und versuchte zu beißen. Mit der anderen Hand griff er nach seinem Hemd und stopfte es ihr in den Mund, weiter und weiter hinein, bis sie anfing zu würgen.

»Wollt Ihr nun endlich still sein?«, fauchte er sie an und richtete sich auf. Seine Haare sahen wild aus, und seine Augen noch viel wilder. »Du lieber Gott, wenn Ihr nicht einen großen Teil des Nordens besitzen würdet, würde ich Euch den Hals durchschneiden und hier verrotten lassen.«

Diana geriet wegen des Stoffes in ihrem Hals in Panik und zwang sich dazu, ruhiger zu werden und durch die Nase zu atmen.

Er warf ihr einen wütenden Blick zu, lächelte dann wieder äußerst unangenehm. »Ich glaube, Ihr braucht eine Lektion, liebe Gemahlin. Ihr könnt jetzt mal eine Weile so liegen bleiben.«

Er nahm etwas aus seiner Hosentasche – eine kleine Flasche – und setzte sich auf eine Bank neben der Feuerstelle. Während er sie an den Mund setzte und trank, musterte er Diana mit Übelkeit erregender Befriedigung.

Vielleicht wäre es klüger gewesen, die Augen zu schließen. Sie hatte jedoch das Gefühl, ihn weiter beobachten zu müssen, als könnte es ihr irgendwie helfen, ihn im Blick zu haben. Bei jedem Atemzug kämpfte sie, versuchte, nicht zu würgen und keine Furcht zu zeigen.

»Bemerkenswert«, sagte er nach einer Weile. »Selbstverständlich werde ich Euren Willen brechen müssen, wie bei einem bockenden Pferd. Ich könnte Euch auch einfach in ein Irrenhaus einsperren lassen. Ah, sieh an, eine Reaktion. Ich nehme an, damit hat der König Euch auch schon gedroht. Ein Ehegatte ist in einer bedeutend besseren Position, und ich vermute, ich könnte Euch recht leicht dazu bringen, öffentlich für verrückt erklärt zu werden. Sehr traurig. Selbstverständlich ist Eure unnatürliche Position dafür verantwortlich.«

Er erhob sich, kam langsam auf das Bett zu und zog das Hemd ein wenig aus ihrem Mund. »Benehmt Ihr Euch jetzt?«

Wenngleich sie den Gedanken kaum ertragen konnte, dass der Stoff wieder tief in ihrem Mund wäre, sah sie ihn lediglich an. Mit einem Lächeln band er das Hemd fest, stopfte es jedoch weniger tief in ihren Mund.

»Seht Ihr, Ihr seid mir vollkommen ausgeliefert. Ich kann mit Euch machen, was mir gefällt. Sogar nett sein.« Wieder nahm er ein Rosenblatt und strich damit um ihre Brüste herum. »Fühlt sich das nicht angenehm an?« Er hielt es ihr unter die Nase, sodass sie nicht anders konnte, als den Duft einzuatmen. »Duftet das nicht süß?«

Dann drückte er ihr plötzlich die Nase zu, sodass sie überhaupt keine Luft mehr bekam.

»Ich kann aber auch sehr unfreundlich sein.«

Obwohl sie einen Schrei ausstieß, bemühte sie sich, nicht durch den Mund einzuatmen, nicht wieder den Stoff einzusaugen.

Er lachte und ließ sie los. Dann zog er den kompletten Knebel aus ihrem Mund. »Eure Entscheidung, meine arrogante Dame. Nett oder unfreundlich.«

Er öffnete seine sich wölbende Hose.

Diana atmete schwer, würdigte ihn jedoch keiner Antwort. Sie schloss die Augen und nahm sich vor, sie geschlossen zu halten. Es war die einzige Macht, die ihr noch blieb.

»Ihr glaubt wohl, Ihr könnt mir standhalten, nicht wahr?«, fragte er mit einem entmutigenden, höhnischen Grinsen. »Aber Körper sind sonderbar, liebe Gemahlin. Das erste Mal wird Euch sicherlich nicht gefallen, aber wir haben noch die ganze Nacht, und ich habe die Absicht, jede Minute zu nutzen.« Wieder spreizte er ihre Beine. »Früher oder später werde ich Euch dazu bringen, vor lauter Lust zu explodieren, und dann werden sich Eure Töne ändern. Vergesst das nicht.«

»Als letzte Worte haben sie einen gewissen Erinnerungswert.«

Diana riss die Augen auf. »Bey«, flüsterte sie und fragte sich, ob sie schon fantasierte.

Lord Randolph, der einen Schritt zurückgetreten war, rot vor Zorn.

Lord Bryght, der mit einer Pistole auf ihn zielte.

Bey, der neben ihr stand, ihr die Röcke herunterzog und mit drei raschen Messerschnitten die Fesseln durchtrennte. Reflexartig kauerte sie sich zusammen, sodass ihre Knie ihre entblößte Brust verdeckten. Als er sie in die Arme nahm, umklammerte sie immer noch ihre Beine.

»Pscht, pscht«, sagte er leise, und erst da merkte sie, dass sie weinte.

Sie wollte nicht weinen!

Doch Tränen der Schwäche flossen wie ein reißender Strom, und es gelang ihr nicht, sie zurückzuhalten. Bey drückte sie fester an sich und wiegte sie. Immer noch murmelte er Worte vor sich hin, die sie nicht verstehen konnte, weil sie weinte, bis es schmerzte, weinte, bis sie glühte, weinte, bis sie nicht mehr weinen konnte.

»Beruhige dich«, sagte er. Endlich erfasste sie die Bedeutung der Worte. »Der arme Lord Randolph steht dir zur Verfügung.«

Nun riss sie ihre schmerzenden Augen auf und erblickte ihren Möchtegern-Vergewaltiger, der trotz seiner immer noch offenen Hose hochmütig dreinblickte. Wie sie vermutet hatte, hielt Lord Bryght ihn mit seiner Pistole in Schach. Bey wirkte beinahe ruhig, doch Lord Bryght strahlte kalte Wut aus.

Diana merkte, dass sie sich aus ihrer zusammengekauerten Haltung befreit hatte, und löste sich jetzt aus Beys Armen. Sie zog den Mantel fester um sich, den sie vorher gar nicht wahrgenommen hatte. Beys Mantel. Bey war in Hemdsärmeln und beobachtete sie mit tiefer, inniger Sorge.

Schweigend zog er eine lange Tuchnadel aus seinem Spitzenkragen und löste ihre verkrampften Hände sanft von seinem Mantel. Geschickt zog er ihr Oberteil zusammen und stach mit der Nadel durch die zerschnittenen Kanten, sodass sie wieder anständig aussah.

Immer noch leicht zitternd zog sie schließlich ihre Pistole aus der Tasche und spannte sie. »Ich habe geschworen, ihn umzubringen.«

»Er gehört dir.«

»Das könnt Ihr nicht machen«, sagte Lord Randolph, der plötzlich blass aussah. »Um Gottes willen, Lord Rothgar, nehmt sie ihr ab, bevor ein Unfall passiert.«

Diana knurrte: »Ich *muss* ihn umbringen.«

»Er gehört dir«, sagte Bey wieder. »Somerton, sie könnte Euch noch aus einer Entfernung von 150 Fuß eine Kugel zwischen die Augen jagen. Wo immer sie Euch also trifft, es wird kein Unfall sein. Ich empfehle zwischen die Beine, Lady Arradale.«

Lord Randolph wurde weiß im Gesicht und bedeckte sich mit den Händen. »Bei Gott, Lady Arradale, denkt an den König!«

»Ihr seid ein törichter Mann, glaubt Ihr wirklich, der König hätte so etwas befohlen?«

»Ich habe seinen Brief!«

Bey legte die Hand auf ihre Pistole. »Vielleicht sollte er noch ein wenig länger leben. Welchen Brief?«

»Er behauptet, er hätte einen Brief, in dem der König diesen Plan vorschlägt, um die Vereinigung unserer Besitztümer zu verhindern. Aber Bey, de Couriac war auch beteiligt. Es sind die Franzosen. Ich glaube, es ist gegen dich gerichtet ...«

»Beruhige dich«, sagte er. »Ich weiß. Dieser Ort ist jetzt gut bewacht.« Er sah Lord Randolph an. »Der König wird über diese Entführung empört sein, denn er will eine Heirat zwischen mir und Lady Arradale.«

»Ihr lügt. Der Brief ist in meinem Mantel!«

Bey erhob sich und durchsuchte die Taschen von Lord Randolphs Mantel.

»Ihr werdet sehen, dass ich die Wahrheit spreche«, sagte der Mann. »Lasst mich meine Hose zumachen.«

»Nein. Ihr wart doch ganz versessen darauf, sie zu öffnen, nehme ich an.« Bey stand mit einem zusammengefalteten Papier da. Er untersuchte das Siegel im Licht der einzigen Kerze und faltete es dann auseinander.

»Seht Ihr?«, fragte Lord Randolph und verschränkte wieder die Arme.

Er war kein dummer Mann, dachte Diana, sondern einer, der von Hochmut und Selbstüberschätzung geblendet wurde. Er dachte wirklich, der König würde ihn favorisieren und beschützen.

»Ja, ich sehe. Eine ausgezeichnete Fälschung. Darüber wird der König noch empörter sein.«

»Eine Fälschung!« Lord Randolph trat auf ihn zu und schnappte sich den Brief. »Er trägt aber doch das Siegel des Königs.«

»Ein Siegel herzustellen ist noch leichter, als eine Handschrift nachzuahmen.«

»Jemand hat mir einen Brief in deiner Handschrift geschickt«, sagte Diana. »Der war auch raffiniert gemacht.«

»Verzeih mir. Ich hätte daran denken sollen, irgendeinen Code zu vereinbaren, um so etwas zu verhindern.«

Diana zog seinen Mantel fester. »Wenn du versuchst, die

Verantwortung für das hier zu übernehmen, werde ich *dich* erschießen. Trotz deiner Illusionen, was das betrifft, bist du nicht Gott.«

Er lachte kurz, doch Lord Randolph rief: »*Seine* Handschrift? Ihr dachtet, der Brief wäre von mir.«

»Nein«, sagte sie, »das dachte ich nicht.«

»Ihr seid eine Hure!«

Bey schlug ihm mit dem Handrücken ins Gesicht, sodass er rückwärts gegen die Wand taumelte.

»Ihr seid ein Trottel, Somerton, und ohne Trottel wäre die Welt besser dran. Ihr verdient den Tod für das, was Ihr hier getan habt, doch das liegt in Lady Arradales Händen. Wenn Ihr allerdings noch ein respektloses Wort von Euch gebt, werdet Ihr meinen Degen kennen lernen.«

»Vielleicht würde ich gewinnen«, prahlte er und hielt sich das Gesicht.

»Dann müsst Ihr ziemlich gut sein, denn ich bin nicht nur ein geübter Fechter, sondern auch begierig, Euch eine Klinge ins Herz zu jagen.«

Bei diesen ruhigen, aber frostigen Worten verwandelte sich Lord Randolphs Gesicht in eine bizarre Mischung aus Entsetzen und Zorn. »Ich verabrede mich nicht mit Euch! Ihr könnt mich nicht dazu zwingen!«

»Dann bringe ich Euch eben an Ort und Stelle um. Und nun sagt mir, wie Ihr die Nachricht des Königs erhalten habt.«

»Sie ist mir zugesteckt worden. Ich weiß nicht wie! Ich dachte, sie sei echt!« Jetzt zitterte er, seine Augen blickten unruhig zwischen Bey, Bryght und Diana hin und her. So schwach, wie er war, tat er ihr beinahe leid.

»Und Ihr schriebt einen Brief, mit dem Ihr Lady Arradale zu einem Stelldichein eingeladen habt? Und wohin habt Ihr ihn geschickt?«

»So wie befohlen. Zu Mrs. Mannerlys Geschäft. Ihr könnt es in dem Schreiben nachlesen!«

Bey sah wieder auf den Brief und las ihn zu Ende. »Ihr seid wirklich ein Trottel, dass Ihr geglaubt habt, Seine Majestät würde so weit gehen, Somerton.«

»Ich habe es nicht gewusst.«

»So, und was ist mit de Couriac?«

»Wer? Ich kenne keinen de Couriac!«

»Der Franzose, der Euch geholfen hat.«

»Dionne. Er heißt Dionne. Ich habe ihn im *Lucifer's* kennen gelernt. Er ist bei mir aufgekreuzt, kurz nachdem ich das Schreiben erhielt ... Ich nehme an, ich muss davon gesprochen haben. Er bot mir seine Hilfe an. Für wenig Geld. Ich habe sie dann angenommen. Ich bin zur Zeit knapp bei Kasse. Der Name war falsch?«

»Klingt ähnlich wie d'Eon«, bemerkte Diana.

Bey faltete den Brief zusammen und steckte ihn in die Tasche.

Dann zog er Diana sanft auf die Füße. »Kommt her, Lord Randolph, und legt Euch auf das Bett.«

Der Mann erblasste. »Bei Gott, was habt Ihr vor?«

»Tut, was ich Euch sage. Wenn Ihr überlebt, müsst Ihr noch viel lernen, und Gehorsam könnte die erste Lektion sein.«

»Die Pest soll Euch holen.«

Diana blickte Bey an und fragte sich, was er zu tun gedachte und wie er seinen Willen durchsetzen würde. Er sah den jüngeren Mann nur an, und nach einem Moment des Schweigens, der beinahe unerträglich schien, stolperte Lord Randolph zum Bett hinüber. »Was habt Ihr vor?«, fragte er mit weinerlicher Stimme.

Bey drückte leicht gegen seine Schulter, bis er sitzend auf das Bett fiel, und dann erneut, bis er lag. »Ich habe keinen Anschlag auf Euren schönen Körper vor«, sagte er und hob einen Stoffstreifen auf. »Haltet still.« Er begann, Lord Randolphs Handgelenke an das Bett zu fesseln. »Diana, wenn du möchtest, kannst du seine Füße festbinden.«

Diana legte ihre Pistole weg, entsetzt über diese ruhige Art der Einschüchterung. Doch das hinderte sie nicht daran, die zitternden Füße ihres Peinigers mit grimmiger Befriedigung ans Bett zu binden, damit er so hilflos endete, wie auch sie es gewesen war. Wegen der offenen Hose wurden seine schlaff herabhängenden Geschlechtsteile entblößt.

»Was habt Ihr vor?«, fragte er erneut. Seine weit aufgerissenen Augen jagten im Zimmer umher. »Um Himmels willen, Rothgar, Malloren …«

Bey sah auf ihn herab. »Ich werde nichts tun. Wir Männer werden Euch Lady Arradales Gnade überlassen. Wenn Ihr überlebt, schicke ich im Morgengrauen ein paar Männer, um Euch loszuschneiden und auf ein Schiff nach Amerika zu bringen. Euer Vater besitzt etwas Land dort, soweit ich weiß. Und kehrt nicht zurück.«

»Nein! Glaubt mir, ich hatte nie etwas Böses mit ihr vor. Wir sollten heiraten! Ihr wisst doch, wie Frauen sind …!«

Als die Tür hinter den beiden Männern zugefallen war, starrte Lord Randolph Diana an. Er versuchte ein schwaches Lächeln und zerrte an seinen Fesseln. »Ihr wollt mir nicht wehtun. Ich habe Euch auch nicht richtig wehgetan.«

Sie beugte sich vor und schlug ihm ins Gesicht, gerade fest genug, um einen Schmerz zu verursachen.

Er grinste ein wenig. »Nun, seht Ihr? Jetzt fühlt Ihr Euch besser, nicht wahr? Schlagt noch einmal zu, wenn es hilft.«

Sie erwog, ihn ein wenig zu streicheln, doch egal ob er es mögen würde oder nicht, sie ertrug es nicht, ihn dort zu berühren.

Dann rief sie sich ihr Bedürfnis, ihn umzubringen, ins Gedächtnis, doch jetzt, da er ein gebrochenes, Mitleid erregendes Etwas war, war ihr Ekel beinahe dahingeschmolzen. Er war es nicht wert.

Sie nahm das Messer, das immer noch auf dem Boden lag, und legte es an seinen schlaffen Penis.

»Nein«, würgte er hervor. »Nicht. Nicht …«

»Denkt nur immer daran«, sagte sie, während sie ihm in die entsetzten Augen sah, »denkt daran, so lange Ihr lebt, dass jede Frau, mit der Ihr es zu tun habt, wie ich sein könnte. Wir Frauen sind geschickt darin, unsere Stärken zu verbergen. Ihr werdet es also nie genau wissen. Und kein Mann kann sich unaufhörlich Tag und Nacht in Acht nehmen, besonders nicht vor einer Geliebten oder einer Ehefrau.«

Sie fuhr mit der Klingenspitze auf und ab. »Wenn Ihr beendet hättet, was Ihr im Sinn hattet, hätte ich Euch bei der ersten Gelegenheit umgebracht. Bevor ich Euch umgebracht hätte, hätte ich Euch allerdings kastriert. Vergesst das nicht. Vergesst mich nicht und behandelt alle Frauen mit dem ehrfürchtigen Respekt, den wir verdienen.« Dann drückte sie die Klinge in sein Fleisch, gerade genug, um Blut fließen zu lassen.

Er schrie auf und hob den Kopf, um an sich hinunterzusehen. Dann sank er wieder zurück und weinte. Wahrscheinlich vor Erleichterung.

Sie ließ das Messer auf den Boden fallen. »Adieu, Lord Randolph.«

Mit diesen Worten verließ sie das Zimmer.

Bey wartete draußen, und sie lief ihm geradewegs in die Arme.

»Wie geht es ihm?«, fragte er, als ob es ihn kaum interessierte.

»Er ist intakt. Bist du enttäuscht?«

»Nur wenn du aus Schwäche gnädig warst.«

»Das glaube ich nicht. Ich will nicht, dass irgendetwas, was mit ihm zu tun hat, mich verfolgt, nicht einmal sein Tod. Können wir jetzt los?«

»Natürlich.«

Als er eine Handbewegung machte, ritt ein Mann auf sie zu, stieg ab und bot sein Pferd an.

Sie sah, dass Männer in der Nähe waren, die Wache hielten – wie er gesagt hatte.

Dennoch sagte sie: »Ich glaube, ich war ein Köder. Ich glaube, de Couriac ist irgendwo hier draußen und versucht, dich zu töten.«

»Das nehme ich nicht an, oder zumindest noch nicht. Ich wurde viel später hier erwartet. Doch wir sollten uns auf den Weg machen. Kannst du reiten?«

»Natürlich.«

Bey half ihr hinauf, passte die Steigbügel an und legte ihre Röcke so anständig wie möglich zurecht. Dann stieg er auf sein eigenes Pferd.

»Langsam oder schnell?«, fragte er.

»Schnell. Wenn wir schnell reiten, kann man nicht so leicht auf uns schießen; außerdem brauche ich das jetzt.«

29

Sie trieb ihr Pferd kräftig an, sodass es davonstob und den Weg entlanggaloppierte. Der Wind peitschte ihr durch die Haare. Es war gefährlich im Dunkeln, in unbekanntem Gelände, aber sie wollte es so und brauchte es. In wenigen Momenten war Bey neben ihr und beschützte sie, bremste sie jedoch nicht.

Sie lächelte und blickte nach vorn, dankbar für das helle Mondlicht. Bevor sie in diesen Weg abgebogen waren, hatten sie sich auf einer Straße befunden, also musste bald eine Kurve kommen. Ein Wegweiser kam in Sicht. Energisch lenkte sie das Pferd um die Kurve und wurde dabei kaum langsamer. Dann ritt sie so schnell, wie sie konnte, auf London zu. In der Ferne war die Kuppel von St. Paul's als dunkler Schatten vor dem blasseren Himmel zu erkennen.

Unerlaubterweise sprang sie über die Zolltore. Sie wollte nicht akzeptieren, dass sich ihr irgendetwas in den Weg stellte. Sie wollte fliegen und Bey außer Gefahr bringen.

Er blieb bei ihr, doch ein Blick nach hinten zeigte ihr, dass die Eskorte zurückfiel. Vielleicht unklug, doch es war besser, schnell zu sein. Zudem brauchte sie das Gefühl, dass das Blut durch ihren Körper raste. Sie brauchte die Kraft des Pferdes zwischen ihren Schenkeln, den Wind auf ihrer Haut. Das Ziel kam immer näher.

Zweimal wäre sie auf der holprigen Landstraße beinahe gestürzt, aber sie konnte sich auf dem Pferd halten, es war außerdem kräftig und geschickt. Als sich die Felder in Vororte verwandelten, wurde die Straße besser, und als der Weg leichter wurde, ließ ihre verrückte Raserei nach. Sie fiel in einen leichteren Galopp, dann in den Schritt. Sie tätschelte ihr

Pferd und murmelte lobende Worte, sodass es seinen dampfenden Hals vor Stolz hochwarf.

Bey wurde ebenfalls langsamer, und sie ritten Seite an Seite im Schritt durch die stillen Straßen. Zu hören war lediglich das Geräusch der trommelnden Hufe ihrer Eskorte, die versuchte, sie einzuholen.

Falls de Couriac in der Nähe gewesen war, konnte er jetzt nicht hier sein.

»War dieser Ritt klug oder unvernünftig?«, fragte sie.

»Wer weiß? Wir scheinen überlebt zu haben. Wenn ich mehr Umsicht bewiesen hätte, wäre er überhaupt nicht nötig gewesen.«

»Ich glaube, ich sagte schon etwas zu dieser Illusion, dass du Gott bist.«

Er lächelte nicht. »Ich hätte viel tun können, um dies hier zu verhindern.«

»Bey, ich kann es nicht ertragen, wenn du dir die Schuld für all meine Probleme auf dich lädst!«

»Ein Dilemma, nicht wahr?«

Er war in verdammt seltsamer Stimmung, und damit konnte sie im Moment nicht umgehen. »Sollen wir Lord Randolph am Leben lassen? Er könnte andere verletzen, auch in Amerika.«

»Wir sind nicht Gott«, sagte er trocken. »Außerdem war es deine Entscheidung.«

Sie sah zu ihm hinüber. Er ritt in weißen Hemdsärmeln, und seine Haut wirkte im Mondlicht kalt und blass.

»Ich konnte ihn nicht töten«, gab sie zu, »und jetzt weiß ich nicht, ob es Stärke oder Schwäche war. Ich bin sogar so schwach, ihn zu bemitleiden, weil er so festgebunden daliegt. Was ist, wenn jemand ihn findet? Oder Ratten …?«

Jetzt lachte er. »Also doch ein weiches Herz. Der Mann, dessen Pferd du reitest, ist dageblieben, um dafür zu sorgen, dass er nicht angenagt wird. Bryght ist aufgebrochen, um eine Eskorte zum Schiff zu organisieren.«

»Hast du meine Rückkehr ins Queen's House auch so gründlich geplant?«

»Du klingst verärgert. Ich bin vielleicht nicht allmächtig, doch ich kann immerhin gründlich sein.«

Das Hufgetrappel wurde lauter, und kurz darauf waren seine Männer bei ihnen und schirmten sie nach beiden Seiten ab. Ihre Pferde dampften in der nächtlichen Luft.

»Ich glaube allmählich an deine Allmacht«, sagte sie. »Wie kommt es, dass du mich rechtzeitig gerettet hast, noch dazu mit bewaffneten Männern?«

Er sagte etwas zu dem Mann, der ihm am nächsten war. Bald darauf ritten dieser und ein anderer voraus und spähten umher, als seien sie mitten in der Wildnis und nicht auf einer ruhigen Londoner Straße.

»Ich habe fünf Minuten gebraucht, um sie zusammenzutrommeln«, sagte er ausdruckslos. »Es hätten fünf Minuten zu viel gewesen sein können.«

»Nein, es war richtig! Allein wegzureiten wäre Wahnsinn gewesen.«

»Und ich bin definitiv nicht wahnsinnig, oder?«

Zum Teufel mit ihm und seiner Stimmung, und außerdem konnte sie trotz des Mondlichts seine Gesichtszüge nicht sehen.

»Du sagtest, du wurdest später erwartet?«, fragte sie. Zu spät, dachte sie und schauderte beim Gedanken an den heimtückischen Plan, der hinter allem steckte. Wer hasste sie so sehr, um ihr solches anzutun?

D'Eon? Das hätte sie niemals gedacht.

»Einer der Männer, die dich gefangen haben, wird von mir bezahlt«, sagte er. »Er wusste vorher nichts von der Sache, sonst hätte er mich gewarnt. Dafür hatte ich ihn angeheuert. Also musste er die Sache durchziehen.«

»Der Engländer. Derjenige, der nicht wollte, dass mir wehgetan wurde.«

Sein Kopf drehte sich zu ihr um. »Man hat dir wehgetan?«

Sie wünschte, sie hätte ihre Zunge im Zaum gehalten, sagte jedoch: »De Couriac. Er hat mich geschlagen.«

Er sagte nichts dazu, fuhr jedoch fort: »Es war reines Glück, dass Stringle den Auftrag erhielt, mir zu erzählen, wo ich dich finden könnte.« Reines Glück – das war klar – war unerträglich für ihn. Er hatte sich nicht geändert. Er war immer noch in seine düstere Perfektion vernarrt. »Er sollte mir die Nachricht erst um Mitternacht bringen. Stattdessen hat er mich natürlich sofort aufgesucht.«

In diesem Augenblick begann eine Uhr in der Nähe Mitternacht zu schlagen, und andere Uhren in der Umgebung stimmten mit ein. Diana schauderte bei dem Gedanken, dass sie bis jetzt in Lord Randolphs Händen gewesen wäre.

Dann wurde ihr bewusst, dass Bey viel zu spät gewesen wäre, wenn sie nicht geschrien und Lord Randolph sie nicht geknebelt und den Anblick genossen hätte, wie sie nach Luft rang. Du lieber Himmel, das wäre für Bey furchtbar gewesen – es hätte ihn vernichtet.

»Du hast diesen Stringle angeheuert«, setzte sie wieder an. »Somit hat deine Wachsamkeit mich gerettet.«

»Es war zu viel Glück dabei, und trotzdem waren wir beinahe zu spät. Zudem habe ich diese fünf Minuten vergeudet.«

Sie wusste nicht, was sie sagen sollte, denn jetzt war ihr klar, wie er sich fühlte. Es war unerträglich, dass seine geistige Gesundheit nur ein Zufall war. Trotz seines Mantels ließen die Nachwirkungen des Schocks und die kühle Nachtluft sie frösteln.

Jetzt waren sie in vornehmen Straßen, doch es war Sonntag und ruhig, wenngleich eine Kutsche vorbeiratterte. Ein blasses Gesicht spähte ängstlich hinaus.

Was dieser Reisende wohl über die merkwürdige Gruppe dachte? Was würden die Leute denken, wenn sie wüssten, wer sie waren?

Mitternacht, dachte sie. »Wird de Couriac jetzt dort sein, was meinst du?«

»Ich hoffe es. Abgesehen von dem Mann, der Somerton beobachtet, habe ich zwei weitere Männer dagelassen. Wenn möglich, sollen sie ihn lebend schnappen.«

Ihr war immer noch kalt, und plötzlich sehnte sie sich verzweifelt danach, zu Hause zu sein. Obgleich sie nicht wusste, wo genau ihr Zuhause war. »Du hast mir noch nicht erzählt, wie du mich zurück ins Queen's House bringen willst, ohne dass es jemand merkt.«

Er sah zu ihr hinüber. »Mit dem Zauberstab meines Magiers ... Nein, in Wirklichkeit reiten wir zum Malloren House.«

»Warum?«

»Weil es schwierig ist, dich zurück ins Queen's House zu bringen.«

»Aber ... Clara hat sicher noch nicht Alarm geschlagen.«

»Meinst du nicht?« Er seufzte. Sie hörte es. »Ich kann dich nicht aus den Augen lassen, Diana. Noch nicht.«

Sie atmete überrascht ein, und dann erneut, um es wie ein Parfüm zu genießen. Die Kälte in ihr verwandelte sich allmählich in ein Wärmegefühl. Er war in einem merkwürdigen Zustand, doch dies konnte auch der erste Schritt zur Kapitulation sein. Zu einer Chance für sie beide.

Als er nichts weiter sagte, fragte sie: »Was erzählen wir dem König?«

»Die Wahrheit natürlich, aber darum kümmern wir uns später.«

Sie kamen in eine breitere Straße, die von prächtigen Häusern gesäumt war. Bald mussten sie am Marlborough Square sein.

»Wie sah der Plan aus?«, fragte sie. »Ist der Chevalier d'Eon wirklich in solch eine schmutzige Sache verwickelt?«

Er wandte den Kopf und sah sie an. »Das beabsichtige ich herauszufinden.«

Vor Angst stockte ihr der Atem. »Kämpfe nicht gegen ihn.«

»Gib mir keine Anweisungen. Es sei denn, du zeigst dich

erkenntlich und lässt mich jeden deiner Schritte anordnen, damit ich mir keine Sorgen machen muss.«

»Zur Hölle mit dir.«

Wieder wandte er den Kopf und sah nach vorn. »Die Hölle und ich sind alte Bekannte.«

Das klang nicht nach Kapitulation.

»Wird es nicht schwierig, unverheiratet zu bleiben, wenn du mich ins Malloren House bringst?«, fragte sie und hörte den Anflug von Bitterkeit, den sie nicht unterdrücken konnte.

»Portia ist da. Sie und Bryght sind vor kurzem eingetroffen. Von Elfs Instinkten dazu getrieben, zurück in den Süden zu eilen.«

»Instinkte wegen heute Nacht? Das ist unmöglich.«

»Instinkte wegen dir und mir.« Er sah sie an. »Sie hat mich in Arradale gewarnt.«

»Zum Teufel mit ihr.«

»Willst du die ganze Malloren-Familie in die Hölle schicken?«

»Manchmal ja.«

»Sie hatte Recht. Ich hätte dich niemals in meine Nähe lassen sollen, wo ich doch wusste, dass ich dir nicht alles geben kann, was du verdienst.« Mit einer Stimme so kalt wie das Mondlicht fügte er hinzu: »Es stimmt also, dass du jetzt keinen anderen mehr willst?«

»Als wir uns das erste Mal getroffen haben, war ich entschlossen, überhaupt keinen Mann haben zu wollen. Keinen anderen zu wollen, ist eine Art Fortschritt. Und du? Hast du irgendwelche Fortschritte gemacht?«

»Ich bin drei Schritte näher an der Hölle«, sagte er und bog in eine kleine Straße ab. Diese Straße musste hinter Marlborough Square führen. Allmählich wurde sie müde. Wie konnte sie gegen ihn ankämpfen, wenn ihn das der Hölle näherbrachte?

Bald waren sie an einem Stall, aus dem Pferdeknechte herauseilten. »Alles in Ordnung, Mylord?«, fragte derjenige, der Beys Pferd nahm. Er wirkte keineswegs überrascht, dass sein Herr in Hemdsärmeln war oder dass Diana in Beys Mantel neben ihm ritt.

»Ja, danke, Bibb.« Bey stieg ab und half Diana hinunter. Sie hatte eigentlich befürchtet, dass er sich von ihr entfernen würde, sobald sie auf dem Boden stand, doch er legte einen Arm um sie, als wäre es die natürlichste Sache der Welt.

Dankbar lehnte sie sich an seinen warmen Körper, denn diese Sehnsucht würde sie nicht unterdrücken.

Sollte sie zum Hof zurückkehren? Plötzlich erschienen ihr all diese Tage, in denen sie in gekünstelten Zwängen eingesperrt, ständig überwacht und von ihm getrennt gewesen war, unerträglich. Was auch immer geschah, sie würde nicht zurückkehren.

Warum sollten sie und Bey es überhaupt zulassen, auf diese Weise gequält zu werden? Weswegen?

Wegen der Pflicht, der Ehre und der Verantwortung ...

Seufzend legte sie einen Arm um ihn und spürte sein Rückgrat, seine Muskeln und seine Kraft. Pflicht, Ehre und Verantwortung konnten nicht wie ein unbequem gewordenes Kleidungsstück abgelegt werden. Sie herrschten im Inneren. Beherrschten sie beide.

Vielleicht hörte er den Seufzer. Er drückte sie fester an sich, nahm eine Laterne und führte sie über einen Weg zur Rückseite des Hauses. Eigentlich dachte sie, die Dienstboten seien noch wach und warteten, so wie in den Stallungen, aber er benutzte einen Schlüssel, um eine kleine Seitentür zu öffnen. Im Inneren des Hauses war es vollkommen still, wenngleich eine Kerze sie erwartete.

Wenn Portia die Anstandsdame war, so war sie nicht da, um ihre Pflichten zu erfüllen. Die einzige flackernde Kerze sorgte in der Dunkelheit für eine gewisse Intimität, selbst als sie durch eine Tür in den repräsentativen Teil des Hauses gingen, wo die Mallorens lebten.

Ihr Herz begann, schneller zu schlagen, und sie zitterte aus anderen Gründen. Bis jetzt hatte es genügt, außer Gefahr zu sein. Seine Anwesenheit hatte genügt. Doch jetzt weckte sein starker, warmer Körper an ihrer Seite andere Bedürfnisse.

Echte Bedürfnisse. Sie brauchte ihn, damit sie alles vergessen konnte, was geschehen war. Damit er ihr versprach, dass so etwas nie wieder geschehen würde.

Sie würde allerdings kämpfen müssen, um zu bekommen, wonach sie sich sehnte, und sie war nicht sicher, ob sie dazu noch in der Lage war.

Wäre es ein weiterer Schritt in Richtung Hölle?

Sie ließ sich von ihm die Treppe hinauf in ein Zimmer führen, ein vornehmes Schlafgemach, wo er zwei Kerzenleuchter anzündete. Ein dicker Teppich und prächtige rosenrote Vorhänge. Als er gehen wollte, klammerte sie sich zu ihrer Schande an ihn. Es konnte einen Skandal verursachen und die Dinge noch viel schlimmer machen, doch plötzlich konnte sie den Gedanken, allein zu sein, nicht ertragen.

»Es ist alles in Ordnung«, sagte er, löste vorsichtig ihre Finger von seinem Hemd und setzte sie auf das große Bett. »Warte hier. Ich bin gleich zurück.«

Sie begann zu zittern. Während sie gegen ihre Schwäche und die Abhängigkeit ankämpfte, die sie verachtete, legte sie seinen Mantel ab. Überrascht bemerkte sie etwas Spitzes. Es war seine Nadel, die immer noch die zerschnittenen Teile ihres Oberteils zusammenhielt.

Hastig lief sie zum Waschtisch und zog die Nadel heraus.

Im Krug war Wasser.

Es war lauwarm, doch das war egal.

Sie goss es in die Schüssel, tunkte ein Tuch hinein und wusch ihre Brüste. Sie wusch sie und wusch sie und versuchte, Lord Randolphs Hände, selbst die Erinnerung daran abzuschrubben. Die Erinnerung an seine Blicke …

Plötzlich spürte sie Beys Anwesenheit, zog ihr Oberteil wieder zusammen und drehte sich um. Er hatte sie beobachtet.

Bey hatte ein weißes Kleidungsstück in der Hand und kam auf sie zu. Er zog es ihr über den Kopf, bis sie überall, auch an den Armen, mit weicher Baumwolle bedeckt war, die duftete, als sei sie frisch gewaschen und im Wind getrocknet worden.

Sie ließ ihr Oberteil los. »Es tut mir leid. Ich weiß auch nicht, warum …«

»Pscht.« Er drehte sie um und öffnete die Verschlüsse auf der Rückseite ihres Kleides, die sich nun unter dem frischen Stoff befanden. Dann ging er einen Schritt zurück, und sie streifte das Kleid selbst ab. Glaubte er, sie wollte nicht, dass er sie berührte?

Schaudernd wurde ihr klar, dass er in gewisser Weise Recht hatte. Ihre Haut fühlte sich merkwürdig an, und sie wusste nicht, was sie wollte.

»Willst du ein Bad nehmen?«, fragte er.

Einerseits hätte sie gern ein Bad genommen, aber sie mochte keine Dienstboten um sich haben. Noch wollte sie nicht, dass jemand sie ansah.

»Nein.« Sie öffnete ihren Unterrock und ließ ihn fallen. Dann legte sie die letzte beschmutzte und entehrte Schicht ab, das Unterhemd, steckte ihre Hände in die Ärmel des Kleidungsstücks, das Bey ihr gebracht hatte, und schlug die Manschetten um.

Erst dann wandte sie sich zu ihm um.

»Besser?«, fragte er. Er stand in zweifellos wohl bedachter Entfernung von ihr.

Sie trug eins seiner Hemden, und es hing schützend bis zu ihren Knien herab. »Ich bin töricht, ich weiß …«

»Nein. Höchstens, weil du so etwas sagst. Lass zu, dass du schwach bist, Diana.«

Ich wünschte, du tätest es.

Laut sagte sie: »Ich kann nicht. Ich darf nicht schwach sein. Das wäre ein Sieg für ihn. Das Waschen war ein Sieg für ihn. Ein Bad wäre ein Sieg für ihn. Wenn ich mich so verhalte, gebe ich zu, dass er mich beschmutzt hat. Dass er mich auf eine Weise verändert hat, die andauern wird.« Sie hob ihr Kinn. »Das darf nicht sein, ich bin tapferer und stärker als das.«

»Ironhand. Aber du lässt mich hier nutzlos stehen. Was kann ich für dich tun?«

»Bey, nein! Bitte mich nicht, schwach für dich zu sein.«

Er schloss kurz die Augen. »Brauche ich Menschen, die schwach sind?«, fragte er, als sei er wirklich hilflos. »Das wusste ich bisher nicht.«

Sein Kummer ließ den ihren dahinschwinden. Er war tief getroffen, viel tiefer, als sie vermutet hätte. Es war für ihn ein starkes Bedürfnis, sich um sie zu kümmern, ebenso wie er es gebraucht hätte, Somerton zu töten, aber da gab es auch etwas, worauf er um ihretwillen verzichten würde.

O Gott, sie fühlte sich, als hielte sie Kristallglas in den Händen, unglaublich dünnes und zerbrechliches Kristallglas, das durch die leichteste Erschütterung entzweigehen könnte.

Egal, ob es klug war oder nicht, sie ging auf ihn zu und nahm seine Hände.

»Trage mich ins Bett, Bey. Ich brauche es, dass du mich festhältst.«

Kurz darauf hob er sie hoch und trug sie zum Bett.

Er konnte nicht wissen – selbst er konnte nicht wissen, dass Lord Randolph sie in dieses grässliche Bett getragen hatte, doch es war wie der Anfang einer perfekten Wiederholung. »Ich brauche das«, flüsterte sie.

»Du sollst alles haben, was du brauchst«, versprach er. »Und nicht mehr.«

Vor dem Bett hielt er kurz inne, drückte sie einen berauschenden Moment lang an sich und legte sie dann vorsichtig ab, als wäre sie selbst die zerbrechliche Kristallvase und bis zum Rand mit Wasser gefüllt.

»Was möchtest du jetzt?«, fragte er.

Und plötzlich wusste sie es, wenngleich sie nicht sicher

war, ob sie ihn darum bitten sollte. »Ich möchte, dass du mich an das Bett fesselst.«

»Wie bitte?«

Auf seine erschrockene Blässe hin sagte sie: »Nein. Das ist dumm. Ich muss nicht ...«

»Du willst es noch einmal durchspielen? Warum?«

Alles, was sie jetzt tun konnte, war aufrichtig zu sein. »Das Schlimmste war die Hilflosigkeit. Ich war vollkommen hilflos. Ich hätte lieber gekämpft, selbst wenn er mich verletzt hätte, selbst wenn er mich ernsthaft verletzt hätte. Ich möchte diese Furcht noch einmal durchleben und sie überwinden. Aber ich sehe, dass es zu viel verlangt ist. Ich hätte dich nicht darum bitten sollen.«

Er setzte sich auf das Bett und sah sie an. »Du bist noch mein Tod«, sagte er, doch der Anflug eines Lächelns, ein Hauch von Farbe in seinem Gesicht verrieten ihr, dass es vielleicht gut so war. Sie hatte ihm etwas zu tun gegeben, etwas Schwieriges, und genau das brauchte er.

»Bist du sicher?«, fragte er.

»Ja.«

»Lauf nicht weg«, sagte er trocken und ging in das benachbarte Zimmer.

Sie hörte, wie Stoff zerrissen wurde, und er kehrte mit vier Streifen aus besticktem schwarzem Samt zurück.

»Woher hast du das?«, fragte sie mit großen Augen, glaubte jedoch, den erlesenen schwarzen Samtrock zu erkennen, den er zwei Nächte zuvor im Queen's House getragen hatte. Den er vor Ewigkeiten in Arradale getragen hatte.

»Wenn wir dies schon tun müssen«, sagte er, »wollen wir es wenigstens mit einer gewissen Eleganz tun.« Während er einen Streifen locker um ihren rechten Knöchel band, sagte er: »Wird es das Experiment behindern, wenn ich dir verspreche aufzuhören, sobald du mich darum bittest?«

Darüber musste Diana nachdenken. »Ja, ich glaube, das würde es. Dann hätte ich überhaupt keine Angst mehr.«

Er band das andere Ende des Stoffes an einen Bettpfosten. »Ich möchte nicht, dass du Angst hast.«

»Das möchte ich auch nicht, aber es muss sein.« Schon mit nur einem festgebundenen Bein zuckten ihre Nerven, als erinnerten sie sich an vergangene Schrecken.

Mit gefasstem und kaltem Gesichtsausdruck band er den anderen Fuß fest.

»Ich will dir nicht wehtun, Bey«, sagte sie hilflos. »Du hast mich gefragt, was du tun könntest.«

»Ich glaube, ich hatte eine Fußmassage im Kopf.« Er wirkte jedoch ein wenig gelöster, als er sie ansah. »Es ist in Ordnung. Ich bin nur nervös, was du von mir verlangen könntest, sobald du festgebunden bist.« Er sah sich das Kopfende an. »Ich muss deine Hände an die Eckpfosten binden. In der Mitte gibt es nichts.«

Sie streckte die Arme aus. »Ich muss mich wie das Opfer fühlen, nicht du.« Doch dann drehte sie sich ein wenig, um zu beobachten, wie er ihre rechte Hand festband. »Ich zwinge dich, oder? Ist das nicht ein bisschen wie eine Vergewaltigung?«

»Nun mache es nicht zu dramatisch. So werde ich dich jedoch nicht lieben. Das wäre eine Vergewaltigung, und zwar von mir und nicht von dir.«

Während er um das Bett ging, um ihre andere Hand festzubinden, folgte sie ihm mit ihren Blicken. »Nein. Das würde ich auch nicht wollen. Ich brauche das jetzt einfach, um es noch einmal zu fühlen und damit umzugehen.«

Er zog den letzten Knoten fest und setzte sich wieder auf das Bett. »Was fühlst du?«

»Panik«, sagte sie und sah zu dem Baldachin aus Satin hinauf – die Stelle, wo vorher nur Balken mit Spinnweben gewesen waren. »Es ist dumm, weil ich weiß, dass du mir nicht wehtun wirst, aber mein Herz schlägt wie eine Trommel.« Sie sah ihn an. »Ich habe sogar Angst, dass du weggehst und mich so hier liegen lässt.«

»Diana, das ist Unsinn. Du kämpfst nicht gegen eine unbegründete Angst. Du bist hilflos. Wenn ich ein Schurke wäre, hättest du allen Grund, Angst zu haben.«

»Aber nicht, sie zu zeigen. Würdest du in dieser Situation Angst zeigen?«

»Nein«, sagte er und legte eine Hand auf ihren Unterleib.

Sie zuckte zusammen und versuchte instinktiv, nach unten zu greifen, um seine Hand zu kontrollieren. »Nicht.«

»Ich glaube, du legst die Regeln fest«, sagte er und ließ seine Hand auf der weichen, dünnen Baumwolle kreisen.

Sie wollte »Hör auf!« rufen. Sie wusste, dass er aufhören würde, wenn sie es wirklich von ihm verlangte, doch stattdessen bemühte sie sich, ihre Panik zu kontrollieren und keine Angst zu zeigen.

Seine Hand glitt nach oben, zwischen ihren Brüsten hindurch und blieb seitlich an ihrem Hals liegen. »Dein Puls rast immer noch.«

»Keiner kann seinen Puls kontrollieren.«

»Es ist möglich, aber sehr schwierig. Kontrolliere stattdessen deine Atmung. Das kann jeder.«

Wieder legte er seine Hand auf ihren Bauch. »Schieb meine Hand mit deinen Atemzügen auf und ab.«

Sie konzentrierte sich darauf, und allmählich ließ die Panik nach. Ihr gesamter Körper entspannte sich unter seiner Hand, die angenehm warm und schwer auf ihr lag.

»Jetzt geht es mir besser«, murmelte sie. Während sie weiter gegen seine Hand atmete, ließ sie die Augenlider zufallen, sodass sie in eine friedliche Wärme sinken konnte, die ihr vollkommen neu war.

Dann verließ seine Hand sie. Diana öffnete die schweren Augenlider und sah, dass er die Samtbänder zerschnitt. Als sie die Arme neben sich legte, empfand sie ein Gefühl der Vollkommenheit und der Erfüllung, das unerklärbar mit ihm zusammenhing, mit ihren Gefühlen für ihn und seinen Gefühlen für sie.

Es schien, als würden sie eine Verbindung zwischen sich herstellen, die unmöglich zu zertrennen war. Wenn sie vorher gekämpft hatte, hatte sie es nur mit halbem Herzen getan. Jetzt fühlte sie sich unbesiegbar.

Sie musste unbesiegbar sein.

»Diese Fußmassage?«, murmelte sie.

Ihre Blicke trafen sich, und er lächelte leicht. »Endlich stimmen wir überein.«

Er verließ das Zimmer, kehrte jedoch mit einem kleinen Fläschchen zurück und setzte sich neben ihre Füße auf das Bett. Als er ein wenig Öl in seine Hände goss, legte sich der schwere Duft von Sandelholz über sie. Sie schwebte, noch bevor er einen ihrer Füße nahm und mit dem Zauber begann.

Diesmal keine Strümpfe, nur seine starken, geschickten Hände auf ihrer Haut.

»Es ist wunderbar. Mein ganzer Körper scheint sich zu entspannen.«

Er lächelte leicht, sagte jedoch nichts.

»Das möchte ich auch für dich tun können. Ist das möglich?«, fragte sie und hatte bewusst mehr als den jetzigen Augenblick angesprochen.

»Mein Wille ist gebrochen«, sagte er und begann mit dem anderen Fuß – in einer Art und Weise, die ihr verriet, dass sie ihn jetzt um alles bitten könnte und er nicht die Kraft besäße, es ihr zu verweigern.

Doch es war nicht richtig. Der Grund lag in dem, was heute Nacht geschehen war. Weil sie in Gefahr gewesen war und er sie nicht hatte beschützen können. Vielleicht auch, weil er auf die Heilungskräfte des Blutvergießens verzichtet hatte.

Ihr zuliebe.

Sie konnte nicht akzeptieren, dass er die Schuld auf sich nahm.

»Das ist nicht genug«, sagte sie.

»Ich weiß.«

Sie lag still da, während er ihre Füße auf magische Weise massierte, und fragte sich, wohin sie von hier aus wohl gelangen würden.

Seine Lider schirmten seine Augen ab, aber sie wusste, dass er, wie er gesagt hatte, gebrochen war. Jetzt konnte sie alles mit ihm machen, alles verlangen.

Noch mehr Schuld war allerdings das Letzte, was er brauchte.

Sie wollte, dass er sein Recht auf Liebe akzeptierte.

»Es ist möglich«, sagte sie, doch sie wusste, dass Worte nicht genug waren, nicht für ihn. Er war ein Mann, bei dem der Verstand, der Körper, die Gefühle und die Seele beteiligt sein mussten. Und der Verstand – sein brillanter, analytischer Verstand – hielt immer noch dagegen.

Er gab keine Antwort, goss sich lediglich noch etwas Öl in die Hände und fuhr fort, ihre Füße zu massieren.

Sie musterte ihn, dachte über die Reise nach, die sie hierher gebracht hatte, ärgerte sich über die kontrollierte Ruhe seiner klassischen Gesichtszüge. Sie wusste, dass er sie brauchte, doch sie war nicht sicher, was genau er brauchte und wie sie seinen Bedürfnissen nachkommen sollte.

Aber sie wusste, was sie selbst brauchte.

Als seine Hände von ihr abließen, setzte sie sich auf und ergriff sie. »Es ist immer noch sicher.«

»Es ist niemals vollkommen sicher.« Er hob die Lider, und sie sah dunkle, wachsame Augen, aber sie sah auch den gebrochenen Willen.

Du lieber Gott, was sollte sie tun?

»Es ist genauso sicher wie beim letzten Mal«, sagte sie und rückte näher an ihn heran. »Bleib diesmal in mir.«

Obwohl er nicht widersprach, lagen seine Hände passiv in den ihren. »Ich gehöre dir, egal was du forderst.«

Wenn sie behauptete, dass sie seine Liebe brauchte, um Lord Randolph zu verdrängen, würde er einwilligen. Aber er wollte es nicht. Einen Moment lang dachte sie daran, ihn dennoch darum zu bitten, weil es ihm schließlich auch gefallen würde …

Zur Hölle. Sie klang schon wie Lord Randolph!

Sie ließ ihn los. »Ich sehne mich einfach danach, Bey. Sag mir, dass es richtig für uns wäre, allein durch die Ewigkeit zu gehen.«

Er wich zurück und stand auf. »Du bist eine verteufelt grausame Frau.«

»Ironhand.« Im Gedenken an ihre Vorfahren streckte sie sich und zog das Hemd aus. »Du musst nichts tun, was du nicht tun willst«, sagte sie und sah ihn an. »Vergiss das nicht.«

Dann glitt sie vom Bett herunter und entkleidete ihn.

Sie öffnete die lange Knopfreihe seiner seidenen Weste und zog sie ihm aus. Danach nahm sie sein Halstuch ab, öffnete seinen Kragen und die Manschetten, zog ihm das Hemd aus der Hose und über den Kopf. Es hätte sie entmutigt, dass er einfach nur akzeptierte, was sie gerade tat, wenn sie zugelassen hätte, entmutigt zu werden. Er konnte sie mit einem Wort aufhalten, sagte sie sich. Es war gewiss nicht falsch, wenn sie das tat, was er auch wollte, es aber nicht selbst tun konnte.

Als seine Brust entblößt war, küsste sie sie kurz und drückte ihn aufs Bett. Sie kniete sich hin, um seine Schuhe und seine Strümpfe auszuziehen. Dann siegten jedoch ihre Zweifel, und sie sah verärgert zu ihm auf. »Willst du die ganze Zeit nur so dasitzen?«

»Ich weiß nicht.«

»Es kommt mir vor, als würde ich dich vergewaltigen!«

»Vielleicht tust du das.«

Sie stellte sich hin. »Sag das nicht.«

»Wenn wir nicht ehrlich sind, haben wir nichts mehr.« Er stand jedoch auf und zog die restlichen Kleidungsstücke aus. Wenigstens körperliches Interesse kam zum Vorschein.

»Ist es nur der Körper?«, fragte sie. »Das Schlimmste bei Lord Randolph war, dass mein Körper reagierte. Ich habe versucht, mir einzureden, dass er ein schmutziger Vergewaltiger ist, aber er war verdammt geschickt.« Plötzlich traten ihr Tränen in die Augen, und sie warf ihm einen wütenden Blick zu. »Lass dich nicht von meinen Tränen beeinflussen. Niemals. Verstehst du?«

»Natürlich nicht«, sagte er trocken und wischte ihr eine Träne von der Wange. »Es ist nicht dasselbe, Diana. Mein Körper und mein Herz wollen dich. Nur mein verfluchter Wille sagt mir etwas anderes. Das verstehst du doch, oder?«

Sie lehnte sich an seine Brust und spürte seine heftige körperliche Erregung. »Ja, ich verstehe. Körper, Herz und Verstand müssen eine Einheit bilden, sonst wird es uns beide zerstören. Aber morgen werden wir dem König gegenübertreten und den Folgen dieser üblen Geschichte. Können wir denn nicht wenigstens diesen Augenblick genießen, so unperfekt er auch ist?«

»Es wäre eine weitere Bürde für den Mond.« Er nahm ihre Hand und führte sie zum Bett. Nachdem er die Decken weggezogen hatte, schlüpfte er hinein und sagte: »Komm zu mir.«

Sie folgte seiner Aufforderung, und er zog sie in seine Arme. Zumindest für sie war es, als kämen die blutenden Hälften zusammen und nähmen jeglichen Schmerz und jeglichen Kummer von ihr. Eine lange, glückliche Weile blieben sie so liegen. Dann tauschten sie einen Kuss aus, ihren Kuss, und vergaßen die Welt um sich herum.

Geschickt und vorsichtig berührte er sie, doch sie wollte weder Vorsicht noch Geschick. Sie legte sich auf ihn und drückte seine Schenkel auseinander. »Jetzt ist meine Zeit gekommen. Die Zeit des Vollmonds.«

Während sie ihm in die Augen sah, griff sie nach dem Ölfläschchen, das auf dem Tisch neben dem Bett stand. »Flieh, Hekate, Königin der Dunkelheit«, sagte sie und goss einen dünnen Strahl auf seine Brust, »und übergib diesen armen Sterblichen Diana und dem Licht.«

Diana stellte die Flasche beiseite und massierte ihn. Dabei

betete sie um Mut, damit sie den Lektionen aus ihren Büchern folgen konnte. Betete, dass die Lektionen die Wahrheit sagten und seine Selbstkontrolle besiegen würden.

Sie massierte das Öl in seine Brust und beobachtete, wie sich seine Lider flatternd senkten – entweder, weil er sich entspannt hingab, oder, weil er verzweifelt versuchte, seine Reaktionen zu verbergen. Sie arbeitete sich weiter nach unten und wurde selbst ganz benommen, als sie die warme Haut über den kräftigen Muskelkonturen spürte.

Zunehmend wurde sie erregt und angespannt, und ein Teil von ihr wollte sich zurücklehnen und annehmen, was auch immer er ihr mit all seiner Erfahrung würde geben wollen. Sie zwang sich jedoch, ihren Plan weiterzuverfolgen, und legte schließlich ihre Hände um sein heißes, hartes Glied.

Ein Schauder durchfuhr ihn und löste ein Gefühl der Macht in ihr aus.

»Ich liebe dich«, gestand sie und ließ zuerst eine Hand nach oben gleiten, dann die andere. Es gefiel ihr, wie hart und gleichzeitig weich er sich anfühlte, aber sie war sich durchaus im Klaren, dass sie eigentlich gar nicht wusste, was sie tat.

»Du kannst den Lehrer spielen, wenn du möchtest«, flüsterte sie. »Ich habe das noch nie gemacht.«

»Der Himmel bewahre mich davor, dass du noch mehr lernst.« Seine Brust hob und senkte sich, als er tief ein- und ausatmete, und zwischen ihren Schenkeln spannten sich seine Beine.

»Keine sokratische Methode?«, neckte sie ihn und senkte mit einem Gebet an die Göttinnen der ganzen Welt ihren Kopf, um mit ihrer Zunge die Spitze zu berühren und sie kreisen zu lassen.

Er stieß einen unterdrückten Laut hervor, doch es schien kein Schmerzensschrei zu sein.

»Willst du in mich kommen?«, fragte sie.

»Sonst?« Seine Stimme war heiser.

»Sonst werde ich mein Bestes geben, um dich zum Wahnsinn zu treiben.«

Als sie nach unten sah, war plötzlich jegliche Spur von Widerwillen verschwunden. Sie sehnte sich danach, ihn zu schmecken und umfasste ihn mit dem Mund.

»Sieh da, eine Verrückte!« Er sprang auf, packte sie, und schon lag sie flach auf dem Rücken. Bevor sie wieder Atem schöpfen konnte, war er in ihr.

Glücklich lachend schlang sie ihre Beine um ihn, während er sich hinein- und hinausschob. Sie gab sich nur noch hin und ließ zu, dass er sie von dem letzten quälenden Rest, der von Lord Randolphs erbärmlicher Bedrohung übrig geblieben war, befreite.

Als sie wieder denken konnte, fragte sie sich, ob er immer noch in ihr war. Sobald ihr klar wurde, dass es so war, drückte sie ihn an sich und sagte »Danke.«

Immer noch lag er auf ihr. Obschon er schwer war, fand sie es angenehm und fuhr mit den Fingern durch seine Haare.

»Ich werde dich niemals gehen lassen«, sagte sie und rieb ihre Wange an seinem Kopf. »Du könntest dich also genauso gut dem verrückten Mond hingeben. Ansonsten werde ich dich bis zum Ende unseres Lebens bei jedem Vollmond verführen müssen.«

»Morgen ist Vollmond«, sagte er fast schläfrig.

»Ist das eine Einladung?«

Als er nicht antwortete, merkte sie, dass er schon schlief. Wenngleich sein Körper immer schwerer wurde, lächelte sie und vergoss Tränen der Liebe und der Freude.

Endlich hatte er kapituliert.

30

Als sie wie aus einem Traum erwachte, fiel ein heller Sonnenstrahl durch einen Spalt in den zugezogenen Vorhängen.

Sie war allein.

Erschrocken fuhr sie hoch und entdeckte nichts, was auf die vergangene Nacht hindeutete. Kein Öl und erst recht keinen Liebhaber. Selbst das Kissen, auf dem er gelegen haben musste, war glatt gestrichen.

Hatte sie es geträumt? Nein. Auf den Laken waren immer noch Ölspuren. Sie sah sie und roch den sinnlichen Duft. Er war hier gewesen. Er, ein elementarer Teil von ihm, war auf die Berührung ihrer suchenden Fingerspitzen hin gekommen.

Mehr noch. Für kurze Zeit hatte er ihr gehört, sein Verstand, sein Körper und seine Seele.

Doch nun war er verschwunden, und die sorgfältige Verwischung seiner Anwesenheit erfüllte sie mit Verzweiflung. Die letzte Schlacht war noch nicht gewonnen, denn schließlich war es keine Frage des Willens. Ein stärkerer Wille konnte dies überwinden.

Für ihn war es eine Angelegenheit der Seele.

Was um Himmels willen konnte hier helfen?

In der vergangenen Nacht war sie verwirrt gewesen und hatte angenommen, sie sei in seinem Schlafzimmer, doch das war sie natürlich nicht. Dieses Zimmer enthielt keine persönlichen Dinge, auch wenn es prächtig ausgestattet war. Davon abgesehen würde er sie nicht hierher bringen und ihren guten Ruf riskieren. Nicht der allmächtige, allwissende, unendlich kontrollierte Marquis von Rothgar. Sie schlug mit den Händen auf das Bett. Zum Teufel mit ihm. Zum Teufel mit ihm. Zum Teufel mit ihm!

Dann verbarg sie das Gesicht in den Händen. Sie musste auch dem Tag ins Auge sehen. Dem König. Der Gesellschaft. Ihm.

O mein Gott, o mein Gott. Heute konnten sie zur Heirat gezwungen werden, um ihren Ruf zu retten. Wenn er sich wieder hinter seine Mauern zurückgezogen hatte, wären sie in einem schlimmeren Zustand als zu Beginn der ganzen Geschichte. Sie kämpfte sich aus dem Bett und benetzte ihr Gesicht mit dem kalten Wasser aus der Schüssel. Was war bereits bekannt? Was würde man sagen? Wie würde der König auf diesen Skandal reagieren?

Würde der König sie als unschuldiges Opfer betrachten oder als Ursache von Problemen? Sie wusste, dass Bey irgendeine kluge Erklärung einfallen würde, warum er sie gerettet und hierher zurückgebracht hatte, aber wie sollten sie erklären, dass sie auf den Brief eines Mannes hin aus dem Haus geschlichen war?

Als sie zum Bett zurückkehrte, sah sie einen Blutfleck und brach in lautes Gelächter aus. Endlich hatte ihre Regel eingesetzt, doch nun könnten die Leute glauben, sie hätte hier ihre Jungfräulichkeit verloren!

Es klopfte an der Tür. Diana wirbelte herum, um zu sehen, wer hereinkam, doch es war nur Clara, die große Augen machte und einen Krug mit heißem Wasser trug. »Oh, Mylady, ich bin so froh, dass es Euch gut geht! Ich wusste nicht, was ich tun sollte, und das ist die Wahrheit. Ich habe nichts gesagt, aber ich habe mir solche Sorgen gemacht!«

Der große Krug fiel ihr beinahe aus der Hand, doch Diana rettete ihn. »Es ist in Ordnung, Clara. Du hast das Richtige getan.« Clara hatte also nicht Alarm geschlagen. Das könnte sich als hilfreich erweisen. »Was ist geschehen?«

»Ich habe natürlich kein Auge zugetan. Und dann kam im Morgengrauen diese Madam Swellenborg und sagte, Ihr wärt entführt und vom Marquis gerettet worden, und ich sollte Eure Sachen packen und hierher kommen.« Entgeistert sah sie Diana an. »Ist … ist das ein *Herrenhemd*, Mylady?«

Diana sah an sich hinunter und spürte, wie ihr Gesicht glühte. »Mein Kleid war ruiniert«, sagte sie und fügte so gelassen wie möglich hinzu: »Meine Sachen sind also hier?«

War sie in Ungnade gefallen und aus dem Queen's House hinausgeworfen worden?

Claras Mund fiel zu. »Ja, Mylady. Welches Kleid möchtet Ihr anziehen, Mylady?«

Sollte sie in Sack und Asche gehen? »Oh, es ist mir egal.« Diana wandte sich zu einem Spiegel um und betrachtete sich widerwillig.

O mein Gott, dem Himmel sei Dank, dass nur Clara sie so sah. Das zerknitterte Hemd bedeckte ihre Schultern nur halb, und die langen Ärmel waren nachlässig hochgekrempelt. Ihre Haare waren zerzaust, ihre Augenlider schwer, und sie sah schlichtweg wie eine schamlose Dirne aus.

»Suche etwas Unauffälliges für mich aus.« Sie riss sich das Kleidungsstück vom Leib, hielt es sich jedoch kurz unter die Nase und atmete die Mischung aus Sandelholzduft und den Gerüchen der vergangenen Nacht ein. Dann warf sie es aufs Bett und rief: »Bring auch meine Einlage mit, Clara. Meine Blutung hat eingesetzt.«

Kein Kind, dachte sie plötzlich. Jetzt hätte sie keins haben wollen, aber tief in ihrem Inneren spürte sie einen Schmerz, weil sie nicht sicher war, wie ihre Zukunft aussah. Sie sehnte sich nach den Kindern, die es vielleicht niemals geben würde, nach dem Vater, der er vielleicht niemals sein würde.

Nein. Sie war kurz vor dem Sieg und würde ihn sich nicht entgehen lassen. Auch wenn sie ihn bei jedem Vollmond verführen müsste, solange sie lebten!

Sie wusch sich und zog die Sachen an, die Clara ihr brachte – die lange Stoffeinlage mit dem Riemen und dem Band, die sie festhielten. Wenigstens litt sie in diesen Zeiten nicht, wie manch andere Frau es tat. Sie brauchte ihre ganze Kraft und Energie, um den kommenden Tag zu überstehen.

Clara brachte ein blassblaues Kleid und alles, was sie zusätzlich brauchte. »Wird der Maskenball trotzdem stattfinden, Mylady? Was ist mit all den Sachen?«

Der Maskenball! Heute Abend.

Es schien eine Ewigkeit her zu sein, seit sie ihr Dianakostüm anprobiert hatte.

Würde der Ball trotz allem stattfinden? Sie wusste nicht, was sie wollte.

Während sie das Unterhemd entgegennahm, das die Zofe ihr reichte, und es überstreifte, fragte Diana: »Was geht im Haus vor? Seit wann bist du hier?«

»Ich kam kurz nach Sonnenaufgang, Mylady«, sagte Clara, zog Diana das Korsett über den Kopf und begann, es von oben nach unten auf dem Rücken zuzuschnüren. Relativ fest. Offensichtlich war das der Versuch, ihren Anstand wiederherzustellen. »Ich weiß nicht, ob Ihr es wisst, Mylady, aber Ihr seid in den Zimmern der Marquise. Sie sind natürlich seit einer Ewigkeit nicht mehr benutzt worden.«

In Claras Worten lag eine rätselhafter Unterton.

»Das ist nur gerecht«, sagte Diana leichthin. »Sicher erinnerst du dich, dass Lord Rothgar in Arradale in den Gemächern der Gräfin geschlafen hat.«

»Aber es gibt hier wirklich keinen Mangel an Zimmern, Mylady«, sagte Clara und zog besonders kräftig an den Korsettschnüren.

Du lieber Himmel. Das Letzte, was sie brauchte, war, dass Clara den Wachhund spielen wollte.

Während sie in den Unterrock schlüpfte und den Rockbund festzog, sah sich Diana im Schlafzimmer der Marquise von Rothgar um. Wahrscheinlich war es zuletzt von Beys Stiefmutter benutzt worden, der lächelnden Frau, die aus einer zerbrochenen Familie wieder eine vollständige gemacht hatte, aber womöglich an der Aufgabe gescheitert war, ein verstörtes Kind wieder vollständig zu heilen. Wahrscheinlich war sie schon kurz nach der Hochzeit mit Lord Bryght schwanger geworden und natürlicherweise von ihren eigenen

Kindern in Anspruch genommen worden. Doch es war eine Schande.

Zahlreiche Bilder hingen an den Wänden, aber sie näherte sich nur einem. Ein kleines Kind, das noch eine Schürze trug, saß in der typischen Haltung eines Kleinkindes mit gespreizten Beinen auf einem Stuhl. Dahinter stand ein Junge von ungefähr fünf Jahren. Beide waren dunkelhaarig, aber während das jüngere Kind pausbäckig war und Grübchen hatte, war das ältere schmal und ernst und wirkte, als würde es schützend dabeistehen.

Bey und Bryght, sie war sicher. Sie hatte nie darüber nachgedacht, wie es für ihn gewesen sein musste, als sein erster Halbbruder geboren wurde. War er vielleicht immer in der Nähe gewesen, um ihn zu beschützen? Oder war er ihm aus dem Weg gegangen?

Sie betrachtete diesen ernsten Jungen, und er erwiderte ihren Blick. Er sah vollkommen anders aus als der Trommlerjunge, der sie selbst in einem ähnlichen Alter darstellte. Während sie ihn ansah, schien das Gesicht lebendig zu werden, und sie entdeckte die Spur eines Lächelns und den nüchternen, scharfen Verstand, der bereits beobachtete, abschätzte, sich erinnerte.

Sie fragte sich, ob er diesen Porträtmaler ebenso eingeschüchtert hatte wie den späteren. Wie gern hätte sie ihn damals gekannt, doch das war Unfug. Da war sie noch nicht einmal auf der Welt gewesen.

Sie riss sich los und stellte sich vor den Spiegel, um den weiten, blauen Rock und das gestreifte Oberteil anzuziehen. »Eine gute Wahl, Clara. Kleidsam, aber nicht frivol.«

»Danke, Mylady.« Die Zofe schloss die vorderen Haken, sah dann jedoch besorgt auf. »Ist Euer Ruf ruiniert, Mylady?«

Clara zielte mit ihrer Frage auf etwas ganz Bestimmtes, aber Diana sagte: »Ich hoffe nicht. Allerdings wird es Zeit, das herauszufinden. Weißt du, wo der Marquis ist?«

»Ich glaube, er ist zum König gegangen, Mylady. Lady Walgrave ist hier, Mylady, und würde gern mit Euch frühstücken, wenn Ihr möchtet.«

Elf. Ihre Anspannung legte sich etwas. »Ordne meine Haare ein wenig, bring das Frühstück und richte Lady Walgrave aus, dass ich mich freue, sie zu sehen.«

Vielleicht hatte Elf eine Idee, wie man die letzte Barriere ihres Bruders durchbrechen konnte.

Und welche Gefahren lauerten, wenn man es tat.

Rothgar wurde zum König vorgelassen. George arbeitete gerade an einem Schreibtisch, wo er Schriftstücke las und unterschrieb. Außer einem kurzen Kopfnicken zur Begrüßung ignorierte der König ihn, bis er alle Papiere bearbeitet hatte. Es war keine Brüskierung. George war in diesen Dingen gründlich und nahm seine Pflichten ernst. Schließlich winkte er seinen Sekretär hinaus und erhob sich. »Schockierende Nachrichten, Mylord.«

»In der Tat, Majestät.«

»Geht es Lady Arradale gut?«

»Etwas erschöpft, Majestät, aber sie erholt sich.«

»Euer kurzes Schreiben war nicht besonders aufschlussreich, Mylord. Ich will die ganze Geschichte hören, wenn ich bitten darf, einschließlich einer Erklärung, warum Lady Arradale nicht sofort hierher zurückgebracht wurde.«

Rothgar hatte damit gerechnet, dass er verstimmt war. »Das Letzte ist am einfachsten zu erklären, Majestät. Die Gräfin war erschöpft und verwirrt, und ich dachte, es sei besser, die Königin nicht zu stören. Lord und Lady Bryght kamen gestern Abend in meinem Haus an, sodass sie nicht allein war.«

»Ist sie verletzt?«

»Wir waren rechtzeitig da.«

»Gott sei Dank, Gott sei Dank. Eine abscheuliche Sache. Abscheulich. Lord Randolph muss verrückt sein!«

»Was das betrifft, Majestät, so wurde er gewissermaßen zu dieser Dummheit angestiftet.« Rothgar zog den Brief hervor. »Er erhielt dieses Schreiben.«

Beim Anblick des Siegels runzelte der König die Stirn. Er öffnete den Brief und wurde dunkelrot. »Beim Jupiter, wer hat das gewagt? Meine Unterschrift. Mein Siegel. Das königliche Siegel. Auf *so einem Brief!*«

»In der Tat, Majestät.« Rothgar rettete den Brief aus der königlichen Faust. »Und der Brief, der Lady Arradale dazu überredete, nachts hinauszugehen, war gleichermaßen raffiniert gefälscht. Somerton weiß nicht, woher der Brief kam, doch er erhielt Unterstützung von einem Franzosen, den die Gräfin als Monsieur de Couriac erkannte. Derselbe de Couriac, den wir in Ferry Bridge trafen.«

Der König sah ihn verblüfft an. »Was? Wieso? Selbst wenn dieser Irre hinter Euch her ist, warum sollte er Somerton helfen, die Gräfin zu entführen? Was? Was?«

Rothgar zuckte mit den Schultern. »Es ist bekannt, dass die Gräfin gewissermaßen unter meinem Schutz steht. Ich wäre also verpflichtet, etwas zu unternehmen, wenn ihr etwas zustoßen würde. Ich vermute, der ganze Plan war eine Falle für mich. Es ist allerdings auch möglich«, schlug er vor, »dass den Franzosen jegliches Mittel Recht ist, um Unruhe zu stiften.«

»Wir haben Frieden, Mylord.«

»Und dennoch ärgern sich einige Eurer Untertanen über den Frieden, Majestät. Es ist möglich, dass manche Franzosen es ebenfalls tun.«

»Aber was bezwecken sie?«, fragte der König. »Glauben sie, dass ich in den Krieg ziehe, weil eine Frau entführt wurde?«

Es war leider an der Zeit, offen zu sein. »Ich glaube, Majestät, sie bezwecken, mich zu beseitigen. Offensichtlich glauben ein paar Leute in der französischen Regierung nicht, dass Ihr gegen eine Expansion und einen Angriff der Franzosen gewappnet seid. Sie denken anscheinend, dass mein Rat für Eure Politik entscheidend ist. Ein Irrtum natürlich. Sie könnten falsch informiert worden sein – von Chevalier d'Eon vielleicht?«

Der König war auf und ab gegangen, doch nun blieb er stehen. Rothgar hätte gerne gewusst, was der König dachte, aber hier konnten seine übernatürlichen Kräfte nichts ausrichten.

Plötzlich wandte der König sich um und blickte verärgert auf den Brief in Rothgars Hand. »Was soll ich jetzt tun? Meine Schrift, mein Siegel, und der Inhalt ist abscheulich!«

»Wenn wir den Fälscher finden, könnten wir ihn bestrafen, Majestät, aber wir müssten den Inhalt des Briefes enthüllen. Ich hege die Hoffnung, dass wir Lady Arradales Unglück von der Öffentlichkeit fernhalten können.«

»In der Tat, in der Tat. Aber ich will, dass de Couriac hängt. Somerton auch!«

»Auch damit riskieren wir übles Gerede, Majestät.«

Der König starrte ihn wütend an. »Ich soll *nichts* gegen eine solche Beleidigung unternehmen? Ich will Somerton am Hof nicht mehr sehen. Selbst wenn er auf die Franzosen hereingefallen ist, ist er ein Schuft.«

»Ich glaube, der Herzog von Carlyle würde sich freuen, wenn Somerton sich um seine Ländereien in Virginia kümmern würde. Ich könnte es arrangieren, wenn Euer Majestät mit dem Herzog darüber sprechen würden.«

»Den wären wir schon mal los«, murmelte der König. »Aber was ist mit den echten Schurken?«

»Es wäre eine Ehre für mich, wenn Ihr das mir überlassen würdet, Majestät. Ich werde für ihre Bestrafung sorgen.«

Nach einer Weile nickte der König. »Informiert mich, wenn es erledigt ist, Mylord.« Dann fügte er jedoch hinzu: »Und was ist mit der armen Lady Arradale? Sie hat einen Freier verloren.«

»Allerdings, Majestät. Vielleicht wäre es am klügsten,

diese Geschichte mit ihrer Heirat eine Zeit lang beiseite zu legen. Es wird sie nur quälen.«

Die Augen des Königs wurden schmäler, und er zog einen leichten Schmollmund. Doch er sagte: »Sehr gut. Sehr gut. Richtet ihr aus, dass sie in den Norden zurückkehren kann, wenn sie möchte. Aber ich hoffe, sie nimmt noch an dem Maskenball teil, bevor sie abreist. Es wäre eine Schande, ihn zu verpassen, besonders, wo sie doch im Haus wohnt.«

»Das glaube ich auch, Majestät. Aber das erinnert mich daran, dass ich jetzt zurück muss.«

Der König nickte, doch als Rothgar an der Tür war, sagte er: »Ich hoffe, Ihr kamt gut bewacht hierher, Mylord.«

Rothgar lächelte entschuldigend. »In einer Kutsche mit bewaffneten Vorreitern, Majestät. Eine Extravaganz, die mir vernünftig erschien.«

»Gut, gut. Wir möchten Euch nicht verlieren.«

31

Bryght Malloren war in Malloren House auf der Suche nach seinem Bruder. Nachdem er die nahe liegenden Räume überprüft hatte, klopfte er an die Tür des ehemaligen Boudoirs seiner Mutter. Darin fand er jedoch nur Elf und die Gräfin, die ihm keine nützliche Auskunft geben konnten.

»Sorgt Ihr Euch um ihn, Lord Bryght?«, fragte die Gräfin und sah dabei ein wenig beunruhigt aus. Er hätte sie gern direkt gefragt, was letzte Nacht hier geschehen war.

»Ja.«

»Warum, Bryght?«, fragte Elf. »Gab es Schwierigkeiten mit dem König?«

»Ich weiß es nicht, er hat sich versteckt.«

»Versteckt?«, wiederholte Elf. »Bey?«

Die Gräfin machte dazu keine Bemerkung. Sie erhob sich halb, setzte sich jedoch sogleich wieder. Eine kluge und beherrschte Frau. »Könnte er mit den letzten Vorbereitungen für den Maskenball beschäftigt sein?«, fragte sie.

»Niemand hat ihn gesehen, und es gibt noch ein paar Dinge, die erledigt werden müssen.«

»O je.« Mit diesen Worten erhob sich Elf. »Ich werde nachsehen, ob ich dabei helfen kann. Das ist sehr merkwürdig. Diana, möchtest du mit mir kommen?«

Die Gräfin dachte kurz nach und sagte dann: »Nein. Ich möchte hier bleiben.« Zu Bryght sagte sie: »Ich glaube, hier ist irgendwo ein Automat, Mylord. Möglicherweise kümmert Euer Bruder sich um ihn.«

Überrascht sah Bryght sie an. »Natürlich. Er findet Automaten beruhigend. Habt Ihr eine Ahnung, Lady Arradale, warum er beruhigt werden müsste?«

Sie sah ihn ruhig, entschlossen und offen an. »Er muss gegen Teufel kämpfen. Und gegen Engel. Die Engel sind zweifellos am schwierigsten.«

Bryght nickte und verließ mit Elf den Raum. Sobald die Tür geschlossen war, flüsterte Elf: »Ist er vielleicht so weit? Endlich?«

»Mit Gottes und unserer Hilfe. Ich wünsche mir so sehr, dass Brand hier wäre. Aber wie es aussieht, muss ich bei diesem unchristlichen Kampf gegen die Engel wohl den Sekundanten spielen.«

Er verließ sie und ging eilends den Gang entlang, die Treppe hinunter und in das kleine Zimmer auf der Rückseite des Hauses. Hinter der schlichten Tür hörte er Vogelgezwitscher und eine Trommel. Ohne anzuklopfen trat er ein – gerade als das Gezwitscher und Getrommel aufhörte – und wusste nicht, was er vorfinden würde.

Rothgar, der immer noch seine Hofkleidung trug, saß an einer Werkbank. Er hatte jedoch keinerlei Werkzeuge in der Hand, sondern starrte nur den Automaten an. Es war die Figur eines kleinen Jungen in einem blauen Anzug. Um seinen Hals hing eine Trommel, und in den Händen hielt er Trommelstöcke. Rothgar wandte seinen Blick sofort Bryght zu. »Stimmt etwas nicht?«

»Du versteckst dich.«

»Ist das so schlimm?«

»Diejenigen von uns, die nicht daran gewöhnt sind, beunruhigt es. Aber wir werden lernen, es zu überleben.«

»Warum bist du dann hier?«

»Wo sollte ich sonst sein, wenn du gegen Engel kämpfst?«

»Gegen Engel kämpfen?«, fragte Bey spöttisch.

Bryght setzte sich auf einen einfachen Stuhl neben den Automaten und fühlte sich, als würde er tatsächlich in einen Kampf ziehen. »So hat Lady Arradale es beschrieben. Du solltest sie heiraten.«

Beys Augen wanderten zu dem Automaten hin. »Dies hier

ist Lady Arradale als Kind, in einen Jungen verwandelt. Das liebevolle Geschenk eines Mannes, das unbewusst zur Waffe wurde und das Herz seiner Gattin und seiner innig geliebten Tochter verletzte.«

Bryght betrachtete das fröhliche Gesicht des Kindes und entdeckte ansatzweise das eigensinnige Kinn und den offenen Blick der Gräfin. Er verstand sofort, was Bey meinte, quälte sich jedoch mit den anderen Bedeutungen seiner Worte. Verflucht, er liebte zwar die Komplexität von Zahlen, aber diese menschlichen Labyrinthe lagen ihm nicht.

Er machte es sich einfach. »Nach der letzten Nacht sehe ich hundert Gründe, warum du Lady Arradale heiraten solltest. Nenn mir einen, der dagegen spricht. Und vergiss den Wahnsinn in deinem Blut.«

Beys Blick wanderte wieder in seine Richtung. »Das ist leichter gesagt als getan.«

»Genau das ist dein Engel, Bey. Du glaubst, es ist ein heiliger Engel, aber es ist Luzifer in seiner ganzen stolzen Pracht.«

Sein Bruder lehnte sich zurück. »Oder du bist es. ›Wiederum führte ihn der Teufel mit sich auf einen sehr hohen Berg und zeigte ihm alle Reiche der Welt und ihre Herrlichkeit und sprach zu ihm: Das alles will ich dir geben ...‹ Etwas haben zu wollen, ist keine Rechtfertigung dafür, dass man es nimmt, Bryght.«

»Sie liebt dich. Hast du darüber nachgedacht, was du ihr antust?«

»Das mache ich unaufhörlich.«

»Hast du mit ihr geschlafen?« Natürlich antwortete Rothgar nicht, doch das war gewissermaßen auch eine Antwort. »Dann kannst du nicht vor ihr davonlaufen.«

»In diesen Dingen sind wir uns einig.«

»Einigkeit heilt aber kein gebrochenes Herz.« Gott stehe ihm bei, er fand nicht die richtigen Worte, um in den verflucht beherrschten und komplexen Verstand seines Bruder einzudringen. Er sprang auf.

»Du bist keine Maschine, verdammt noch mal! Und andere Menschen auch nicht. Und die Welt genauso wenig.« Er beugte sich über die Werkbank und sah Bey direkt in die überraschten Augen. »Unfehlbarkeit ist nicht möglich. Sicherheit ist nicht möglich. Das Leben ist ein Risiko. Ich bin tausend Tode gestorben, als Portia das Baby bekam. Es hat stundenlang gedauert, und manchmal hörte ich sie schreien. Ich habe ihr versprochen, dass es keine weiteren Kinder gäbe, aber sie hat nur gelacht.«

Er wandte sich ab, fuhr jedoch mit dem fort, was er zu sagen hatte: »Ich habe mich eine Weile zurückgehalten und mein Bestes gegeben, damit sie nicht schwanger würde, aber sie sagte, was ich dir jetzt sage: Das Leben ist ein Risiko.«

Er wandte sich wieder zu Bey um, doch sein Bruder hatte jetzt den Blick gesenkt und versuchte, ihm auszuweichen. Hatte er etwas erreicht?

»Im Grunde ist das Risiko nicht hoch für sie. Auch wenn sie recht schmal ist, konnte sie ohne Probleme gebären. Sie hat nicht einmal lange in den Wehen gelegen, obwohl es mir wie Tage vorkam. Das Grauen befand sich nur in meinem Kopf. Und in meiner Anmaßung, weil ich glaubte, ich könnte Gott spielen und Leben verhindern. Sie möchte noch mehr Kinder. Ich möchte ebenfalls noch mehr Kinder, und vor allem möchte ich ihr geben, was sie haben will.«

Plötzlich schlug Bey sich die Hände vor das Gesicht, doch Bryght sprach weiter. »Ja, deine Mutter ist verrückt geworden, aber würdest du dasselbe empfinden, wenn sie ganz im Stillen verrückt geworden wäre, in einem abgeschiedenen Zimmer gesessen und mit den Wänden geredet hätte?« Er beugte sich über die Werkbank und packte seinen Bruder an einem seiner starren Handgelenke. »Du läufst immer noch vor dem Mord davon, Bey. Und versuchst, ihn ungeschehen zu machen.«

Er wusste nicht, ob das, was er sagte, nicht vollkommener Unsinn war.

Es war tief aus seinem Inneren gekommen, ohne dass er darüber nachgedacht hatte.

Beys Fingerknöchel wurden weiß, als er sie gegen seinen Kopf presste. »Du erklärst mir, was ich will.« Seine Hände entspannten sich, und er sah auf. »Genau genommen, was *du* willst.«

»So kommst du mir nicht davon. Ja, ich will, dass du heiratest und Kinder bekommst. Aber weil ich will, dass du lebst. Weil ich dich liebe, Bey.«

Das hatte er noch nie vorher ausgesprochen, und plötzlich setzte er sich auf den Stuhl, der auf seiner Seite der Werkbank stand.

»Wir alle wissen, was du für uns getan hast«, sagte er, »und welche Mühe es dich manchmal gekostet hat. Jetzt möchten wir alle, dass du auch lebst.«

Unverhofft schossen ihm noch andere seltsame Gedanken durch den Kopf, und er schleuderte sie ihm entgegen, bevor ihn sein Mut verließ. »Wir wollen, dass du deine gerechte Belohnung bekommst. Dein ganzes Leben lang hast du dich für die kleine Edith aufgeopfert, aber auch sie will, dass du glücklich bist. Weil wir wissen, dass du es verdienst, glücklich zu sein.«

Er spürte, wie er rot wurde, als sein Bruder ihn erstaunt anstarrte. Was für ein sentimentales Geschwätz!

Bey erhob sich jedoch und wandte sich ab. »Ich muss nachdenken, Bryght.«

»Du denkst sowieso schon zu viel nach!«

Als sein Bruder keine Antwort gab, wusste er, dass er so weit gegangen war, wie er konnte. Mit einem letzten besorgten Blick verließ er den Raum. Er schloss die Tür, blieb stehen und fragte sich, ob er noch mehr sagen oder tun konnte, ob er wieder hineingehen sollte.

Dann begann ein Vogel zu singen, und eine Trommel begann zu schlagen.

Er spielte wieder mit dem verfluchten Automaten.

Bis zum Abend hatte Diana Bey immer noch nicht gesehen, doch das ging nicht nur ihr so. Elf hatte ihn ebenso wenig gesehen, und sie beklagte sich über all die Dinge, die sie in letzter Minute für den Maskenball hatte regeln müssen. Ihre Sorge verbarg sie dabei nur schlecht.

Als sie in Dianas Zimmer erschienen war, trug sie bereits ein reizendes Wespenkostüm. »Es kommt sogar eine Truppe vom Königlichen Theater, die ein Maskenspiel unter der Leitung von Mr. Bach aufführen soll. Sie scheinen zu wissen, was sie tun sollen, also habe ich sie proben lassen.« Sie sah auf das Kostüm, das quer über dem Bett lag. »Diana? Wie passend.«

»Wo ist er bloß?«, fragte Diana. Im Moment trug sie nur ihr Unterhemd. Wenn er nicht an dem Maskenball teilnahm, würde sie es auch nicht tun. »Macht er so etwas öfter?«

»Nie«, musste Elf zugeben und zuckte mit den Schultern. »Aber das lässt hoffen. Wenn er so ungerührt wäre wie üblich, wäre ich weniger zuversichtlich.«

Diana hatte sich überwunden und Elf alles erzählt. Es war für sie eine große Erleichterung gewesen, auch wenn Elf ihr nicht hatte versichern können, dass Bey zur Vernunft kommen würde. Sie rang die Hände. »Er würde sich nicht … würde sich nicht umbringen, oder doch?«

»Nein!«, rief Elf, obwohl sie blass wurde. »Nein, das würde er bestimmt nicht tun. Das wäre gegen all seine Überzeugungen.«

»Genauso, wie mich zu heiraten offensichtlich. Ich erhielt eine Nachricht von ihm. Der König gibt mir die Erlaubnis, morgen in den Norden zurückzukehren, und zwar unverheiratet.«

»O nein!« Elf nahm Dianas Hand, zerrte sie zum Sofa und goss ihr Wein ein. »Portwein?«, fragte Elf und reichte Diana bereits das Glas.

»Den mag ich besonders gern«, sagte Diana und kämpfte mit den Tränen. »Bey hat ihn mir geschickt. Ich habe gehofft …«

Elf musterte die Kristallkaraffe, goss sich selbst welchen ein und probierte. »Seine spezielle Sorte. Fühle dich geehrt. Aus der Quinta do Bom Retiro.«

Diana kannte den Namen, außerdem hatte der Butler ihn voller Ehrfurcht überreicht, und sie sagte: »Er würde mir wohl kaum einen minderwertigen Wein bringen lassen.«

»Er hatte keine Veranlassung, überhaupt welchen zu schicken«, betonte Elf und sah jetzt fröhlicher aus, »und glaub mir, den bekommt nicht jeder Gast.«

»Ein süßer Abschiedsgruß also. Und offenbar heute Morgen in Auftrag gegeben. Das bedeutet gar nichts.«

Elf hob energisch den Kopf. »Weißt du, Bey und du, Ihr mögt beide auch Zitronenwasser.«

»Ja und?«

»Ihr passt also außerordentlich gut zueinander!«

»Viele Leute mögen Zitronenwasser.«

Elf winkte ab, als hätte Diana sie nicht verstanden. »Außerdem wusstest du, wo er war. In der Werkstatt. Bryght hat ihn dort gefunden und mit ihm gesprochen. Ich konnte dem Ganzen nicht folgen – ich glaube, Bryght hat mir nicht alles erzählt – aber er schien der Meinung zu sein, dass irgendetwas passiert ist.«

»Etwas Gutes oder etwas Schlechtes? Aber du brauchst mich nicht davon zu überzeugen, dass wir zueinander passen.« Diana lachte. »Das ist zu schwach ausgedrückt! Er ist das Blut in meinem Herzen und die Luft, die ich zum Atmen brauche. Ich weiß, dass ich dasselbe für ihn bedeute, doch was ist, wenn er an seinem Entschluss festhält?«

Schließlich erzählte sie Elf, was sie bisher verschwiegen hatte, dass sie letzte Nacht das Gefühl gehabt hatte, Bey wäre äußerst verletzlich.

»Du willst seine Mauern einreißen, nicht wahr?«, fragte Elf, doch auch sie wirkte besorgt.

»Nein«, sagte Diana. »Mir ist klar geworden, dass ich das nicht will. Ich möchte, dass er von dem Panzer, der ihn gefangen hält, befreit wird. Aber ich will, dass er er selbst bleibt. Was ist, wenn ich seinen Willen gebrochen habe? Was ist, wenn er sich deshalb so merkwürdig verhält?«

Elf biss sich auf die Lippe, sagte dann jedoch: »Er wird zum Maskenball kommen. Sein Pflichtbewusstsein würde es niemals zulassen, dass er nicht daran teilnimmt. Dann werden wir es herausfinden.«

»Ich würde mich eher umbringen, als ihn zu zerstören.«

»Und er würde dasselbe für dich tun. Lass uns stattdessen für das Leben beten.«

Diana seufzte und nahm einen kräftigen Schluck von dem herrlichen Portwein. Dann stellte sie das Glas beiseite und erhob sich. »Dann hilf mir bei dem Kostüm. Es wird Zeit, dass Diana auf die Jagd geht.«

Vor dem Maskenball gab es kein feierliches Abendessen, weil jeder wollte, dass sein Kostüm geheim blieb. Diana wurde jedoch gebeten, an einem Abendessen der Familie mit Bryght, Portia, Elf und derem Gatten teilzunehmen, und sprach schon bald jeden mit Vornamen an. Es war klar, dass sie sie alle als Beys Braut anerkannten, selbst wenn sie Zweifel hatten, dass eine Hochzeit stattfinden würde. Eine merkwürdige Situation, und alle fanden es bedrückend. Es kam ihr vor, als wäre sie die Verlobte eines Mannes, der gestorben war.

Bey war offensichtlich in seinen Gemächern und lebendig, doch nach Bryght hatte niemand mehr mit ihm gesprochen, und als Elf geklopft hatte, hatte Fettler ihr höflich den Einlass verweigert.

Nachdem alle ihre Sorge zum Ausdruck gebracht hatten, hatte die Familie beschlossen, nicht mehr darüber zu sprechen, und sich hauptsächlich über ihren Ausflug in den Norden unterhalten. Diana war erneut beeindruckt, wie ernst alle ihre geschäftlichen Angelegenheiten nahmen. Portia zuckte mit den Schultern und sagte, sie hätte genug damit zu tun, ein Kind aufzuziehen, aber Bryght beschäftigte sich intensiv mit dem Kanalsystem des Nordens und mit entsprechenden Plänen für den Süden. Fort trug die Verantwortung für eine geschäftliche Partnerschaft zwischen ihm und den Mallorens, bei der es um Wein und Spirituosen ging. Außerdem war er offensichtlich dabei, die Unternehmen der eigenen Familie auszubauen, besonders mit Blick auf seinen jüngeren Bruder Victor, der bald von einem Aufenthalt in Italien zurückkehren würde.

Dianas Beiträge zu den Industriezweigen des Nordens, zu Bleiminen und zur Wollproduktion, wurden mit großem Interesse aufgenommen. Als die Mahlzeit dem Ende zuging, wurde ihr klar, dass neues Unheil drohte. Sie mochte die Malloren-Familie wirklich sehr gern. Sie fühlte sich bereits als Teil ihrer Familie, und wenn sie Bey verlor, würde sie seine Familie ebenfalls verlieren.

Fort, der zu ihrer Rechten saß, drückte ihr die Hand. »Ich bin versucht, mit ihm zu schimpfen, dass er dir soviel Kummer macht. Aber dann würde er mich umbringen. Nein«, korrigierte er sich gequält, »das stimmt nicht. Er würde sich von mir umbringen lassen, um Elf Kummer zu ersparen – was natürlich töricht wäre, weil Elf dann in ein Kloster eintreten und noch mehr weinen würde.«

Elf, die links neben ihrem Mann saß, gab ihm einen Klaps, wirkte jedoch nicht amüsiert. »Er tut sein Bestes, Fort.«

»Er verwandelt das Leben wie üblich in ein Labyrinth. Ich weiß, dass all eure Herzen bluten. Aber ich muss gestehen, ich stelle mit einer gewissen Befriedigung fest, dass Dädalus sich in seinem eigenen Irrgarten verlaufen hat.«

Es war eine interessante Art und Weise, die Sache zu betrachten, und Fort hatte im Grunde Recht. Dädalus war der Einzige, der wirklich wusste, wie man herausfand.

32

Der Maskenball schien ganz von allein in Schwung zu kommen. Alles war meisterhaft geplant und von tüchtigen Dienstboten ausgeführt worden. Als die Familie sich von ihrer Mahlzeit erhob, waren die allgemein zugänglichen Bereiche des Hauses in ein geheimnisvolles, dämmriges Licht getaucht, und oben an der Haupttreppe leuchtete ein künstlicher Mond als Willkommensgruß. In der Eingangshalle spielte ein einzelner Flötenspieler eine betörende, geheimnisvolle Melodie, um die aufgeregten, flüsternden Gäste zu begrüßen.

Elf nahm Diana an die Hand und schlüpfte mit ihr zwischen die maskierten Gäste. »Du willst das hier doch genauso wie alle anderen genießen«, flüsterte sie.

»Was meinst du?«, fragte Diana, doch Elf wollte nichts verraten.

Als sie die Treppe hinaufgingen, gesellte sich ein Harlekin zu ihr. »Diana, die Jägerin? Ihr könnt mich jagen, meine Hübsche.«

Nicht der Mann, der sie interessierte. »Vielleicht später, wenn Ihr mich wiederfindet, Sir.«

Würde Bey sich unter die Gäste mischen oder als Hausherr dieser Veranstaltung im Ballsaal warten? Sie setzte ihr ganzes Vertrauen auf Elfs Überzeugung, dass er hier irgendwo sein würde. Er musste hier sein.

Würde sie ihn erkennen? Sie glaubte schon. Wenn er allerdings zu gut verkleidet war, würde es ihm vielleicht gelingen, sich vor ihr zu verstecken. Sie begann, jeden zu mustern.

Die meisten Leute waren nicht sehr stark verkleidet, sodass Diana leicht feststellen konnte, dass sie nicht Bey waren. Manche trugen jedoch das venezianische Kostüm mit weitem Umhang, Hut und Maske, weshalb es schwer war, die Person darunter zu erkennen.

Sie prüfte Lippen, Hände und Stimmen.

Nein, er war nicht unter den Leuten, die um sie herum standen.

Als sie vor sich aufgeregtes Geschrei vernahm, ging sie weiter durch einen griechischen Bogen in den breiten Gang, der zum Ballsaal führte. Heute Abend waren keine Porträts zu sehen, der Gang war in eine Art Irrgarten mit verschlungenen Wegen verwandelt worden, die gerade breit genug für eine Person waren.

Dädalus, in der Tat.

Die Wände der Durchgänge waren grau gestrichen, und darüber hing ein graues Stoffdach, gerade hoch genug, um einen großen Mann durchzulassen. Von oben drang ein wenig Licht durch den Stoff, aber dennoch war es ein unheimlich dunkler, enger, geschlängelter Weg. Obgleich Diana wusste, wo sie sich befand und dass sie nicht in Gefahr war, fühlte sie sich eingeengt und bedroht. Sie hörte ausgelassene weibliche Rufe von allen Seiten und beruhigende Worte von Männern.

Alles ein Teil des Spiels.

Elf war direkt hinter ihr und flüsterte: »Warte, bis du das hier siehst!«

Sie traten aus dem Irrgarten heraus und kamen in die Nacht.

Keine schwarze Nacht. Eine sternenhelle Nacht, in der erneut entrückte Flötenklänge ertönten.

Der gesamte Raum war mit dichtem schwarzem Stoff behangen, und davor waren sternartige Lichter zu sehen. Größere Lichter stellten Planeten dar, einschließlich des Saturns mit seinen Ringen. In der Mitte hing ein weiterer riesiger Mond, perfekt und realistisch gezeichnet.

»Wie habt ihr den denn gemacht?«, flüsterte sie Elf zu, als

sie zwischen staunenden Gästen weiter in den Raum vordrangen. Sie spürte Stoff unter ihren Füßen und merkte, dass auch der Boden schwarz belegt war.

»Auf einer weißen Glaskugel sind die Schatten des Mondes aufgemalt, und innen befinden sich Öllampen. Wir haben ihn vor ein paar Jahren bei einem Mittsommernachtsball benutzt, und den Irrgarten vor noch längerer Zeit. Fast alles wurde aus alten Beständen zusammengebaut.«

Als Diana umherging, um alles in sich aufzunehmen, wurde ihr klar, dass es das Werk eines Meisters war. Dies alles hatte Bey arrangiert, neben den vielen anderen Dinge, um die er sich kümmern musste.

Sie erkundete eine der kleinen Grotten, die entlang der Wände errichtet worden waren. Unter verdeckten Lichtern leuchteten silberne Bäume und Zweige, und Bänke luden zum Sitzen ein.

»Die verwenden wir bei allen Maskenbällen«, sagte Elf. »Sie werden lediglich neu gestrichen.«

Diana sah sie an. »Willst du nicht, dass ich beeindruckt bin?«

Elf zuckte reumütig mit den Schultern. »Ich möchte nicht, dass du glaubst, er ist ein Übermensch.«

»Das tue ich nicht. Wo ist er nur? Weißt du, welches Kostüm er trägt?«

»Nein«, erwiderte Elf. »Ehrlich.«

»Ich werde ihn finden.«

Diana ging weiter im Raum umher, musterte die Gesichter, so gut es in dem dämmrigen Licht möglich war, lauschte den Stimmen und ließ sich auf der Jagd nach ihm von einem geheimen Sinn leiten. In einer Ecke entdeckte sie einen griechischen Tempel auf einem Podium. Da er noch nicht beleuchtet war, wunderte sie sich, welche Rolle er wohl spielen würde. Sie setzte ihren Weg fort, suchte und jagte …

Als sie stehen blieb, um noch einmal zu dem wundervollen Mond aufzublicken, entdeckte sie, dass von dieser Seite ein geisterhaftes Gesicht herablächelte. Der Mann im Mond blickte amüsiert auf die Torheit der Menschen herab.

»Es ist eine Schande, einen künstlichen benutzen zu müssen, wenn doch draußen ein echter Vollmond über den Himmel zieht.«

Ein schmerzhafter Freudenschauer lief ihr den Rücken hinunter, und sie wandte sich langsam um. Er war ganz in Schwarz gekleidet. Sie konnte keine Einzelheiten erkennen, außer dass seine Maske ein schwarzes Spiegelbild ihrer eigenen war, sodass seine helle Haut einen sichelförmigen Mond inmitten von vollkommener Dunkelheit bildete.

»Woher wusstest du von meiner Maske?«, fragte sie.

»Bin ich nicht die allwissende Schwarze Eminenz?«

»Stellst du das mit deinem Kostüm dar?«

»Nicht direkt. Ich bin der Herr der Nacht. Im wörtlichen und im übertragenen Sinn. Ich habe sogar Sterne.« Er hob die Hände, und sie sah mit erstauntem Entzücken, dass er an jedem Finger einen großen, glitzernden Edelstein trug.

Mit Bedauern dachte sie an ihre eigenen nackten Hände, doch bevor sie etwas dazu sagen konnte, forderte er sie auf: »Komm, wir spielen die Rolle der Götter und lassen das Fest beginnen.«

Er klang unbeschwert, außerdem trug er diese Ringe. Gab es Hoffnung? Sie folgte ihm, ganz benommen vor Erwartung und Unsicherheit und war überrascht, als er hinter einer verborgenen Täfelung abbog und leichtfüßig eine dunkle Treppe hinauflief, dorthin, wo die Musiker saßen.

Auf seinen Befehl hin beendeten die Bläser ihre märchenhafte Musik, und die Einleitung zum Menuett begann. Er zog sie von der Empore herunter, weg von den Musikern und ihren Kerzen. Dann teilte er einen dunklen Vorhang, sodass sie den Mond und die raffinierten Behälter, die für den Sterneneffekt sorgten, direkt vor sich sah. Sie fand es immer noch zauberhaft. Solange er an ihrer Seite war, hörte der Zauber niemals auf.

Sie konnte auch die Tanzenden sehen – von einer gottähnlichen Erhöhung aus, wie er angedeutet hatte.

»Gefällt es dir?«, fragte er.

Sie wandte sich zu ihm um. »Es gefällt mir.«

Es war so verlockend, noch mehr zu sagen, doch er war immer noch ein Rätsel für sie, und sie wollte diesen Moment nicht zerstören. Stattdessen wagte sie es, einen Arm um seine Taille zu legen, sah dann wieder nach unten auf die Festgäste und spürte seine Wärme. Er hatte jetzt auch seinen Arm um sie gelegt.

Dies hatte sie noch nie zuvor erlebt, diese angenehme Zweisamkeit in friedvoller, abgeschiedener Dunkelheit, ohne von dringenden Problemen bedroht zu werden.

Doch dann, als der erste Tanz sich dem Ende zu neigte, kam ihr etwas in den Sinn, und sie musste eine Frage stellen: »Könnte de Couriac hier sein?«

»Nein. Alle Gäste mussten kurz ihre Maske abnehmen, als sie hereinkamen, und Stringle – der Mann, der dich gefangen hat – ist da und passt auf.«

»Hat sich niemand geweigert?«

»Den Gästen wurde gesagt, es sei zur Sicherheit des Königs. Er ist übrigens dort drüben, in der römischen Rüstung mit dem goldenen Helm. Zudem sind für die Dauer dieser Veranstaltung alle anderen Eingänge bewacht. Du bist in Sicherheit.«

Es war seine Sicherheit, um die sie sich Sorgen machte, doch das sagte sie nicht. Da sie wusste, dass er außer Gefahr war, überließ sie sich wieder glücklicheren Gedanken. »Hier oben könnte ich für immer bleiben, hier mit dir.«

Gefährliche Gedanken. Sie fragte sich, wie er reagieren würde. Er drückte sie an sich. »Manchmal sind die Götter gnädig. Verzeih mir, dass ich dir heute aus dem Weg gegangen bin. Wir hätten den Tag gemeinsam verbringen können …«

»Nein. Du musst mir nicht immer zur Verfügung stehen.«

Meinte er, dass es ihr letzter Tag wäre? Dass sie morgen abreisen würde?

Er wandte sich zu ihr um. »Ich stehe dir immer zur Verfügung. So wie du mir, nicht wahr?«

Ihr stockte der Atem. Wohin führte das? »Natürlich. Aber manchmal muss ich allein sein. Diese Freiheit würde ich dir auch gewähren.«

Er küsste ihr die Hand, und als sie den Blick in seinen Augen sah, begann ihr Herz zu rasen.

Das bedeutete bestimmt ...

Eine Trompete ertönte.

Diana fuhr überrascht hoch und sah nach unten. Jetzt war der griechische Tempel erleuchtet, und auf dem grasbedeckten Boden lagen ein Erwachsener und mehrere Kinder und schliefen. Alle trugen Flügel. Liebesengel?

»Was geschieht jetzt?«, fragte sie.

Er lachte, vielleicht ein wenig ausgelassen. »Meine besondere Überraschung für dich«, sagte er ein wenig unsicher, »aber zu früh. Ich muss hier mit dir ein wenig die Zeit vergessen haben, meine Liebste.«

»Meine Liebste?«, fragte sie, aber er hatte ihre Hand genommen und zog sie eilig auf die Treppe zu.

Sie hielt ihn zurück. »Halt. Was wolltest du sagen?«

Er zog sie an sich und gab ihr einen kurzen Kuss. »Das eilt nicht. Komm. Es wird dir gefallen.«

Mit einem hilflosen Lachen ließ sich Diana von ihm die Treppe hinunterführen, zurück in den überfüllten Ballsaal. Sobald sie jedoch dort angekommen waren, steckten sie fest. Alle drängten sich in Richtung Tempel und suchten einen Platz mit guter Sicht. Ohne grobe Gewalt anzuwenden, kamen sie nicht näher heran.

»Siehst du«, sagte er, und sie hörte immer noch ein Lachen, »die Perfektion ist in tausend Stücke zersprungen. Du solltest eigentlich einen Ehrenplatz bekommen.« Stattdessen führte er sie wieder zurück und hob sie schwungvoll auf eine goldene Bank in einer Grotte. Dann sprang er neben sie, sodass sie einen wunderbaren Blick hatten.

Die Unbeschwertheit in seinen Bewegungen und seinen Gesichtszügen, der Ausdruck in seinen Augen, bevor sie unterbrochen worden waren, ließen sie vor Hoffnung beben. Sie hätte ihn liebend gern darum gebeten, mit dem fortzufahren, was er sagen wollte. Jetzt.

Aber sie konnte warten. Und vielleicht gehörte dies alles dazu, denn Cupido war der Gott der Liebe …

Von irgendwoher ertönte die klare Stimme eines Kastraten.

»Die Sonne schon fast am Horizont verschwand,
Als die keusche Diana und ihre Jungfernschar …«

Eine Frau, die genauso gekleidet war wie Diana selbst, wurde herausgeführt. Begleitet wurde sie von vier Dienerinnen in griechischen Kleidern, die alle klassische Masken trugen, die das ganze Gesicht bedeckten.

»… Im Schutz eines Wäldchens, auf grünem Moos,
Den Gott der Liebe mit seinen Engeln erspähten,
Allesamt in tiefen Schlaf gefallen.«

Die Schauspielerin Diana sang mit kräftiger Altstimme weiter.

»Ihr grausamen Tyrannen jeder zarten Brust,
Schlaft weiter und lasst die Menschheit ruh'n.
Denn sobald sich eure Augen öffnen, o weh,
Ist es um die Ruhe der Welt gescheh'n.«

Ihre Begleiterinnen schlossen sich mehrstimmig an und schmiedeten den Plan, Cupidos Bögen und Pfeile zu zerbrechen, was sie schließlich auch in die Tat umsetzten. Dann fassten sie sich an den Händen und tanzten.

»Groß ist unser Sieg,
Vollkommen ist unser Ruhm,
Keine Sorge soll uns mehr quälen.
Nun singt und frohlocket,
Mit vereinter Stimme,
Denn Cupido ist endlich entwaffnet!«

Von verschiedenen Seiten des Ballsaals ertönten Beifallsrufe, und die geschickten Schauspieler wiederholten die Passage, bis die Leute sie gut genug kannten, um mitzusingen.

Vorne auf der Bühne ermunterte die Schauspielerin, die Diana darstellte, ihren improvisierten Chor, indem sie die jeweils nächsten Worte vor den Sängern ausrief.

»Ihr Jungfrau'n und Burschen,
Die ihr in diesen Ebenen weilt,
Verletzt vom Schmerz der Leidenschaft.
Nun seid ihr sicher,
Und lacht über seinen Pfeil,
Denn Cupido ist endlich entwaffnet!«

Als der Ballsaal von dem Lärm erbebte, schüttelte sich auch Bey vor Lachen, sodass die Bank unter Dianas Füßen wackelte. Sie lachte ebenfalls, griff nach dem Zweig eines künstlichen Baumes und war dankbar, dass er ihr recht stabilen Halt bot.

»Was könnte denn jemand gegen die Liebe haben?«, fragte er. »Doch du wirst sehen«, fügte er mit leuchtenden Augen hinzu und sah sie an, »am Ende triumphiert die Liebe.«

Diana klammerte sich an den Zweig, doch wenn Bey sie so ansah, war sie nicht sicher, ob sie jemals wieder ihr Gleichgewicht finden würde.

Sie sahen einander in die Augen und waren kurz davor, sich zu küssen, als eine männliche Stimme das Lied unterbrach. Sie sah nach vorn und entdeckte, dass Cupido, der sich bei der dritten Wiederholung vermutlich ausgeschlossen gefühlt hatte, aufgesprungen war. Auch er trug eine Maske, die das ganze Gesicht bedeckte, allerdings die Maske eines friedlichen Jugendlichen.

»*O grausame Göttin!*«, sang er, mit einer Stimme, die kräftig, aber nicht so geübt war wie die der Schauspielerin Diana. »*Doch ich verachte es zu klagen. Ich werde mich rächen!*« Er rüttelte an seinem goldenen Bogen.

»Mein Gott«, bemerkte Diana, »ich glaube, er würde besser Mars als Cupido spielen. Aber andererseits ist die Liebe auch ein Kampf, nehme ich an.«

Sie warf Bey einen schelmischen Blick zu, doch er sah gespannt zur Bühne hin.

»*Ein unzerbrochener Pfeil bleibt mir noch.*« Cupido hob ihn vom Boden auf und legte ihn an seinen goldenen Bogen an. »*Durch welches Herz …*« – die beunruhigend ausdruckslose Maske suchte die Zuschauer ab – »*schieße ich ihn?* Kommt schon, Mylords und Myladys«, fuhr er sprechend fort, »wer möchte den Schmerz der Liebe spüren, mehr Liebe im Herzen haben?«

Diana fühlte sich unbehaglich, und plötzlich sprang Bey hinunter und lief nach vorn. Sie versuchte, ihm zu folgen, aber die Menge schloss sich hinter ihm sofort wieder. Genau genommen drängten sich alle nach vorn, um dem Gott der Liebe näher zu kommen.

Manche jubelten, andere spotteten, aber alle wollten an dem Spaß teilhaben.

Sie murmelte einen Fluch vor sich hin und kehrte zur Bank zurück.

Dann entdeckte sie Bey, der sich rücksichtslos zu der großen Person mit dem goldenen Römerhelm durchdrängelte, die direkt vor dem Podium stand. Der König.

Gab es ein Problem?

Der gesamte Saal schien die Liebe entweder willkommen zu heißen oder sie zu verspotten, und Cupido stachelte sie an. Die anderen Schauspieler standen im Hintergrund und ließen ihn mit den Zuschauern spielen, während sein Liebespfeil immer noch nach einem Ziel suchte.

Plötzlich konzentrierte sich Diana auf die rufende Stimme des Cupidos. Fremd. Sie hatte vermutet, er sei Italiener, wie die meisten Opernsänger, aber könnte er auch Franzose sein? Zudem war seine Stimme nicht gut ausgebildet.

De Couriac?

Bey war jetzt neben dem König, und sie wollte eine Warnung ausrufen. Aber natürlich wusste er Bescheid. Deshalb war er nach vorn gelaufen.

Aber de Couriac wollte doch *ihn* umbringen.

Sie hörte, wie der König zusammen mit den anderen lachte und jubelte. Sie hörte ihn rufen: »Schießt auf mich, Gott der Liebe. Ich kann nicht genug Liebe für meine Königin haben, was, was?«

Als die Leute jubelten, richtete Cupido den Pfeil gehorsam auf den König.

33

Daran, wie er sich bog, erkannte Diana sofort, dass es ein echter Bogen war. Im selben Moment erinnerte sie sich daran, dass auch sie einen echten Bogen mit echten Pfeilen besaß. Zweifellos eine der wenigen einsetzbaren Waffen im Raum.

Nun hatte Bey den König erreicht. Was würde er tun? Ihn zu Boden zerren und den Körper des Königs mit seinem eigenen bedecken?

Während ihr Herz so heftig pochte, dass es fast zerplatzte, zog sie ihren Bogen von der Schulter und legte einen der silbernen Pfeile an. Sie wünschte sich, sie hätte etwas mehr Übung darin und Carr hätte ihr besser beigebracht, wie man den Pfeil unter Anspannung abschoss.

Ihre Hände zitterten und schwitzten so sehr, dass der Pfeil ihr fast entglitt.

Verflucht! Sie wischte sie an ihrem Leinenkleid ab.

Während der König dastand und den Schuss herausforderte, zog Cupido die Sehne weiter zurück. Die Leute im Saal wurden still, als wunderten sie sich auf einmal …

Nun stellte sich Bey mit ausgebreiteten Armen vor den König. Auf seinen Sternenringen tanzte das Licht. »Ich bitte um Verzeihung, Majestät, aber ich glaube, ich brauche die Liebe dringender.«

Ein aufgeregtes Raunen ging durch den Raum, teilweise von Angst durchsetzt. Bey drückte seinen Rücken gegen den König.

»Obwohl Ihr eigentlich«, sagte Bey mit scheinbar guter Laune, »auf die Göttin Diana schießen solltet, nicht wahr?«

»Aber Ihr habt mich gebeten, auf Euch zu schießen, Mylord«, sagte der Cupido.

Die Maske änderte ihre Stimme ein wenig, und Diana merkte, dass sie selbst äußerst unsicher war. Es wäre furchtbar, einen Fehler zu machen.

Mit einer Pistole könnte sie versuchen, ihm die Waffe aus der Hand zu schießen, aber mit Pfeil und Bogen war sie nicht gut genug, außerdem war dies eine kaum benutzte Waffe. Sie wusste nur, dass sie einen Mann damit irgendwohin treffen konnte, mehr nicht.

Doch es musste de Couriac sein. Warum sonst sollte Bey den König beschützen?

Immer noch den Schuss herausfordernd, ging Bey mit ausgestreckten Armen langsam vorwärts und schirmte den König somit noch besser ab. Insgeheim schimpfte sie mit ihm, aber er konnte natürlich nichts anderes tun. Vor allen anderen musste der König beschützt werden, und kein Unschuldiger durfte Schaden erleiden.

Jetzt war der ganze Saal ruhig, weil die Leute spürten, dass etwas Merkwürdiges vor sich ging, doch wahrscheinlich waren sie unsicher, ob es zum Maskenspiel gehörte oder nicht.

Während Bey sich mehr und mehr dem Podium näherte, sagte er: »Ich glaube, Sir, Ihr seid wohl nicht der Gott der Liebe, sondern der Gott der Zerstörung. Ist Euer Pfeil für mich gedacht, Monsieur de Couriac?«

Der König stieß einen Schrei aus, und die anderen Leute hielten zweifelnd den Atem an. Das panische Zurückweichen der Menge, das Diana nur aus den Augenwinkeln bemerkte, verriet ihr, dass es gleich zum Äußersten kommen musste. Cupido zog die Sehne seines Bogens noch ein paar Zoll zurück, und Bey war so nah, dass er ihn nicht verpassen konnte.

Aber er war nicht nah genug, um Cupido anzugreifen und den Schuss zu verhindern.

Jetzt oder nie. Sie zögerte noch eine schreckliche Sekunde lang, spannte die Sehne, zielte und ließ den Pfeil mit einem Gebet zum Himmel los. Er drang tief in de Couriacs Brust, dessen Pfeil nun in hohem Bogen davonflog und in eine

Wand schlug. Mit einem entsetzlichen Schrei brach der Mann auf der künstlichen Grasfläche zusammen.

Die Schauspielerin Diana fiel in Ohnmacht, und die kleinen Engel liefen kreischend davon. Doch dann kam Bey und schirmte den sich windenden Körper vor den in Panik geratenen Gästen ab. Diana, ein wenig benommen, sah, dass Bryght, Elf, Portia und Fort versuchten, die schreienden, durcheinander laufenden Gäste zu beruhigen. Manche flüchteten jedoch bar jeglicher Vernunft eiligst aus dem Ballsaal.

Gleich würde jemand verletzt werden.

Der König befand sich hinter einer schützenden Wand von Männern, aber plötzlich befreite er sich, und sein Helm und der goldene Brustharnisch funkelten in den Lichtern.

»Aber seht«, rief er laut, »es war nur ein einzelner Verrückter, und jetzt ist alles vorüber. Ruhig, ruhig, meine lieben Leute. Es besteht keine Gefahr mehr.«

Und tatsächlich wurde es still im Saal, alle drehten sich um und sahen ihn an. »Ich bin in Sicherheit, wie Ihr seht, dank Lord Rothgars Mut ...«

Dann schien er zu zögern, und Diana wusste, dass er sich plötzlich fragte, woher der tödliche Pfeil gekommen war.

Hastig sprang sie von ihrer Bank herunter, wusste jedoch, dass einige Leute sie gesehen hatten.

Sie hörte Beys Stimme. »Majestät, ich bitte vielmals um Verzeihung für diesen Zwischenfall. Unten ist ein Abendessen bereitet. Vielleicht wäre es das Beste, wenn sich alle dorthin begeben würden.«

Die Menge beruhigte sich und machte sich auf den Weg, doch dann rief jemand: »Wer hat den Pfeil abgeschossen?«

»Der echte Gott Cupido, weil er nicht von dem falschen verdrängt werden wollte?«, fragte Bey, offensichtlich in dem Versuch, von ihr abzulenken, doch das würde nicht funktionieren.

Diana sagte: »Ich habe den Schuss abgegeben.«

Vor ihr öffnete sich eine Gasse, und nun verfielen die Gäste wieder in aufgeregtes Geplapper. Die Sache würde genug Gesprächsstoff für die nächsten zwölf Monate bieten.

Sie ging dorthin, wo die Menge Raum für den König ließ, und Bey trat sofort an ihre Seite. Der Tempel und die Grasfläche davor waren wieder leer, bis auf einen Blutfleck.

Blut, das sie vergossen hatte …

»Ihr könnt mit Pfeil und Bogen umgehen, Gräfin?«, fragte der König und schien eher verblüfft als wütend zu sein. Noch.

Sie versuchte, die Fassung zu bewahren. Diesmal würde sie nicht zusammenbrechen. »Das ist ein Steckenpferd von mir, Majestät.«

»Vielleicht habt Ihr ihn zufällig getroffen?«, bot der König an.

Es war eine Gelegenheit zu entkommen, doch sie würde sie nicht annehmen. Sie sah flüchtig zu Bey hinüber und sagte: »Nein, Majestät. Ich kann recht gut mit einem Bogen umgehen, allerdings noch besser mit einer Pistole. Da diese Fähigkeiten schon zweimal den Mann, den ich liebe, gerettet haben, bereue ich sie nicht.«

Die Menge um sie herum brach erneut in lautes Rufen aus.

Bey nahm ihre Hand. »Lady Arradale und ich sind uns noch nicht ganz einig darüber, wer wen beschützen sollte, Majestät, aber ich gebe zu, dass ich es ebenfalls nicht bedauern kann. Eine entschlossene, mutige Gattin, die darin geübt ist, sich selbst und andere zu verteidigen, ist von unschätzbarem Wert.«

Diana stockte der Atem – einerseits, weil sie sich über dieses öffentliche Eheversprechen freute, andererseits, weil sie sich vor der Herausforderung fürchtete, die er dem König gerade vor die Füße geworfen hatte. Sicher wussten nur wenige hier, dass der König eine andere Meinung über die Aufgaben einer Frau vertrat. Doch der König begriff sofort, und sein Gesichtsausdruck wurde eiskalt.

Nach einer Weile sagte er: »Ich verstehe, ich verstehe. Nun

gut, jeder Mann soll sein eigenes Mahl wählen, sage ich immer. Und nun«, fuhr er fort und drehte sich dabei um, »lasst uns alle sehen, was das Festmahl des Marquis zu bieten hat. Was? Was?«

Er verließ den Ballsaal, und die Gesellschaft strömte hinter ihm her. Es summte im Saal vor Spekulationen darüber, ob der große Marquis nun vielleicht die Gunst des Königs verloren hatte und ob er die seltsame Gräfin heiraten wollte.

Kurze Zeit später standen Diana und Bey allein unter dem leuchtenden Vollmond.

Sie wartete darauf, dass er etwas sagte, doch dann ergriff sie selbst das Wort: »Gattin?«, fragte sie.

Plötzlich fasste er sie an den Händen. »Habe ich dir vorgegriffen? Es gibt immer noch ein Risiko ...«

»Das ganze Leben ist ein Risiko!«

Er lachte leise. »Ich glaube, das hat mir vor kurzem schon einmal jemand gesagt. Und hat mich damit«, fuhr er fort, und jetzt war sein Humor verflogen, »auf einen anderen düsteren Gedanken gebracht. Dass du meine Kinder auf die Welt bringst.«

»Düster?«, fragte sie. Ihr wurde leicht übel. Konnte er diese Möglichkeit immer noch nicht akzeptieren?

»Deine Mutter hatte Probleme, Kinder zu gebären.«

Sie atmete erleichtert auf. »Meine Mutter hat mich offensichtlich sehr gut zur Welt gebracht. Sie konnte ihre anderen Kinder nicht lang genug austragen, das ist alles.«

»Das allein muss einem schon das Herz brechen.«

»Also trage auch ich ein Risiko«, sagte sie. »Ich bin bereit, mich den Flügeln anzuvertrauen und zu fliegen.«

Langsam führte er ihre Hände an seine Lippen. »Ich bin es nicht gewohnt, mir derlei unüberlegte Handlungsweisen zu erlauben.«

Nun führte sie seine Hände an ihre Lippen, küsste sie und hielt sie fest. »Ich schon. Gib dich Diana und dem Mond hin.«

War der Himmel schon fast in ihren Händen? Seine dunklen Augen ruhten auf ihr. »Ich bin bereits über die Schönheit der Unvollkommenheit belehrt worden. Und in meiner ganzen Unvollkommenheit bin ich dein, wenn es dir nichts ausmacht.«

Benommen und ungläubig starrte sie ihn an. War es wahr? Er gehörte ihr? Wenn es ihr nichts *ausmachte!*

»Ein ganzes Leben lang«, sagte er, »mit Risiken, die ein ausgefülltes Leben haben muss. Aber wenn die Götter gnädig sind, mit Liebe, Freude und erfüllter Arbeit.«

Sie schlang die Arme um ihn und drückte ihn so fest sie konnte. »Verflucht, ich fange an zu weinen.«

Sie merkte, dass er lachte, und spürte, wie seine Lippen auf ihrer unmaskierten Wange die Tränen wegküssten. Er zog seine Maske ab, danach die ihre. Nun küsste er sie, zaghaft zuerst, dann stürmisch.

Ihr gemeinsamer Kuss, mit all seinem Zauber, der von Anfang an dabei gewesen war.

Eng umschlungen küssten sie einander unter dem leuchtenden Mond – ein Kuss, der diesmal nicht durch andere Dinge behindert wurde. Sie erforschten ihre unterschiedlichen Beschaffenheiten und Geschmackssinne, vereinten ihre Seelen mit Hilfe von Hitze und Feuchtigkeit, waren nun sicher, dass das Labyrinth besiegt und der Kampf gewonnen war und dass der wunderbare gemeinsame Flug seinen Anfang nehmen konnte.

Anschließend lehnte sie sich an seine Brust, immer noch in seinen Armen.

»War das ein Ja?«, fragte er, aber eine tiefe, warme Zufriedenheit in seiner Stimme verriet ihr, dass er es wusste.

»Ich möchte mit dir allein sein«, flüsterte sie. »Tagelang mit dir allein sein. Wochenlang. Immer.«

Sie spürte, wie er seinen Kopf sanft an ihrem rieb. »Für eine Weile ist das sicher schon bald möglich. Nun müssen wir uns leider zuerst mit den Folgen des gerade Geschehenen beschäftigen. Aber zuerst«, fügte er hinzu, »habe ich hier einen Stern für dich, wenn du ihn möchtest, Dame meines Herzens.«

Er zog den Ring von seinem kleinen Finger und reichte ihr die Hand.

Zitternd legte sie ihre linke Hand in die seine. »Ich fühle mich, als könnte ich wirklich fliegen. Sollen wir aufs Dach steigen und es versuchen?«

Er lachte. »Du verwegenes Frauenzimmer. Selbst bei einem Malloren ist nicht alles möglich.«

»Verwegen«, wiederholte sie und genoss es. »Bist du jetzt auch ein wenig verwegen, Bey?«

»Ich bin, wie ich bin, mein Schatz, außerdem noch ein wenig unerfahren in diesem neuen Leben, aber genau wie ein Neugeborenes die Luft zum Atmen braucht, so brauche ich dich. Meinst du, du kannst damit zurechtkommen?«

»Womit sonst sollte ich zurechtkommen?«

»Es ist ein Wunder«, sagte er und schob den Ring über ihren Finger. »Und deshalb unmöglich. Wie ein Perpetuum mobile. Oder das Fliegen.«

Sie blickte auf einen riesigen, facettenreichen Diamanten – gewiss der größte, funkelndste Edelstein für einen Ring, den er hatte finden können. Sie lachte vor Freude. »Weißt du, was ich am meisten an dir liebe, Bey?«

»Sag es mir.« Obwohl sie schon ein- oder zweimal gesehen hatte, wie er dahingeschmolzen war, hatte sie ihn noch nie so strahlen sehen.

»Du liebst mich so, wie ich bin. Nicht wahr?«

»Ich bete dich an, so wie du bist. Ich habe dich von dem Moment an angebetet, als du mir eine Pistole in den Rücken gedrückt hast.«

»Ein grobes Liebeswerben. Ich möchte, dass du mir etwas versprichst.«

»Alles.«

»Versuche nicht, dich für mich zu ändern. Auch ich liebe dich so, wie du bist.«

Er nahm ihre Hand und rieb über den Ring. »Ich dachte, du hättest darum gekämpft, mich zu ändern.«

»Fühlst du dich denn verändert?«

»Ja, vollkommen verändert.«

»Dann ist dies nicht richtig.«

»Diana«, protestierte er.

»Das Wesentliche an dir darfst du nicht verändern«, sagte sie grimmig und betete, dass sie gerade nicht den Mond und die Sterne wegwarf. »Ich möchte lediglich, dass du dich so änderst, wie wir uns alle ändern, während wir durchs Leben gehen, gemäß unseren Anlagen.«

Während sein Daumen immer noch sanft über den Ring rieb, den er ihr über den Finger geschoben hatte, stand er einen Moment lang nachdenklich da. »Ja, ich verstehe. Du hast Recht. Du wirst dich mit Allwissenheit, Allmacht, Fürsorglichkeit und einem teuflisch starken Willen abfinden müssen. Kommst du damit zurecht?«

»Das alles bewundere ich«, sagte sie, und als sie einen gewissen Saphir an seiner rechten Hand entdeckte, steckte sie ihn an seine linke Hand und küsste den Ring. Sie hätte ihn gern augenblicklich in ein Schlafzimmer gezogen und ihn dort verführt, aber er hatte ja bereits gesagt, dass sie hier noch Pflichten hatten.

Außerdem hatte sie gerade ihre Regel, wie ihr wieder einfiel.

Sie wandte sich um, um Hand in Hand mit ihm den Ballsaal zu verlassen. »Was machen wir nun mit dem König?«

»Wenn er sich verletzt fühlen will, dann sei es so. Ich bin vor allem dir zur Loyalität verpflichtet.«

Das Lächeln, das er ihr zuwarf, war erstaunlich warm. »Ich hoffe, ich habe bald eine eigene kleine Welt, für die ich sorgen muss. England kann sich zum Teufel scheren.«

Sie lachte und schüttelte den Kopf. »Niemand kann sich so sehr verändern. Ich habe nachgedacht – du könntest ihn besänftigen, indem du ihm den Trommlerjungen schenkst.«

Er hob die verschränkten Hände und küsste die ihren. »Wir stimmen wie immer überein. Würde es dir nichts ausmachen?«

Wieder schüttelte sie den Kopf. »Es ist ein wunderschönes Stück, aber es trägt zu viel Leid in sich. Vielleicht werden wir selbst einen kleinen Trommlerjungen bekommen.«

»Gut«, sagte er fröhlich und führte sie zurück durch das Labyrinth am Eingang. »Aber wird er ein Lord Arradale oder ein Lord Rothgar? Oder beides, der arme Kleine? Unsere Probleme hören niemals auf.«

Das war tatsächlich ein schwieriges Thema, weil sie immer noch die Unabhängigkeit ihrer Grafschaft bewahren wollte. Aber sie würde nicht zulassen, dass das Thema diesen Augenblick überschattete. Als sie in den helleren Durchgang kamen, sagte sie: »Unsere Probleme sind unbedeutend, solange wir zusammen sind. Zusammen können wir die Welt regieren.«

»Sag das nicht vor dem König. Komm.« Er zog sie mit sich, sodass sie die Treppen hinuntereilen musste. »Lass uns den Löwen mutig in die Augen blicken. Du hast leider Recht. Ich kann England noch nicht zum Teufel jagen, zumindest nicht, solange es in meinem Hause tafelt.«

Sie fanden aufgeregte Ballgäste vor, die aßen und tranken und das Ereignis des Jahres noch einmal durchlebten. Als Bey und Diana durch die vier Räume gingen, gaben sie Anlass zu noch größerer Aufregung, indem sie offiziell ihre Verlobung bekannt gaben.

Einige der Männer sagten Sätze wie: »Mit so einer Ehefrau wirst du es dir wahrscheinlich nicht verscherzen wollen, was, Rothgar?«

Das führte Diana vor Augen, dass es gut war, an die wahre Welt erinnert zu werden. Die meisten der Männer hier würden ihre Fähigkeiten und ihre Macht fürchten und versuchen, sie ihr zu rauben, falls sie von ihr in den Schatten gestellt würden. Sie hatte einen der wenigen Männer gefunden, der stark und gerecht genug war, um sie frei fliegen zu lassen.

Wie Bey gesagt hatte, waren die Götter manchmal gnädig.

Ein Stirnrunzeln des Königs erinnerte sie jedoch daran, dass er jedenfalls zu den traditionellen Männern gehörte. Als er sie plötzlich zu sich heranwinkte, bekam sie ein wenig Angst. Er konnte ihre Heirat nicht verhindern, doch wenn er sich gegen sie stellte, konnte er ihnen Schwierigkeiten machen.

Ein kurzer Blick zeigte ihr, dass Bey nicht beunruhigt wirkte, aber das musste überhaupt nichts bedeuten. Hand in Hand führte er sie feierlich auf den König zu. Sie knickste, aber Bey zog sie sofort hoch.

»Lady Arradale«, sagte der König, und plötzlich wurde es still im Raum. »Ihr seid eine sehr ungewöhnliche Frau.«

»Ich fürchte ja, Majestät.«

»Ich habe Euch bereits von den Gefahren erzählt, wenn Frauen männliche Fähigkeiten anstreben.«

»Ja, Majestät.«

Er runzelte die Stirn, und sie fragte sich allmählich, ob er sie nicht aus irgendeinem Grund in den Tower werfen konnte. Weil sie in Gegenwart des Königs eine Waffe abgefeuert hatte? Das könnte ein Verbrechen sein.

»Seinerzeit«, sagte er, »bemerktet Ihr, dass eine Frau dafür bewundert werden sollte, wenn sie ihre Kinder verteidigt, und ich habe zugestimmt.« Nach einer Weile fuhr er fort: »Dasselbe könnte man von einer Frau sagen, die ihren Ehegatten verteidigt, nicht wahr?«

Sie hatte den Atem angehalten, jetzt konnte die Luft wieder frei strömen. Ein Friedensangebot, es war ihm sicher nicht leicht gefallen. Diana machte wieder einen Knicks. »Ich glaube schon, Majestät.«

Er nickte, doch als sie sich erhob, sagte er: »Ich bete dafür, Madam, dass Ihr *zwei* Söhne bekommt.«

Nun sprach Bey. »Ihr erlaubt uns, die Titel getrennt zu halten, Majestät? Wir danken Euch. Aber wenn wir nur einen Sohn bekommen?«

Diana umklammerte Beys Hand. Er bat den König gerade darum, der Möglichkeit zuzustimmen, dass es in Arradale eine weitere Gräfin aus eigenem Recht geben würde, und nutzte die Toleranz des Königs hier in der Öffentlichkeit aus.

Schließlich nickte der König, sagte aber kühl: »Wenn es Gottes Wille ist.«

Bey verneigte sich tief. »Wir sind Euch zu tiefstem Dank verpflichtet, Majestät. Darf ich mich mit einem Geschenk erkenntlich zeigen?«

»Ein Geschenk?«, fragte der König. Sein Gesichtsausdruck wurde freundlicher.

»Lady Arradale besaß einen Automaten, der aussieht wie sie selbst als Kind. Da er jedoch kaputt war, gab sie ihn in meine Obhut. Nun würden wir ihn Euch gern schenken, Majestät, als Zeichen unserer ewigen Ergebenheit und unserer Loyalität. Seid bitte so freundlich und kommt in die Empfangshalle. Dann kann er dort vorgeführt werden, wo alle etwas sehen können.«

Begeistert erhob sich der König, und da die Nachricht sich schnell verbreitete, drängten alle in die Empfangshalle, auf die Treppe und die oberen Treppenabsätze.

Der Trommlerjunge wurde herausgerollt. »In der Tat, Lord Rothgar«, rief der König, »das ist wirklich ein feines Stück! Wir wollen sehen, wie es funktioniert, nicht wahr?«

Bey schaltete ihn an. Der Trommlerjunge funktionierte perfekt und bezauberte den König und alle Anwesenden. Nachdem er dreimal aufgezogen worden und gelaufen war, verlangten die Leute immer noch nach mehr, doch der König befahl, ihn wegzubringen, und versprach, dass er bald noch einmal in Queen's House vorgeführt würde.

Diana war erfreut, den Trommlerjungen verschwinden zu sehen. Er verkörperte nicht nur die Erinnerung an ein Leid ihrer Familie, sondern wirkte auf sie jetzt auch wie ein Gefangener. Wie ein eigenes Kind, das auf eine bestimmte Art und Weise funktionieren musste, denn auch sie hatte unter so vielen Einschränkungen gelitten.

Doch dieser Gedanke schien ihr sehr düster zu sein. Vielleicht war sie einfach nur müde. Bey ließ sie allein, um den König hinauszubegleiten, und allmählich gingen auch die anderen Gäste nach Hause. Offensichtlich waren sie begeistert von der Festlichkeit, auch wenn sie jäh unterbrochen worden war.

Sie war versucht, in ihr Zimmer zu gehen – um über ihr Glück nachzudenken und die Gefahr und den Tod noch einmal zu durchleben. Aber sie sehnte sich auch nach Bey und wartete daher auf ihn – etwas abseits, da sie weitere Spekulationen verhindern wollte. Nach diesem Vorfall würde sie wahrscheinlich immer ein Objekt der Neugierde sein, doch das konnte sie ertragen.

Mit Bey an ihrer Seite.

Ein Gast kam allerdings auf sie zu – eine Frau in einem schönen muschelrosa Kleid, die wenig Aufwand getrieben hatte, sich zu verkleiden, denn sie trug nur eine schmale schwarze Maske.

Bevor sie etwas sagen konnte, tauchte Bey auf und nahm Dianas Hand. »Ihr müsst einen traurigen Abend gehabt haben, Monsieur d'Eon.«

34

Fasziniert von d'Eons vorgetäuschter Weiblichkeit starrte Diana ihn an. Schminke und Puder konnten eine Menge ausrichten, aber auch sein Verhalten und seine Gesten waren perfekt. Und aus seinem tief ausgeschnittenen Oberteil quollen *Brüste* hervor!

Vielleicht war er einfach nur mollig, dachte sie, sobald ihre Anspannung die nutzlosen Gedanken verdrängte. Hier war der Mann, der hinter all den Attacken steckte.

D'Eon wedelte mit seinem Spitzenfächer. »Der Abend wäre trauriger gewesen, Mylord, wenn dieser Verrückte sein Ziel erreicht hätte.«

»Ihr verleugnet ihn?«

D'Eon schüttelte sich. »Aus ganzem Herzen.«

Bey zog die Brauen hoch. »Ich soll also glauben, dass Ihr an den verschiedenen Angriffen auf mein Leben keine Schuld habt?«

D'Eon spielte den empörten Unschuldigen erstaunlich gut. »Ich habe Euch nie nach dem Leben getrachtet, Lord Rothgar. Nie.«

»Was ist mit Curry?«

Wieder wedelte der Fächer. »Eine Verletzung, mehr nicht.«

Beinahe hätte Diana ihre Meinung kundgetan. Sie beschloss allerdings, die faszinierte Beobachterin dieses Wortgefechts zu spielen.

»Für die Vorfälle im Norden hatte de Couriac dieselben Anweisungen«, sagte d'Eon. »Mir war nicht klar, dass er so geistesgestört war.«

»Oder dass er vielleicht andere Anweisungen hatte?«, fragte Bey.

Der Chevalier d'Eon presste die roten Lippen zusammen. »Oder das, Mylord.«

»Erwartet Ihr, dass ich diese nicht provozierten Anschläge auf mich hinnehme?«

»*C'est la guerre, monsieur le marquis.*«

»Dann seid Ihr möglicherweise ein Kriegsgefangener, Chevalier.«

Der kleine Mann verspannte sich. »Den Botschafter von Frankreich könnt Ihr nicht anrühren.«

»Den stellvertretenden Botschafter«, erinnerte Bey ihn freundlich. »Bald kommt Monsieur de Guerchy, und dann steht Ihr nicht länger unter Schutz.«

»Vielleicht, aber vielleicht auch nicht.« D'Eon blickte ihn ruhig an. »Wie Ihr, Mylord, diene ich meinem König, und ich diene ihm gut.«

»Könige sind ihren Dienern gegenüber nicht immer treu. Es wird die Zeit kommen, da Ihr dafür sterben werdet, dass Ihr Lady Arradale hineingezogen habt.«

D'Eon warf ihr einen Blick zu und schien aufrichtig verwirrt zu sein. »Mylord? Eine Ablenkung vielleicht, aber am Ende sollte sie Euch bekommen, und es sollte genau dort hinführen, wo Ihr jetzt so glücklich steht. Würdet Ihr dafür ein Duell riskieren?«

»Ihr habt eine merkwürdige Vorstellung davon, was eine Ablenkung ist.«

Aufgrund seines eisigen Tonfalls sah der Chevalier d'Eon ihn überrascht an. »Was ist geschehen? Alles, was ich getan habe, ist den König darin zu bestärken, eine passende Gattin für Euch zu finden. Trotz Eurer erklärten Absicht, nicht zu heiraten, schien es doch geeignet, Euch von anderen Dingen abzulenken. Ich gebe zu, dass ich gehofft habe, Ihr würdet für eine Weile ausfallen. Aber Ihr meint sicher etwas anderes?«

Bey musterte ihn eine Weile.

D'Eon fluchte auf Französisch. »De Couriac! Hat er Euch

sehr gekränkt?« Er sah Diana an. »Geht es Euch gut, Mylady?«

»Ich wurde gerettet«, sagte Diana in der Annahme, dass Bey nicht wünschte, Einzelheiten bekannt zu geben.

D'Eon richtete sich ein wenig auf. »Das hat nichts mit mir zu tun, Mylord. Aber ich gebe zu, einen Fehler gemacht zu haben. Ich habe de Couriac nicht getötet, als ich erkannte, was für ein fanatischer Hund er war. Er hatte Anweisungen aus Paris. Es war schwierig. Ich hätte ihn jedoch durchschauen müssen, als er behauptete, Ihr wärt für den Tod der Frau verantwortlich, die seine Ehefrau spielte.«

»Sie wurde erwürgt aufgefunden, aber ich hatte nichts damit zu tun.«

»Oh nein, er hat sie selbst getötet. Das hat er mir erzählt. Ein fanatischer Hund, wie ich schon sagte. Aber ein französischer Hund. Frankreich zu Ehren werde ich mich mit Euch verabreden, *Monsieur le Marquis.*«

Nein, dachte Diana. *Das werde ich nicht zulassen! Jetzt, wo ich alles habe, wonach mein Herz verlangt.*

Doch d'Eon sagte: »Mischt Euch nicht ein, Lady Arradale. Manchmal hat ein Mann das Bedürfnis zu kämpfen.«

Dennoch versuchte Diana, die richtigen Worte zu finden, aber d'Eon hatte sich bereits an Bey gewandt: »Nicht bis zum unbequemen, undiplomatischen Tod, meine ich, aber bis Blut fließt? Bis zum ersten Blut. Das wird nicht leicht für Euch sein.«

Diana biss sich auf die Lippe. Sie dachte an Beys Worte, nachdem sie ihn gebeten hatte, keine Gefahr einzugehen. Sie durfte es nicht tun, solange sie nicht auch von ihm auf diese Art kontrolliert werden wollte.

Doch sie bekam Angst und glaubte allmählich, dieser Abend würde bald über ihre Kräfte gehen.

Wo waren Bryght oder Elf, die vielleicht in der Lage wären, diese Gefahr abzuwenden?

Bey sagte: »Ihr habt Recht, was mein Bedürfnis zu kämpfen betrifft, Monsieur. Aber ich könnte mich kaum mit Euch duellieren, wenn Ihr Röcke tragt.«

»Das kann ich organisieren. Ich glaube, wir müssen diese Wunde jetzt ausbrennen. Kommt schon, wo tun wir es? Ich werde die Ehre Frankreichs verteidigen!«

Bey warf Diana einen Blick zu, und sie sah, dass er an sie dachte und bereit war, einen Rückzieher zu machen, um ihr keine Sorgen zu bereiten. Aber d'Eon hatte Recht gehabt. Bey brauchte es.

Sie hatte keine Ahnung, ob d'Eon mit guten oder bösen Absichten handelte, sagte jedoch entgegen ihrer Absicht: »Nur bis zu kleinen Verletzungen. Bitte.«

D'Eon machte eine elegante, blumige Verbeugung, die trotz seiner Frauenkleidung nicht lächerlich wirkte. »Ich werde ihn nicht töten, Gräfin, und schon gar nicht so sehr verletzen, dass Ihr keine Freude mehr an ihm hättet. Mein Wort darauf.« Er wandte sich um und lächelte Bey an. »Ich muss Euch sagen, Mylord, dass ich noch nie besiegt worden bin.«

Bey lächelte zurück. »Ich ebenso wenig, zumindest nicht in einem ernsthaften Wettkampf. Kommt, lasst uns zum Ballsaal zurückkehren.«

Er führte sie über eine Hintertreppe, sodass jegliche Hoffnung Dianas, Bryght oder Fort zu treffen, dahinschwand. Unterwegs sagte ihr Gefühl ihr jedoch, dass es richtig war.

Trotzdem betete sie. Unfälle konnten immer geschehen, und wenngleich sie glaubte, dass d'Eon es ehrlich meinte, war es immer noch möglich, dass er Beys Tod wollte und ihn auf subtile Art herbeizuführen trachtete.

Sie machten einen Umweg über Beys Gemächer, um Rapiers zu holen, und gingen dann in den stillen, verlassenen, schwarz verhüllten Ballsaal. Der Mond und die Sterne leuchteten immer noch und spendeten ein wenig Licht.

D'Eon zog die Schuhe mit den Absätzen aus, legte seinen Rock und den Unterrock ab und offenbarte, dass er darunter seidene Kniehosen trug. Am Oberkörper absonderlich weiblich und darunter männlich. Er wählte einen Degen und balancierte ihn kurz auf den Händen. Dann nickte er und machte ein paar Ausfälle damit.

Diana wusste sofort, dass er mit seinen Fähigkeiten nicht übertrieben hatte.

Bey zog die Schuhe aus und legte sein Gewand ab, und auch er trug Kniehosen und ein Hemd. Er zog all seine Ringe aus, außer dem Saphir, und gab sie Diana.

»Ist das klug?«, musste sie fragen. »Und wenn er dich umbringen will?«

»Dazu muss er mich erst treffen.« An d'Eon gewandt sagte er: »Monsieur, was ist mit Eurem Korsett? Es muss Euch doch behindern.«

Der Franzose schob die Schultern vor und zurück. »Keinesfalls, Mylord. Ich gebe mich zwar gerne der Eitelkeit hin, aber nicht bis zu diesem Ausmaß. Seid Ihr bereit?«

Bey verneigte sich. »Ich stehe Euch ganz zur Verfügung, Monsieur d'Eon.«

Er ging auf d'Eon zu, aber Diana fasste einen jähen Entschluss. »Monsieur d'Eon«, sagte sie, und der Mann wandte sich um und sah sie mit hochgezogenen, geschminkten Augenbrauen an. »Ich habe immer noch meinen Bogen und eine Reihe von Pfeilen. Wenn es hier auf irgendeine Weise unfair zugeht, werde ich Euch umbringen.«

Er schwieg kurz, lächelte dann und hauchte ihr einen extravaganten Kuss zu. »*Magnifique!* Ihr seid des großen Marquis wirklich würdig, und wenn de Couriac nicht schon tot wäre, würde ich ihn für Euch töten.«

»Nein, das würdet Ihr nicht«, sagte Bey. »*En garde, Monsieur.*«

Erschreckend plötzlich stießen die Degen gegeneinander, und die zwei Männer konzentrierten sich nur noch auf ihr Gegenüber. Allein schon wegen der unterschiedlichen Größe und Reichweite hätte es ein lächerlicher, ungleicher Kampf sein müssen, aber davon war Bey nie ausgegangen, und er hatte Recht damit gehabt.

D'Eon war ganz einfach brillant. Er war erstaunlich beweglich, hielt sich perfekt im Gleichgewicht, und die Klinge wirkte wie eine elegante Verlängerung seines Körpers, obwohl sie ihm fremd war.

Diana brauchte eine Weile, um zu erkennen, dass Bey fast genauso gut war, aber nur fast. Seine Größe und seine Reichweite sorgten für den Ausgleich, doch mehr auch nicht.

War es zu ausgeglichen? Bei jeder kühnen Bewegung schienen die zischenden Klingen fast die Haut zu berühren.

Der Kampf sprühte vor Energie, keinesfalls mit den Fechtkämpfen zu vergleichen, die sie mit Carr hatte. Ob auch Carr manchmal so mit geübten Männern kämpfte? Sich mit solcher Geschwindigkeit im ganzen Raum umhertrieb und dabei mit großer Kraft und Schnelligkeit schreckliche Risiken einging, die so leicht zum Tod führen konnten?

Die Männer wirbelten nah an ihr vorbei, und sie musste hastig zurückweichen, um sicherzugehen, dass sie sie nicht ablenkte. Das war jedoch gar nicht möglich. Beide hatten ohnehin nur Augen für ihren Gegner.

Beinahe wie ein tödliches Menuett, dachte sie.

Während der Kampf weiterging, konnte sie es kaum fassen, dass noch keine dieser tückischen, blitzschnellen Klingen Wunden geschlagen hatten. Sie merkte, dass sie genauso keuchend atmete, wie die beiden es sicher taten.

D'Eons gepuderte Perücke war heruntergefallen, und seine Haare flogen umher. Bey hatte seine Haare von Anfang an offen getragen, doch nun klebten sie vom Schweiß zusammen.

»Was zum Teufel geht hier vor?«

Bei dem tiefen Murmeln an ihrem Ohr zuckte sie zusammen und warf einen flüchtigen Blick auf Bryght, der zusammen mit Fort neben ihr aufgetaucht war. Sie sah jedoch schnell wieder zu den Männern hin, weil sie spürte, dass allein ihre Aufmerksamkeit eine Katastrophe verhindern konnte.

»Eine Art freundschaftlicher Kampf.«

»Freundschaftlich …«, murmelte Bryght, doch in diesem Augenblick änderte d'Eon schnell seine Bewegungsabfolge, ließ seinen Degen sinken, und Bey bremste einen Hieb ab.

Sie hielten inne.

Der Franzose atmete schwer. »Wir werden uns vor lauter Erschöpfung noch gegenseitig töten, Mylord … Seid Ihr zufrieden gestellt?«

Auch Bey ließ seinen Degen sinken und sagte, nachdem er wieder zu Atem gekommen war: »Vielleicht. Ihr hattet Recht. Ihr seid äußerst gut. Ein wenig besser als ich.«

D'Eon verneigte sich und stritt es nicht ab. »Habe ich meine Verfehlungen also wieder gut gemacht?«

Bey legte seinen Degen wieder in den Kasten. »Ihr sagt, Ihr habt nicht vor, mich zu töten, Monsieur, aber was ist mit Euren Auftraggebern in Frankreich? Jemand gab de Couriac Instruktionen.«

D'Eon zuckte mit den Schultern. »Ich werde versuchen, sie davon zu überzeugen, dass es jetzt äußerst undiplomatisch wäre, wenn ein Franzose noch mehr Unruhe in England verursachen würde. Allerdings werdet Ihr dort immer Feinde haben.«

»Darüber bin ich froh. Der Zorn der Feinde ist ein Maß für die eigenen Erfolge. War der Versuch, den König zu töten, ernst gemeint?«

»Nein, mit Sicherheit nicht. Das wäre nicht im Sinne König Louis'. Kein König ist von dem Gedanken an Königsmord angetan. Das Ganze sollte wohl nur Euch hervorlocken. Euer Beschützerinstinkt ist allgemein bekannt.«

»Wie erschreckend, so berechenbar zu sein.«

»Und nun?«, fragte d'Eon. »Ihr habt eine hübsche Lady als Braut, Mylord, und eine glückliche Zeit vor Euch. Können wir das also alles hinter uns lassen?«

Bey sah ihm ins Gesicht. »Nicht ganz, Monsieur. Ihr habt schließlich versucht, mich zu verwunden. Deshalb habe ich dafür gesorgt, dass Ihr ein paar Unannehmlichkeiten habt.« Mit einem Lächeln fügte er hinzu: »*C'est la guerre, non?*«

Die Augen des Franzosen wurden schmaler.

Bey fuhr fort: »Ich gebe Euch jedoch eine freundschaftliche Warnung. Ihr habt Feinde in Frankreich und vielleicht nicht immer richtige Informationen erhalten. Gebt Acht.«

D'Eon verzog das Gesicht, erwiderte jedoch nur: »Wir werden sehen, Mylord.« Er reichte Bey den Degen und nahm seine Kleidung. »Gute Nacht, Mylady, Mylords.«

»Was für Unannehmlichkeiten?«, fragte Bryght, als der Franzose den Raum verließ.

Bey strich sich die Haare aus dem Gesicht und legte d'Eons Degen wieder in den Kasten. »Sein Einfluss bei König Louis ist bereits untergraben, und seinem Auftraggeber, de Broglie, geht es genauso. Bald kommt Guerchy, und er ist sehr begierig darauf, ihn in seine Schranken zu weisen. Außerdem wurde d'Eon ermutigt, Kopien von allen Unterlagen zu behalten, die sich auf seine Abmachungen mit dem König beziehen. Eigentlich eine Absicherung, aber damit sitzt er auch auf einem Pulverfass.«

»König Louis wird außer sich sein!«, rief Diana. »Ich werde nie wieder etwas glauben, was ich lese.«

Bey kam auf sie zu und nahm ihr sanft den Bogen und den Pfeil ab, die sie immer noch umklammerte. Er gab die Waffen an Bryght weiter und legte seinen Arm um sie. »Ich sagte, wir bräuchten einen Code. Vielleicht Garten und Wicken.«

Er war zerzaust und verschwitzt und glühte immer noch von der Anstrengung des Kampfes. Sie erkannte, dass der Kampf eine letzte, noch vorhandene Verletzung weggewischt hatte. »Sehr gut. Und dazu noch Scharlachrot und Mohnblume.«

»Damit hat es also angefangen?«, fragte er. »Mit der Mohnblume?«

Sie sah sich um und stellte fest, dass sie allein waren. »Nein, ich erinnere mich, dass es mit Pickeln anfing.«

»Und mit Pistolen.«

»Und mit Tändelei«, murmelte sie und erinnerte sich: »Etwas mehr als ein Flirt, aber weniger als eine Verführung.«

»Aha. Würdet Ihr gern ein wenig tändeln, Mylady?«

Sie drehte sich zu ihm um und legte die Hand auf seine Brust. »Das kommt darauf an, Mylord, wo es hinführt. Ich habe noch meine Regel.« Er küsste sie, sagte jedoch: »Gut. Ich schone meine Kräfte für die Hochzeitsnacht.«

Sie lachte und war überrascht, dass sie im Moment vollkommen zufrieden damit war, mit ihm zusammen zu sein und zu reden. Sie trat ein wenig zurück, um sich noch einmal im Ballsaal umzusehen, wo der große Mond immer noch leuchtete und die Sterne immer noch schienen. »Es ist eine Schande, dass dies alles gar nicht richtig gewürdigt wurde.«

Er nahm ihre Hand. »Das ist doch nicht der Rede wert. Wir können es später noch einmal aufbauen. Außerdem wird dieses Fest in den nächsten Jahrzehnten mit Sicherheit zu den Festen zählen, über die am meisten gesprochen wird.«

»Wir«, wiederholte sie lächelnd. »Das gefällt mir. Jetzt bin ich glücklich hier, aber wie lange dauert es noch bis zu unserer Hochzeit?«

»Bittest du mich etwa, den Tag zu nennen? Dann in zwei Wochen, wenn der Mond dunkel ist und deine Macht im Zaum gehalten wird.«

»Hast du Angst vor mir?«

»Todesangst«, sagte er, lächelte aber. »Ich glaube, ich werde es überleben. Eine Hochzeit, wie Brand und Rosa sie hatten, mit Familie und Freunden, hat mir gefallen. In Anbetracht unserer gesellschaftlichen Stellung glaube ich jedoch, dass es in großem Stil stattfinden sollte.«

»Da ich gesehen habe, was du in ein paar Tagen schaffst, kann ich es kaum erwarten zu sehen, was du in ein paar Wochen zustande bringst.«

»Wunder über Wunder. Aber die haben wir ja bereits. Willst du mich im Süden heiraten? In Rothgar Abbey?«

»Gern. Bei mir zu Hause wäre es zu bald nach Rosas Hochzeit, außerdem möchte ich auch hier ein Teil deines Lebens sein.«

»Noch zwei Wochen also«, sagte er und zog sie langsam in seine Arme. »In Rothgar Abbey. Eine Landhochzeit, die für alle offen ist.«

»Aber in angemessener Pracht. Rosa und Brand müssen auch kommen.«

»Natürlich. Ich werde Reiter nach Schottland schicken müssen, um auch Steen zu finden. Ich bin sicher, Hilda will an meiner letzten Niederlage teilhaben.«

Sie berührte sein Gesicht. »Fühlst du dich erobert?«

Er küsste ihre Handfläche. »Vollkommen. Ich bin entzückt davon.« Dann küsste er ihre Lippen und raubte ihr sämtliche Sinne. Nach einer Weile ließen sie voneinander ab. Während sie durch das inzwischen stille Haus gingen, flüsterten sie miteinander, berührten und küssten sich.

Schließlich erreichten sie Dianas Schlafzimmer, das Schlafzimmer der Marquise. Er geleitete sie hinein, ging jedoch weiter in Richtung Verbindungstür zu seinen Gemächern. Aber da hielt er inne und sagte: »Du kannst hier alles, was du möchtest, verändern.«

»Ich glaube, ich mag diese Zimmer, wie sie sind. Allerdings musst du dir ein paar Gedanken machen, wie das Schlafzimmer meines Gatten umgestaltet werden soll.«

Als er lächelte, entstanden Fältchen um seine Augen. »Rühre nichts an. Ich sehne mich danach, wild und leidenschaftlich auf diesem jungfräulichen Bett geliebt zu werden.«

35

Zwei Wochen später wurden die Garten- und Parkanlagen von Rothgar Abbey für alle geöffnet, und es kamen auch alle – um auf den Wiesen zu tanzen, an den langen Tischen zu speisen und aus den unerschöpflichen Schalen mit Bier, Punsch und Zitronenwasser zu trinken.

Sechs hohe, mit leuchtenden Bändern umwickelte Maibäume waren aufgestellt worden – sie seien so wunderbar phallisch, hatte Bey bemerkt.

Auf der Hirschwiese fand ein kompletter mittelalterlicher Jahrmarkt statt, mit Jongleuren, Feuerspuckern und Leuten, die Taschenspielertricks vorführen konnten. Es gab alle möglichen Wettkämpfe, vom Schweinefangen bis zum Butterschlagen, und sie waren so angelegt, dass möglichst viele Leute vom Land einen stattlichen Preis mit nach Hause nehmen konnten.

Sogar für die Kinder gab es Wettkämpfe, und schon bald liefen die Kleinen umher, um Bänder, Spielzeuge und Glocken vorzuzeigen.

Ihr Eheversprechen gaben sie sich im Rahmen einer einfachen Zeremonie, bei der nur enge Freunde und die Familie anwesend waren. Danach schlenderten Bey und Diana jedoch umher – beide in prachtvolles weißes Brokat gekleidet, und beide mit zahlreichen glitzernden Ringen an den Händen –, sodass jeder sie sehen und ihnen Glück wünschen konnte.

Überall herrschte eine unglaubliche, aufrichtige Freude, doch plötzlich spürte Diana, wie Bey neben ihr erstarrte. Auf der Suche nach der Ursache entdeckte sie, dass er zu einem verzweifelten Mädchen mit einem Bündel im Arm hinüberblickte. Ein Bündel, aus dem die unverkennbaren Stakkatoschreie eines sehr kleinen, sehr unzufriedenen Babys drangen. Das Mädchen schüttelte das Bündel, sah sich dabei um und rief: »Mama? Mama?«

Diana begriff die Auswirkungen und zögerte, ob sie ihn wegziehen oder selbst versuchen sollte, das Geschrei zu beenden. Sie eilte hinüber. »Wo ist seine Mutter, meine Liebe?«, fragte sie und versuchte darüber nachzudenken, wie sie das Baby beruhigen sollte, bevor Bey davonlief oder etwas anderes tat, was er später bedauern würde.

Dann war er plötzlich neben ihr, nahm das Kind, bevor eine der herbeilaufenden Frauen es tun konnte. Diana hoffte, die anderen würden nicht bemerken, dass er blass war und schwitzte. Das Baby ließ sich nicht wie durch ein Wunder beruhigen, doch trotz seiner lauten, schrillen Schreie gelang es ihm zu sagen: »Geh und suche deine Mutter, mein Kind.«

»Danke, Mylord«, sagte das Mädchen mit großen Augen und lief davon.

Dann trat eine der Frauen vor. »Gebt es mir, Mylord. Ich werde es stillen, bis die Mutter kommt.«

Er reichte ihr das Bündel, und die Frau öffnete ihr Oberteil, murmelte tröstende Worte und legte das Kind an die Brust. Kurz darauf hörte das Geschrei auf.

Es kehrte wieder Frieden ein.

Diana nahm Beys Hand und führte ihn ein wenig an die Seite. »Geht es dir gut?«

Wenngleich er immer noch blass wirkte, lächelte er. »Ja. Erstaunlich gut. Ich vermute, niemand mag dieses Geräusch, aber ich kann es ertragen. Ich war immer besorgt, dass ich …«

»Dass du ein schreiendes Kind erwürgen könntest? Bey!«

»Nein, dass ich versuchen würde, den Lärm zu beenden.« Er sah auf sie hinab. »Jetzt weiß ich, dass ich unsere Kinder genießen kann, selbst wenn sie so grob sind, mich anzuschreien.«

Sie umarmte ihn, dort vor der interessierten, nachsichtigen Menge. Dann eilte die verloren gegangene Mutter herbei, dankte der spontanen Amme und legte das Baby an ihre eigene Brust.

Bey schenkte beiden Müttern eine goldene Guinee, und danach schlenderten er und Diana weiter. Diana hätte nicht gedacht, dass der Tag noch perfekter werden könnte, doch jetzt wurde ihr klar, dass sie leise Zweifel gehegt hatte. Sie hatte niemals geglaubt, dass er einem Kind Schaden zufügen würde, aber sie hatte sich gefragt, ob er in der Lage wäre, ihre Kinder richtig zu genießen.

Nun wusste sie es. Am Anfang wäre es nicht leicht, aber es war möglich. Besonders bei einem Malloren.

Sie betrachtete die festliche Stimmung ringsherum, die offenbar bis zum Einbruch der Nacht andauern sollte. »Ich möchte nicht undankbar klingen angesichts Eurer wunderbaren Vergnügungen, Mylord, aber wann können wir allein sein?«

Er sah sie an. »Sobald Ihr es wünscht, Mylady. Im Haus ist es friedlich, und es gehört uns allein.«

Sie versuchten, sich davonzustehlen, aber Rosa und Brand entdeckten sie und machten viel Aufhebens und erreichten damit, dass sie am Ende unter einem dichten Blumenregen zum Haus laufen mussten.

Alle Familienmitglieder bestanden auf einer Umarmung, als sie nach Hause gingen – Bryght, Brand, Hilda und Elf, die sie zweimal umarmte, einmal für sich selbst und einmal für Cyn.

Als sie schließlich in Beys sonnenbeschienenem Schlafzimmer waren, war der geblümte Teppich bald um hundert neue Blütenblätter reicher.

Dann nahm Diana plötzlich einen anderen Duft wahr. Sie wandte sich um und entdeckte neben dem Bett ein großes Gefäß mit Blumen – eine Zusammenstellung aus Gartenwicken und Mohnblumen. Sie nahm jeweils eine heraus und steckte sie verschmitzt lächelnd in ihr tief ausgeschnittenes weißes Oberteil.

Langsam und lustvoll zogen sie einander aus und schlüpften unter die kühlen Laken. Eine Weile lagen sie sich einfach nur in den Armen.

»Haut an Haut«, sagte sie. »Das ist schon fast genug.«

»Aber nur fast«, sagte er und küsste sie. Ihr Liebesspiel war sehnsuchtsvoll und wunderschön und führte sie – wie ein tiefer Fluss, der sanft dahinfließt – zur lang ersehnten Erfüllung.

»Das ist selbst für mich perfekt genug«, sagte Bey sehr viel später. Er strich ihr eine Locke aus der Stirn. »Die Götter sind manchmal wirklich überaus gnädig, meine Liebe.«

Anmerkungen der Autorin

Seit Rothgars erstem Auftauchen in *Schamloser Engel* wurde ich von Leserinnen und Lesern mit Fragen nach seiner Geschichte bombardiert. Ich hoffe, dass dieses Buch allen Erwartungen entspricht. Auch wenn ich es ursprünglich nicht so geplant hatte, besteht die Malloren-Serie aus einer Reihe von unabhängigen Geschichten. Die Geschichte des Marquis jedoch zieht sich durch alle Bücher der Serie.

Was die vorliegende Geschichte betrifft, so wurde mir im Laufe der Zeit klar, dass Rothgar eine Frau brauchte, die ihm ebenbürtig war, und so wurde Diana geboren, die zum ersten Mal in *Nächtliche Geheimnisse* erscheint. Yorkshire war der ideale Schauplatz für sie, denn in der Mitte des achtzehnten Jahrhunderts lag es noch weit von London und vom Zugriff der Zentralregierung entfernt.

Außerdem kam ich zu dem Schluss, dass diese Geschichte in den obersten Gesellschaftsschichten Englands angesiedelt sein sollte, um die Charaktere als das zeigen zu können, was sie waren: mächtige Aristokraten, die im Zentrum der Welt des achtzehnten Jahrhunderts lebten.

Paris wäre damit nicht ganz einverstanden gewesen, aber das französische System, das von der Zentralmacht in Versailles unterdrückt wurde, war bereits dem Untergang geweiht. London war der Sitz der Macht und würde es noch mehr als hundert Jahre bleiben.

Der Hintergrund der Geschichte entspricht den historischen Tatsachen. Louis XV. unterhielt wirklich getrennte Regierungen, und der Chevalier d'Eon war einer seiner wichtigsten Männer. D'Eon ist eine der schillerndsten Figuren der europäischen Geschichte, weil es unterschiedliche Ansichten über sein wahres Geschlecht gibt. Er verbrachte tatsächlich eine gewisse Zeit am russischen Hof als Hofdame der Zarin und machte eine kurze, aber brillante Karriere beim Militär. Der merkwürdigste Teil seiner Geschichte ist jedoch das, was erst nach den im Buch beschriebenen Geschehnissen folgte, und mir gefällt die Vorstellung, dass das bisher Unerklärliche durch Rothgars Eingriffe in das Geschehen plausibel gemacht wird.

Keiner der Zeitgenossen konnte sich die diplomatische Karriere d'Eons in England richtig erklären. Während seiner Zeit als stellvertretender französischer Botschafter zeigte er ein zunehmend irrationales Selbstbewusstsein, als hielte er sich für unantastbar.

Seine Freunde in Paris und der Comte de Broglie mahnten ihn unaufhörlich zur Vorsicht. Wie wir jetzt wissen, stützte sich d'Eons Selbstbewusstsein natürlich auch auf Rothgars gefälschte Briefe des französischen Königs, die ihm vollständige Unterstützung versprachen!

Im Laufe der folgenden Jahre wird d'Eons Situation jedoch zunehmend brenzlig, denn König Louis entzieht ihm seine Protektion, und er muss aus der Botschaft fliehen. Schließlich lebt er in einer Londoner Wohnung und bewacht eine Anzahl von Dokumenten, die der König vernichtet sehen möchte, die d'Eon jedoch persönliche Sicherheit garantieren. Er lässt seine Wohnung verminen und beschäftigt eine eigene kleine Armee, um sie zu bewachen.

Schließlich erklärt sich George III. einverstanden, d'Eon in England Schutz zu gewähren, möglicherweise aus echter Zuneigung. König Louis wiederum lässt sich dazu herbei, ihm für seine wertvollen Dienste eine Pension zu zahlen. Allerdings unter einer merkwürdigen Bedingung: D'Eon muss für den Rest seines Lebens Frauenkleider tragen. (Vielleicht hatte Rothgar auch hier seine Hand im Spiel.) D'Eon willigt ein, was zu niemals endenden Spekulationen führt, ob er ein Mann oder eine Frau war.

War dies die letzte Geschichte über die Mallorens? Nun, ich hoffe, dass ich noch andere Bücher in dieser Welt spielen lassen kann. Forts Bruder Victor soll bald von seiner Italienreise zurückkehren. Vielleicht liefert er Material für einen Helden. Oder ich finde in der vornehmen Welt Englands zwischen 1760 und 1770 neue Charaktere – Personen, die auf die Mallorens treffen, sodass wir alle ihr hoffentlich friedliches Leben weiterverfolgen können.

Und zum Schluss wünsche ich Ihnen:

Mögen die Götter Ihnen überaus gnädig sein.

Deutsche Erstausgabe 2006
Weltbild Buchverlag –Originalausgaben–

3. Auflage 2008

This edition published by arrangement with NAL Signet, a member of Penguin Group (USA) Inc.

Projektleitung: Almut Seikel
Redaktion: Dr. Gisela Hack-Molitor
Übersetzung: Christa Hohendahl
Umschlag: Hauptmann & Kompanie Werbeagentur GmbH, München
Umschlagabbildung: © Pino Daeni via Agentur Schlück GmbH
Satz: avak Publikationsdesign, München
Druck und Bindung: Clausen & Bosse GmbH, Birkstraße 10, 25917 Leck

Gedruckt auf chlorfrei gebleichtem Papier

Printed in the EU

ISBN 978-3-89897-401-1